庹政 改编

上

浙江文艺出版社
Zhejiang Literature & Art Publishing House

图书在版编目（CIP）数据

我们这十年/庹政改编.—杭州：浙江文艺出版社，2024.5

ISBN 978-7-5339-7407-7

Ⅰ.①我… Ⅱ.①庹… Ⅲ.①长篇小说—中国—当代 Ⅳ.①I247.5

中国国家版本馆CIP数据核字（2023）第203987号

策划统筹	柳明晔　许龙桃
责任编辑	张　可　林聚佳
营销编辑	宋佳音
封面设计	仙境 WONDERLAND Book design
版式设计	吕翡翠
责任印制	张丽敏

我们这十年
庹政　改编

出版	浙江文艺出版社
地址	杭州市体育场路347号
邮编	310006
电话	0571-85176953（总编办）
	0571-85152727（市场部）
制版	浙江新华图文制作有限公司
印刷	浙江新华印刷技术有限公司
开本	710毫米×1000毫米　1/16
字数	810千字
印张	43
插页	2
版次	2024年5月第1版
印次	2024年5月第1次印刷
书号	ISBN 978-7-5339-7407-7
定价	99.00元（全二册）

版权所有　侵权必究

总序

2021年11月，我有幸接到了广电总局关于二十大献礼剧《我们这十年》的创作任务，经过十一个月（其他同志可能时间更长）的努力，终于看到了作品问世，感慨良多。

我们从二百多个选题中找到了这几个故事，它们反映了我们这十年从政治经济到军事文化、从党风党纪到百姓民生等各个方面的变化，真实生动，感人至深。这一切和所有人的努力是分不开的。在此期间，我参加的有总局领导和电视剧司领导直接参与和指挥的研讨协调会就有三十五次之多，多达数千位演职人员参与了长达七个月的拍摄制作。我们克服了高温、暴雨、台风和沙漠风暴等各种自然灾害的影响与干扰，终于在党的二十大胜利召开之际完成了这个光荣的任务。作为艺术总监，也是创作团队的其中一员，我非常自豪。

希望《我们这十年》能为观众带来美好岁月的难忘记忆，让我们的读者看完之后，哭着、笑着，又感动着、自豪着！

毛卫宁

开卷致辞

  2021年，在一次线上线下结合的电视剧《我们这十年》会议上，大家恳谈了十年中的感受，许多已经成就非凡的艺术家都有一声感叹："哇，已经十年了。"有太多的人、太多的事进入了他们的艺术思维，十年中的故事，故事中的我们，呈现了一个历史上从来没有出现过的新时代。我参与了剧本从创意走向梗概、从梗概走向分集大纲、从分集大纲走向剧本初稿、从剧本初稿走向定稿的全过程。艺术家们走进新时代，从真实出发，表达当下时事，寻找新的人性发现；从创造出发，表达时代精华，寻找新的审美发现；从生活出发，表达社会新貌，寻找新的思想发现。于是从剧本中看到了其中的精神境界、文化内涵、美学创造。这里，我再一次提到了创造，是的，艺术家们表达了我们这十年中人民的创造，也充满诚意地在《我们这十年》中完成了自己的创造。

程蔚东

目录

第一卷 唐宫夜宴	001
第二卷 热 爱	057
第三卷 前 海	127
第四卷 一日三餐	193
第五卷 心之所向	249
第六卷 理想生活	297
第七卷 沙漠之光	367
第八卷 西乡明月	423
第九卷 未来已来	483
第十卷 砺 剑	549
第十一卷 坚 持	609

第一卷
唐宫夜宴

　　这十年,文艺领域出现了前所未有的新局面,创作者纷纷证明,我们可以着眼当下、放眼未来,同时又不忘初心,不忘来处。这一时期的文艺创作,必将在历史上留下浓重的一笔,幸运的是,这一笔里也有我的一点贡献。《唐宫夜宴》的故事就像一段"英雄的旅程",一群心怀梦想与热爱的人,在机缘巧合下开启了一段追梦之旅,虽然几经波折,甚至几乎放弃,但大家还是坚持到最后,修成了正果。在舞台上,观众们看到了这段旅程的"果",这个故事带给读者的,则是精彩纷呈的旅程全貌。

刘海波

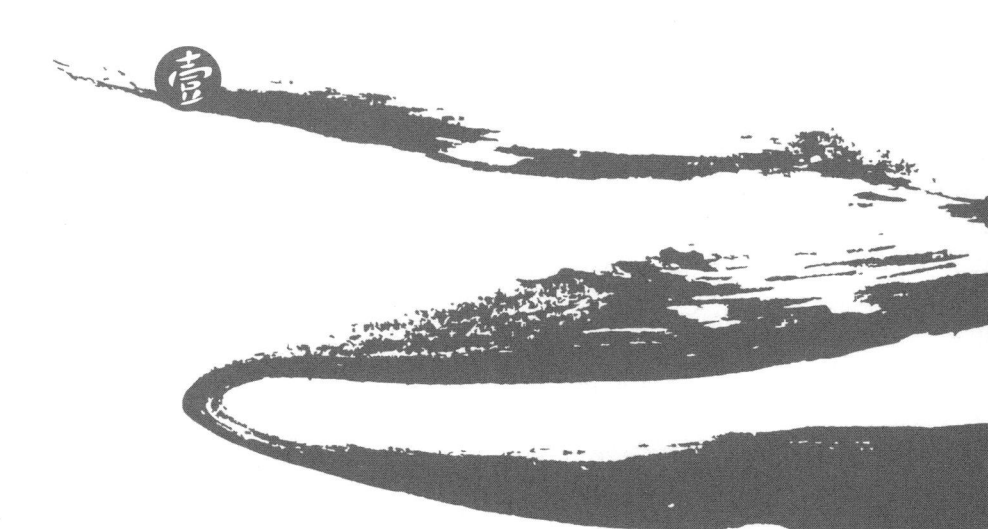

一

2020年的夏天,陈冉又梦见了她,梦见了她们。

她梦见自己在河南博物院空旷的展厅里,再次走到唐代乐舞俑展柜前,凑近观看。

玻璃罩内,十三尊乐舞俑只剩下十二尊,明晃晃一个空位,琵琶坐部伎不翼而飞。

陈冉疑惑地在心里发问:"怎么少了一个?琵琶呢?"

身后传来一个幽幽的女声:"你在找我?"

陈冉回头。

一位唐装女子亭亭玉立,自上而下沐浴在一束光柱中,她怀抱琵琶,看装束正是琵琶坐部伎,然而她的面容竟然是易文艳。

陈冉惊叫:"小艳?!是你吗?"

琵琶坐部伎微微一笑:"是我。"向后转身,轻移莲步,走入甬道,隐入黑暗。

陈冉追赶过去,大声喊叫:"小艳!"

然后,她从梦中醒来,大汗淋漓,好久无法从梦境中脱出。

陈冉去歌舞剧院的路上还在回想,似乎,自己跟这十三尊乐舞俑有某种神秘的联系,似乎,她这一生一定会跟"她们"发生某种特别的事情,无法避免,早已注定。

可是,昨晚的梦为什么那样奇特,为什么十三尊乐舞俑会少了一尊,为什么突然化为易文艳,为什么要弃她而去?

日有所思,夜有所梦,是不是她一直就在担心着什么?

陈冉走进歌舞剧院排练场的时候,这种不好的预感变成了事实。

身着练功服、猫爪鞋的女演员们,齐刷刷沿着把杆踢腿下腰,正在上早课,女队教员来回巡视,不时纠正动作,陈冉在排练场中央站住,扫视全场,好一会儿,她才确定,郑歌女首席易文艳的身影,的确不在女演员中。

陈冉按捺住自己恐慌的心情,问女队教员:"小艳没来?"

女队教员摇头耳语:"早课缺好几天了,稀罕。"

她迟疑了一下,又问:"林蓓蓓也没来?"

女队教员答道:"她迟到早退是家常便饭,按时出现才是惊喜。"

音乐停止,早课结束。

陈冉拍手招呼大家:"休息十分钟,开始复排《水月洛神》。"

女演员们走到场边,有的坐到边凳上,有的躺到地板上,喝水、聊天、刷手机,一片叽叽喳喳。

陈冉掏出手机,拨打易文艳号码,听到话筒里传出"您拨叫的号码暂时无人接听,请稍后再拨",她无奈地挂断。

排练场大门一开,男队教员带领男队演员们鱼贯而入,郑歌男首席杜宇飞也在其中。

陈冉迎上杜宇飞,直接问他:"小艳呢?"

他们是情侣。

杜宇飞面无表情地说:"我替她请假,不来了。"

陈冉不满地说:"今天第一天复排,她有事儿不早说?"

杜宇飞淡淡地说:"我替她说,不止今天,以后都来不了了。"

他这话一出,听者都面露诧异,男女队两位教员惊讶对视。

陈冉愕然:"以后都不来了?什么意思?小艳生病了?"

杜宇飞避而不答:"反正《水月洛神》她不演了,换B角吧。"

陈冉有些生气了:"《水月洛神》不演了?!这么大事儿,她咋没告诉我?"

杜宇飞不屑地说:"这不告诉你了吗?我刚也打电话跟罗院说了。"

副院长罗冰冰人和声音同时到了排练场:"大飞!你电话里啥意思?我没整明白,小艳咋回事儿?为啥不来排练了?"

显然,她也对这个消息非常意外,赶来想问杜宇飞一个究竟。

杜宇飞还是那种淡淡的表情:"没啥情况,就是不来了。不还有林蓓蓓吗?让她上。"

陈冉生气地说:"林蓓蓓也没来呀。"

罗冰冰转圈找人:"林蓓蓓也没来?这都几点了!队长呢?给她打电话!"

女队队长答道:"打过,说在路上,再催就关机了。"

陈冉喊人:"王宝圆!"

体态丰盈的大脸盘姑娘王宝圆一个弹跳,拔地而起:"在呢!"

陈冉脸朝王宝圆:"林蓓蓓哪儿去了?你不可能不知道!"

王宝圆是和林蓓蓓一个屋的室友,只好坦白:"上周五晚上走的,两天没回宿舍了,不过走前说今天肯定回来参加复排,就是……迟到一会儿,再等等。"她想替林蓓蓓求情。

罗冰冰生气道:"这叫一会儿?早课都上完了!"

陈冉问:"她去哪儿了?"

王宝圆答:"没问,人家隐私。"

罗冰冰皱眉问:"被人接走的吧?"

王宝圆还想隐瞒,摇头说:"没看见。"

一个男演员插嘴道:"玛莎拉蒂接走的,可兴!"

罗冰冰骂道:"A、B角都没影儿,排个毛线!还有没有规矩?"

男演员接着甩片儿汤话:"人家都要嫁入豪门了,还排练啥啊?"

罗冰冰没好气地说:"都给我起来!列队!整顿风气!"

男女演员们如惊弓之鸟,从离拉歪斜、横七竖八的,秒成队列,笔直而立。

罗冰冰、陈冉并肩站在男女演员队列前,两张黑脸,一片肃杀。

就在这时,一辆玛莎拉蒂直接开到郑歌办公楼和宿舍楼之间的停车场。

林蓓蓓从车上下来,身穿大牌衣裙,肩挎大牌包包,脚穿高跟凉鞋,脚趾上的指甲油闪闪发光,施施然扭进排练场,所有人的目光齐刷刷地望向她。

众目睽睽下,林蓓蓓跟谁也不打招呼,长驱直入,穿过男女队列,径直走到边凳,一屁股坐下,踢掉高跟鞋,问:"我包呢?"

王宝圆箭一般射出女队列,拽起场边地上一个运动包,送到林蓓蓓面前:"这儿呢。"

林蓓蓓拽开拉链,摸出猫爪鞋,套到两脚上,又抻出练功裤,两条大长腿蹬进去,蹦起身穿上裤子,大牌外套脱下一扔,短裙拉链一拉,往下一褪,裙子掉落脚边一踢,几秒完成换装,身穿白T恤练功裤,利利落落走向女队列。

罗冰冰一声吼:"站那儿!"

林蓓蓓脚步戛然而止,停在女队前沿,扭脸儿冲着罗冰冰,一脸无辜。

罗冰冰大声道:"听说你迟到早退家常便饭,今天被我当场抓现行,算你倒霉,缺席早课罚款五百,立即支付。"罗冰冰掏出手机,等着接收罚款。

林蓓蓓一副无所谓的二皮脸："稍等。"

林蓓蓓从罗冰冰眼前刺溜消失，刺溜返回，举起手机操作，抬脸笑："收钱。"

罗冰冰手机一响，举起一看，微信提示：林蓓蓓转账两千元。

罗冰冰抬眼望向林蓓蓓，林蓓蓓笑得阳光灿烂："甭找了，罗院，我保证不了没下回，就当预付。"

身经百战的罗冰冰收也不是，拒也不是，给整没词儿了。

陈冉努力克制自己的情绪，问："林蓓蓓，第一天复排你就迟到，剧院今年两件大事，一个《水月洛神》年底巡演，一个参赛'荷花奖'，你知不知道重要性？"

林蓓蓓故作委屈地说："我知道呀，所以开了八个钟头夜车通宵赶回来，我男朋友都被我的事业心感动了。"

陈冉说："大家都在等你排练……"林蓓蓓诧异："为啥等我？艳儿姐呢？"眼睛扫了一圈儿，没看见易文艳，诧异道："艳儿姐没在？百年不遇啊。"

陈冉不再理她，直接命令："今天你跳甄宓。"

林蓓蓓猝不及防："啊？我一点儿思想准备都没有。"

杜宇飞冷笑："要啥思想准备？哪段你没练过？"

陈冉一声令下："曹丕甄宓《决绝》。"

男女群舞立刻散开，按照剧情设计的舞台站位站好。

林蓓蓓站在场地中央，一脸哭丧："真来呀？"

音乐如泣如诉，两个不在状态的男女主角起舞，一段情感浓烈、激烈对抗的双人舞被杜宇飞和林蓓蓓跳成了喜剧，甄宓身体僵硬，拦腰怀抱她、将她扛上肩的曹丕累得脚下虚浮、晃晃悠悠、气喘吁吁，勉强糊弄到曹丕双腿蹬甄宓悬空的部分，林蓓蓓没掌握好重心，从杜宇飞脚上滚落在地，人仰马翻，她自己却乐得前仰后合。

一旁观看的副院长罗冰冰黑脸骂了句："什么玩意儿！"甩手离开了排练场。

陈冉望着从地上站起的两位男女主角，责怪道："从前练的都还给我了？你们自己看看，这是郑歌主演该有的水平？"

杜宇飞还知道一脸羞惭，林蓓蓓依然是嬉皮笑脸："我没想当主演，是你们让我当的，臣妾做不到啊。"

陈冉一声怒吼："林蓓蓓，你在浪费你的天赋！"

排练停止，没有人再说话，没有人再有交流的意愿，林蓓蓓潇洒地换了衣服款款离去，陈冉也不理她，她有更重要的事要做。杜宇飞被罗冰冰叫到院长办公室，孙院少有的严厉地问他:"小艳从来不缺席排练,咋回事儿?人去哪儿了?"

杜宇飞坐在院长办公桌前,视线落到地上,不与孙院对视。

孙院厉声喝道:"说话!"

杜宇飞淡淡地说:"没咋,出门了。"

孙院问:"出门?去哪儿了?干啥去了?为啥不请假?还是在《水月洛神》复排第一天!"

一旁旁听的罗冰冰问大飞:"你俩是不是吵架了?为啥?"

杜宇飞还是沉默不语。

孙院严肃地说:"我告诉你大飞,现在不是居委会大妈管你们两口子吵没吵架,是首席演员的一言一行、一举一动必须对剧院负责!"

杜宇飞吸一口气,抬头直视孙院:"我替小艳表个态吧,她决定辞了首席,不跳了。"

孙院和罗冰冰惊愕地对视一眼:"不跳了?不跳干啥去?"

杜宇飞平静地说:"回家生孩子。"

孙院的怒气一下给堵住了,生孩子这个事,不好干预,罗冰冰发话问:"这是你的决定,还是她的决定?"

杜宇飞答:"我俩共同的。"

孙院回过神来,缓和语气说:"你俩都三十大几了,要不要孩子这事儿确实不是小事,但小艳是郑歌唯一的女首席,后备接班的还扶不起来,她跳不跳,不仅仅是你俩的个人选择。"

杜宇飞不以为然地说:"总有不跳的那天,就这么决定了。"

罗冰冰拍案而起:"小艳不跳了回家生孩子,那也是她自己来说,轮得着你大包大揽替她代言吗?你俩是不是就为这事儿吵的架?小艳是不是被你逼着不跳了?她是不是因为这个离家出走的?"

杜宇飞腾地起身:"我说完了。"大步流星出了院长办公室。

罗冰冰跟孙院目瞪口呆地看着杜宇飞扬长而去。半晌,罗冰冰说:"我得去看看。"

罗冰冰疾步出门,沿着小区步道走到易文艳和杜宇飞楼下停步,仰头看了看易文艳、杜宇飞家窗口,刚要进楼门,听见一声呼唤"冰冰",转头望去。

陈冉从一个不易被察觉的角落闪身出来,向罗冰冰走来。

原来她早就来了。陈冉从排练场直接来这里,按了门铃敲了门,无人应答,看来易文艳不在家里。

罗冰冰不死心,说:"咱们再等等。"

这一等就等到晚上,杜宇飞才神态疲惫地回来。

他走到自己家门外,插入钥匙、扭动门锁,推开家门的一瞬间,身后一阵风袭来,杜宇飞刚感觉异样,正要回身,后背被一股巨大推力推着他一头扑进房门。

推力之强,杜宇飞踉跄进门后冲出几步脚下才刹住车,猛回身,看清身后闯入者是谁,愣住了。

陈冉反手关门开灯,与此同时,罗冰冰二话不说,冲向卧室,拉门查看,不见易文艳,又挨屋查看。

推开厨房门,没人;推开卫生间门,还是没人。罗冰冰摸了一把女主人的彩色洗脸巾,干的。拿起女主人的暖色牙刷,毛也是干的。望向洗衣机旁的脏衣服收纳篮,里面全是杜宇飞的练功衣裤,很多天没洗的样子。

罗冰冰回到客厅,恼怒的杜宇飞对两位女领导耸肩撇嘴,拽过餐椅,一屁股坐下。

罗冰冰严肃地说:"我现在不是以院长身份,而是以小艳亲闺蜜、娘家人的身份问你,她哪儿去了?"

陈冉也说:"我给长沙她父母家打过电话,小艳没回去过。"

杜宇飞一哂:"我也不知道。"

罗冰冰勃然大怒:"你老婆去哪儿你不知道?!"

陈冉也怒了:"她失踪失联几天了,你不知道她去哪儿,也不担心吗?"

杜宇飞只好坦白地说:"我也联系不上她。"

"那你总知道她怎么走的,为什么走吧?"罗冰冰也拽过一把餐椅,对着杜宇飞一屁股坐下,"不说今晚别想过去!"

杜宇飞面对两位女领导的高压,吐口承认:"我俩……吵了架,她就走了。"

罗冰冰从椅子上一跃而起:"走了你也不去找?就这么干坐着?"

杜宇飞一言不发,放弃挣扎反抗。

"小艳不会已经跟你提出离婚了吧?"陈冉再深入一想,"你不会做了什么更过分的事儿吧?"

罗冰冰被陈冉的质问惊醒,汗毛倒竖:"对呀,老婆离家出走好几天,老公若无其事一切照旧,也不急着找?早过了四十八小时,你为啥不报警?你难道不担心小艳遇到危险?甚至轻生吗?"

陈冉叫道:"报警!你现在就报警找小艳!"

罗冰冰掏出手机,举到杜宇飞面前。

杜宇飞一动不动,说了句:"不用找,她不会有危险。"说完抬眼,眼光从罗冰冰扫到陈冉。

两人下意识对视,交换了一个不安的眼神,一股寒意升起,罗冰冰大喊一声:"你不报,我报!"

杜宇飞悲愤交加:"我求求罗院陈导你俩,替我出面劝劝我爸妈,你俩能让他俩不追着我俩要孙子,我给你俩跪下。"

罗冰冰结巴了:"这个……咋劝哪?"

"我没招了,一边是小艳的事业,一边是我爸妈的合理要求,让我咋整?"杜宇飞嘴一咧,满腹委屈往上涌,"我三十二,小艳三十一,你们都不跳了,干别的去了,就剩我俩,每天跟一群半大孩子掰腿涮腰,小艳说十年前随便一个后踢腿就能看见自己的腿肚子,现在怎么练,都只能看到脚尖儿。"说着眼泪扑棱扑棱往下掉,"首席跳到什么时候是个头儿呢?是不是非要跳不动了才能有自己的生活?"

杜宇飞的天问,让陈冉和罗冰冰无言以对。

离开杜宇飞和易文艳的家,陈冉和罗冰冰走在夜色里,很长一段时间都沉默着。

罗冰冰终于忍不住开口说:"我懂小艳为啥难选……"

陈冉点头:"我也懂……"

罗冰冰说:"还记得我带你去宿舍,你第一次见小艳的情景吗?"

陈冉当然记得,说:"她那个冷冰冰的样子吓得我不知所措,后来才知道她为啥那样儿,并不是冲我。"

罗冰冰脸上露出回忆之色:"那天,曾导带着还没有成为中歌首席的实习生沈佳艺从北京空降郑州,在剧院公开面试招募B角,说给大家一个展示自己、公平竞争的机会。"

陈冉也回忆道:"小艳那时已经是郑歌主演,B角理所当然该是她……"

罗冰冰:"所以你见到她多崩溃了……"

两人同时陷入深深的回忆。

二

十年前,郑歌创排舞剧《水月洛神》,易文艳被安排做B角,郁闷之下把自己锁在了宿舍里。刚到郑歌工作的陈冉被分配跟她同住一室,陈冉到宿舍的时候打不开被反锁的门,也敲不开,无奈地在宿舍外面待了一上午。

路过的罗冰冰帮忙叫门,屋内的易文艳猛然起身,疾步冲到门后,开锁,一把拽开门。

罗冰冰被洞开的房门吓了一跳,身后站着陈冉,脚边立一只大行李箱,箱子上面的纸袋里装着各种生活用品。

罗冰冰给易文艳介绍:"这是陈冉,刚从北舞毕业,你新室友。"

陈冉对易文艳绽放笑容,热情招呼:"你好。"

罗冰冰又给陈冉介绍:"小艳,咱郑歌主演。"

陈冉向易文艳伸出手:"我老早就知道你,很高兴和你住一屋。"

易文艳冷若冰霜,无视陈冉伸来的手,从两人中间穿过,一言不发地走了。

陈冉一脸愕然,手尴尬地举在空中。

罗冰冰笑着抚慰说,易文艳今天心情不大好,陈冉先自己安顿,她去劝劝易文艳。

顺着陡峭台阶,迈上宿舍楼顶天台,穿过丢弃的家具沙发、残枝败叶的花盆、晾晒的被子、男女练功服、猫爪鞋,罗冰冰好不容易才发现易文艳——她果然在这里。

易文艳独自而坐,脸上还有泪痕,罗冰冰走到她身边,并肩而坐。

罗冰冰开口:"机会不会理所当然归你。"

易文艳反问:"那是机会吗?沈佳艺那么优秀,我有机会吗?"

罗冰冰劝道:"不去面试,B角也不是你。"

易文艳更加激愤:"为什么我永远是B角?《风中少林》我足足跳了两年B角才跳成A角,《水月洛神》又要我从零开始做备胎吗?"

罗冰冰面无表情:"我们都知道郑歌目前的水平,要做出品牌、做成经典,只能外请编导演,每次都要从零开始,从B角跳起;不跳B角,就永远跳不上A角。"

易文艳冷哼:"我的存在就为衬托她有多好?我努力就是让人看到我怎么追也追不上她?"

罗冰冰转脸望向她:"自尊心是拿来和人杠的,不是拿来逃避的,放弃,差距更大。"

易文艳沉默了。

在罗冰冰的劝说下,易文艳终于同意参加面试,罗冰冰亲自陪她去排练场。

排练场正中一排桌子后,曾导居中而坐,一侧坐着她的助手,一侧坐着孙院,她们面前,一个郑歌女演员正在跳舞,接受曾导面试。

轮到易文艳上场了,她身穿练功服,脚蹬猫爪鞋,走进排练场,她一步一步来到面试桌前,标准立姿,视线低垂,落在地面。

曾导不说话,眼望易文艳。

易文艳抬眼,直视面前的曾导:"可以开始吗?"

曾导点头。

易文艳深呼吸,起舞。

罗冰冰和孙院对视,两人都不易察觉地舒出一口气。

同一舞段同一舞蹈动作,《水月洛神》第二幕:丞相府内甄宓独舞《若离》。

曾导、孙院、罗冰冰、陈冉所有人都安静地看着,看着她跳完,然后在彼此的脸上都看见了清楚的意见:差距显而易见。

但最后,在罗冰冰和陈冉的争取下,曾导和孙院还是同意让易文艳暂时跳B角。

易文艳心里依然不服气,可是她们第一次同场排练,沈佳艺就把她"打"晕了。

她们穿着同样的衣饰,在同样的音乐下同时跳《水月洛神》中甄宓独舞名场面,沈佳艺体态之美,动作之利落,爆发力之强,控制之精准,简直是力与美之结合。而易文艳相形见绌,越跳越不自信,动作越发局促。

曾导的注意力只在沈佳艺身上,兴奋溢于言表,跟随沈佳艺的移动在场边游走,目不转睛凝视沈佳艺,嘴里给沈佳艺打着节拍,不时击掌喝彩,没有向易文艳这边投来一瞥。

陈冉也站在场边,手持DV录制女主角排练场面。

沈佳艺上步同肩宽,发力蹬地,往上吸腿,手打开,直走立圆,跳出了日后成为她经典动作的"点步串翻身连续六个绞腿蹦子",让人叹为观止。

易文艳在此处按下了停止键,她无法复制沈佳艺的动作并跟上沈佳艺的节奏,她汗流浃背、气喘如牛,表情沮丧地转向曾导。

曾导甚至没注意到易文艳跳不下去了,她全神贯注于沈佳艺,为她的举手投足屏息。

沈佳艺完成连续六个绞腿蹦子直走立圆,她伏在地板上的瞬间,曾导情不自禁一声大喊:"成了!"鼓着掌奔向场中央。

沈佳艺刚起身,就被奔过来的曾导抱住,两人紧紧拥抱。

曾导不吝赞美:"精彩绝伦!难以置信!佳佳你太棒了!"

易文艳也心悦诚服,鼓掌喝彩。

陈冉凝视DV屏幕,从屏幕里发现易文艳眼底的落寞,视线离开DV屏幕,投向易文艳。

被冷落的易文艳察觉到陈冉投向自己的目光,回望过去。

两人对视,心有戚戚。

易文艳和陈冉看着曾导送结束排练的沈佳艺离开排练场。

曾导搂着沈佳艺走向排练场大门,充满宠爱:"亲爱的,我都没词儿夸你了,连续六个绞腿蹦子,突破人类极限,《若离》绝对会成为经典,没有第二个女演员能跳出来。"

易文艳听到这句话,心里更加五味杂陈。

沈佳艺回身冲易文艳和陈冉摆手告别:"你们辛苦了,拜拜。"

陈冉摆手回应,瞥了一眼易文艳,易文艳表情僵硬。

曾导说:"回去好好睡一觉,明天给你半天假,睡个懒觉。"

曾导把沈佳艺送出大门,掉头走回排练场,刚才的春风满面秒变不苟言笑,走回场边,一屁股坐在长凳上,拿起保温杯,对易文艳说道:"到你了,《若离》,从头开始。"

易文艳走到场地中央,因紧张,肢体僵硬紧绷。

曾导望着易文艳的表情有一种居高临下的审视,全然没有之前对沈佳艺的欣赏与宠爱:"身子绷这么紧,动作能舒展?松下来。"

易文艳深呼吸,调整气息,努力让自己放松。

曾导下巴一扬,示意开始。

易文艳跳起沈佳艺跳过的独舞舞段:《若离》。

曾导胳膊肘挂着保温杯,眉头紧皱。

易文艳跳到沈佳艺"点步串翻身连续六个绞腿蹦子",第一个直走立圆刚做完,曾导喝道:"不对!塌腰、扣胯!重来。"

易文艳停跳,倒回"点步串翻身"动作起点,重新开始。

曾导喝道:"绞腿不直!重心靠前!没在一条直线上!"

易文艳停下,又倒回"点步串翻身"动作起点,再开始。

曾导喝道:"腿没吸住!拎腰、提胯、拔背!重来。"

易文艳第三次停下,叉腰喘息,到了临界点。

曾导等待易文艳调整气息,缓和语气:"再试一次。"

易文艳拿水袖抹了一把汗,回到动作起点,起跳,一个、两个、三个……终于在第四个绞腿蹦子时崩盘,坠落在地,崩溃承认:"我做不到。"

曾导起身,一脸失望的表情:"缓缓,歇口气儿,也不急这几天。"

易文艳一屁股坐到地板上。

曾导拎着保温杯,走出排练场。

陈冉关闭DV,走到易文艳身前,易文艳仰面躺倒,胸前练功服、水袖领口腋下全被汗水湿透,脸和头发水洗过一样。

陈冉伸手想拉易文艳起身:"回去洗个澡。"

易文艳盯着天花板,失神地说:"让我一人待会儿。"

倔强好胜的易文艳没有被击倒,甚至在她被曾导取消B角回到群舞的时候也没有放弃,接下来很长一段时间,她在B角和群舞之间来回跳,白天群舞,晚上B角,除了吃饭睡觉,所有时间都在排练,一天一天咬牙苦撑,撑过那些无论怎样努力都技不如人的日子。

陈冉见证了整个过程。

这一天很晚了,易文艳才回到宿舍,睡得迷迷瞪瞪的陈冉被弄醒,翻身入睡。

不知过了多久,陈冉再翻回身,睁眼醒来,吓了一跳,易文艳盘腿坐在她床上,如一尊雕像,一动不动。

陈冉睁大眼,望着易文艳的身影,轻声问:"不睡?"

易文艳坐在黑暗中:"睡不着……"

陈冉坐起身:"每天那么辛苦……"

易文艳声音很轻:"有什么用啊?怎么跳都是个'鸡头'……"

陈冉不知如何安慰。

易文艳继续说:"'鸡头'和'凤头'的距离,比郑州离北京还远……"

陈冉沉吟一下,说:"做别人的仿品,不如做好自己。"

这是她看着室友这么辛苦训练、模仿,想了很久才想到的一句劝慰,也可能是一种突破,她已经憋了很久,现在终于忍不住说出来了。

听到这句话,易文艳向陈冉扭过脸儿,双眼在黑暗中熠熠闪光。

陈冉继续分析:"没有她的爆发力,但你柔韧性好;跳不出她的节奏,但你更丝滑。美不止一种,好也不是一个标准。做不出串翻绞腿蹦子,点翻也能美到极致。"

易文艳的脑海像是暗无天日的房间里突然进了一束光,猛然从床上蹦到地上,光脚冲到门口,一把拉开门又停住,回头问陈冉:"帮我试试?"

陈冉问:"现在?!"

易文艳点头。

陈冉笑了:"疯了你。"

但也毫不迟疑地下床,趿拉上拖鞋,走向易文艳。

易文艳笑了。

两人摸到排练场,重新打开所有的照明灯,亮如白昼。

陈冉趿拉拖鞋，绕着易文艳解说："我观察你好久了，你胯比别人开，腰的柔韧和腿的跨度是你的优势；但你个儿不够高，四肢不够长，肌肉也欠缺力量，模仿沈佳艺，等于让你避自己长，扬自己短。她跳《若离》，抑扬顿挫，大开大合，打个比方，她是方的，你就该是圆的，把所有直角磨成圆角，连接像丝一样顺滑，动作像水一样流动。"

易文艳双眼绽放光芒，然后开始舞蹈。

这一下，易文艳顿时脱胎换骨，仿佛完全变了一个人，她跳的《若离》，完全没有模仿沈佳艺的痕迹，如陈冉刚才的指导，没有了沈佳艺的顿挫激昂、大开大合，却如水般丝滑流畅。

她完全心领神会，沉浸在她的舞蹈中。或者，这只是她这段时间艰苦训练、厚积薄发的结果。

陈冉不停地大声鼓励："对，对，这才是你！"

跳到沈佳艺"串翻绞腿蹦子"动作时，易文艳完全放弃复制，点翻直走立圆，尽显典雅之美。

改天，当曾导再让她和沈佳艺同时跳《若离》时，易文艳勇敢地跳出了早就准备好的、易文艳版的《若离》。

排练场的气氛凝住了，除了伴奏音乐，所有的声音都消失了，曾导静静地坐在场边，好长时间一动不动，审视易文艳的眼神里流露出几分疑惑。

沈佳艺站在场边举着水杯，也在凝视易文艳，同样被她这遍完全不同于自己的演绎吸引。

陈冉举着DV，心里惴惴不安，不时观察曾导表情。

易文艳仰躺在地，完成舞段，气喘吁吁起身面对曾导，等待判决。

曾导足足沉默了十来秒不说话，表情阴晴难判。

沈佳艺也从旁观察曾导的表情。

曾导开口问："这么跳，是你自己琢磨的？"

易文艳心里忐忑不已，不能甩锅给陈冉，就说："我想……扬长避短。"

这句话，让她卸下了心理包袱，决定直抒胸臆："我做不成别人，只能让自己更好。"

片刻静默。

曾导说道："不错！"

易文艳不敢相信自己的耳朵，疑惑地望着曾导。

曾导重复一遍，频频点头："相当不错！"

沈佳艺也对易文艳鼓掌："真的,小艳姐,特别棒!"

易文艳这才确认被肯定了,第一时间望向陈冉,见陈冉对自己绽放笑颜。

曾导起身走向易文艳:"你让我看到了你的长处,照这样跳下去。"

易文艳使劲点头,眼眶突然湿了。

也就是从这一刻,易文艳打开了另外一个世界,找到了自己的舞蹈风格、舞蹈之路。

她也站稳了自己的B角位置。

但B角,还是B角。

两年后,《水月洛神》在北京国家大剧院演出获得巨大的成功,谢幕的时候,易文艳依然只能站在男女群舞演员里列队出去谢幕,然后分列舞台两侧,鼓掌迎出三位主演。

扮演曹植的杜宇飞单独谢幕;扮演曹丕的王子风单独谢幕;两名男主演分立舞台两侧,全体演员转身面朝舞台深处,单膝跪下,举起一臂,迎出扮演甄宓的沈佳艺。

沈佳艺款款走出,剧院里的掌声到达沸点。

易文艳望着沈佳艺走到前台,面朝观众席深深鞠躬。

那一刻,沈佳艺接受观众膜拜的背影光芒万丈,这种光芒,久久照射在易文艳生命里。

《水月洛神》成为郑歌第二部经典舞剧,也成为沈佳艺的代表作,一年后,外请大神沈佳艺功成身退,易文艳正式成为A角。

那一天,河南省艺术中心,易文艳首次饰演甄宓,她在化装间里紧张万分,不知所措。

一直关心她也体会她心情的陈冉及时赶到,推开化装间门,一眼看见上好装、穿好戏服的易文艳,她僵直坐在镜前。

陈冉走到她面前,易文艳两手一把攥住陈冉,颤抖着说:"我不行!"

陈冉抬手摸易文艳额头,不发烧,问:"怎么不行?"

易文艳紧张地说:"今天上不了台……"

陈冉明白畏惧上台是易文艳的心理因素所致,耐心劝道:"你行的!没问题!这些动作你日复一日跳了两年,它们长在你四肢、长进你身体,不过脑子也能跳出来。"

易文艳喃喃自语:"我不行,不行……"

陈冉大声命令:"清空脑子,什么都别想,走上台,你就是你!"

她拉开门,走出化装间,扶住门,看着易文艳。

易文艳只得强撑着迈出化装间门,经过陈冉,穿过走廊,走向台口。

她背影摇晃，脚下虚浮，全无自信。

罗冰冰站在台口，望着易文艳走向自己，看到了她脸上的彷徨不定，也看到了跟在她身后的陈冉脸上担忧的表情。

她迎上易文艳，两手像老虎钳一样钳住她的双肩，大声吼道："警醒点！今天上不了台，这辈子别想跳A角了！"

易文艳似乎被惊醒了，身子一抖，茫然地看着罗冰冰，机械地踏上台口，罗冰冰在她后背上一推，将她推进侧幕后。

或者，有些人天生就是属于舞台的，她们是舞台的王者，无论她们在台下多么动摇、怀疑，一旦走上舞台，那就是她们纵横驰骋、自由挥洒的天地。音乐一起，易文艳立刻进入角色，演绎那个演绎了千百遍的易版甄宓。

起舞，跳跃，折回，委婉……直到音乐凝噎，她在舞台上定格。台下响起不逊国家大剧院盛况的掌声，她直起上身，凝视台下众人的仰望，才敢相信自己首次饰演甄宓大获成功。

她沐浴舞台最高光，如曾经艳羡的沈佳艺一样，光芒万丈！

易文艳一进侧幕后，就被扑上来的陈冉和罗冰冰抱住，三人抱成一团，分不清彼此。她们三人由此结下深厚而牢固的情谊。

三

可是现在，易文艳突然不请假不说话凭空消失，连杜宇飞也不知道她去哪儿了，这又是怎么回事？

"小艳从群舞跳到领舞，再从主演跳到首席，一天没停过，跳了十五年，群舞换了一拨儿又一拨儿，和她一个时代的女演员都跳不动了，结婚的结婚，生孩子的生孩子、转行的转行，我成了编导，你从罗队变成罗院，唯一没变的，就是小艳一直在跳，始终站在首席位置上。"

陈冉替小艳分析，罗冰冰点头，接口道："一个女演员，跳到什么时候算是个头儿？"

陈冉脸上露出感伤："这个问题，小艳肯定问过自己很多次。"

罗冰冰脸上表情也复杂起来："但她从来没停过。"

走在夜色下的郑州街道，两人的心情都沉重起来。

第二天，易文艳回来了。

她的回来和她的离开一样突然。

林蓓蓓和曹植的扮演者楚岩、曹丕的扮演者杜宇飞正在排练三人舞段,身着练功服的易文艳推开排练场的大门,走了进来。

所有的人,陈冉、林蓓蓓、楚岩、杜宇飞和男女群舞演员齐齐望向大门,望向她,在所有人的目光中,易文艳静静地走进排练场,满场无声,只听见她脚踩地板的声响。

林蓓蓓第一个咋呼起来:"艳儿姐你咋才回来?可把我给救了!"让出女主位,冲下排练场,对陈冉吐吐舌头:"正主归位,我歇歇。"一屁股坐到地板上,掏出手机刷屏。

易文艳走到陈冉面前:"不好意思,没请假擅自走了几天。"

陈冉不明所以,只有先应道:"回来就好。"

易文艳转头望向杜宇飞,丈夫一直凝视着她,她走到他面前,说了一句:"我……想好了,给我半年,跳完《水月洛神》这轮巡演。"

一直注视着她的陈冉,清楚地听到了这句话。

林蓓蓓不明其意,视线不离开手机屏,嚷嚷:"艳儿姐你半年后干啥去?"

没人回答她。

杜宇飞一言不发,控制情绪外露,只重重点了下头。

易文艳走到场地中央,对陈冉说道:"开始吧。"

甄宓和曹丕的双人舞段《决绝》,甄宓双膝跪地,曹丕抚摸甄宓脸,两张脸靠近,呼吸相闻。

近在咫尺时,易文艳看到杜宇飞热泪盈眶,自己眼圈儿也红了。

罗冰冰推门走进排练场,观看易文艳和杜宇飞的双人舞。

曹丕拦腰环抱起甄宓,这段舞两人跳得水乳交融。

连林蓓蓓也放下手机,看入神了。

易文艳、杜宇飞彼此凝视,泪光闪动。

陈冉的表情感慨万分。

上海歌舞团在团长方杰带领下前来郑歌交流,郑歌召集了编、导、演创作骨干及行政管理人员十几人隆重接待,在郑歌会议室,神采飞扬的方杰向郑歌介绍了上歌目前的经营情况:"上歌11年完成转企改制,当时团里也面临生死存亡的压力,历史包袱重、经费捉襟见肘、人才储备不足,没有了政府扶持,失去体制内的旱涝保收,直接面对市场、自负盈亏、自主生死,怎么办?没有退路,只能一头扎进市场的汪洋大海里扑腾求生。一手拢人才,一手抓作品,用人才堆出作品,以作品撬动市场,探索出一条创编、演出、运营、推广、融资的商业链,出一部、火一部、赚一部,才站到了国内数一数二的位置上,上歌转企这条路,走对了、走成了。"

"感谢方团!"孙院带头鼓掌,交流会结束,但是这次交流会引起的余波正在扩散。

在未知的将来,这股余波会引起巨大的反应,改变很多人的一生。或者,这本就是她们注定的一生。

四

陈冉接到创排"荷花奖"的任务,第一个找上易文艳。

她对易文艳说,既然你决定还要跳上半年,同时也只跳半年,那么,就在这半年内,我们一起做件大事,给自己的舞蹈生涯,留下一点深刻的记忆吧。

她雄心勃勃地跟易文艳约定,她来编导,易文艳来跳,一起创造奇迹。

然后,她开始构思。

这个舞蹈应该是一个什么样子呢?

古典?美?文化内涵?中原?历史元素?

好几天,陈冉沉浸在自己的世界里不能自拔。

她去嵩山、少林寺、黄河、风陵渡、开封、洛阳、龙门……

她走着,想着,终于有一天,因为"古典""历史"这些词,她来到河南博物院。

终于,她看到了"她们":那十三尊唐俑。

"她们"陈列在博物馆的玻璃罩中:或为乐俑,有跽坐演奏(坐部伎),有立姿演奏(立部伎),手持琵琶、排箫、箜篌、笙篥、横笛、铜钹;或为舞俑,一臂上扬,一臂下垂,腰胯扭转,翩翩起舞。

"她们"头梳双螺髻,上身穿窄袖衫,外披短襦,束腰,下身着拖地长裙,面部圆润,红唇粉面,神态安详,光彩夺目。

第一眼,就击中了陈冉。

她在心里高呼:我找到了!就是"她们"!我找到了!

这些深埋泥土千年之久的陶器,五件舞俑,八件乐俑,一共十三件,栩栩如生,惟妙惟肖,1970年出土后又在文物仓库里沉睡近三十年,直到1998年,才在省博展出,重见天日,"她们",似乎才被唤醒。

陈冉欣喜若狂地盯着，哈腰俯身，把脸贴在展台玻璃罩上，长久凝视玻璃罩里的"她们"。

你们是谁？

陈冉忍不住在心里问。

她眼中的十三尊凝固的唐俑仿佛慢慢开始游动，慢慢复活，慢慢有了呼吸、有了气韵、有了表情、有了灵魂……

她一一凝注"她们"，一一冥想，最后，她的目光凝注在一尊琵琶坐部伎上，久久地凝注，然后眯上眼，进入冥思，然后，完全沉浸入某种状态，她仿佛听见一个声音在耳边响起，遥远缥缈，却清晰可闻。

那是琵琶坐部伎的声音。

她在咏叹："……自言本是京城女，家在虾蟆陵下住。十三学得琵琶成，名属教坊第一部。"

陈冉悠然神往，想象浔阳江头，枫叶荻花。

琵琶坐部伎继续吟诵起来："……曲罢曾教善才服，妆成每被秋娘妒。五陵年少争缠头，一曲红绡不知数。钿头银篦击节碎，血色罗裙翻酒污。今年欢笑复明年，秋月春风等闲度。"

在陈冉的想象中，琵琶坐部伎幻化成易文艳样貌的人形，改变坐姿，缓缓起身，从这群唐俑之中走出，走到陈冉面前，轻启朱唇，娓娓道来自己的身世："我为罪官之后，父亲负罪身死，家族男丁发配边关，府中女眷被驱逐遣散，母离兄散，天各一方。家中遭遇大变时，我尚年幼，因容貌出众、聪明过人，被招入长安城宫外教坊，左教坊中习过舞，右教坊中学过乐，十一岁便吹弹歌舞、诗词书算无所不通，官员子弟慕名而来，名噪长安。

"天宝年间，玄宗沉溺诗词歌赋，听闻宫外教坊出了一个年纪很小的优伶，便召我入宫。"

宦官服饰的教坊使走在前面。十三岁坐部伎怀抱曲项琵琶，跟在教坊使身后，碎步紧随，表情紧张。

一前一后的两人穿行于大明宫两面宫墙之间。

十三岁坐部伎五体投地，跪伏阶下，直起上身，起立，轻移莲步至一方软垫前，跪坐于殿下，接过教坊使递来的曲项琵琶，横抱怀中，拨子拨弦，开始弹奏"嘈嘈切切错杂弹，大珠小珠落玉盘"之声。

大殿之上，慵懒侧卧的玄宗缓缓直起上身，正坐倾听，全神贯注。

十三岁坐部伎立于檐下，凝望院门，望眼欲穿。

这是长安城太极宫内、属于内教坊宜春院的一个院落，供给皇帝表演的女乐舞伎们居住生活。

宦官迈入院门。

十三岁坐部伎再难自抑，三步并作两步，冲下台阶。

宦官身后，坐部伎母亲带着姐妹尾随进院，一眼看见自己的女儿。她们奔向彼此，抱成一团，喜极而泣。

琵琶坐部伎轻叹："在玄宗面前演奏一曲改变了我的命运，被钦点入宫内教坊宜春院，成为为皇帝表演的八位'内人'之一，领受俸禄，依例家中女眷每月可入宫探视相聚，每年生日也可获准入宫庆祝，我和离散多年的母亲姐妹得以重逢。"

眼泪自琵琶坐部伎眼角滴落，脸上却漾出迷人的微笑。

琵琶坐部伎对陈冉讲述："那是金子一样的日子啊，六岁后我再也没有了自由，但重新有了亲人。我想一直弹下去，就能看到发配戍边的兄弟回到长安，看到自己有朝一日出宫和家人团聚，看到灭顶的家族死而复生……"

陈冉看到坐部伎眼中绽放的光芒，为之感动。

坐部伎转身走回十二尊唐俑中，坐下，抱起曲项琵琶。

随着她右手拨子拨动琴弦的一刻，其他十二尊唐俑化为人形，琵琶、箜篌、排箫、筚篥、横笛、铜钹齐奏，乐俑丝管纷纷，舞俑翩翩起舞。

十三尊乐舞俑从省博展台玻璃罩里，转换到华清宫内宴上。

琵琶坐部伎坐于前排领奏，跻身玄宗最宠爱的八位女乐官，于华清宫内宴之上演奏《霓裳羽衣曲》。

殿下，五位舞伎舞姿曼妙，欢宴的文武群臣拍案击节，为之倾倒。

殿上，与玄宗同案的杨玉环起身，步下台阶，走入舞伎之中，贵妃出现，令舞伎们甘居人后，让出中心舞台，成为贵妃的背景板。

杨玉环起舞，殿上殿下所有目光凝聚于她，盛宴气氛达到高潮！

琵琶坐部伎轻叹："千歌万舞不可数，就中最爱霓裳舞。那是大唐的盛世，也是我的盛世。"

陈冉满耳盛世之音，仿佛她已置身华清宫内宴之上。

1200多年前金碧辉煌的宫殿，满眼流光溢彩，满耳琴瑟鼓乐，听着久已失传的《霓裳羽衣曲》，气象万千。

她看到琵琶坐部伎,琵琶坐部伎也看到她。

她们的眼神穿越时空,交汇,凝视……

忘记了时间的流逝,忘记了空间所在,忘记了一切,物我两忘……

直到博物馆的管理员前来提醒她,陈冉才发现偌大的博物馆只有她一个人,已经到了闭馆的时间。

陈冉迫不及待地找来易文艳,两人到排练场,陈冉再次冥想后,睁开眼,表情神秘而坚定:"我看到了那种美,我要把'她'再现出来。"

然后陈冉给易文艳讲解她的构想,让易文艳看镜墙上贴着的各种乐舞俑,这些都是陈冉采风收集来的照片,有故宫博物院、河南博物院以及民间馆藏各种隋唐墓葬出土的俑,也有敦煌壁画的乐舞伎造型——著名的飞天和反弹琵琶。

易文艳模仿反弹琵琶造型,尝试几次,动作都不到位,沮丧:"这造型太难凹了,这些唐俑是给皇帝表演的人,都是沈佳艺的水平,我都费劲,你还要从咱院里找出十三个沈佳艺来?"

陈冉没有泄气:"咱接着凹。"

一编一演,在深夜的排练场里,继续凹各种高难度动作。

在做完基本的编导后,陈冉开始公开招募"荷花奖"参赛节目演员,小艳作为特定的主角,站在她身旁。

陈冉对散坐一地的舞队女演员热情洋溢地说:"今年'荷花奖'竞赛舞种是古典舞,我暂时给这个舞蹈起名叫《唐俑复活》,创意是博物馆展柜里的十三尊唐代乐舞俑在夜深人静时突然复活,空旷寂静的博物馆变成盛唐的皇宫,她们回到唐朝,在大殿上,为皇帝表演,最后回到原位,变回唐俑,将体态之美、舞蹈之美永恒地凝固下来,跨越了千年……细节还没有想好,但我想排的,是一个'别人没见过'和'大家都能看懂'的舞蹈。因为它是群舞,小艳领舞外,我还要十二位演员。"

坐在最后一排的王宝圆第一个高高举手。

陈冉见王宝圆举手,摆手示意她先放下,等自己说完:"这舞蹈技巧难度大,对演员技术水平要求高,看我身后这些乐舞俑造型,小艳昨天夜里用了几个小时,一直到后半夜,才凹出个七七八八。"

女演员们面面相觑。

陈冉继续说:"技术短板必须用苦练、用时长来补足,所以我要求十三位演员:从现在到'荷花奖'初评、入围、九月决赛的三个月里,每周一三五晚七点到十点排练《唐俑复活》，没有特殊原因，不准假、不许迟到早退！"

　　这个要求把所有的人都吓坏了，女演员们齐刷刷倒吸凉气，面露惊吓。

　　陈冉问："愿意参加的举手。"

　　还是王宝圆高高举手，然而，就没有然后了，其他人耷拉眼皮、盯着地面，没人和陈冉对视，排练场内异常安静，这个局面是陈冉没有想到的。

　　一个三十多岁的女演员站起来："陈导，我家情况特殊，婆婆病了卧床不起，公公身体不好没法照顾她，我老公在抗疫一线，几天不回家，家里老老小小我一人管，一周三个晚上排练我来不了。"

　　陈冉点头表示理解。

　　又一个女演员站起来："谁能帮我每晚盯着我家神兽做作业，我天天来排练都乐意。"

　　紧跟着，更多的女演员们纷纷找理由：

　　"我孩子才两岁。"

　　"我腰最近劳损得厉害。"

　　"我每晚上课，一周三次旷课，肯定不让我毕业。"

　　陈冉一手叉腰，一手扶额，叹气，再抬头。

　　排练场里，女演员们走了一大半，剩下十来个人。

　　陈冉生气地问："上有老、下有小，婆媳问题、夫妻问题、孩子问题、身体问题、心理问题，还有什么问题？"

　　排练场里鸦雀无声。

　　陈冉点将："林蓓蓓！"

　　林蓓蓓一跳轻灵跃起："在呢，陈导！"

　　陈冉问："你是主演，有问题吗？"

　　林蓓蓓答得脆生生的："没问题！"

　　陈冉略感安慰。

　　林蓓蓓说："我先去趟厕所。"一阵风似的跑出排练场。

　　陈冉再次点将："南哥，你行不行？"

　　南哥起身，一副豁出去的样子："我行！不恋不婚不育，孤家寡人，我不行谁行？"

　　女演员们哄笑。

　　陈冉又点："豆豆！"

　　豆豆像被电击了一下："陈导，我没有问题，就是……你能帮我跟男朋友解释解释吗？"

陈冉大声命令："赶紧起来。"

豆豆从地上爬起来。

陈冉继续点："小菲！"

小菲哭丧着脸站起："我的金秋九寨沟泡汤了……比完'荷花奖'，能把年假补给我吗？"

陈冉一个接一个点将："小琪！""小倩！""小悦！""小安！""小晓！"

随着陈冉叫出一个一个名字，女演员一个一个起立，王宝圆一次次举手，一次次被视而不见。

被提溜起来的女演员，加上小艳，现场一共有九人。

王宝圆再也忍不住了，举着手站起身："陈导，还有我！我愿意！"

陈冉不得不直接打击她的积极性："宝圆，你体重……超标了。"

女演员们再次哄笑。

王宝圆据理力争："这不唐朝吗？汉朝、宋朝、明朝我没有机会，唐朝我还没有吗？"

陈冉解释说："虽然是唐朝，但我要的唐俑得瘦。"

王宝圆不服地说："有胖的呀！"她从最远处箭一样冲到镜前，挑出几张银盆大脸、身材丰腴的唐俑照片，指着给陈冉看，"你看！你看！她们都比我胖。"她手指定在一张胖舞俑照片上，"我就演她，我可以的！"说完依葫芦画瓢，凹出和胖唐俑一样的动作造型。

站着、坐着的女演员们笑得前仰后合。

陈冉突然醒悟："林蓓蓓呢？"拔腿冲出排练场。她冲进卫生间，空无一人，听见外面的汽车轰鸣声，出来一看，只见林蓓蓓的玛莎拉蒂冲出停车位，开出郑歌大门，扬长而去。

陈冉气得想骂人，一转身，面前站着王宝圆，满脸诚挚地哀求她："陈导，我减肥，可乐戒了，饭也戒了，我不信三个月还瘦不了，你带我一个吧！"

陈冉："林蓓蓓在外面住哪儿，你是不是知道？"

王宝圆反应两秒，严词拒绝："我不能出卖朋友。"转念又一想："我告诉你，你是不是就要我？"

陈冉不死心，林蓓蓓条件很好，是她心中的一张王牌，在她的威胁利诱下，王宝圆招供了林蓓蓓男友的公寓，陈冉带着王宝圆终于在门厅把林蓓蓓堵住了。

林蓓蓓走进门厅，走向电梯间，猛然发现陈冉站在面前，吓一跳，掉头就往外走，陈冉在身后快步追赶她。

林蓓蓓走回门厅，戛然止步。

王宝圆用身体挡住单元门,堵住林蓓蓓去路。

林蓓蓓手指宝圆,张嘴就骂:"你个两面三刀的东西,咱俩白好了。"

王宝圆恳求道:"咱俩一起跳《唐俑复活》不好吗?"

林蓓蓓继续骂:"你个大傻子,一天到晚就知道跳跳跳。"

身后传来陈冉的发问:"你不跳想干啥?"

林蓓蓓转身面对陈冉:"陈导,何必呢?何苦呢?大家都是成年人,彼此留一线,非要追着撵着我,逼我当众、当面拒绝你吗?"

陈冉压制情绪耐心劝说:"蓓蓓,你是主演,和宝圆她们不一样,剧院把你当成首席接班人来培养,你在辜负大家的期望,更在浪费你的天赋。"

林蓓蓓不屑地说:"你们非要塞给我,是不是也得问问我稀罕不稀罕呢?"

陈冉诧异地问:"你不稀罕?"

林蓓蓓大声说:"何必非要逼我说不稀罕呢?直说吧,我就是不稀罕!首席接班人怎么着了?一个二线院团的鸡头,大破天每月六七千,三百六十五天一天不歇地跳跳跳,跳来名了?跳来利了?我不当第二个易文艳,我不过她那么委屈自个儿的人生!陈导,你们这代人全凭热爱,我们这代讲性价比、讲投入产出比的,一分钱没有,拿了'荷花奖',奖金也就三千五,要我一周九小时、三个月拢共一百零八个小时,那么多时间,我干点儿什么不好?这事划不来。"

陈冉哑口无言,说什么都是鸡同鸭讲。

王宝圆在身后拽林蓓蓓衣角,示意她别说得那么赤裸裸。

林蓓蓓朝身后一把拍掉宝圆手:"谁不算这个账?谁心里不明白?我只不过把它说出来,从来不自欺欺人而已!"

陈冉黯然:"你说得对,这里从来不具性价比,投入产出从来不成正比,我们当然想挣得更多、收入更体面,但无论挣多挣少,我们都会三百六十五天一天不歇地跳下去,这是舞者的宿命,也是使命。"

林蓓蓓冷笑:"那是你的价值观,不是我的。"

陈冉认真地问:"蓓蓓,你是个专业舞蹈演员,请问在你的价值观里,舞蹈是什么?"

林蓓蓓突然嬉皮笑脸起来:"如果舞蹈不能给我想要的生活,那它就只能是个爱好,把爱好变成工作,还是个苦哈哈穷嗖嗖的工作,就是个悲剧。"

陈冉无言以对,价值取向的代际差,如鸿沟般填不平。

王宝圆看看陈冉,再看看林蓓蓓,一对眼珠在圆脸盘上滴溜溜打转。

林蓓蓓继续振振有词："说我浪费天赋也好、烂泥扶不上墙也好,跟领导说说,培养肯把热情当饭吃的人去吧,让我当个一般群众、随着大溜跳跳群舞就好。"

林蓓蓓绕开一言不发的陈冉,走进电梯,电梯门合拢。

陈冉转身,抬脚走出门厅,走出单元门,王宝圆赶紧跟上她。

两人走上大街,一前一后走在夜色里,陈冉脚步飞快。

王宝圆紧赶慢赶撵着她脚步,替林蓓蓓解释:"陈导你别往心里去,蓓蓓就是嘴太臭,容易招黑,她其实挺喜欢跳舞的,就是不想那么累。"

陈冉止步,宝圆跟着她急刹车。

陈冉淡淡地说:"没什么,她说的是实话。"说完长叹一口气。

王宝圆小声嘟囔:"别人都羡慕蓓蓓长得漂亮,总有富二代追,这些我都不嫉妒,我最嫉妒她的,是她有那么好的天赋,整天吊儿郎当,还是所有人都看好她,我要有她一半天赋,你就不会嫌弃我了……"

陈冉心里一软,望着宝圆委屈的银盆大脸,突然觉得她分外可爱。

陈冉伸手搂住王宝圆肩膀,迈步前行:"来,宝圆。"

突如其来的热情令王宝圆受宠若惊,不知道说什么好。

陈冉搂着宝圆,坚定地向前走。

没有什么能够阻挡。

五

《唐俑》开始进入排练。

排练场内,易文艳站在最前排,演示乐舞俑的每个造型动作,其他十二个唐宫小姐姐排成三排,跟随小艳练习这些动作,陈冉走在她们中间,不时拍拍这个的肚子、压压那个的腿、抬抬这个的下巴、扭扭那个的脸,纠正姿态。

全体跟随小艳一腿独立、一腿后举过顶、凝固不动时,最后排一个人左摇右晃、摇摇欲坠。

陈冉望着王宝圆,替她捏把汗。

王宝圆拼命保持平衡,憋气憋得脸涨红,终于轰然倒地。

其他小姐姐被王宝圆的坍塌破防,纷纷散架儿,笑倒一片。

陈冉无可奈何。

王宝圆爬起来,立刻向陈冉保证,她从现在起开始减肥,说到做到。

中午到了食堂,三人一桌,陈冉、易文艳吃饭,王宝圆面前啥也没有,抱一只巨大的塑料水杯,咚咚咚仰脖灌水。

易文艳望着宝圆的目光寄予无限同情:"你要减肥就别在这儿受罪了,回屋躲躲去吧。"

王宝圆意志坚决:"不!这是对我意志的磨炼。"

陈冉偷笑。

掌勺大师傅气哼哼冲到桌前,质问王宝圆:"你咋不吃?"

王宝圆委屈解释:"我减肥……"

掌勺大师傅没等她说完就吼回去:"减什么肥?一个个瘦得跟鬼样嘞!不是生酮戒碳水,就是放着好好的肉不吃,成天弄啥咧。就这一个好好吃饭的也不好好吃了!"接过食堂阿姨端来的一满碗卤面,哐当蹾在宝圆面前桌上:"你不是说我做的卤面赛过你奶吗?给我吃!"

陈冉、易文艳两人憋住一脸坏笑。

王宝圆突然起身,撒腿逃出食堂。箭一般逃出办公楼,蹿过停车场,冲进宿舍楼,一路高叫:"别害我!"

后面掌勺大师傅端着卤面碗一路追赶,穿过停车场,冲进宿舍楼:"宝圆,吃饭!"

这边林蓓蓓逃离排练场,直接到男朋友刘宁那里寻求安慰。

他们来到一家炫酷的酒吧,林蓓蓓站在户外露台上吹着小风,俯瞰夜色。

刘宁端了两杯酒从喧闹的酒吧里出来,递给林蓓蓓一杯酒:"要我说,不想跳就辞职。"

林蓓蓓:"我也没不想跳,就是不想跳得那么累。"

刘宁伸手搂住她:"我也不想你那么累,要不……咱们明年结婚吧。"

林蓓蓓对这个提议感到诧异,出乎她意料:"明年结婚?"

刘宁点头:"我爸妈挺喜欢你的,点头放话批准我娶你了,老刘说先成家后立业,让我早点结婚,把终身大事搞定了,好踏实接他班,家里生意早晚要交给我,老太太就一个条件,希望一结婚你就辞职回家。"

林蓓蓓问:"你妈不喜欢我跳舞?"

刘宁笑:"她不是不喜欢你跳舞,是不喜欢她儿媳妇跳舞。"

林蓓蓓眉头皱了皱:"那你呢?也想让我一结婚就回家?"

刘宁大大咧咧地说："我当然不希望我太太抛头露面、掰大腿给人看,而且你们一排练舞剧就没白没黑,严重影响我家庭生活质量。我觉得吧,你现在也跳得三心二意,没啥大意思,结婚你就不用上班了,安心当全职太太,家务活也不用你干,在家指挥保姆,出门陪我应酬,这生活不理想?"

林蓓蓓有些不确定:"幸福来得有点突然……"

刘宁继续安排:"还有你爸妈,他们在开封开夜市太辛苦,你不一直惦记让二老别干了嘛。我也想好了,在咱边儿上也给二老买套房,方便照顾他们;闲不住的话,我再盘个饭店雇上人,让他俩管。这安排,刘太太满意吗?"

林蓓蓓明显动容,望着眉飞色舞的男朋友,自语:"那我就……不跳了?"

男朋友得意地说:"想跳还能跳,在家跳给我一个人看。"凑近亲吻林蓓蓓。

小情侣耳鬓厮磨,林蓓蓓有点跑神。

不过既然男朋友把一切都安排好了,林蓓蓓也很心动,尤其是父母能够安享晚年,是她求之不得的,林蓓蓓决定快刀斩乱麻,立刻回郑歌办理离职手续。

中午,她在食堂找到正在吃饭的罗冰冰,问办离职需要什么手续。

罗冰冰一脸诧异:"谁办离职?你?!"

林蓓蓓吞吞吐吐起来:"先别当真,我就那么一问,那个……我要走,会不会给剧院造成损失?你和孙院会不会生气?觉得我是白眼狼……会不会不放我走,给我穿小鞋?"

罗冰冰疑惑地问:"你这是找着下家了,要攀高枝?"

林蓓蓓赶紧解释:"不是,我没想跳槽去别地。"

罗冰冰不解了:"那你问离职干啥?"

林蓓蓓迟疑一下,说:"我可能……快结婚了。"

罗冰冰听了一愣:"哟,生孩子离职我办过不少,结婚离职你头一个,新课题啊。"

林蓓蓓解释说:"我男朋友家里……希望我在家做全职太太,你知道他家条件不错。"

罗冰冰反问:"你自己觉得好不好呢?"

林蓓蓓不太确定起来:"应该……好吧,奋斗好多年都奋斗不上的日子,一下子就来了。"

罗冰冰表情严肃起来,沉吟着说:"咋说呢,你不想跳了我不意外,就是觉着可惜。你条件比小艳好,她首席是五分天赋、五分刻苦,一天天拼出来、练出来的;你凭七分天赋,没费多大劲儿就当上主演,剧院把你当重点对象培养,可能对你来说这些来得都太容易了……我就问你一句:是不是不喜欢跳舞了?"

林蓓蓓吭哧瘪肚："也不是……可是……"

罗冰冰冷笑："懂,你的性价比我也听说了,理解,人各有志,不强求,好比有人手指细长去弹钢琴,有人一样的手去打麻将。但我不作为领导,也不从剧院培养你未来首席的角度,单纯作为一个比你早跳十年舞的前辈,替你可惜。"

林蓓蓓无言以对。

罗冰冰心里气极,干脆利落地说："离职手续没啥复杂,剧院不会扣着你不放,辞职信交上来,院办盖章一批,走你!只要你自己想明白,扔下舞蹈演员的身份没啥舍不得,将来不后悔就中。"说完,她端起餐盘,起身离开。

林蓓蓓低头面对餐盘发愣。

她的心里,也是一片茫然。

然后,她决定去看看父母,希望能够从他们那里得到意见和支持。

她的父母在开封夜市摆摊,她到达时正是黄昏,暮色尚未浓,灯火已阑珊,壮观的开封夜市刚到开市时间,食档就位,烟火正起。

林蓓蓓驻足张望父母摊位。

挂着"羊肉烩面、灌汤包子、涮牛肚、黄焖鱼"的摊位上,林妈林爸正在做开市准备,备好食材、摆放调料,动作麻利熟练。

林爸伸手往餐车上边挂菜牌,一块牌子没挂好掉下来,旁边伸出一只手,稳稳接住,林爸一扭头。

林蓓蓓一脸灿烂的笑,来到面前。

林爸惊喜地问："你咋跑来了?不打个招呼。"

林妈也看到女儿,同样惊喜："咦,你咋这个点儿来了?晚上不排练?"

林蓓蓓笑道："我请了个假,踩着饭点儿,想吃你俩做的。"绕到摊位后面想帮忙干活。

林妈挡开她,按她坐下："别沾手了,想吃啥,趁这会儿还没上客,让恁爸给你做。"

林爸得意地说："我知道妞爱吃啥,等着,一会儿就让你吃嘴里。"

林蓓蓓看着爸妈忙活："爸妈,我有个事儿跟你们商量。"

林妈走来,坐到林蓓蓓面前："啥事儿?"

林蓓蓓小心地措辞："刘宁计划明年结婚,他想让我辞职不跳舞了,还想让你们搬到郑州,盘个饭店给你们,不用像现在这样辛苦受累,跟着我俩享享清福,好不好?"

林爸林妈对视一眼,脸上并没有林蓓蓓期待看到的惊喜。

林爸把一碗黄焖鱼放到林蓓蓓面前："你是不是觉得这么安排特别好?"

林蓓蓓解释:"我没想现在就结婚,但刘宁替我、替你们安排得挺周到的,就有点儿动心。"

林爸也坐到女儿面前:"谁说我们现在这样辛苦?"

林蓓蓓问:"不苦吗?打我记事你们就开始摆摊,从路边摊摆到大夜市,每天天亮收摊,别人上班你俩才回家睡下,中午起来备菜备料,傍晚又出摊,日复一日、晨昏颠倒,生物钟早乱了,不辛苦?"

林爸恬淡地笑:"日子苦不苦、好不好,我们自己说了算。我跟你妈忙活惯了,一点儿不觉得苦,闲下来才要命。上半年疫情,夜市关了几个月,没活干,闲得发慌,倒吃不下睡不着,这儿酸那儿疼,浑身不得劲儿。一说开市,立马啥毛病都没了,就这命。"

林蓓蓓劝道:"你们年纪大了,不能一直这么熬下去呀。"

林妈的表情也很淡定:"蓓蓓,刘宁是好意,爸妈心领。但你跟他结婚过的是你的日子,哪有把爹妈拴身上让人家一块包圆的道理?我们也不会跟着你靠他,那成啥了?吃人家嘴短,我们不自在,你也啥事儿都不硬气。"

林爸又问:"刘宁让你结婚就辞职?那你以后不跳舞了?"

林蓓蓓有些畏缩:"也不能跳一辈子,早晚都是不跳。"

林妈问:"你不才跳上主演?能跳的日子长着呢!小时候那么喜欢跳,现在不喜欢了?"

林爸也问:"小时候不让你跳舞,拦都拦不住,偷着往少年宫跑,还拉舞蹈班老师替你求情,晚上馄饨摊儿人多,你拿马路当舞台,拿吃夜宵的当观众,没完没了地跳。我跟你妈没辙了,觉着你可能真是这块料儿,跳就跳吧。真跳成专业演员了,还是主演,说不跳就不跳了?你舍得?"

林蓓蓓鼓起勇气坦白说:"我想过好日子,也想让你们过上好日子,但是靠跳舞,实现不了这些。"

林妈不以为然,反问:"啥是好日子哦?爸妈现在过的就是好日子,等年底《水月洛神》演出,记着给妈留票,妈带几个姨去看你,让我好好显摆显摆闺女,就是好日子。"

林蓓蓓闷头喝鱼汤,突然鼻子一酸。

面对父母明显的不赞成,林蓓蓓又动摇了。

她跟着刘宁去一家高档商务会馆吃饭,陈设豪华的VIP大包房里,有表演区、休闲区和用餐区,会馆老板正和刘宁、三四个富二代推杯换盏,林蓓蓓挨刘宁坐,眼睛不时瞟向小舞台。小舞台上几个女舞蹈演员穿着舞衣和猫爪鞋,正在表演古典舞,动作简单,水平业余。

会馆老板兴奋地说:"谢谢哥几个来我会馆捧场,节目安排丰富,唱歌跳舞魔术脱口秀,要啥咱有啥,本来还有昆曲,好多客人反映咿咿呀呀受不了,就取消了。蓓蓓,我这儿都是从各地舞蹈学校划拉来的小姑娘,你专业的,照一眼,给点评点评,舞跳得还行吗?"

林蓓蓓不屑地说:"没啥好点评的。"

刘宁笑:"我们家蓓蓓未来首席,咋说也是全省顶尖儿,这舞哪能入她眼。"

会馆老板眼珠一转:"要不然,蓓蓓,你给露一手呗,让她们长长见识,知道客人里有行家,得好好跳,不能蒙事儿,也让我们哥几个开开眼。"

几个富二代哥们儿来劲了,纷纷应和:

"蓓蓓露一手,震个场。"

"早听小刘总念叨蓓蓓跳舞特好看,跳一段跳一段。"

林蓓蓓摇头摆手,坚决拒绝:"不跳不跳。"

会馆老板继续纠缠:"赏个脸嘛,你就随便比画几下,小刘总?"

刘宁搂住林蓓蓓肩膀:"要不就来一小段,你们《水月洛神》特经典的那段《芙蓉池》,一群舞女给曹丕曹植哥俩儿酒宴上跳那段,气氛和这桌正合适。"

林蓓蓓不好直接拒绝男友:"那是有版权的,我不能随便跳。"

刘宁不以为然:"自己人跳着玩儿,较什么真?你不跳这段,跳别的也行。"

林蓓蓓低声抗议:"你不说不愿意我在外面掰大腿给人看吗?"

刘宁毫不在意地笑着说:"这都自己哥们儿,不算外人,跟你在家给我跳一样。"

林蓓蓓甩开他胳膊:"你把我当啥?我是演员,只给观众跳,不跳酒宴,也不跳堂会。"

刘宁脸上挂不住了,声音一下拔高:"我们也是观众,别矫情,大大方方跳,跳!"

林蓓蓓愤然起身,把餐布往桌上一拽:"我说了不跳!"

场面瞬间难堪,舞台上的舞蹈也停下来,会馆老板和富二代们赶紧打圆场。

会馆老板自责道:"当我没说,当我没说。"

富二代哥们儿劝道:"蓓蓓别生气,坐,坐。"

林蓓蓓抓起包,众目睽睽下,离开酒桌,扬长而去。

似乎在此刻,只有一个地方可去。

林蓓蓓直接回到郑歌宿舍,把躺在床上刷手机的王宝圆吓了一跳,王宝圆猛地坐起。

王宝圆惊道:"大半夜的,你咋这会儿回来了?"

林蓓蓓没说话,打开衣柜找衣服。

王宝圆表情紧张:"真辞职了?这就收拾东西要搬走?"

林蓓蓓扯出睡衣扔自己床上:"不是,别一惊一乍的,我宿舍我不能住?"

王宝圆长出一口气,放下了心:"我怕你说辞就辞,真不跳了。"

林蓓蓓盘腿上床:"我不跳舞,你怕啥?"

王宝圆迟疑着说:"我怕你后悔……你天赋多好啊,我要是有你的天赋,就人生巅峰、死而无憾了……真是'一人扔下的、一人想捡',可我,想捡你的也捡不着啊。"

林蓓蓓扭头望向宝圆,问:"宝圆,这是你要的日子吗?"

王宝圆说:"太是了!咱宿舍在我眼里就是豪宅,每月三四千我也够花了,能跳上舞,就是我想要的日子!"

林蓓蓓内心突然被宝圆的话触动,眼神定定地看着前方出神。

眼前浮现过去的场景,林蓓蓓突然看到了小时候的自己,那是她父亲唠叨过,似乎永远不会忘记的……

热气蒸腾、烟火缭绕的深夜街头,一个女孩超然忘我,翩翩起舞,那是八岁的林蓓蓓。

街边大排档,食客三五一桌,林妈在摊位上招呼,林爸在灶边忙碌,所有人都把视线投向跳舞的小女孩,每个人都在笑着。

一碗慰藉疲惫的夜宵;一个降落凡间的精灵。

一行泪自林蓓蓓眼角滴落。

一早,王宝圆还在酣睡,林蓓蓓早早起了床,当王宝圆跟着陈冉、易文艳走近排练场时,她们听到大门里传出音乐声。

三人纳闷,走在最前面的王宝圆一把推开排练场门,愣住:林蓓蓓独自一人,手扶把杆,压腿下腰。

王宝圆冲向林蓓蓓,一脸惊喜地叫道:"咦!你没走?!"

林蓓蓓停下练功,走到陈冉面前:"陈导,我现在加入《唐俑复活》晚不晚?"

陈冉露出笑容,轻描淡写地说:"来吧。"

林蓓蓓笑了,一脸阳光灿烂。

六

刘宁找上门来了。

林蓓蓓走出宿舍楼,就看见刘宁靠在玛莎拉蒂车头前,她迟疑了一下,还是勇敢地走向他。

刘宁笑着问："还没消气呢？你让我在哥们儿面前丢面子我也没说啥。"

林蓓蓓质问："你不让我跳是为你面子，让我在你哥们儿面前跳也是为你面子，你有没有问过我想不想跳、什么时候想跳呢？我的尊严、我的面子呢？"

刘宁小声叫了起来："我难道不就是你面子？嫁给我不用受累，锦衣玉食，还不够你有面子的？"

林蓓蓓摇头："你不了解我怎么想，也不关心。我从小喜欢跳舞，现在也还喜欢，如果你和你爸妈要求我结婚就辞职不跳了，那我就……不想这么早结婚，我想趁年轻再跳几年。"

刘宁怔了一下："你是让我等你跳够了再结婚？说吧，你要跳几年？"

林蓓蓓说："舞蹈是青春饭，我跳不了几年。"

刘宁慢慢冷笑："反正要等你把青春跳过去，像你们艳儿姐那样儿，三十大几、跳不动了，也没啥奔头儿了，我再来娶你、给你兜底，是吧？林蓓蓓，我图啥呀？"

林蓓蓓被刘宁的赤裸裸刺伤，苦笑，眼泪却在眼眶里打转。"我知道你图啥了，是我错了，我太虚荣太贪心，什么都想要，想好好跳舞，也想过好日子。"林蓓蓓后退一步，拉开两人之间的距离，"谢谢你，帮我看清自己，比起不跳舞的好日子，我还是更爱跳舞。"她说完转身就走。

刘宁愣住。

林蓓蓓走出几步，又停下，从兜里掏出玛莎拉蒂车钥匙，转回身扔给刘宁："还给你！"

林蓓蓓大步流星走进宿舍楼门，头也不回，扔下无可奈何的富二代男友。

从这里开始，从夏日练到秋天，倾注了陈冉、易文艳、林蓓蓓、王宝圆、罗冰冰，还有其他十多位舞蹈演员心血和汗水的《唐俑复活》终于排练完毕。这一天，十四位唐宫小姐姐带妆彩排舞蹈《唐俑复活》，陈冉陪同孙院、罗冰冰观看验收。

其他十三个小姐姐身穿紧紧包裹身体、曲线纤毫毕现的唐代服装，舞姿婀娜曼妙，只有王宝圆例外，她像是一只圆滚滚的粽子，脸宽出一个横幅，从姿态美感到动作完成度，明显跟大家不在一个维度上。

表演完毕，孙院和罗冰冰起身鼓掌。

孙院总结："陈冉的创意、编舞非常有新意，不是现代人穿越回古代，而是让唐俑穿越到今天，让历史、让传统文化在我们眼前突然活了，去参赛'荷花奖'，拿得出手，我很有信心。欠缺之处就是表现力还不够,很多人的技术技巧还不到位,要人人达到小艳的标准,我们才有竞争力。知道大家付出了非常多的个人时间和努力,距离决赛还有一个月时间,最后这个月,再拼拼!"

陈冉和小姐姐们一起点头。

不少舞蹈演员都转头去看王宝圆。

孙院一走出排练场,就扭身问陈冉:"你看不出王宝圆在拖后腿吗?"

陈冉解释说:"可是她特别努力……"

孙院叹气:"你看不出她不是态度问题,是能力问题?"

陈冉沉默。

罗冰冰也不知道该替谁说话:"陈冉怎么可能看不出来?就是宝圆这孩子,让人不忍心,全院最拼最努力的小孩儿,偏偏是最笨的那个……"

孙院苦笑一下,还是坚决地说:"我们是去比赛,不是发小红花,好调整就直接把她拿下来,不好调整就赶紧换个人顶上。"

说完走了。

然后,通知就下达给王宝圆:她从《唐俑复活》里被撤掉了。

王宝圆欲哭无泪地找到陈冉,做最后的挣扎:"我差在哪儿了?太胖,还是我跳得不好?"

陈冉难以给出确定答案,不忍心再打击她。

王宝圆试探:"不能……给我判个死缓,再观察观察?直接就死刑了?"

陈冉的沉默让王宝圆知道自己没戏了,放弃挣扎。

王宝圆长出一口气:"算了,我知道我自己,要不是陈导你,我压根儿就选不上。"

王宝圆转身走回场边,把练功衣物一样一样装进背包,背上肩,一眼瞥见单独收纳《唐俑》演出服的包,怀抱它,走回陈冉面前:"衣服还给你。"

陈冉心里更难受了,不接服装包:"你自己收着吧。"

王宝圆尴尬地说:"也是,我的号谁穿都嫌大,浪费了一套服装钱。"

陈冉于心不忍,突然斩钉截铁:"不浪费!宝圆,我答应你,以后如果有演出机会,我一定带上你。"

王宝圆绝望的脸上燃起一抹光彩:"你说真的?!"

陈冉肯定:"真的!"

直接打击里突然而至的安慰反而让王宝圆绷不住了,眼泪一下子冒出来,顺着大圆脸盘滑落,脸上却在笑着:"那我奶奶还有盼头……"

两年前她从乡下进城时,一家人给她送行,王宝圆郑重地向奶奶承诺过:"很快就能够在电视上看到你的大孙女跳舞了。"

后来她从妈妈打来的电话中知道,从她离家那天起,家里的电视机一直开着,奶奶没事就守在电视机前,吃饭看,做活儿也看,电视机换了一个,视力也下降了。可是直到现在,她也没在电视上看见她的大孙女。

可是还没笑开,马上就转成困惑,眼含泪,问陈冉:"陈导,是不是光有热爱还远远不够?是不是笨、没有天赋,怎么使劲儿、怎么努力都没用?"

陈冉回答不了。或者,是她这时回答不了。

有一些事,非到那个时刻,没有人知道答案,而一到那个时刻,时间就自然给出了答案,就如这个夏天那一刻,她在省博遇见"她们"那样。

王宝圆重新恢复成了那个爱笑爱吃的女孩,每每在食堂捧着一只超大面碗,稀里呼噜、狼吞虎咽地吃着卤面,林蓓蓓坐在她对面,无奈望着宝圆狂吃。

两个男演员经过她们桌前,大呼小叫。

男演员甲:"宝圆你怎么吃上了?"

男演员乙:"不是说好你一吃就凌辱你吗?"

林蓓蓓抬手轰男演员走。

王宝圆吃得头也不抬。

掌勺大师傅又端了一碗蒸酥肉、蒸丸子从后厨出来,搁到宝圆桌上:"瘦得没个人样儿了,好好补补!"

王宝圆使劲点头,筷子夹起一大块酥肉,塞进嘴。

掌勺大师傅说:"这才对嘛!"说完满意而去。

林蓓蓓伸手撸撸宝圆脑袋,说不出安慰话,看着她吃。

刚刚走进食堂的陈冉看着这一幕,似乎有什么东西触动了她,可是她一时半刻却无法捕捉。

9月,郑歌选送舞蹈《唐俑复活》从全国174部作品中脱颖而出,成为17部进入"荷花奖"决赛的作品之一,编导陈冉专程赴京,向舞协专家讨教改进意见。

在中国舞蹈家协会办公室里,陈冉洗耳恭听舞协专家丁老师对于《唐俑复活》的意见建议。

丁老师认真地说:"创意编排非常好,角度奇特,历史、现代、文化、文物,所有元素都在里面了,有机结合,丝毫不标签、不刻意,我看到了你想表现的那种'美',但是……"说到这里停顿了一下,揣摩陈冉表情,"想听实话吗?"

陈冉点头:"当然,我来北京就是听您说实话的。"

丁老师严肃地说:"你们现在呈现的技巧、表现力、感染力,和北京、上海的演员相比,尤其是同台竞技,还是差很多。"

陈冉认同:"我知道。"

丁老师期待地看着她:"郑歌跟北京、上海比美的话,只能比她们更美才能赢,你们能做到吗?"

陈冉说不出"能",她没有这个底气。

丁老师启发道:"拼美拼不过人家,陈冉你要再想想:除了美,你还能表现什么?"

陈冉思索。似乎,又有什么在她的心里动了一下,仿佛蛰伏已久,想要苏醒,破土而出。

在回程的高铁上,陈冉反复思考丁老师的这个问题:除了美,你还能表现什么?

然后,仿佛有一种神秘的召唤,她再次去了省博,仿佛想从那里找回初心,或者,找到丁老师那个问题的答案。

再一次,她把脸贴在玻璃罩上,陷入冥思。

她追问玻璃罩里的琵琶坐部伎:"后来呢?你出宫得到自由了吗?和母亲姐妹团聚了吗?兄弟从边关回到长安了吗?你的憧憬都实现了吗?"

琵琶坐部伎缓缓摇头。

陈冉惊诧:"为什么?不是一切都在向好吗?"

琵琶坐部伎轻叹:"然而发生了安史之乱,两个兄弟战死沙场,玄宗带杨贵妃出逃,行至马嵬坡,遭遇军中哗变,缢死杨玉环,被迫退位,盛唐戛然而止。"

陈冉随之情绪低落:"你呢?"

琵琶坐部伎答:"我?皇帝都跑了,我还给谁演奏?乐人四散奔逃,躲避战乱,颠沛流离,沦落民间,教坊从此凋敝。"

陈冉:"你去哪儿了?"

琵琶坐部伎答:"我出了宫,找到母亲姐妹的住处,人去楼空,才得知一个月前母亲听闻儿死噩耗,忧伤成疾,辗转病榻,已经撒手尘寰;姐妹随夫家逃离长安,杳无音信。"

陈冉感叹:"你自由了,却不知道何去何从?"

两行清泪,自琵琶坐部伎眼角垂落。

陈冉仿佛看见这两行清泪流过的脸庞,化作了易文艳,易文艳就坐在她面前,而她们,就坐在浔阳江头那只船的船头。

枫叶荻花秋瑟瑟,一只停靠在江边夜色中的客船上,琵琶坐部伎坐于船头,犹抱琵琶半遮面,低眉信手续续弹,说尽心中无限事。

琵琶坐部伎吟诵:"弟走从军阿姨死,暮去朝来颜色故。门前冷落鞍马稀,老大嫁作商人妇。商人重利轻别离,前月浮梁买茶去。去来江口守空船,绕船月明江水寒。夜深忽梦少年事,梦啼妆泪红阑干。"

江中另一只官船上,江州司马、诗人白居易和一位友人坐于船舱,守着一桌残酒,听坐部伎演奏听入了神,泪流满面。

陈冉也听得动心动情,和琵琶坐部伎相对无言,不胜唏嘘。

终于,陈冉忍不住又问:"你一生,历尽劫难、阅尽繁华,人生最高光的时刻,是给皇帝演奏《霓裳羽衣曲》吗?"

琵琶坐部伎垂首沉吟片刻,抬头凝视陈冉:"不是,是我第一次走去宫殿、准备给他表演的路上。"

这个答案出乎陈冉意料。

陈冉问:"为什么是在那条路上?"

"因为那条路……仿佛通向团圆的那天,那么美好。"琵琶坐部伎破涕为笑,眼神里燃起沧桑磨砺不掉的光芒。

突然间,陈冉的脑海里,却如电光石火,如醍醐灌顶,她眼前出现这些画面——

不再是琵琶坐部伎,不再是舞俑乐俑,而是易文艳领着十四名唐宫小姐姐,"她们"规规矩矩排成两列纵队,装束华丽、仪态端庄,走在后花园路上,队列中间的"手鼓"和前面的"笛子"交头接耳,手指队尾指指点点。

"她们"聚集于水边,"笛子"在最后排跳脚,拨开众人,生生挤到前排,撩起水花,泼洒大家。

钟声响起,"她们"迅速收起欢笑嬉戏,恢复两列纵队,转身步上宫殿。

就是这个场景,就是这个欢快戏水的场景,就是那一刻,她们真情流露,恢复了女孩的天真烂漫,就是那一刻,才是完全属于她们自己的时间。

时间!

场景!

陈冉恍然大悟的兴奋溢于言表:"谢谢你的故事。"

琵琶坐部伎对她微笑:"谢谢你讲出我的故事。"

陈冉睁开眼,迫不及待,掉头冲出展厅。

她一路飞奔回郑歌,直接冲进排练场,冲向场内站着、坐着、躺着的女演员们。

所有人都被疯疯癫癫冲进来的陈冉吸引目光,齐刷刷望向她。

陈冉冲到场地中央,一个急刹车,不等气喘匀,两手招呼众人:"小艳、蓓蓓、唐宫小姐姐们,起来,都给我起来!"

易文艳、林蓓蓓和其他十一位唐宫小姐姐纷纷起身,聚拢在陈冉周围。

易文艳问:"怎么了?"

陈冉兴奋而坚决地说:"今天起都不用减肥了,敞开随便吃!"

离群缩在角落里、坐在地板上的王宝圆一下子抬头,只见陈冉正向自己招手,呼唤她过去。

陈冉指着她:"宝圆来,这回可以带上你了!"

王宝圆做梦一样爬起来,指着自己反复确认:"我吗?叫的是我?"

陈冉向宝圆招手:"就你!十四个,一个也不能少。"

王宝圆咧大嘴跑向陈冉和大家,还没到大家面前,眼泪冒出来,林蓓蓓一把搂住她肩膀,撸她脑袋。

王宝圆心虚哽咽着问:"我掉下去的八斤又长回来了,还……多了两斤。"

陈冉笑:"再胖点儿也没事儿。"

王宝圆直愣眼:"啊?!"

易文艳察觉到变化,试探问道:"咱不跳《唐俑复活》了?"

陈冉点头肯定:"对,咱跳另一个舞!"

唐宫小姐姐们面面相觑。

孙院闻讯立刻把陈冉召到办公室,瞠目结舌地问:"啥?跳另一个舞?!"

陈冉点头确定:"对,另一个舞!我们美不过北京上海,那咱就想点别的吧。"

坐一边旁听的罗冰冰听到陈冉的"比丑宣言"也张口结舌。

孙院满脸匪夷所思:"别的?什么别的?"

陈冉信心满满:"孙院罗院你们瞧好吧,我绝对给你们排出一个'别人没见过'和'大家都能看懂'的舞来!"

孙院不解地问:"陈冉你咋想的?'荷花奖'入围了,还有一个月就决赛,你要把《唐俑》

砸碎了推倒重来,时间呢? 来得及来不及? 排练呢? 一个月练得成?"

陈冉态度笃定:"来得及,三个情节段落和音乐风格我一气呵成都想好了,动作难度也不大,我保证一个月就能参加决赛!"

孙院猛然反应过来:"你等等,等等,另一个舞,是不是要再花一份儿钱? 之前那个就打水漂了?"

陈冉从气壮山河秒变心虚理亏:"编舞完全不一样了,所以,舞美音乐服装道具灯光都要重做……"

孙院猛然起身:"姑奶奶啊,疫情年,没有演出,剧院今年一分钱还没挣着呢,《唐俑复活》拢共花多少了?"

罗冰冰接话:"六万。"

孙院痛心疾首:"六万哪,一个首席全年的工资啊! 就……就……没啦?"

罗冰冰打圆场:"创作嘛,敢于创新就可能承受失败,沉没点儿成本也难免。"

孙院还是不解:"《唐俑复活》创新了也没失败,还入围决赛了,这成本怎么就让它沉没了呢?"

陈冉昂起头说:"因为我想更好!"

孙院问了一个实际的问题:"再创排一个新舞,你估计还要多少预算?"

陈冉迟疑着:"八万左右。"

孙院断然:"我没钱给你!"

一嗓子吓得陈冉和罗冰冰一起抖了抖。

陈冉不服地说:"您要这么为难,算了,我自己找辙。"

孙院黑着脸:"你有啥辙?"

陈冉咬着牙:"我……觍着脸求舞美音乐灯光几位老师拿一份钱干两份活儿,但是服装道具重新做肯定还要支出……我先花自己的。"

陈冉起身走出院长办公室,刚走到门口,就听孙院在身后嚷嚷一句"回来",转身回头。

正巧办公室座机响了,孙院坐下抄起电话:"谁来了? 严局?!"

罗冰冰和陈冉都面露诧异,对视一眼。

孙院:"门卫打来的电话,说严局微服私访来了,冰冰你跟我一起下楼迎迎。陈冉你先走吧,等下我再跟你说。"

"不用迎接,我自己来了。"

早已在外面听了多时他们争吵的郑州市文旅局局长严局走进办公室,看着三人。

她对郑歌熟悉,几乎所有的工作人员都认得她,所以她一路通行无阻地到达孙院办公室门口"偷听"。

"你们刚才在说的,怎么回事?"严局首先问这个关键问题。

孙院转头看陈冉,陈冉迟疑了一下,鼓起勇气说:"我认为,一个舞台作品,光表现'美'还不够,远远不够,我还要表现人、表现命运、表现喜怒哀乐,让人不光看到'美',更看见'人'!"

"是关于你们正在做的《唐俑复活》吗?"严局继续问。

"是,也不是。"陈冉一旦说开,就侃侃而谈,"我确定要把《唐俑复活》改版成《唐宫夜宴》,我相信这个舞蹈能活化历史、活化传统文化,能用个性表达和崇尚自由打通古人和我们的时间壁垒,我要让这个舞蹈从眼睛被愉悦,变成心里被打动。"

孙院忍不住诉苦说:"剧院鼓励也大力支持创新,但今年情况特殊,不要说演出收入,就算拍个电视网络节目、拍条小广告的外快都没有,一分钱不进却到处要支出:《水月洛神》巡演要更新器材、换灯换道具吧,《精忠报国》要外请专家完善改进吧,你还要排'荷花奖'……咬牙撑到年底《水月洛神》巡演售票,我们才能有进账。"

孙院提高了声音:"剧院每年划出专项资金创排'荷花奖',今年的你都花光了,非要推翻再排一个新的,我不能回回见严局、高局都追着她们哭穷要钱啊。"

陈冉毫不退让地说:"理解剧院的难处,改版损失和超支我自己承担,大不了觍着脸求舞美音乐服装灯光几位老师拿一份钱干两份活儿,布料道具再花钱我自己垫上。"

"好,我明白了。"严局说,"敢这么不计付出地创新,我不信排不出好节目。"

孙院故作痛苦:"可是经费,确实很难……"

严局坚决地说:"今年不容易,国家不容易……但是咱文旅局、咱郑歌,无论什么时候、什么条件,打造文艺精品、传播中原文化、重塑河南形象,都是第一重要的事。"严局转向陈冉:"陈导,改版超支的钱局里出了,不让你自己掏钱包。"

陈冉惊喜莫名:"真的?谢谢严局!领导扶植来得太及时、太感动了。"

孙院保持淡定微笑,一切尽在掌握。

罗冰冰强忍偷笑。

严局问:"不说客套话了,新改版的《唐宫夜宴》有模样儿了吗?我想先看看。"

陈冉欣然邀请:"有了,欢迎领导批评指正。"

孙院说:"演员都在排练场,咱们现在过去?"

严局率先走出院长办公室,三人随行,严局走到门口突然停住,转身回头:"你们仨……是不挖好坑儿等我跳呢?"

三人齐刷刷摇头,坚决否认:"没有没有没有!"

有了文旅局的经费支持,《唐宫夜宴》的排练进入快车道。

陈冉几乎天天扎在排练场,指导十四尊"唐俑",在场边不时大声提醒:"注意动作、表情,夸张!再夸张!"

在她的指导下,那些凝固的唐俑慢慢复活,有了生命,有了表情,有了个性。

陈冉面对围拢面前的唐宫小姐姐们阐述:"《唐俑复活》我要你们复制粘贴、千人一面,但《唐宫夜宴》要你们每个人都有自己的个性,每个人都不一样,把你们私下疯疯癫癫的劲儿带进来、融进去,给我闹起来!嗨起来!"

小姐姐们两列纵队登场,转向面对观众,后面一排硬挤进前排,队形乱了,混乱中,"唐小圆"王宝圆一脚踩到"唐小蓓"林蓓蓓脚面,"唐小蓓"报复性地扭胯甩屁股,"唐小圆"被撞得跌跌撞撞冲出队列,大家笑得前仰后合。

陈冉一指"唐小蓓":"留着你的顽皮!"

"唐小蓓"一次一次扭胯撅屁股,"唐小圆"一次一次被撞飞、一次一次从地板上爬起,最后一次躺在地板上,再也爬不起来,大家跑上去拉宝圆起来。

两列纵队继续前行,舞蹈中,"唐小琪"手鼓飞了出去,大家笑场,队形又乱了。

陈冉手指"唐小琪":"留着你的迷糊!"

一组练习"手鼓脱手"快切:

"唐小琪"一次一次飞出手鼓,怕人发现,脚往前走,眼往后瞄。

领舞"唐小艳"往前走,一回头,小姐姐们一个也没跟上她的节奏,叉腰站在原地翻白眼。

陈冉笑着鼓掌:"留着你的鄙视!"

顽皮,迷糊,鄙视……陈冉给每个唐俑注入了独特的个性和生命,整个剧变得灵动、自由。

陈冉与作曲交流:"音乐要讲故事、有叙事性,三个场景变换,三段式音乐,风格截然不同,第一段从博物馆走到后花园诙谐俏皮,第二段水边嬉戏深情舒缓,第三段走上宫殿恢宏大气、气象万千。"

陈冉、易文艳围拢在女造型师身边观看试妆。

造型师以林蓓蓓为模特,实验脸部填充效果:第一次往嘴里塞葡萄,第二次塞面巾纸团,第三次塞卫生棉球,林蓓蓓点头表示卫生棉球舒适感最佳。

造型师直起身对陈冉说:"卫生棉不容易被口水浸湿,挺半小时没问题。"

陈冉拍手敲定:"那就它了!"

处理好各个环节后,《唐宫夜宴》在排练场进行了第一次带妆彩排。

唐宫小姐姐们望着镜中的自己:高高挽起的双鬟,塞上卫生棉球圆鼓鼓的腮,脸上浓重夸张的黛眉、花钿、面靥、斜红、唇脂,海绵内衬衣撑起来的红绿襦裙,她们齐齐哀号:"太丑了!"

孙院、罗院乐不可支。

演出开始,陈冉陪孙院、罗冰冰坐在场边观看,瞥一眼孙院反应。

孙院咧着嘴一直笑,两手在两腿上打着节拍,看得忘情。

舞蹈结束,孙院带头起身鼓掌,陈冉和罗冰冰跟随起身。

陈冉问孙院:"您觉得怎么样?"

"我……"孙院一脸难以描述的表情,"说不好,但我大受震撼。"

陈冉满意地笑了:"这就是我想要的效果。"

七

然后,到了那一天。

2020年10月16日。洛阳。第十二届中国舞蹈"荷花奖"古典舞决赛。

《唐宫夜宴》作为第七个出场的节目,开始表演。

开场,复活的唐俑归队,易文艳一个腚蹲坐地。

站在靠近舞台台口过道上的杜宇飞,紧张溢于言表,猛抽一口气。

易文艳爬起来,追赶成队的唐俑女团,加入队尾。

杜宇飞放下心来,舒一口气。

台上诙谐俏皮,台下轻松欢乐,"屁股撞飞""手鼓脱手"等预先埋好的笑点精准引爆了观众的笑声。

台下第一排评委席,舞协丁老师居中列席评委。

观众席前排坐着一男一女,他们是河南电视台总编导陈雨和副总编导钱琳,他俩和其他观众一样看得一脸欢乐。

只有孙院、罗冰冰坐在观众席里不苟言笑,面色紧张,观众的热烈反应才让他俩对视一眼,心下稍安。

小姐姐们重新定格为唐俑,音乐还未结束,全场已经爆发出热烈掌声。

孙院、罗冰冰这才面露喜色,跟着观众一起鼓掌。

易文艳、林蓓蓓率领十二位小姐姐在台上分列左右,从后台请出编导陈冉,一起接受掌声,面对观众鞠躬,直起身来,每个人脸上都绽放光彩。

掌声还没有结束,热烈超出了正常时长。

主持人在台上朗声说:"请各位评委点评。"

年龄偏长的评委甲首先发言:"这个舞蹈太欢乐了,是观众反应最热烈的一个节目;但是……这是古典舞吗?作为古典舞,它太现代、不规范,动作难度、技巧性、艺术性都有所欠缺,格局也不大。"

评委乙说:"舞蹈是跳给谁看的?是不是技巧难度越大就越好?我认为专业的评审标准,和观众的喜闻乐见,都是文艺追求的方向,我们的创作既要提高专业标准,也要适应观众的喜好。"

评委丙表示肯定:"我认为小切口恰恰是《唐宫夜宴》如此可爱、落地生根的原因,这个舞蹈给我一个触动,就是传统文化在今天,在互联网、游戏漫画主导大众舞台的今天,如何找到它的现代表达?一群憨态可掬的邻家女孩,把高高在上的唐韵古风,嘻嘻哈哈、打打闹闹地呈现在我们面前,视角低、不说教、接地气,人性表达实现了古人和现代人的共情,审美达到了传统和现代文化的联通。"

丁老师笑着总结:"哈哈,没想到一个八分钟的舞蹈引发了'传统文化如何现代表达'和'文艺为谁服务'这两个文化命题、时代主题的讨论,《唐宫夜宴》具备了创新性和突破性,至于两大文化命题的争鸣结果,交给观众和市场去检验吧。"

掌声再次响起。

丁老师率领评委走上舞台,进行最终颁奖。

陈冉和易文艳、林蓓蓓、其他十二位唐宫小姐姐聚拢在侧幕条后,紧张屏息。

孙院、罗冰冰坐在观众席里,一脸严肃。

主持人宣布:"经评审团现场打分,获得第十二届中国舞蹈'荷花奖'前三名的作品是:洛阳市歌舞剧院演艺有限公司选送的《大河三彩》、南京艺术学院舞蹈学院选送的《雨花石的等待》、浙江艺术职业学院选送的《西施别越》。"

《唐宫夜宴》落选!

陈冉和易文艳失望对视,唐宫小姐姐们都一脸沮丧。

孙院、罗冰冰停顿片刻,才和观众一起鼓掌,交换失落的眼神。

全场响彻音乐掌声,获奖节目的演员们欢呼雀跃地经过唐宫小姐姐们面前,返回舞台领奖。

陈冉下意识地把自己缩进阴影里,努力抑制巨大的失意。

易文艳走到她面前,张开双臂紧紧抱住陈冉,接着,林蓓蓓过来抱住她俩,再接着,唐宫小姐姐们一个一个抱上来,十五个人抱在一起。

颁奖结束后,舞蹈业内人士、参赛编导演济济一堂,聚在休息厅内,恭喜、寒暄、交谈,人声鼎沸。

陈冉一人走向角落,丁老师在簇拥自己的人群中看到她,高声叫了一声"陈冉",挤出人群走过来。

陈冉不得不停步,丁老师走到她面前:"对最后名次不太满意?"

陈冉淡笑摇头,掩饰情绪:"入围即肯定。"

丁老师表情严肃起来:"我过来要告诉你两句实话。"

陈冉洗耳恭听:"您说。"

丁老师缓慢而有力地说:"第一句,《唐俑复活》和《唐宫夜宴》是完全不搭界的两个舞蹈,你在短短一个月里做出颠覆性的改变,我很惊讶,也很惊叹,你的编导能力……"丁老师对陈冉竖起大拇指,接着说道:"第二句,评奖有评奖标准,但它不代表观众的选择,听我一句话:去演出吧,《唐宫夜宴》绝对会受观众欢迎……"话音未落,就被人拉走,离开陈冉。

陈雨和钱琳迎面走到陈冉身前,进行自我介绍。

陈雨热情洋溢地说:"陈导你好,咱俩是本家,我叫陈雨,她叫钱琳,我们是河南电视台导演,咱两家是联谊单位,郑歌的作品经常在我们平台上播出。"

陈冉与两人招呼:"您好陈导,您好钱导。"

陈雨有些激动:"刚看了《唐宫夜宴》,眼前一亮,非常喜欢!这次来观摩'荷花奖',我们是帮河南台寻找省内高质量的舞蹈节目,挖掘传播本土文艺精品。能否请您留个联系方式?看看有没有机会合作,把《唐宫夜宴》搬上荧屏。"

陈冉点头:"好呀,好呀。"

三人掏出手机,互加微信。

钱琳说:"您先忙,不打扰了,咱们回郑州联系。"

跟陈冉告别后,钱琳和陈雨离去。

陈冉一转身撞上孙院和罗冰冰，三人碰面，五味杂陈。

罗冰冰抢先安慰陈冉："刚才我跟小妮儿们说了：'今天跳得特别好！给咱郑歌长脸了。'"

陈冉有些失落："没给咱剧院拿到'荷花奖'……"

孙院安慰："陈冉，不就是个奖嘛，拿了你也就多几千块奖金，不拿剧院也不少点儿啥。"

陈冉揭穿说："拿了你肯定是另一套说辞。"

孙院笑了。

陈冉和罗冰冰忍不住笑，只见易文艳和杜宇飞牵手向他们走来。

陈冉诧异："大飞你咋来洛阳了？"

杜宇飞瞥一眼小艳，不好意思："我是亦步亦趋呀，这不是……捧手上怕掉了，含嘴里怕化了嘛。"

罗冰冰一脸嫌弃："咦——这肉麻，让我吐会儿，你咋这么二十四孝了？"

易文艳不屑地说："他不冲我。"

陈冉奇道："那他冲啥？"

易文艳答："冲他娃。"

一语石破天惊，三人面面相觑。

罗冰冰一呆："啥意思？有啦？"

杜宇飞露出傻笑，易文艳点头肯定。

陈冉笑了："啥时候有的？那你咋还正常排练演出？"

杜宇飞一脸得意："前天才确定，话说就比赛了，换人也来不及，小艳说什么也不让我跟你们说，非要跳完《唐宫夜宴》，我答应不拖后腿，刚才这把我给吓的！高龄孕妇头仨月特别危险，绝对不能再冒险，今天跳完她就不跳了。"

易文艳又是遗憾又是快乐地说："没想到他（她）来得这么快……《水月洛神》年底巡演我只能辞演了，让蓓蓓上吧，她最近跟变了一个人似的，排练那么刻苦，也不迟到早退，该年轻人挑大梁了，今天可能是我最后一次登台……"

小艳笑着，陈冉却分明看见：她眼里泪光闪动。

杜宇飞说："我们就不参加宴会了，我接小艳先回郑州，走了。"

孙院叮嘱："路上慢点开。"

杜宇飞头一甩："那肯定的，现在车上是一家三口了。"

三人目送杜宇飞搂着易文艳离开。

罗冰冰还处于突然变故的晃神中:"这就……退了?"

陈冉看着易文艳在杜宇飞臂膀中穿过人群、渐渐远去的背影,突然感慨万千。

在回郑州的大巴上,车内异常安静,平时叽叽喳喳的小姐姐们一声儿也不出。

罗冰冰扭头望向陈冉,见她坐在靠窗座,视线投向窗外的夜色,不停划过的路灯让陈冉的脸忽明忽暗,作为全团跟陈冉走得最近的人,她非常理解陈冉此刻复杂的心情:"荷花奖"结束了,没有拿到回报郑歌的通行证,也没有回上歌的敲门砖,还在原地;小艳却因为比预期早来的孩子离开舞台,郑歌一代女演员的青春,画上句号……

但是生活还是要继续。

陈冉依然带着女演员们继续打磨《唐宫夜宴》,不断优化,易文艳来郑歌收拾东西告别时,她悄悄地来到排练场外,透过门缝长久地凝视着那些跳跃的演员,扫视这个空旷的、承载了她青春和理想的排练场,很久很久,才悄然离去。

排练场内的舞蹈演员们也看见了她,但是,她们都没有反应,装作没有看见,仿佛琵琶坐部伎那一句"东船西舫悄无言,唯见江心秋月白"。

罗冰冰打电话把陈冉召到孙院的办公室,一见面就说:"好事儿!"

孙院却说:"有一点儿不太好……"孙院欲言又止。

罗冰冰笑:"总归是好事儿。"

陈冉被他俩整蒙了:"到底好不好?啥事儿呀?"

罗冰冰问:"你知道乐兔网络春晚吧?这几年最火爆的那个线上春晚。"

陈冉点头:"知道,我也看。"

罗冰冰兴奋地说:"他们刚才来了俩人,说在B站上发现咱们《唐宫夜宴》特火,播放量几百万,非常惊人,所以想邀请《唐宫夜宴》上乐兔网络春晚。"

孙院补充说:"他们来谈合作,出了个策划案。"

罗冰冰把乐兔网策划案递给陈冉,陈冉接过来翻看。

罗冰冰解说:"乐兔为了增加喜剧效果……"

孙院补充:"主要为了商业卖点!"

罗冰冰接口:"是那个意思,流量至上嘛,他们计划请个国民女星,胖乎乎的那个,和咱们小姐姐们一起跳。"

陈冉警觉起来:"怎么个一起跳?"

罗冰冰说："他们希望在编排上进行微调,看怎么调整能把包袱和笑点集中在明星身上。"

陈冉立刻抵触："那是微调？包袱笑点都给明星,十四个小姐姐不就成了衬托她的背景板吗？节目核心到底是舞蹈,还是明星？"

罗冰冰耐心地劝说："平台花钱请明星来,就要物尽其用,毕竟人家带来流量,观众想看的是她。"

陈冉点头："懂了,明星是点心,他们来是为了找个装它的漂亮盘子。观众看舞蹈,难道就为看明星怎么跳？舞蹈本身是什么？"

孙院叹了口气："陈冉,肯不肯为上乐兔春晚、为流量改编？怎么改？改多少？这事儿你自己拿主意,毕竟是你的作品,剧院尊重你的意见。"

罗冰冰抢着再劝："肯定会损伤艺术水准和作品完整性,但论广告宣传和营销效果,流量明星加节目还是会一加一大于二,她先帮咱把节目跳火了。否则为了艺术坚持,错过这么牛一平台,错失一次露脸儿大火的机会,会不会太保守？"

陈冉略沉吟："我没办法把一个没有技巧功底、不会跳舞的明星放进舞蹈里,《唐宫夜宴》是个群舞,好多个顽皮可爱的女孩子,我没法削弱所有角色,把高光都集中到她身上,没这个本事。"

陈冉不遮不掩的强硬表态,令孙院和罗冰冰面色凝重,出现短暂静场。

陈冉斩钉截铁："我们要么原样演,要么……不演。"

孙院被陈冉的断然拒绝震撼了。

陈冉望向罗冰冰："我是很保守。"

罗冰冰大大咧咧不以为意："想法不一致,就让问题飞一会儿……"

孙院突然拍板："不飞了,甭管上啥节目、上哪台春晚,就是咱郑歌的原则:只跳现有成品舞,不给人跳伴舞。"

陈冉对孙院的鼎力支持投以感激的目光。

罗冰冰生气了："个个跟钱过不去,就我唯利是图！行吧,这副院我不干了,让我找钱,找来钱又给我撅出去,以后宣传营销谁爱干谁干,我还想视金钱为粪土呢！"

罗冰冰抬屁股就走,甩手而去。

陈冉冲孙院吐了下舌头。

孙院催促陈冉："还不赶紧哄去！"

陈冉嗖一下追出门去。

几乎同时,河南卫视全媒体营销策划中心会议室内,也展开了一场关于《唐宫夜宴》的热烈讨论。

总编导陈雨直接抛出问题:"舞蹈节目时长所限,我们只能从《归去来兮》和郑歌《唐宫夜宴》中二选一。"

副总编导钱琳为难地说:"都是我们大河南最好的舞蹈节目,选一个就不得不放弃另一个,太难选了……晓璐,你站哪个?"

执行导演晓璐分析道:"这两个舞都展现了传统文化,都有文化高度,《归去来兮》专业性强;《唐宫夜宴》喜兴、调皮、可爱,不高高在上,是不是专业人士都能感受到它的气氛、情绪、节奏,都能看懂。所以,不站在专业角度,我会觉得《唐宫夜宴》好。"

钱琳赞同道:"没错儿,节目氛围也是重要的考量因素,2020这一年,国家不容易,老百姓不容易。上个除夕武汉封城、全国揪心,谁也没过好;这个除夕,大家都想过个欢乐年,都需要补偿一下。所以我们节目要突出欢乐,要传递心安的温暖和凝聚的力量。"

陈雨又点了后期视觉总监问:"李健,从后期制作、视觉效果角度,说说你偏向谁?"

李健沉思片刻说:"《归去来兮》和《唐宫夜宴》都紧扣咱今年春晚国风、国潮主题,后期制作都有二度创作空间,《唐宫夜宴》稍微胜出的一点优势,就是场景感更强,更有故事性。"

陈雨沉吟着总结:"在创新时,我们要把握两点:一是要做老百姓都能看得懂的内容,二是要和观众共情,才能打动人心。传统文化该如何表现?不是要我们原汁原味、照搬历史原貌,是用今天的语言、现代人的表达,描绘受传统文化影响的当下,重点不在还原,而是传承,怎么传承历史、传承情感、传承仁义礼智信……"

钱琳干脆地说:"举手表决吧,同意《归去来兮》的举手。"

三名工作人员举手。

钱琳又说:"同意《唐宫夜宴》的举手。"说完举起自己的手。

陈雨、晓璐、李健和其他工作人员,一起举手。

《唐宫夜宴》胜出。

陈雨立刻给陈冉打了电话,直奔郑歌。

陈冉在郑歌办公楼走廊上接到了陈雨,开门见山地说:"先申明一个原则:如果让我改《唐宫夜宴》,尤其是加个明星进来那种要求,就免谈了,我们只跳成品舞。"

陈雨高兴地说:"我就是听说你因为这个拒绝了乐兔网络春晚才来的,不然我们一个二线卫视的地方春晚肯定没有人家的竞争力。我向你保证:《唐宫夜宴》愿意上河南春晚的话,我们不做任何改动!"

陈冉追问一句:"原样播出?"

陈雨笑:"我在现场亲眼看过《唐宫夜宴》,知道这个舞蹈的感染力,我们要的就是原版播出!"

陈冉解除戒备,也笑了:"那这个事儿还可以谈。"

转身陈冉就直奔易文艳和杜宇飞家,急促地按铃,小艳开门,见是陈冉,面露诧异。

陈冉直眉楞眼问:"肚里宝宝咋样儿?"

易文艳笑了:"刚做过检查,大夫说挺好的,妊娠反应也没有头两个月那么大了。"

陈冉然后回到主题,同样开门见山地问:"小艳,你想再跳一次《唐宫夜宴》吗?"

易文艳愣住:"什么时候?"

陈冉期待地说:"除夕,河南春晚,这是《唐宫夜宴》头回上电视,也可能是最后一次,就这么一回,不能少了你一个。"

易文艳双眼绽放光芒:"我想!"

陈冉小心地问:"你能吗?安全吗?"

易文艳信心满满地答:"危险期已经过了,还没咋显怀,我能!"

陈冉又问:"那大飞?"

易文艳不屑地说:"让他闭嘴,小心伺候着。"

陈冉"哈哈哈哈"狂笑。

八

为了更好地展示《唐宫夜宴》,河南卫视的制作人员跟陈冉在全媒体营销策划中心后期机房里,共同商讨全新的舞蹈呈现方式。

陈冉首先问:"《唐宫夜宴》三段设立四个场景:博物馆、宫廷后花园、湖边,还有宫殿,这些都能在8号演播厅舞台上实现吗?"

陈雨答:"舞台实现一部分,我们用声光电技术,实现节目场景化。"

陈冉又问:"那另一部分怎么实现呢?"

李健拍拍自己胸脯:"该我显示存在了。"

陈雨笑着对李健说:"跟陈冉讲讲你的创意。"

李健点击移动鼠标,一边展示电脑屏幕效果,一边对陈冉解说:"我们在舞台和绿幕上拍摄完整舞蹈段落,然后用5G加AR技术,把小姐姐们抠像到VR场景中,场景转换更加随心所欲。你要的四个场景——博物馆、宫廷后花园、湖边、宫廷大殿都能实现,甚至还能更多,你要什么景儿,我给你什么景儿。"

陈冉兴奋地手指电脑屏幕:"我能要宫墙吗?在她们听到号角、列队背身、走向宫殿这个点,加两道宫墙怎么样?有一种纵深感,向深宫走去的感觉。"

李健甩个响指:"太easy(简单)了。"

"好点子!加上。"陈雨对陈冉说,"还有你提出'植入博物馆元素',我们选了几个河南博物院的镇馆文物,妇好鸮尊、莲鹤方壶,虚拟场景和现实舞台相结合,让小姐姐们在文物之间行走,在《千里江山图》里面跳舞,最后回到博物院展柜,变回雕像,活化唐俑复活的场景。你觉得怎么样?"

陈冉由衷认同:"太棒了!"

李健面露得意:"这叫科技赋能,用技术力实现内容力。"

陈雨继续补充:"电视台要做的,就是利用现场声光电和后期技术,拓展传统舞台维度,用电视包装给舞蹈呈现加分。我们资金有限,没钱请明星大腕儿,也没有无人机阵群、机器牛、虚拟明星、全息投影,但我们可以把钱花在刀刃上,刀刃就是想象力,就是内容。河南春晚吸引观众眼球的,不是明星,是节目本身;和央视、一线卫视和网络平台比起来,我们没有优势,只有自己的特点。"

方案确定,开始录制,所有的舞蹈演员都很珍惜这次机会,一想到能够让整个河南卫视的观众,甚至全国的观众看到这个舞蹈,她们兴奋不已。

尤其是王宝圆。

还有易文艳。这可能是她最后一次站在舞台上表现自己,也是给自己的舞蹈生涯画上圆满的句号的最好机会。

整个录制非常顺利,每每让人赞叹不已。

然后,杀青。

终于到了2021年2月10日,年二十九那天晚上,《2021年河南卫视春晚》正式播出,《唐宫夜宴》作为重点舞蹈剧目。

王宝圆早早就在家里打开电视机陪着奶奶等候着。

等到《唐宫夜宴》播放时,王宝圆迅速找到自己,用手指在电视上戳着电视上自己的大圆脸,冲身后一排快贴到屏幕上的脸骄傲宣告:"这不是嘛!我!这就是我!"

一排脸迷迷瞪瞪、七嘴八舌:"这是你?""不像咧!""脸画得跟鬼似的,那咋是你呢?"

"你不是蒙俺们吧?"

王宝圆急赤白脸:"她怎么不是我呢?她就是我!"

宝圆奶奶一手扒拉开挡住她的两个脑袋,挤到最前排:"别挡我,起开!"她把脸贴到屏幕上仔细辨认,回头冲众位亲戚点头,权威认证:"是俺宝圆!"

舞蹈播完后,宝圆爸举一长挂鞭炮,一马当先走出院门,身后跟着宝圆妈,宝圆扶着奶奶,以及众位亲戚,个个喜气洋洋。

小孩儿用打火机点燃炮捻儿,鞭炮炸响,热烈喜庆。

宝圆奶奶喊了一声:"俺家宝圆上电视啦!"

王宝圆突然热泪盈眶。

林蓓蓓也在家里陪着父母看电视。电视播完后,门铃叮咚响,林蓓蓓开门,被堵在门外、高高矮矮的一群大人小孩惊呆了。

邻居大人鼓励小孩儿:"要问啥你自己张嘴问吧。"

小孩儿仰脸问林蓓蓓:"你刚才上电视了吗?"

林蓓蓓笑了:"上了呀。"

另一个小孩儿问:"一屁股撞飞人家的那个是你吗?"

林蓓蓓答:"是我呀。"

第三个小孩儿:"那你能给我签个名儿吗?"

第四个小孩儿:"我想和你拍照!"

林蓓蓓快乐地答道:"行啊!排好队,一个一个来。"

林家门外楼道里一片热闹,大人小孩争抢着和林蓓蓓合影、求签名。

林妈、林爸闻声从屋里走到门口,惊讶对视。

林妈诧异地问:"咋的了这是?"

林爸笑道:"咱妮儿好像红了。"

易文艳也在家里和杜宇飞依偎着看完了河南卫视的春晚,心满意足地过了一个美好的春节,大年初一的上午,易文艳突然接到罗冰冰的电话,她用不容拒绝的口吻命令道:"回剧院接受媒体采访!"

正在厨房忙活的杜宇飞噌一下蹿出厨房,竖耳朵听电话。

易文艳和大飞对视一眼,迟疑道:"明天才初二……"

罗冰冰在电话里叫道:"知足吧,你还比我多过一天节呢,今天我手机就没离开过耳朵!好歹把各路媒体推到明天以后了,一直排到初七上班。"

杜宇飞过来一把抢走小艳手里的手机:"不能安排别人吗?"

罗冰冰在电话里大声说:"别人还有谁? 就陈冉、易文艳在郑州过年,其他都回老家了,只能练她俩,要不你来?"

杜宇飞怔住:"我……我去干吗?"

罗冰冰在电话里笑道:"来伺候媳妇! 你以为让你来干吗?"

易文艳抢回手机:"明天几点到?"

罗冰冰在电话里安排道:"我俩先顶上,你来不了全天,怎么也得过来露个脸儿吧。"

易文艳做了决定:"我早点儿过去。"

杜宇飞一旁嚷嚷,抗议:"真去呀? 不是说跳完河南春晚就完了嘛,咋还没完没了了?"

易文艳挂断电话,不怒自威:"你想闹哪样儿?"

杜宇飞垂头丧气走回厨房:"我做饭去。"走进厨房又伸头出来,面带幽怨,"你不会把我娃生在排练场吧?"

易文艳笑出声。

第二天一早,易文艳赶到郑歌的会议室,罗冰冰、孙院、陈冉早已等候,然后一起作为《唐宫夜宴》的主创,接受多家媒体的采访。

陈冉对面前的镜头、话筒和媒体记者点头致谢,起身经过分别接受媒体采访的孙院、罗冰冰、易文艳,听到他们和记者的对话。

孙院满面春风侃侃而谈:"郑歌满打满算才成立十七年,无论是外面请来的国内顶尖专家,还是我们自己培养的编导演,我坚信:家底儿越厚,就越能垒出文化高地,越能把人才留住!"

记者问易文艳:"这是你最后一次登台吗?"

易文艳答:"谁说有孩子的女演员就不能跳了?"

身后坐着陪媳妇一起来采访的杜宇飞,满脸幽怨。

就在他们以为应付了这些媒体可以暂时轻松一下,过个快乐的年时,正月初七,河南电视台接到紧急任务:推翻录制完毕的元宵晚会,以舞蹈《唐宫夜宴》串场,重录《博物馆奇妙夜·河南元宵晚会》。

这时候距离正月十五播出,只剩八天。

导演组立刻和陈冉在河南卫视全媒体营销策划中心会议室召开了紧急会议。

导演组挤满会议室，会议桌上布满笔记本电脑，记事板上密密麻麻写着日期、地点、工作流程，人手一杯咖啡、奶茶续命。

陈雨侃侃而谈："领导要求我们不能停留于一个作品的出圈，要把《唐宫夜宴》元素和小姐姐们的形象深度植入元宵晚会，把这个IP做大，再火一把！凭借节目火爆全国的影响力，深挖中华传统文化，把传统文化节目做成系列，使其走出国门，推向海外，做成河南台里独一无二、跟谁都不一样的文化标签！"

钱琳陈述策划案："取消主持人串场，整台晚会由唐宫小姐姐串联，确定郑州河博、开封清明上河园、洛阳明堂、应天门四处拍摄地点，摄制美术团队明天一早出发到拍摄地勘景置景，编剧团队马上编写串场情节，后期视效先把节目重新码一遍，拍摄素材一出来，马上剪辑制作。"

陈雨对陈冉既是鼓劲又是命令："陈冉，现在起，咱俩要带郑歌、河南台两队人马，打一场硬仗，完成一个不可能完成的任务了。"

会议室里人影幢幢，来来往往，通宵奋战。

落地窗外的景色，从夜色变换成白昼。

初八，所有的舞蹈演员到位，陈冉疾步走进化妆间，把一张张通告放到正在化妆的唐宫小姐姐们镜前。

易文艳问："拍摄方案出来了？咱去哪儿拍？"

陈冉答："郑州、开封、洛阳，哪哪儿都有咱。"

易文艳惊诧："要拍多长时间？"

陈冉："十五之前，天天拍，每天二十个小时。"

小姐姐们齐齐石化："啊？！"

易文艳抓起通告，被整页密密麻麻的拍摄时间、地点、转场惊呆："我的天！全排满了。"

林蓓蓓看着通告眼晕，哀号："我的春节长假提前结束了。"

王宝圆对林蓓蓓说："咱得适应，明星都这样，没有私人生活。"

陈冉冲每张化妆镜反射的哭脸击掌："开启地狱模式，拼了，小姐姐们！"

大家一起举手比画"V"："耶！"

战斗打响，陈冉和她的唐俑们迎难而上，毫不畏惧。

初九一天都在省博度过。

白天，摄像镜头追踪唐宫小姐姐在河博展厅嬉戏、舞蹈、簇拥在十三尊乐舞俑展柜前，她们与"她们"会师，历史和现在、原型与演员巧妙相遇。

深夜，陪媳妇熬大夜的杜宇飞走到在帆布躺椅上休息的易文艳面前，抬起她一条腿，想给她按摩一下，却发现掌心里易文艳的猫爪鞋底儿被大理石地面磨出一个圆洞，抓起她另一只脚底看，也有一个圆洞。

镜头顺着一排亮出鞋底的猫爪鞋移动，小姐姐们席地而坐一排，每只鞋底都磨出一个圆洞。

正月十一，她们转战开封清明上河园。

服装单薄的唐宫小姐姐们站在开封清明上河园的木拱桥上，面对镜头欢喜雀跃，导演一喊"停"，所有人秒变瑟瑟发抖。

杜宇飞箭一般冲上桥头，给易文艳裹上长羽绒衣，递上保温壶。

王宝圆下桥经过易文艳、杜宇飞面前，上牙磕着下牙："飞哥，都冷。"

杜宇飞回呛宝圆："孩儿他妈就一个。"

陈冉带着工作人员给大家披上羽绒服。

正月十二，元宵晚会倒计时三天。

从另一个城市转战回程的大巴上，陈冉坐在前排，突然醒来，往车厢后排望去。

小姐姐们一个个筋疲力尽、东倒西歪，你靠我肩，我倚你头，睡得不省人事。

正月十四，播出前一天。

河南卫视8号演播厅内，晓璐挂着耳麦、手拿对讲机在前引路，孙院、罗冰冰每人两手提着装满大杯奶茶的手提袋，一路小心迈过脚下各种线，弯腰缩头躲闪各种舞台装置。

三人进到8号演播厅舞台后台，站住，被眼前场景惊呆：小姐姐们因地制宜，在后台各个角落，以各种道具为床，横七竖八，躺了一地，各种睡姿狼狈却动人。

孙院眼圈一下就红了，控制情绪外露。

陈冉红着一双眼睛迎上孙院、罗冰冰，罗冰冰把两袋奶茶往地上一放，张开双臂，心疼地抱住陈冉。

然后，音乐响起，缓缓推高。

铿锵的迪斯科音乐由小变大，响彻演播厅，一下打破舞台前后的片刻安静。

还在睡梦中的唐宫小姐姐的两只脚无法控制它自己，随迪斯科音乐，不由自主摇晃点脚。

横七竖八的小姐姐们听到导播催场的迪斯科号角,纷纷带着节奏坐起,踩着舞步起身,小姐姐们整齐划一的舞步,在圆滚滚的襦裙里,以披荆斩棘的步伐,从后台跳到前台。

十二个小姐姐跳到舞台中心,燃爆全场!

所有工作人员都被她们的舞步带动,在各自岗位上,纷纷站起来嗨。

陈雨、钱琳、晓璐在导播台前;摄像在摄像机后;场工在侧幕里;王宝圆背对观众席,穿着棉花衣的加大号屁股从前台飘过。

陈冉、易文艳、孙院、罗冰冰并排而立,笑得前仰后合。

整个8号演播厅,成了一个巨大的迪厅,给连轴通宵的筋疲力尽打了一支强心针!

精彩的演出。

完美的演出。

燃爆的演出。

掌声,欢呼声。

一结束,所有的小姐姐立刻就瘫软了,从出口狭长的走廊走出时,小姐姐们都摇摇晃晃,身子两脚都不是自己的了,仿佛随时都会散架,倒地就睡。

小姐姐们三五成群,前前后后,手拉手,避免谁睡着掉队。

前面的林蓓蓓拽着后面的王宝圆,宝圆脚下走着,两眼已经合上了,迷迷瞪瞪被牵着走。

她们走到进出口,穿过大门,走到户外,一激灵全精神了,被眼前景象惊呆。

漫天风雪!

8号演播厅外面场地上被白雪覆盖,宛如童话。

雪花飞舞,落到走到雪中的小姐姐们的手上、脸上、身上,她们从梦境走进另一个梦境。

她们疯了!冲进飘雪,冲到雪地上,尖叫雀跃,手舞足蹈,搓雪球你打我、我打你。

从大巴上下来迎接她们的孙院、罗冰冰也不能幸免,被雪球击中,被迫加入雪球乱战。

没有比体能极限后的一场撒欢更能释放成功的喜悦、辛劳、笑与泪了。

2021年2月25日正月十四凌晨,元宵晚会录制完毕。

然后,终于到了十五,元宵。

小姐姐们包下了一个烤串店,准备好好犒劳一下自己。

电视屏幕锁定河南卫视,正在播放《2021河南省元宵晚会》,热火朝天、烟熏火燎的串儿店,姑娘们跟爷们儿似的,勾肩搭背,推杯换盏,酒过三巡,人人忘形。

一根筷子敲酒杯。

罗冰冰边敲杯子边嚷嚷:"静静!静静!让孙院讲两句。"

孙院笑:"咋能让我讲?节目火了算你们的,我算老几?陈冉!你讲!"

大家嚷嚷:"陈导讲!陈导讲!"

陈冉脑袋摇得跟拨浪鼓似的:"不说不说我不说……让这个陈导讲,他会讲。"

陈雨端起酒杯:"好,我说两句。这次咱们精诚合作,让《唐宫夜宴》和河南春晚共同出圈,你们为古典舞创出新意,而我们为传统媒体找到破壁口,一起讲好了一个中国故事,不仅加深了咱们的友谊,也加深了咱们对这块土地深深的热爱。就冲这个,我干了!"陈雨将手里的酒一饮而尽。

罗冰冰和易文艳一左一右强行把陈冉架起来,两人一松手,陈冉晃晃悠悠差点没站住,原来已经微醺,两人把她扶正站稳,坐下。

陈冉目光扫过每一张脸:罗冰冰、孙院、十二个小姐姐、王宝圆、杜宇飞,最后回到易文艳脸上。

陈冉还没张嘴,双眼就蒙上一层泪雾:"太难了……咱们太难了……你们每个人:小艳、宝圆、蓓蓓……"她一个一个,念出唐宫小姐姐们的名字,"豆豆、南哥、小琪、小倩、小菲、小安、小莹、小梦……每个人背后都有一堆难以想象的困难,你们太不容易了!我敬你们……"

陈冉抄起满杯酒,举向所有人,仰脖一饮而尽,紧接着一躬到底,动作太猛,向前一扑,一手撑住桌面,罗冰冰赶紧起身扶住她。

陈冉攥着空酒杯,嘴上信马由缰:"咱啥也没有,没有服装……没有布景……没有资金……但是!"咚的一声,把酒杯蹾在桌上,"咱有人!"

王宝圆振臂大喊一声:"还有爱!"

陈冉眼泪一下子奔涌而出,笑中带泪:"对,还有爱……谢谢你们和我一起,在一个犄角旮旯,凭这点爱,放出一点点光,然后就……照亮了所有地方!"

所有人起身,乱抱一气,又笑又流泪。

尾声

陈冉又一次来到省博。

熙熙攘攘的游客，恢宏的建筑，一切宛如旧日，可是，有些东西，它已经发生了，已经改变了。

陈冉一路走进省博大堂，迎面遇上驱赶她的管理员，远远认出彼此，笑着碰面儿。

管理员埋怨道："都赖恁那个舞，把人都跳到博物馆来啦，你咋还来呢？"

陈冉笑着走进馆内。

走进唐代展厅，穿行在熙熙攘攘的游客中间，突然止步，和周围人一起，被几个五六岁女童吸引住目光。

几个身穿唐装、胖乎乎萌萌哒的小女孩，排着《唐宫夜宴》小姐姐们的队形，扭着小姐姐们的圆场小碎步，模仿比画《唐宫夜宴》的经典动作，虽然不整齐，但胜在认认真真，憨态可掬。

她们的家长围在旁边笑，游客们在笑。

陈冉也在笑。

继续往前走，人越来越多，十三尊乐舞俑的展柜前里三层、外三层，被团团簇拥，完全看不到里面的乐舞俑。

陈冉立于人群外，安静等待。

人影憧憧，游客在她面前去了又来，去了又来。

终于，人渐稀疏，包围圈露出缝隙，露出展柜一角。

陈冉走上前，走近玻璃展柜。

止步，凝视"她"，像两个多年未见的老友，相隔千年的问候。

也许，很多年后，还会有人来到这里，做同样的凝视，像一年前那个夏日的下午，有那么一个人，有那么一次交融的冥思，精骛八极，心游万仞。

而历史、文化、精神，就在这不断交错而连接的凝视中传承，历千年万年而在。

依然在。

第二卷
热　爱

　　我们印象中的新疆,几乎和故事主人公张雷相同,荒漠戈壁、黄沙漫天、渺无人烟。但当我们抵达距离都拉塔口岸不超过70公里的伊犁哈萨克自治州察布查尔锡伯自治县加尔斯台镇后,我们的反应也如同张雷在剧中所说:"您要是不说,我都以为来错地方了。"

　　在那里,我们看到了秀美、壮阔的自然景观,也看到了现代化的城镇与乡村,更感受到了新疆各族人民对于足球的热爱,这也正是他们热情、豪迈、顽强性格的缩影。借此种种,激发了我们创作的初衷与愿景——呈现出一个真实且崭新的"大美新疆"。

周运海　刘　磊

一

2014年秋季大学生毕业"双选会"在淮城师范大学校园里开幕。张雷拿着他的毕业证愁眉不展。整个"双选会",要么计算机编程,要么市场营销,要么行政管理,要么土木工程,要么艺术设计……就业这事,好像跟他的足球教育专业没有半点关系。

B区12号面试现场,面试官翻开张雷的简历,惊讶地发现扉页竟是立体设计,就像"立体贺年卡",支棱起来的是一张冲过百米终点的张雷的照片,后面歪歪扭扭地写着"我有梦想,请替我插上翅膀"。

面试官问:"你是什么专业?"

张雷答:"青少年体育教育专业足球方向。"

面试官笑了笑说:"不好意思,我们现在没有事业编。"

张雷想了一下:"良禽择木而栖,事业编很重要,我不想输在起跑线上。"

面试官笑了笑:"谢谢。"

C区4号面试现场。

张雷说:"冰球运动在我们国家刚刚起步,我有信心协助咱们学校来填补这项新兴运动的空白。任何体育项目的基本便是体能……"

面试官把张雷的立体简历倒扣在桌上:"行了,你回去等通知吧!"

A区3号面试现场。

面试官问:"场上踢什么位置?"

张雷尴尬,吭哧半天。

张雷有些不好意思地说:"没太踢过球……但不影响我对足球的热爱,而且我有扎实的足球教育理论基础……"

众人毫不掩饰的一阵冷笑打断了张雷。

又是下一家单位,面试官举起张雷踢球的简历晃了晃。

张雷尴尬答道:"PS 的……"

两天了,张雷拿着他的毕业证四处碰壁,他自己设计的立体简历投了无数,没有一个回音。他坐在椅子上,垂头丧气,简历被他放在了一旁。

一名中年男子从椅子上捡起简历。他饶有兴致地打量简历,翻开,映入眼帘的一行字——"我有梦想,请替我插上翅膀"引起了他的兴趣。

中年男子叫住了张雷:"要不来我们学校试试? 我是镇党委书记陈刚。"

张雷一进面试现场,新疆加尕斯台镇的镇党委书记陈刚正饶有兴致地研究着张雷的立体简历。

张雷坐下,笑着问:"你们是……"

陈刚拿出一张单位简介,上面写着:加尕斯台中学。

张雷:"陈书记,咱们加尕斯台具体在哪?"

陈刚热情地说:"在新疆维吾尔自治区伊犁哈萨克自治州察布查尔锡伯自治县加尕斯台镇。"

张雷听完一脸迷茫,脑海中想起自己独自一人身处沙漠的景象。

"小张老师,唉,"陈刚打断了张雷的幻想,握着他的手,"我谨代表加尕斯台镇党委、镇政府、镇中学,欢迎你。"陈刚热切地握住张雷双手,仿佛怕他逃走,"我是加尕斯台镇党委书记陈刚,我谨代表加尕斯台中学欢迎你的加入。"

张雷挣脱双手,连连鞠躬道歉:"陈书记啊,不好意思啊,简历投错了,对不起! 打扰了。"

张雷刚步出大门,陈刚便追了出来。

"你给我们一个机会,也给你自己一个机会。"

张雷说:"对不起,实在是太远了。"

陈刚说:"这其实挺浪漫的,你看——你从南京迎着朝阳出发,你到我们这,可以再看一次日出,而且是高质量的。"

张雷尴尬笑道:"谢谢,但我不奢望浪漫。"说罢便要离去。

他站在教室门口对着张雷的背影大喊:"我们没有试用期,上岗就是正式教师事业编制,还算工龄。"

这也是陈刚唯一的底牌。这两年,他经过万般努力终于在县教育局争取到了引进内地优秀师资力量的指标。原本以为是好事,但是没想到,好事变成了坏事,没有一个内地的大学毕业生愿意到几千公里之外的新疆戈壁做老师。即便来了,也待不了几天。

事业编?张雷停下脚步犹豫片刻。这片刻的犹豫立即被陈刚捕捉到了。他抓住这个时机继续说:"你有梦想,我们给你翅膀,也可以解决你事业编的问题。我真心地希望你好好考虑一下。我期待你的好消息!"

张雷转身走到陈刚面前,然后从他手中拿过学校的简介,看了看——加尕斯台中学,几个大字十分醒目。

二

从南京到乌鲁木齐,要坐五个小时的飞机。

从乌鲁木齐到伊犁,要坐四个多小时的火车。

从伊犁到加尕斯台,要坐六个小时的汽车。

对于张雷,人生中从未有过如此漫长的旅程。原本以为是一场浪漫之旅,却变成了一场疲惫不堪的奔波。大巴车上,一觉醒来的张雷睁开惺忪的双眼,车窗外已是一片无垠的棉田。身旁一只小羊羔用舌头不断舔舐,张雷不由浑身一哆嗦。身旁一众维吾尔族老人被逗乐。

终于,到了察布查尔锡伯自治县的车站,张雷疲惫不堪地拖着行李,左顾右盼等待学校来接,但是车站前空无一人,只有几只野狗与毛驴车经过。

远处,一辆面包车停在张雷面前。

司机是竟是一位五十岁左右的女士。

她一脸热情地对张雷说:"张雷老师吧?我是镇中学校长古丽。路上接了三个孩子,来晚了。"

说完,她扭头转向车后座,指挥道:"叫张老师!"

张雷这才注意到,车后座还有三个维吾尔族小姑娘与四只大鹅。

姑娘们笑盈盈地望着张雷齐声喊道:"张老师好!"

张雷因为惊讶变得吞吐:"哦……哦……你们好……"

古丽校长一甩头:"还等什么?上车啊!"

面包车在村道上飞驰。

道路一旁是棉田,另一旁是葡萄地,广袤无垠,延伸到远方。

三个小姑娘各自怀中抱着一只大鹅,一边吃葡萄干一边好奇地打量着张雷。

古丽边开车边介绍,言语间充满了骄傲与自豪:"我们这里,三山两盆,聚宝无数。到了新疆,你才知道什么是真正的生活像蜜一样甜!除了石榴、香梨、哈密瓜,我们的玉米秆甜度都能赶上南方的甘蔗。"

古丽扭头,看见了张雷一脸不以为然的表情:"其实吧……我们新疆也没啥好骄傲的,只不过我们这里一个县,就差不多两个你们江苏省的面积了……"

"你知道是哪个县吗?"

姑娘们异口同声抢答:"若羌县!"

此时,张雷抓紧扶手,面包车颠得上下起伏,压根什么也没听进去。突然,身旁一只大鹅啄张雷。张雷躲闪,大鹅不依不饶。

姑娘甲抱起大鹅摸了摸说:"都要吃它了,人家怎么可能听话。"

车子沿着公路一路穿过草原、山川、戈壁,经过半个小时的颠簸,加尔斯台中学依稀可见。那是一栋新建的教学楼。古丽与姑娘们得意地望着新教学楼,对张雷说:"这是我们新建成、刚刚投入使用的教学楼!"

张雷望着教学楼:"您要是不说,我都以为来错地方了。"

古丽笑道:"这就是新时代的新疆!下车吧,大家等你好久了。"

张雷下车,颤颤巍巍地跟在古丽后面,这个陌生的世界会给他带来什么样的未来?

学校门头上,挂着一条簇新的欢迎横幅,上面写着"欢迎教师张雷来我校任教"。

张雷注意到,横幅上其他字的颜色是白色,自己的名字是用毛笔写在红纸上的黑字,并用胶带粘在横幅上,显得格外奇怪、显眼。

张雷走进学校,陈刚热情地握住他的双手:"终于又见面了,这是我们新投入使用的教学楼,我们学校还不错吧!"

说着,陈刚热情地介绍着学校的老师,看着张雷有些蒙的样子,哈哈笑道:"饿了吧,先吃饭,先吃饭!"

一转眼,到了晚上。学校为了迎接新老师的到来,准备了丰富的晚餐。食堂外,长条桌延伸出去,桌上摆满了各色美食。各族教职工盛装出席。

席上,觥筹交错,气氛火热。

陈刚端起酒杯对两位老师说:"我们这里啥都好,就是缺你们这样的人才!既然来了,咱们就一起努力,干出一番事业!"

这时候,厨师端着一份新疆传统名菜"清水煮羊头"走来。

古丽直接用手,鼓足劲一把掰开羊头,熟练地将扣下的两只连筋带髓的羊眼、羊脸、羊耳朵分别装盘。

古丽一边将羊脸递给陈刚,一边说:"羊脸给陈刚书记,感谢书记为我们脸上争光!"

陈刚笑呵呵地接过。

古丽又把羊耳朵递给一个小姑娘,说着"吃了羊耳朵要听话",大家都是哈哈笑着,张雷也看着热闹,觉得挺有意思。

古丽看着张雷,笑着把羊眼递到张雷面前,羊眼在盘中滚动,古丽接着介绍道:"这是我们哈萨克族的传统,最尊贵的羊眼,献给远方而来的老师。"

张雷惊讶地说:"这个咋吃?"

他望向陈刚仿佛寻求帮助。

陈刚边嚼着羊脸边挤眉弄眼:"吃啊,好吃! 这个东西,别嚼,直接吞下去!"

张雷咬着盘边,一口将羊眼倒入嘴中,鼓动了几下腮帮子,两眼用力一睁。咕咚一声,硬着头皮咽了下去。

晚上,张雷裹着被子跟父亲打着电话讨论为什么新疆这么冷还有蚊子的学术问题,突然没了信号。

张雷无奈地关掉手机,发着呆,想着自己在这里到底是个什么前景,不知不觉地就睡了过去。

第二天,张雷从上到下穿着一身新运动服。这是他第一次以加尔斯台中学体育教师的身份出现在外人面前。他想过要好好地收拾一下自己,让自己看起来精神一些。但是昨夜的蚊虫搅得他一夜未眠,加上没有洗澡,顶着一头蓬乱的头发,一副衰相,新运动服穿在身上显得格格不入。

当他来到操场上,孩子们已经稀稀拉拉地站在一起了。学生们好奇地打量着这位新老师。

张雷挠着脸上的蚊子包,打开点名册。

"陈疆。"

"到!"

陈疆是陈刚的儿子,全班为数不多的汉族学生。

"阿尔朗斯·库纳别克。"

没人回答。

前排学生提醒道:"老师,是阿尔斯朗·库纳别克。"

张雷尴尬:"阿尔斯朗·库纳别克。"

人群中传来一个声音:"到。"

张雷硬着头皮继续点名,结果除了叫对了几个简单的名字,其他就没对过,引得下面的孩子笑声连连,张雷只好板着脸跳过了这个环节。

张雷一吹口哨,发出指令:"以第一排中间为中心,一米距离,原地散开……"

同学们在一阵稀稀拉拉的笑声中按指令散开来。这时候,几个学生在下面嘀咕。

"你们猜他能待多久?"

"这是第几个体育老师了?"

"第三个吧!"

"不止,算上前面的,这已经是第六个老师!"

"平均每三个月就要跑一个!"

……

张雷望着歪七扭八的队伍,问了一句:"你们之前上课都做什么?"

一名学生挠着头:"自由活动。"

下面议论纷纷:"自由活动最好了!"

"我们喜欢自由活动!"

三

两组人在操场上跑得尘烟滚滚。张雷走到了操场阴凉地,坐在了花坛台阶上,吹着风,优哉游哉,心想:如果体育课都这样上,倒是轻松不少!

球场上,男孩女孩都齐上阵。虽然踢得很乱,但是能够看出其中一些孩子技术出众。那个名叫买合木提的孩子,一路带球过人,踩单车,马赛回旋,一套动作行云流水,颇有梅西的风范。

门前,守门员小胖双手套着两个剪口压扁的大饮料瓶子张开双臂,这是他们自制的"门将手套"。可见孩子们虽然条件艰苦,但是依旧热情似火,连这种"饮料瓶门将手套"都能发明出来。

还有那个叫菲热特的孩子,虽然技术不怎样,但是特别能跑能抢,仿佛身体里藏着一个永动机,始终有用不完的力气。

阴凉地花坛台阶上的张雷看着孩子们在场上激烈地拼抢,伸了伸懒腰。心想:这里的孩子跟内地的孩子真不太一样,也许是因为内地的孩子可以选择的娱乐方式太多了,他们可以上网、玩游戏、看电视。但是在这里可以选择的娱乐方式要少得多,踢足球成了他们共同的乐趣。

这时,张雷望见了不远处的陈疆。陈疆一人颠球,三四个部位来回切换,同样有模有样。看得出来,陈疆的技术非常娴熟。

张雷走过去问道:"怎么不去和大家一起踢球?"

陈疆一边颠球一边不屑地说道:"他们踢的,都是'野路子',根本不叫足球!"

正说着,操场传来一阵欢呼,买合木提又进球了。

张雷望了望远处兴奋的孩子们,又看了看身前的陈疆。这个少年有些孤僻,又有些傲气。

这时候,场上有个孩子摔倒了,张雷连忙跑了过去,调解了纠纷,给他们当起了裁判。

看着老师给大家做裁判,孩子们踢得更热情了,张雷心里想着不愧是热爱足球的地方。

突然,放学铃声响起。学生们一听到放学铃声,迅速跑到场边换上衣服,背起书包,一溜烟跑远了……

留下的是站在球场中间四顾茫然的张雷,他扯着嗓子喊道:"喂,今天是周五啊,晚上又没有晚自习,为什么不多踢一会儿?"

没有人回答张雷,只有孩子们稀稀拉拉跑远的声音。

这真的是热爱足球的地方吗?张雷郁闷了。

张雷来到食堂档口,卫生条件干净整洁,菜样丰富,但主要是各种肉类与粮食,少能见到绿叶蔬菜。这里饮食喜好还是以肉类为主,但是他们也特别钟爱洋葱和西红柿。十个菜有八个都会放这两种蔬菜。

这时候,校长古丽端着餐盘坐到张雷面前:"怎么吃那么少,夜里不饿吗?"

张雷道:"没,我刚上完课,没啥胃口。"

古丽问:"还习惯吗?"

张雷一边吃着饭:"还行,我能吃习惯。"

古丽说:"我不是说吃的,我是说这里的生活还习惯吗?"

张雷不知道校长怎么突然说这个,"啊"了一声:"习惯,习惯。"

古丽又问:"独生子吧?"

张雷不知道校长啥意思,"啊"了一声。

古丽叹了口气:"我知道,我们这里很多内地的老师,来来走走,我理解,都有难处,我只是希望你们别跟孩子混熟了再辞职,孩子们会受不了的。"

古丽说完也吃完了饭,看着有些呆滞的张雷笑道:"多吃点,这里晚上可没有外卖。"

这一夜,蚊虫嗡嗡作响。风声打着哨,吹得窗户吱吱嘎嘎叫不停。想着古丽的话,张雷一夜未眠。

当初选择来加尕斯台镇,是因为陈刚的话让他动了心,但是生活环境的不适应还是让他打了退堂鼓。

张雷现在实在是受不了了,打着电话想让家里给调近点,说到一半,电话又断线了。

张雷挂掉父亲的电话,一个人走在校园里,天色渐渐暗了下来,他饿了。

张雷无奈地关掉了外卖软件,跑到门卫大爷那里打听到了现在能吃饭的地方,刚沿着路没走几步,黑暗中的汪汪声惊得张雷一身冷汗。

好大的狗! 张雷吓了一跳,拔腿就跑,直到回宿舍才猛喘着气,他欲哭无泪地看着这个破地方,下定了要离开的决心。

第二天,张雷给自己做了一番心理建设,坚定地向二楼校长办公室走去,一边走一边小声演练辞职的说辞:"抱歉,古校长,我觉得有必要尽早告诉您,我也想留在这里为教育事业做贡献,但是,家里还有老人需要照顾……"

刚走到校长办公室门外,门半掩着,屋内传出古丽和陈彬的谈话,穿过半掩的门,张雷听到了屋里的谈话。

……

"你是主课老师,你的成绩有目共睹!"

"……坚持不下去了,家里还有老人需要照顾……"

"孩子们都那么喜欢你,你怎么忍心!"

"实在是没有办法,真的没办法再待下去……我走了,还有张雷,张雷可以代替我上课啊!"

"你是教数学的,张雷是教体育的,你让我们的孩子今后出去都告诉别人,我的数学是体育老师教的吗?"

古丽还想继续挽留,陈彬看出了校长的心思,还没等她开口就赶紧说:"校长,那我就先走了,我会抓紧时间办手续的。"说完,陈彬扭头就从古丽的办公室出来,正好和张雷碰了个面对面。

张雷望着陈彬的背影,在门口听到古丽校长小声哭泣,心里百般滋味。这时候古丽从办公室出来,看见张雷。

"张老师,你找我吗?"

"额,我没事儿……"

"真的没事儿?"

"刚刚走这里经过,对了,陈彬他……"

"他辞职了!"

"哦!"

"走吧,我也不能强留他。"

"为什么?"

"留得住人也留不住心,一个人决心要走,早晚都会走。早走,也好。等跟孩子们处熟了再辞职,很伤孩子们的心。来来回回地折腾,孩子们会很难过的。"

这话再一次击中了张雷的心。是啊,要走,就早走,不要等到跟孩子们有感情了再走。

四

周末,学校没有课。张雷还没等天亮,就把自己的房间打扫得干干净净,然后偷偷跑到古丽校长办公室,从门缝里塞进一封辞职信,拉着行李箱往外走。

天还没全亮,在晨曦的风中吹着,张雷感觉到有点冷,他把上衣紧紧地裹着,脚步飞快。他要在这个清晨搭乘去县上的第一班客车,和加尕斯台不辞而别。

张雷拖着行李箱在路上走着,一路上遇到个人都偷偷侧身,不想被人发现他偷偷离开。

远处一辆面包车从他身后驶来。车缓缓地停在了他的面前。镇党委书记陈刚从车里探出脑袋喊住了他,正当张雷尴尬得不知道说什么的时候,孩子们没心没肺地大喊:"张老师好!"

陈刚跳下车,一把拽住张雷胳膊:"你这是去哪儿?"

张雷支吾道:"嗯……对了!我想去县城里买点特产,给家里寄去!"

陈刚问:"那为什么拉着行李箱?"

张雷只好说:"好装东西嘛!"

陈刚爽快道:"那正好,我带着孩子们进城看足球赛,顺路捎上你!上车!"

陈刚说着便去拎张雷的行李箱,张雷立刻制止,一把夺过箱子说:"不用!真的不用!"

陈刚笑了笑,瞬间明白了一切。

上了车,刚坐定,菲热特就说话了:"老师,你不会也要辞职吧?"

小胖说:"怎么可能,老师才刚来。"

菲热特一脸肯定:"听说今天早上我们的语文老师就辞职了……"说着小脸就皱在一起,快要哭了。

艾克若有所思:"我不喜欢那个老师……"

陈疆不屑道:"拉不下屎怪茅坑……"

陈刚对着陈疆后脑勺来了一巴掌。

小胖立刻说:"张老师不是那样的人。"随即望向张雷问:"是吧老师?"

孩子们与陈刚都一同望向了张雷。

张雷涨得满脸通红,被逼无奈,只得尴尬地摇了摇头。

陈刚顺势也说:"张老师怎么会是这样的人呢,走吧,我们一起看球去!"

小胖与一群学生将张雷推向球场:"走吧!走吧!"

菲热特一人走在最后,边学着张雷刚才摇头的样子边思索。

菲热特边走边说:"不是'不是那样的人',双重否定!那不就是嘛?!"

张雷却心不在焉,他提着行李箱,木讷地跟在后面,步履蹒跚。一进校园体育场,张雷惊呆了。比赛还有半个小时才开始,小小一个体育场居然挤满了人。

这人山人海的画面,震撼了张雷。他知道新疆人爱足球,但没想到是如此之热爱。只是一场县城里两支业余球队的对决,却吸引了这么多人到现场观看。

陈刚带着孩子们和张雷一起选了一个位置坐下。陈刚告诉张雷,每周这里都会举行一两场比赛,每到比赛日,就是这个县城的节日。平时,随处可见踢球的大人和孩子,足球是他们生活的一部分。

这时候,比赛开始了,球员们列队登场,广播里播报着球员的姓名,每一个名字报出来,都会得到人们的欢呼和掌声。这些球员,虽然都不是职业球员,但对于这个县城的人来说,就是他们的球星,他们的英雄。

随着一声哨响,比赛开始了,呐喊声山呼海啸。

只见,一名场上队员带球进攻被铲断。不远处一名年轻黝黑的教练冲着丢球队员大喊:"早点传,丢球了就原地反抢!"

看台上,孩子们情绪比教练还激动,也跟着叫喊:"回追啊,快回追啊!"

张雷看着这激烈的球赛说:"感觉这儿的人都很喜欢踢足球!"

陈刚说:"新疆地广,而且平整,很适合找个地方踢球,不像你们内地的县城,寸土寸金,建个球场都不容易。"

话音刚落,主队进球了,人们从座位上跳起来,热烈地庆祝着,认识的和不认识的人都相互拥抱起来。

进球的球员也冲向场边,和观众们一起庆祝,和欧洲联赛的球星们一样,享受着人们的鲜花和掌声。

教练也像孩子一样高兴得跳起来,和身后的观众一起欢呼。

陈刚指着教练问:"看见那个教练了吗?"

张雷答道:"看见了!"

"跟你一样,他是通过校招来到县一中的,短短两年时间,带队打出了成绩,他现在是上海一所重点高中分管体育的副校长了!"

张雷望着那名教练,脸上划过一丝羡慕。

"每年都会有地方队到他的队伍里挑出一批好苗子,进他们的内地新疆高中班或者培养成专业运动员,甚至有一些会被选入职业俱乐部!唉,你不也是足球专业出身的吗?"

"陈书记,您说这个的意思是?"

"我想告诉你,一开始我并没有骗你。机会总是有的,只要你努力,一定能成功。"

"为什么这么说?"

"如果能够选入地方队,成为专业的足球运动员,能够领取工资、训练津贴和奖金,退役之后还能有机会到学校或者体育部门工作,如果能够进入职业联赛,那就更是前途不可限量。"

"那你怎么知道他们就是踢球的料呢?"

"咱们新疆的娃娃身体素质就是好,骨子里有运动的基因,从小吃的是牛羊肉,就是不一样,非常适合踢球。足球在我们这儿是个传统项目,群众基础好,娃娃们从小跟着爸爸,有些还是跟着爷爷一起踢球的,那脚上的功夫都是有传承的。今天我带来的这批孩子,就是我们镇中学里很有潜力的一批孩子,我和古丽校长想建立一支队伍,参加伊犁自治州联赛,我们想要让这批孩子有机会走出去,成为专业运动员,改变他们的命运。"

"靠踢球也能改变命运?"

"我们加尕斯台中学,每年能够考上大学的不多,能让孩子们走这条路闯出去,也不失为一种途径。"

这个时候,主队又进球了,球员们高兴得冲上教练席,和教练拥抱,所有的球员都拥上来和教练抱在一起。

随着三声哨响,比赛结束了,主队赢了。观众席上的球迷们纷纷站起身向球员们致以热烈的掌声。球员们手牵着手,来到观众席前,向观众们鞠躬致谢。

孩子们也纷纷站起来,一边鼓掌一边呐喊,眼神中充满了无比的崇拜。看着这群孩子眼中的纯真,张雷心里微微地悸动着。

球赛结束,球迷纷纷散场,陈刚和张雷带着这群孩子往外走。孩子们走前面,陈刚和张雷走后面。孩子们还在激烈地讨论着刚才的球赛。

买合木提大声说:"我觉得他们没有我们踢得好。"

艾克点头道:"说得没错!"

菲热特补充:"速度一般,技术也一般。"

陈疆还是冷冷的样子:"但至少人家打出了配合,你们呢?"

买合木提忍不住说:"只要不是给你传球,那就都不叫配合,是吧?"

陈疆反驳:"不是给我传球,而是传给能进球的人。"

艾克说:"你也很少传球啊……"

陈疆大声说:"C罗在'里斯本'踢球的时候也很少传球!因为没必要!"

买合木提翻了一个白眼:"切,你怎么跟C罗比!"

……

张雷和陈刚走在后面,听着孩子们的争论,默不作声。一直走到县城的分岔路口,陈刚突然开口了:"县客运站往左边走,大概300米就到了!"

张雷抬起头,看着陈刚。原来自己要逃跑的企图早就被看穿了。

"要走,就快点走,过了十二点就没车了!"

"你不会怪我吧!"

"每年走掉的老师有很多,你不是第一个,也不会是最后一个,怪你干吗!顺便说一句,伊犁自治州联赛过段时间就要开始了,这是一个机会,以我的经验推断,孩子们一定能帮你完成这个梦想,到那个时候,不管你把这当作一个跳板也好平台也好,决定权在你自己。"

"那我走了!"

说着,张雷提着行李箱向客运站跑过去。陈刚看着张雷的背影,叹了口气。几个孩子还在前面走着,激烈地讨论着足球,完全没有意识到张雷已经走了。

走到门口,张雷又折返回来对着陈刚说:"我担心有些困难我没有办法克服。"

陈刚抬眼看了一下张雷说道:"困难一定有,往往难的事情才值得去做,实不相瞒,我招你过来的时候就有私心,想让你带着孩子们去打联赛,那个时候你们就可以插上翅膀一起飞,一道飞。"

五

校长办公室内,张雷热情地对着古丽校长说:"我想组建一支足球队,我们可以通过打中学联赛,发掘孩子们的体育特长,走体育特长生的升学路径。"

"我不同意,我们中学教师的流动性很强,教学质量根本就得不到保障,从前我们镇中学高中升学率在全县是倒数第一,经过这么多年努力,终于到了全县第三。在这个节骨眼上,再来这么一出,你说这不更影响他们学习吗?他们不能再分心了。"说话的人是分管教学的副校长买提江,也是初中二年级的年级组长。

张雷:"买提江老师,事情是这样的,正是因为我们升学率垫底,所以我觉得我们更应该组建这支足球队……"

买提江一听这话,更是气愤,正要开口驳斥,古丽打断了买提江:"买提江老师,陈书记也来跟我提过这事,如果我们这支校队真的在这次伊犁自治州联赛中取得成绩,那么我们的队员很有可能被内高班招为体育特长生,这样会彻底改变他们的命运,也可以提升我们学校的知名度。"

买提江说:"我知道,但是我们的孩子哪有这个条件啊!他们放学回家后要写作业,作业做完了要做家务吧!他们哪有时间去训练啊!"

张雷说:"时间挤一挤总是会有的嘛!"

买提江摇头道:"你说得容易啊,你要知道,挤出一点时间对他们来说有多难吗?"

张雷说:"越是难的事情,才越是值得去做的事情。"

此话一出,两人的分歧已经不可调和了。

古丽连忙打了个圆场:"既然你有这样的想法,证明你对孩子们有了充分的了解,和孩子们有了深厚的感情,那我们也把丑话说在前头,我们也不允许任何人让孩子们失望。所以,你得答应我,以后不准轻易地留下一封信,不辞而别了。"

说完,古丽从办公桌抽屉里掏出一封信,放在桌子上。张雷一看,就是他那天偷偷往校长办公室门缝里塞进去的那封辞职信。张雷顿时感到一阵羞愧。他连忙收回那封辞职信:"我答应你!"

买提江说:"我还是那个观点,不能因为踢球,耽误了他们的学习!"

张雷点点头:"好!"

加尔斯台镇政府大院内,一台无人机悬停在半空之中,但村民却没一人看一眼。

陈刚站在无人机下面,对乡亲们说话:"就在昨天,邻镇已经使用了无人机植保,两周时间就完成了他们全镇全部棉田'一喷白'的喷洒工作,大大提高了效率。同时也因为喷洒时间缩短了,棉花再也不会像从前那样分批成熟了,这样到时候收割机便能够统一开进棉田,再也不会有因为机器采摘带来的棉花一、二等品质的问题了。这就进一步节省了人力资源,成本自然能够降下来。"

台下乡亲们没人说话,还有一人拿着收音机听中甲联赛中新疆天山雪豹队的实况转播。

陈刚对着人群大喊:"如果没人反对,那我就当全票通过了。"

此时,台下乡亲们相互张望,都等待着有人发言。终于,巴依大叔站起身来:"邻镇的库尔班家我熟,他们家雇无人机用了不到半小时就栽田里了,拉到市里整整修了两天,我们不相信。"

陈刚指着悬停在半空中的无人机说:"那是去年的事情了,今年无人机技术已经大有改进,要是不信你可以亲自去问。"

安妮胖婶也说话了:"那就证明今年还没回本拿到钱呗?那凭什么让我们相信,说的比唱的好。"

哈依穆图说:"他不会唱,只会说,从来没见他唱过歌。"

说完,大家一起大笑。在新疆,不会唱歌跳舞,也是一件挺丢人的事。不过陈刚毫不在意。

此时,一名老者打断了陈刚:"书记,他们信不过你,我还能信不过你?!"

台下另外几名老人起哄:"就你马屁拍得响……"

老者说:"但是,我们不是不用,而是根本没必要用,每年那么多从内地来咱们这里的棉衣,便宜、能干。所以我们完全没有必要用这些烧油的'铁驴子'也够吃够喝了。"

哈依穆图打岔:"就是,我家两头驴,一百公里一捆草。多实在。"

众人响起热烈的掌声。

此时,收音机里传来新疆天山雪豹队进球的消息。一人站起身大喊:"新疆天山雪豹队进球啦!"众人跟着欢呼起哄,会场彻底沸腾。

陈刚望着仍悬停在空中的无人机,欲哭无泪。

这是一个刮着大风的下午。

班里的孩子们来到操场上体育课,风沙太大,孩子们有点睁不开眼。

菲热特捂着嘴对着小胖说:"这么大的风,咱们回教室吧!"

"回教室?张老师来了怎么办?"

"张老师不会来了!"

"什么?你说什么?"

"我听说,他跑了!"

"又跑一个?!"

这时候,阿缇娜凑过来说:"我也听说了,那天你们去县城看球,回来的时候就没人了!"

买合木提说:"哼,我就知道他待不了多久!"

艾克叹气:"都不知道跑了多少个老师了!"

菲热特郁闷地说:"我还盼着他来成立校队,去参加伊犁自治州联赛呢!"

艾克摇头:"唉!别指望了。"

学校的广播响起来了:"各位同学请注意,从今天起,将组建我校建校以来的第一支足球队!有意愿的学生请到张雷老师处报名!再重复一遍,到张雷老师处报名!"

孩子们听到这一则广播,不约而同地抬头,眯着眼望向学校顶楼的广播室。风,停了。孩子们渐渐睁开了眼睛,广播室里走出来一个男人的身影,是张雷。

张雷站在顶楼,腋下夹着一个足球。他指着楼下一众少年说:"你们几个臭小子,又在说我坏话!要说,就当面说,背着我说,算什么汉子,再这样,我绝不允许你们加入我的球队!"

孩子们挨了一顿训,反而欢呼了起来,大家拥抱在一起,欢呼雀跃。

张雷,回来了,他就像被大风给刮回来的一样。这个没踢过足球的大学毕业生,要带着一群少年去参加伊犁自治州联赛。这一切听起来，仿佛是天方夜谭。但是，不试试怎么知道呢？

六

　　张雷就是带着这种试一试的心态，开启了他的教练生涯。

　　加尕斯台中学的校队选拔，开始了。

　　速度、力量、基本功，是张雷选择的三个指标。

　　第一轮选拔，基本功。

　　操场，等待颠球测试的学生们多到将几条队伍排成了"S"形。张雷搬出了体育室内所有的足球，但还是不够用。孩子们被分成多个组，尝试颠球。随着一声哨响，孩子们开始颠球，随着球一个个地落下，陆陆续续有人被淘汰出局。操场上，只剩下陈疆仍在坚持。陈疆频率最快，动作标准、稳健，他的确是这批孩子里面基本功最扎实的一个。

　　张雷一掐表，数字定格："报数！"

　　穆图从陈疆面前经过，然后回到张雷的面前："陈疆814！"

　　张雷露出了惊讶的表情，颠球看似一个简单的训练，却能够以此看出球员的腿部力量和球感。能够颠球500以上不落地，算得上基本功非常扎实的了。

　　这批孩子里面，大多基本功都不够扎实。但是菲热特、艾克、陈疆三人又特别突出。这三人将来一定是球队的主力。

　　第二轮，是百米测试。

　　随着一声哨响，孩子们在操场上飞奔起来。

　　一组组队员先后冲过终点。终点线，张雷手中的秒表数字越来越快，成绩不断被刷新。

　　张雷翻开手中"国家初中生百米体测成绩标准"，用一根红笔，在页眉横轴一组组数字上不断向后推移。"13.24"字体已被标红加粗，括号内标注"少年级运动员标准"。

　　张雷拍了拍手中秒表："坏了？"

　　他不敢相信自己的眼睛，这群孩子中，低于13秒24的竟然有三十多人。

　　孩子们围上来问道："教练，我们怎么样？"

　　张雷愣了一下说："去，再跑一次，我不相信你们能跑那么快！"

　　孩子们并不感到恼火，反而高高兴兴地又回到起点线。

随着又一声哨响,孩子们像脱缰的野马飞奔而去,瞬间冲破终点线。

张雷低头看表,的确,他没有看错,孩子们的速度非常快,不过他们的足球基本功实在太差了,需要补的基础太多了。

第三轮是体能测试,测的是5000米长跑。

张雷知道,对于这批孩子,充足的体能能够弥补基本功不扎实的缺陷。随着测试开始,看似个子小小的菲热特一直处在遥遥领先的地位,而且,这个位置自始至终没有被别人替代。这是一种碾压式的实力。直到菲热特第一个冲破终点线,张雷走上前去询问菲热特:"你今年多大?"

菲热特答:"10岁9个月13天。"

张雷诧异了:"你是小学生啊?"

菲热特有些害羞:"我上初一。我跟我哥一样,都跳级了……"

小胖在一旁戏谑道:"这小子,特能跑,从小就不一样!"张雷高兴地拍拍菲热特的肩膀,他深知,这个孩子对球队来说有多么重要。

经过一个下午的选拔,张雷的笔记本上已经有了一个基本的球队轮廓。技术出众的陈疆和艾克可以作为前锋,中场有菲热特这样有体能,能够全场飞奔的。边路搭配尼哈克这样速度超级快的球员。后场有穆图这种个子特别高大的,对抗能力强的孩子。

守门员,当然就小胖了。别看小胖有点胖,但是动作还挺灵活。

这个球队的构架出来了,张雷总觉得缺少点什么,但是一时半会儿想不出来。张雷站在操场中央,用大喇叭大声训话:"记住,任何集体竞技项目制胜的关键只有三点。一、强大的体能;二、扎实的基本功;三、默契的团队配合。真正的足球就是用最简单有效的方法完成破门。从现在开始,改掉你们身上的臭毛病,我教给你们的,才是真正的足球!"

这话说得挺硬气的。

然而上场踢球这件事,对于张雷来说,仅限于球迷对足球的认识,他没有什么上场的实战经验。他也深知自己这个短板。随后的这段时间,他大量地收集足球的教材,研究训练方法。他打电话给体育学院学足球专业的同学老谭,找他要全国青少年足球训练的教程。老谭问道:"雷子!你要干吗?"

张雷告诉老谭,自己在新疆,做了一名体育老师,还要带着一支青少年足球队去参加伊犁自治州联赛。老谭说:"你行啊!你得知道,在我们这里,想要做一个足球校队教练的机会有多难得,好好干!"

老谭这席话,让张雷顿感自豪。真没想到这个校队教练还这么走俏。老谭也不吝啬,把自己在欧洲集训收集的一套足球视频教程发给了张雷。可惜这个视频教程只有三分之一。

张雷问:"剩下的那一部分呢?"

老谭说:"只有那么多,你先研究起来,现在网络这么发达,网上多找些资料,慢慢研究,总能解决你的问题。"

张雷还是心里没有底气,颤颤地问老谭:"我问你个问题啊,你说一个不会踢球的教练,能成为一个好教练吗?"

老谭听闻,哈哈大笑:"你小子是后悔了上学的时候没有发愤图强了吧!这古今中外自己不会踢球的好教练也不少,你好好加油!"

七

第二天,训练正式开始,张雷给出的第一个任务就是"先给我跑5000米"!

小胖说:"教练,我能不能……"

张雷直接打断:"不能,不要为自己的懒惰找借口……"

于是,队员们在操场上绕圈跑步,跑道是土路,几圈下来便尘土飞扬,灰蒙蒙一片黄。

"我就知道你不会走!"一个声音从身后传来。

张雷回头一看,陈刚不知什么时候出来了。张雷笑了笑:"既然来都来了,就试试吧!"

"我知道你不是专业的足球教练,但是我第一眼看到你我就觉得,你能把队伍带好!"

"我对自己没有信心,不过看了这群孩子踢球,我反而有了点信心!"

"你觉得这批孩子怎么样?"

"优点和缺点一样明显。"

"先说优点!"

"他们从小干农活,能吃苦,身体素质都不错,选拔的时候我看过,力量和速度测试,有好几个都比较拔尖,很有潜力。"

"缺点呢?"

"基本功差,这跟他们没有接受过系统训练有关。内地的孩子一般六七岁就在接受正规的足球训练,但是这批孩子大多都十二三岁了,现在来练基本功有点晚了。另外,野球踢多了,战术理解能力和执行能力都会打折扣。"

"还说你不专业！"

"我并不专业，你是没有见过什么叫真正的专业，所以觉得我专业。"

"怎么才叫真正的专业。"

"专业的球队要有四至五个教练……"

"得了，得了，别说了，就你一个我都留不住，别说四五个，你就一个人先带着……"

"我知道，你满足不了这个条件，所以，我得付出更多的精力和更多的时间！"

"多长的时间？"

"先给我三个月！"

"然后呢？"

"然后给我安排一场比赛！"

"这没问题！"

说着说着，孩子们跑完了5000米，个个都气喘吁吁地来到张雷的面前。陈疆是最后一个到的。显然，体能不是他的强项。

张雷抱着一个足球，来到陈疆面前，陈疆已经累得瘫坐在了地上。张雷说："听说，你就是那个技术好到没必要传球的C罗是吧？"

这话一出，大家发出一阵哄笑。

张雷说："来吧，C罗，颠200个！"

说着，张雷把球抛给坐在地上的陈疆，陈疆艰难地爬起身，开始颠球。没颠上50个，球就滚到了一边。再试一次，还是没有颠上50个。

张雷回到教练的位置，开始训话了："有的人，认为自己技术很好。什么叫技术，真正的技术，是在高速对抗中，能在90分钟比赛中持续做出动作，才叫技术。刚才你们跑了5000米，跑完5000米过后，你们能够来几个动作？现在你们心里有数吗？"

一席话，让孩子们鸦雀无声。曾经自认为自己技术很好，常常在比赛中爱炫技的孩子低下了头。

张雷继续说："刻意的人球分过，倒挂金钩，马赛回旋，都不叫技术，那叫杂技。只有在合理的时间用最合理的方式处理球，才是真正的技术。真正的足球大师都不会刻意炫技。尽快改掉你们之前的臭毛病，我现在教的才是真正的足球。"

这一席话又让孩子们醍醐灌顶，他们抬起头，认真地打量这位张教练，真心觉得张教练说得很有道理。唯有角落里的陈疆不太服气。

陈刚知道张雷这话主要是说给陈疆听的，也是说给自己听的。他了解自己的儿子。

陈疆从小就爱踢足球,心气很高,脾气很犟,才十三岁就非常叛逆。

好在,这孩子对足球的痴迷非常深,把自己所有的心气和脾气都放在了足球上,没有给他们惹太多麻烦。

孩子们在训练后疲惫不堪,但仍庆幸自己有球队了。

张雷的训练方法十分严酷。孩子们一直在练体能,对缺乏比赛的训练方式产生了质疑。没有配合,孩子们不知道自己训练到什么时候才能踢实战。大伙对张雷道出心中的疑虑,令张雷若有所思。

阿尔斯朗问:"怎么每天都练这些?"

尼哈克说:"是啊,都不让我们踢球,一点都不好玩!"

小胖吐槽:"你们还好,还能碰球,我连球都碰不到。教练让我在球门前练弹跳和倒地,还有折返跑,一练就是一下午,我的足球训练,居然碰不到足球!"

菲热特问:"疆哥,这跟你们平时训练的一样吗?"

陈疆说:"不太一样!"

"你们几个在说什么呢?"张雷在远处朝着阿尔斯朗、尼哈克、小胖吼道。三人赶紧闭嘴。

"你们仨,都出来!"张雷命令道。

于是,阿尔斯朗、尼哈克、小胖站出队列。整个队伍,气氛压抑。

张雷大声说:"有什么话,当面说!"

阿尔斯朗说:"天天练基本功,什么时候才能队内实战?"

小胖赶紧补充:"我好久都没摸球了,我对足球越来越陌生了!"

尼哈克也说:"没有实战,我们怎么提高?"

张雷不屑道:"实战? 就你们这个基本功,还想实战?"

阿尔斯朗大声反驳:"专业俱乐部每周都有两场比赛能踢。久练不如惯打! 我们也想在实战中进步!"

陈疆也说:"英格兰职业足球队,每周都会保障两到三场比赛。"

张雷反笑:"哟,你还挺懂,要不你来当教练?"

大家一阵哄笑。

小胖还想坚持:"可是,联赛还有不到一个月就要开赛……"

张雷说:"我知道,你们想实战,但是我要告诉你们,你们的基本功根本不扎实,很多技术动作都是错误的,不标准的。到了真正的比赛场上,只会犯错。比如,你们的停球传球非常随意,技术动作不标准。"

尼哈克反问:"要什么标准?只要能停住球、传出球就行!"

张雷说:"标准,是足球运动在经过一百多年发展后总结提炼出来的客观规律。你要相信,前人经过一百多年总结下来的东西一定有它的道理!"

阿尔斯朗道:"我看电视里面,那些巴西足球运动员经常用一些不标准的技术动作。"

张雷反驳:"你看到的只是表象,巴西足球运动员喜欢用一些非标准技术动作,那是因为他们本身技术动作非常标准非常娴熟,在这种情况下,才有可能即兴发挥。"

大家听了这番话,默不作声。

张雷总结:"这段时间让你们反复练习基本功,就是要把你们之前的坏习惯统统改掉!什么时候改掉了,什么时候实战。"

八

一周后,陈刚书记通过市体委帮忙联系安排了一场热身赛,对手是伊宁二中。陈刚与张雷来到伊宁二中,站在空旷的球场中央向四周环视,他们显然被震撼到了。

这是一块标准的球场,人造草皮、塑胶跑道、专项训练设备,各种硬件设备齐全。跑道上,伊宁二中的校队队员们分组训练,花样种类繁多,拉伸、耐力、核心力量训练,每项都有专业教练在一旁指导。

二中校队队员们井然有序地训练着。教练阿尔法是位维吾尔族中年人,身材魁梧,态度傲慢,当他得知他们俩来的目的时,很果断地说:"完全没必要!完全不在一个水平线上。"

张雷说:"是骡子是马也要拉出来遛遛才知道!"

阿尔法说:"抛开硬件不说,你那支队伍我们管它叫娃娃联军,村里的孩子性子野,难带,容易闹矛盾,一闹矛盾吧,要么抱团,要么单干,这种队伍我们见多了。所以我的主力是我们城里的孩子,纪律性强,听话,学东西快,实战经验丰富,有的跟着我拿了两届冠军了……"

张雷和陈刚听了阿尔法教练的话互相看了眼,一时不知说什么。

阿尔法说:"我现在给你交个底,加尕斯台中学里没有一个学生是踢球的料。"

张雷听到这里,再也忍不住了,说道:"中国足球最大的问题就是还没有建立明确的选拔标准,世界足坛当年也因此差点错过了C罗,你凭什么说别人不是踢球的料呢。梅西小时候还差点患上侏儒症。"

阿尔法挑眉看了看对面的男人,不耐烦地打断道:"行了行了行了,你是干吗的?"

一旁陈刚连忙介绍道:"这是我们学校的教练,咱们有话好好说嘛,我们也是抱着交流的态度向你们来学习的。"

阿尔法显然有些恼了,说道:"我看球员可能看不准,但是我能看准教练,你是新手吧,带过队吗?踢过球吗?我在网上见过一句话,别拿你的爱好去挑战别人的饭碗,到镇上找支队伍耍耍去吧,我知道我们不可能会输!"

张雷说:"比赛还没开始,我知道我们可能会输,但是我能向你保证,我的队员将来不一定就比你的差!"

阿尔法说:"挺有自信的,那咱就遛遛。"

阿尔法身后的助教笑了起来,他们显然是被张雷的倔强给逗笑的。要知道,伊宁二中很久都没在主场输球了。

从伊宁二中出来,陈刚一边走一边拍了拍张雷的肩膀:"说得真好!"

张雷问:"哪一句?拿我的爱好,挑战别人的饭碗?"

陈刚坚定地说道:"不是这句,而是'我的队员将来不一定就比你的差'!"

张雷回到学校,立马开始整队并训练起来。

加尕斯台中学的训练场上,足球队的队员们整齐地排列成排。张雷激情盎然地对着队员们说:"明天比赛,穿上统一的队服。"

热法特说:"教练,我们没有队服。"

张雷只好说:"没有队服那就穿上统一的白色T恤。"

让张雷没想到的是,光是统一的白色T恤这件事情已经让这群孩子为难了。

有的回家翻出了珍藏的白色礼拜服,有的孩子却只能对着衣柜里的衣服发呆,其他颜色的T恤很多,就是没有白色的。平日里孩子们都要下地帮家里干农活,白色衣服容易弄脏又很难清洗,跟父母要求买一件这么不实用的衣服是件很难的事情。

菲热特回到班级座位上一直在唉声叹气,他和他哥哥都没有白色T恤,这时候他的同桌从书包里拿出两件T恤送给他,简直就是雪中送炭。

"祝你们旗开得胜,银鞍照白马!"

"飒沓如流星!"

两个孩子对接下来的比赛充满了期待。

第二天,张雷带着他的队员们大踏步地来到伊宁二中的足球场,他们即将迎来他们的第一场热身赛。

张雷看看对方队员的装备,再看看自己队员的装备,他开始给每个人分配号码。小胖当之无愧地成为校队主力门将,1号给了他。3号、4号分别授予了后场的两个大个子穆图和热法特,速度飞快的尼哈克被授予了边锋6号,最近尼哈克的技术有了很大长进,快速的奔跑中能够做一些快速的变线扣球,传中也有了准星。8号给了菲热特,菲热特是那种跑不死的球员,中路的拦截防守特别狠,缺点是传球没准星,需要有一个技术好、意识佳的跟他搭档。7号给了陈疆,12号给了艾克。这是两个前锋的号码。

分配完号码,张雷拿出笔就要在衣服上写上分配的号码,把孩子们吓得都往后退,急忙说道:"不能写,白衣服弄脏了洗不掉回家要被骂的。"

无奈,张雷只好在每个人的胳膊上写上他们的号码,嘱咐道:"今天,是我们建队的第一场比赛,对手是伊宁二中校队。这只是一场热身赛,动作不要太大。对手实力很强,但是也不要怕,好好踢。让对手尊重你们的最好的方法就是赢下比赛。"

张雷看着欢快的孩子们,心里也特别兴奋。其实,这也是他第一次带队出战。他想起两个月前,在察布查尔校园体育场的那一幕,众人的欢呼,想到那个被察布查尔视为英雄的主教练。没想到,自己也有幸能够成为这样的角色。

虽然他感到伊宁二中实力很强,这批孩子不是他们的对手,但是练了这么久,总得拉出来看看到底差距在哪里。但愿不要输得太难看。

张雷带着孩子们来到球场边上热身,球场上有十多个正在踢球玩的孩子。张雷正要打电话给阿尔法,只见阿尔法从球场中走来。

阿尔法走到张雷面前:"你们人到齐了吗?"

"到齐了!你们呢?"

"早就到齐了!"

"在哪儿呢?"

阿尔法从运动服里掏出一个口哨,用力一吹。刚才在球场上踢着玩的那几个孩子马上跑到球场边上,站成了两排进入备赛状态。

九

随着一声哨响,比赛开始。

前十分钟,双方还有来有往,十分钟过后,张雷看出形势不对劲了。别看伊宁二中队松松垮垮的,但是配合如行云流水。加尕斯台中学队被频繁断球。

第11分钟,对方一个配合打入禁区,一脚劲射破门,1:0。这一球,对方小个子球员速度很快,穆图和热法特都没反应过来。

第25分钟,对方从尼哈克脚下断球,尼哈克虽然快,但是持球能力并不强,技术也比较粗。当尼哈克转身去断球的时候,对方已经把球传到前锋脚下,前锋一记劲射,2:0。

第35分钟,对方连续一脚出球,把球传入禁区,前锋形成空门,一个假动作扣过门将小胖,推入空门。这个球,感觉每个位置的人都在,都没有犯错,但是防线就是被对方突破了。

紧接着,第40分钟、第45分钟,加尕斯台中学队连续被破门。上半场结束,伊宁二中队以5:0遥遥领先加尕斯台中学队。

中场休息,张雷把气喘吁吁的队员们叫到一起。他知道,这个比分不能怪球员,这是实力的差距。

热法特说:"他们配合太娴熟了,防不住,防不住!"

穆图点头:"对方根本不停球,都是一脚传,我都不知道该盯谁!"

热法特补充:"他们中场的位置感很好,我拿到球抬头一看,所有的线路都被封死了!"

尼哈克叹气:"我每次都越位……"

陈疆也说:"他们防守不会瞎出脚,这样你不变速没法过他!"

艾克评论:"他们的后卫总能预判你的下一个动作,即便变速他也跟得上!"……

张雷听了大家的感受,他深知伊宁二中队是个强大的对手,难怪连续两年拿到冠军。人家就这样玩似的跟你踢一场,半场都能踢你5:0,要是认真起来,就更是不堪设想。

下半场怎么踢?张雷想了想,决定全面防守。知道踢不过,那就防守,争取少输,输多了对孩子们的信心是个打击。

于是,下半场比赛一开始,大家开始注重防守。把防区缩小,对方的小配合和小技术都受到了限制,加上身体素质上的优势,对抗上能胜出60%。

伊宁二中队显然不适应打小范围的阵地战,局部优势没有了。阿尔法也看到了其中的问题。只见他一挥手,一个大个子站了起来。这个孩子叫牛刚,才上初二就已经一米八的个头了。牛刚换下本队的小前锋,在加尕斯台中学队的禁区里打起了站桩式中锋。

中后卫穆图都只有一米七五左右,已经是全队最高的队员了,在牛刚的面前,矮了半个脑袋。牛刚在禁区里简直是神一样的存在。连续两个高空球过来,他都顶进了球门。

凭着牛刚的梅开二度,伊宁二中已经7:0领先了。张雷想,原来二中战无不胜,除了自己有技术有配合以外,还有多套战术方案。所以,一支强大的球队不仅是场上的队员强,替补席的队员也要一样强。

张雷无可奈何,他无比羡慕阿尔法拥有这样一支强大的球队。但是他也深知,羡慕是不顶用的,伊宁二中也会参加伊犁自治州联赛,这是他们将来的对手,一个目前看起来无法战胜的对手。

下半场进行到一半的时候,裁判跑过来问张雷:"对方说不想踢了,你们同不同意?"

张雷看着场上的队员们被踢得丧气的样子,点点头,同意提前结束比赛。随着裁判员的一声哨响,比赛结束,加尕斯台的首秀以惨败收场。加尕斯台的队员们都瘫坐在地上喘着粗气,有几个球员埋着头,哭了起来。

"你不是说跟着你好好练就能赢球吗?为什么我们一个球都进不了?"

面对这样的比赛结果,这样的质疑,张雷答不出话来。鼓起最后一点力气尝试安慰大家:"不要哭了,一次失败算不了什么!你们未来的路还长着呢……"

星空下,风吹过白桦林,远处的银河清晰可见。

这晚,窗户开着,张雷探出脑袋给老谭打电话。

"什么0:7?怎么可能,你不是告诉我说你的队员很强吗?"

"是啊,平时个个看起来都挺不错的,一到场上什么技术动作都做不出来,什么战术都执行不了。对方也太强,小配合打得太溜了!

"你就先别数落我了!我知道我上学那会儿也没好好学,我现在也很后悔!现在最重要的是,我这支队伍里有几个小孩,确实有天赋,我就特别害怕他们被耽误了!"

"这是没经历过大型比赛的孩子的通病,怯场,这个要多鼓励,让他们自信起来!"

"有没有什么办法短期能够提高技术的,这批孩子单个拿出来都不错,就是放一起没配合!"

"不是没配合,是在对抗中配合不起来。所以,一定要训练在对抗中的配合。上次给你的视频你都看了?"

"都看了!"

"我这里看到一个'拉玛西亚'青训营的训练教程,是国外网站的,需要付费!"

"听着耳熟!"

"耳熟?从'拉玛西亚'青训营出来的球星让你震耳欲聋!"

"都有谁啊?"

"法布雷加斯！伊涅斯塔！佩德罗！哈维！皮克！……"

"哇,牛！"

"还有更牛的！"

"谁？"

"梅西！"

"哎哟,我的天！这个'拉玛西亚'青训营训练教程在哪啊,我砸锅卖铁也要买啊！"

"待会儿我把地址发给你！我要提醒你,青训有别于成人队,太枯燥了孩子们会逆反,最好的办法就是设立一些奖励措施,毕竟年龄小……"

张雷用笔认真地记下了要点,默念着："多交流！奖惩措施！"

老谭问："还有什么问题没有？"

张雷吸溜了一下鼻子,吭哧半天终于开口："最后一个问题……你真的觉得我能成为一个好的教练吗？"

老谭大笑："你就放心吧！这不还有斯科拉里、费雷拉这些老前辈为我们撑腰吗？"

张雷也笑了："有你这话,我心里也踏实了！"

挂掉电话的张雷,把头从窗外探回来。突然,他听见门外传来隐隐约约的脚步声。张雷走到门口,猛地一开门。两个人影摔了进来。张雷定睛一看,原来是菲热特与热法特兄弟。

此时,张雷坐在书桌前,两个孩子坐在床上。输了球的两个少年,睡不着觉,想来找教练谈谈心。

张雷说："输掉比赛,责任全在我……你们不要自责。"

热法特安慰："教练,这次输掉比赛,不全是你的责任！"

菲热特纠正道："哥,不是'你',是'您'！"

热法特认真地说："不全是您的责任！九十乘四十五的球场太大了,又有那么多的观众,我们很紧张。"

张雷笑道："说实话,我也挺紧张的。"

热法特有点害羞地说："其实,我们大家都喜欢您……"

菲热特点头："尽管我们也很喜欢从前那些老师,但他们好像都不喜欢我们这里,要么就是水土不服！"

"要么就是不喜欢异地恋。"

"要么就是被父母逼婚。"

"反正最后都走了。"

张雷笑了:"你们连这些都知道啊!"

热法特说:"只有您愿意组建足球队,认真训练我们。只要您不放弃,就算我们赢不了伊宁二中队,我们也不会输得那么难看!"

张雷问:"这么有信心?"

菲热特点头:"那当然,我们保证,我们不会在同一块石头上绊倒两次!"

张雷听了两人的话,有些感动,忍不住鼻子一酸,转过身去。

菲热特问:"教练,您是对我们没有信心吗?"

张雷假装掏出一张纸,捂住鼻子:"不,不是的,温差太大,最近有些感冒了。"张雷一边说着一边打开抽屉泡起了感冒药:"你们也一样,到时候感冒了,训练怎么办?"

菲热特突然开口:"教练,您会踢球吧?"

张雷一愣。

热法特追问:"那您会颠球吧?"

张雷心里尴尬,嘴上却不肯在孩子面前丢了份:"我当然会踢,也当然会颠。"

那"绝对"的模样,惹得两个孩子轻笑起来。

这一晚张雷是累得睡着了,因为他在宿舍里练了一晚上的颠球。

十

天擦亮,操场上空无一人。

张雷一手拎着铁皮桶,另一手拿着铁铲。铁铲上盛着石膏粉,铲尖触地抖动,石膏粉均匀掉落形成一条白线。张雷竞走一般快速横穿操场,一条标准的"边线"被画出。张雷在操场内来回横穿、斜穿、充当圆心用铲子画圆……

操场上,一个标准的足球场呈现出来。

张雷满意地望着面前的杰作。他突然想起了什么,又跑到一堵墙的前面,用油漆写了什么。

张雷忙碌着,突然像是感觉到了什么,回头一看,队员们一个不少,正站在他的面前,看着这一双双红通通又充满了期待的眼睛,张雷眼睛瞬间就有些红了,这些孩子都还相信他!

张雷深吸了口气,开始整队。

张雷站在队伍前面,目光从每个人的脸上一扫而过。然后,说出了第一句话:"昨天输掉那场比赛,都是我的责任,我向大家道歉。"

说完,张雷弯下腰,深深地给孩子们鞠了个躬。

有的孩子已经湿了眼眶,张雷深吸了口气:"但是,我希望大家不要气馁,因为你们真的很有天赋!所以千万不要轻易放弃。"

看着这样的教练,有的孩子已经忍不住哭了出来。

张雷沉默了几秒,又道:"还有一点我想向大家坦白……我确实不会踢球,但我毕业于体育教育专业,懂理论。我相信我们一起努力,一定能够取得成绩……也请你们相信我……"

最能打动人心的永远是真诚。

艾克忍着眼泪喊道:"教练,对不起。昨天是我不对,但我一直都相信你!"

小胖也喊道:"我也相信!"

孩子们异口同声:"教练,我们相信你!"

张雷又是感动又是激动地看着孩子们,下定决心,一定要给他们一个未来。艾克带着一丝鼻音:"今天我们迟到了五分钟,无故迟到早退,罚跑5000米,所有人,向左转,跑步走!"

孩子们整整齐齐地冲向了跑道,张雷看着孩子们的身影,呼了口气,也笑着跟了过去。

小胖看到张雷跟在后面,笑嘻嘻地道:"教练,你不会踢球没关系,我教你!"

"哈哈哈哈!"孩子们被小胖的打趣逗得哈哈大笑。

气急败坏的张雷快跑两步,要"追杀"小胖,小胖连忙躲闪,大家边跑边笑边闹,在朝阳下构建了一幅绝美的画面。

随后的日子,张雷每天晚上不是在请教老谭,就是在操场上用手机播放相关的体育视频。蚊子在他耳边嗡嗡叫个不停,他一边看一边用手拍打蚊子,间隙中,他还用笔在笔记本上不停地记录。他没有踢过球,也没有当过教练,他只有通过不断的学习来弥补经验和经历上的缺陷。

通过学习,他改良训练方式。比如射门,一个队员一堂课能够完成50次射门练习,可以通过队员之间的相互跑动和传接球,让队员一堂课完成100次射门练习。训练的效率提高了一倍。

他在伊宁二中看到的那些健身器材,加尕斯台都没有,他用砖头和绳子做了拉伸器,用扁担和磨盘做了杠铃,一样管用。

更重要的是,他对每一个孩子的身高、体重、速度、偏好、性格、心理做了详尽的记载。他深知一个教练要对每一个球员的情况烂熟于胸。在国外叫作数据分析,有专门的资料数据分析人员。在这里,他只能一个人靠笔和笔记本来做记录。

对于球技战术,他也越发专业。从原地跑转身射门、变速带球过桩、无球战术跑位、抢位卡位。他不再进行统一的训练,而是针对不同的队员制定不同的训练内容。

比如速度奇快但是技术粗糙的尼哈克,他就让他专门练习下底传中和内切;比如体能出众但是不知道怎么传球的热法特,他就专门让他练习跑动传球;还有技术好,但是力量差的陈疆专门让他练习对抗中的射门和传球。

放学了,球场边围满了看热闹的学生。

今天的训练课,张雷展开了一件全新的中国国家队10号球衣。

张雷继续说:"我们眼下最大的问题,便是缺少一名真正的'中场核心'!今天的任务是,挑选出球队的这台'大脑'与'发动机'!谁能胜任,这件球衣就归谁!"

"哇,中国队10号!"

队员们望着新球衣,两眼放光。

人群中传来一阵羡慕的起哄声。

张雷看着跃跃欲试的队员们,大声道:"我会安排陈疆与艾克前场穿插跑动,谁能把球准确地输送到他们脚下,谁就通过选拔!"

队员们神情严肃,精神抖擞,铆足了劲上场。

一只只脚背触球,一次次足球飞起。

直塞、冲吊、低平、45度斜长传……

艾克与陈疆在前场穿插跑动接球,回撤、前插、伸腿、跳跃探头。

但球不是早了,就是晚了;不是高了,就是低了。

张雷在场边眉头紧锁,一脸凝重。禁区内,艾克与陈疆弯着腰喘着粗气。看热闹的学生们一哄而散。

陈疆愤怒地将球踢向远处,足球飞向人群。

突然,人群中一只脚将飞来的足球稳稳停住,脚背卸力的力道刚好,球弹都没弹一下。

紧接着是足弓吃球,传出。

足球高速向陈疆飞来,高度与速度恰到好处。

陈疆直接起脚,咚的一声,进球了。

场上众人惊讶,面面相觑。

张雷忙问:"是谁?"

队员们指向人群:"那边……"

张雷望去,看见了人群中一个熟悉的背影——买合木提。

买合木提?张雷想起了当初在野球场上那个技术出众、视野开阔、传球精准的孩子。可是,他怎么没有加入球队呢?

放学了。路上,买合木提身边围着一群低年级的学生。买合木提轻松起脚踢飞一个易拉罐,不远处的学生跑向易拉罐,易拉罐传得恰到好处,甚至连步伐都不需要调整。

一脚抽射。易拉罐当的一声,射中道旁的树干。

买合木提又是一脚。孩子们又冲了出去,当的一声,再次射中树干。

当买合木提走到两条路的交会路口,突然看见张雷站在前面,感觉张老师等他很久了。

买合木提来到张雷的面前:"你找我?"

张雷拿出那件球衣:"我说过,谁能把球传到前锋脚下,这件球衣就归谁!"

买合木提拿起这件球衣,两眼放出光芒,泪水在眼眶中凝结。长这么大,他从来没有一件属于自己的球衣。

张雷摸着买合木提的头:"你那么爱足球,为什么不加入我们?现在球队需要你,大家需要你,有什么困难你就说出来,大家一起解决就是了!"

买合木提小声说:"其实……是因为我爸。我爸很辛苦,家里农活重,我弟弟还小,我妈身体也不好。家里除了我,没人可以帮他,回家之后,就没有时间训练了。更别说周末的比赛了,其实,球队里还有很多瞒着家长踢球的队员……"

张雷问:"为什么要瞒着家长?咱们这也是正经事啊,这是什么年代了,怎么还有这么不讲道理的啊?"

张雷说完,买合木提没有接话。张雷突然感觉到了什么。他现在面对的不是观念的问题,而是现实的问题。

张雷说:"我去找你爸,谈一谈!"

买合木提摇头:"行了吧,你肯定搞不过我爸!"

张雷一拳捶打在买合木提的胸口上:"相信老师!"

不知不觉,两人就来到买合木提家门口。

张雷深呼吸一口气,说道:"试试看!"

这话,就像当初张雷接下校队教练的口气一模一样。他正要随着买合木提敲门进入院子。院门已经打开,向阿迪夏推广无人机的陈刚被阿迪夏推出门外。四个人面面相觑。

阿迪夏问买合木提:"这是谁?"

买合木提答:"哦,他是我们新来的数学老师。"

阿迪夏连忙招呼:"哦,数学老师,好好学数学啊,以后不许踢足球了,听到没有?"

买合木提低头进屋,阿迪夏对张雷说:"你还有事儿吗?"

张雷赶紧摆手:"没有,没有……"

十一

两个碰了钉子的人,一起来到张雷宿舍,以水代酒喝着解闷。

一旁的张雷用力地敲着核桃说道:"明明是好事,怎么就没办法沟通呢?"他被今天在买合木提家遇到的情况困扰着。

陈刚说:"其实现在啊,只要能开展无人机植保工作,你遇到的那些事根本不是事,绝对能迎刃而解,问题是现在我该说的都说了,该做的都做了,就是聊不明白。"

陈刚说的这番话是有道理的。无人机植保能够大幅度减少农民的劳动时间,降低劳动强度,到时候,就没有那么多做不完的"农活"了!

张雷叹气:"问题是现在那些学生瞒着家长,这不是个事啊。"

陈刚倒水,若有所思:"这也许也是一种办法。"

张雷看着陈刚,低下了头沉默了。

第二天,张雷在训练场上向全体队员宣布:"从今天开始,需要回家干农活的学生,可以放学回家干农活,但是,不可以在训练中偷懒,规定的训练任务不能少,需要第二天早上到学校补上!还有,你们踢球的事,我会严格替你们保密!"

此话一出,大家面面相觑。这么久以来,偷偷加入球队训练的孩子们松了口气。他们终于放下了心中的石头。

这时候小胖举手了:"教练,现在可以请假吗?"

张雷问:"事由?"

小胖说:"挤牛奶,再晚,奶牛就睡了,容易发脾气!"

大家都笑了。

张雷看了看表:"那你明天早上得提前一个半小时到校训练!"

小胖说:"可以,我可以早起一个半小时,你能吗?"

"我当然能啊!"

小胖笑着说:"那我走啦,教练再见!"

小胖飞快地跑出队伍。这时候一个声音传出来:"教练……"

张雷问:"你家牛也要睡觉吗?"

人群散开,站在大家面前的是买合木提。

张雷愣了,然后笑了。

买合木提说:"报告教练,我申请加入球队,请问,什么时候考核?……"

买合木提的脚下技术,为他争取到了白色10号球衣成为球队中枢。

日复一日地训练,同学们的热情和自律性也越来越高,每天早上训练的声音都成了唤醒张雷的闹钟,而张雷自己也一直在练着颠球。

食堂里,张雷和校长古丽在一起吃饭。这时候小胖跑了过来,拿出用布包裹的两个馕。这是新疆的特产。

古丽连忙拒绝:"哎呀,买买提,我都给你说多少次了,下次不许给我带吃的了。那么多老师都看着呢,怪不好意思的。"

"古丽校长,我听话,所以这个不是给你带的,是给我们教练带的。"说着,小胖把馕递给了张雷。古丽脸上一阵尴尬,不过,她很快变得欣慰。看到张雷和孩子们建立了这么深厚的感情,她怎么能不欣慰呢?

张雷拿起馕,里面全是羊肉。

古丽笑道:"来吧,张雷老师,吃!"

张雷有些为难:"我,我从小就吃不惯羊肉……"

古丽说:"那是你没有吃过好吃的羊肉……"

张雷一口咬下去,愣了,真好吃,忍不住大快朵颐起来,看得对面的古丽都忍不住笑了:"行了行了,都啃得快冒火星了!"

这一天,张雷吃了他一辈子都没吃过的最好吃的羊肉。与他的饮食习惯一起发生改变的还有他脚上的足球功夫,在日复一日的练习中,他已经能熟练掌握颠球技术了。

在训练之余,张雷和同学们商议足球队的队名:

"森林黑马队?"

"不行,太幼稚了。"

"加尕斯台梦之队?"

"伊特巴赫梦之队咋样?"

"啥意思?"

"可以翻译成团结成就梦想。"

"伊特巴赫,听起来挺像个豪门的,就他了,伊特巴赫梦之队!"

队员们一阵欢呼,张雷转身瞥眼看到陈疆一个人默不作声:"陈疆,你觉得咋样?"

陈疆看了张雷一眼:"你什么都不用问我,我都没有意见。"

张雷看着陈疆,又看了看大伙,总觉得有些不对劲,却也没有往心里去。

晚上,张雷在校外买了一些水果和方便面。在回来的路上,他突然发现一辆三轮车停在路边,三轮车上一个神秘的人盯着他。他快步走过三轮车。突然听见那个人喊道:"哎!"然后三轮车车灯打开,发动机打开。

张雷一听这阵势,吓得拔腿就跑,这夜黑风高,无人的路上,被人这么一叫,谁不害怕啊!

他听见背后三轮车启动,车灯亮起。他更是紧张,两腿飞转。直接一口气跑回学校。

他大口大口喘着气,推开宿舍的门,只见热法特和菲热特两兄弟坐在凳子上,等着他。

菲热特说:"妈妈今天单位加夜班,家里没人我们害怕……"

张雷犹豫片刻:"要是不嫌挤,今天就睡这吧。"

兄弟俩相视一笑。

兄弟俩异口同声:"我们也是这么想的!"

被子被掀起铺展。兄弟俩摸着从未见过的羽绒被而好奇。

热法特问:"怎么这么轻?"

菲热特也说:"还这么薄?"

张雷说:"这是羽绒被,最高级的被子!"

兄弟俩异口同声:"暖和吗?"

熄灯,三人躺在床上。张雷将被子裹得严严实实,却还是打了个喷嚏。

热法特说:"来吧!挤一挤,挤一挤暖和!"二人边唱着自编的"挤一挤歌谣"边挤向张雷。三人咯咯咯地笑了起来。

次日,张雷在训练场上等着大家来训练,但是奇怪的是一个人都没有出现,他刚着急得想上火的时候,保安大叔跑过来叫他:"张老师,校长发,校长发……"

张雷没明白是什么情况,但是赶紧转身跑去校长办公室,只见孩子们都在,兴奋地在试球衣,对于这群孩子来说,能有专业的球衣,简直就是做梦一样的事情。

看着孩子们开心地朝自己展示着球衣,张雷不知怎么的,心里火热火热的,听着校长叮嘱自己让孩子们训练时穿着球衣,张雷笑着点了点头。

十二

第二天,大家都穿着球衣上场训练。唯有陈疆没有穿着球衣。

张雷问陈疆:"为什么不穿球衣来训练?"

"这又不是正式比赛,我为什么要穿?"

"我知道。可你们不仅仅是队友,你们也是朋友啊。"

"什么朋友啊?一天到晚球场上'依古莱''噶木如'地乱喊,有什么用?还说我只会瞎带,从来不传球……他们就球场上喊什么谁能听得懂!"

张雷尴尬了:"大头不是能听得懂吗?"

陈疆倔着脸:"他是他,我是我!"

张雷耐心道:"陈疆啊,这只是他们从小踢球的习惯。"

陈疆扭头道:"我也有我从小的习惯。"

张雷吸了口气:"你想想看啊,你是锋线主力,只有跟队友多交流,才能发挥出最大的作用。"

陈疆依旧倔强:"以球服人就行,不用交流我也会发挥最大的作用。"

"你这样是交不到朋友的?"

"优秀的人不是没有朋友,只不过是他的朋友里没有你罢了。"

张雷无奈道:"这话你爸说的?"

陈疆脸往旁边一扭,没有回答。

训练结束,陈疆一脸沮丧地回到家。

陈刚下班回家,径直来到陈疆面前说:"你是不是只有跟你老师顶嘴的时候才会想起我说的话?"

"他都跟你说了?"

"是啊!"

"反正你都不来看我踢球,我穿什么球衣不都一样?"

"我怎么不看?啦啦队的装备我都买齐了,下次你们正式比赛我一定去看。"

"这样吧,你要是能够在我的房间待上五分钟,不看手机,不接电话,我就信你!"

"这太容易了!我现在就把手机放在这里,接受你的监督。你安心学习!"陈刚把手机一放,刚坐下来,手机就响了起来。陈刚看了看陈疆,陈疆也看着陈刚。

陈刚探头一看,是镇长打来的:"儿子,我能不能叫个暂停啊!这个电话太重要了!你放心,你的比赛我一定去看,一定。"

说着,陈刚拿着手机,接起镇长的电话,出门了。

陈疆盯着关上的门背后的7号球衣愣了神。

伊犁自治州联赛转眼开始了,红色横幅悬挂在伊宁中学体育场主席台上方。观众席上,气氛热烈,观众们积极地替各自的队伍助威。

"加油、加油、加油"的助威呐喊声此起彼伏。

孩子们盼望已久的第一场正式比赛终于到来了。场边,加尕斯台中学校队队员们穿着整齐的队服,手拉手站成一排,全部都闭着眼睛,享受这山呼海啸的掌声和呐喊。对手,是邻县的一所中学校队。这支队伍的实力不容小觑,去年在小组赛上逼平了伊宁二中。穿着7号队服登场的主力前锋陈疆出现在首发阵容中,但是他一直在观众席搜寻,像是在等谁。

此刻,陈刚带着全镇干部来到了夏纳莫尔村。

陈刚一身巴萨队服,胸前还挂着球迷号,蹲在田埂上与无人机服务站工作人员做着无人机首次作业的最后准备工作。

此刻,夏纳莫尔村的棉田四周也挤满了看热闹的乡亲们。陈刚与工作人员站成一排,吹响了胸前的球迷号,示意大家安静。

陈刚大声宣布:"好消息!今天我们争取到替村里的孤寡老人阿米娜婆婆家棉田免费使用无人机喷洒农药的福利……"

一旁,年近九旬的阿米娜婆婆高兴地大喊:"无人机植保好啊。"

老人的话引来大家的一阵哄笑。

当无人机完成作业,正要下降的时候,起风了,风速越来越快,无人机在棉田上空原地盘旋。众人还以为是表演。而陈刚看着平板上的实时数据,他知道,无人机此时已经接近失控了。

一名工作人员说:"书记,出问题了……"

陈刚紧张地说:"控制住,降下来！千万别摔！"

工作人员低呼:"两个轴已经失控了！只能硬着陆！"

陈刚惊讶,望了眼棉田四周看热闹的乡亲们,心想:不行,这是第一次试飞,不能搞砸了,搞砸了乡亲们就不信任无人机了。他压低声音对工作人员说:"那就飞低点！飞低点！"

说罢,便戴上手套准备下地。工作人员一把拽住他问道:"书记,你要干吗？"

陈刚说:"降下来,我用手接住！"

"书记,太危险了！那比电锯还锋利！"

"顾不了那么多了！"陈刚挣脱工作人员,冲进棉田中。无人机向着陈刚的方向高速俯冲下来……

随着一声哨响,比赛开始。

买合木提带球过人,被对方两名球员"关门"断球。买合木提回追,原地反抢。

场边,张雷挥着手大声呼喊:"尼哈克、热法特回防！"对方队员带球突破,边后卫阿尔斯朗与哈里斯也迅速回防跑位。

就在这一瞬间,对方起脚射门。小胖奋力飞身扑救,指尖碰到了足球,但是没能完全触到,对方进球了,1:0。

张雷拍着手鼓励大家:"别泄气！保持阵型,注意配合！"

场上,买合木提中场接球,两名防守队员想要再次"关门"逼抢。这一次,买合木提吸取了上次被断球的教训,只见他轻巧地转身摆脱,毫不粘球,直塞艾克。

陈疆跑动中大喊:"传球！"

但是艾克没有传球,他起脚打门,势大力沉,但被守门员扑出。场上观众倒吸一口凉气。

陈疆大喊:"为什么不传球？我这边根本没人盯防！"

艾克并没有理会。

随着时间的推进,比赛异常胶着,中场的拼抢很激烈。

张雷看出,经过几个月的训练,这群孩子有了很大的进步。最大的进步就是不再怯场,敢做动作。而且,在先丢一球的情况下,阵型保持得很好。加尕斯台队和对方的实力差距不大。

随着时间一点点地推进,加尕斯台队慢慢地在比赛中占据了上风,眼看形势正在往好的方向发展,意外出现了。

对方拿球,从边路突破,边后卫阿尔斯朗紧跟着对方的边锋,边锋摆脱不了,就胡乱起脚,传入禁区,禁区里没有对方的队员。但是这个球却鬼使神差地打在了中后卫穆图的脚后跟上,球变线弹入了球门。乌龙球!2:0。

这个球十分让人泄气,特别是在加尕斯台队气势刚刚起来的情况下,打出一个乌龙,这让队员们的心理有了变化,原本保持得很好的阵型也乱了。

好在,中场哨声响起,比赛进入中场休息阶段。张雷赢得了为球队做调整的时间。

十三

教练席上,所有队员围着张雷。"战术没有问题,继续保持阵型,对面的门将非常强,所以边锋你们这边要多一些配合,必须把平时的技术战术打出来,才有可能逆转,明白吗?"

众人点头。陈疆搜寻观众席,父亲的身影依然没有出现。

张雷说:"再一个,对面的右边锋个人能力非常强。队长,你这边左右脚都非常均衡,所以必要的时候要前腰后置,帮助左边这边去防守,15号补位,明白吗?"

"陈疆的前传意识非常到位,不要浪费他的机会。"张雷给大家鼓气,"发挥你们的优势,加油加油!"

下半场开始了。经过上半场后半段短期的迷惘后,通过中场的调整,统一战术思想,加尕斯台队再一次重整旗鼓。

全体队员不知疲倦地飞速奔跑,赢得了更高的控球率。

阿尔斯朗与哈里斯协防,哈里斯上前一脚放铲,把球断到了穆图的脚下,穆图传球,传给了买合木提。对方也发现了买合木提是球队的攻防转换器,换上了一个特别强壮的后腰队员紧盯着买合木提。

买合木提很聪明,他知道对方后腰球员跟着他,他接球就传边路,让对方觉得他不会转身,当注意力被分散的时候,买合木提已经跑到了他的身后。

尼哈克见空当跑出来了,一个斜传,球又到了买合木提脚下。尼哈克这段时间传球能力得到了很大的提升,不再是那个一脚踢出去,然后飞快追回来的愣头青了。

买合木提接到球的时候已经甩开了对方的防守,左边是陈疆,右边是艾克,两个点都可以传,买合木提选择了传给艾克。

艾克接球，一个加速变向甩掉后卫，面对守门员。

对方的守门员已经出击了。陈疆大喊："传球！"

艾克选择了自己射门，他用一记漂亮的挑射，足球越过守门员的头顶，进入了球网，1∶2。加尕斯台队扳回一球。

几名队友相拥庆祝，张雷兴奋得原地振臂大跳。

而陈疆孤单地站在远处。看台上，仍不见他父亲的身影。

这时候的加尕斯台队气势已经上来了，对方也发现了，开始退缩防守。密集的防守，让队员们的配合频频失误，大家开始有点急躁。张雷见对方密集防守，想保住胜果，立即改变战术。

他对场上队员喊道："带球往里走，大胆过人！"

这个战术也就是让队员带球往禁区里面走，一旦进入禁区，对方就不敢做太大的动作去防守，一旦动作过大，就会犯规，造成点球。

这个时候，速度超快的尼哈克带球从边路急速前进，对方见他速度快，提前跟跑，没想到，尼哈克一个变线，内切入禁区。

对方中后卫见势不妙，冲上来一个拦截，绊倒了尼哈克。这个球，离禁区只有半米了。只要尼哈克再往里跑半步，就是一个点球。

裁判哨声响起，任意球。这球离球门很近。但是很不好踢。越是离球门近的球，对方的人墙都会封堵得很好。对方的守门员也非常厉害，一米八以上的身高，似乎可以封堵任何一个角落。

但加尕斯台队越打越顺，又进了一球，比分来到2∶2。

比赛来到了89分钟。还有一分钟比赛就要结束了。这时候，对方已经没有力气了，而加尕斯台队士气正盛。全队上下不满足于这个平局。从比赛的形势来看，他们应该赢得这场比赛。但是，时间正在一分一秒地过去，离比赛结束越来越近了。

这个时候，陈疆带球，只见他连续过人，对方防守队员想犯规都拉不住。

陈疆用一个假动作过掉门将，宣泄一般，愤怒地一脚怒射，3∶2。

终场哨声响起。加尕斯台队的队员冲向彼此，拥抱欢呼，这是一场不可思议的胜利，加尕斯台队从上半场的两球落后，到下半场的三球逆转，让孩子们在足球中找到了快乐，找到了自信，找到了方向。

而陈疆没有在庆祝的队员中。虽然他打进了制胜的一球，却如同输了比赛一般低垂着头，和对面球队的球员们一起退场，显得格格不入。观众席上，直到比赛结束，父亲的身影自始至终没有出现。

陈疆回到家中,把自己关在屋子里。

陈刚一边敲着陈疆的房门一边说:"儿子,对不起,出了点状况!你出来看看,我买了球迷号了,还有巴萨队的球星卡!"

屋内,陈疆靠在床上,满脸通红,委屈得快哭了:"我喜欢'皇马'!"

陈刚靠着门说:"别嘴硬了,我知道你喜欢巴萨!下一场比赛什么时候?"

陈疆声音哽咽而又倔强:"我不知道,你别管我了,你忙你的去吧!"

陈刚无奈转过身,满身泥垢,地上摆着同样满是泥的无人机。

为了保住这架无人机,在飞机下坠的刹那间,他伸手去接,无人机的螺旋桨打在他的双手上,鲜血喷涌而出。大家连忙把他送到医院包扎。

为了保住无人机,他付出了惨痛的代价。也正是因为在医院救治,陈刚错过了儿子的首秀。

第二天,陈疆跟随着队伍再一次来到体育场。观众席上人山人海,陈疆环视了一圈观众席,没有发现父亲的身影。也许是有事耽搁了,偶尔迟到吧,陈疆自己在心里为父亲开脱。

这场比赛的对手也是一所镇中学的校队,实力好像不怎么强。上一轮比赛,0:3输给了对手。张雷的队员们在赛前都信心满满,认为如果能够延续上一场比赛的发挥,拿下这场比赛没问题。

一声哨响,比赛开始。张雷和队员们发现,对手并没有想象中那么弱。虽然对方技术不怎么行,配合也不怎么好,但是拼抢特别积极凶狠,像极了曾经的加尔斯台队。

陈疆带球冲进小禁区,身旁艾克无人盯防,艾克摊开手大喊着要球:"陈疆!传球!"

对方的防守很密集,想要突破到禁区很难,陈疆在禁区外一脚远射,球踢得又高又飘,远离球门。

随后,陈疆不理会队友,面对三名防守队员包夹,抢起一脚,踢飞的同时还踢伤了对方队员。观众席一片嘘声。陈疆也因此吃到了一张黄牌。

陈疆表情沮丧,他再一次看向球场看台,看台上依旧没有父亲的身影。

陈疆的发挥越来越差,而且总是不传球,面对陈疆的独断,队友们大喊着发泄怨气。

场边,张雷也大喊:"陈疆!配合!配合!传球!"

买合木提走到陈疆身边说:"没办法起脚就多传球。"

陈疆满脸无奈:"你们说什么我听不懂。"

陈疆回撤到中场要球："喂！喂！给球！"

没有人给陈疆传球。

中场，买合木提再一次接到球的时候。突然，身后有人将球抢断，买合木提回神，发现竟然是陈疆。

陈疆带球狂奔，射门，偏了。观众席发出一阵嘘声。

张雷在场边骂道："陈疆！你疯了？"

买合木提跑到陈疆身旁拽住他，艾克也围了上来，两人指责陈疆。

艾克说："疯了吗？自己人抢自己人。"

买合木提也说："疯了，不想踢就走，别在这丢脸！"

陈疆冷着个脸。

观众席看到加尕斯台队似乎是起了内讧，口哨声四起。

就在这个时候，对手通过一个长传，打穿了加尕斯台队的防线，对方前锋一脚低射，进球了。加尕斯台队0:1落后。

全队上下不再给陈疆传球，右路进攻线彻底"瘫痪"，拿不到球的陈疆，在右路骂骂咧咧地"散步"。

第32分钟，对方一个直塞，打穿防线，0:2。

对手已经看出了加尕斯台队的内乱，知道陈疆进攻的右路已经没有了威胁，把防守的重心都放到了左路。左路的艾克常常陷入对方的围堵中无法传球，更没有机会射门。

第45分钟，对方前场抢断成功，起脚射门，0:3。

张雷看到这一幕，知道局势已经非常不利了。于是做出了换人调整，把陈疆换下。

被换下的陈疆负气地坐在条凳上，沉默了一会儿，提前回到了休息室。

第53分钟，0:3。

第64分钟，0:4。

第78分钟，0:5。

这时候的加尕斯台队已经乱套了，阵型七零八落，配合也打不起来。随着终场哨响，加尕斯台队输掉了这场不应该输的比赛。

买合木提等队员回到更衣室。刚进门，艾克脱掉外套摔在了地上，骂道："有病！神经病！"

陈疆腾一下起身，面对着艾克："你说谁？！"

艾克用维吾尔语说道："没说你！"

陈疆听不懂维吾尔语,以为艾克是在骂自己,怒从心起,用鞋子砸了过去,却砸在了旁边的买合木提的嘴角上。

买合木提愤怒地上前与陈疆理论:"你在场上发疯还不够?"

边上有球员也骂道:"脚法和脾气一样臭!"

陈疆忍不住推了买合木提一把,两人顿时起了冲突,一群人上来拉架。

张雷走进更衣室,见状冲上前去,将两人拽开。他用身体护住了陈疆,怒斥道:"为什么要打架?!"

买合木提愤怒而委屈地反驳:"他在场上不传球,抢我球,还先动手打人!"

队员们将一直以来对陈疆的不满发泄出来。

"他根本就看不起我们!"

"永远高高在上,就他自己最了不起!"

"只有他会踢球!"

"只会'喂、喂、喂'地要球,不给就生气!"

队员们越说越生气,大家的情绪再次被点燃。

张雷见状暴怒,指着众人大吼道:"都给我闭嘴!这些都不是你们仗着人多就能欺负队友的理由!"

队员们从来没有见过张雷发这么大的火,都愣在了原地。突然,张雷注意到了自己手上染有鲜血,以为陈疆受了伤,立刻想要去找医药箱。

说罢,张雷转身查看陈疆伤势,上下打量摸索着:"小胖,快去校医务室找个医药箱来!"

可是张雷却发现陈疆毫发无伤。

张雷这才意识到,这血,不是陈疆的。他转头看向买合木提。买合木提看着张雷,委屈的眼泪在眼眶中打转,吐了一口唾沫,嘴角有血。

买合木提带着哭腔:"你根本不在意我们这些村里的学生!"

张雷手足无措:"我,我,我为什么会不在意你们呢!"

买合木提哭着道:"你早晚也会走吧?一年?最多两年!所以你直到现在都记不住我们的名字!因为你根本不愿意记!"

说罢,买合木提的眼泪夺眶而出。

张雷一时语塞,买合木提的话仿佛是对的,又好像不完全对,他吞吞吐吐地回答:"不是的,我不是……不一样……"

买合木提的眼泪止不住向外涌。更衣室内,一片抽泣声……

买合木提继续说道:"你到现在都还记不全我们的名字,是因为你根本不愿意记,4月14日那天你来到了我们学校,你毕业于盐城师范,不爱吃羊肉,电话是18610080021,这些我都记得一清二楚!"

菲热特哭着道:"买哥,教练他不是这样的人……"

张雷看着哭成一片的孩子们,陷入了深深的自责。

十四

晚上,陈疆和陈刚对坐在一起。陈疆的母亲今天也从乌鲁木齐赶回来了。

她为爷俩做了他们最喜欢吃的拌面。

陈刚压着脾气:"今天是不是你先动的手?"

陈疆没有说话。

陈刚提高了音量:"我跟你说话呢!"

陈疆委屈道:"他们先骂我。"

陈刚摆了摆手:"行,赶紧吃。吃完去给人道歉!"

陈疆说:"凭什么?"

陈刚一拍桌子:"凭你是我儿子!"

"他们人多,合起伙来欺负我!他们不给我传球,还说我不懂配合。你说好来看我比赛的……"

陈疆放下碗筷,回到自己房间,啪的一声关上门,陈刚叫了两句没叫住,无奈地对着老婆道:"都是你惯的!"

陈刚老婆没好气地放下菜:"关我什么事,孩子们吵个架,多大点事你上纲上线!"

陈刚无奈地说:"我咋的上纲上线了,我的身份在这摆着的哎,我……"

陈刚老婆打断陈刚的话:"你什么身份啊?你就是只知道按照你自己的想法干,你了解孩子们之间的感情吗?了解孩子们之间是怎么相处的吗?别用大人的眼光来看孩子!"

陈刚听完站起来穿衣服。

陈刚老婆问:"你又干什么去啊,你?"

陈刚道:"你家少爷不去,我去给人家道歉去!"

陈刚老婆一听怒了,摔下筷子跟了上去,重重地把大门关上。

站在大门口的陈刚听到老婆发怒的声音:"一天到晚不着家,一着家就给人不痛快,明天我就带儿子住我乌鲁木齐娘家去!"

陈刚叹了口气,紧了紧衣服,还是往乡亲们家里走去,却发现孩子的家长们根本不知道这回事,而孩子们更是以各种理由都不在家。

此时,队员们正在学校外的路灯下开会。

哈里斯说:"我和大家一样,我也不愿意去道歉,可是咱们后面不是还有比赛要踢吗?所以我觉得场上真的需要陈疆这样的右边锋!"

买合木提不屑地说:"不需要,没有他我们照样能踢好!"

小胖看了看大家,说:"可是,今天陈疆一下场,我们就被打成筛子了!"

菲热特说:"朋友之间踢球打架不很正常吗?难道陈疆就不是我们的朋友了吗?"

……

张雷宿舍。

张雷拿着手机在宿舍看球赛。回不了家的陈刚仰着头:"你说我在这工作这么多年了,平心而论,我努力工作,我热爱我的工作,哎!"陈刚直起身,又说:"你是不是觉得,我有时候工作,有点不得其法呢?"

"好球!好球!"张雷盯着手机,根本没听见陈刚的话。

"哎哎哎,我跟你谈心呢,你能不能别刷手机啊?"陈刚无奈地看着张雷。

张雷依旧盯着手机,陈刚道:"你听见没?这事咋办啊?"

张雷抬头:"啥事啊?"

"孩子们打架的事啊,你说这事到底咋办?"

"有想法,但是真不知道该怎么办。"张雷把手机转过来对着陈刚,"不过这个人应该知道怎么办。"

陈刚说:"这不是霍城十小亚力教练吗?"

张雷震惊地看着陈刚:"你认识亚力·买买提啊?"

陈刚:"当然认识!"

张雷期待地看着陈刚:"带我去见见他。"

"行,哪天有空我带你去见他。"

"就现在!"

"现在？现在也太晚了吧,天还没亮呢!"

"新疆天亮得晚,都四点了,咱们快去!"

陈刚就被张雷这么硬拖着去了霍城十小。天擦亮,霍城十小队员们已在场上展开了对抗训练。场边,主教练亚力站在一边,陈刚和张雷分立两侧。两人把孩子们球场闹矛盾的问题说了一遍。

亚力教练笑道:"我听懂了,打就打呗!我的队员也打架,这夫妻之间也闹矛盾呢!更何况足球运动员,是吧?"

张雷二人一脸诧异,只能点头称是。

亚力教练接着道:"有些时候吧,过分的尊重也是一种生疏。你想想,你对什么人最客气,陌生人!"

张雷看着球场的球员打出了精妙的配合,不禁赞叹:"这么默契!"

亚力教练笑道:"默契是结果,过程和方法还要看场下,场下大家是朋友,场上才能默契嘛!"

张雷忍不住赞同:"对的,我也是这么教育他们的。"

"你看看,你这个'他们'就不对!"亚力教练道,"只有我们,没有他们,你要融入他们,和他们成为朋友,他们才更愿意信任你,愿意听你的,所以别总想着场上要赢比赛,场下更衣室一片太平,这就跟没谈恋爱、没结婚,就整天想抱个大胖小子一样,那是耍流氓!别嫌我话糙,做了一辈子运动员和教练,直来直去惯了。"

亚力教练又感慨道:"足球是个好东西!只要场上是队友,那就不管你姓什么、哪个民族、有什么习俗、来自哪个省份、是不是老乡,大家目标只有一个,团结一致,把球送进对方球门!"

这时球场上出现了一个失误,亚力教练忍不住大声骂道:"哎!你脑袋被门挤了啊!把球传过啊。"

亚力教练说完发现两人看着自己发呆,尴尬道:"啊,对不起啊,我刚才说了脏话,这个你们别学,哈哈!"

此时,一名队员走神,防守漏人。亚力教练冲入场内,对着队员们再次咆哮起来。张雷、陈刚若有所思地望着场上,表情逐渐坚定。

早晨,陈刚家中。背着书包准备上学的陈疆看着忙碌的母亲:"妈,你怎么还没走呢?"

陈疆母亲一愣:"走,去哪儿啊?"

陈疆一脸耿直:"你不是说要回乌鲁木齐啊。"

陈疆母亲差点被儿子逗笑,没好气地道:"开玩笑的,你听不出来啊!上你的学去!"

陈疆笑了笑转身推开门,顿时愣住了:"妈!你快来!"

门口站着买合木提和其他几个队员,一个个的手上不是抱着西瓜,就是抱着点心,更夸张的是小胖,还抱着个小羊羔。

菲热特说:"我们是来跟陈疆道歉的!"

"阿姨,自家的西瓜,很甜的!"

"自家的小羊!"

"陈疆,要不要一起上学!"

队员们笑着跑开了,留着陈疆和母亲两人面面相觑。

"你快去上学吧,再不去要迟到了!"

陈疆连忙放下东西,朝大家追了过去。

十五

陈疆用脚接过大家踢来踢去的易拉罐,见大家都看着自己,陈疆终于鼓起勇气:"对不起,是我太骄傲了。我总是以为我比你们所有人都好,我总是以为我单打独斗就能解决所有问题,再加上那天,我爸说好了要来看我比赛,结果没来,所以我在场上发了些脾气。后来在更衣室里我不小心打到买合木提,没有第一时间跟你道歉,所以就……总之,我要向你们大家道歉,希望你们原谅我。谢谢你们给我的礼物。"

"太过分了!"小胖大声说。

大家转头看着小胖。小胖连忙解释:"我是说,陈叔叔太过分了,换作我,我也会生气的!"

买合木提说:"其实,这件事情,我也有责任!身为队长,不应该带着大家一起孤立你。我应该向你道歉。"

说着,买合木提向陈疆伸出手。陈疆看着买合木提,也伸出手,两个人终于冰释前嫌,重归于好。球队,回到了正轨。

风尘仆仆的陈刚脸上挂着两个"黑眼圈"刚进院门,屋内便传来老婆的叫喊声:"快出去!出去!"

陈刚惊慌地冲了进去："咋啦？"

陈刚疾步穿过院子，就看到老婆追着一只绵羊从屋内冲了出来。

陈刚连忙去帮忙，结果脚下一滑，直接摔倒在地了，正要起身，随即一声"哎——啊——"，疼得满脸通红。

陈刚表情痛苦地趴在沙发上："谁家的羊？"

陈刚老婆在一旁给他贴着膏药，没好气地说："孩子们给陈疆道歉送来的，还有那堆吃的。"

陈刚表情愣住，望向桌上堆满的塑料袋，感动，感慨："你说得对！是我错了……"

陈刚老婆纳闷："你错啥了？"

陈刚说："我不该耍流氓，不谈恋爱不结婚就想要大胖小子了。"

陈刚老婆将一张膏药拍到了陈刚背上，惊怒道："你跟谁耍流氓去了？"

陈刚惨叫："哎呀，不是！你想哪去了……我是说，你说我不问过程，只看结果，不择手段！这个教练说的对啊，我一天到晚忙忙叨叨，却从来没有真正去了解、亲近过乡亲们，没有发自内心地把他们当兄弟，当朋友……还有你跟陈疆……总以为迁就、讨好你们就能解决问题，不得其法。"

妻子将另一片膏药贴在了陈刚背上，力度显然没有刚才那么重了。

陈刚说："这方面我还没你……不对，没有'还'，是'远不如你看得清楚'！"

妻子动容，顺势替陈刚揽了揽腰。陈刚幸福地闭上眼："这些礼物咱得退回去。"

陈刚老婆拿出一个请帖："这个咱们也送回去？"

"谁的啊？"

"哈里克邀咱们下午去参加他女儿的婚礼。"

陈刚无奈道："今天我哪有时间啊？下午还有一个农产品的讲座要主持……"

"一天到晚忙忙叨叨，自己刚说过的话又忘了，要把人家当朋友，当兄弟。"

陈刚翻了个身："行，我去！"

古丽的办公室，张雷正在跟古丽学习维吾尔语。

这时候，陈疆走了进来："报告！"

"什么事儿，陈疆？"

"校长，我想学维吾尔语！"

"你为什么想学维吾尔语？"

"就是想跟队友好好沟通,打赢后面的比赛!"

古丽和张雷相视而笑,他们知道,这孩子开窍了。正在这个时候,买合木提带着其他队员一起来到了校长办公室:"报告!"

大家一起走进校长的办公室,菲热特看见桌子上放着的维吾尔语教程:"教练,你在学维吾尔语啊?"

张雷尴尬地说:"别叫我教练,在我没记全你们的名字之前,我不配做你们的教练!"

买合木提道歉:"教练,我错了,昨天说的那些话伤了你的心。"

陈疆说:"是我错了,不应该先动手。"

小胖说:"教练,其实记不住名字又怎么样?我也经常把我四婶和六婶的名字搞错!"

古丽笑着说:"那是因为你懒!行了行了,都快成认错大会了!你们来找我到底有什么事儿?"

买合木提代表大家向张雷表态:"我们想让您帮我们多安排一些语文课,我们总是自己踢,忽略了和队友的沟通,所以我们想多学一些体育方面的知识,打出真正的配合,我们想赢。"

古丽笑了:"你们一个想学维吾尔语,一个想学汉语,你们互相学习不就得了,还来找我干吗!"

众人面面相觑:"对啊!"每个人脸上像是看到了胜利的希望。

尼哈克举手说:"我们想请个假!"

"事由?"

"我姐姐结婚!"

古丽拍了拍头说:"哦,对了,我也得去!"

尼哈克问:"教练,放学我们一起去?"

张雷抠了抠自己的嘴:"嗯,我去?够不够吃啊……"

在一阵欢声笑语和热情洋溢的舞蹈中,尼哈克姐姐的婚礼在阳光下举行。陈刚、古丽、张雷被邀请来到婚礼现场。

陈刚对着大家说:"大家开开心心啊,今天不聊工作,尤其不聊无人机!"

村民阿力木江笑着说:"陈书记只会聊无人机,别的他不会聊!"大家哈哈大笑。陈刚说:"唉,阿力木江,你小看我啊!今天我绝不提无人机!"

张雷带着孩子们在婚礼的现场,随着大家的欢声笑语一起笑着唱着,鼓着掌。这时候，买提江老师割下羊眼递到张雷面前："张雷老师，来，吃个羊眼！"

张雷看了看，犹豫了一下还是拿起羊眼放到嘴里嚼了起来。此刻的张雷真正地入乡随俗了。

尼哈克的父亲对陈刚说："陈书记，你不唱歌，不喝酒，跳舞总行吧！"

陈刚连忙推却："不行不行，我身体不协调！"

尼哈克起哄："来嘛，来嘛……"

说着，大伙把陈刚拉入了跳舞的人群中。陈刚在人群中僵硬地跳着舞。

尼哈克的父亲一边跳一边说："陈书记，我还是不相信无人机！"

陈刚说："唉，说好了，今天不聊无人机！"

尼哈克的父亲说："但是我们相信你这个人！所以，我们愿意试一试！"

陈刚感动道："谢谢！谢谢！"

阿力木江也说："陈书记，我也愿意学一学无人机的驾驶！"

"这很难的啊！"

"有什么难的？你都能学跳舞，我怎么不能学无人机驾驶啊！"

陈刚听了这话，心里一阵开心。心想：党员和群众打成一片，心和心联系在一起才能得到群众的信任。

十六

阳光下，一群热血少年在操场、在林场因地制宜地开展着各种训练，他们的教练在一旁一边监督着他们训练，一边也在开展着自己的语言训练。

一周后，小组赛第三场比赛将在伊宁中学开赛。这是关键的一场比赛。前两场，加尕斯台队一胜一负积三分，只有赢下这场比赛才能确保小组出线。

一辆大巴车穿梭在北疆的风中，出发的路一直延伸到一望无垠的乡间，两旁绿油油的农田，如同少年的笑容一般，充满了希望和力量。

张雷站在大巴驾驶位后举起左手的烤包子。

哈里斯用维吾尔语说："沙木萨！"

张雷说："从今天起，它的意思就是'协防'！"又举起右手边的一块哈密瓜，"可洪，除了哈密瓜之外，意思就是'边后卫前插'！"

张雷用双手举起哈密瓜和烤包子："所以'可洪沙木萨'意思是？"

陈疆试探着说道:"顶上去,和我们联防?"

"对!"

小胖向陈疆伸出大拇指:"厉害!"

众人笑着鼓掌。

突然,哈坎大喊:"无人机!咱们镇的无人机!"

队员们纷纷挤向窗户,这时候一架无人机穿过枫树林,一路跟着大巴车向家的方向飞去。少年们看到了这架无人机,兴奋地高喊着。

这就是那天试飞时,被风吹落下来的那架无人机,经过陈刚的一番修理,它现在又能飞了,而且抗风能力得到了进一步的增强。大家兴奋地看着无人机飞行,只有陈疆从车窗外偷偷收回脑袋,发现坐在旁边的张雷默不作声。

哨声响起,比赛开始,是一场生死战,对手是伊宁一中。伊宁一中虽然实力不如伊宁二中,但是实力依然强劲。在之前的比赛中,他们一胜一平,积四分。但他们净胜球比加尕斯台队多,所以加尕斯台队必须赢下这场球才能晋级。

开场不久,对方就占据了上风,对方中场是四个小个子,他们之间的跑位传球十分娴熟。比赛进行到20分钟左右,一个小个子前锋突入禁区,热法特上前拦截,对方倒地。裁判哨声响起,点球!

面对点球,小胖心里十分紧张,虽然在平时的训练中他经常能够扑住点球。

但是,在如此重要的比赛中,面对罚点球的对方球员,他心里发怵。

只见对方球员助跑,然后一个假动作,骗过了小胖,球被踢进了球门左下角。

0:1,加尕斯台队落后一球。

这一球,让大家有点沮丧。陈疆见状,大声鼓励队友:"不要慌,可洪可洪,盯住10号和8号。"

张雷在球场边,看着陈疆在场上指挥,突然感觉陈疆成熟了。一直以来,陈疆都像一个独行剑客一样,在球队里是孤立的存在,而今天,他显然不再是原来的自己。他开始努力地积极地和队友沟通,让队伍统一思想和凝聚力量。

陈疆也开始主动回撤拿球。这是从未有过的现象。之前的陈疆都是站在前场等着要球。只见哈里斯一个大脚将球踢向中场,陈疆从前场跑回来,接住球,用身体护住,然后一个漂亮的假动作,甩开跟在后面的后卫,向对方球门奔去。

艾克在左边跑位策应。对方后卫一个滑铲拦截,陈疆通过一个变向动作躲过滑铲。然后直接进入禁区,守门员已经出门封堵了,但是射门的角度还有。

换成以前,这个球陈疆一定就射门了。艾克也是这样想的,他已经放慢了速度,等着陈疆射门。

然而,没想到的是,陈疆面对守门员,一个不看人的外脚背横传,球来到艾克脚下,艾克面对空门一脚命中球门。

1∶1,加尕斯台队扳平比分。

这时候,中场哨声响起,半场结束。

队员们走回到张雷身边。艾克跑向陈疆,和陈疆击掌相庆。

"我以为你会射门!"

"你的位置更好!"

"那个球,你射门也一定能进!"

"谁进球不重要,只要能赢!"

下半场比赛开始了。

伊宁一中又开始通过对中场的控制占据了上风。这支队伍就像西班牙队,好像没有前锋,但个个都像前锋,几个小个子球员不断试图通过短传渗透来突破加尕斯台队的防线。

好在张雷已经看出了对方的战术特点,在中场休息过程中做了详细的部署,对方始终没有突破防线。

就这样,比赛在攻防中持续到下半场第35分钟。对方一名小个子球员突然在禁区外起脚,球向球门左边飞去,小胖连忙往左边移动,没想到的是,这个球击中了后卫的身体,产生变线,轻飘飘地向球门右方弹过去。此时的小胖重心已经向左倾斜了,完全没法扑住这个球。

小胖站在球门线上,这是这场比赛他第二次面对点球。他看着菲热特走下场的背影,他知道,这一线生机来得不容易。这时候陈疆走到小胖面前,拍了拍他的肩膀,低声说:"别怕,少一个人,我们一样能扳回来!"

陈疆的话,传递了两个信息:第一,这个球肯定是要丢的,丢了不怪守门员。第二,少一个人,我们一样要打进攻。

这话,给了小胖极大的解脱。他逐渐放松下来。他走到罚球点,注视对方的罚球队员。他注意到对方队员的眼神很空。他知道,对方也很紧张。对方越紧张,他越信心倍增。他退回到球门线上,双手上举。

张雷告诉过他,塔法雷尔、布冯、巴特兹这些世界级的守门员都会在对方罚点球前高举双手,这会让对方无形中被施加压力。

张雷此刻在场边大气不敢出。替补队员们也默不作声。陈疆的父母在看台上双手紧握。他们都知道,这是下半场的最后10分钟,一旦被进球,加上被罚下一个人,这场球输定了。

只见,对方球员退后两步,然后助跑,射向球门的左下角。同样的方向,这次小胖判断对了,他舒展身躯,扑向左下角,球被扑出了底线。

整个加尕斯台队沸腾起来,队员们奔向小胖,紧紧地拥抱他。在这危急关头,是他把球队从死亡线上拉回来。菲热特在场边,仰天跪地,双手合十,喜极而泣。他的赌注下对了。

这个点球,成了整场比赛的转折点。

加尕斯台队士气大振,而伊宁一中队一蹶不振。最后的10分钟,奇特的场面出现了。少一个人的加尕斯台队反而占据了上风,压着多一人的伊宁二中疯狂进攻。

现场的观众们看到这个场面都开始不由自主地站起身,为加尕斯台队加油助威。

最后一分钟,陈疆在禁区里拿球,和插上的艾克做了一个二过一配合,陈疆在小禁区里推射远角,球进了!

2∶1,加尕斯台队赢了。他们赢下了这场比赛。

队员们喜极而泣,紧紧地拥抱在一起。张雷被这一幕深深地感动着。这是一群了不起的少年,他们前一场比赛还在内讧,一周后就能如此团结地凝聚在一起。

而且,每个人都显示出了巨大的进步。这个进步,不仅仅是球技上的进步,而且是心理上的日渐成熟。

敢于付出巨大代价去博取一线生机的菲热特。

能够在强大压力下遇强则强的小胖。

还有敢于改变自己,突破自己,放下自己的陈疆。

十七

这是一个秋天的黄昏,这一辆大巴车穿梭在北疆的风中,回家的路一直延伸到落霞的深处。夕阳,照在道路两旁的枫树上,每一片树叶都发出红色的光亮。红得那么灿烂,那么丰盛。取得小组出线的孩子们,在村口的小河里快乐地戏水。张雷在岸边看着这群少年,脸上带着笑,就像看到了少年时的自己。

从水里钻出来的少年,光着膀子,围绕在张雷的身边。"马上就要打半决赛了,你们有信心吗?"

大家异口同声地回答:"有!"

买合木提问:"教练,你认为我们真能够踢出成绩,成为职业球员吗?"

张雷说:"说实话,你们能不能成为职业球员我不知道,就像球队刚刚成立的时候,我也不知道自己能不能成为教练。正是因为有你们的努力,我们才能走到今天,所以,还是那句话,只有努力过,才知道结果会怎么样。"

大家听了教练的话,不禁点了点头。

"不过,还要提醒你们,一定要学好文化课。"这句话,张雷对着旁边的艾克重复了一遍,"学好文化课,说的就是你,这次数学又是59分。知道为什么要学好文化课吗?因为只有学好文化课才能让你们走得更远,才能让你们成为高素质的球员。明白了吗?"

大家异口同声:"明白了!"

在阿力木江和尼哈克父亲的劝说下,村民们再一次来到了棉田边。今天,陈刚要带着无人机团队再一次尝试无人机植保。无人机缓缓升起,陈刚信心满满。

经历了上一次的失败过后,他和无人机团队根据新疆地区风大的气候特征,把无人机性能做了优化。这一次,他们要用实际的成效,告诉整个加尕斯台的棉农,无人机是这个时代的新事物,它可以改变千年来人类的劳作方式,实现科技兴农。

三个小时不到,上百亩的棉田就喷洒完了农药。村民们看着天空中飞翔的无人机,啧啧称奇。

大伙都称赞:"这无人机真是好东西啊!"

此时,阿迪夏骑着马,背着农药喷洒器,走过围观的村民。这个顽固的汉子,还是不愿意相信这天空中飞翔的"怪物",他转身离去,像个孤独而落寞的骑士。

夜晚,风吹过的足球场,张雷走在月光下,他正在思考半决赛的战术,突然,电话响起来。低头一看,是父亲打来的。

"臭小子,你行啊,你可出名了,网上都是关于你的报道!"

"你也看到了?"

"都快把你吹上天了!"

"什么叫'吹'?本来就是!"

"我给你说正事!"

"你说!"

"你得马上回来一趟!"

"为啥!"

"你二姨的女婿联系上了南京一所中学,那里正要找一个足球教练!他把你推荐给校长,校长看了关于你的报道,对你很满意,知道你带队打的这个新疆联赛水平很高,让你到学校面试,如果通过面试,就直接聘用!"

张雷不知道怎么回答父亲,他把手机放在地上,然后渐渐远离电话,假装电话没了信号。

父亲在电话里喂喂几声,然后喃喃地说:"唉,怎么搞的,又没信号了!……"

张雷远远地看着地上的手机,陷入沉思。

训练场上,张雷仍旧眉头紧锁,为了备战半决赛,他的黑眼圈更黑了。

队员列队站在他面前,所有人都一脸担忧。

艾克说:"这周就开始农忙了,大人们根本忙不过来,我们大部分人都得去帮忙!"

张雷问:"要多久?"

小胖说:"起码半个月!"

买合木提十分为难:"半决赛就在这周末,到时候我们肯定没办法参加……"

阿尔斯朗提议:"能不能找个理由撒个谎,周末放我们出去?"

尼哈克摇头:"我爷爷说不能撒谎,要不然就要尿床!"

菲热特说:"我倒是有个办法……就是风险系数有些大……"

小胖道:"都这个时候了,你就说点大家都能理解的词吧!"

菲热特说:"就是咱们挨揍的可能性很大!"

小胖下意识左手摸脸,右手摸屁股,犹豫了。

其余几名主力队员面面相觑。

……

张雷没好气地说:"谁出的馊主意?"

艾克问:"那你倒是出个不馊的主意啊?"

张雷说:"再怎么着也不能撒这么大的谎!"

尼哈克说:"我们从加入校队那天起,几乎每天都在撒谎……"

张雷有些担心:"但这次这样做风险太大!万一露馅怎么办……"

小胖一脸无所谓:"你又没有什么风险系数,再说就算露馅了,挨打的也是我们!"

一直沉默的买合木提开腔说道:"教练,如果错过了这个机会,我们中的很多人也许以后就再也不可能踢上这样正规的比赛了……"

队员们清楚买合木提这句话的意义,都沉默了。

买合木提说:"教练,让我们去吧!"

张雷犹豫了,片刻,他点了点头。

第二天,孩子们回去对家长说,周末要到城里参加诗词大会。

屋内,父亲阿迪夏手持电视遥控器坐在客厅沙发上,面前电视上播放着音乐选秀类节目,歌声与喧嚣声不断传来。"古诗词?你自己背不就行了?咱家的情况你最清楚,眼下的农活,地里的庄稼,一刻都不能耽误。你走了,谁来帮我?"

"和往常一样,我干完就走!"

"那么多活儿,你一个人能干完?"

买合木提点点头。

第二天,村道上,买合木提背着一捆草料在前,艾克、小胖几人紧随其后,身上同样背着一大捆草料。几名队员分工合作帮着买合木提。艾克与小胖铡草。买合木提与哈坎负责砍柴。阿尔斯朗给羊挤奶。大家为提高效率,节省体力,没有一个人说话。

天擦黑,买合木提家院子角落里的农活物料已经堆放得满满当当。买合木提望着面前的队友们,一脸感动地说:"谢谢大家!"

小胖:"队长,不用客气,场上踢好球……"

话还没说完,立刻被几人上前捂住了嘴。买合木提立刻惊恐地看了眼身后,生怕撒谎的事情在父亲那里露馅,故意大声说:"大家今晚早点休息,争取明天诗词大会取得好成绩!"

众人会意,纷纷笑着附和。

寒露过后,晚秋有了几分寒意。

今天是伊犁自治州联赛的半决赛,加尕斯台队的对手是霍尔果斯中学。

加尕斯台队进入赛场,场上响起了热烈的掌声,观众们纷纷起立。毋庸置疑,这掌声是给加尕斯台队的。这次参加比赛的队伍中,加尕斯台是唯一的乡镇中学,而且是一支刚刚组建的球队。

一声哨响,比赛开始。

比赛中,加尕斯台队先是试图通过尼哈克的速度形成边路突破传中。然而,对方也有一名速度非常快的边后卫紧跟尼哈克。尼哈克几次试图下底或者内切,都被对方提前出脚破坏掉。

进攻转到中路,买合木提试图拿球,对方总有两名后腰对他前后拦截,即便是摆脱了防守,对方也会派人切断他的传球路线。

对于陈疆和艾克两个前锋,对方似乎对他俩的特点了如指掌,对方通过后防线的前压造越位的战术,让两个前锋在上半场多次越位。

上半场在对方的抑制中艰难地度过了45分钟。双方都没有改写比分。

中场休息,张雷面对首发队员,研究下半场战术。

张雷说:"从上半场的情况来看,他们把我们的战术研究得很透彻!甚至对你们每一个队员的特点都做了分析。这是好事,如果对方深入地分析了解你,证明对方真正把你当作了强大的对手,重视你,尊重你!所以,下半场,我要做一个重大的战术调整。"

买合木提问:"怎么调整?"

张雷说:"赛前我们既定的战术一律取消,我要你们彻底从战略战术中解放出来!想怎么踢,就怎么踢!"

艾克道:"这还不容易,不就像陈疆说的那样,踢'野路子'吗?"

大家一阵哄笑。

张雷补充道:"我说过,足球,无所谓'野路子',只要能把足球送进对方的球门,就是王者!"

下半场比赛开始,大家彻底放下了套路,完全自由发挥。

买合木提不再固定在中路拿球,他也开始尝试在边路拿球,下底传中。这就带走了两个在中路防守的球员。

尼哈克会站在他不熟悉的禁区中央,虽然他不擅长头球,但是总会牵扯一个后卫来盯着他。

陈疆和艾克直接在前场抢球,对方持球后卫感到十分突然,慌忙中多次传球失误。

中后卫穆图和菲热特也尝试带球推进,让对方球员猝不及防。

张雷的这套没战术的战术打乱了对方的赛前部署。

第61分钟,买合木提一记边路传中,球在空中越过防守队员,朝尼哈克飞来,尼哈克并不擅长头球,但这一刻,除了用头,他别无他法。他闭着眼,凭着感觉去顶,却鬼使神差地顶出一道又高又飘的弧线,越过守门员,砸在了横梁上。球弹回来,刚好弹到了后腰热法特的脚下,热法特飞起一脚,球被射入了对方的网窝。

1∶0,加尕斯台队领先。

张雷也高兴得跳了起来,他没有战术的战术收到了奇效。不应该下底传中的买合木提做了下底传中动作,不应该作为中锋的尼哈克头球攻门,不应该在小禁区出现的后腰球员热法特射穿球门。

这就是足球,瞬息万变的足球。在速度、力量、对抗的背后,还有哲学。

正在对方犹豫的时候,穆图已经杀到禁区边上了,对方不得不围上来逼抢。穆图有那么0.1秒,不知道该怎么处理。然而,一个声音在他身后斩钉截铁地喊道:"射门!"

穆图听从指令,飞起一脚,球直穿对方球门右上角。

2∶0,加尕斯台队扩大了比分优势。

穆图热泪盈眶,回头一看,鼓励自己射门的,是买合木提。

张雷此刻也激动不已。让他激动的,不仅仅是穆图的进球,还有一个日渐成熟的球员——买合木提。他不仅技术出众,富有大局观,在关键的时候,他还能鼓励自己的队友。这是一个优秀球员的潜质。

买合木提,他是加尕斯台队的皮尔洛。

十八

随着一声终场哨响,加尕斯台队以2∶0淘汰了霍尔果斯中学队。进球的,是一名后腰球员和一名中后卫。这是对方没有想到的。张雷自己也没有想到。

队员们高兴地拥抱在一起,然后手牵着手,向看台上为他们加油助威的球迷鞠躬致谢。

张雷压抑不住心中的喜悦,和每一个球员击掌相庆。

这时候,一个身穿运动服的中年男子走了过来。当他走近时,张雷认出,这是伊宁二中的教练阿尔法。两个小时前,他率领的伊宁二中顺利击败对手进入了决赛。这是伊宁二中第三次进入决赛。获得三连冠,是他们唯一的目标。

阿尔法主动伸出手与张雷握手。张雷也友好地伸出手。

"没想到你能走到这一步,你们踢得很好,短短几个月,进步如此迅速!咱们决赛场上见!"

"我记住了你说的话,所以,我们凭借自己的努力,去赢得和你们公平竞赛的资格!"

"我很钦佩你,你们的每一场比赛,我都看了。小组赛的最后一场,我看到的是球员的蜕变,今天的这场半决赛,让我看到一个教练的升华。我们一定好好准备最后的决赛!"

"我们赛场见!"

然而,这场比赛的电视转播到达了加尕斯台。参加诗词大会的谎言被揭穿了。在孩子们拥抱庆祝胜利的同时,校长古丽的办公室挤满了学生的家长。他们要追讨一个说法。

匆匆赶回学校的张雷来到校长办公室。看见被家长围困的老师,他大声说:"责任都在我!"

村民们回头一看,是张雷,立刻围上来指责:"你怎么能骗人呢?"

"不管怎么样,结果总是好的!孩子们已经杀入了决赛!"

"张老师,你怎么能这么做呢?你这可是欺骗行为啊!"

"我承认,我是骗了大家!我这不都是为了孩子们的未来吗?我们如果能够取得冠军,就很有可能被州里的内高班、重点高中甚至专业的足球俱乐部录取,这都是我们之前想都不敢想的事情吧!现在,就差这眼下的临门一脚了!"

"可是这些都不是只靠踢球就能进去的啊!"

古丽劝解大家:"孩子们也在努力啊!买合木提、菲热特、尼哈克这些孩子已经冲入年级前二十名了。买买提从前数学只能考个位数,昨天成绩下来,他及格了。"

阿迪夏说:"你们这是偷换概念,球踢得再好有什么用?能当饭吃吗?既影响学习,又耽误眼下的农活。"

张雷反问:"你只想自己的眼下,你为买合木提的未来想过吗?"

阿迪夏说:"我怎么不想,我的儿子我能不想吗?他是我的儿子,不是你的儿子!"

这时候,在外面看见张雷被围攻的买合木提终于忍不住了,他走了进来:"张老师,你不是马上要走了吗?你还管我们干吗?"

这话,让张雷愣住了。原来,买合木提偶然听见了张雷和他父亲的对话,知道张雷老师被内地的中学看上了,要回内地了。

古丽吃惊地问:"要去哪儿?"

买合木提大声说:"回南京!"

正在寝室里收拾行李的张雷,内心十分沉重。往事一幕幕地出现在他的脑海。

这时候,门开了,陈刚走了进来。

两个人相对无言一分钟。陈刚说:"跟我来,我带你去个地方!"

于是,陈刚驾着车,带着张雷来到一处山顶。放眼望去,远处是山,再远处,还是山。

陈刚问:"定了?"

张雷答道:"家长不同意孩子们参加比赛,要求解散球队,球队没有了,我在这里待着也没啥意思!"

两人凝视着远方。张雷继续说:"你带我来这里,不是为了看看风景吧!"

"这山漂亮吗?"

"嗯!"

"可我恨不得把这些山都铲平!"

"这工程量可不小啊!"

陈刚笑了笑:"这山啊,把这变成了世外桃源!同时也把我们变成了井底之蛙,山里的人不愿走出去,山外的人不愿走进来。可是时代洪流如车轮滚滚,一不留神就落伍了。我现在迫切地希望外面的人能够走进来,带我们走出去,从思想上带我们走出去。当然,是去是留,是你的自由。"

陈刚说完,拍了拍张雷的肩膀。

在这个下着雨的清晨,张雷收拾好了行李,他走出校门,走向回家的归途。

在经过村庄的时候,他再一次注意到了那个神秘的三轮车。这一次,他没有那么多的顾虑,他淡然地经过那辆三轮车。三轮车发动了,他转过头,看着那个三轮车。

张雷大喊:"你跟着我干吗?你想干啥?你赶紧啊!"

三轮车司机说:"小伙子,你是怕我还是怕狗啊?"

透过雨水,他这次看清楚了,那个三轮车司机,是一个年近古稀的维吾尔族老人。老人说:"小伙子,你们这些内地来的老师都不容易,这条路只有一盏灯,不好走啊!"

原来,那天晚上老人骑着三轮车,跟着他,只是为了用车灯为他照路。

老人说:"这里的娃娃能来个好老师真的不容易,他们就像河水,而我们呢,就像河里的石头,守在原地。我希望有一天,我能送几个这里的娃娃到外面的世界去看看。"

……

也是这一天,解散了的加尕斯台队队员们不约而同来到操场。望着空荡荡的球场,阿尔斯朗说:"唉,忘了,球队都解散了。"

陈疆也叹气:"习惯了!"

大家悻悻而去。这时,突然听到一声哨响。

大家一回头，不远处，一个身影出现在了足球场中圈。

仔细一看，原来是张教练。大家兴奋不已，一个个都高兴得跳了起来。

张雷恶狠狠地说："愣着干吗，集合列队！……"

是的，他没有走。他回来了。他要和所有的队员一起去实现那个不可能实现的梦想！

校长古丽在不远处看着这一幕，欣慰地笑了，但是却依旧还有一个难关没有渡过，买合木提的父亲，固执地不让自己儿子参加比赛。

古丽道："要不我去找阿迪夏谈谈。"

张雷摇了摇头，坚决道："我的队员，我来想办法！"

孩子们异口同声："我们的队长，我们来想办法！"

张雷带着孩子们飞奔到了阿迪夏的农田。

十九

买合木提为了防止蚊虫叮咬，穿着长袖长裤，背着农药喷洒器正在满头大汗地喷洒"一喷白"。

张雷带着全体队员出现在了田埂上，笑着望向买合木提。

买合木提直起身子，表情复杂，惊讶、愧疚，跟着也笑了。

棉田几条纵列，张雷带着队员们排成横列穿行其中，追赶着阿迪夏。

张雷苦苦哀求："阿迪夏哥！那天我不应该骗你，但最后这场比赛我真的不是为了自己！眼下这个机会只要抓住了，就能给孩子们一个更好的未来！"

阿迪夏完全不理会。孩子们跟在后面帮腔，却不小心踩到了棉花。

小胖也哀求着："阿叔，您就答应我们吧！"

阿迪夏却只关心自己的农田："小心棉花！"

张雷焦急着："你为什么非得把他拴在你身边吃这样的苦，受这样的累！阿叔……"

阿迪夏没好气道："谁是你叔！"说罢，继续向前走，左右喷洒农药。

张雷快步赶超了阿迪夏："阿迪夏哥！"

阿迪夏被缠得没办法："我是当爹的人，我当然不希望自己的孩子吃苦受累，但除了脚下地里的棉花和田里的庄稼，没有任何东西能够保证他的未来！"

一通折腾，张雷反倒平静了下来。

张雷十分坚定:"我理解乡亲们靠天吃饭,所以刮风也怕,下雨也怕,但也不能因为'怕'和'担心',就一股脑否定掉所有的希望!他们为了今天这场比赛,吃过苦、流过汗,甚至流过血,凭着自己的努力终于走到了今天,这一步一个脚印,都是我亲眼见证的!你为什么就不肯相信我们,相信我们马上就能给自己争取到'有保证的未来'呢?"

阿迪夏道:"你别给我扯这些,你看到这些虫子了吗,别说晚一天了,晚一个小时,庄稼都毁了,那可是我们一家老小的生计!他走了,眼下的农活谁来干?你来干吗?"

张雷无奈,话糙理不糙,哑口。

突然,一旁的哈坎恍然大悟,喊道:"阿叔,您的意思是不是……只要干完活,就同意买哥走了?"

队员们一愣,连阿迪夏都跟着愣住了。

张雷也回过了神,大喊:"好!我来干!"

队员们跟着大喊:"我们一起干!"

孩子们背着农药喷洒器从各家各户跑出来。所有人装备齐全地站在棉田中。

张雷问道:"有多少?"

买合木提指向远方的那棵大树。张雷神情坚定,按压起了喷洒器。队员们露出了担忧的神情,毕竟他们都是个中"老手",深知工作量的巨大。

初夏正午,太阳直晒,接近北京时间三点。队员们组成的横排在棉田的纵列中推进得极其缓慢,那棵作为"标的物"的大树仍旧矗立在很远的地方。队员们一言不发,满头大汗地喷洒着农药。

小胖焦急地问道:"几点了!"

陈疆却只是道:"干活!"

体育场外,大门洞开,观众涌入体育场。场边,伊宁二中的队员们已经开始热身,阿尔法不停地看着手表,心想:怎么回事,为什么他们还没来?

队员们默默地劳作,张雷的效率最高,走到了最前面。棉田中已经隐隐听见几名队员焦急的啜泣声。阿迪夏默默望着眼前这一幕,脸上流露出心疼与不忍。

买合木提看了眼太阳,觉得不能因为自己,耽误了大家,大喊:"教练,来不及了,你们快走吧!"

张雷劳累过度,神情恍惚,仿佛梦游被叫醒一般。此时,有人从身后卸掉了张雷的农药箱——原来是阿迪夏。

阿迪夏语气突然变得平和起来:"现在快点走,还能赶得上。"

张雷和队员们都愣住了。

买合木提望着父亲道:"我得留下来!"

阿迪夏喝道:"你也走!"

买合木提快哭了:"我走了你一个人根本干不完……"

陈疆咬着牙道:"那我也留下来!"

艾克直接又背起了农药喷洒器:"要留大家一起留!"

突然,远处天边传来一阵"嗡嗡嗡"的轰鸣声。转瞬,四架无人机从远处天空出现。无人机低空飞行,刚刚越过远处大树之后,两侧的喷洒装置立刻启动。细密、均匀、带着角度地开始喷洒农药。

一时间,阿迪夏、张雷与队员们望着无人机出神。

近处田埂上,穿着白衬衫,挂着党员纪念章的陈刚出现了,边上站着两个无人机驾驶员。陈刚望见还愣在原地的队员们焦急地大喊:"还愣着干什么,快走啊,大巴在镇政府面前等着呢!"

队员们这才回过神来,转身撒腿就跑。陈疆跑向父亲。

陈刚看着自己儿子:"儿子,爸又没办法去看你的比赛了。"

看着拯救了球队的父亲,陈疆笑了:"爸,我喜欢的也是梅西!"

决赛,在一个阳光明媚的下午开赛。

伊宁体育中心,已经涌入了两万多人。这场比赛,伊宁电视台在直播。此刻,加尔斯台镇的父老乡亲都围坐在电视机前。

买合木提的父亲阿迪夏也来了,他把羊拴在柱子上,转过身,找了一个位置坐下。艾买提大叔喊道:"阿迪夏,你儿子上电视了,了不起哟!"

正好镜头划过买合木提的脸庞,儿子刚毅的表情呈现在他面前。这么多年,他从未认真看过儿子买合木提。镜头对准了买合木提,阿迪夏忽然发现,儿子长大了,儿子的眼神中有一种超乎年龄的坚定。这一刻,他好像理解了儿子的坚持,并理解了坚持的意义。

镜头从每一个队员的脸上划过。买合木提、小胖、艾克、阿尔斯朗、热法特、尼哈克、穆图……一张张熟悉的面孔映入张雷的视线,一幕幕往事也映入张雷的脑海。

随着一声哨响,上半场比赛开始了。

看台上的观众们发出山呼海啸般的呐喊声。两队的队员在球场中展开了激烈拼抢。

正如赛前的预判一样,伊宁二中在每个位置上都要比加尔斯台队强那么一些,整体实力远高于加尕斯台队,加尕斯台队一直处于被动防守的一方。好在,加尕斯台队对此已经有了充分的准备,看似被动的防守中,队员们努力保持着阵型。对方的祖力亚和易卜拉欣,牢牢控制着中场,并不断把球输送到前场,但是,加尕斯台队对此早有准备,一次次化解了对方的进攻。

对方的教练阿尔法开始坐不住了。赛前他就告诉队员们,不要轻视加尕斯台队,但是这批队员一想到当初那个7:0的大胜,轻敌的思想不由自主地在球队中滋生。

二十

第40分钟,伊宁二中的9号高中锋牛刚上场了。

原计划伊宁二中会在下半场换上牛刚,眼看打不开局面,阿尔法不得不提前做出调整。

在牛刚上场过后,伊宁二中的打法立即发生改变,他们开始频繁地向禁区输送高球。在这方面,加尕斯台队的两个中后卫,穆图和菲热特都没办法。

只见,牛刚一个头球,将球送进了球门。

1:0,伊宁二中领先。

阿尔法长舒了一口气。三分钟过后,牛刚接到传中,又是一个头球,再次顶入球门。

2:0,伊宁二中拉大比分。

穆图和菲热特无奈地对望,对于牛刚的空中优势,两个中后卫毫无办法。上半场的最后一分钟,牛刚再次使用头球,这次小胖飞身跃起,将球托出横梁。好险啊,差点又被进一个。

中场哨声响起,比赛进入了中场休息时间。加尕斯台队赢得了一丝喘息的机会。更衣室里,异常沉寂。面对对方的高中锋打法,加尕斯台队没有任何招架之力。每个人的脸上都挂着沉重的表情。

张雷说:"对手很强,但并非不可战胜。咱们的技战术没有问题,关键是把节奏提起来,重新找回被打碎的信心。"

买合木提问:"怎么找?"

"他们不需要为一件白色的T恤发愁,他们没有踢过瘪气的足球,他们没有用易拉罐练过基本功,他们没有干过农活过后还要被教练折磨。他们也许很强。但我们大家的努力不亚于任何人,这是我们加尕斯台中学第一次参加比赛,也是第一次打进决赛,现在不拼,等什么时候呢?我相信你们,就像你们相信我一样,不管别人怎么想,但我张雷觉得,你们配得上更好的未来,任何人都无法相信的未来。"

"教练,我们怎么打!"

"来……"

队员们聚在一起,于是,一个新的打法诞生了。

随着一声哨响,队员们回到赛场。加尔斯台队的战术发生了变化。中后卫穆图和菲热特不再跟牛刚抢高球,他们只干扰不起跳。

加尔斯台队防守的重点,放在了祖力亚和易卜拉欣身上。张雷已经观察到,对方真正能够传出威胁球的,只有这两个球员,牛刚能够舒舒服服地把球顶进球门,全靠祖力亚和易卜拉欣的传球,只要能够堵住两个核心球员的传球,牛刚就变成了没有炮弹的大炮,毫无意义。

伊宁二中的优势依旧明显,一波接着一波进攻,但是在加尔斯台全队的防守下,祖力亚和易卜拉欣无法传出高质量的球。牛刚显得无用武之地。

终于,到了第55分钟,对方再一次传出了好球,球被吊入禁区,牛刚顺势甩头攻门,小胖飞身救球,球倒是被救了下来,却弹到了对方球员脚下,对方球员一脚射门,眼看球就要进门了,一个队员飞身铲球,把球踢出了底线。小胖起身一看,救险的居然是买合木提。

张雷来到场边,开始做出部署。张雷看了看对方的教练阿尔法,阿尔法也看了看张雷。

"你的防守策略出乎我的意料,但是很正确。"

"你的高中锋牛刚头球能力很强,但是体能很差,只能维持30分钟的高强度比赛,我们队只需要顶住下半场前30分钟。"

"你说得不错,我们遇到很多教练,唯有你,能够看到这个命门,你是不是踢过职业比赛?"

正说着,加尔斯台队一脚大脚破坏,将球踢到对方半场内。艾克飞速跑过去争抢这个球,对方的两名后卫也紧紧跟了过来。艾克抢到球,两个高大的后卫紧紧地压住他。

这种情况下,前锋会把球踢到对方腿上,弹出界,换取一个角球。然而艾克却一个机灵地转身,做了一个穿裆球,然后从两个后卫的中间穿过去。他一个人就突破了两人的防守,直奔球门。

躲过第三个后卫的滑铲,艾克一个小角度射门,球进了。

1:2,加尕斯台队居然扳回一球。这是队员们自己都没有想到的。

艾克的这个进球,让看台上市体校的教练也起立鼓掌。能够在被两个后卫逼到角球区情况下不放弃,这是一个优秀前锋的品质。

比赛来到了下半场第30分钟,陈疆拿球,对方球员没有来得及封堵,他立刻传给了插上的艾克,艾克带球奔向对方禁区,陈疆也跟着跑上去接应。禁区前对方一个球员拦住了艾克的去路。陈疆这时候已经突入禁区。

艾克要传陈疆,却听见陈疆大喊:"不要传!"

踢了这么多年的球,艾克第一次听见陈疆叫他不要传球,他立马反应过来,传球脚一个反向扣球,变成了一个假动作。这个假动作晃倒了对方后卫。在禁区外,艾克用左脚一记远射,洞穿了对方的大门。

2:2,加尕斯台队利用为数不多的进攻机会扳平了比分。

张雷兴奋地跳了起来,买合木提也拖着受伤的腿,走到球场边上,给艾克鼓掌,也给陈疆鼓掌。他知道,这个球,要是传了,就越位了。陈疆故意跑到一个越位的位置,让对方防守队员分散注意力,才有了艾克的假动作和破门。

这是一种不触球的助攻。

被扳平了比分的伊宁二中在最后的十多分钟时间里,更加凶猛地围攻加尕斯台队。他们的目标是赢得比赛,获取三连冠,所以,他们不能接受这样的比分。

阿尔法在场边焦急地呼喊着,不断调整进攻。面对对手的进攻,场上的队员都拼尽全力。阿尔斯朗受伤下场,尼哈克抽筋,张雷不得不用替补球员换下两名主力。

第40分钟,对方的球员在禁区一脚射门,热法特飞身用身体堵住了这记势大力沉的射门,球弹回来,又弹到对方脚下,对方经过几次传递,又是一记凶狠的射门。这时候热法特跳起来,将球顶了回去。

倒地的热法特,艰难地从地上爬起来,刚才那次跳跃,触地的瞬间,他的脚踝已经扭伤了,他忍住疼痛从地上爬起来,继续参与防守。这一幕被张雷看在眼里,他大声呼喊让热法特下场。

尾声

看着张雷,热法特摇摇头,坚持留在场上。他知道,此时已经没有人可换了,他必须坚持,再坚持,一直坚持到比赛结束。

队友们看着一瘸一拐的热法特,眼泪浸湿了眼眶。热法特在球队里,技术并不出众,身体也不强壮,但却是最能跑、最能抢的那一个。他总是用自己不停的奔跑来弥补自己在技术上和身体上的劣势,默默地为球队做出贡献。所以,他牢牢地占据着主力的位置,如果说买合木提是球队的大脑,那么热法特就是整个球队的精神。

看着热法特,张雷的眼睛湿润了。透过热法特,他看到的是整个加尕斯台,整个伊犁,整个新疆,有很多像热法特这样的孩子,他们没有出众的天分,没有先天的优势,没有突出的素质,但是他们无比勤奋,他们骨子里有一种不服输的精气神。

这就是张雷决定放弃回家的机会,回到赛场,回到孩子们身边的原因。因为,如果他回到内地,改变的只是他一个人的命运,如果留在新疆,留在加尕斯台,他能改变许许多多孩子的命运。

90分钟的比赛时间已经到了,工作人员举起指示牌,补时三分钟。按照青少年联赛的比赛规则,常规时间内双方打成平手,将直接以点球决出胜负。

此时的加尕斯台队,所有的队员已经拼尽了最后一丝力气。张雷闭上双眼,双手合十,他不忍心看着队员们再这样坚持下去,他默默地祈祷着裁判员尽快吹响终场哨,让自己的队员下场休息。

至于胜负,还重要吗?加尕斯台队能够走到今天,能够和上届冠军对峙90分钟,打成平手,这已经是一场了不起的胜利了。

时间一分一秒地过去,这三分钟的补时如此漫长。终于,裁判员把哨子拿起,眼看就要吹响终场哨了。

只见,热法特用尽最后一丝力气,一脚把球踢向对方半场。这个球,缓缓地滚向对方的底线。如果是这样,当足球出界后,裁判员将吹响终场哨,直接进入点球决胜阶段。

然而,只见一个身影飞快地向这个球奔去,定睛一看,是陈疆,是不服输的陈疆。

他抢下了足球,向对方禁区带球,对方两个防守队员见势不妙,立即上前封堵。一个铲球,陈疆倒地。

裁判哨声响起:"点球!"

所有的队员和张雷一起从地上蹦了起来,这是陈疆用最后的冲刺为球队争取来的一个点球,一个可以决胜的点球。

谁来发这个点球?

大家相互望了望。最后目光落在陈疆的身上。买合木提下场了,脚法最好的就是陈疆,而且,他是场上的队长。

"陈疆,我们相信你!"大家看着陈疆,眼里充满了期待的目光。

此时此刻,在加尕斯台镇电视机前的陈刚也饱含热泪。他知道,他的儿子此刻将像一个真正的男人一样去面对挑战。

球,放在了发球点。全场的人都屏住了呼吸。

只见陈疆退后几步,助跑,一脚踢出,球飞速飞向球门。对方守门员飞身鱼跃,没有触到球。

然而,哐当一声,球狠狠地砸在横梁上,弹了回来。

球,没进。

但是它弹回了场内,还有机会,还有机会。队员们一拥而上,去拼抢这个头球。

只见,一道白光,守门员小胖冲了上来,一记鱼跃冲顶,把球顶进了球门。

守门员,进球的居然是加尕斯台队的守门员!

此时,连对方的教练阿尔法都站起身,为这个精彩的入球鼓掌。他知道,虽然自己的球队是两届冠军,但这场球赛输给加尕斯台队这样一支乡镇中学校队,并不丢人。加尕斯台队虽然实力不如自己的球队,但是这场比赛,他们在战略、战术、意志力上都强过了自己的队伍,阿尔法心服口服。

终场哨声响起,3∶2,加尕斯台队获得了冠军。

队员们热泪盈眶地拥抱在一起。张雷跪地,仰天流泪。此刻的天空中,一架飞往乌鲁木齐的飞机呼啸而过。他原本可以搭乘这架飞机回到故乡,去拥抱更好的生活,去拥有更好的未来。

但是,此刻他并不遗憾。其实命运最好的安排,就是当下。他决定留下来,和孩子们一起去实现梦想,实现那些看似不可能实现的梦想。

一年后,伊宁二中迎来了新一届的学生。庄严气派的学校门头,两侧挂满了各类荣誉牌匾,迎接着他们的到来。

买合木提、陈疆、菲热特、热法特、阿尔斯朗、尼哈克等一众学生穿着崭新的校服,背着书包随着人流走进校门。

这批孩子,作为体育特招生被伊宁二中录取。钦点这批孩子的,是伊宁二中的教练阿尔法。

艾克也来到了伊宁,他成了市体校的学员,做了一名正式的足球运动员。

张雷与陈刚远远地看着这批孩子走进二中的校门,脸上露出了欣慰的笑容。这时候,一个声音从二人的背后传来:"是不是舍不得这批苗子?"

张雷和陈刚回头一看,原来是阿尔法。阿尔法拍拍张雷的肩膀说:"如果舍不得这批苗子,就到我这里来!"

张雷问:"到你这里?"

陈刚仿佛并不意外:"伊宁二中缺个教练!"

"你怎么知道?"

陈刚和阿尔法哈哈大笑。

阿尔法说:"学校向州教育局申请,把你调到二中来,带这支队伍!"

"我?"张雷万般不解,这事儿陈刚和阿尔法都知道,但自己却蒙在鼓里。

镇定下来的张雷对阿尔法说:"是的,我的确舍不得他们,我也很愿意到二中来做教练,但是,我来了,你怎么办?"

阿尔法收起笑容,认真地说:"做你的助教!"

此时,操场上响起了此起彼伏的哨声。由多民族组成的初高中六个年级的足球梯队集合。

"报数!"

"1、2、3、4、5……"

三人欣慰地望着这一幕,笑了。

校园大喇叭响起,张雷的声音从喇叭里传出来:"咳、咳、喂、喂!下面宣布,新一届校足球队招募队员,请有兴趣的同学下课后来操场集合,参加选拔。"

……

这一年,风调雨顺,田地里的葡萄颗颗晶莹剔透,向日葵金黄饱满。

农忙季节,镇上一望无际的棉田上空,多架无人机来回穿梭。棉花丰收,白花花的一片,异常耀眼。

鲜红的棉花收割机开进棉田,高效率地运转起来。乡亲们捧着洁白的棉花,露出了幸福美满的笑容。

这一年五谷丰登,丰收的歌舞声传遍了整个加尕斯台。

张雷被授予"教学能手""骨干教师""学科带头人"三项荣誉;陈刚被推选为新疆维吾尔自治区优秀乡镇党委书记;加尕斯台中学荣获"民族团结模范学校"称号;加尕斯台镇被授予"全国脱贫攻坚先进集体"称号。

一年之后,孩子们的故事还在延续。买合木提被选入山东鲁能俱乐部U18梯队;艾克进入了新疆天山雪豹足球俱乐部成年队;陈疆考上了北京体育大学,后来留校任教;菲热特、热法特兄弟分别就读于北京理工大学信息工程专业与北京大学光华管理学院;阿尔斯朗就读于伊宁师范大学,毕业后成为张雷的助教。

尼哈克、穆图做了当地的体育教师,带出了各自的球队。

……

第三卷
前　海

　　十年,在人类长河之中,可谓沧海一粟;十年,对处于这个时代的我们,却谓天翻地覆。穷则变,变则通,通则久。中国这十年,在变化中汲取经验,焕发新生。这十年的飞速发展,孕育了大湾区,造就了前海,在这里有着太多的奇迹故事值得挖掘。《前海》代表着粤港澳三地敢为人先、不懈奋斗的创业精神,它诉说了一个简单而朴实的故事——只要有梦想、有野心、有实干、有坚持,大象也能起飞! 十年间,千禧年出生的人步入二十岁的人生阶段,第一批90后已然三十而立,80后的第一代人迎来后青春与中年之交的节点。人生天地之间,若白驹过隙。我们是生活的亲历者,是艺术的创作者,也是记录者。十年,一回眸,便是一处风景;一转身,就有一个光阴的故事。

刘雪松

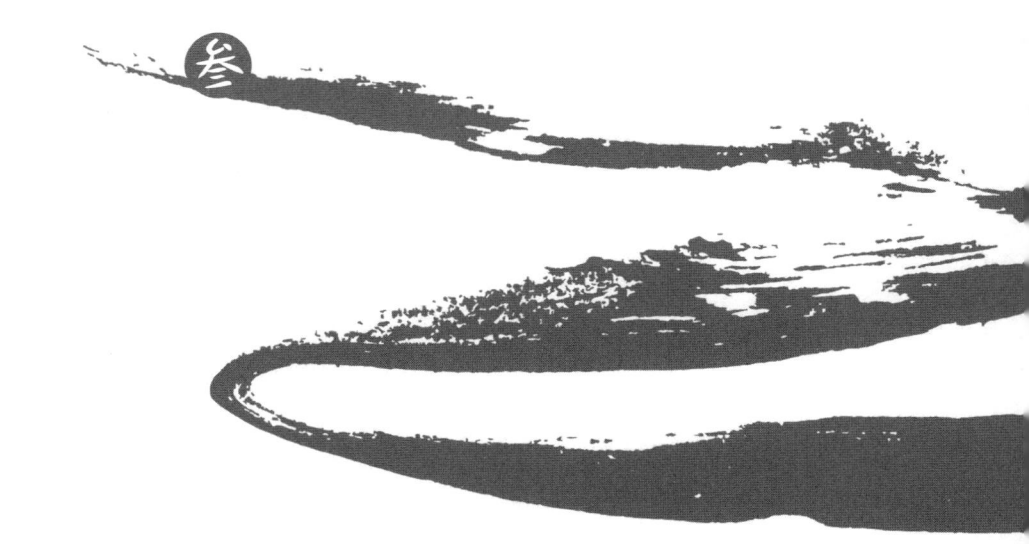

一

1997年6月30日的香港下了一整夜的雨。

雨，细而无声，淅淅沥沥滴落在街面和屋顶，溅起一串串水花。

街面上，坑洼积水如镜。高耸密匝的楼群、色彩斑斓的广告牌、临街的各色铺子、匆匆的行人与拥堵的汽车，万家灯火，层层叠叠，全部映入这水洼里，揉碎成十色光斑，如梦如幻。

新九龙临近街道处，一处招牌为"大国际电器维修"的店铺里灯光依然微微亮着。往上一看，顶楼有一个巨大的广告牌，上面写着五个大字"春光风油精"。

这里是香港的老住宅区，由几条不规则的老街连接在一起。街的两边都是两三层的老屋，老屋的走廊昏暗深长，遍布大大小小的水洼，一眼看不到头。无数的房门，有开有合。风一吹，某家半开的铁门，咣当一声关上，马上就会传来婴儿的啼哭声。

公屋的墙壁贴满广告招贴，售楼、搬家、跑马、移民、家教、维修下水道……五岁的叶舟穿着靴子一边穿过各种广告，一边故意踩踏脚下的水洼，发出欢快的笑声。他手里捧着妈咪熬的西洋参猪骨汤。

他辗转来到楼上，用腿轻轻地支开虚掩的门，叫了一声："佩姨。"

佩姨正站在电视机前，拍打满是雪花的老电视机，听见叶舟的声音，转过头："你妈咪又煲糖水还是靓汤啊？"

"西洋参猪骨汤。"说完，叶舟将汤碗放在桌上，从兜里掏出一沓用皮筋卷起来的港币，熟练地放进佩姨桌上的曲奇饼罐子里："佩姨，这个月租金。"

佩姨忙着折腾电视机，头也不抬："放那儿吧。阿舟，过来帮手。"

叶舟愉快地回答："好啊，修好了减租。"

佩姨笑着揪了揪叶舟的脸蛋："鬼马仔。"

叶舟走到电视机边，熟练地拔了电源，搬只板凳踩上去。他看着电视机后面的电路，看到一条接线掉了下来，拿起一旁的水果刀刮了刮金属接口，重新插上。然后将电视机安装回原样，插电源，电视立刻恢复图像和声音。

看着恢复正常的电视，佩姨高兴地说："阿舟真是聪明能干，以后自己开店当老板！"

叶舟得意地说："我不当老板，我要当发明家！"

"好！好！好！做发明家，阿舟将来要做发明家！"佩姨一边说着，一边打开桌上的饼干盒，伸手抓一把，抓出几块巧克力，塞叶舟手里。

这时候，屋外传来叶舟妈咪的声音："阿舟，吃饭啦！"

叶舟说："佩姨，我回去了！"

佩姨摸了摸叶舟的头，叶舟心满意足地攥着巧克力向门外走去。电视里，新闻继续播放。

佩姨静静地喝着汤，关注着新闻。她的房间小，但是温馨，单人床、花色床单、藤编椅子、原木桌、老式木柜都油光锃亮。佩姨也很讲究，虽然一整天没出门，但依旧穿着暗色老旧旗袍、玻璃丝袜和绣花拖鞋，打理得十分精致。

她静静地看着新闻，她隐隐约约感觉到，一个新的时代就要来临。

灯影投射，窗户玻璃，今夜的雨水划过道道水线。这间小小的电器维修店，不过十五平方米，却取名叫"大国际电器维修铺"。店铺内，叶舟的父亲身穿一件衬衣正坐在柜台前，捣鼓着电视机的RF射频信号线。他身边凌乱无序地陈设着各种电器，桌上摆着不少电器零件。

叶舟跑下楼，蹑手蹑脚走到叶父身后，怪叫一声："Daddy（爸爸）！"

叶父被吓得一激灵，叶舟嬉笑着一溜烟跑上楼，一边跑一边喊："妈咪叫食饭啦！"

叶父故作生气地说："你个百厌仔！"

叶舟家的电视画面不好，断断续续，电视屏幕上不时出现雪花信号。叶父将射频线插入电视机屁股后面的孔，电视画面立即清晰起来，画面中，英国国旗及港英旗在风笛伴奏的乐曲中，以低落的姿态缓缓下降。

叶妈笑道："洋鬼子终于走咯！"

叶父也点头笑："太好咯，回归咯。"

叶舟站在窗边,扔着小东西敲击着对面二楼的窗户。对面窗户打开,一个胖乎乎的小男孩疑惑地探出头,叶舟呼喊:"齐仔!今晚我家打边炉,快点过来。"

齐仔讪讪地回答:"功课没做完,我爸不让我出房间。"

叶舟说:"你好笨啊,我早就做完了,你那份牛肉丸归我啦。"

齐仔失落地说:"不好吧……"

叶妈在厨房里喊:"阿舟,美嘉,过来帮手。"

姐姐叶美嘉接过妈妈手里的菜端上桌,看着满满的一桌菜,高兴地喊:"打边炉喽!"打边炉,是香港当地人的说法,跟吃火锅的意思差不多,就是一家人围着炉子,放入各种食材,一边涮一边吃。对于叶舟一家来说,如果不是有什么大事,一年到头"打边炉"的次数并不多。

叶舟钻到桌前,问姐姐叶美嘉:"姐,今天庆祝什么啊?这么多好菜。"

叶美嘉说:"今天有大客,二十台空调的订单。"

叶妈将鸡腿捞出来给叶美嘉和叶舟一人一只,说道:"你们俩一人一只,快快长大。"

叶舟扬起脸:"我想天天有大客,天天都可以打边炉。"

叶妈笑:"天天打边炉,热气得很。"

叶父在倒酒:"一家人,一个锅里吃饭才有温度嘛。"

叶妈说:"对了,今天学校的Miss又同我讲,阿舟的手工作业没交。"

叶父放下酒杯,严肃地看着叶舟:"为什么不交作业?"

叶舟说:"我交了的。"

叶父怒道:"还嘴硬!"

叶舟默默从兜里掏出一张稿纸,放在桌上:"他们说这个不算!"

叶父叶妈接过稿纸打开一看,愣了神。叶美嘉探过头,乐不可支。上面画着一台复杂的精密仪器,一旁歪歪扭扭写着三个大字——时光机。

叶美嘉笑得上气不接下气:"时光机?这就是你的手工作业?"

叶舟生气地怼回去:"要你管?"

叶父看着稿纸一本正经道:"嗯,有想法!"

叶舟低着的头逐渐抬起,表情也慢慢舒展。

叶父继续说:"搞发明,最重要的是敢想敢做,我帮你一起做时光机,饮杯!"

"好!"叶舟拿起桌上的橙汁,父子俩装模作样地碰了一杯。

叶妈在一旁帮腔:"到时候你们父子俩穿越到古代,记得带上我同美嘉。"

叶美嘉突然想起一件事,抬头告状:"阿舟拆了我的随身听,贵嘢来的!"

叶舟说:"我想研究机械嘛,今晚帮你修好啰。"

一家人哄笑,其乐融融。

十点,是姐弟俩睡觉的时间,叶舟睡上铺,叶美嘉睡下铺。而叶舟却没睡,他躲在毯子里,借着手电的光,偷偷修理姐姐的随身听,整张床被弄得嘎吱作响。下铺,叶美嘉半睡半醒,有些不悦地用脚踹了踹上铺的床板。

忽然,毯子被掀开,叶舟被吓了一大跳,借助微弱的灯光,发现掀开被子的人是父亲,才平静下来。

叶父神秘地说:"跟我来。"

叶舟一脸茫然地下了床,跟随父亲来到客厅。电视依旧开着,用很小的音量播放回归交接仪式。此刻是11:45,添马舰广场,国旗和香港特区区旗已经准备就绪……

叶舟发现妈妈站在窗台边笑意盈盈,也在朝他招手。

叶舟迷茫地走过去,叶妈指了指窗台边的那盆兰花。

这盆兰花是叶舟亲自栽种的,在寸土寸金的香港,没有大片的土地培养绿植,家中能够腾出一点点空间栽种花草,非常奢侈。

一直以来,叶舟都在盼望着兰花盛开,可是一直没有看到。

当叶舟走近,发现花苞在微微颤抖着。叶舟忽然明白了,低声地问:"它要开花了?"

妈咪点点头。

叶舟盯着颤动的花苞,想摸。叶妈一掌拍开,对他做个嘘声手势。叶舟捂嘴凑近。叶父把电视声音扭小。三人小心翼翼地凑近待开花苞。

三人静静地等待兰花盛开。

此时,叶美嘉揉着眼睛,出来:"你们在干什么?"

叶父道:"兰花要开花啦!"

叶美嘉跺了跺脚:"你晚点开花,我先去个卫生间!"

说完叶美嘉趿拉着拖鞋朝洗手间走。刚刚走进洗手间,叶美嘉忽然大喊:"水管,水管又爆啦!"

水管爆裂对于新九龙老屋的居民来说,是稀松平常的事。叶家四口如训练有素的士兵立即跳动起来,叶父奔向洗手间,叶妈找来工具,叶美嘉去找盆,水从洗手间淌出,流得客厅一地都是,一家人进进出出十分狼狈,衣裳湿透。

只有叶舟在客厅蹦跳踩水,溅起水花,兴奋得又喊又叫。

而此刻,楼上的佩姨坐在摇椅上,似睡非睡,摇椅轻摇。她的电视中播放着香港回归交接仪式的现场直播,英国国旗徐徐落下,一个时代落幕了。

时钟指向零点,中华人民共和国国歌响起,五星红旗缓缓上升,整个会场庄严肃穆。

楼下,叶家还在手忙脚乱地应对这突如其来的水管爆裂事故。叶舟突然停下嬉闹,睁大眼睛,怔怔地看着电视,看着电视中五星红旗升上顶端。国歌声停,国旗至顶。

突然,窗外烟花满天。五颜六色的烟花冲上夜空,这是属于六百多万香港人的夜晚,也是属于十二亿中国人的夜晚。百年历史翻开新的一页。电视中的人们载歌载舞,窗外的烟花五彩斑斓。

叶家四口趴在窗户上,看着满天烟花,四个人都大口喘着气,衣服湿滴滴,头发上、眉毛上都挂着水珠。但每个人都那样兴奋,脸上挂着喜悦,这是几百万香港家庭中最普通的一家,在这个下着雨的夜晚,他们望着窗外,仿佛看到了美好的未来。

雨一直下,在烟花的映射下,窗台上那朵兰花已悄然绽放。

二

二十年后,从港科大电子工程专业硕士毕业的叶舟俨然是一个意气风发的香港青年。这二十年,他和香港一样,经历了一个飞速成长时期,以至于回头看过去,自己也无法辨认自己。唯有当初成为发明家的梦想从未改变。

此刻的叶舟,在中环的香港大厦,面对投资人祝先生。

他站在投影前展示幻灯片,幻灯片上是他最新的研究成果——智能健康监测手表:"这款产品的核心技术是将心电采集、血压测量等常见的健康筛查功能加入其中,尤其针对老年人用户……"

没等叶舟说完,祝先生打断他问:"语音助手有吗?"

叶舟摇摇头。

"移动支付有吗?"

叶舟摇摇头。

"有原型机展示吗?"

叶舟摇摇头。

"你的背景是什么?你是医生还是博士?"

"我是港科大电子工程专业硕士毕业。"

"我根本不在乎你的产品是什么,我只在乎你是谁,你有医疗机构或者科研协会的背书吗?"

叶舟缓缓放下手里的稿纸,眼神里没有了刚才的锐气。

"恕我直言,这款所谓的健康什么……表?"

"智能健康监测手表。"

"智能监测手表,便携度低,丢失率高,缺乏市场吸引力,想投产,纯属异想天开!"

"异想天开!"叶舟不知道已经听到这个评价多少次了。

砰的一声,投资人的门在叶舟背后被关上。叶舟垂头丧气地将手里的文件塞进公文包。门口的齐仔收起手里的薯片,舔了舔手指。看着一脸沮丧的叶舟,齐仔脸上期待的笑容逐渐消失:"又衰了?"

叶舟点头。

齐仔叹气:"三年了,这沓文件就算扔到水里都能听个响。"

叶舟苦笑:"又不是第一次衰,你还没习惯?"

两人双双叹气。这时候,叶舟的手机响了:"喂,方教授? 好好,我半小时后到。"叶舟挂断电话,齐仔疑惑地问:"方教授打电话给你干吗?"

叶舟苦笑:"还不是看我这三年没什么出息,让我回去当助教咯!"

齐仔自嘲地说:"是啰,我也回去炒股炒楼炒栗子都好过现在。"

半个小时后,方教授从港科大的实验室走出来,疾步走向出口,表情不悦,语气也不悦:"我拒绝过的事情就不要再讨论了!"

叶舟紧跟在方教授后面说:"但我的产品已经有眉目了,就差扶持资金!"

方教授停下脚步,看着叶舟:"找你来,是想让你加入我的研究团队,而不是当你的投资人。我欣赏你的才华,但我不喜欢你的态度。"

叶舟怔怔地说:"我很感激你帮我,但我不想放弃。"

方教授淡淡地说:"你想清楚了,搞科技创业,跟大炮射蚊子一样。"

叶舟听了方教授这么说,坚定地回答:"只有最强大的意志才能成就最艰难的选择。"

教授拍了拍叶舟的肩膀,叹了口气:"你永远都是这句话。"说完,教授头也不回地离开,叶舟眼神里划过一丝失落。失落之后,他转身向反方向走去。这时,他路过一间会议室,只见会议室里人头攒动,横幅上挂着"梦工场香港路演报名现场"。他本不在意,却发现很多同学从自己身边飞奔而过,直奔会议室,叶舟好奇地望着同学们奔跑的方向,然后退步朝着会议室走去。

这是深圳一家科创园区招募创业项目的报名现场,场内热火朝天,许多同学拿着宣传册,边走边看边议论。叶舟也凑了过去,拿了本宣传册。

这时,台上来了一个戴着眼镜的男人向众人鞠躬,掌声四起。旁边的同学嘀咕道:"是小何学长!"

小何学长拿着麦克风说:"作为港科大毕业的校友,今天很荣幸向大家介绍我在大湾区的创业故事。众所周知,我的创业领域是无人机的开发……"

看着面前正游刃有余演讲的学长,叶舟眼神里流露出满满的羡慕。旁边的同学开始议论起这个学长。

"小何学长是我们港科大的传奇人物啊。"

"我知道,他在大湾区搞无人机研发,技术行业领先!"

"现在大湾区扶持创业,你也去试一试吧,说不定就是下一个学长。"

同学们叽叽喳喳地议论着,小何学长依旧侃侃而谈:"……深圳前海依托前海深港青年梦工场等关键支撑平台,给予港澳青年创新创业的良好发展环境,着力打造'六链合一'的全链条创新创业生态圈……"

叶舟听着小何学长的介绍,一股力量上了头,他拿起宣传册,抓住了一个戴工牌的工作人员:"我要见你们负责人!"

桌前的几个工作人员面面相觑,不知眼前的这个愣头青是个什么路数。其中一个工作人员向身后一个四十多岁年纪、一身休闲装的男人打了个招呼:"海哥,有人找。"

这个名叫海哥的人侧过头,和叶舟四目相对后,皱了皱眉。

叶舟问:"这里你说了算?"

项海淡淡地回答:"我是大湾区前海梦工场事业项目部负责人项海,你是?"

叶舟连珠炮似的发问:"你们的资料中有讲,会提供政策和初创期的资金扶持。这笔资金是多少钱?评估标准是什么?如果公司两边都有团队,涉及法务问题,是按照哪一边的法律来?员工的税,怎样来算?梦工场相关配套,资料上介绍不多,有多少餐厅?还有廉租公寓,收费标准是什么?"

工作人员都惊讶地看着一脸咄咄逼人的叶舟,项海被叶舟这一副模样逗笑了:"如果你真的想了解梦工场,那就填好报名的表格,我会在路演现场亲自为你解答的,前提是你能通过我们的考核。"

叶舟接过报名表,点点头:"项海是吧,行,到时候见!"

三

大国际电器维修铺门口,叶父坐在柜台前修着小电扇,二十年了,他一直坐在那里修电器,仿佛从未离开过。叶舟在一旁帮着修理一台电视机。

叶妈坐在马扎上,把摘好的豆角扔进盆里。

叶父看向叶妈:"佩姨那边,你劝过没有?"

叶妈说:"劝了,就是不肯去安老院。说死都要死在家里。"

叶父叹气:"家?哪里是家?"

叶舟在一旁默默听着,不语。

关于佩姨的身世,叶舟从父母的口中听到的是,祖籍山东,生在上海,又搬来香港,前夫是法国人,却葬在非洲。所以,叶父问的那句"家?哪里是家?"背后的答案就是:"哪里都是家,可哪里都不是家。"

叶父一边修理着东西一边说:"算了,说了就行了,现在至少有街坊邻居可以照料着,等以后再说吧。"

叶舟听了一阵,没有说话,此时开口道:"阿妈,姐姐今天回来吃饭吗?"

叶妈说:"她神龙见首不见尾,你不要学她啊,要每天晚上回家吃饭,知不知道啊。"

一阵沉吟后,叶舟突然抬头道:"跟你们说个事,教授今天给我打电话,找我回去做研究。"

叶父叶妈都一愣,叶父一拍大腿,面露喜色:"好!回去做研究,虽然十年八年才出头,至少受人尊敬。"

叶妈也很高兴:"关键是稳定。"

叶舟说:"我拒了,不想去。"

父母面面相觑。叶父怒斥:"你做什么?你想干什么啊?教授给你面子你不要,还想继续搞你的研究?三年时间,你同班同学不是中环上班就是出国深造,你呢?有什么出息?"

"这几年我打零工,没跟家里伸过手。"

"你搞清楚,你是大学生啊!等你头破血流之后一转眼三十多岁一事无成,我看你怎么办!"

叶妈打圆场:"齐仔的爸妈也总是跟我聊,希望你们找份安稳工作,爸妈也不求你大富大贵。"

"我想的不单单是赚钱,我想做的是更有意义的事。我要让我的智能手表服务社区的老人,全香港的老人!"

"什么叫有意义啊,我告诉你,你这叫扛着拐杖去挨打——自讨苦吃!"

叶父继续说:"你以为做生意是拍脑门决定的事情?当年我做生意的时候,就是因为太急躁……"

叶舟打断父亲:"我不会像你一样。"

说完叶舟起身,离开店铺。

叶妈看着离开的叶舟,连忙追了出去。

深圳南山半岛,这里是前海深港现代服务业合作区。

2011年,合作区的建设列入"十二五"规划。十年来,依托香港国际金融中心、贸易中心、航运中心、外汇交易中心的地位以及服务竞争优势,加上深圳产业服务等优势,通过深港合作推进总量扩张、资源整合与功能再造,形成约八十万人口的新城区,被称为"珠三角曼哈顿"。

前海梦工场与香港隔海湾相望。自空中俯瞰,大地上几栋灰白建筑,组成繁体"梦"字。梦工场的楼不高,视野开阔,空间紧凑,分隔成一间又一间的办公区域。此时的梦工场,入驻公司不多,安静空荡,看上去更像一个普通的大学社区。

梦工场的项目筹备组还在紧张而忙碌地工作着。负责人项海来到小杰的面前:"名单好了吗?"

小杰指着电脑屏幕:"差不多了,这些是符合要求的申请团队和个人,还有这些……但是,创业可行性报告都不太规范。有几个人提交的只有技术类报告。"

项海点头应着,伸手用鼠标点击浏览各项目具体内容。这时,叶舟的资料出现在电脑里,项海眯着眼睛盯着看了好一阵。

小杰说道:"这个项目是智能健康监测手表。像这些同质化的研发领域,就算选入也不一定能通过路演。"

项海摆手:"这事啊,咱们负责扔骰子,摇出几个点得看骰子自己。都放进来!"

小杰点头。

项海说:"28日去香港的复试,答案马上就会揭晓。"

佩姨家中，本来不大的客厅被放置了两台电脑，密密麻麻的数据线连接着茶几上的一块像是手表一样的东西，但这东西略显粗糙，甚至还没有外壳。

叶舟和齐仔两人正在电脑前敲击键盘，挥汗如雨。他们急需要在下周六拿出原型机。

佩姨在沙发上正襟危坐，叶舟拆下电脑上的电源线，将手表戴在佩姨的手上。

佩姨假装生气地问道："为什么不拿自己做实验？"

"我们在自己身上做过实验，但还需要老年人的数据。"

"懂了，我是小白鼠呗。"

"不会白帮忙。"

齐仔在键盘上按下一个键。刹那，佩姨白眼一翻，浑身颤抖起来，吓得叶舟双腿一软，连滚带爬想要解开佩姨手上的手表。

佩姨突然转头冲着叶舟做了个鬼脸："逗你玩咗！"

叶舟没缓过神来，还在喘着粗气，佩姨哈哈大笑。

齐仔感叹："没想到你一把年纪，还挺……调皮。"齐仔话音刚落，佩姨突然开始吱哇乱叫地颤抖，叶舟大叫："别整蛊啦，佩姨！"

可是，佩姨依旧在颤抖，电脑上显示数据错误，叶舟和齐仔如梦初醒。

两人齐喊："漏电！"然后手忙脚乱地扑倒在佩姨的面前，帮助佩姨拆卸手表。

三天后，香港科技大学。

学生礼堂人头攒动，不少等待展示项目和产品的创业青年互相打量彼此。叶舟也在其中。

叶舟从书包里拿出自己的项目方案，低头翻看着。面试者一个个进入，又一个个出来。

面试现场，项海和他的工作人员正在对面试者的项目进行初审。面试者或娓娓道来或激情澎湃。

"……是一种特殊中药提取技术，我和我导师在实验室做了十几年。药物如果研发成功，对肠癌会有很强的抑制作用……"

"……这款设计让居民不论是在厨房还是天台上，都可以开辟出一个小小的菜园……"

"……机身小，可以装在口袋里，年轻人，尤其学生，肯定爱惨它……"

项海穿了正装，听面试者阐释项目，不时做笔记，书写速度飞快。偶尔，手里转笔，转动速度同样飞快。他的脑子,一直在保持高速运转。他和他的团队成员尽量让自己看起来态度温和,表情诚恳,但整个面试还是有一种紧张压迫的气氛。

四

中场有五分钟的休息时间。

项海揉着僵硬的腰推开门,去楼梯间透透气。就在这时,他突然听到楼梯下面传来有人接打电话的声音。项海伸头一看,说话的人似曾相识。再认真一看,居然是那个叫叶舟的小子。

此时的叶舟正急得像热锅上的蚂蚁,他拿着手机对齐仔问道:"什么叫系统错误?"

齐仔在另一头也急得不可开交:"我正在调试,但是手表的数据传输不上来,我这边没办法更新。"

"实时健康监测呢,有影响吗?"

"估计是手表散热的问题,你还有多久开始?"

"还有半小时,你别挂,等我。"说着,叶舟转身撒腿就往楼上的洗手间跑,正好从项海身边跑过。项海笑了笑,他知道,叶舟这个傻小子遇到问题了。

叶舟遇到的正是智能手表的散热问题,此刻,他踩着马桶,举着智能手表对着排风扇,脸颊和肩膀夹着手机,汗水从他的额角流到下巴。叶舟对着手机说:"你那边怎么样了,只有十分钟了!"

齐仔回答:"还是不行,接收不到讯号,要不要拆开看看?"

"可我没有工具!"

"戴上手表跑跑步,动一动说不定能恢复。"

叶舟一把推开厕所的隔板,在洗手间里,又是高抬腿,又是俯卧撑,可手表的显示屏上依旧显示数据错误。他不停地重启手表,一阵电流的酥麻感传导到手臂,紧接着便是一股钻心的疼痛。

齐仔说:"要不算了吧,我们尽力了。"

叶舟双目紧闭,瘫软在洗手台旁,气喘吁吁:"没有原型机展示,光靠那几张纸,肯定过不了路演。"

十几秒钟后,紧闭双目的叶舟突然睁眼,似乎想到了什么,他对电话那头的齐仔说:"手表上还有佩姨的数据吧?"

"什么意思?"

"赌一把,你按我说的做。"

此时,现场内。一个面试者下台,另一个面试者迟迟没有登台。项海问工作人员小杰:"结束了吗?"

小杰递上资料:"还有最后一个。"

项海翻开资料,上面是叶舟的信息。

小杰问:"电话打不通,还等吗?"

项海说:"不等了。"众人起立,正欲往外走,门被推开,出现的是叶舟气喘吁吁的脸。

项海说:"对不起,你迟到了。"

叶舟抬手看表:"我早了五分钟,是前面的人提前下场了。"叶舟看着项海,脸上丝毫没有惧色,项海微微一笑,重新坐下:"那你开始吧。"

叶舟掏出手里的资料:"我叫叶舟,香港科技大学电子工程专业硕士毕业。我在做人工智能产品的软件系统开发,是一款智能健康监测手表……"

项海打断了他:"不好意思打断一下。能先回答我几个问题吗?"

叶舟愣了一下,茫然无措点头。

项海问:"全球人工智能已经开发得非常全面,有什么明确的计划吗?"

叶舟毫无思想准备,大脑完全陷入空白,吞吞吐吐地回答:"我当然……有我的优势……"

项海摇头,继续说:"互动体验感,同类产品遍地。积累学习能力,没什么技术难度。全球共同的技术难题是同步性。延迟你能做到多少,0.7秒? 0.5秒? 还是更快?"

叶舟深吸一口气,项海的这个问题刚好把话题引入了他最想展示的部分。他从挎包里掏出手表,对众人说:"这是我们的原型机,诸位有兴趣可以亲自试试,虽然目前只有部分功能,但也可以对产品一目了然。"

工作人员全都眼前一亮,要知道,大多路演者说了一大通,很多都是展望,都是概念,都是梦想,真正能够拿出模型的凤毛麟角。

项海从座位旁站起来说:"那就让我来试试吧!"

叶舟下台,给项海戴上智能健康监测手表。项海戴上手表,从外面走了一圈,然后回到会场。他再次把手腕上的手表展示给在场的所有人看,然后问叶舟:"我在外面走了一个来回,心率、步数这些数据会实时显示在手表上?"

叶舟:"是的,系统会和手机相连,会有更详细的健康报告发到手机上。"

项海:"别的创业者还需要等待公布评分,我看你就不需要了。"

叶舟以为自己的展示得到了认可,欣喜不已:"谢谢……"

然而,项海话锋一转:"我对你的评价是——不合格,请回吧。"

叶舟愣住。

走廊上,项海步履匆匆向前走,叶舟快步在他身后追随。"项先生,我能不能跟你谈几句?"

项海没有停下:"不好意思,没有时间。"

叶舟直接拦在了他面前,有一些愤怒,又有一些执拗:"我算过,每个创业者进去阐述的时间是160秒,而我从第三句话开始,你就打断了我。技术开发规划我有,产品市场前景我也有。为什么不合格?"

项海面无表情道:"继续说。"

叶舟问:"没有几个人可以在路演阶段拿出原型机,我为什么不合格?"

项海指了指叶舟手里拿着的原型机:"你敢承认,这里面的数据是真实的吗?还是早就设定好的数据?"

叶舟一惊,一时语塞。他知道,项海已经看出了问题。

"创业是开创基业,没有模式,没有规则,没有范本。是要在荒野里踩出一条路来,去江河的水面上搭一座桥出来,你用别人的数据替换我的数据,一般人很难发现端倪。你以为你很聪明,很有勇气,是吗?"

"这确实是别人的数据,但也是我们从实验中得出来的,只是……"

"豁出去的赌徒我见多了,如果你决定展示原型机,那就做到万无一失,而不是数据造假,偷梁换柱。"说完,项海甩开愣在那里的叶舟,继续前行。

突然,叶舟在他身后喊:"我试过,同步性,我们能做到0.36秒。"

项海一愣,他很清楚叶舟在说什么。如果是体感智能产品,这个数字的延迟时间绝对算国内领先水平,他停下脚步说:"0.36秒?延迟时间如果能做到这个数值,那倒是很了不起!"

叶舟喊:"我想去梦工场,我想让我的产品量产!"

项海转身,一边走一边说:"想入驻梦工场,你要做好输的准备!"

五

叶舟和齐仔坐在茶餐厅的角落,两人桌上一人放着一杯冻柠茶,叶舟一边喝一边仔细地看着港澳青年创业大赛简章,而齐仔心事重重,冻柠茶一口未动。

过了好一会儿,齐仔踌躇地说:"对了,阿舟,上一次的问题是智能蓝牙模块和传感器模块故障,我做了一下修复。"

叶舟的心思完全在大赛简章上,只是随口嗯了一下。

齐仔又说:"手表漏电的问题,我也解决了!"

叶舟还是一门心思看着大赛简章,随口嗯了一下。

齐仔说:"我要走了。"

这话让叶舟一愣,他放下手里的单子,看着齐仔,良久,问了一句:"走?"

齐仔说:"你知道,我女朋友家里也希望我安安稳稳找个工作……接下来是福是祸,你都要加油!"

叶舟默默地将手里的简章折好,问齐仔:"你是认真的?"

齐仔答道:"是的!"

叶舟没说什么,用力拍了拍齐仔的肩膀,点了点头:"这三年虽然没赚到钱,但是想想,如果我们的发明成功投产了,佩姨以后不用去安老院,这些年的付出还是值得的!"

"不仅仅是佩姨啊,还有你爸妈、我爸妈、全香港的老人。"

"那你相信我们能成功吗?"

"我相信你!"

"不是我,是我们!"

这晚,叶舟回到家,叶父还在工作台前修理电视机。叶舟走过去,把港澳青年创业大赛简章放到叶父的面前,鼓起勇气说:"爸,我想去深圳,参加港澳青年创业大赛。"

叶父不语,沉吟半晌,然后瞟了叶舟一眼:"看你那个折堕的样子,今天没去上班?"

叶舟收起简章:"请假了。我就想回来跟你说一声,我要去创业大赛。"

叶父一拍桌子:"不同意!"

"你同不同意,我都要去!"

父子剑拔弩张之际,叶妈端着汤走出来,给了叶舟一个眼色,然后说:"阿舟,你回来啦,正好。刚煲好的竹蔗茅根,给佩姨送过去。"

叶舟点点头,端过汤离开。叶妈看着儿子离开的背影,走到叶父身边说:"他老豆啊,我想了一下,还是想要跟你说。"

叶父回头,一脸疑惑。叶妈见叶舟已经走出门了,继续说:"有一天我路过街心公园的时候,看见阿舟和齐仔坐在那里吃盒饭。我就觉得奇怪,他不应该在教授那里做实验吗?怎么在公园呢?于是我就打了个电话给教授!"

"教授怎么说?"

"教授说阿舟根本没有到他那里做研究,而是去继续研究他的那个什么智能手表了!"

叶父一脸怒不可遏,拿起桌上的一把扳手就站起身。

叶妈拍桌子:"你拿个'士巴拿'要干吗?"

叶父一愣,随即放下扳手,左顾右盼,终于找到一根挠痒的"不求人"。

叶妈拉住叶父说:"你要干什么?"

叶父怒道:"干什么?揍这个衰仔!"

叶妈生气地说:"我把仔的情况告诉你,不是让你去动粗的。阿舟长大了,有自己的想法,你可以不支持,但你不许冲动!"

叶妈犀利的眼神瞪着叶父。在两人的对视中,叶父败下阵来。他愤愤地将手里的"不求人"扔在地上。

此时,叶舟正端着汤,走进佩姨的屋内。沙发上,佩姨正在看电视。

叶舟喊道:"佩姨,最近热气,我妈煲了点竹蔗茅根。"

佩姨没有说话,只是倦怠地点了点头。叶舟发现今天佩姨兴致不高,上前帮佩姨关掉电视机。

"你上次就是拿智能手表去参加什么路演,最后怎么样了?"

"出了点状况,失败了,不过没关系,我还有机会,我要去深圳大湾区参加创业大赛!"

"你爸妈什么态度?"

"不同意,但我一定要去。"

佩姨看着叶舟,不说话,眼神温柔而慈祥。她了解叶舟,甚于叶舟的父母。她知道这个孩子的犟性,认定了的事,就要一路走到黑。

"佩姨,我不在的时候,它陪着你,你看着它就像看着我一样!"

佩姨笑笑:"不用担心我,一时半会儿死不了。"

"佩姨,你帮了我们这么多,你也是这个产品的创始人之一。"

"佩姨老了,也做不了什么创始人。你和美嘉、齐仔,你们从小到大都是我看着长大的。你们长大了,有自己的想法了。"说完佩姨站起身,又和叶舟玩起来小时候猜糖果的游戏,叶舟又猜对了,佩姨笑着摸了摸叶舟的头,"一切都会顺利的,加油!"

叶舟一愣,淡然一笑:"等我好消息。"

第二天,是提交创业大赛报名资料的日子。叶舟一觉醒来,准备好所有的资料,正准备出门。突然发现门打不开了,原来是被反锁了。

叶舟拍着门大喊:"开门!我要去创业大赛报名递材料!再不去就来不及了!"

此刻传来叶父的骂声:"交个鬼的材料,老老实实待着,你要是不想找工作,我帮你找,看你丢不丢得起这个人。"

叶舟像是泄了气的皮球,他抬头看了看钟,一脸焦虑地拿起手机,一直默念:"齐仔,齐仔,接电话啊。"

他想打电话,让齐仔代他去交报名资料。可这个早上万事不顺,齐仔不知道怎么的,老是不接电话。叶舟气得把手机扔在床上,一头把脸埋进枕头。这时,窗户边传来一阵啪嗒的脚步声,叶舟扑到窗边,看见姐姐叶美嘉缓缓走上天台,叶舟大喜过望。隔着防盗窗大喊:"姐!救我出去。"

叶美嘉淡淡地回答:"救你出去干吗?继续去公园吃盒饭?"

叶舟愣住了:"你都知道了?"

叶美嘉带着讥讽的口吻说:"救济盒饭好不好吃?那天我见你吃得真香!"

叶舟哀求:"姐,你帮帮我!"

叶美嘉没说话,转身离开。

叶舟抓着防盗窗框,拼命喊:"姐!喂!救我啊!"

叶美嘉已然消失在窗口,叶舟站在窗边,眼神落寞。突然,房门打开了,叶美嘉缓缓进屋,不冷不热地扯了张纸巾,弯腰擦了擦鞋,眼神始终没有看叶舟一眼,一边擦一边说:"教授让你回去你不去,学别人创业?"

姐姐叶美嘉最后还是救了他。叶舟反应过来,来不及说感激,抓起背包就要往外跑。刚要跑走,只听见叶美嘉站在原地,轻轻地唤了一句:"站住!"

声音很小,但铿锵有力,有着一种不容辩解的威严。叶舟一下子愣在门口。叶美嘉说:"阿舟,你要记住,要么不做,要做就做好。"

叶舟有些感动:"姐,你信我吗?"

叶美嘉淡淡一笑:"傻仔,从你五岁的时候跟我说你要做时光机开始,我就信你。"

叶舟兴奋地一把抱住姐姐,亲了下姐姐的额头,然后一转身边跑边说:"等我好消息。"

叶美嘉看着叶舟一溜烟下楼的背影,笑笑没有说话。

六

深圳湾口岸,熙来攘往,人潮汹涌。叶舟坐在出租车后座,双肩包放在腿上,望着车窗外,蓝天白云,日光灿烂,可此刻却堵车严重。

叶舟万分焦急:"师傅,还要多久啊?"

出租车师傅淡定地说:"还有一个多小时。"

创业比赛的现场,众多嘉宾已经接连入场,项海紧随着嘉宾走进,掌声雷动。

主持人正在台上介绍"接下来介绍的是,深圳前海梦工场事业项目部主任,项海"。

项海起身,挥了挥手,又是一阵掌声。而此刻叶舟也来到了现场。在门外,保安将正要进去的叶舟拦住。"先生,请出示你的票。"

叶舟十分淡然:"票?你不认识我吗?梦工场事业项目部的。"

保安将信将疑:"那,你的工牌呢?"

"放在会场了。"

"让你们同事送出来。"

叶舟佯装生气了:"大哥,比赛已经开始了,我是负责协调的主持人,你现在不放我进去,待会儿出了什么岔子,你要负责的啊。"

保安愣住:"我……"

叶舟拿出手机递给保安:"梦工场负责人——项海,你可以给他打电话,你打,还是我打?"

"算了,算了,你进去吧。"

这时,项海正在听着台上选手的阐述,用笔在纸上记录着。这时,他听到有人在身边低声叫他:"项总,海哥!"

项海回头,和叶舟四目相对。叶舟此时坐在项海的身后。项海小声地说:"你来干什么?"

"比赛啊。"

"你不在名单里,你捣什么乱?"

叶舟焦急地说："五分钟,只要五分钟,所有人都会明白我在做什么。"

项海转过头,不语。

叶舟伸出三个指头："三分钟。"

项海生气地说："你出来。"项海拉着叶舟来到会场外的一条走廊里,然后一脸不满地对叶舟说："这是正式比赛,你说上就能上?"

话音未落,叶舟把一份资料放在项海面前,然后说："我改进了蓝牙,上面的初步检测报告随时可以发到你的手机上,如果可以跟医疗机构合作,功能还能得到优化。"

项海看着资料上的表格,热量消耗、心率数据一目了然。

项海有些愣神,然后问："延迟呢?"

叶舟有些兴奋,但又不能太大声："0.36秒,我做到了!"

项海点点头。

叶舟："我还添加了家人共享功能,如果同样佩戴手表的亲人健康状况有危险的话,家人可以第一时间得知。怎么样? 我只要三分钟。"

"虽然我很惊讶,但不好意思,你确实错过了报名,就要遵守游戏规则。"说着,项海用手拍了拍墙,然后离开。

听了这话,叶舟冲着项海的背影,气得说不出话来。

他转身看见项海用手拍过的墙上,写着一个"通向后台"标志。他瞬间明白了项海是什么意思。他顺着标志,进入了后台。这时候,会场上,最后一名选手已经退场。主持人正要上场宣布比赛环节结束,被叶舟拉住。

主持人问："你是?"

"我是比赛选手,我叫叶舟,我还没比赛。"

主持人翻看了台词,疑惑地说："没有你的名字啊! 主办方通知,选手已经全部比赛结束了。"

正在这个时候,项海从人群之中找到工作人员小杰,一把揪住,对小杰说："跟后台灯光、音乐协调好,先不要散场。"

小杰说："流程已经走完了,还有两分钟就要……"

"按我说的做!"说完,项海拿着麦克风上台对在场的嘉宾和观众说："各位领导,各位嘉宾,实在是不好意思,由于主办方的疏忽,还有一位参赛选手没有上场。"

项海继续说："在这里给各位领导、嘉宾、观众、参赛选手道歉,接下来上场的选手叫作叶舟,来自香港科技大学电子工程专业,我相信,他不会让在场的各位失望。"

说完,台下再次掌声雷动。

叶舟看着主持人:"这不,他说的就是我啊!"主持人只好让出道。叶舟随着掌声上台,项海已经入座,两人眼神交汇,项海对着叶舟轻轻点了点头。

"各位,我是来自香港科技大学的叶舟,我带来的产品是一款智能健康监测手表……针对独居长者或者有需要的人群的健康管理和安全与生命健康监测产品。能进行健康告警、疾病预防和远程指导等。同时为医疗部门提供精准数据,随时掌握情况,降低事故率、发病率……

"……一切智能科技,都需要为人服务。这是根本,也是目标。接下来我会在电脑上展示我的系统模型,而我的原型机,此时此刻,原型机正戴在我邻居佩姨的手上。"

叶舟背后投屏,展示系统界面,继续介绍:"佩姨,今年76岁,现在住在新九龙富昌邨。我和佩姨共同佩戴这款手表,我可以监测她的身体状况,当她身边无人照顾而又面临突发疾病的时候,这款手表会报警,上传身体健康数据到云端并在手机上生成检查报告,这可以节约入院检查看病的时间,也许争取一分钟,就会拯救一个生命……"

话音刚落,叶舟的电脑发出报警,发出阵阵刺耳的声音。背后的大屏幕一片绯红,显示设备报警。叶舟愣住,立刻调试电脑,发现警报声依旧,而电脑的屏幕上显示的心率和血压不稳定。

台下一片哗然,有嘉宾甚至站了起来。叶舟大脑一片空白,他知道,这次不是演戏,而是佩姨身体真的出问题了。他对台下的观众和嘉宾说:"对不起……我得打个电话……对不起。"

说着,叶舟一边下台一边拨通叶妈的电话,边跑边喊:"妈!去看看佩姨,佩姨出事了!"

叶妈在电话那头说:"什么事?"

叶舟急切地说:"别问了,快去看看,佩姨出事了。"

……

叶舟的麦克风并没有拆卸下来,叶舟和叶妈的对话被观众听得清清楚楚。

现场一片哗然。他们能感受到,这款智能健康监测手表正在联系着百里之外一个老人的生命体征。

在众人的叽叽喳喳声中,项海整理了一下着装,上台,他用浑厚的声音说话了:"正如各位看到的,这款健康监测设备就在刚才,发挥了巨大的用处。叶同学向我们模拟了手表报警的场景,云端已经自动生成了数据报告,而设备自动急救功能连接了各大医院的接线平台,救护车也会在报警的两分钟之内从距离最近的医院出发。"

台下观众爆发出热烈的掌声,甚至有嘉宾起立鼓掌。

七

从大赛现场飞奔回来的叶舟冲进佩姨家,气喘吁吁。此时的佩姨正躺在摇椅上,叶父叶妈,还有姐姐叶美嘉,都站在佩姨身边。

叶舟忙问:"佩姨怎么样了?"

叶妈说:"好在你给我打了电话,我一接到电话就跟你爸跑过来了。"

佩姨一把拉住了叶舟的手:"阿舟啊,幸好你的手表报警,我都摔晕了,是你爸妈把门撞开救的我。"

"骨裂,没有大碍。"

叶舟松了口气,蹲下身看着佩姨脚上的绷带。

"医生说了,佩姨心脏不好,摔完之后就心律不齐。幸亏发现得早,否则还不知道会出什么大事。"

一直没说话的叶美嘉淡淡地拍了拍弟弟叶舟:"你已经做得很好了。"

叶舟眼睛红了,但依旧忍着,没有啜泣。这时候叶舟的手机响起。梦工场的工作人员小杰在电话里高兴地说:"叶同学,恭喜你,这次创业大赛,你荣获了第三名,并且获得了入驻梦工场的资格。"

"真的吗?我走了以后……"

"你走了以后,比赛就结束了。第三名的成绩是经过全体嘉宾和梦工场事业项目部综合评估之后的结果。"

"太好了!谢谢。"

去深圳前海的这一天,叶舟收拾好行李正准备出发,叶妈匆匆赶来,将一个塑料袋递给叶舟,叶舟一看,袋子里都是些苹果。

"儿子,我给你带的苹果,平平安安,图个好兆头!"

"妈,过去深圳就几十分钟,这些拿在手里重得要死。"

"拿着,别不耐烦,这个也拿着。"说着,叶妈从兜里掏出一个厚信封,叶舟打开一看,厚厚一沓港币。

叶妈抢话道："随身放点钱,以备不时之需。你创业不是总讲投资吗？这是妈给你的投资,到时候算上妈妈一股。"

母子俩都乐,但笑容转瞬即逝。

"妈,我会成功的。"

"当然了,我儿子肯定会成功。"

一辆出租车停在门口,叶舟提着行李上了车,车门关上的一刹那,叶妈在楼上透过走廊默默地看着叶舟,大国际电器维修铺的柜台前,叶父也看向这边……

车,一路向北开去,向未来开去。叶舟心怀憧憬,但他不知道,背后,家人的思念和期盼,随着分别的时间和空间在慢慢延伸。

梦工场2014年12月由前海管理局、深圳青联和香港青协三方发起成立,是服务深港及世界青年创新创业,帮助广大青年实现创业梦想的国际化服务平台。对于许多深港澳创业青年来说,这里,是他们的第一站。

这里也是叶舟的第一站。

"……先熟悉一下环境,这边可以申请办公室租金减免。后面还有创业资助和价格优惠的人才公寓。一步一步来,每个公司我们都会全力帮助。梦工场全程为创业企业提供保姆式服务……"梦工场的小杰带着叶舟走进园区服务中心,用粤语跟叶舟介绍。

叶舟说："杰哥,你跟我说普通话就行了！"

"你普通话怎么这么好？"

"我上大学的时候有很多内地来的同学。还有同学是从东北来的,东北的同学一来,我们整个班都变成东北'银'了！"

小杰笑了："那我就跟你说普通话了啊！模块化建筑,节约成本和时间,这是我们梦工场的创新方式。"

此时,打着电话的项海经过他们的身边："……你别急,情况我了解,问题不大,咱们可以灵活处理。"

叶舟抬起手,想和项海打个招呼,没想到项海压根没有看向自己,径直从自己身边走了过去。小杰看出叶舟的尴尬,打着圆场："因为进驻的企业多,海哥这两天特别忙。"

"现在梦工场有多少企业进驻？"

"280家,你是第281家。"

"哪一些企业,是项海主要负责的？"

"海哥是事业项目部主任,每一个入驻的企业他都会亲力亲为,不会专门去负责哪一个领域的企业。海哥的办公室在九号楼,你把报到的材料拿给他签字就行。"

叶舟若有所思地点点头。

项海的办公室,与外面的冷清截然不同。屋内,一片办公区域,人来人往,人头攒动。办公室的一处放着一个大沙袋,工作人员在忙着处理各种事务,对接来来去去的创业者。每个人声音都不高,汇集在一处,有熙攘繁荣的氛围。

叶舟只看到项海一个背影,被几个人围着。项海虽被众人包围,却依旧有条理地处理着眼前的每一件事,整个人透出我行我素的气息。他听人讲话时喜欢直视别人的眼睛,自己的语速很快,逻辑清晰,反应敏捷。

此时,他半坐在自己办公桌上,嘴里嚼着干茶叶,手里拿着相关资料翻看,以一对多,逐个解决问题。

直到叶舟看着项海空下来一点了,才挤上去:"项海!"

项海抬头,漫不经心地说:"你是?"

叶舟得意地笑:"没想到吧,叶舟啊!"

项海不冷不热地回应:"哦,手续办了吗?"

"刚办好……给你签字。"叶舟本有些得意的表情僵在脸上,他原以为项海会很热情。正当他想要将手里的文件交给项海时,一个化着浓妆、穿亮色西装的年轻女孩快步进来,挤开叶舟,直接走到项海面前,把一份资料交到他手里。女孩的一只脚踩在叶舟的脚面上。

叶舟嘀咕着:"靓女,你踩我脚了。"

这女孩根本没有注意到旁边的叶舟,也没有理会叶舟在说什么,她对着项海问道:"补贴费用什么时候到账?明天能到吗?"

叶舟有些不悦,继续说:"女士,你踩我脚了。"

女孩把脚从叶舟的脚面上拿开,但依旧没有理会叶舟。

项海平静地对女孩说:"苏同学,你刚补交材料给我!明天?"

女孩着急道:"工厂出货,明天等着付款。"

项海皱眉:"再想想办法,尽量灵活处理。你等我消息。"

"懂了。"

叶舟大呼:"喂!你踩我脚了!"

女孩看了一眼叶舟,随即一个潇洒转身,抬手:"对不起。"

叶舟气结,转头看向项海:"这人谁啊?"

"苏锦,中山大学材料工程系研究生,跟你一样,心比天高!"说着,项海伸手接过叶舟手里的文件,看了一眼,飞快签字,签完字,提醒一句,"有不懂的问题,欢迎随时来问我。"项海签完字将文件交还给叶舟,然后消失在忙碌的人群中。

叶舟呆呆地看着消失的项海,低头一看,文件上有个便笺,便笺上是项海的电话号码。

办理完入住手续。小杰带叶舟来到园区为他安排的办公室。叶舟推门。房间不大,方正,空荡。叶舟打量整间办公室。一想到这就是他梦起航的地方,叶舟掩饰不住心中的兴奋。

小杰介绍道:"梦工场为你们提供的办公点,租金第一年免费,次年五折。园区附近有日料店、茶餐厅、便利店,一应俱全。"

叶舟直接从包里掏出卷尺,去量尺寸,示意小杰帮忙。两个人量尺寸,叶舟一一记录在手机上:"办公用品,包括桌椅器械,也都免费吗?"

小杰说:"不是,不过我们有合作的供应商,可以拿到比较优惠的合作价。"

叶舟一把搂过小杰:"杰哥,是这样,我刚才看了办公用品的价格,对我来说还是太高,要不你再帮我……"

这时候,身后突然传出来一个声音:"不行!"

叶舟回头,发现项海在自己的身后,项海说:"我们和合作方有规定,折扣已经力所能及给到最低了。"

叶舟看着项海,表情有些不悦。

项海问:"听小杰说,你的公司同时在申请营业执照,对于未来的发展,有什么计划吗?"

叶舟一边量尺寸,一边敷衍:"通过第一笔扶持资金,加上我自己的钱,立刻招聘技术人员开展研发,我的目标是半年之后把原型机优化至能够量产的程度。"

项海听着,脸上露出一个讳莫如深的笑:"半年,我没听错吧?"

叶舟看着项海脸上不友善的笑容,疑惑地问:"有什么问题吗?"

"技术人员招聘需要成本,不仅仅是钱,还有沟通、磨合等等时间成本。别说半年了,就算是两年,能做出产品的企业都是少之又少。"

"如果有了银行贷款,我可以一边研发一边找投资人,如果有大笔资金的投入,很快就可以解决技术难题。"

看着这个把任何事都想得很简单的年轻人,项海耸耸肩说:"那你加油。"

"谢谢你专门来跟我说这些。"

"每一个获得入园资格的企业,我都要按惯例询问情况,刚才已经问完了。"

"哦……原来走个流程啊。"

"梦工场有几百家企业,我都会一视同仁。如果你有什么困难,随时联系我,我会在我的工作范围内不遗余力。"

"谢谢你那天让我上去比赛。"

"不用谢我,作为比赛主办方,我不能容许任何人来搅局,让你上场是维持秩序的最好方式。"

叶舟心想:我知道你不看好我,但不好意思,我还是来了梦工场。半年以后,我会让你啪啪打脸。

夜晚,梦工场的酒吧街人头攒动,小吃摊位、餐馆和酒吧鳞次栉比,即使到了晚上十点,依旧人声鼎沸。

餐馆外陈列着好几个大鱼缸,鱼缸里的鱼鲜活乱蹦,服务员不时拿着大网兜将活鱼捞出。

好几人围坐在马路边的小桌旁,服务员端来一锅虾蟹粥,热气腾腾。

小杰开心地招呼大家:"都说食在潮汕,这里的砂锅粥那叫一个绝,好多人开车专门来这里吃,快尝尝。"

大美人苏锦说:"喂喂喂,这本来就是你家开的排档,自卖自夸啊?"

"大家多多帮衬嘛。"小杰是潮汕人,家里几代人都做餐饮,小杰到梦工场上班,把自己家的父辈们带到梦工场,开了大排档,让潮汕的美食享誉整条酒吧街。

小杰神秘地说:"一会儿还有新朋友来,你温柔点。"

来自澳门的刘和森一口港腔:"谁啊?"

"Chasel(夏佐),中文名叶舟,今天刚从香港来。"

苏锦点了点头,不以为意:"刘和森,你公司的官司怎么样了?"

刘和森答道:"远程调解,有够快的啦!"

小杰说:"梦工场与二十三个专业仲裁调解机构建立合作关系,另外还有三十五个港澳台地区的外籍调解员参与工作。其他人有需要,可以直接到前海法院诉讼服务大厅办理。"

来自重庆的许月明说着一口川普:"哎,哥,你意思是说,公司商业纠纷调解或者判决都可以在网上解决,整个诉讼程序都是线上的?"

刘和森用广东普通话说:"当盐(然)啦。"

这时候,叶舟正应邀匆匆赶来。小杰从人群中发现了他。小杰招手,苏锦朝着小杰招手的方向望去,只见叶舟朝着餐桌的方向走来。叶舟从人群中看见苏锦,苏锦笑了笑,叶舟也回应一个尴尬的笑容。

当叶舟落座后,小杰对大家说:"跟大家介绍一个新朋友,来自香港新九龙的叶舟,做人工智能交互的。"

叶舟与众人握手:"叫我阿舟就行。"

"Benny(本尼)刘和森,做智能分拣的。"

"许月明,重庆人,搞扫地机器人的。"

"陆小灵,人才公寓前台,河南人。"

苏锦主动打招呼:"苏锦,北京人,做艺术产品设计的,我公司就在你的旁边。"然后,苏锦大方地拍了拍叶舟的肩膀说:"不好意思,今天踩了你的脚。"

叶舟有些尴尬:"啊,没事……"

许月明对叶舟说:"苏姐的公司是梦工场第一批入驻企业,论资历和经验都比我们丰富,记得拜码头哦。"

苏锦起了两瓶酒,将自己和叶舟面前的杯子倒满:"搞什么拜码头这一套,以后有不懂的随时问我。干杯!"

众人都凑热闹,热烈碰杯,苏锦仰头一饮而尽,叶舟有些瞠目结舌。

小杰靠近苏锦:"苏姐,叶舟就是创业大赛的那个……"

苏锦拍桌子:"我听小杰说今年创业大赛的时候有个人讲了一半直接下场了,原来是你啊。"

叶舟茫然:"我这么有名吗?"

刘和森说:"这样都能拿第三名,能不出名吗?"

"路演的时候,那个项海亲自把我刷掉。后来创业大赛报名的时候,又因为晚了一天拒绝给我报名。好在运气够好,来了梦工场,很高兴认识大家!"叶舟说完,大家都七嘴八舌地说了起来。

苏锦问:"看来你对海哥意见很大啊。"

叶舟凑向苏锦小声地问:"你觉得项海这人怎么样?"

苏锦笑着说:"你们刚来,和海哥接触不多,总有一天你们对他会有新的评价。"

这一夜,叶舟玩得很开心,认识了很多和他一样怀揣梦想的人,他们来自五湖四海,个个都是探索者和实践者,和他们在一起,仿佛一条条鱼回归了大海。

八

白天的梦工场园区,创业青年们的身影穿梭在楼宇之间,忙碌来去。叶舟快步走进E站通大厅,大厅醒目位置写着:一口受理,一门审批,一网服务,一枚印章。

一进门,就看见项海站在"港企直通车"的柜台边,似乎在整理着什么东西。作为中国唯一定位于"深港合作"的"特区",前海在吸引香港企业入驻方面不遗余力,率先开通了"港企直通车",在E站通大厅内设立为港资企业服务的专门窗口,只要符合要求,对港企的设立、变更、注销一律绿灯,前置审批变为同时审批,大大缩短港企进驻手续办理时间,也将提升港企投资的积极性和便利性。

叶舟来到"港企直通车"柜台前,从包中拿出受理通知书交给工作人员,工作人员接过后很快就递还材料,然后很客气地对叶舟说:"先生,您的申请已经通过了,您可以去那边打印执照。"说着,伸手指着自助区一排绿色机器。

叶舟惊讶地说:"打印?执照可以打印?"

工作人员笑:"对啊。为了便捷,我们深圳前海自贸服务区率先启用了执照自助打印,如果你有需要,可以在原件的基础上,多打印几份,以备需要。"

叶舟拿上材料走到机器旁,左右捣鼓,有些茫然。这时,另一名工作人员来到面前协助他:"先在这里输入编号。"

叶舟按照工作人员的指示,输入编号。很快,营业执照直接从机器里被打印了出来。营业执照上面写着"深圳芯星科技有限公司,法定代表人:叶舟"。金色国徽闪闪发光。叶舟终于有了属于自己的公司,眼神中难掩兴奋。

很快,叶舟的办公室门口挂上了"芯星科技"的牌子。

项海拿着信封敲了敲叶舟公司的门,没有回应,项海皱眉推开门,只见叶舟坐在地上修电脑:"你还会修电脑?"

"废话,我家是开电器维修铺的。"

项海看着被布置一新的公司:"你们公司风格迥异啊……动作这么快?花了多少钱?"

叶舟略带挑衅地说："都是从园区其他公司手里淘来的二手家具，要是找供应商买新的，那才叫冤枉钱。"

"我来就是要告诉你，我帮你找了一家办公家具的供应商，折扣还可以，看来，你不用了！"项海在公司转了一圈，"你办公室里没椅子。"

"没淘到，再说吧……来帮个忙！"叶舟搬起电脑主机，项海拿起地上的显示器。叶舟蹲在地上，又摆弄起电源线。

叶舟一边摆弄一边说："小时候，家里生意好，现在家里生意不行了，你知道为什么吗？"

"因为现在的电器质量好了？"

叶舟摇头："以前人家里电器坏了，就会拿来修。现在不一样，谁家电器坏了，只会想着换新的。"说着，叶舟接上电源，工位上的电脑发出"哗"的响声，开机成功。叶舟脸上露出笑容，项海看着叶舟脸上稚气未脱的笑，有些愣神："对了，有个好消息，你的人才公寓申请下来了，马上就可以入住。"

叶舟扬起脸，惊讶地说："这么快？！湾区速度，有得顶！"

人才公寓的大厅明亮温馨，以《天工开物》为主题的壁画和各种颇具心思的设计让叶舟眼前一亮。

前台工作人员陆小灵，是个年轻活泼的女生。胸前别着"公寓管家"的工牌，她正带着叶舟看房间。电梯里，贴满了租客各种活动的照片，有聚餐，有集体登山，也有其他节日活动。照片里，叶舟看到一张熟悉的面孔——苏锦。

推门而入，门内是个近二十平方米的宽敞房间。叶舟忍不住惊叹出声。

陆小灵介绍说："现在只有十九平方米的房间，其他有三十四平方米左右的，不过住满了。这里水费、电费、网费、物业费、健身都包了，厨房、客厅、洗衣房公用。"

叶舟参观房间，看到家具、家电齐全，装修风格很有现代气息，不禁问道："每个月租金多少？"

陆小灵答："两千块，人民币。"

叶舟惊讶不已，在香港市区，这样的公寓每个月至少一万五港币："这价格，好划算。"

陆小灵笑了："有政府补贴。梦工场公寓不是用来营利的。当然，也不会亏本。"

叶舟问："今天就可以入住？"

陆小灵把房卡交给叶舟："欢迎入住，属于你了。"

为了让这群逐梦的年轻人有更广阔的发展空间，梦工场提供了包括住房、创业、就业、交通等大量政策支持,打造了集创意链、产业链、资金链、政策链、信息链、人才链等"六链合一"的全链条创新创业生态圈。

下午,叶舟带着大包小包的行李,乘坐一辆出租车飞速行驶在港深大道上。前海新区成立没几年,除了梦工场聚集着一群像叶舟、苏锦、刘和森这样的年轻人以外,其他地方还是人烟稀少。

望着窗外的景象,叶舟心潮澎湃。想到自己就要在这里扎根奋斗多年,不免会把这个世界多看几眼。

正在这个时候,出租车突然停了下来。车前盖冒出了一阵浓烟。叶舟和司机师傅一起下车,打开前盖,两人都面面相觑:发动机坏了。

"怎么搞的?"

"只能叫拖车了。小伙子你还有多远?"

"九公里左右。"

"这里最近的公交车站有三公里,要不你走走?"

"啊?……"

叶舟绝望地站在路边,大包小包的行李放在身边。深圳的盛夏,户外温度40摄氏度左右。突然,一辆电动车停在叶舟面前,墨镜一掀,原来是项海。叶舟认出项海的那一刻,项海说道:"还不上车!"

于是,叶舟立马抱着行李跨上车。

"谢谢啊!"

"怎么谢?"

"请你吃大餐!"

一转眼,两人来到园区的一家便利店。便利店的靠窗位置,叶舟和项海的面前一人放着一盒泡面。

项海郁闷地问:"大餐?你就请我吃碗泡面?鸡翅都没有!"

"不是有卤蛋嘛,鸡翅以后补上!"叶舟娴熟地打开已经泡好的面桶,将汤倒到一旁的纸杯中,然后将热好的叉烧倒进面桶,卤蛋一分两半放在一旁,最后调料包里的葱花倒进纸杯的汤里,俨然一个简易的餐厅摆盘。

项海低头看了看自己面前精致的泡面,哑然失笑:"勤工俭学过?"

叶舟:"我常常和我姐姐偷跑出去,用她的零用钱在便利店吃泡面。我们开发了好多吃法,叉烧面、芝士面、咖喱拌面……"

项海笑了一下,又拿起筷子,端起泡面仰头大口喝汤,叶舟小心翼翼地用筷子卷起面条,两个男人,同样的面,却截然不同。

项海想起什么,从兜里掏出一张卡片递给叶舟。叶舟一看,是一张蓝色"互通行"卡。项海对叶舟说:"一卡双通,深圳通、八达通都可以刷。很方便。以后升级,在园区消费也能直接刷。"

叶舟欣喜地收起卡片,问道:"你专门去给我办的?"

项海淡淡地说:"你想多了,每个港澳来的创业者,前海梦工场园区都会统一为你们办理。"

叶舟略显失望:"好吧。"

叶舟吃完最后一口面,放下筷子问道:"项……海哥啊,你这么醒目,为什么不自己当老板?"

"当过。"

"然后呢?"

项海淡定地吃着面:"然后就没有然后了。"

"对了,海哥,这两天我准备招人了。"

"把研发和运营的钱规划好,步入正轨后贷款的事梦工场会协助你。"

"哎,好为人师,知道了!"

九

招人的事,没叶舟想的那么简单。叶舟查看着招聘网站上收到的求职简历。

他看中其中一份简历,拨打上面的手机号码:"你好,这里是芯星科技,我看到了你应聘RD(后端工程师)的简历,请问你明天可以过来公司面试吗?"

应聘者甲:"芯星?……哦,我想起来了,你们招聘信息上写得不是很清楚。你们公司什么规模?"

"目前……就我一个。我们是创业公司,刚起步……"叶舟刚刚说完,电话那头立即传来嘟嘟嘟的忙音。对方直接挂断了电话。

叶舟继续拨打另一个电话:"你好,这里是芯星科技,昨天,你给我公司投送了一份简历,我们邀请你来公司面谈一下……"

应聘者乙:"……不好意思,我已经找到工作了。"

叶舟挂了电话，有些泄气，他再次翻看简历拨打电话："你好，是程好女士吗？这里是芯星科技，您给我公司投放了一份简历，我们邀请您到公司面谈一下！"

"你公司在哪里啊？"

"前海，梦工场！"

"前海?!……前海那边太远了，我过去要好久。可不可以找个其他地方见面？"

"你不会是要我过去找你吧？你有没搞错，我是老板啊。"

"那不好意思，我们有缘再聊吧。"

叶舟愤怒地将电话挂断，想了一会儿，长叹一口气，又将电话拨了回去："你住哪边啊？"

两个小时后，叶舟风尘仆仆地赶到了深圳。

烈日下的深圳，一座现代化、国际化的大都市，快速的生活节奏，来来往往的上班族，庞杂交错的高速公路。十字路口，绿灯亮起，过马路的人潮汹涌，叶舟便在这人潮中央。叶舟提着公文包，汗水已经将衬衫后背浸湿。来到一家购物中心底商的咖啡馆，叶舟边打着电话边走进，看到角落一个同样接着电话的年轻女子向自己招手。

叶舟来到程好对面坐下："不好意思，路上耽搁了时间，我们……"

"实在抱歉，我一会还有点事情，本来我们有十五分钟的面试时间。现在，我还是开门见山吧。几个问题想问你。"程好的打断让叶舟有些诧异。这感觉，仿佛程好才是老板，而叶舟是面试者。

失去主动的叶舟点点头："好吧，你讲。"

程好问："公司介绍我看过，人工智能健康系统……我觉得前景还是有，只是这个薪资方面，每个月八千太低，这边很多公司这个职位至少要一万五。"

叶舟犹豫片刻："是这样，公司目前还在初创阶段。坦白讲，这是我能承诺给你最高的薪水。我看过你简历上做的项目，和我公司的调性也非常契合。我准备用半年的时间将产品开发出来……"

"那这样，我住盐田那边，如果每天来前海这么远好麻烦的，所以薪水之外，可不可以还有其他一些补贴，比如交通费，还有提供住房和餐补。"程好的话让叶舟更加为难，不知如何开口。

程好见叶舟犹豫，直截了当地说："我明白了，今天的面试就到此为止吧。"

程好刚站起身，却被叶舟拦住："我知道我是新公司，没有资质没有履历，甚至产品还在开发中。但是我的公司在前海梦工场，这是个给创业者造梦的地方。如果成为我的合伙人，那我们风险共担，利益共分。我会在半年以后给出一份答卷，所以，我恳请你留下帮我。"

叶舟一字一句，态度诚恳，程好愣住："我来打工赚钱，你现在让我掏钱成为你的合伙人？"

叶舟："你听说过主控芯片集成吗？我的体感延迟可以做到0.36秒，是全球领先水平，只要研发团队到位，我有信心半年开发出来。"

"为什么是我！"

"因为你，够厉害！"

程好笑了。

两个小时后，叶舟拖着疲惫的身躯回到园区。他身上的衬衫都已被汗湿，头发有些凌乱。来到公司门口，抬头一看，一个熟悉的身影在公司门口张望。

"齐仔？"

齐仔转头，冲着叶舟露出一个灿烂的笑容。

"阿舟！我好挂住你啊。"

"什么时候来的，为什么不打个电话！快里面坐！"

两人来到办公室，叶舟给齐仔倒上一杯水，坐在齐仔身旁。齐仔很直接地说："我不管，你得收留我。"

叶舟眯着眼睛看着齐仔："怎么，分手了？"

齐仔拍拍叶舟的肩膀："好兄弟，懂我。"

"大佬，你谈恋爱就走，分手就来找我，你能定下心吗？"

齐仔凑近叶舟，振振有词："不是我吹水，芯片这方面我是专家来着嘛。我回来帮你，你求之不得啦。"

叶舟哭笑不得，心想也是："先说好，芯星科技现在是创业阶段，给不了你多高的工资，不过管吃管住。"

齐仔讪笑着说："至少不会跟你回去公园吃救济盒饭吧，那我可顶不顺。"

叶舟说："大湾区创业有政策扶持，梦工场的条件也很不错，而且对创业公司有一系列配套管理，不会让你蹲在公园吃救济盒饭的。"

齐仔抬眼，透过办公室的百叶窗，看着公司里旁人忙碌的身影，然后转头对叶舟说："我记得你讲过，你创业，是为了佩姨和我们整条街的老人。"

"这个初衷，没变过。"

第二天，公司员工大会正式召开了。办公桌上，一台二手老旧咖啡机前，齐仔正在调试着机器，叶舟站在二手咖啡机前。叶舟说："咖啡机虽然是二手的，但我们的团队是全新的，大家加油。"

第一杯咖啡出炉，程好随手拿起一张便笺纸，在上面写了个"1"，旁边画了个笑脸。贴在咖啡杯上，递给叶舟。

这是公司成立的第一杯咖啡。

这时，公司的门被敲开。只见项海推着一把椅子走进来："你办公室不是缺把椅子吗？我办公室的二手货，放着不用，送给你了。"

叶舟看着这九成新的椅子有些惊讶："二手货这么新？多少钱我给你。"

项海摆摆手："得了，就当作开业礼物了。"

叶舟拉着齐仔和程好到项海面前："海哥，我来介绍，齐仔，我港科大同学，在芯片领域很厉害的。程好，负责公司运营和市场推广。"

项海与程好、齐仔分别握手，然后说道："我是项海，大湾区前海梦工场事业项目部主任，以后有任何困难，尽管找我。"

项海走后，程好拍了拍叶舟："感觉这个海哥，人不错。"

叶舟："真的假的……?"

十

这两个月，在叶舟和齐仔的不断调试、反复试验下，智能健康监测手表不断改进完善，诸多问题都一个个地被解决。

程好也是市场推广的一把好手，在智能健康监测手表还在研发的过程中，一批又一批的客户来公司到访。

二手咖啡机出产咖啡的数据也在不停地变化，55……104……211……349……

这一天早上，项海来到办公室，推开了天台的门，深吸一口气，舒展着腰身。突然发现叶舟早早地来到天台上，一手端着咖啡，一手翻着什么。

项海走上前去，坐在叶舟身边："看什么呢，武林秘籍？"

"对啊，如来神掌！想学吗？"

项海看着打着哈欠的叶舟，问道："又是几天没睡觉？"

叶舟叹道："是啊，已经解决了主控芯片的问题，但还需要优化，我们资金少，优化举步维艰。"

"梦工场现在近三百家创业公司,来来去去,有产品打不开市场改换其他项目的,有合伙人理念不同散伙的,有对资源、政策都不了解,水土不服亏钱的。所有坎坷,都是经历,都是财富。"

"但是我时间不多,我想要提速。"

"明天来我办公室,事业项目部的智囊团会给你出谋划策。"

叶舟出神地俯瞰整个梦工场,渐渐又鼓起勇气,郑重地说:"我想让你帮我引荐一下外面的投资方。"

项海一愣,随即摇头:"不能这样,目前融资条件非常苛刻,不利于公司的健康发展,我去帮你找几家银行贷款。"说完看着叶舟,摆摆手说:"不急。"

此刻,梦工场门口,叶妈拎着一个大的保温便当袋,小心下车。她停在梦工场门口,先打开袋子试了一下温度,露出满意的笑容。便当还没凉。

这时候手机响起,是叶父打来的。叶父在电话里关切地问:"老婆到了没有,有没有晕车?"

"没有晕车!这个巴士又快又稳,怎么会晕车?我跟你讲啊,深圳的路好宽,你看那个楼,间距那么大,能看好远……"

此时有戴着工牌的工作人员经过,叶妈赶忙上前拦住,操着一口蹩脚的普通话,十分客气地问:"先生,请问芯星科技在哪里?"

"芯星科技,在那边二楼,您是?"

"公司老板叫叶舟,我的仔来的,我是他妈咪。"

"阿姨您好,我带您过去。"

叶妈点头致谢,拿起手机,电话另一头传来叶父的笑声:"老婆普通话好正。"

"别说笑啦。我问你,我来深圳的事情,你没告诉阿舟吧?"

"放心啦,那个衰仔,我才懒得跟他说。"

此时,叶舟、程好与齐仔三人都围坐在办公桌前,三人眉头紧蹙,有些紧张。这段时间,产品的研发取得了很大的进展,但是后期的研发,最大的问题就是钱。

虽然,项海说协调银行贷款,但是贷款的手续多、时间长,重要的是,银行只提供资金不承担风险。而叶舟目前,最需要的是能够有一个资金实力雄厚,又能和他一起共担风险的公司。

叶舟拿起手里的一份资料,这是一个投资公司的简介。他拿起,沉思,放下,又拿起。

齐仔说:"这个赴通科技,算是科技公司的后起之秀,这两年的势头很猛。"

程好说:"他们的王经理,我已经对接一周,说如果我们有兴趣,可以下周去他们公司参观,顺便聊聊合作。"

齐仔问:"这么主动的投资方,会不会有什么问题啊?"

叶舟一拍桌子:"机会留给有准备的人,畏手畏脚的,还怎么创业?"

程好有些犹豫:"这件事,要不要跟海哥商量一下?"

齐仔向外张望,突然发现了什么,他用胳膊肘碰了碰叶舟:"阿舟,你看……"

叶舟回头,看见妈妈正站在公司门外看着自己,一惊,连忙跑上去开门。叶妈一见叶舟就伸手捏住他的脸:"你啊!你啊!肯定又没有好好吃饭,都瘦了一圈了!"

叶妈打开手里的袋子,将吃的一样样拿出来,放在办公桌上,招呼齐仔和程好:"来,来,来,别忙着工作,阿姨专门给你们带的好吃的。"

三人一阵欢呼声,叶妈连忙喊:"不急不急,人人有份。"

叶舟嘴里塞着鸡仔饼,对妈妈说:"妈,这就是我们公司的团队,合伙人程好,还有我和齐仔。"

叶妈笑道:"好漂亮啊,有没有男朋友啊。"

程好只能尴尬笑笑,其他同事们也跟着哈哈大笑,氛围一片和谐。

齐仔把目光看向叶妈手里的保温桶,嘿嘿笑着:"阿姨,那是什么?"

叶妈笑道:"哎呀齐仔,有你的那份,拿去喝吧。"

一转头,到了叶舟的公寓里,叶妈才打开保温桶,里面是靓汤,叶妈说:"汤有点凉了,去给你热一下?"

叶舟一脸疲惫:"我不吃了。熬了几个通宵,先补个觉。"

"淮山猪手汤,喝完再睡,我这就去热……"叶妈说着,忙活着盛汤放在微波炉里。等她端回热好的汤,叶舟已经倒在沙发上昏睡过去了。

叶妈有些心疼地看着儿子,放下汤碗,走过去,动作温柔地盖上毯子。看着熟睡中的叶舟,她走到窗边,缓缓地把窗帘拉上。

屋内一片黑暗,叶妈抚摸着叶舟的睡脸,就像很多年前,抚摸那个还在怀里的孩子。

叶舟一觉睡醒,摘下眼罩,有些茫然地看向四周,叫了一声:"妈咪?"

屋内空无一人,叶舟打开冰箱,保鲜层里,塞满一盒一盒做好的饭菜和密封袋装好的炖汤。

冰箱上贴着叶妈留下的纸笺,写着:"阿舟,听话,好好吃饭,好好睡觉!"

叶舟叹了口气,忽然想起什么,拿起手机打给项海:"喂,海哥?你在家吗?我来找你,有靓汤喝。"

项海家中不大,陈设很陈旧,却收拾得一尘不染。书柜里密密麻麻的书无处可放,许多书只好整齐地堆放到地上。

项海和叶舟对坐喝汤,项海一边喝一边说:"你妈妈煲的汤确实不错。"

叶舟说:"三十年老手艺。"

项海仰头将最后的汤底喝光。

拿着勺子舀汤喝的叶舟淡淡地说:"有汤匙。"

项海大手一挥:"你试试,这么喝才过瘾。"

叶舟一改往日斯文,端起汤,咕咚咕咚仰头喝到底,汤汁从嘴角流到衣服上,然后放下碗,用手抹了抹嘴。两人都笑了。

项海问:"你专门来找我,不只是为了喝汤的吧?"

叶舟说:"告诉你个好消息!我们找到了一个投资方,准备下周去聊合作。今天来,是专门想跟你请教,怎么跟内地的公司谈判。"

项海一怔:"哪家公司?"

"赴通科技。"

项海一愣,小声但坚定地说:"不行。"

叶舟没料到项海会反对,刚才的笑容还在脸上,他不解地问道:"你还没听我介绍赴通呢,我们的需求其实就是……"

项海打断叶舟:"你太着急了。"

叶舟将汤碗往桌上用力一放,压抑着情绪说:"你听我说完,赴通这两年在业内的实力很强……"

项海一拍桌子,激动地说:"我说不行就是不行!"

叶舟一怔:"你对赴通科技很了解吗?"

项海愣了,良久,回答:"没有。"

叶舟有些不开心:"既然不了解,凭什么否定我?我不是你的下属,不需要你来教我做事。"

项海淡淡地说:"这是来找我商量的态度吗?"

"算我自讨没趣。"叶舟三下五除二收拾好桌上的保温盒,装进包里,转身对项海说:"我深信一句话,叫'只有最强大的意志才能成就最艰难的选择'。"

项海说:"那是反派的台词。"

叶舟愣了一下,没想到,项海跟方教授都知道,他所笃信的这句话,正是来自反派灭霸。但是叶舟倔强地回答:"现在是我的台词。"

说完,叶舟关门而去。餐桌前的项海愣了愣,叹了口气。

十一

赴通科技朱总的办公室里,叶舟、齐仔与程好端坐在沙发上,朱总坐在办公桌旁,旁边是他的王经理。

朱总说:"根据《2017年智能可穿戴市场白皮书》来看,中国智能可穿戴设备市场急速增长,消费者最期待的便是'健康监测'功能。你们芯星科技,未来可期啊。"

叶舟没有丝毫绕弯子:"我们的产品已经研发出初代原型机,但还有一些难关希望得到资金支持。刚才朱总也说了,智能健康监测领域种类繁多,竞争激烈,是一片红海。"

程好说:"若是脚步慢了,同质化产品问世,会很被动。"

朱总:"你们的想法与我不谋而合。如果能一起深入合作,是我们赴通科技的荣幸。"

叶舟开心地说:"谢谢朱总,谢谢你们愿意投资,这对我们公司的帮助太大了。"

程好问:"朱总说的深入合作,应该不只是产品层面吧?"

朱总笑呵呵地说:"既然合作,当然是全面的。'芯星'这个品牌,还有叶总团队的专利技术,我们都非常看好。我们愿意出一笔资金给芯星科技,买断品牌和专利。"

叶舟一听,激动地站起来,齐仔拉都拉不住。"什么?买断?芯星科技是我们团队的心血,你想让我们以后都给你打工吗?"

程好也有些生气:"朱总,我们刚见面你就提买断的事,我觉得你没有合作的诚意,这是店大欺客吗?"

王经理搭话:"叶总,你放心吧。项目还是这个项目,朱总的意思,也是想让你们一心做研发,不需要再操心资金的问题。"

朱总站起身,端着茶杯慢悠悠地走到窗边:"我很尊重年轻人的梦想,也很尊重创造成果。但你们是否有想过一个问题,产品推出市场后,你们是否有一套成熟的可持续性发展流程?换句话说,你们有没有能力推开这扇门?"

这时,王经理也不失时机地接话:"朱总是为你们考虑,梦工场确实能给你们不错的资源,但是,但凡战者,以正合,以奇胜,市场不会等人。"

朱总转过身,看着叶舟团队三人,眼神里带着居高临下:"你们都是聪明人。考虑清楚以后,赴通随时欢迎各位。"

一转眼,三人走出办公室,神情都有些严肃。

程好望向叶舟小声地问:"这个朱总怎么想的?"

齐仔大嗓门喊道:"有什么好想的,买断收购,门都没有。"

程好说:"小点声!"

叶舟皱着眉说:"小时候我经常帮我爸看档口,来修电器的都是附近的街坊邻居,他们对修电器的价格都烂熟于心,但却又要做出一副不懂的样子来讨价还价一番,否则一上来就砍到成本价,我爸就不会接这单生意。"

程好说:"赴通上来就提买断的事情,虽然违背商业谈判的常理,但也说明,他们有十足的信心吃定我们。"

叶舟点了点头。

齐仔一脸不以为然:"他凭什么觉得能吃定我们?狗眼看人低。"

此时总裁办公室门口,一个身影一闪而过,叶舟指向人影消失的方向对程好说:"刚刚进去那个人,好像是海哥!"

"你眼花了吧,海哥怎么可能来这?"

叶舟虽然疑惑,但也不置可否地点了点头。

程好说:"说到海哥,我们是否要跟他请教一下?"

叶舟摇摇头:"我已经跟他沟通过了,他不同意我们去见赴通,先别告诉他。"

程好疑惑地问:"你去找过海哥了?什么时候的事?"

叶舟摆摆手:"唉,不说了。"

进入赴通科技总裁办公室的人,的确是项海。项海此番到来,是应了朱总的邀请,他和朱总是老熟人。

偌大的办公室内,朱总面露微笑,亲自为项海斟茶。沙发上,项海正坐朱总对面。

"老项,咱们五六年没见了吧,听说你现在是梦工场事业项目部的主任?"

"对,现在扶持年轻人创业,挺有意义。"

"以你的能力,何止一个事业项目部的主任?当年那个气吞山河,在商海里翻云覆雨的项海哪儿去了?"

"你今天来找我,不是来叙旧的吧?"

"那个芯星科技的叶舟,是你梦工场扶持的企业吧,关系如何?"

"怎么,朱总有兴趣投资?"

"投资没什么意思,我想直接买断。"

"朱总有想法帮助我们梦工场的企业,我求之不得,但这种事,你还是找芯星科技当面谈吧。"

"实话实说,我看上芯星科技的主控芯片,如果直接买断,我可以省下大笔的前期研发资金,产品也可以快速上市。"

"我听闻赴通科技的其他几款产品,快速抢占市场份额大打价格战割韭菜,至于产品质量,不敢恭维。"

听了项海对自己公司的评价,朱总表情有些难看,但他知道项海说的不无道理:"真正的生意是分享,不是独占。一家创业公司,真正要考虑的是活下去,先生存后发展的道理,你应该比叶舟那小子明白。"

项海说:"芯星科技是叶舟的梦想,有梦想的人是强大的,何况他还是个年轻人!"

朱总见项海不愿和他一条战线,于是换了个方向:"老项,专门找你来,当然是带着诚意。以你的能力和我们的交情,我有个想法。"

"什么想法?"

"离开梦工场,到我这儿来,赴通科技的副总裁位置,我可是一直为你留着。"

项海惊愕地看着朱总。

朱总意味深长地向他点点头:"冯唐易老啊,海哥!"

项海笑了笑,戴上了墨镜,看着朱总背后的落地窗:"你啊,这个位置不好,晃眼睛!"

第三天,在芯星科技的办公室,程好接了个电话,一脸愁容:"银行来电话,我们账上的钱,已经不够下个月的利息了。"

梦工场的便利店内。叶舟坐在靠窗的老位置,狼吞虎咽地吃着一碗泡面,脸上写满了焦虑,似乎心事重重。

项海来到他的身边:"我听程好说,你们中午去茶楼吃饭去了,没吃饱?"

叶舟讪讪地回答:"中午没胃口。"

项海笑着说:"看你吃面也吃得随意,是没心情吧?"

叶舟不悦地回应:"你是专门来 diss(侮辱)我的吗?"

项海左顾右盼,对叶舟说:"你等等。"

一转眼,项海从便利店一角拿了副跳棋,向叶舟走来。项海把跳棋放在叶舟面前:"会吗?"

叶舟有些迟疑,搞不懂项海葫芦里卖的什么药,嘀咕着:"不就玻珠棋嘛,小学就会。"

项海说:"来一把。"

于是,在便利店的一角,两人摆开架势对垒。两人一边下棋,一边开聊。

叶舟问:"你怎么不问我,去赴通聊得怎么样?"

项海反问:"那你说说,你对赴通印象如何?"

叶舟漫不经心地回答:"公司装修得很漂亮,尤其是朱总办公室,富丽堂皇,有一百多平方米,看上去很有实力的样子。"

项海摸着下巴说:"继续说。"

"胃口也很大,朱总准备直接买断我们的品牌和技术,价格诱人。"

项海抬起头:"你的想法呢?"

"当然不同意。"

"告诉你一组数据吧,赴通家庭健康监测仪,从蓝牙音频、屏幕驱动到电源管理都是不同的芯片组合。"

叶舟一愣:"我的手表用的是主控芯片全集成,既可以负责系统运算,又可以支持显示和触控,这类芯片集成难度高,但比芯片组合要好得多。"

"所以啊,受限于国际芯片技术的垄断,就算如今国产芯片崛起,但技术上仍然有差距。赴通买断你们的芯片集成技术,可以省去百万的研发,或是购买国外芯片的成本。"

"他的健康监测仪,就是个粗制滥造的便宜货……海哥,看来你对赴通有所了解啊。"

"作为你的企业保姆,收集些市场情报是分内工作。当然,一切还是取决于你自己的判断。"

话到此,棋局也明朗了,叶舟败局已定。项海轻轻摇头:"唉,年轻人,你的棋走得太急了,你看,一只孤子深入敌营,后方的大部队迟迟未到。"

叶舟也意识到自己输了,傻笑着给自己找个台阶:"好久没有下了。"

"给你个忠告,梦工场对每个创业者的发展前景有一整套规划,现在急于接触外来资本,欲速则不达。"说完,项海起身出门。他走到门口时,却被叶舟叫住了。

"我也给你个忠告吧。"

"请说。"

"我之所以输给你,不是因为你下得多好,而是我下得太烂。你的问题就是瞻前顾后,太过保守。"

项海转头,欲言又止。

叶舟倔强地说:"肥佬着笠衫——几大就几大。我一定会找到别的投资人。"

项海听完笑笑,径直离开:"把账结了。"

他明白叶舟说的这个"肥佬着笠衫——几大就几大"是要放手一搏的意思。然而,在笑过之后,这"放手一搏"的坚决让项海心里有一种隐隐的担忧和不祥的预感。

而此时公司内,程妤跟齐仔忧心忡忡,总觉得叶舟太急了。

十二

接下来的两个星期,公司在向着两个方向努力。一边是齐仔带着技术人员继续对产品进行试验和优化。另一边,程妤继续寻找投资方。相比而言,叶舟更多的精力放在了寻找投资方上。他知道,凭借现在的资金所能聘请到的技术力量,距离实现产品成型还有很长一段时间。他有点等不及。

最近他开始不停地联系各种融资渠道。对这款产品感兴趣的投资方很多,但目前还没有一家能够拿出足够的诚意。此刻的他,正在办公室的角落里给投资方打着电话,从表情上看,这事有了些眉目。

"韩总,我们的项目资料可以寄过去,如果有资金意向的话,欢迎跟我们合作。"叶舟挂断电话,正好程妤走进办公室,叶舟兴奋地招手让她过来。

程妤坐下对叶舟说:"朱总那边我已经明确拒绝了。赴通科技是我找的,没想到最后这么个结果,浪费了大家两周时间。"

叶舟摆摆手:"不用内疚,我找了新的投资方,已经谈过初步的合作计划,他们对我们的产品很有兴趣,而且很快就会给我们打保证金。"

程妤皱眉:"这么快?哪家资本?为什么不跟我说?"

叶舟一脸笑意:"恒业资本,他们可以先打保证金!"

程妤思索道:"恒业资本?要不要问问海哥?"

一听到问项海,叶舟表情有些不悦:"你也觉得我太着急?"

程妤说:"我只是觉得,既然大多公司垂涎的是我们的主控芯片,不如我们自己沉下心来做优化。"

叶舟摆手:"这个点我已经想过了,至少两年!如果有资金注入,我们可以招募更多更好的技术开发人员,也许只要半年,我们的产品就能问世。"

程好叹了口气,不语。叶舟看出程好的顾虑,上前拍了拍她的肩膀:"现在健康监测产品的市场主力军是外国大牌,国产品牌的生存空间本来就小,两年以后更不好讲。国际垄断的鸿沟我们暂时不能逾越,但至少我们可以快速抢占市场。"

程好:"你是CEO,你说了算。但你要明白,资金,是双刃剑,有时候可以救命,有时候可以要命!"程好说完,转头离开,留叶舟在原地愣神。

这天是中秋节。在小杰家的夜排档,叶舟、齐仔、程好、苏锦、陆小灵、许月明、刘和森、小杰在一起共庆中秋。

这一夜,园区的酒吧街烟火气十足。

苏锦切开月饼,所有人一人拿了一块,纷纷庆祝。

叶舟对手机说:"妈,我不多说了,挂了啊!"叶舟挂断电话,瞬间被苏锦一群人搂住。

苏锦朝着叶舟喊:"中秋快乐!感谢阿舟的爸妈给我们寄来月饼!"

众人一起起哄,难得齐聚一堂的场面,叶舟显得有些羞涩。他突然感觉这群人里少了谁,对了,是项海,项海没来。

叶舟低头轻声问苏锦:"项海没来吗?"

苏锦摇摇头:"海哥说晚上有事,就不来了。"

这时候齐仔搬出一大箱啤酒,然后打开其中一瓶,对大伙喊道:"饮埋支百威,世界我指挥。"

许月明大喊:"今日啤酒大会,正式开始!"

苏锦说:"我先来,恭喜芯星科技找到新的投资方,听说对方已经给你们打了一笔保证金,财源广进指日可待哦。"

程好说:"叶总说两句吧。"

叶舟拿着月饼,思来想去,只好把手里的月饼举起:"我知道,我公司的各位上个月的工资就没发,但这次的二十万保证金,我另有打算。第一,技术是我们公司之本,所以这笔钱需要优先服务技术。第二,我想采购一批原材料,做原型机的优化。等后续投资资金打到账上,我不仅会把大家的工资补齐,还会额外发放一笔奖金!"

众人热烈鼓掌。

苏锦说:"看来芯星科技一飞冲天,指日可待啊!"

叶舟说:"未来的科技行业,一定会留下我们每一个人的名字。"

众人纷纷起立,举起酒杯。叶舟也举起酒杯,众人碰杯,纷纷附和。

阳光之下,芯星科技公司里的鱼缸,水波轻漾,鱼儿游弋。这一天,叶舟走进公司办公室,突然感觉气氛不太对。办公室里,只有齐仔和另外两个员工在,公司不像前些日子那样有活力。

叶舟愣住,看向齐仔,悄悄地问:"什么情况?"

齐仔吞吞吐吐地回答:"额……他们,请假了。"

叶舟还没反应过来,齐仔赶紧将叶舟拉住到一旁。叶舟追问:"到底怎么了?"

"没来的人,不是请假。"

"那是什么意思?"

"你在中秋节那天给大家画了个饼你忘了? 现在一个月过去公司还是发不出工资,人家当你是骗子老板。投资方韩总那边不是说这几天就会把后续资金打过来吗?"

叶舟焦虑地拿起手机拨打韩总的电话,电话却始终无法打通。

齐仔说:"本来钱应该是上个月10日打的,这已经违约两周了,他不是在骗我们吧?"

叶舟疑惑:"可是会有骗子在骗人前先付保证金的吗? 他除了白白赔了保证金,什么也没得到啊。"

齐仔和叶舟两人都茫然不知所措。叶舟突然问道:"程妤人呢?"

"也没来。"

叶舟烦躁地说:"哎,走吧走吧,都走吧。"就在此时,程妤推门而入。叶舟和齐仔眼前一亮。

齐仔惊喜地说:"程妤,我还以为你也罢工了。"

"不是说好,我们是合伙人,难道自己罢自己的工?"

"可是他们不是合伙人!"

"领头的几个我已经劝住了,大家同意最后的发薪期限延缓一周。"

叶舟长舒一口气。当初他冒着炎炎酷暑,从前海赶到深圳将程妤发展为合伙人,这个决定绝对没错。程妤不是那种技术人,但是,她的协调沟通能力却是自己和齐仔不具备的,有程妤在,对内对外的事情都能打理得很好。

但是,事情发展到现在,资金的问题已经卡住了公司的脖子。叶舟对程妤说:"对不起,当初没有听你的建议!"

程妤说:"道歉没有必要,浪费彼此时间。我说过,你是CEO,我服从你的决定,但我也要告诉你,一周看不到钱,你还是会成为光杆司令,我也是好说歹说,脸面用尽。"齐仔和叶舟都叹了口气,双双沉默。

程好说:"而且据我所知,有一家公司开始私下接触我们招募的研发人员,薪资是现在的三倍。"

齐仔问:"赴通科技?"

程好点头。叶舟强撑着笑容问程好:"是不是也联系你了?"

程好的眼神没有看叶舟:"有这些时间纠结不如现在立刻出去搞钱,钱,才是大家最好的定心丸,不是吗?"

叶舟有些懊恼地说:"钱,钱,钱,卖仔莫摸头,大不了我把这个专利……"

程好打断他,严肃地说:"胡说八道什么呢?大家不是都在想办法吗?发什么脾气?"

没错,在公司最危难的时刻,立场最坚定,脑子最清醒的,还是程好。

梦工场事业项目部的会议室内,C位的项海面向所有的员工:"各位,关于芯星科技的问题,有什么具体的解决方案吗?"

"眼下想要解决资金的困难,只能申请银行贷款。以梦工场的名义承担授信和审查,放贷速度会更快。"

"快也需要时间,现在芯星科技山穷水尽才想起银行贷款,时间不等人。"

项海说:"这样,把最合适的几个银行资料给我,我做一下研究。然后让园区为芯星科技申请一笔扶持资金,动作要快。"

几人点头,纷纷起立。"项总,确定要以园区的名义申请吗?芯星科技这个情况,凶多吉少。"

项海说:"我知道有风险,但是,这家企业是有活力、有前景的,不能就这样死了。这个时候,我们不扶持,以后再想要找一家这样的企业,不容易。冒这个险,值得!"

急需要资金的叶舟,一筹莫展地坐在沙发上,身心俱疲。他拿出手机,想要发个短信向妈咪借点钱,刚刚打出"钱"字的时候,叶舟立刻删掉。反复多次过后,他索性把手机扔到一边,闭目养神。

突然,叶舟一咬牙,直接一个电话拨给了妈妈。叶妈接到阿舟的电话甚是惊喜:"阿舟啊,今天是怎么了?这么晚打电话?"

叶舟吞吞吐吐地回应:"啊……嗯,没什么事,你跟爸还好吗?"

叶妈说:"好得很,今天又煲了汤给佩姨送去。仔,你在深圳还好吗?要多吃饭,上次来的时候就觉得你瘦了,切忌熬夜啊,我看新闻说……"

叶舟打断母亲的唠叨:"妈,你放心吧,创业阶段,有时候累点也正常。"

叶妈突然问道:"阿舟啊,你现在够不够钱用啊?"

叶舟一愣,没有说话,似乎在犹豫。

叶舟停顿的那几秒,叶妈已经明了几分了:"不够的话,妈明天去趟银行……"

叶舟赶紧说:"不用不用,妈,钱够用。公司现在步入正轨,拿到一笔投资,这两天后续的资金就会到账。"

"真的还是假的?真的不需要钱?"

"不……不需要!"

叶妈高兴地说:"哇,我仔咁犀利!"

叶舟继续把谎话说下去:"对啊,公司同事也相处得特别好,我上个月还给他们发了笔奖金。你知道吗?我最近都想给我公司配辆车了,搞个两地牌照,商务一点的,以后出去谈生意也有面子。现在出去人家都不叫我阿舟了,都叫叶总。"

说这些的时候,叶舟尽量想笑,想让自己轻松一点,但刚才那番话,声音却越发哽咽。最后,叶舟说:"妈咪,我一切都好啊,你跟我爸一万个放心,真没钱了,大不了开口找你们要嘛。"

"好,好,好,我仔长大了,爸妈很想你。"

叶舟忍住哽咽说:"我也想你们,先不说了啊。"叶舟挂掉电话,看着窗外的灯火阑珊,眼神里划过一丝悲哀。

而此时,挂掉电话的叶妈回头对叶父说:"阿舟平时做事很稳重,很少这样去讲事情,是不是遇到什么事了?"

叶父摆摆手:"跌落地都要㨢翻揸沙,让他自己执生吧。"

"掂不掂啊?"

"时光机他都掂,有什么不掂?我的仔我了解。"然而,说完这话,叶父也不笃定。窗边,叶父叶妈左右站着,都面色凝重。

十三

一周过去了,阳光依旧灿烂。

叶舟走进办公室，一身倦意，看得出来，昨夜，他一夜未眠。此时的公司气氛冷冷的。齐仔和程好靠坐在桌边，其他的员工没有在工作，都坐在椅子上不出声。所有人似乎在等待着什么。

叶舟放下背包，深吸一口气，交握着双手走到众人面前。看着公司的员工的目光，他有些不知所措，但众目睽睽之下，他无路可退。

"叶总，说好的期限到了，我们还是没有收到工资。"

叶舟长出一口气，心态反而放松了下来，一只手搭在办公桌上，身子斜靠着："各位，芯星科技因为没有后续的资金投入，可能暂时开不出工资了。"

办公室里同事们紧绷的表情，越发凝重起来，反而是叶舟的状态放松了下来。

叶舟继续说："平时没有机会跟大家讲几句真心话，今天趁着这个机会，跟大家聊聊。"叶舟一边说一边缓缓走向同事们的工位前。

"我们家在香港，我爸以前也是个生意人，后来衰了，开了家电器铺。家里的生意不好不坏，我除了跟我爸修电器，也送过报纸，送过牛奶，派过传单，赚来的钱全都存着，我的朋友和你们想的一样，都觉得我很孤寒。"

"孤寒"是香港俚语，就是"抠门"的意思。台下传来几声干笑，同事们紧绷的表情慢慢放松。

"后来我自己从小到大存的钱，都拿来做智能手表的研究，当时的想法很简单，只是因为邻居佩姨的身体不好，我怕，怕她哪天突然走了，我却不知道。"齐仔和叶舟对视一眼，两人的眼里都是哀伤，这些都是他俩这些年共同经历的，"来了深圳以后，碰到了很多志同道合的人，你们，包括园区的其他人，还有项海，虽然我不喜欢他。"

叶舟话锋一转："但我挺佩服他，他提醒过我，让我不要太着急。还有程好，你也提醒过我。现在公司因为我的决策错误衰了，我认。为了还债，海哥帮我找过银行贷款，可是时间都来不及。我昨天甚至，甚至想给家里打电话要钱，我真打了。可是打着打着我就开始说大话，告诉爸妈我在深圳过得很好，生意风生水起，让他们不要担心……我挂了电话以后，我觉得特别对不起你们。"

说着说着，叶舟从包里拿出一沓已经写好的欠条，他举起欠条对大家说："这是所有人的欠条，大家放心，欠的工资一定会发给大家。各位想走想留，都有自由。"

叶舟讲完，长出一口气。他觉得他已经尽到了最后一丝努力。员工们陷入了沉默。叶舟用坦诚的目光，看向每一个人。他静静等待着这场演讲的结果。

一个年轻的员工走上前，看向叶舟，从胸前摘下工牌，放在叶舟面前："谢谢你这段时间的关照,但是赴通科技给的实在太多了,对不起。"

叶舟强行挤出一个微笑:"理解。"

第二个员工走上来,放下工牌,对叶舟说:"谢谢老板,我很感动,但是,对不起。"

第三个员工走上来,放下工牌:"老板,我们信你,欠条就不要了。"

员工们纷纷走出公司,还有人给叶舟加油,但没有一个人接过叶舟手里的欠条。程妤耸了耸肩,背着身,偷偷抹着眼泪。齐仔一屁股瘫坐在椅子上,公司里,只剩下他们三人。

齐仔问:"韩总那边彻底没有消息了,公司接下来怎么办?"

叶舟没回答,看向程妤,问道:"海哥那边有消息吗?"

程妤插话:"路演融资,治慢性病的救不了急性病。银行贷款行不通,海哥还去问了好几家意向公司,都没有下文。这几天海哥比我都着急。"

叶舟说:"我有个想法。"

"说!"

"让赴通科技买断。"

齐仔一怔,碰翻了桌旁的茶水,洒了一地。齐仔喊道:"你疯了吗?怎么可以这样?阿舟,你别忘了,芯星科技是我们的心血。"

"之前的贷款要不要还?工资要不要凑?卖了,大不了我们从头再来;不卖,我们等着当老赖。"

程妤举手,正色道:"我同意卖,卖了还可以净赚一笔,把我的干股退给我,应该够你们在深圳付个首付。"

齐仔看向程妤。这一刻,他觉得程妤是局外人:"你们商量好的是吧?"

程妤说:"没商量,不过我支持叶总的决定。"

齐仔冷冷地对程妤说:"当初信誓旦旦说要把芯星科技发展壮大,有福同享有难同当!"

程妤向前撑了撑身子,看向齐仔:"我告诉你,当初叶舟坐地铁来面试我的时候,跟我说你们的梦想。说实话,我佩服你们。但我要告诉你,这对我来说,只是一份工作,它不可能成为我生活的全部。"

程妤一边收起手里的包,一边说:"我有房租要缴,齐仔,你帮我付啊?我爸妈年纪大了要吃药,阿舟,你帮我付吗?这条船如果要沉,我不会跟着你。"

程妤看向叶舟,叶舟不语:"清醒一点,我曾经也想过,有一天,我的梦想实现了,我在深圳可以有一个自己的梦想之家,我可以把我爸妈接过来,我可以孝敬他们。"

程好笑了:"有梦想固然是好事,但生活,你首先得活着。"

程好走到门口,回头对叶舟说:"最终决定好了,告知我一声,我有权利知道公司是死是活。还有我的干股,晾干了以后记得退给我。"程好拿起脖子上的工牌,对叶舟和齐仔说:"这个,我留作纪念。"

最后这一句话,她声音已经有了些哽咽,但她还是选择转身,离开。程好走出后,叶舟问齐仔:"你呢,你怎么说?"

齐仔:"程好说得没错!"

说完,齐仔背起包,离开。他离去的背影,像个被揍了一顿的孩子。

而此时的项海也接到了程好的电话,得知了叶舟的决定,项海心情沉重,坐在办公椅上,久无动作。

十四

周末,叶舟抽时间回了一趟新九龙。他已经有近半年没回香港了。虽然从前海到新九龙不过两个多小时,但这近半年来,他一直忙着公司的各种事务,一直抽不开身。这次,公司歇菜,他反而有了回家的时间。叶舟来到佩姨家中,扶着佩姨走来走去。

佩姨说:"上次骨裂以后,腿还是使不上力气。"

叶舟一边帮佩姨调整位置,一边打开电视机:"别这么说,慢慢恢复。"

"听你妈说,你现在在深圳做大生意?"

"别听她瞎说,生意没做大,已经快黄摊子了。"

佩姨摸了摸叶舟的头,眼神里带着些许慈爱。

"我的一个好伙伴,叫程好,在我最困难的时候走了。但我理解她,没有人是圣人,每个人都有自己的生活压力,我凭什么要求她无论风雨兼程都支持我。"叶舟说得有些动容,抬头一看佩姨已经睡着了,蓝色的电视屏幕,映衬着她的脸。

叶舟为佩姨盖上毛毯,静静地发了会呆。

这一个下午,叶舟坐在客厅里,对着棋盘发呆。小时候,叶舟常常和父亲一起下棋,自从中学后就很少下棋了。叶舟已经记不得上一次和父亲下棋是什么时候了。

叶父经过,看见叶舟望着棋盘发呆,料定叶舟有心事,于是走到叶舟面前说:"来一局?"

叶舟点点头,于是两人开始对弈。许久没有面对面下棋,彼此都有些拘谨,没什么话好说。突然,叶舟说道:"之前中秋的月饼,谢了。"

叶父头也不抬地回答:"不是我买的……飞象。"

叶舟一撇嘴:"我妈说你一大早就去排队,全香港三万九千份,一小时卖光。"

说完,叶舟落下一枚棋,得意地说:"将军。"

叶父摇摇头:"这么多年,没什么进步啊!"

叶舟一愣,说:"嗨,是我将军啊!"

叶父淡定地回答:"只看前手,没看到后手。"然后,叶父起手落手,说:"将军!"

这是一步反将,叶舟已经输了:"唉,大意了。"

"儿子,我问你,《老人与海》里的桑迪亚哥,若是没有钓到那条大鱼,是否还算英雄?"

叶舟不以为然地说:"成王败寇,现在最流行的一句话,叫'不看过程,只看结果'。"

叶父看着叶舟,良久他撑起身说:"如果不行了的话,就回来找我。"

叶舟站起身反问道:"老豆,有没有一个瞬间,你是支持我创业的?"

叶父已然进屋,用背影抛下一句话:"没有。"

这个晚上,项海靠着阳台的栏杆,连续的工作让他有些疲惫。小杰走了过来:"海哥,叶舟回香港了,他不会一蹶不振,不回来了吧?"

项海笃定:"不会,那小子身上,有一股子劲,愣头青的蛮劲!"说着,项海伸了伸筋骨说:"我希望我们梦工场的创业青年们,都有这样一股蛮劲。"

沿着楼梯走下的叶舟,听到一阵高跟鞋的声音由远及近。叶舟抬头,姐姐叶美嘉挎着包,正向他走来。"姐?"

叶美嘉点点头:"听妈说你回来了。"

姐弟俩对视一眼,叶美嘉顿了几秒,从包里抽出一张银行卡,将银行卡轻轻地放在叶舟的手上,叶舟一愣。

"听妈妈说,你回来了,我一共就这么多,密码是我的生日,没有下次,不要跟爸妈说我回来了。"

"姐!"

叶美嘉摆了摆手,头也不回地下了楼梯,看着姐姐的背影,叶舟久久无言。

黄昏,夕阳把整个梦工场的建筑染上一层金黄色。茶餐厅餐台后的微波炉内,一只菠萝包在加热。叶舟心事重重地站在餐台前,看着餐单出神。微波炉叮的一声,让叶舟回到了现实,店员奇怪地看着叶舟,他已经发愣好一会儿了:"您决定好要什么了吗?"

叶舟尴尬笑笑:"菠萝油打包……"

"不好意思,没有了!"

叶舟看着微波炉里的菠萝包,对店员说:"这不是还有吗?"

"这是苏小姐订的。"话音刚落,苏锦从外面打着电话匆匆走进。来到餐台前,苏锦挂断电话,店员从微波炉中取出菠萝包递给她。苏锦接过菠萝包,才注意到旁边傻站着的人是叶舟。

两人对视,气氛安静。苏锦举起手中的菠萝包,笑言道:"我知道,你也爱吃这个,不过没有了,咱一人一半吧。"

两人在茶餐厅找了一个角落坐下,叶舟将一份冰冻黄油放在苏锦面前,说:"菠萝包切开,黄油夹在中间,这样菠萝包才有灵魂。"

苏锦看着叶舟,想了一下,照他所说将菠萝包切开加入黄油,接着,将整个菠萝包一分为二:"我听说,你要把公司的专利卖给赴通?"

叶舟无奈地点点头:"卖掉芯星,就是卖掉梦想。我还在犹豫。"

"咦,那个赴通的朱总和海哥好像是老朋友,你没让海哥帮帮忙?"

叶舟一愣,瞪大眼睛:"好朋友?"

"是啊,你连这都不知道啊?"

叶舟脑海中回想起在朱总办公室外的场景。他看到那个熟悉的身影,在办公室外一晃而过,难道,难道是项海?

"海哥这个人也是,连这也不告诉你,亏你们关系这么好。"

叶舟起身,朝着项海的办公室走去。

苏锦在背后喊着:"嗨……嗨……阿舟!怎么说走就走了,菠萝包你还要不要啊!……"

叶舟疾步快走,来到项海的办公室。项海的办公桌前空无一人。叶舟来得不是时候。四处张望之后,他打算拨打项海的电话,电话正要接通。他突然看见项海的办公桌上有一张照片,照片上面有几个年轻人。虽然是一张十多年前的照片,但是依旧能够清晰地辨认出,中间的那个是项海,而他右边那个,搂着项海肩膀的那个,是朱总。

明白了,一切都明白了。此刻,叶舟明白了他不想明白的事情。他垂下双手,离开项海的办公室。

十五

　　这一夜,天台上,叶舟和齐仔两人各拿着一瓶啤酒,默默地看着远处。

　　齐仔问:"彩票中了多少个号码?"

　　叶舟看了看手中的彩票,揉成团,一扔,苦笑着说:"一个都没中。"

　　说着,叶舟抱着齐仔,愤愤地说:"齐仔,我不甘心!"

　　齐仔赶紧安慰道:"别这样,彩票而已!"

　　"我说的不是彩票!"

　　"我知道,我知道!"

　　叶舟喝了口酒:"那你说,我来前海梦工场,是项海帮我。我办理执照是他帮我,我搬家是他帮我,就连我办理那个什么卡,也是他帮我。我不明白,为什么?为什么?他不是一个很好的人吗?"

　　"不用问啊,他和那个姓朱的,肯定是同伙,是我们自己傻!知人知面不知心。"

　　"是我自己傻,傻到被人骗!"

　　齐仔气呼呼地说:"做叛徒,没有义气!"

　　"你说谁是叛徒?"

　　"我说项海!"

　　"海哥他不是!"

　　"唉,大哥,刚才想不通的人是你啊!"

　　"项海,他这个人,只能我说他,其他人都不行!你也不行!"说着,叶舟转身向项海家走去。齐仔在叶舟身后喊:"阿舟,我跟你去吧!"

　　叶舟明显有点喝多了:"站住,坐下,走!"

　　"阿舟,不要冲动啊!"

　　此时,项海邀请了一位客人到他的家中。他就是赴通科技的朱总朱文杰。

　　朱文杰正坐在沙发上吃面,稀里呼噜,大快朵颐:"海哥,你这云吞面手艺不减当年啊!"

　　"原本打算开个面馆的!"

　　"太屈才了吧!"

　　项海准备开口:"是这么回事……"

朱文杰吃完了面,打断他问道:"有水吗?"

项海连忙说:"有,有,不仅有水,还有纸呢!"说着,项海把纸和水放到朱文杰身边。

朱文杰用纸巾擦拭着嘴角说:"这些年在外面,各种美味佳肴、山珍海味吃太多了,但你这面的味道,一直没忘。我知道,这碗面不会白吃,有什么事儿你说吧。"

项海沉吟了几秒,郑重地对朱文杰说:"算了吧,放过芯星科技。"

朱文杰懒洋洋地靠在沙发上,抚摸着自己的头说:"你这话,我怎么不太听得懂?"

项海说:"那二十万的保证金,是你放的诱饵吧?你损失的不过是二十万,但叶舟的公司浪费的是宝贵的时间,你等的,就是他资金短缺的那一天。"

朱总冷冷地不置可否:"不愧是我曾经的好大哥呢,咱们在商言商。就算是诱饵,也是他叶舟愿意咬。"

项海忍无可忍,站起身:"这么多年,你还是一点没变。"

朱总也站起身,不甘示弱:"做生意,什么都不能牺牲。唯独,能牺牲的就是感情。"

项海无言以对,两个价值观不对路的人,怎么也谈不到一起。

这时候门铃响了,项海越过朱总去开门,没想到门口站着的是醉醺醺的叶舟。叶舟看着项海正要开口问什么,突然发现项海的背后,站着的是赴通科技的朱总,他之前的一切猜想都被证实了。

朱总看见来者叶舟,就像看见一只猎物,他笑道:"叶总,吃饭了没?海哥煮的面味道好极了,你要不要也来一碗啊!"

项海伸手去拍叶舟的肩膀。叶舟让开。叶舟印证了自己的猜想:项海和朱总是一伙的。

他愤愤地说:"再见!"

项海呆呆地留在原地。朱文杰看着项海:"我给过他机会,只要他签了买断协议,他就能活下去。"

项海转过身对朱文杰说:"就算是生意,也不能采用这么卑鄙的手段吧!"

朱文杰站起身,抬高音调:"我们玩的游戏,就是大鱼吃小鱼!"说着,朱文杰起身,然后出门。出门前朱文杰回头说:"我知道,以后再也没有机会吃你的面了,保重吧!"

几天后,叶舟按照约定来到了赴通科技。

他手里拿着一沓密封的文件袋,和王经理并排向前走着,不同的是,叶舟的脸上阴霾密布,王经理笑得像一朵菊花:"叶总,像你这样的青年才俊与我们赴通强强联手,绝对是一个正确的选择。未来的科技行业,一定会掀起一股惊涛骇浪……"

叶舟不悦地打断:"王经理,我需要安静!"

王经理一愣,随即笑容再次绽放:"好好好,签协议之前确实需要一个安静的氛围。叶总,这边请。"

一夜未眠的项海,在这个早晨早早地来到办公室,他召集园区服务中心的员工开早会,要为芯星科技做最后的人工呼吸。

小杰兴冲冲地跑进项海的办公室:"海哥,金融合作服务机构针对芯星科技的扶持资金审核通过了!还有风险投资人陈总和吴总说是要到深圳和芯星科技谈一下,投资意向很大!"

项海一听,激动地站起身来:"叶舟呢?……叶舟人呢?"

小杰说:"没在公司,刚才看他乘车出去了。"

项海着急道:"马上去把叶舟找回来开会……"

此时,摆放在叶舟面前的,是一份技术买断协议,协议规整地摆好,一支签字笔放在一旁,朱总脸上依然挂着笑:"请吧,叶总,我们赴通的诚意,都在这一纸协议里了。"

叶舟无精打采地说:"电子版我已经看过了。"

朱总笑言:"不妨再看看,有任何问题,我可以悉心为你解答,有的是时间。"

叶舟不说话,翻到协议的最后一页,拿起笔,正准备签字,突然,手机又开始振动,低头一看,是项海的电话。叶舟挂掉电话,突然开口问朱总:"我有个问题。"

"请讲。"

"韩总,这个人是不是压根就不存在,或者说,你就是那个韩总?"

"既然你这么有诚意,我就实不相瞒了,那二十万确实是我打的,换来的就是你坐在我的面前,做生意嘛,就是要以小博大!"

叶舟有些懊恼,但忍住没有发作,捏紧了手中的笔。桌上的手机再次振动,依旧是项海打来的。朱总也看到了叶舟的手机在响,他也预料到了这是项海打来的电话。

"这电话,你不接吗?不接,是对的。一个人成功的路上,总有些绊脚石。你是聪明人,你的选择一定是对的,我们抓紧签吧!"说着,朱总看了看手表,"我等下还有个会。"

十六

叶舟突然意识到,这一切,跟项海没有任何关系,是自己走错了。他也深知,这个电话,一定是项海要劝自己不要签署协议。但是,他有选择吗? 他能回去吗?

叶舟第三次挂掉电话,拿起手中的笔,要在协议上签字。当笔尖触到纸的一瞬间,门,哐当一声被推开,项海站在门口,手里拿着手机,头发凌乱,气喘吁吁。他来不及说别的,大声喊:"叶舟,协议先不要签,我替你想办法!"

朱总说:"海哥,你够了,你这磨磨唧唧的办法不要再提了。商场如战场,效率为先,有什么比几百万现金到账更实际的? 叶总你想想,银行贷款、员工工资、房租水电这些,你不用交吗? 所以我劝你,不要逞一时之快,没意义的!"

项海看着叶舟:"叶舟,相信我……"

叶舟看着项海的眼睛,他的眼神虽然疲惫,但炯炯有神。

位于前海的沿海公园,不远处便是前海金融中心和地铁桂湾站。太阳将要落山,远处的摩天轮被阳光染成金黄。刻铸着"前海"二字的石头,熠熠生辉。滨海绿地边,一辆电动车停着,电动车后,项海和叶舟两人双双坐在绿地上。

叶舟说:"我看到你跟姓朱的照片的时候,我真以为你们是一伙的,早就串通好了要弄走我手里的专利。"

"我跟他确实是曾经的生意伙伴,只是'道不同不相为谋',渐行渐远了。"

叶舟不解地问:"不是'道不同不相为谋'吗? 为什么桌上还放着跟他的照片?"

"那时候,我们是五个人,有大学时候的同学,有部队里的战友,有生意上的伙伴,我们一起到深圳创业,五个人挤在一间宿舍……后来,我们创办了一家科技公司,研发了第一代电子词典……"

时间回到2000年初,深圳湾的一家酒吧,生意冷清,朱文杰坐在酒吧里,桌前摆着威士忌。

项海走进酒吧内,坐下,表情疑惑:"他们仨呢?"

朱文杰正在倒酒:"先不管他们,酒,帮你点好了。"

"咱们的电子词典,触屏有缺陷,团队反映,无线网络功能反馈不及时。现在急需要找到一笔资金继续优化产品。"

"电子词典的时代结束了,未来是智能手机的时代。"

"这样,取消新品发布会,资金问题我来想办法! 即使是智能手机时代,有些功能也取代不了电子词典!"

朱文杰摇摇头："不仅不能取消新品发布会,而且要把新品发布会做得足够大,足够气派!重点宣传两个方面,一是触屏,二是无线网络。你刚才说的那些产品瑕疵,根本就不值一提!"

"朱文杰,做生意得讲口碑啊!"

"讲什么口碑啊?干砸了,咱们把公司名字一换,接着干啊,公司名字不有的是吗?赴海、赴华、赴通,赴通怎么样?以后就叫赴通……"

"老百姓不是傻子,我们是在做产品,不是薅羊毛!"

"我已经研究过了,普通消费者的记忆只有三秒!第一秒发现上当,第二秒有些后悔,第三秒继续掏钱上当!"

项海一拍桌子："这是原则,是底线!"

两人瞬间陷入沉默。这是理念完全不同的两个人在对峙。

朱文杰喝完杯中的酒,双眼空洞地望着天花板,良久,他说:"你知道吗?前天,女儿告诉我她想换台电脑,我卡里只有两千块钱,万把块钱都没有!咱们创业五年,打过地铺、吃过剩饭、熬过通宵,这些我们都不觉得苦,但是现在连一台电脑都买不起,我受够了,我真的受够了!"

项海问："他们仨什么态度?"

朱文杰说："都赞成,就看你了!"

项海怒喊："我反对!!"

朱文杰站起身："反对无效!"说完,朱文杰离开了酒吧。

说完这一段和朱文杰的恩怨,天色已经暗了下来,前海的微风吹拂,项海冲着天,长叹一口气："所以,办公桌上摆的不是一张照片,而是一段属于我们的回忆。"

叶舟感慨地拍了拍项海的肩膀,什么也没说。

"不说这些了,朱文杰给我许诺了赴通的副总裁,这确实是个有诱惑力的位子。"

"为了我,拒绝了这么有吸引力的位子,不值当吧?"

项海摇头："如果当初为了那五斗米,我也不会来到前海,来到梦工场。粤港澳大湾区给了你实现梦想的土壤,也给了我希望。我想做的,是在这里帮助更多像你一样的创业青年圆梦。"

叶舟点点头说："梦工场帮我申请的这笔资金,确实能缓解。"

项海说："桥,我已经帮你搭好了,过不过得去,就看你自己的了。"

叶舟站起身,伸了个懒腰:"你真的觉得我行?"

项海也站起身:"你没有输,只是暂时还没有赢。"

叶舟有些感动,搂了搂海哥的肩膀,他说了一句:"海哥……谢了。"

叶舟推开公司的门,苏锦、齐仔跟着叶舟一起进入公司办公区。办公区静悄悄的,空无一人,有些凌乱。苏锦摸了摸桌子,上面已经有了一些灰尘:"确定要重新开张了?"

叶舟一边点头一边往里走,边走边说:"我需要十二个人,统一服装,八个在办公区,四个跟着齐仔。"

"让我帮你码人?"

"投资人来之前,必须做足排面!"

"好,没问题,包在我身上!"

随即,叶舟从门后拿了把扫帚,递给苏锦。

苏锦问:"几个意思?"

叶舟讪笑着说:"送佛送到西,帮帮我们俩。"

苏锦无奈地摇摇头,朋友做到这个份上,就只有帮忙咯。于是三人开始打扫停业一个多月的芯星科技公司。

齐仔问:"项海帮我们申请的那笔资金确实帮助很大,但我们还欠着银行贷款,靠这些门面功夫,真的行吗?"

叶舟说:"项海以前告诉我,资本喜欢的是故事,如果我们需要钱是为了解决贷款和工资的困境,没有人愿意帮我们。风险投资人想要看到的是我们进入市场的决心,一个芯星科技从谷底绝境翻身的故事,越是惊心动魄,风险越高,收益越大。"

苏锦说:"你们有信心讲好故事吗?"

叶舟用粤语坚定地说:"肥佬着笠衫,几大就几大!"

"什么意思?"

齐仔笑着说:"放手一搏!"

苏锦耸耸肩:"暂且信你啰。"

叶舟说:"等哪天投资人要来参观,我提前联系你!"

齐仔说:"对了,阿舟,陈总那边已经对接好了,他专门从四川过来,我找了间深圳最正宗的川菜馆。"

叶舟思忖:"就小杰家的大排档吧,不要太高级。"

齐仔有些犹豫："陈总上亿的身家,大排档不太好吧。"

叶舟打断说："就按我说的办。"

苏锦体会到了叶舟的用意,赞了一句："行啊,哥们儿,有长进啊。"

十七

这晚,叶舟在小杰的餐馆,接待陈总。陈总草莽出身,十年前跻身资本圈,打法不按常理,性情中人。喜欢足球,是英超热刺队的铁杆球迷。

风尘仆仆来到深圳的陈总穿着简单的T恤,一副运动干练的模样。叶舟正跟陈总谈笑风生："上一次来广东是三年前了,想念的就是这广东大排档这一口。没想到,今天一来,叶舟就满足了我这个愿望。看来,我们真是有默契啊!"

叶舟笑道："真正正宗的店往往大隐于市。"

与此同时,来自上海的吴总正在一家高档酒廊品酒,他投资的多款电子产品大卖,但不是特别好沟通。

齐仔小跑进入酒吧,看了看表,长舒一口气。酒吧内客人不多,角落的吴总正跷着二郎腿喝着酒。"吴总您好,我是芯星科技的常务副总。您就叫我齐仔就行。"

吴总看看表："你好像晚了两分钟。"

齐仔看看自己的表："我的表显示早了一分钟……"

吴总说："哦?你的意思是我的表有问题?"

齐仔一脸讪笑,连忙倒酒赔罪："哪里哪里,我自罚一杯。"

说着齐仔一饮而尽,吴总面无表情地看着他说："这么好的酒当罚酒喝,你这个错误代价有点大啊!"

听到这话齐仔被呛得咳嗽了起来。这时候,一个声音从背后传来："吴总,好久不见!"

齐仔抬头一看,居然是程好。吴总也很惊奇："程小姐,你怎么也在这里?"

原来,程好在这酒廊里和朋友聚会,恰巧碰到了二人,而吴总正是她在上海熟识的朋友。程好拍拍齐仔的肩膀,让齐仔坐下,自己也坐下对吴总说："早就听齐仔说有投资人对我们芯星的项目有兴趣,没想到是吴总。我这个负责公关营销的居然不知道,这个常务副总,应该罚酒!"

吴总问："这么看来,程小姐是在深圳发展了?"

正说着,服务员拿着一瓶酒来到程妤的面前:"程小姐,您要的酒。"

程妤说:"吴总,我记得您喜欢这个牌子的酒,您看看年份对不对?"

吴总看了一眼酒:"兰格多纳?"这一直是他最喜欢的一款酒。"没错,就是它,没想到你还记得,有心了!"

"我记得吴总曾经跟我说过,月映千江水,千江月不同。"

"酒如月,人心如江。"

"每个喝酒的人对酒自有不同的美妙感受。"

"哎呀,小妤啊,我人在他乡,真好比是天涯何处觅知音。"

"酒逢知己千杯少!"

吴总对齐仔说:"来,小朋友,你把那瓶罚酒一个人喝掉,我和程小姐共饮此瓶千江水!"

程妤豪气地说:"不醉,不归!"

吴总对齐仔说:"倒酒啊,小朋友!"

齐仔高兴地给吴总和程妤倒上酒,他心里知道,今天,有戏了!

这个夜晚,吴总喝得很是尽兴。送走了吴总,齐仔和程妤走在路上。程妤问:"你刚才说,芯星科技还在谈另外一家资本?"

齐仔点头:"那个四川的陈总,阿舟正在那边应付。"

"懂了。以后有什么问题,随时找我帮忙。今天的事,先别告诉阿舟。"

齐仔一脸崇拜地看着程妤:"程妤,你今天真的是碰巧路过?"

"不然呢?"

"你好犀利啊,你在我心里简直就是……"

程妤连忙打断齐仔:"好了,肉麻的话不会说就别说出来……对了,这酒后劲大,你悠着点,走了。"

程妤转身离开,齐仔突然感觉一股暖流从胃里涌来,捂着嘴,左顾右盼,他最后还是不胜酒力,吐了……

人才公寓的天台上,齐仔、阿杰、许月明、刘和森和陆小灵几个人一同布置看球现场。所有人身上都穿着热刺的球衣。天台上支起硕大的阳伞,几箱啤酒摞在一旁,齐仔搬来一个烤串的炉子。阿杰把公共休息室的沙发从楼梯上艰难地搬了上来,满头大汗。

陆小灵在门口的黑板上写下"德比之夜"。电视机已经调至体育频道,正在播放上轮比赛的进球集锦。

叶舟看见大家已经把一切都准备好了,松了一口气。他打电话给陈总:"陈总,今天晚上北伦敦德比,阿森纳对热刺,你可记得准时到啊!"

陈总在电话里开心地说:"我是热刺球迷,来了别挨揍啊!"

叶舟说:"不会的,不可能!晚点见!"

叶舟挂掉电话,大家围了上来。齐仔走上前问:"阿舟,你看,还有什么要弄的?"

叶舟沉吟一会儿,然后说:"把热刺球衣都脱下来,换上阿森纳的球衣!"

大家一听,惊讶得合不拢嘴。

齐仔说:"你疯了?陈总是热刺的球迷,我们全部穿对手的球衣,岂不是在挑衅他?"

叶舟说:"就是要挑衅他!球员要有对手,球迷也要有对手!他可能更希望我们挑衅他!"

苏锦问:"什么意思?"

叶舟说:"算了,跟你说不明白!这些气球,这些灯,全部换成阿森纳的主场色,红色!"

许月明耸肩:"气球和灯都能换,可这球衣我没办法换!"

这时候一个声音传来:"如果不介意的话,上次团练还有十多件红色的T恤可以给你,队标可以手绘。"大家转身一看,原来是项海。

电梯门一打开,穿着白色球衣的陈总傻眼了,他的面前是穿着红色球衣的叶舟,还有一众阿森纳球迷!

陈总诧异地说:"你……怎么?"

叶舟笑着说:"忘了告诉你,我们都是阿森纳球迷!"

"你们不会揍我吧!"

"在中国不会!"

这一句话,把大伙逗得哈哈大笑。

"突然有一种单刀赴会的壮烈!"

"那你怕了吗?"

陈总哈哈大笑:"怕?我就没怕过!赌输赢,一人一百个俯卧撑怎么样?"

"我看陈总是不入虎穴焉得虎子,要以一当十了!"

"不是以一当十,就是以一当百我也不怕!"

"来就来!开酒!"一群人起哄,大家打开啤酒,气氛被烘托起来了。

十八

这时候，没有参加现场看球的项海和苏锦在楼顶俯瞰天台上的这番热闹景象。

苏锦纳闷地说："我还是没想通，这阿舟为什么要在关键时刻把球衣给换了？"

项海笑道："你要分析一下陈总这种性格的人。他出身草莽，身上带着这么一股子初生牛犊不怕虎的江湖劲，但凡这种性格的人，你要是一味地奉承他，他还瞧不上！"

"所以，球迷之间越是挑衅，反而越兴奋？"

"男人的特性之一就是喜欢彰显力量，遇见越是强大的对手，越是能投入其中。这种挑衅，只要在合理的范围内，没准就能投其所好。"

苏锦摆出一副无语的表情："好吧，我不懂男人，行了吧。"

"叶舟这小子，反其道而行之，这就是他聪明的地方！你还别说，这两个月，他确实进步挺快！"

这时，天台上传来欢呼。项海说："热刺进球了！"

"你怎么知道？"

"你看，不就陈总一个人在那儿嘚瑟吗？"

"唉，我这一百个俯卧撑逃不了！"

项海大笑起来。这晚，比分最终定格在热刺二比零阿森纳。

陈总赢了。

叶舟、齐仔等十多个阿森纳球迷正在做着俯卧撑，陈总喝得脸通红，得意地数着："……98，99，100！"

叶舟起身，气喘吁吁，陈总拍了拍叶舟的背，递上一杯酒："今晚，很尽兴。好久没有这么开心了！"

叶舟说："不服，等下一轮德比，陈总再来。"

"好啊，一言为定。"陈总哈哈大笑，两人碰杯，一饮而尽。突然，陈总话锋一转："关于合作方案的事，你有什么建议吗？"

叶舟一愣，瞬间酒醒，然后说："我们芯星科技愿意签对赌协议。如果产品成功进入市场，那么您占百分之二十的股份；如果失败了，那么您的股份就翻番。"

陈总哈哈大笑："据我所知，芯星科技还欠着不少银行贷款，如果推出产品失败，你们就会破产清算，到时候就算我握着你们百分之四十的股份，那也是烫手的山芋。"

叶舟看着陈总,虽然表情上依旧压抑着,但心里却咯噔一下,果然是一只老狐狸!"陈总,像您这样的风投人,见过大风大浪,那您的想法呢?"叶舟将皮球抛了回去。

陈总说:"我投入两千万,但是以可转股债的方式进行投入。也就是说,这两千万暂且算作债务,根据约定,可以在某一个时间,将债务变成股份。"

叶舟脸色有些难看:"好事陈总全占着,风险扔得远远的,生意不是这么谈的吧?"

陈总笑道:"不着急,好好考虑考虑。"

叶舟脸色阴沉,一语不发。陈总拍了拍叶舟的肩膀离开。

陈总走后,叶舟扶着栏杆,望着夜空,眉头紧蹙。齐仔一边走来,一边挂掉电话。

"吴总那边怎么说?"

"吴总的意思是,希望获得冠名权,将芯星科技,变为金元科技。股权架构,我们还是大头。"

"这些风险投资人,说是风险投资,其实一点风险都不想碰。"

"这种情况,估计海哥也没有办法!"

这晚,齐仔睡梦中被程好的电话惊醒:"齐仔,我听海哥说了,接下来,你按我的办法去做……"

齐仔听了,一阵惊喜,立即拍打叶舟的卧室门:"阿舟,有办法了……"

第二天,陈总带着助理早早来到芯星科技。叶舟和齐仔早已在门口等候。

陈总说:"叶总啊,今天两件事,一个是聊聊合同细节,还有一件事,是看看咱们新产品研发方案。"

叶舟礼貌地笑:"当然,不过我还有一个特别重要的客户没聊完,陈总这边需要在旁边的小屋子稍等片刻。"

陈总的表情有些不悦,但还是接受了。其实,从陈总的内心来说,芯星科技他是看好的,至于风险,也完全在他能承受的范围,在叶舟面前反复提及风险,只不过是想以此压价,占更大比例的股份而已。

叶舟说完便钻进办公室。吴总已经在叶舟的办公室坐了好一会儿了。叶舟走进去对吴总说:"哎呀,吴总,实在不好意思,我今天有个突发状况,要不咱们改天再聊……"说着,叶舟就把吴总送到门口。

此刻吴总看到了门外的陈总,陈总也看到了吴总。两人非常眼熟。对视良久。

"金元资本,吴总!"

"长川的陈总！"

二人正要说话，突然，叶舟提着文件袋从二人中间穿过，一边走一边问："齐仔，这边过去要多久？"

不远处的齐仔："过去大概一个小时。"

叶舟回头向两位老总致意："不好意思，不好意思。"随后，叶舟和齐仔消失在大门口，陈总一拍大腿，反应过来："我明白了，是南方资本，南方资本的大厦离这里打车刚好一个小时。"

助理问："南方资本能看中叶舟的项目？"

陈总有些气急败坏地对助理说："马上联系法务部门改方案，不管用什么方法，都要把项目从南方资本的手里抢过来！"

吴总立马也对自己的助理说："快，把我手机给我，手机！……"

这时，叶舟和齐仔坐在草地上，眺望着远处的摩天轮。两人都在打电话。

和陈总通电话的是叶舟，和吴总通电话的是齐仔。

叶舟放下电话，一脸得意："陈总那边说，让我们不要跟南方资本合作，他愿意接受最开始的对赌协议，放弃可转股债的想法。"

齐仔说："吴总那边说，愿意提高投资的金额，放弃修改芯星科技名称的想法。"

叶舟笑道："主动权在我们手里了。那南方资本呢？"

齐仔摇头："可问题是，我根本不认识什么南方资本。你认识吗？"

两人都笑，有些乐不可支。

"你这些鬼点子都是谁教你的？"

"我这个脑子，还要人教吗？"

"就你这个脑子，没人教你？"

齐仔笑着耸耸肩，不语。叶舟顺势倒下，望着天空。

良久，叶舟淡淡地说："突然发现，前海原来这么美。"

几天后，项海在便利店吃泡面。服务员走过来，送上一份鸡翅："海哥，你的鸡翅！"

项海说："我没点鸡翅。"

"芯星科技的叶总说，今后你到店里吃泡面，都送一份鸡翅，他买单！"然后服务员指着玻璃窗上的便利贴说，"他还说了，这个，你没看到不准撕！"

项海一看，便利贴上画着一个笑脸，笑脸旁边写着："海哥，我答应过你，鸡翅以后补上！我一定做到。"

尾声

叶舟和齐仔抽了一个周末回到香港,回到他们的新九龙。佩姨家的陈设经年未变,只是一旁的桌子上多了一张叶舟在梦工场门口的相框。佩姨坐在椅子上,吹两口,轻轻喝汤。叶舟站在旁边,调试着佩姨的智能健康监测手表的设置,然后小心翼翼地牵过佩姨的手,将手表给她戴上:"刚升级的软件包我已经给你装好了,这手表无论何时都不要摘,表壳做了防水处理,洗澡也没关系。"

佩姨说:"记得了,你都说好多次了。"

"我不常回来看你。你戴着手表,我就能时时刻刻知道你的健康状态,我才能放心。"

佩姨笑着说:"不会像之前那样漏电吧?"

叶舟笑着回答:"放心吧,已经拿到安全认证了!"

佩姨欣慰地点点头,然后示意叶舟去玻璃瓶里拿金橘。

晚饭过后,叶舟来到天台,父亲闭着眼,正在听着《老人与海》。晚风吹拂,从天台望出去,是香港的夜晚。很多年了,父子俩没有这样一起静静地待着。仿佛有很多话要说,却不知道从何说起。

良久,叶父突然说话了:"你老爸我90年代创业,输在太自大……所以,你要记住,卒子一旦过河,就要一直往前冲,千万不要回头看!"

叶舟笑了笑,拿起父亲的耳机:"这么多年,从来没跟你一起听过《老人与海》,今天和你一起听听……"

"好啊!"

于是,父亲调大音量,收音机里传来一个磁性的声音:"今天,我们继续向您读播海明威的小说《老人与海》……桑迪亚哥,他拼尽全力,抓住了那一条大鱼!……"

第二天,回到深圳的叶舟和陈总的长川投资举行了一场盛大的签约仪式,项海、苏锦、许月明、刘和森等都参加了这场签约仪式。会场内,座无虚席。叶舟上台与陈总握手,媒体记者的闪光灯不断地闪烁在他们身上,紧接着是一片掌声。

项海接过麦克风对现场的人说:"芯星科技是我们梦工场比较有代表性的企业,目前已经获得了二十多个专利、多项认证,与多所大学达成了校企以及医企的合作。芯星科技与长川资本正式签订战略合作协议后,开发出了新一代芯星智能健康监测手表,现在有请创始人叶舟讲话。"

紧接着,叶舟轻松上阵:"大家好,我是叶舟。今天,我的同伴都坐在下面,是他们给予了我创业上的无限支持,我更要感谢的是粤港澳大湾区,是前海梦工场,对我们这些来自港澳的创业青年无尽的支持……"

紧接着,叶舟话锋一转:"诸位最关心的就是,芯星科技的第一代健康智能产品什么时候发布,什么时候问世,今天,它终于来了。"

大屏幕幻灯片上,出现了新一代智能健康监测手表样式图。项海、陈总,以及所有的人都热烈地鼓掌。而此刻赴通科技的朱总盯着电脑,看着这场新品发布会,脸色难看,沉默不语。王经理给朱总倒茶,看了看电脑屏幕,嘀咕道:"芯星科技,掀不起什么大风大浪。"

朱总喝了一口茶说:"公司在发布新品前,最怕两件事,一是资金链,二是媒体抹黑。给年轻人上一课……"

第二天,齐仔冲进办公室,一脸焦虑地对叶舟说:"阿舟,出事了!"

叶舟接过齐仔手里的手机,定睛一看,看到为首的几篇文章,全是抨击芯星科技产品的文章,不由面色一沉。他气愤地说:"这些报道,完全是空穴来风!"

齐仔说:"这些评论一看就是买来的水军,现在点击量已经破万,要是发展下去……"

这时候,项海也走了进来:"这是赴通搞的鬼。眼下最重要的,是找到合适的人做危机公关的处理。我仔细看过这些文章,不仅诋毁了你们,还在大肆宣扬赴通的家庭健康监测仪,踩一捧一。"

叶舟踌躇地说:"但如果要找好的公关公司,又是一大笔钱。"

项海笑笑,耸耸肩,指了指门外:"合适的人,就坐在外面呢。"

叶舟和齐仔往门外一看,办公区的工位上,程好正在飞速敲击着键盘,写着公关文案。一群人正围在程好身边。叶舟一惊,齐仔反而是会心一笑。

两人连忙奔向程好,程好抬头瞟了一眼叶舟和齐仔:"这些芯星的负面新闻,对你而言反而成了无价的广告,公关的智慧不在于消除谣言,而在于利用谣言。"

叶舟感动地说:"程好,我……"

程好打断:"现在不是抒情的时候,别打扰我,忙着呢。"

齐仔和叶舟都笑了,叶舟突然像是想起什么,看向齐仔:"我知道那些鬼点子是谁教你的了!"

程好虽然严肃地看着电脑屏幕,手上不停地敲击,嘴角却也忍不住上扬。公司里传来三人爽朗的笑声,一旁的项海看着他们仨,夕阳的余晖洒进公司,项海看得有些愣神。

海风,从遥远的南海吹过来。叶舟和项海,两人俯视着梦工场。这里是他们梦开始的地方。

"海哥,有点事想跟你商量。"

"你说。"

"我需要你,来做我的合伙人!"

项海看着叶舟,愣了一下,笑了。

叶舟一本正经地说:"我是真诚邀请你,跟我一起,壮大芯星科技。"

项海摇头:"我就算了。我现在的工作,挺好的。"

"你看,这梦工场有近三百家企业,每一家面对挑战,也面对机遇,但是,无论哪一家,都像一颗种子,孕育着无限的希望,但你不想拥有一家属于自己的企业吗?"

项海回头看着叶舟,语气平静地说:"开疆辟土这种事,你们年轻人去做就好。我就跟在你们后面做保姆,做你们永远可以信任的那个后背支撑,挺好。我这个年纪不想接受挑战,也不想从头开始,没那么多激情也没那么多大道理了。谢谢你的信任。算了,真的,算了吧。"

"你才四十七岁,怎么就老了?"

项海只是笑笑,不语。

"你说的,'梦工场是你的起点,但一定不是你的终点'。我把这句话还给你。"

这时候,两人都看向远方。

叶舟再一次问道:"还愿意折腾吗?"

项海沉吟:"折腾……那就折腾折腾。"

项海看了一眼叶舟,又笑了,然后很认真地问叶舟:"你看过一本书,叫《让大象飞》吗?"

"大象怎么能飞?"

"只要愿意就可以。"

叶舟想了想,然后爬上栏杆张开双手,朝着阳光的方向大喊:"好!那就让我们,起!飞!啰!"

叶舟的身影,在阳光的照射下,模糊,但是耀眼。他的眼中,是远方的大海,以及比大海更远的天空,对于这个二十多岁的逐梦者来说,他相信,过去的终将过去,而未来终将到来。

第四卷
一日三餐

　　《一日三餐》并没有跌宕起伏的情节，而是用温婉、舒缓的节奏讲述了手艺人蔡五味经营的肠粉店十年间的变迁，映射出党的十八大以来社会风貌的改变，一个落实在党政机关公务员身上的"八项规定"，同样给百姓的生活也带来了改变！

　　一日三餐柴米油盐，很多老街坊的一天，就是从蔡五味早上的一碗肠粉开始的，这份平平淡淡的肠粉，其实就是一份平平淡淡的幸福，我们的生活也是如此。

　　从吃喝风的盛行到抵制腐化吃请，肠粉店也适时而变，但始终没有改变的是蔡五味以及一众老街坊对家的爱、对生活的爱、对社会的爱，就是这份对生活的态度让他们散发着在平淡生活里的人性光芒……

王逸伟

　　如何让严肃的规定"落地"，还要有意义有意思，难，真是难。"八项规定"短短六百多字，却内涵丰富，从八个方面表达了党中央改变工作作风，密切联系群众的决心和毅力。好在八条规矩并不空洞，都有实实在在的具体要求，这就给了创作者启示。最终呈现出的《一日三餐》，讲的是十年里的变迁，丰俭各异，浓情厚谊。在父女俩"鲜香软糯、细腻爽滑"的肠粉叫卖声中，飘荡着烟火气的老街上，流动着的是十年里"八项规定"的人民之基和人性之底。

郝　岩

一

这是一个南方的秋天。

在南岭以南的一个县城,一条老街依河而建,青石板铺就的老街虽然洁净如洗,却有些破落。街头牌楼上刻着"春光里"三个大字,街头的一栋三层骑楼外,紧挨着一棵参天古树。

三层小楼一侧是马路,对面是绿荫遮掩的公园。老街头上的小洋楼,成为"古朴"与"现代"的交融点。

这小洋楼门口挂着一副对联。上联是"酒过三巡七分满",下联是"菜有五味十足情",横批"一日三餐"。这是一家肠粉店,名字就叫"一日三餐"。

天蒙蒙亮,在大多数人都还在熟睡中的时候,肠粉店的后院,就已经忙活起来了。

一只苍老的大手推摇着石磨,不疾不徐,发出均匀的声响,另一只手不时地往石磨上放着泡好的鼓胀大米,浑浊的米浆从石磨口里缓缓滴落,滴答作响……

石磨下的木桶里,已经有了大半桶米浆……

这双长满老茧的手,属于一个名叫蔡五味的老人。这么多年,他总是在天还没亮的时候开始他一天的工作。

随天色渐亮,这座热闹、现代但又不失古韵的小城从晨光中渐渐醒来,焕发出勃勃生机。肠粉店里渐渐坐满顾客,既有晨练的老人,也有上班族,还有带着孩子的家长。墙上挂着的电视机里,在播放早间新闻。

穿着严谨的闫成十走进来,手里拿着一份报纸,不待说话,心领神会的小伙计阿昌已喊出:"斋肠粉一份……"

热气腾腾的灶间里,蔡五味的这双手在娴熟地制作着肠粉。他先是在簸箕蒸屉上刷油,然后是舀上米浆,上下左右晃动,再把各种馅料撒在上面,随即把簸箕放入蒸屉,几乎与此同时抽出另一个簸箕蒸屉,顿时之间,雾气升腾,香气弥漫。

在升腾的雾气、弥漫的香气中,这双手拿起刮片利落地铲下薄薄的肠粉,翻滚肠粉卷成筒状,切割成均匀的八块入盘,一整套动作下来,环环相扣,严丝合缝,赏心悦目。这双手端起肠粉盘,抬起头,正迎着走过来的闫成十。

"来了?"

"来了。今天是个好日子啊!"

"什么好日子?"

"没看新闻吗?我们有自己的航母了!"

阿昌跑来:"闫伯,您去坐吧,一会儿我送过去。"阿昌拿过几碟肠粉,转身走去。

闫成十冲蔡五味笑笑,转身走向外面。蔡五味又忙碌起来。

闫成十来到后院,一株参天古树下,是几张石桌。这几张石桌,属于"一日三餐"最忠实的食客,闫成十、老白、丁采仙等等。

闫成十一到,老白便热情招呼起来:"来了,闫大哥,我这等半天了……"

说完他起身相迎,将一把椅子往外挪了挪。闫成十坐下,老白给闫成十倒茶。

今天,这里新来了一个中年食客。他对这环境还有些陌生,瞪着眼打量着阿昌刚放下的肠粉,粉粉嫩嫩、薄如蝉翼。

老白对这新食客说:"趁热啊,凉了味道跑了。"

中年人笑笑,用筷子挑了一小块肠粉送进嘴里,品了品,看看桌上的调料,回头问阿昌:"有老醋吗?"

阿昌道:"有的,您稍等。"转身便去拿醋。

老白问:"喂,朋友,肠粉蘸醋,这个吃法少见……山西的?"

中年人说:"祖辈山西,不过,我没在山西生活过。"

闫成十说:"这就是随根,根就是本,很奇妙的东西。"

中年人说:"韩非子说,'上不属天,下不着地,以肠胃为根本,不食则不能活'……"

闫成十和老白对视一眼,老白问道:"你是……做什么的?"

闫成十用指头敲敲石桌:"老白,不该问的不问。"

老白笑着点头。此时,阿昌一手端来了肠粉,另一手拿着一瓶醋:"先生,您要的醋。"

中年人连忙接过醋,往盘里的肠粉身上淋了淋,挑了一口,在口里品着。

老白有点好奇:"淋上这个……好吃?"

中年人把盘子往老白跟前推了推:"您尝尝。"

老白夹一筷子,吃下,挤眉弄眼地说:"哎哟,不行,受不了,牙都酸倒了。"

闫成十和中年人笑了。闫成十看到中年人座下有一盆景,是泛着绿意的映山红:"这映山红……不错。"

"早市买的……"

"映山红不都是红的吗?这怎么还绿油油的。"

"映山红一般春季开花,这一盆是新压的。"

说完,中年人看了看闫成十面前的肠粉:"您吃的是……斋肠粉,透亮。"

老白打趣道:"几十年如一日,一成不变,他也吃不腻。"

"习惯成自然。再说,吃斋才能吃出这肠粉的本味来。要说一成不变,还是蔡五味的手艺,三十多年了,就没变过。"闫成十看了眼旁边的空位继续说,"这丁娘娘有三天没来了吧……"

老白道:"上星期丁娘娘家楼下开的那家KTV,上了一套低音炮,轰得她整晚睡不好觉……"

中年人说:"去找找KTV老板解决一下嘛。"

老白说:"人家能搭理她嘛,一个退休多少年的老太婆了。"

闫成十说:"怎么说话,老白?人家丁娘娘……丁采仙当年也是咱们汕德市的粤剧名伶,你说这搞得她睡不成觉,吃不了肠粉,这……这也没有精力传承传统文化了,这还是小事?"

老白说:"放心吧,闫大哥,不让她传承丁娘娘还不得难受死?一会儿就过来了。"

中年人看向闫成十:"哟,您说的丁采仙,为什么都叫她娘娘呢?"

老白说:"她年轻时唱过红娘、杜十娘、杜丽娘、李慧娘、赵五娘,一大把娘娘,我们就叫她'丁娘娘'了。"

中年人问:"那这个娘娘在什么地方唱娘娘呢?"

此时的丁娘娘正在公园里教人唱粤剧。七八个胖瘦不一的中老年妇女在唱粤语歌《我爱画眉鸟》,不少人化着浓彩。

"我养画眉鸟,爱它情怀旷达逍遥,舞姿翩翩昂然略带娇,尤比俊少年惯轻佻,瞪起眼睛向人瞧,笑叫欢跳——"

"停停停——"一个女人上前,她正是被叫作丁娘娘的丁采仙,"刚才那句,'瞪起眼睛向人瞧','向人瞧',这'瞧'字里面要有内容啊,要让观众知道你瞧的是谁,还有'瞪起眼睛',不能就真的凶神恶煞瞪眼睛,跟谁有仇欠你钱似的,要脉脉含情、顾盼生姿、眉目传情,跟我再来一遍啊,'瞪起眼睛向人瞧'……"

众人跟着唱起来。

丁采仙:"再来一遍,'瞪起眼睛向人瞧'……"

突然,丁娘娘感觉有些目眩,一只手下意识地抚头,后退几步,坐在石凳上。

众人跟唱,居然也跟着抚头,少顷未动,转头看向丁采仙,见她正闭目按揉着太阳穴,这才反应过来,七嘴八舌:"丁老师,您怎么了?"

丁采仙缓缓睁眼:"最近休息不好,没事,唱急了,今天到这吧,回去要多练习啊……"

二

此时,闫成十、老白、中年人三人围桌,在这个清晨说着闲话。话题,慢慢地转到了儿女身上。这个年纪的人,儿女始终是绕不开的话题。

闫成十道:"我那个儿子虽然应酬多,倒是很少有醉酒的时候。"

老白说:"是啊,在酒桌上都是小官敬大官,敬的昂脖一大杯,被敬的抿一小口,这一小口的'意思',就是给敬酒人莫大的面子了。"

中年人说:"敬与被敬,多是逢场作戏,请吃的累,吃请的也累。"

闫成十点头:"老醋同志说得对,依我看,这样的酒局十之八九都是鸿门宴。"

中年人一听闫成十居然这样叫他,有点惊讶:"老醋?!"

闫成十说:"叫你老醋同志,你不介意吧!"

中年人哈哈一笑:"好呀,好呀!"

老白说:"那我也这样叫你哦?"

老醋说:"这个名字好啊!杀菌,消毒!"

三人哈哈大笑起来。老醋看着老白:"看白叔这年纪,你儿子应该还年轻,成天喝酒应酬,对身体不好啊!"

"谁说不是?他不着家,他媳妇也就三天两头往娘家跑。"

闫成十安慰:"有个孩子就好了。"

"他一天到晚不在家,能有才怪了。"

"想管住他的嘴就得先管住他的腿,别让他老惦记着往酒桌上钻。"

"我也想呀,可我家那小子说了,酒桌上喝的不是酒,是局,老醋同志,我说的是不是这个道理?……"

老醋刚要说什么,手机响了,老醋掏出看了看,起身冲闫成十、老白说:"我先接个电话啊!"一边说,他一边匆匆往外走去。

老醋走出的时候,一个五十来岁,身穿着淡绿色旗袍的妇女擦肩而过。她就是闫成十他们口中的丁娘娘——丁采仙。

阿昌看到丁采仙,敲了敲窗户:"师父——"

蔡五味朝外看,看到了走来的丁采仙,把勺子里的白米浆滴了几滴进红米浆,搅拌起来,只消片刻抽出簸箕蒸屉,上面是红米肠粉。他利落地刮下粉衣,切好,把红米肠粉倒入碟中,淋上汤汁,又夹起一棵绿油油的青菜放入碟中。

碟子里的"红情绿意",俨然一幅水彩画。

丁采仙来到后院的老树下,大伙都打着招呼,给她留出位置。老白给丁采仙递上筷子。

丁采仙说道:"要不是惦记这口肠粉,我是真爬不起来呀……"

走过来的阿昌向丁采仙打招呼:"丁姨早!"

丁采仙打哈欠:"你也早……"

老白说:"还是蔡五味有心,每次都给你丁娘娘做这独一份的'红情绿意'。"

正说着,蔡五味摇着一把大芭蕉扇,走了过来:"老几位,唠着呢。今天的味道如何?"

"好,好,一如既往地好!"

闫成十说:"我没猜错的话,今天用的是两年陈米……"

丁采仙不自觉地打量着正在筷子头上颤抖的肠粉。

老白说:"还是闫大哥的嘴刁。"

闫成十说:"而且是老农剪磨出来的第一道珍桂米。五味,我说的对不对?"

蔡五味点头,坐下,摇着芭蕉扇。

"而且,你洗了三次米,至于水泡米的时间,应该是两个小时以上。"

丁采仙惊道:"这都能吃出来? 五味,他说的对吗?"

蔡五味点头:"分毫不差。"

老白说:"费这么大劲……五味,真用不着,有几个人能吃出闫大哥这样的境界? 不值当。"

蔡五味说:"不能这么说,存放了两年的珍桂米能来到我手里,就是缘分,慢待了这样的食材,没让原料的美味发挥出来,才是对好食材的失礼。好厨子和好食材,这是最佳拍档。"

闫成十竖起大拇指:"五味讲的这个最佳拍档,是一种追求啊!说起来容易做起来难,他做了大半辈子,我也吃了少说三十年……"

蔡五味认真地说:"三十四年了。"

丁采仙叹:"我吃了那么多年,可就是吃不出你的境界来。"

闫成十笑道:"那你再多吃些年头。"

老白说:"那'一日三餐'要被她吃掉底了。"

蔡五味笑:"哪里会,丁娘娘什么时候给我们唱一出《帝女花》,我就赚了大便宜啦。"

老白开心地说:"还是五味会算账,丁娘娘当年出去走穴,一场都要两三万才肯赏脸去唱一唱。"

丁采仙说:"这还是朋友价,一般关系不给的。"

"看看,我捡了大便宜。"

"五味当然不会做亏本的买卖,看这店里的人什么时候断过?"

"小本买卖,就得精打细算。"

"这一早晨卖出有两百多份了吧?"

"不到两百,一百六十八份。"一个声音从背后传来。蔡五味回头,面前站着的,是一个西装革履的中年男子。他叫方明利,一家地产公司的老板。"我是六点整到您的店,您每天六点准时开门。您的第一份肠粉是在六点十分卖出去的,现在是八点五十分,经您的手,卖出的肠粉不多不少,正好是一百六十八份,还别说,数字很吉利。"

蔡五味问:"你是?"

方明利掏出名片,递给蔡五味:"我叫方明利,请蔡老板多关照。"

蔡五味看到名片上一排烫金大字:"方园地产开发公司总经理方明利。"

蔡五味抬头说道:"方老板,我一个卖肠粉的,和你这个盖高楼的,攀不上关系吧?"

方明利说:"以前是没有关系,以后就有了。"

在场的几个你看我,我看你,一阵疑惑。

方明利开门见山地说:"蔡老板,我想盘下您的店。"

"张嘴就要盘下我的店,方总也不问问我有没有这个打算。"蔡五味的话语里,有几分对方明利的不满。

方明利笑笑："只要我算完账，蔡老板会同意的。"说着，方明利掏出计算器："我们先算算一份肠粉的成本，米浆的成本两毛五，酱汁两毛，栗粉一毛，液化气三毛，鸡蛋五毛，那么，一个鸡蛋肠粉的成本应该是一块三毛五……"

蔡五味愣住。方明利继续说："一个鸡蛋肠粉卖四元，你一早晨卖一百份的话……"

丁采仙奔拉着手指头："一个就赚两块六毛五？蔡五味，你……你胃口不小啊！"

"他胃口不大，这个店的位置好，房租不能便宜了，我不多算，"方明利的手在计算器上计算着，"一个月房租六千元，一天就是二百元，水电气费也不多算，算你一天十元。"

丁采仙尴尬："我把这些忘了……"

方明利继续算账："你一早晨卖一百份鸡蛋肠粉，进账四百元，刨去二百一十元加一百三十五元一共三百四十五元成本，你还能剩五十五元，一个月下来，赚到手的，就是一千六百五十元。"

老白有些蒙了："这……这也不多呀……"突然明白过来，"五味一早晨可不只卖一百份，现在都一百六十八份了！"

方明利点头："的确，不过，他卖的是早餐，其中七点到八点是高峰，八点到九点，就卖不到一百份了，比如今天，卖了六十九份，前天卖了七十二份。"

闫成十点头："这么精确，看来你是做了市场调研的。"

蔡五味说："这个星期，他来了四次。"

方明利总结："蔡老板，我就算你一早晨能卖两百份，一个月下来也不过才三千三百元。"

老白道："他不光卖四元的鸡蛋肠粉，还有八元的鲜肉肠粉、十元的虾仁肠粉……"

方明利说："不错，可你们别忘了，鲜肉肠粉、虾仁肠粉的成本也高，何况，还有人吃三元的斋肠粉。"

老白和丁采仙看向闫成十，闫成十有些不好意思了。

丁采仙忙打圆场："鱼生火肉生痰，萝卜白菜保平安嘛。"

老白说："那你还鲜肉虾仁倒着吃。"丁采仙瞥了老白一眼。

蔡五味说："除了卖肠粉，我还卖云吞面、猪手汤面、炒牛河，这些七七八八的东西，你都没有算进去。"

"这些东西随便哪家的早茶店里都有卖，我注意到了，在你这里走的量也不多，到'一日三餐'来的客人，十之八九都是冲着您的肠粉来的。这些，我给你加八千元纯利，不少了吧？这一个月下来，也不过是一万出头。我刚才算账，还没有减掉你给小伙计的工钱，他一个月至少也得三千块吧?"

蔡五味不语。

老白插话:"那还有八千,还不错……"

"辛辛苦苦才赚八千块……"方明利摇摇头,"如果盘给我,我一个月可以出两万块!"

老白、丁采仙惊讶。

方明利劝道:"蔡叔,这两万块钱可是你躺着就能赚到手的,既不辛苦也不操心。"

蔡五味沉默。

老白拍了桌子:"五味,一个月两万,有账算的!"

"我不算。"蔡五味起身要走。

方明利也起身:"蔡叔,我和你谈的是生意,价格如果不满意的话,我们可以再谈嘛。"

蔡五味指着方明利说:"这是什么生意? 这是强买强卖! 你要是来吃肠粉,我欢迎,你要是想盘我的店,对不起……"蔡五味指着马路说:"请吧。"

"爸——"蔡五味回头,女儿蔡云出现在面前。

方明利一看:"蔡云?"

蔡云也认出了方明利:"方总?"

三

蔡云拉着方明利离开肠粉店,像两个肇事者逃离车祸现场。两人一口气跑出蔡五味的视野范围,方明利才说:"你爸是怎么回事,不就跟他谈谈生意,怎么发那么大的火?"

"我爸卖了三十多年的肠粉,突然有人不让他卖了,他肯定急。"

"你要是不把一楼的门面租给我,就算我搞定了楼上两家,都没用的。"

"一层是我前几年贷款买下的,现在还在给银行打工。"

"蔡总监很有眼光。不过,只怕肠粉店的那点收入不够你还房贷吧?"

蔡云不置可否:"肠粉店是我爸的营生,他闲不住。"

"既然是营生,就应该考虑利润最大化吧。把店给租出去,既赚钱,又省心省力!"

"不瞒你说,我和我爸谈过多次,每次都不欢而散! 在他眼里,肠粉不单单是生意……"

方明利好奇:"不是生意还能是什么?"

蔡云说:"我也说不清……"

此刻,蔡五味余怒未消,众人在安慰他。

老白说:"我看那个方总啊,来头大,你看刚才算的那个账,比你还要清楚啊!"

丁采仙担心:"他那个架势啊,他不盘下'一日三餐'是不会甘心的哦!"

老白说:"唉,为什么他就盯上了'一日三餐'呢?"

"我知道了!"闫成十拿过旁边的报纸,翻开,找着什么,翻了半天,大喊一声,"嘿,找着了!"

丁采仙夺过报纸,一看:"哟,这老街要改造!"

老白说:"这可是天大的好事啊!等将来改造好了,咱们五味的肠粉肯定能卖得更好……"

众人看向蔡五味,蔡五味并没有半分喜悦,反倒是一脸的失落,他默默起身离开,把背影留给这条沧桑的老街。

闫成十看着蔡五味的背影:"五味,不是个生意人,他是个不糊弄生活的手艺人!他算的都是大账。"

"好是好啊!但是情怀这种东西它不能当饭吃,不能当钱花!"

一辆奔驰车在马路上行驶,开车的是方明利,副驾驶位置上是蔡云。

方明利说:"老街要改造的事,喊了几年了,上个月我才得到了确切消息。"

蔡云说:"早应该改了,老街少说也有一二百年的历史了,风吹日晒,霜打雨淋,不少房子早就陈旧不堪了。"

"老街改造之后,一定是旧貌换新颜,踩在老街青石板上的声音,一定是百年历史的流响,改造后的老街既能'吸睛',更能'吸金'……"说着说着,方明利把车开进了一家咖啡厅停车场。

蔡云和方明利在咖啡厅相对而坐。蔡云问:"你有这个念头,该不会是心血来潮吧?"

"在商言商。在你这位五星级酒店营销总监面前,我就不绕弯子了,打造一块美食的高地,一直是我的构想!"

"可是方总做的都是万丈高楼平地起的大买卖,不会看上这种开饭店的小买卖吧!"

方明利笑了笑:"蔡总你看到的只是表面的豪气!你不知道背后有多少辛酸和无奈啊!中国是一个人情社会,办事前吃吃喝喝,完事后要喝喝吃吃。没有'吃喝'二字,就没有情感亲热;没有情感亲热,就没有合作信任;没有合作信任,就没有发展机遇!都说科技是第一生产力,社会关系又何尝不是生产力呢?为了这个生产力,酒局就越来越大,越来越贵了！"

"这么看来方总开饭店的目的还不是赚钱！"

"不不不，还得是赚钱，必须赚钱。不瞒你说，这些年，我每个月花在酒局上的费用是上百万计的！如果我有了自己的店，从根本上说就是为我节约了一大笔成本，我有不少的商界政界朋友，而你有在星级酒店餐饮管理的经验和人脉，我们俩强强联手，那就是所向披靡、前程似锦！"

"方总这么有信心？"

"对一定会成功的事，我们都应该有信心。"

"我还没有答应呢。"

"你是在犹豫，犹豫就意味着心动，就是给了我一个和你合作的机会。"

蔡云好像心思被人看透，端起咖啡，以此掩饰。电话响起，方明利接听，少顷，回了一句："知道了。"挂掉电话，方明利神秘地对蔡云说："今天晚上，我要在你们这宴请一位省级的领导，有件事，还要请你帮忙。"

"方总客气了⋯⋯"

"这位领导对响螺情有独钟⋯⋯"

蔡云笑了笑："你说的这位领导，莫非姓于⋯⋯"

"是他！是你们酒店的常客！"

"你放心，我们酒店有这道菜，您的客人喜欢吃的是白灼响螺！"

夜晚，心事重重的阿昌在擦着桌子。蔡五味进来，捧着映山红盆景认真地打量着："这是那老醋的，早晨走得急，忘记拿了。"说着，蔡五味把映山红摆放到窗台上。

"师父⋯⋯"

蔡五味回头，看着阿昌："你叫我？"

"我听说，有人要盘咱们的店。"

"店是我的，我想才是想，别人怎么想都是痴心妄想。"

同一个夜晚。蔡云跟着一个端着大响螺的服务员走到包厢门口，蔡云侧身开门，里面传出阵阵推杯换盏的吆喝声。服务员端菜进去，蔡云关上门。少顷，门开，方明利涨红着脸，从吆喝着的包厢里钻出来。

蔡云上前道："方总——"

方明利扶着墙,嘴里有些含糊:"你找我?"

"嗯,就是想问一下菜怎么样?"

"好,挺好,光……光喝酒了,没吃几口,太能喝了,真有点顶不住了,还好你叫我出来,缓口气儿。"

蔡云递上杯子:"解解酒吧,慢点喝,有点烫……"

方明利喝了一口,缓了缓:"舒服多了,谢谢……"

"不客气!"

"上午说的那件事,你算答应了吗?"

蔡云摇摇头:"恐怕说服不了我爸……"

四

夜深了。

月光下的老街,宁静似水。蔡家的后院响着不疾不徐的石磨声。蔡五味推着石磨,让浓稠的米浆流在木桶里。刚刚从酒店里回来的蔡云在灶上煮着方便面。

"这时候才回家,我这米浆都磨了小半桶了。"

"一个重要客户,冲着我去的,人家没散席,我也不好走。"

"现磨的米浆,给你做个肠粉多好,为什么要吃方便面?"

"想喝点汤汤水水。"蔡云捞着方便面,拿起锅倒汤。

"肠粉真是不受待见了,你都不吃了。"

"肠粉还得现蒸,现做,什么料都没有,我这不是怕你麻烦嘛……"

"我不怕麻烦。"说着,蔡五味起身去拿蒸锅。

"真不用,我这面都好了……"

蔡五味不理会,往灶上坐锅,开火。蔡云欲言又止,犹豫着,放下方便面碗,看着父亲。

蔡五味开冰箱,拿馅料,往碗里舀出一勺,又拿过两棵小葱利落地切着,剁成葱末。剁刀的声音在房间里回响着,父女俩沉默了。蔡云坐到石磨前,续上泡米,推着石磨。蔡五味舀起半勺米浆,在簸箕上铺洒着米浆。时间仿佛一下回到了二十年前。那时候,蔡云还是个孩子,而蔡五味还那么年轻。父女俩,围着这口石磨,不知度过了多少个日日夜夜。

"你说实话,肠粉店一个月的收入,是不是还不够交房贷的?"

"这个事情,你就别管了!今天起这么早,是为这个上火了吧。"

蔡五味叹了口气:"打了一辈子算盘,让一个盖房子的人把我给算糊涂了。"

"早和你说过,在这么好的地脚卖肠粉,就是在干捡芝麻丢西瓜的事。"

"肠粉店是芝麻,那你告诉我,什么是西瓜?"

"高档酒楼啊,现在经商的都请吃,当官的都吃请,公款吃喝一顿的钱,你卖一个月的肠粉也不够……"

"真是不知道天高地厚,你是吃什么长大的?是肠粉,肠粉!是肠粉把你喂大养大,供你上的大学,是肠粉……"说到这里,蔡五味激动得咳嗽起来。

"又老生常谈了……"说着,蔡云将一杯水递过去,然后继续说道,"爸,你别不爱听,咱们既然做的是生意,就必须在商言商……"

"你可以在商言商,但不能忘了良心!"

"良心是良心,肠粉是肠粉。这根本就是两回事!"

"肠粉就是良心,是我蔡五味的良心,也应该是你蔡云的良心!"

蔡云苦笑:"行,就算我认这个良心,可这良心值钱吗?我本来不想刺激你……可爸你知道吗?晚上我在酒店接待的那一桌人家花了多少钱?三十六万!三十六万哪,还不包括酒水,那一桌挣的钱,你多少年能挣出来?"

蔡五味低声:"你眼红了?"

蔡云低声:"我可以不眼红,可一想到你大半辈子都是起早贪黑这么辛苦,我们守着寸土寸金的地方却心甘情愿不挣钱,我还背着百万的房贷,我就……"

蔡云眼圈发红,转身匆忙离去。蔡五味定定地站在原地,汽锅冒着浓浓的蒸汽,缓缓升起,遮住了蔡五味的脸……月光下的老街上,石磨声不再是不疾不徐,成了停停顿顿的声响。蔡五味摇着石磨,石磨没有规律地转着,米浆断断续续地涌动、滴落……

第二天,晨光里,石磨转着,米浆涌动、滴落……阿昌一边调着酱汁一边问:"师父,您说对一份好肠粉来说,米浆重要还是酱汁重要。"

"当然都重要,不过,肠粉的魂,归根到底还得是米浆……"

"师父,我明白您的意思,酱汁再好,也不应该夺了肠粉的米香味道。"

"这就好比做人,得知道自己的本分,不能这山望着那山高。"

"师父,我记下了。"

"米要泡,又不能把米的香味给泡掉,泡的时间要拿捏好,这就好比炒菜,要掌握火候;做事情,更要把握尺度……"

阿昌点头,突然失声:"师父,您快看,今早的客人这么多——"

只见门口排起长队,人群中,有闫成十,有老白,还有丁采仙和她的学员们……蔡五味望着窗外的队伍,嘴唇翕动,眼睛湿润,颤着声:"开门,开门——"

阿昌慌忙上前开门,闫成十等人排队而入。

蔡五味感动地说:"你,你们来得也太早了,又不是赶着上班……"

闫成十道:"五味,今天我要吃两份肠粉,一份鲜肉,一份虾仁!"

丁采仙说:"瞎凑什么热闹,不知道自己吃虾仁坏肚子啊。"

闫成十只好改口:"那就两份鲜肉。"

老白也来加单:"五味,今天我给小白和他媳妇带两份回去!"

丁采仙笑嘻嘻:"这几天我老头子胃口好,也要两份!"又指着后面的人说:"还有我这些学生,往后天天都过来!"

众人七嘴八舌:"我来两份!""我来三份!"

蔡五味感动地说:"谢谢,谢谢,我知道大家是怕'一日三餐'赚不到钱,才这么来帮我,我,我,我什么都不说了……"

蔡五味红着眼圈,忙向众人鞠躬。

闫成十说:"应该是我们谢你,要没有你,我们哪有这么好的肠粉吃?不瞒你说,我们大家伙一天的精神头,都是从'一日三餐'这份肠粉开始的!"

老白说:"有'一日三餐',日子才过得踏实!"众人附和着鼓掌。

蔡五味十分感动:"我蔡五味没有多少本事,就会做肠粉。我保证,只要我在,肠粉店就在!"

转眼,在一家宽敞考究的茶楼里,方明利和蔡云面对面吃着丰盛的早茶。

"要不是你的解酒醋,我真挺不下来。但昨晚的饭局特别成功,来,以茶代酒,我敬你!"

两人碰杯。方明利问:"跟你爸商量得怎么样?"

蔡云摇摇头:"唉……"

"要不然,我再去和蔡叔说说……"

"不必了。方总,你慢用,我去上班了。"说着蔡云起身,拎着包走开。

方明利看着蔡云离去,脸上浮出一丝失望。这时候服务生过来送上一屉蒸饺,方明利看着蒸饺说:"买单。"

服务生说:"刚才那位女士买过了。"

方明利思忖着,掏出手机,翻了翻,按下,少顷接通:"吴姐好,我是明利,方明利……对对对,昨天晚上在你们酒店吃的,特别好,美酒佳肴……有件事,想请吴姐帮个忙……蔡云,是你酒店的营销总监,是吧?……"

转眼,蔡云被叫到了总经理办公室。打扮精致的吴姐坐在老板桌后,她就是这家五星级酒店的经理。她将一张单子放在桌上,抬头看着蔡云:"你应该知道,营销总监给客人开房的权限是七折,你没有提前申请,就擅自开了五间免单房,事后补交申请,合适吗?"

蔡云脸色难看:"吴总,昨天晚上会出现什么状况,谁也不可能预知,提前申请自然也就无从谈起,类似的事我们一直不都是这么处理的吗?"

"一直犯错就是正确的吗?那我们还要规章制度做什么?"

"那这样,这笔钱我付。我先去忙了!"蔡云一咬牙,转身要走。

"这不是谁付钱就可以了结的事情。"

"吴总,您还想要我怎么样?"

五

一转眼,总经理的办公室,吴总正在跟方明利通着电话。

吴总说:"方总这么费尽心机挖走她,恶人的罪名可都落在我头上了,等蔡云去了你们公司,你可千万别亏待了人家。还有,你们公司一年几千万的公关费,怎么也得往我们大酒店落一半吧。"

方明利的奔驰车行驶在高速公路上,方明利一边开车一边回答:"一半哪行啊,必须全部!"

这一晚,老街的狗叫了几声。

蔡五味手里端着茶杯,惊讶地看着坐在石桌对面的蔡云:"真的辞职了?"

蔡云眼里含着泪,别过头去。

"我的店,就这么让你和姓方的眼红?"

蔡云看着父亲:"跟他没有关系,你别冤枉人!"

蔡五味掏出三四个存折放在桌子上:"这些钱,应该够还个三两年贷款的。"

"你挣的辛苦钱我不要。再说,三两年也还不完,差得远了。"

"那就再挣,我十年八年还死不了!"

"爸,现在的状况也许是天意,老街改造是一个送到我们面前的好机会,老天爷都要让我们做大做强……而且,肠粉店也该升级了,要不然就真的落伍了!"

立冬过后,往来的行人已经穿上了冬衣。

"一日三餐"墙外,架起了脚手架,洋楼的储物间接出了一处连着的偏厦,原来宽敞的大厅被割走了大半,成了通向楼上的楼梯。肠粉店成了一个独立的空间。按照蔡云的计划,"一日三餐"开启了"一国两制"的改造。蔡五味是怎么想的?蔡五味没办法想。很多事情不是想一想就行了。现实,始终是现实。

蔡五味从不屈服于现实,他只忠于自己内心。但是他的内心有女儿,女儿屈服于现实,所以他就只能屈服于女儿面对的现实。

唉,这话说得太绕。总之一句话,女儿蔡云的建议,他同意了。

在这改造过程中,空间显得特别狭小,就在这狭小的空间里,坐着十来个吃肠粉的人,阿昌在矮桌间穿梭忙碌。闫成十、老白、丁采仙围坐在角落里吃着肠粉,喝茶说话。

丁采仙说:"那几个部门的门槛都叫我踩烂了,一直是扯来扯去,都说不归自己管!"

老白道:"一个扰民的KTV,怎么就这么难解决!"

闫成十叹气。

蔡五味过来问:"怎么了?一个个拉着老脸,今天的肠粉不如意?"

老白解释:"说丁娘娘家楼下的低音炮哪,她又半宿没睡。"

蔡五味问:"又跟着学什么新歌了?"

丁采仙叹:"《没那么简单》。"

蔡五味安慰:"那肯定不能简单了,要是简单,早给你解决了。"

丁采仙苦笑:"乱打岔,我是说低音炮这几天放的歌叫《没那么简单》。也不知道我是哪根神经搭错了,小时候学戏记不住唱词,没少挨师傅的打;现在怪了,低音炮里放的那些歌,我一听就会了,低音炮都下班不唱了,我脑子里转的还是《没那么简单》,没完没了,还成单曲循环了!"

"各位好。"老醋过来,放下雨伞。

闫成十连忙打招呼:"老醋同志……坐,坐。"

蔡五味道:"你可有日子没来了。"

老白说:"我们还老念叨你怎么不来了,下雨天还来了……"

老醋说:"我在外地学习,才回来,没上班就先来这里报到了。"

老白笑道:"五味,这也是你的铁杆顾客。"

蔡五味客气道:"谢谢老醋。"

老醋笑:"我也是吃货,嘴馋。"

老醋四下打量一番:"老蔡,这怎么……要改造了?"

蔡五味说:"老街改造,我这里也动一动,放心吧,肠粉照卖。"

"那就好。这位……是丁阿婶吧?"老醋注意到身边的丁采仙。

老白忙介绍:"对对对,丁娘娘……"

丁采仙问:"你认识我?"

闫成十说:"谁不认识你啊?咱们的粤剧名伶。"

老醋说:"听闫伯和白叔说,您一直在传承粤剧传统文化,有机会我也去学习学习。"

老白笑:"随时学习,她就在马路对面那个——"

丁采仙忙咳嗽一声打断:"那个……赶上什么年呀节的,还有县里市里有什么重大活动,都请我去参加,弘扬传统文化,传承民族精神,我们这些老艺术家责无旁贷。"

闫成十、蔡五味、老白相视一笑。

蔡五味问:"光说话了,今天吃什么肠粉?"

"虾仁,再来个牛肉,我可得好好解解馋。"

"这就好。"蔡五味回身要走,想起什么,指指窗台对老醋说,"对了,这盆映山红是你的吧!走的时候可别再忘记拿了。"

老醋看向窗台上的映山红,起身过去打量着:"老蔡,养得不错啊,承蒙你这些日照顾,送你了。"

"这多不好意思……"

"这有什么不好意思的,养花和养动物一样,养着养着就养出感情来了。这盆映山红,我一天没养,你精心侍弄了好几个月,理应归你。"

"归我也行,你买的时候多少钱,我给你。"

"朋友送的,没花钱。"

"那……那今天的肠粉我请了……"

老醋笑道:"那我赚便宜了。"

蔡五味一高兴，朝阿昌喊了句："阿昌，上老醋！"

正在这几人说话间，一辆小型货车驶来，停在门口，蔡云下车，两个工人从车上搬下一块长条板状物。蔡云抬头，看着门上"一日三餐"的牌匾。

工人问："怎么整？蔡总！"

蔡云说："换。"

后院的人，还不知道外面发生了什么，继续聊着天："老醋，你回来的真是时候，老街很快改造奠基。"

老醋在肠粉上淋着醋："好啊，老街要焕发青春了。"

老白说："不光老街要改造，五味的肠粉也要登上大雅之堂了。"

丁采仙开心地说："这叫喜上加喜，双喜临门。"

老醋看向闫成十："闫伯，你那副'酒过三巡七分满''菜有五味十足情'的墨宝，又要闪亮登场了。"

六

然而此刻，闫成十那副"酒过三巡七分满""菜有五味十足情"的墨宝被工人摘了下来，躺在旮旯里。大门两侧取而代之的是鎏金的另一副对联——"聚五洲山肤""汇四海水豢"，横批由原来的"一日三餐"换成了烫金大字"皇家鲍翅"。

食客们都在围观，议论纷纷。顾客甲在读对联："聚五洲山肤，汇四海水……水……"顾客甲明显心虚，却依旧大声读出，以壮声威，只是他把"豢"(huàn)读成了"juàn"。

顾客乙疑惑："水圈……这有叫猪圈、马圈、牛圈的，酒楼怎么成水圈了……"

众人哈哈大笑，但也个个点头，表示赞同。

阿昌看到，忙跑回店里。过了一会儿，蔡五味匆匆出来，后面跟着阿昌。蔡五味看到牌匾换了，脸色铁青，大喊："阿昌，拿菜刀来！"

"师父，这……"

"我自己去！"说着蔡五味气呼呼地走进店里，从灶间找出一把菜刀，往外冲去。

老白、闫成十、老醋、丁采仙对视一眼，发现势头不对，连忙起身，跟了出去。

老醋拉住蔡五味的胳膊："老蔡，有事说事，这是干什么！"

蔡五味气得哆嗦，指着对联："这写了些什么？都说这是猪圈、马圈、牛羊圈！"

老醋说："五味叔，你误会了，这上联的'山肤'，说的是山里的美食，下联的'水豢'，指的是水中的美食,'山肤''水豢'可以理解为山珍海味……"

老白劝道:"这样说来,这对子不错嘛!"

蔡五味气不过:"不管,我就要老闫的那副!阿昌,给我砸了!"

阿昌为难,不知道该怎么做。闫成十为阿昌解围:"老蔡,那副是写给肠粉店的,现在这里是鲍翅酒楼,不适合。这副'山肤''水豢'更般配。"

老白说:"我还是觉得'一日三餐'好,接地气,有烟火气。"

丁采仙低声道:"老白,你就别火上浇油啦!"

老白说:"这怎么能是火上浇油呢?你们想想,以后咱们到'皇家鲍翅'吃肠粉,这不是……穿着龙袍喝稀粥吗?"

众人大笑。而蔡五味气得颤抖。

"老白,你还胡说八道……"闫成十一回头,已经不见了蔡五味。

此时的蔡云正在酒楼的筹备办公室打电话:"放心,这毕竟是皇家鲍翅的第一宴,也是我们在汕德市餐饮界的第一宴,肯定要一炮打响……"

咣当一声,门被撞开,进来的是怒气冲冲的蔡五味。

蔡云慌乱地应付着电话那头的人:"您放心,一周后的奠基宴,既保证绝对的品质,又保证绝对的口味……好,好,明天见。"说完就挂了电话。

"怎么,'一日三餐'丢你脸了?要叫什么'皇家鲍翅'!"

"爸,'一日三餐'太像街头小吃店了,咱们现在是高档酒楼了,不匹配嘛。"

"你老子就是从街头巷尾干出来的!"

"现在不是升级改造了吗?"

"你的改造升级,就是把我的肠粉改到犄角旮旯?改造前你是怎么说的?装修期间,先把杂物间改造一下将就着营业,等将来装修好了,再让我的肠粉登堂入室!现在装修完了,你让我往哪登?"

"往二楼、三楼登呀,爸,你要明白,自古以来,美食能声名远播,大多与达官贵人、文人墨客有关,比如宫保鸡丁、东坡肉……"

"别扯那些,你就说肠粉!"

"肠粉的事我早想好了,原来的都可以有,咱们还可以再做一些燕翅肠粉、鲍鱼肠粉、海参肠粉,这样价格就上去了……"

"光想着价格,你讲的是肠粉用的食材吗?"

"爸,只有加上高档食材,肠粉的身价才能和'皇家鲍翅'匹配得上。"

"蔡云啊蔡云,你明明知道,肠粉的根在街头巷尾,肠粉的魂在百姓的舌头尖上,你弄那些不着调的食材,我那些老食客,还能来吗?你这不是挥着棒子往外撵客人吗?我的肠粉是给闫大哥、给老白、给老醋、给丁娘娘、给那些上班上学退休在家的老百姓吃的,不是给官老爷大财主消遣的,一分钱都不能涨!"

"爸,涨不涨不是我一个人说了算。"

"当然不是你说了算,是我!"

"我是说……这件事得股东同意……"

"股东?谁是股东?"

"爸,你想啊,酒楼这次光是装修就花了三百多万,我砸锅卖铁也拿不出来呀!"

"我不管你拿不拿得出来,你告诉我,股东是哪个?……是不是那个方明利?"

蔡云不置可否。蔡五味气愤极了,抓起桌上的水杯摔在地上……这一夜,雨,一直在屋外下着。

蔡五味佝偻着身子,一圈一圈地推着石磨。石磨在转,蔡五味嘴唇翕动:"白如雪花、粉粉嫩嫩的肠粉来,鲜香软糯、细腻爽滑的肠粉来……"声音小得可怜,只有他自己能听到。

这时,他突然听到了一阵充满活力的叫卖声,由远及近传来:"白如雪花、粉粉嫩嫩的肠粉来,鲜香软糯、细腻爽滑的肠粉来……"

那是年轻的蔡五味,披着雨挂推着车子,车子里装着家什,他身旁是穿着雨挂的年幼蔡云,她稚嫩的声音也在喊着:"白如雪花、粉粉嫩嫩的肠粉来,鲜香软糯、细腻爽滑的肠粉来……"

奶声奶气的叫卖声在老街回响……

一周后,彩门、彩球、彩绸、彩旗都汇聚在了"皇家鲍翅"的门口,门前铺上了红地毯,两侧摆着花篮。

今天是酒楼开张之日,门口围满了人。老白和丁采仙探头朝里张望,阿玫从里面出来:"二位是要参加奠基宴吗?"

老白:"我们看看,看看……"

说着,老白拉着丁采仙走开。

丁采仙:"瞧你那点出息,想当年,再气派的酒楼我也吃过……"

七

　　酒楼的旁边,是蔡五味的肠粉店。吃肠粉的食客不多,角落里,闫成十、老白、丁采仙在喝茶唠嗑。老醋埋头吃着肠粉。窗台上的盆景映山红枝叶已经泛红。

　　灶间,蔡五味在默默地忙活着。

　　丁采仙说:"要论挣钱的本事,蔡云是比她爹厉害……"

　　老白说:"厉害是一定的,要不然,她能不动声色就来个'鸠占鹊巢',把肠粉撵到杂货间来了? 我看,五味现在就剩一味了。"

　　丁采仙问:"哪一味?"

　　"苦味!"

　　闫成十不悦,用筷子敲敲碟子:"不要嚼舌头,这要真让你老白端着肠粉在富丽堂皇的地方吃,你又要叫着不舒服了。"

　　老白道:"也是,也是。"

　　此刻,在"皇家鲍翅"大厅里,蔡云在给领班阿玫和厨师长阿坤开会。"今天的奠基宴是我们开张的第一宴,一定要讨个好头彩!"说完,蔡云把两张单子递给阿玫和阿坤,"这是几个重要客人的饮食偏好……"

　　阿坤道:"云姐厉害,这个都能搞到!"

　　蔡云对领班阿玫说:"今天来的客人,都是我们的财神爷。通知所有人,既要察言观色,又要心领神会,更要知道如何随机应变。负责包间的服务员,一定要眼尖耳灵脑子快,既要把客人的身份职务对上号,还要观察出他们的饮食喜好,然后牢牢记下来,回头告诉我。"

　　阿玫点头:"我知道。"

　　阿坤也说:"阿玫,这个很重要,我们要根据这些人的口味,建立一份'皇家鲍翅'档案,等客人再来,就有家的味道……"

　　蔡云打量一下周围:"好像缺点什么……"

　　阿玫说:"云姐,该有的都有了。"

　　蔡云看着布置一新的大厅:"我的意思是说,有点沉闷……"

　　在蔡五味这边,几个老食客聊起了丁采仙遇到的麻烦。

　　老醋问:"这都两三个月了,还没解决?"

丁采仙叹气："门难进,脸难看,哪个部门都说不该自己管,扯来扯去,好像都有道理,没道理的好像倒成了我……算了,我扯不起,大不了我现在睡觉耳朵里塞上棉花……"

老白说："我有个主意,保准有效!"

闫成十忙催："你怎么不早说?快讲!"

老白说："只要你丁娘娘在这里摆上一桌,把管得着你家楼下KTV的各路神仙都请来,我保证,噪声扰民这点小事马上迎刃而解!"

丁采仙说："行啊,他们爱吃什么肠粉随便吃,丁娘娘我又不是请不起!"

老白说："你想什么呢?还吃肠粉,一点诚意没有,我是说楼上的'皇家鲍翅'!你得请人家吃海参鲍鱼、燕窝鱼翅!当然啦,我们哥几个可以辛苦一下,都去作陪。"

"你疯了吧老白,采仙一个月才多少退休金?她几个月不吃不喝也请不起呀!"

"我……我也不是请不起,那些东西,我当年……多少有钱有背景的人也请我吃过,有什么吃头?还不如五味的肠粉有嚼头!"

"丁娘娘说得对,咱们宁可让自己的脑袋遭罪,也不能让钱遭罪!"

"你怎么又绕到钱上来了,庸俗!"

"我是小老百姓,本来就是庸俗之人,我老白这辈子就这样了,我们白家的希望,都寄托在儿子小白身上,好在这小子还算争气,不瞒老几位,今天'皇家鲍翅'的奠基宴,我家小白也有一席之位!"

丁采仙吃惊："那你家小白顶呱呱厉害啦!"

老醋说："白叔,你儿子还年轻,精力还得多往工作上放,宴请这类的活动,还是离得远一点为好。"

老白看了眼闫成十,闫成十沉默："老醋同志,虽然我不清楚你是做什么工作的,可你这思想跟眼下的社会不合拍,现在离了吃请,什么事情能办成?远的不说,就丁娘娘这个扰民的小事情,她跑了这么久,解决了吗?"

老醋看看大家："昨天晚上的《新闻联播》,你们看过吗?"

老白问："又有什么新精神了?"

闫成十盯着老醋："你是说那个'八项规定'吧?"闫成十拿出报纸拍了拍,说："今天《人民日报》都登了……"

老醋说："对,就是这个。"

老白拿过报纸看了看,放下："上面说得很明白,'八项规定''规定'的是当领导的,又不是'规定'我们老百姓的。老醋同志,我说的对吧?"

老醋点头:"对也不对。"

老白问:"你这个表态……是什么意思?"

老醋说:"规定虽然是给领导做的,可这也是给全党做的一个示范。"

闫成十点点头。

老白不太认可:"风从上面刮,刮到咱们这里,还不知道猴年马月的事。再说了,以前为管吃喝,各种三令五申,各种文件规定满天飞,哪回有用了? 不是照样没管那张嘴! 老话说得好,民以食为天,民尚且如此,何况当官的。"

老醋说:"不管当不当官,谁都爱吃好东西,这没毛病。我们总是惦记'一日三餐'这口肠粉,不也是因为它好吃吗? 但是,什么饭该吃,什么饭不能吃,自己心里最清楚,这份定力得有。"

闫成十点头:"定力,嗯,定力。"

丁采仙说:"其实,要是为工作吃点喝点,也没什么大不了的。就是吃完了喝完了,得给咱们老百姓办事呀。别的不说,要是吃喝一顿,能让我家楼下的KTV不扰民了,他们吃龙肉我都同意!"

此刻,蔡五味在收拾着台面。蔡云进来:"爸……"

蔡五味像是没听见。蔡云没太注意父亲的心情:"今天……早点收吧,你也回去休息休息。"说完,蔡云突然发现窗台上的盆景映山红。"哟,这个东西好,楼上大包间里有点冷清,这盆映山红我搬上去……"

蔡五味突然低吼:"放下!"蔡云一哆嗦,抬头看去,蔡五味射来的目光里,满是恼怒。蔡云欲言又止,眼里渐渐噙了泪水,少顷,放下映山红。

老白、闫成十、丁采仙、老醋等人看着蔡云,蔡云低着头匆忙走开。

老白低声道:"大喜的日子,这父女俩还能为一个盆景……"老白的话没说完,闫成十在桌下踢了老白一脚:"我没别的意思,放在这里烟熏火燎的,拿上楼去也挺好,一步登天了……"

闫成十说:"你还说!"

老白回头,见蔡五味过来了。

"刚才你们说那个事,我也看新闻了。"蔡五味看向老醋,"老醋,你说'八项规定'真能管住当官的那张嘴?"

不待老醋说话,闫成十抢话:"早该给那些贪吃的嘴巴挂上锁了……"

老白说:"上面挂了锁,下面就能找到钥匙。"

老醋说:"奢靡之始,危亡之渐,中央不可能任由奢靡之风这么泛滥下去。我觉得,这次中央是动了真格的。"

"要是都不大吃大喝了,是不是高档酒楼就……"

话没说完,老醋的电话响起,老醋掏电话看了眼:"各位聊着,我还有事……"说完,老醋起身,匆忙走开。蔡五味也回身走开。

"看出来没有,老蔡这是担心了……"

"这才刚开张,他能不担心吗?"

"老蔡就不应该听他姑娘的。"

"蔡云工作没了,老蔡这肠粉又挣不着几个钱,贷款再还不上,他能不着急吗?"

"可现在这形势……"

八

窗前,蔡云还在为刚才父亲的呵斥委屈。眼里,满是委屈的泪水。阿玫进来:"云姐,怎么了?"

蔡云摇摇头:"没事,你去看看阿坤,他忙完了跟我去趟市场。"

阿玫答:"好的。"

蔡云掏出化妆盒,整理着妆容。这时房门又开了,进来的是蔡五味。他的手上端着那盆映山红。阿玫跟着蔡五味走进来,见蔡五味手中端着盆景,连忙搭把手:"蔡伯好,给我吧。"

她接过盆景,四下看看,将映山红放在圆桌转盘中间,转动起桌子:"云姐,放这行吗?"

蔡云回头:"行。"

阿玫:"还是蔡伯眼光好,有了这盆映山红,整个房间都有了精气神。"

蔡五味回身就要走。蔡云喊住了蔡五味:"爸——"

蔡五味停下。阿玫感觉到父女俩之间的龃龉,知趣地走开,回身关门。

"爸,对不起,当初我没跟你说要改成这样,是知道你不会答应……"

"不说这个了,我是觉得……今天的排场这么大,不太合适。"

"老街的奠基仪式很隆重,省里市里都来了领导,这顿饭的排场小了,也不合适。二楼、三楼的包间都不够用……"

"开饭店不能靠投机取巧,要长远还得靠好口味。"

"这顿奠基宴搞好了,自然会为我们赢得口碑。"

"你赚的这不是好钱。"

"怎么就不是好钱了?我一不贪污,二不行贿,三不是公务人员。"

"怎么讲呢?"

蔡五味想说中央的"八项规定",可他欲言又止。毕竟,今天是蔡云的开业之日。

"云姐。"阿坤推门进来,打断了蔡五味要说的话。阿坤见蔡五味,连忙打招呼:"哟,叔叔在,云姐,我这边完事了,咱们去市场?"

老街的街头,大喇叭里响着喜庆欢快的粤语歌曲《迎春花》,锣鼓喧天。庆典主席台已经搭建起来了。台上方高挂"春光里改造庆典仪式"的横幅,舞台上空飘着绸带彩球,四周是姹紫嫣红的花篮,身材高挑的礼仪小姐早已站在红地毯两旁,等待客人的到来。

主席台下,是一排排的座位,前排是舒适的椅子,桌上放着杯子,一排之后的座位是塑料凳子。外围站满了围观的人群,丁采仙在后面朝里张望:"怎么还没开始?"

一个群众回答:"大领导还没到?"

另一个回答:"十一点十八分才开始,要讨个'要发'的彩头。"

丁采仙问:"领导什么时候到?"

老白说:"怎么?你还打算去告御状啊?"

丁采仙说:"与其一个部门一个部门跑去拜菩萨,还不如就去告御状,谁官大找谁。"

老白连忙转身走掉,这个老白向来怕事。

此时,"皇家鲍翅"的门口,方明利在打量着门脸。阿玫从里面出来:"方总,您过来了。"

方明利问:"蔡经理在吗?"

"云姐带着阿坤哥去市场了。"

"行,你忙吧,我吃口饭。"

"到楼上吃吧,云姐备的好东西不少呢。"

"那些玩意儿不能当饭吃。"说完,他转身走向蔡五味的肠粉店。方明利进来,店里已经没有多少客人。蔡五味坐在一张桌前看着报纸。

"蔡叔……"

蔡五味抬头,一看是方明利,有些冷落,又低头看报:"走错地方了,'皇家鲍翅'的门在旁边。"

"蔡叔,麻烦给我来份鲜肉肠粉,一碗皮蛋粥。"

"一个把山珍海味当萝卜白菜吃的人,还能瞧上我的肠粉?"

方明利一边找座位坐下一边说:"岂止是瞧上,简直就是念念不忘,我是天天想着蔡叔的手艺……"

蔡五味说:"你要是真的念念不忘天天想着,就不会两三个月不来了。"

方明利道:"这些日子,我一直在跑老街改造项目的手续。那些部门相互扯皮,审批就像老牛拉破车,耗时又费力,把我折磨得筋疲力尽,现在总算是有眉目了。一大早都在忙着今天的庆典仪式,趁着领导没来,先跑到您这吃口肠粉垫垫肚子,不然的话,中午空腹喝酒,十有八九要烂醉如泥。昨晚就陪着他们喝了不少,没吃几口饭。"

蔡五味放下报纸:"项目你都拿下来了,何必还要把那些扯皮的官员再当神仙供着?"

方明利说:"蔡叔你不知道啊,奠基不喝酒,往后路难走。不瞒蔡叔,老街的项目是拿下了,可谁又敢保证施工过程中不再遇到突发棘手的事?既然不能保证,现上轿现包脚就晚了……麻烦你了,蔡叔,给我来碗您的肠粉,否则中午我一喝酒,肚子可就要翻江倒海了。"

"吃肠粉明天来。"

"怎么了?"

"肠粉只卖早餐,这是规矩。"

阿昌端着小半盆米浆过来。方明利指着米浆:"这不是有米浆吗?快给我来一份。"

阿昌说:"这是剩下的,不能卖。"

"有怎么还不卖?我加钱。"

"这不是钱不钱的问题,这时候的米浆容易酸,过了十点就不能卖了,只能倒掉。"

"不至于吧?"

"至于。"

"唉,蔡叔,我不怕酸。"方明利看表,"再说,这才十点过五分,就是酸又能酸到哪里去?我不怕吃坏肚子。"

蔡五味从报纸上抬起头:"像你这种不守规矩的人,就不配吃我的肠粉!"

农贸市场里,各个摊位的蔬菜、货品摆放整齐。这时候,蔡云和阿坤朝农贸市场走去,见门口聚集了不少人,人群之前是警戒线,里面站着不少警察。蔡云朝里张望:"什么大领导来?还把市场给封了……"

"说是来调研,封了半个多小时了。"

"弄虚作假成这样了,能调到什么研……"

蔡云对阿坤说:"我们去别家买吧。"

突然,蔡云听到有人在喊:"云姐——"蔡云回头,只见老白的儿子小白在朝自己招手,蔡云和阿坤挤过去,小白身边已经有了七八个人。

蔡云忙问:"小白,你怎么在这?"

小白说:"有任务……姐,救个急。当一下群众演员。"

"行,顺便进去买东西!"于是,蔡云和阿坤跟着小白走进市场。

市场内忙碌起来,小白带着二十来个人进来:"大家平时怎么逛还是一样逛啊,拜托大家了。"

这时,迟秘书长看到蔡云:"哟,都惊动蔡经理了。"

蔡云笑言道:"我急着买食材,叫小白给抓差来了,听说秘书长又当导演了?"

迟秘书长拱手:"拜托拜托!"

老柳从摊子里跑出来,朝外跑。迟秘书长呵斥道:"老柳,你干什么呢!"

"我……我上厕所。"

"忍一会儿,马上就完事了!"

"我忍不住啦……"

迟秘书长无奈:"去吧去吧,围裙给我。"

老柳扔下围裙,跑了出去。迟秘书长系着围裙到了小白跟前:"这些人可靠吧?"

小白说:"除了市场里的人,剩下的都是熟人,我跟大家说好了,出不了岔子。"

迟秘书长点头:"再次提醒大家两点。第一,必须全身心进入角色,现在你们就是商贩、顾客!第二点,有词的牢记自己的词,当然,还要活学活用,融会贯通!"

说完,他一摆手,众人分头走位,市场瞬间成为片场。

九

一群记者跑在前面,镜头对准进来的大领导,他身后则前呼后拥着各级干部。大领导边走边看着物价。蔡云、阿坤在肉摊附近晃荡。迟秘书长站到肉摊里,替老柳"顶班",蔡云见迟秘书长拴着围裙,拿着刀的模样,想笑,但得憋住。陪同的小领导在一旁做介绍:"这个市场开了许多年了,很受群众欢迎,群众很满意。"

大领导说:"群众满意是最重要的。每到一个城市,我都喜欢到菜市场看看,这里最有烟火气,也最接地气。领导干部,不光要看到城市的五光十色,还要到菜市场看看瓜果蔬菜的五颜六色……"

小领导立即教导身后的干部:"以后我们都要经常逛逛菜市场……"

众人附和:"是,是,这是个好办法。"

说着,大领导绕过了蔬菜区。蔬菜区的小白松了口气,他算是熬过这一关了。

大领导一边走一边说:"小菜篮里装着大民生,忽视不得。这几年,出现了'向前葱''蒜你狠''姜你军',最近牛肉又有了'牛气冲天'的苗头,我们去看看肉价吧……"

众人朝肉区走来,别看演练的时候迟秘书长很专业,但大领导真向他走来的时候,他也直哆嗦。当大领导过来时,迟秘书长刚要伸手,下意识地收回。

大领导看了看案子上的牛肉,冲迟秘书长点头:"同志,牛肉怎么卖啊?"

迟秘书长立刻报价:"……二十四,一斤二十四。"

大领导满意地点头:"价格下来了……据我所知,前段时间牛肉都四十多元钱一斤了。"

身边的干部甲忙说:"针对群众的需求,最近我们把储备肉推向了市场。"

大领导满意地点头:"抑制物价过快上涨,既考验政府的智慧,又考验政府改善民生的诚意。我看,只有市场'无形的手'与政府这只'有形的手'进行'联手',才能打出'抑物价、保民生'的'组合拳'来!好,这个办法好!"

众干部点头鼓掌,记者拍摄着。大领导看到旁边的蔡云:"同志,现在牛肉价格调下来了,可以多买点了。"

"嗯,我打算买两斤回去做蚝油牛肉。"

"蚝油牛肉不好做,看来,你的厨艺一定不错。"

"……还可以吧。"

小领导示意大领导继续往前走,大领导却不动,看着扮演肉贩的迟秘书长说:"来,给这位美女同志来两斤后腿肉……"

迟秘书长一怔:"只,只有五斤的……"

大领导说:"那就切两斤嘛。"

大领导盯着迟秘书长,等着看他切肉。迟秘书长慌乱起来。切肉?他怎么会切肉,一拿刀子就穿帮。而且,刀在哪里他都不知道!

就在这紧要关头,蔡云灵机一动:"五斤我都要了。"

迟秘书长流着汗,忙答应:"好,好嘞……"

他如释重负。这时候,前面传来叫卖声:"头刀韭,谢花藕,新娶的媳妇,黄瓜纽,快来买呀……"

大领导来了兴趣:"这个叫卖声好……"

于是,大领导带着人走了过去,到了菜摊前说道:"小伙子,你吆喝的不是菜,是学问。"

小白放下手中的菜:"谢谢领导夸奖,一样货百样卖,勤吆喝才卖得快……"

大领导说:"小伙子很有经商头脑,有前途!"

最后,大领导对众人做了总结:"这个市场不错,物价不高,顾客不少,热热闹闹,很有活力嘛……"

随着车队驶去,警戒线撤去,群众一窝蜂冲进市场。迟秘书长擦着汗对蔡云说:"厉害厉害,蔡经理真是沉着冷静有胆量。"

蔡云说:"秘书长,领导下来调研,就是要摸情况、听实话的,这么弄……不合适吧。"

迟秘书长无奈道:"不这么弄才是不合适,那是对领导工作不重视。"

蔡云苦笑:"这是什么道理?"

迟秘书长说:"你还真以为领导来是为调研?人家水平那么高,还用跑到这里调研?不过是摆摆样子罢了,咱们得明白事理,做好配合。"

蔡云说:"行啊秘书长,又让我长见识了。"说着,她朝迟秘书长摆摆手说:"中午见啊,领导。"

一旁的阿坤不禁赞叹道:"云姐,刚才你太棒了,真的是反应迅速,临危不乱。"

蔡云笑道:"他刚才说我……沉着冷静有胆量……"

阿坤说:"多高的评价呀,怎么了?"

蔡云心里想:这话怎么这么耳熟……

春光里,老街的街头,《迎宾进行曲》响起来。

大领导在众人的陪同下落座,方明利殷勤地安排其他的领导入座。邹局长、范局长等人与方明利点头。卫生局卢局长招呼方明利:"明利,你可别光着屁股系围兜——顾前不顾后,我那面的项目,月底必须交付使用。"

方明利忙说:"卢局放心,老街改造分到我手里的活就一小块,我主要的精力还是在您那边,放心吧,肯定提前让医院交付使用。"卢局长点点头,跟着大领导向前走去。

这时候的肠粉店,已经没有几个顾客,阿昌在收拾着餐桌。阿玫进来:"阿昌——"

阿昌回头,兴奋地说:"阿玫……"阿昌下意识地看看灶间,蔡五味在洗手。

阿玫看看窗边在吃饭的一对老人："还不收摊,都是阿公阿婆,能挣到钱才怪。"

"师父说了,我们经营的是小本生意,不像你们,高高在上够不着,看两眼都心虚气弱。"

"还真让蔡伯说对了,是没法比。"

"你要吃什么？做不了肠粉……"

"我才不吃呢,我们中午包间都满了,人手不够,你来帮帮忙吧,给你双倍工钱。"

阿昌刚点了一下头,蔡五味的声音传来："阿昌,一会儿跟我去采货,没有珍桂米了。"阿昌无奈,阿玫瞪了眼灶间,转身朝外走。阿昌犹豫了一下,也跟了出去。

阿玫一边走一边抱怨："真是搞不懂蔡伯,楼上也是他们家的店,怎么就不肯帮一把。"

"师父心里……不太舒服吧。"

"有什么不舒服的？一顿奠基宴,够你们卖多少肠粉的？你们这个小店就应该关门嘛。干脆你辞了这里,到楼上去干,这样也有大前途。你要同意,我就跟云姐去说,让她跟蔡伯要你。"

"算了,我……我怕师父难受。"

"你就卖一辈子肠粉吧,没出息!"阿玫气呼呼走开。

庆典现场,一个西装革履的干部拿着讲话稿,在台上致辞："各位领导,同志们,上午好!'爆竹声中一岁除,春风送暖入屠苏。'2013年的新年即将到来,在这样一个辞旧迎新的时刻,我们在这里欢聚一堂,隆重举行春风里老街升级改造奠基仪式,这是我市经济建设、文化建设、旅游建设的一件大喜事。下面,我荣幸地介绍来参加活动的嘉宾……"

此刻,'皇家鲍翅'的后厨里热气腾腾,蔡云进来。阿坤问："云姐,几点能开宴啊？"

"那面一结束,方总就会来电话,先准备冷盘吧……"

阿坤点头,拍拍手对大伙说："快,准备准备……"

又一个领导在台上拿着讲话稿发言："……面对复杂的经济发展形势,全市上下紧紧围绕中心工作,以重点项目建设为突破口,大力开展招商引资,强势推进'跨越赶超',引进并开工建设了一批新兴战略产业项目……"

台下的大领导和干部听着,后面不少人在偷着翻看手机。作为群众代表的丁采仙不时打着盹。台下一侧,方明利焦急地看手表,手机突然振动,方明利走开接电话。电话是蔡云打来的："怎么还没完？"

方明利低声说："快了快了,还有三个领导讲话……"

阿坤闯了进来,焦急地说:"云姐,这都十二点半了……"

蔡云安慰说:"快了快了……快结束了!"

可是,庆典哪会那么快结束呢?大领导拿着几页讲话稿在讲话:"这是一座向海而生的古城,这里既有流传千年的码头,又有沧桑百年的老街,可以说,码头和老街阅尽了这座老城的沧桑和风华。老街是这座城市的历史,是这座城市的文脉,老街的改造承载着人民的希望。为此,我提三点要求……"此话一出,各级党员干部拿起笔,准备认真做笔记。

"第一……"大领导低头刚要念,突然一阵风吹来,卷走了他手中的讲话稿。

工作人员和礼仪小姐去追赶,讲话稿飞得四处都是。

大领导尴尬,但是很快镇定下来,继续说:"其实,三点要求可以归纳成一句话:建好老街,不负时代!"

众人一愣,用力鼓掌。

还等着"告御状"的丁娘娘被搬椅子的声音吵醒,一抬头,领导早就不知所终,苦笑一声,这发言又长又无聊,谁听了不瞌睡啊,可惜错过了这个告状的好机会。

已经快下午一点了。阿坤在打盹儿,两个厨师在看手机,就连锅里冒着的蒸汽都无精打采。蔡云兴奋地跑进来:"阿坤,结束了!"

阿坤吓了一跳,擦了擦嘴角,招呼厨师:"来,所有人干活干活!"

一转眼,蔡云和方明利站在路口,笑盈盈地迎接着来宾:"您好,邹局长;您好,卢局长;您好,闫局长……唉,秘书长——"

迟秘书长握着蔡云的手,感激地说:"今天,多亏了你急中生智帮我解围,感谢!"

蔡云说:"那您更要多来照顾我们生意了。"

迟秘书长笑道:"一定,一定!"

方明利将客人一一送上楼,然后对蔡云低声说:"大领导去白玉山了,那里有个高档会所,比咱们这里高级多了……"

"那今天的规格……"

"不变,来的这些人以后也都得求着,大领导不在,他们更放得开,不受拘束……"

这时候,方明利突然发现商务局的副局长闫维民正在往外走,立即上前招呼着:"闫局长,怎么了?"

闫维民对方明利指了指电话:"有点急事,得马上回去一趟,我跟邹局长说了,你们正常进行。"说着闫维民离开了酒楼。不远处一部手机早就将这一幕拍得清清楚楚。

一转眼,到了闫家。闫维民进门就说:"……这电话打得好,把我从那饭局上拉了回来!"

闫母道:"你整整十天没回来了,我们不放心……"

"这段时间忙着招商引资,妈,你们要是有什么事,就给我打电话。"

"打电话有什么用?光能听见声儿又见不到人。"

"现在的微信可以打视频电话,回头我教教你俩。"说着,闫维民就要往外走。

闫成十大声说:"站住!"闫维民一听,这声音坚定且愤怒,他知道,父亲有怒气,不敢挪步。

闫成十继续说:"这才多长时间就要走?你是看望孤寡老人吗?跟我们吃顿饭就这么难吗?"

闫维民没好气地说:"跟你们什么时候不能吃饭?"

闫成十拿起日报,拍了拍上面的文章:"好好看看这几天的报纸。'八项规定'知不知道?你顶风上啊?"

"爸,你太小题大做了……"

闫母打着圆场说:"行了,行了,实话告诉你吧,今天是我跟你爸的结婚纪念日。"

此刻的"皇家鲍翅"热闹非凡,一派欢腾。服务员东仔等人鱼贯而入,一道道精致的菜肴被端上桌。没有领导在场,大家都放下了平日里的矜持。

小白给老柳等人倒酒。老柳端起酒杯:"都别拘着了,反正这里除了我们,也就还有几个'司'级干部……"

小白吃惊:"还有司级干部?"

老柳道:"司机嘛。"

众人笑着喝下第一杯酒。

老柳又举杯:"小白今天立了大功,给我,也给市领导解了大围,来来,大家敬他一杯。"

众人起着哄,向小白敬酒。小白应接不暇。几番混战过后大家开始捉对厮杀。这顿饭,从白天吃到了晚上。

家里这顿饭,闫维民吃得很舒心:"还是家里的饭菜舒服暖胃。特别是这肠粉,五味叔的手艺还是那么精湛啊!"

"有点坨了,刚做出来的才好吃。没酸吧?"

"没有,味道不错。"

"有人还爱吃酸的,店里有个老客,和你年龄差不多,上班前总是去吃份肠粉,他就喜欢浇几滴老醋,我们都管他叫'老醋'。"

"看见肠粉,想起我小时候过生日的事了,那年我七岁吧……"

闫母回忆说:"对,七岁,你爸领着你去县里吃肠粉,你不干,非要吃插蜡烛的生日蛋糕……"

闫维民笑道:"我爸就在肠粉上给我插了一根蜡烛,说这就是生日蛋糕。"

闫母也笑:"关键你还信了,以为生日蛋糕就是那样的。"

"那根蜡烛,是人家肠粉店里照亮用的,快赶上甘蔗粗了……"

三人在美好的回忆中笑起来。

闫维民感叹:"中国就是个人情社会,无论对谁来说,吃好喝好都是看得见摸得着的最大人情,想给数千年的吃请来个急刹车,难。"

听了这话闫成十不语。眼神中,有一种不信。

十

这一日的声色犬马、觥筹交错,这一日的饕餮之徒、放浪之人都被群众看在眼里。数日后,一段视频,被寄往了纪委。不久,调查组入驻,这个县城的官场掀起了一场惊涛骇浪。

在海边的码头,商贩们在上鱼货,阿坤在一个鱼档前挑挑拣拣。方明利和蔡云靠着车,聊着当前的局势:"有停职的,有降职的,还有的被党内警告、严重警告……更有几个,被带出了经济问题,已经被纪委双规了!"

"没想到,这事闹这么大,都惊动了纪委!这谁举报的啊?"

"会不会是闫维民,当天所有人都在,恰恰他走掉了!"

"我看不像,听说视频里也有他!他也被调查了,经过调查证明,他确实没有参加。"

"这回所有参加大吃大喝的官员,一个都没跑掉。"

"包括去白玉山私人会所的那几个?"

"是啊,这真是拔出萝卜带出泥。"

"我们酒楼以后怎么办?谁还敢再来啊……"

"最近高档酒楼都是叫苦连天,毕竟在风头上,没人敢顶风上,先沉住气吧。"

"能沉住吗?我们投了这么多钱……"

"三令五申的政策多了,哪回管用了?有他们憋不住的时候……"

远处,阿坤提着一个黑塑料袋走来。方明利问:"就上这点水货?"

蔡云叹气:"今天只有晚上一桌,还是你从地产商会攒的局。行了,我和阿坤回去了。"

闫家,闫成十和儿子闫维民进行着一场推心置腹的谈话:"你这次是侥幸逃过去了,从今往后,可不能再有任何的侥幸心理。"

闫维民点头:"我知道,这次的警钟一敲,也是醍醐灌顶……"

"这些年,吃吃喝喝都习以为常了,想一下管住嘴,警钟一敲可不行,就得二敲、三敲,不断地敲,警钟长鸣了,才会有敬畏之心。用老醋的话说,还得自己有定力才行。"

闫维民若有所思:"爸,你总说老醋老醋的,这人到底是干什么的?"

第二天的清晨。本来几个人说好,少来堂食,多买外带,不占蔡五味地方,哪晓得蔡五味这小老头还傲娇了,老白老闫这几个老食客,不许外带,只能堂食,这也是蔡五味的一点"小私心",老朋友都不来,他做这个肠粉还有什么意思呢?

于是,蔡五味的食客们又聚在了一起。

老白在桌边大吐苦水:"这真是拜堂听到乌鸦叫,倒霉透了!"

丁采仙说:"我看这叫放蚊子进蚊帐,都是自找的。"

老白顿足:"丁娘娘,都这时候了,你还讲这种话,那可是我亲儿子!我们白家还指着他光宗耀祖,出了这种事,他的前途都不好讲啦!"

闫成十安慰道:"老白,你也不必这么悲观,这次不过是党内警告,只要引以为戒——"

老白打断说:"本来这回他是立了大功的,好几个大领导都答应要提拔他,偏偏就出了这件事,这不是倒霉是什么?"

闫成十说:"老白,我说句话你别不爱听,这个事吧,还真不能按倒霉去想。"

老醋说:"说得对。违反党的纪律,就应该受到党纪处分。即便这次侥幸逃脱,也逃不过下一次。这可不能叫倒霉!"

闫成十指着老白说:"要吸取教训,只有教训才能把脑子里的那根弦绷住了,吃一堑长一智。"

古树下,石桌旁,老醋、闫成十、丁采仙还有老白继续吃着说着。热气腾腾的灶间里,蔡五味在做着肠粉。他的顾客已经排到了门外,有的顾客甚至站着吃。而"皇家鲍翅"门前一个人影都见不到。

丁采仙打量着空荡荡的大厅:"看这样子,'皇家鲍翅'熬不到春节啊!"

老白说:"那边本来就没打算挣五味的这份辛苦钱。"

老醋插话道:"应该跟五味叔建议一下,扩大营业面积,再做做早茶,这样营业时间也能长一些。现在高档酒楼的生意都不景气,要是放下架子做成大众酒楼,可能会是个出路。"

闫成十点头:"对,上个早茶收点茶位费,也能帮五味增加点收入。"

这时候,阿昌过来给茶壶续水。老白喊住阿昌:"阿昌,今天客人多了不少吧。"

"最近一直挺多,师父多加了一百份肠粉的量,还是不够卖。蔡云姐的服务员都爱吃师父的肠粉。"

"皇家鲍翅"大包间里,阿玫和东仔等几个服务员津津有味地吃着肠粉。"难怪蔡伯的生意火,这肠粉皮薄不破,晶莹剔透,看着就好吃……"一边吃,东仔一边拍照发微博。

"成天拍照发微博,有几个人看呀。"

"发多了就有人看了。"

"这肠粉的味道是不错,Q弹不粘牙,爽、滑、嫩……"

"我们'皇家鲍翅'也应该上这个。"

"我们要是卖肠粉,你工资都开不出来。"

"再这么下去,怕是真开不出来了,这都多长时间了,一天才两三桌。"

"两三桌也得坚持,肠粉再好吃,也就是个小吃。"

"不能小看小吃,小吃里都有大滋味。"阿玫回头,见是蔡云,忙起身问:"云姐,你吃饭了吗?"

"你们吃吧。"说着蔡云掏出五百元钱,"阿玫,要是哪天厨房没有早餐,你就带着大家下去吃吧。"

阿玫问:"不能在蔡伯那里记账吗?蔡伯的店也是咱们的……"

蔡云态度坚决:"不能赊账。"

此时的老醋吃完早茶,与几位老食客告别。当他走过摆放垃圾桶的位置时,不经意地看了眼,发现那盆枯黄的映山红放在垃圾桶边。他心疼地抱起来,带走了。

而此时,蔡五味正在和那几位老食客坐在古树下喝茶。

闫成十说:"老醋的这个建议不错,你应该考虑,现在虽然买卖好,可你不肯涨价钱,地方又小,太挤了,快赶上沙丁鱼罐头了。把一楼的面积扩一扩,早茶做起来,既能坐更多的客人,还能增加收入,也能帮帮你家蔡云。"

老白问:"改造'皇家鲍翅',得花不少钱吧?"

丁采仙说:"那能少了吗?楼上金碧辉煌的。饭店最怕的就是冷清,蔡云那边一天没有几桌客人,我听着都替她着急,你蔡五味不更得急死。"

蔡五味叹了口气:"不急是假的。"

老白说:"我看人家蔡云不急,到底是做大事的人。三牲敢食,钉球敢绊(注:潮汕方言,敢做敢当,敢于冒风险的意思)。"

"她确实是心大,宁可睡地板,也要当老板。"

"年轻人就应该有这种胆量,有首歌不是叫《爱拼才会赢》吗?"

"五味,你再琢磨琢磨,不能光这边的热乎气足,也得暖和暖和那边。"

"一个是小吃,一个是大餐,都进不了一个被窝,这要是想暖和起来……费劲!"

十一

方明利把手里的银行催款单放下:"这才过了几天,就来催账。"说完这话,方明利发现蔡云的表情看起来很难受,紧接着说:"你别着急,这期账单我来付,现在店里不是有点起色了嘛。"

蔡云苦笑:"这点起色,大部分都是你请的客,我们开的是酒楼不是食堂,不能光靠你撑着。"

"慢慢来吧,我多找些朋友来捧捧场,热乎气捧出来了,买卖就好做了。"

"商人最爱请的还是官员,官员不敢出来,他们请谁都积极性不高。"

"都不容易,请吃的请不到人,吃请的又不敢来。"

蔡云沉默。

方明利叹气道:"不可否认,以往的请吃,都是带着利益和目的的。商人请吃,是为了讨好有实权的人,他们不来,自己一顿吃个几万几十万,谁不心疼呀?"

蔡云唯有苦笑:"谁赚钱都不容易,那些人没用的话,商人也不会把自己的血汗钱倒进高脚杯里当酒喝。"

这个天不见亮的早晨,蔡五味不紧不慢地摇着石磨,米浆从石磨口里缓缓流出……米浆流进簸箕蒸屉,蔡五味上下左右晃动着簸箕,然后抓起馅料撒在上面,再把簸箕放入蒸屉,另一只手已抽出另一簸箕的蒸屉,瞬间,雾气升腾、香气弥漫……烟气弥漫中,顾客挤满了偏厦,阿昌在人堆里穿梭。不知道为什么,肠粉的生意越来越好。可是,肠粉的生意越好,"皇家鲍翅"的生意就越难熬。

看着女儿的酒楼举步维艰,蔡五味心里,五味杂陈。他心里有一个计划:把一楼打开,做早茶。

广东人,离不开早茶。关于开早茶店的想法,很多年前蔡五味就有过了。但是思前想后,下不了决心。因为,如果做早茶店,必须得增添更多的项目和品种,虽然蔡五味做的烧鹅、卤味也非常美味,但是他最拿手的,还是肠粉。他只想用心做好自己的肠粉,不想分心。但是,事已至此,也许开早茶店是唯一可以拯救时局的办法,他决定找女儿谈谈。

蔡五味看着站在窗前的蔡云,蔡云沉默了一会儿,抬头:"我是觉得您岁数越来越大,没必要这么累。"

蔡五味说:"你不用考虑我,就说行不行吧。"

蔡云说:"那就……把一楼打开吧。"

蔡五味注意到空荡荡的桌子上,不见了那盆映山红,指了下:"映山红呢?"

蔡云说:"叶子都黄了,扔了。"

随后,"皇家鲍翅"进行了局部改造。一楼打通,宽敞了许多,早茶店正式对外营业。"皇家鲍翅"的食客逐渐多了起来。明亮的灶间里,挂着各种烧腊,让人看了垂涎欲滴。阿玫在收款,两个服务员在忙着接待客人、收拾桌子。

"一日三餐"的后院,坐着闫成十、丁采仙、老白,还有蔡五味。石桌上是两份诱人的烧腊。蔡五味把自己做的烧腊给大家分享品尝。

闫成十夹起烧鹅,轻蘸酸梅酱,放入口中品着,对蔡五味点着头,发出啧啧的赞叹。

老白夹了一块烧鹅送进嘴里:"哟,这味儿真不错!"

丁采仙夹了块烧鹅叉烧蘸了点梅子酱:"这个好,酸酸甜甜……"

闫成十说:"老蔡,谢谢啊,让我吃到了这么多美食。"

蔡五味说:"你们喜欢吃,我做起来才有劲头。"

这时候,电视上在播着早间新闻:"……会上,正式聘任16名来自市、区社会各界人员为特邀监督员,这一做法旨在吸纳不同行业、不同专业、不同党派人员参与监督和监察工作,有利于推动专门监督与民主监督、社会监督、舆论监督有机结合,是开展党风廉政建设和反腐败工作的有效方式和途径……"

画面上,十几个人接受了聘书,其中一人,居然是老醋。

方明利和蔡云站在窗前,看着古树下蔡五味和几个老食客在一起吃着,聊着,笑着。

"你看他们几个,吃个早茶,都笑得那么开心……"

"我是好久没有这么笑过了。"

"蔡叔还真有经商头脑,东西不光好吃,价位上更是打败了大酒店的早茶……早茶的营业额一天天上来了!"

"要不是被逼到了这一步,我也不会同意把一楼倒出去做早茶。"

"这是明智的选择……"

蔡云苦笑:"这么说,我们当初的选择就不明智了?"

"我们的明智,是要及时止损。"

"怎么止损?装修改造的投入已经折进去了,还能再改成家常菜馆?"

"这么说也太绝对了,不管是老百姓还是达官显贵,爱吃都是刚需。"

"是啊,谁家过年不吃顿饺子,老百姓偶尔来吃个海参捞饭也吃得起,可我们酒楼从开业伊始的定位就不是他们。"

"我们的定位,现在也不应该变。"

蔡云叹了口气:"每天账上的流水太难看了……"

"放心吧,戒馋比戒烟还难。"

"'八项规定'就像尚方宝剑,一直这么悬着,怕是没有多少人敢伸脖子冒头。"

"明着不敢,暗的还能不敢?"

几个月过去了,老街改造已经粗具雏形。这一天,丁采仙哼唱着走到"一日三餐"的后院。闫成十、老白、老醋正在喝早茶。

老白问:"一大早就唱上了,喝高了?上头了?"

丁采仙说:"我高兴!"

老醋问:"你家楼下的低音炮……不响了?"

丁采仙惊讶:"你怎么知道?"

老醋打哈哈:"我……我瞎猜的。"

丁采仙笑道：“你可以去当算命先生了。”

老白打趣：“天天唱，再好的低音炮也有唱坏的时候。”

丁采仙说：“什么唱坏了？昨天环保局的人去了，让他们停业整顿，彻底整改，还到我家给我登门道歉，检讨以前工作怎么怎么没有深入。”

老白说：“这就是承认他们作风不好，作风有问题。”

闫成十说：“什么作风有问题，这叫改变工作作风！”

丁采仙说：“原来是吃完了唱，现在大吃大喝的风一刹，KTV的生意也萧条了，听说我们楼下的那家，要改成量贩了。”

老白问：“怎么，改饭店了？”

丁采仙说：“什么饭店？是量贩，就是自助购物，自点自唱。”

老白恍然大悟：“我明白了，就是得自己花钱了。”

老醋一边给闫成十、老白、丁采仙倒茶一边说：“楼下没有了低音炮，你现在的睡眠质量一定很好，一觉到天明吧。”

丁采仙笑：“嘿，你别说，突然没了噪声，我倒不适应了，更睡不着了。”

老白答道：“那我去跟你家楼下的KTV说说，再把低音炮装上？”

众人一阵哄笑。老醋拿着茶敬老白：“老白，听说你马上要当爷爷了，这是天大的好事。”

老白有些得意：“儿媳妇刚怀上，还是豆芽苗苗呢。”

丁采仙说：“有苗不愁长，你急什么。”

闫成十认真地说：“老白，你可得把小白的腿看住了，别再让他犯错误，有跑饭局的工夫儿，再种个豆芽苗苗出来……”

老醋说：“对了，老闫，我听说你儿子晋升商务局局长了。”

闫成十谦虚道：“没有，是拟任……还在公示期。”

老醋说：“那得祝贺一下小闫同志。”

闫成十说：“有什么好祝贺的，职务的晋升背后责任更大，担子更重。”

老白听大伙儿说起闫维民，沉默了。

十二

这一日，老柳带着小白来到闫维民的办公室，工作的事一说完，两人就开始跟闫维民约饭。

"……不行,这个真不行。"

"闫局长……"

"副局长。"

"不就这几天的事嘛。"

"那也是副局长!"

"对对对,闫副局长……其实,我和柳主任这个想法,也是局里很多同志的共同心愿。说白了,这也不能叫请客,就是坐一坐说说话,以后您一忙起来,哪还有工夫搭理我们。"

"现在的文山会海已经少很多了,聊天的时间有的是。"

老柳有些无奈,小白依旧坚持:"闫局长,不,闫副局长,是这样的,我们范围也不大,AA制,个人掏个人的钱,这肯定不算违反规定。"

闫维民犹豫。

小白继续游说:"大家推举了我和柳主任做代表,您要是拒绝了,大家可觉得您现在就开始……脱离群众了。"

老柳也劝:"范围不大,又是AA制,和犯错误挂不上边。你要是有顾虑,这样,你那份自己出!"

闫维民说:"好吧,但是说好了,AA制!"

华灯初放,闫维民、老柳、小白等八九个人来到了"皇家鲍翅"。闫维民对小白说:"我听我家老爷子说,他和你爸是这里的常客。"

"是,我爸说这是他和闫伯的据点,蔡家的肠粉,他怎么吃也吃不够。"

"可惜五味叔他们晚上不营业,不然我们吃点肠粉,喝点小酒,也挺滋润。"

"是啊,听我爸说,五味叔半夜就得起来磨米浆。"

"'皇家鲍翅'这个名字有点吓人了,还是原来的'一日三餐'好,听着就踏实。"

"确实不太好,高高在上了。"

老柳说:"高高在上倒没什么,老百姓请客吃饭,也喜欢到高大上的酒楼,有面子嘛。"

闫维民说:"问题是这名字一摆,老百姓哪还敢进来消费。"

小白说:"他们家早就开始经营家常菜了……"

闫维民说:"这是个办法。"

几人走进门,阿玫引着闫维民、老柳、小白等人上楼,一边走阿玫一边打着电话给蔡云:"云姐,人到了。"

阎维民看这氛围好像不对劲:"老柳,怎么搞得这么神神秘秘的?"

老柳说:"虽然咱们是个人掏钱,可别人不知道,避讳点好,不至于引起误会。"

小白说:"是啊,小心点好啊!"

阎维民笑道:"这说明我们还是心虚,就差对个暗号了……"

笑谈间,门开了,蔡云出现在门内,笑脸相迎:"您好,阎局长、柳主任……"

众人——落座,蔡云低声对老柳说着什么。

阎维民警觉地问:"老柳,怎么了?"

蔡云说:"我和柳主任商量商量菜。"

阎维民说:"看看菜谱吧,随便吃点。"

阿玫一边布置一边说:"我们没有菜谱。"

阎维民问:"没有菜谱怎么点?"

蔡云说:"对不起啊,局长,我们只有用餐标准……"

阎维民问"什么标准?"

蔡云看阿玫,阿玫开始报价:"888、1888、2888、3888、5888……"

阎维民:"那就888,我们是个人掏钱,这个价位还能承受,高了回家没法跟老婆报账。"

众人都笑了。阿玫看了眼蔡云,蔡云有些尴尬。

阿玫弱弱解释:"局长,这不是一桌的标准,是……是一个人的标准。"

阎维民不语。老柳看向蔡云:"蔡经理,我们就是吃顿便饭,没人吃请,你看……"老柳一边说一边朝蔡云挤了挤眼。

蔡云顿时明白,忙说:"可以可以,各位领导放心,都是老主顾了,今天这顿,算我的。"

阎维民说:"不行,算你的我们都要犯错误了,这样吧,人均100,就照着这个标准来,不准超标!"

小白刚要说什么,被老柳按住:"100就100,可以吧,蔡经理?"

蔡云犹豫了一下:"可以,没问题。"

阎维民从口袋里掏钱:"蔡经理,数一下,我们十个人,整一千,酒我们单点。"

老柳说:"局长,这可不行,说好的AA制,来、来,大家都交钱,都交钱……"

阎维民口气坚决:"老柳,听我的。"

厨房外,蔡云、阿玫、阿坤三人面面相觑。阿玫看了看手里的钱,失望地说:"还以为来了条大鱼,原来是个小虾米,太抠门了……"

蔡云说:"我都不恼,你恼什么?阿坤你看着做吧,差不多就行,千万别犯难!"

阿坤吐槽:"这能不犯难吗?一百块钱到这里吃饭,他怎么想的?一根辽参的钱都不够,到楼下吃肠粉还差不多!"

"商务局这些人怎么想的,给局长办个升职宴,就这个水平。"

"都是白吃惯了的人,掏一百块钱也心痛,这就不错了。"

"白吃惯了,就拿我们当白痴啊。"

"想想办法……"

"我没有办法……"

"没有办法也得伺候好他们。"随着话音,方明利走了进来。蔡云问:"你怎么来了?公司的事处理完了?"

"老柳给我发了个短信,说他们在这给闫维民办升职宴。所以我就来了。"

"这不,1000块钱的升职宴!"

"现在是特殊时期,他们能来,就是给我们机会,说不定什么时候就得求着人家,总不能现上轿现裹脚吧。"

"你真是老油条。"

"邹局长他们那桌中午吃得怎么样?"

"还在吃,和晚上连上了,他们酒喝的可不少。"

"还是邹局长讲究,最近这段时间,他可没少照顾咱们。"

"闫维民那桌怎么办啊?"

"等会儿再定,我正好有个事找他……"

少顷,方明利和闫维民从包间出来,方明利回身关门,将闫维民拉到僻静处。

"什么话不能在里面说,这么神秘……"

方明利低声说:"本来我还想明天去您办公室汇报……"

闫维民问:"什么事?"

方明利说:"老街西头挖地基,今天发现'街下有街'……"

闫维民一怔:"是古迹?"

方明利点头:"对呀,文物保护单位的专家说,有可能是宋朝的街道,不让我们动,现在改造都干了一大半了,这时候停下,肯定得前功尽弃,损失就大了。"

闫维民思忖着:"宋朝……有这种可能,据我所知,这县城在元明两朝的时候被淹过几次。"

方明利说："闫局长博学,文化保护的专家也这么说,认为后人可能在淹过的老街之上又重新建了街道。"

"既然是古迹,改造工程势必就要停一停了。这个事,还真得多听文保专家的,你们先停下来,等有了确切的结论,我们还要向上级汇报。"

"闫局长,为文物保护停工我没意见,可我就怕老城改造因此就搁置了,那我们的先期投入可就打'水漂'了,您可得帮我们说话呀!"

"一切还等文管部门结论出来再定。你放心,你们公司是我招商来的,我一定会负责到底。"

"太感谢闫局长了。"方明利回头看了看,掏出一张卡往闫维民手里塞,"您多费心……"

只要闫维民不收,方明利就不松手,而闫维民态度坚决,一下子就僵持住了。

此时包间内,老柳、小白等人为AA制的事激烈地争论着。

"这事办的,说好AA制,哪能让局长请。"

"行吧,谁官大听谁的。"

"柳主任,还真按100块钱标准啊？你跟蔡经理熟,让她给安排好点。"

众人附和着说："是啊,是啊!"

老柳笑道："你们胆子可不小,局长的大户也敢吃,还想不想混了？"众人发出一阵哄笑。这时候,闫维民来了："你们在说什么啊,这么热闹？"

老柳说："局长,你看这一个个的,惦记着吃你的大户啊!"

众人连忙摆手："没有,没有,没有!"

闫维民坐下之后,突然严肃起来："我现在的情况比较特殊,今天这顿饭,明天回去报备一下。"

老柳说："放心吧,闫局长,明天就报备……"

桌上已经上了几盘凉菜,并无异样,阿玫往桌上拿着啤酒,还有矿泉水。

闫维民说："大家喝什么随便啊。"

"随便可不行。"方明利进来,手里提着一个纸袋。

正说着闫维民微信视频电话响,他看了看,上面标注"老爸"。

方明利把纸袋放在后面桌上,拿出一瓶没有商标的矿泉水："来,尝尝家庭作坊酿造的土酒。"

十三

闫维民在窗前背对着酒桌接起微信:"爸,有事啊?"视频里,出现闫成十:"你在哪?"

"跟单位同事在一起,什么事?"

"你等着,我给你看看这个……"说着闫成十把手机转向电视上的新闻播音员,播音员播报:"今天,中央纪委监察部网站发布《中央纪委国家监委公开通报十起违反中央八项规定精神典型问题》的消息……黑龙江省副省级干部付晓光公款消费,大量饮酒并造成陪酒人员'一死一伤'严重后果。经中央纪委调查,并报中央批准,给予付晓光留党察看一年处分,按程序免去其职务,由副省级降为正局级。付晓光成了第一个违反中央八项规定精神被点名的省部级干部……"

此时,电话响起,老醋接起电话:"……对,是我,……我方便,您说……您说'皇家鲍翅'存在公款消费的问题,好,好,我记一下……"

阿玫和东仔进来,端着几盘菜,揭开盖子,小白等众人低声惊呼,老柳示意他们安静,指指背对着大家在接电话的闫维民。

老柳指着方明利带来的酒:"方总的土酒一定不错,来,大家都尝尝。"

方明利给众人倒上酒。闫维民回来,方明利招呼道:"闫局长坐,来,尝尝土酒。"

"局长,方总拿来的土酒味道不错。"

"土酒,贵州的地方土酒。"

众人会心一笑,闫维民脸色难看。

方明利端着酒:"我是闫局长招来的商,没有闫局长,我就没有机会为老街改造贡献力量。"方明利又朝闫维民举杯:"闫局长,这第一杯酒,我敬您,大家作陪。"

众人举杯,起身。闫维民起身:"对不住大家了,今天这顿饭,我不吃了。"

说完,闫维民转身朝外走去。

众人惊住:"闫局长,闫局长……"

海面,薄雾飘散而去,古老又繁华的城市清晰而出。

闫维民和闫成十父子谈心:"也不能说受了连累,我这几天也一直在反思,最初的时候,是想不开,觉得花的既不是公款,又不是别人的钱,凭什么就暂停了提拔……"

闫成十静静听着。

"后来,我也想通了。人家为什么要请我吃饭,归根结底还是因为我要当局长了,难免就会有人生出攀附的念头。不及时警醒的话,很容易会形成小圈子。"

闫成十说:"不要以为不贪不拿,就不会犯错误。有时候,酒杯里面装的不一定是美酒,也许是麻药,也许是毒药,什么时间什么方式表现出来,因人因事而异。你要觉得酒杯里装的仅仅就是酒,就大意了,大意失小节,小节又最大意不得。"

闫维民点头:"过去总觉得不能碰高压线,现在看,低压线也不能碰。爸,你那个视频电话打得及时啊!"

"皇家鲍翅"的风波,并没有影响到一楼的早茶生意。清晨,一楼大厅里,依然坐着不少食客。透过窗户,古树下,石桌前,丁采仙和老白早早地到了。

"唉,蔡云这闺女,财运不佳啊!多气派的酒楼啊,没等挣钱,都摊上两回事了!"丁采仙话音刚落,闫成十走了进来:"哟,二位都在呢,今儿我多带了个人过来。"

老白和丁采仙看去,闫成十背后站着闫维民,老白慌忙起身:"闫局长……"

丁采仙起身:"哟,维民,你怎么来了?"

闫维民说:"白叔好,采仙阿婶好。"

闫成十对闫维民说:"今天特地带你来这里,让你尝尝五味的手艺。"

"早就听说,五味叔的肠粉好,后来才知道,原来他的烧腊卤味也不错!"

正说着,蔡五味走了过来:"我早就听说今儿维民要过来!怎么现在才到啊!"说着,跟在蔡五味身后的阿昌放下四盘菜和两份肠粉。

蔡五味招呼大家:"来,趁热尝尝,这道萝卜仔煎蛋,是我新琢磨的,你们吃吃看。"

大家也都没客气,纷纷拿起筷子尝了起来。最近蔡五味不断探索尝试新菜品,得到了食客们的认可,早茶店的生意越来越红火。

闫维民夹了一筷子萝卜仔煎蛋尝着:"嗯,好吃,清清爽爽……五味叔,真不知道您在这肠粉里施了什么魔法,引得我爸天天都要来……"

众人笑了起来。蔡五味说:"别光说好的,提提意见!"

闫维民说:"好吃,确实好吃,我没意见。"

闫成十说:"以前吃饭没讲究,只求肚子吃饱,后来饱了肚子,就想嘴巴里品出点味道,现在呢?还要让眼睛看出美来。"

丁采仙说:"这些,五味的肠粉都做到了。"

老白说:"所以说,我们这些老太婆老头子,不是来吃肠粉解馋,我们是来追求美!"

众人又一次笑了起来。

"闫局长——"有人在背后喊了一声。

闫维民回头,是老醋。闫成十看到老醋,兴奋地说:"哟,老醋来了……"

老醋上前,与闫维民握手:"真没想到呀,我爸一直说的老醋居然是你……"

老白问:"闫局长,你也认识老醋?"

"当然了,他是——"

老醋打断:"是闫伯的朋友嘛,还是五味叔的顾客……"

"你们慢慢吃,我先和……和老醋说点事。"闫维民和老醋走到老街对面的公园里。

"你们文管部门的评估报告一直没出来,老街这边只能一直停工。"

"我昨天还追问了一下,这三四天应该能出来。"

"透露点底牌,不难为你这位特邀监督员吧?"

老醋也笑笑:"现在可以肯定的是,老街地下的街道,确定是古迹,肯定不能破坏。下一步,应该是挖掘保护。"

闫维民急了:"一旦挖掘保护,老街就不能改造了。损失可不小啊!"

"我们专家组给出了一个方案,建议在'街下老街'上面,覆盖一层玻璃钢罩……"

闫维民抢话:"这倒是个新思路!"

"这样的话,不但能保护好遗迹,还能让走在'街上老街'的人们看到'街下老街'的城市历史——"

闫维民兴奋地打断:"这个创意好,云淡风轻之举,就极大地提升了老街的文化含金量!"

十四

蔡五味的后院,几人的谈话也在继续。

老白说:"这个老醋……说话办事,那可真是滴水不漏,也不知道他到底是干什么的。"

闫成十说:"干什么的不重要,关键他是个审时度势的明白人,说话办事靠谱,这就难得。"

丁采仙说:"对对对,靠谱,绝对靠谱。就说五味这个早茶,生意这么好,还不是因为老醋主意出得好?"

老白说："这是实话。"

蔡五味说："老醋上次来，倒是还出了另外一个主意……"

闫成十、丁采仙、老白异口同声："什么主意？"

老醋在打电话，闫维民看着他。老醋终于放下电话："再把方案调整一下，今天就可以出来了。"

闫维民兴奋地说："太好了！走，我请你喝酒！"

老醋说："上哪喝？闫伯他们还等着我们呢。咱们回去边吃边聊！"

"只要可行性方案一通过，我们这边就开始跑手续。现在全市正推行机关作风整改，手续也简单多了，行政服务大厅就可以'一窗通办'，材料齐全的话，一天就能办完。"这时候闫维民的电话响起，他接起电话听着，脸上的神色渐渐难看起来……

老醋问："怎么了？"

"老街的一个开发商出事了……"

长长的走廊里，蔡五味身影孤单，下楼的脚步有些踉跄，一把扶住了墙……阿玫一把扶起蔡五味："蔡叔，您慢点。"

蔡五味问："蔡云还没回来？"

阿玫说："还没有！今晚，您都问五回了。"

"哦，那我回去睡了！她回来了，叫我一声！"说着，蔡五味转身回后院。

阿玫知道，蔡五味不是回去睡觉，这个夜晚，他怎么睡得着？月光下的老街，宁静似水，响着不疾不徐的石磨声。佝偻着身子的蔡五味，一边推着石磨，一边舀着泡好的大米。石磨一圈一圈地悠悠转动，米浆滴落进木桶里。

一条黑影慢慢伸了过来，伸到了石磨上，久久不动。蔡五味看到了，也不回头，继续推着石磨。蔡云站在门口："爸……"

蔡五味回头一看，蔡云回来了。虽然回来得有点晚，但毕竟还是回来了。回来了就好，证明女儿没有做什么违法乱纪的事。的确，蔡云和方明利那些不法勾当没有任何关系，但是，经历了这番磨难，她总算明白，父亲说的那句话："你赚的这不是好钱。"好钱都不是好挣的，就像现在的父亲，天不见亮就起来磨米浆。可以说，他赚的每一分钱都不容易，但是踏实。

蔡五味推着石磨："去睡吧。这么晚了！"

蔡云没有打算去睡觉，她拖了把矮凳过来，坐在石磨前，从蔡五味手里接过舀子，往石磨上续着泡米。

"这石磨用了有四五十年了吧?"

"不止,我小的时候,就记着你爷爷在用,说是他的爸爸,你祖爷爷自己去山上打的石料,做了这个石磨。"

"咱们家的肠粉生意一直这么好,一定不光是因为用的米好,跟这个石磨也有关系吧?"

"当然,石磨用的年头长了,上下这两块石头的脾气、秉性,早磨合好了,来的什么米,怎么磨才能让米的香气留住,它们心里都有数。"

蔡云笑了下:"看你说的,就像它们有灵性似的。"

"当然有灵性了,石磨有,米也有。"

"越说越玄了……"

蔡五味推着石磨:"不是玄,你琢磨琢磨,什么样的米,都是从土里水里长出来的,有的让人做成了米饭,有的叫人熬成了粥,有的就成了米粉、米肠,这些米来到了咱们家,就是咱们和这些米的缘分到了,是缘分就应该好好珍惜,不能慢待了它们,咱们把这些大米泡好了,磨成米浆,蒸成了肠粉,让客人喜欢上它,这才算是这些大米最好的样子……"

"就像我小时候跟着你走街串巷吆喝的那样……"说着,蔡云像小时候那样开始吆喝起来,"白如雪花、粉粉嫩嫩的肠粉来……"

蔡五味跟着女儿吆喝:"鲜香软糯、细腻爽滑的肠粉来……"

父女两人目光相遇,蔡云的眼里含了泪水。

广东音乐《步步高》中,蔡五味、蔡云、老醋、闫成十、丁采仙、老白、阿昌、阿玫、阿坤等人站在门前,还有很多客人立在后面,众人看着"一日三餐"的牌匾升起,稳稳地落在大门头上。两侧是闫成十的对联:酒过三巡七分满,菜有五味十足情。

热气腾腾的大灶间里,阿坤在做菜,蔡五味在一旁指导。阿昌在娴熟地做着肠粉,旁边的石磨在转动,居然不再用人推,而是用电机带动,米浆滴落在木桶里。

阿玫指着石磨说:"蔡伯,现在鸟枪换炮了……"

蔡五味说:"现磨现做,更新鲜。这都是阿昌的主意,居然捣鼓成了。"

阿坤边做菜边说:"蔡伯,这就叫不光有传承,还有发展。"

蔡五味笑:"对,发展,发展得好,要不然啊,我一宿不睡觉,都磨不出这么多米浆来。"

阿坤说:"蔡伯,您看看这道汤怎么样?我把原来那道'群英会'的高汤换了几样食材,价格下来一大半。"

阿玫打趣:"阿坤哥这道汤,原来一例就要卖888,现在实惠了,只要88。"

阿昌笑:"这哪是一大半,就剩零头了。"

蔡五味先看后闻:"好,香而不腻,看上去就食欲大增。"

阿玫说:"阿坤哥听说'皇家鲍翅'不干了,都差点改行。"

阿坤说:"高档酒楼不好做了,我这样的厨子当然也没人用了。"

蔡五味说:"这么好的手艺,不干就浪费了,都说'唱戏的腔,厨师的汤',没有舞台哪来的腔?没有厨房又哪来你这道'群英会'的高汤?"

阿坤说:"蔡伯,您还得多教我几道家常菜,不能光传给阿昌。"

蔡五味说:"当然,'一日三餐'要干下去,还要靠你们年轻人。"

阿昌说:"师父,您歇着吧,闫伯他们一直等您哪。"

后院,古树下。老伙计们正在喝茶,蔡五味端着两盘肠粉放在石桌上:"来,尝尝这个。"

老白说:"不就是肠粉吗?我们天天吃。"

丁采仙说:"对呀,有什么不一样的?"

"五味既然叫我们尝尝,总有原因的。"说完,闫成十夹了一块,放进嘴里品着。老白和丁采仙也夹了一块,品尝起来。

丁采仙回味:"是和往常有点不一样……"

闫成十问:"别说,口感更均匀、更细腻了,五味,加了什么料吗?"

"刚才一吃就下肚了,我再尝尝。"说着,老白又夹了一块。

蔡五味说:"料还是原来的料,就是这磨法啊,阿昌给改良了,把我也给解放出来了。"

闫成十点头:"对,米浆是更细滑了,这个阿昌仔,还真是不错哦。"

丁采仙赞道:"改得好,要是光靠手磨,这么多客人还真是磨不过来。"

闫成十开心地说:"五味,看到'一日三餐'这么红火,我们都替你高兴。"

蔡五味从口袋里掏出一瓶酒:"来,今天别光喝茶,都喝口酒。"

"喝,都要喝。"

蔡五味给闫成十和老白倒了酒,放下酒瓶,拿起茶壶给丁采仙倒水,丁采仙手一拦:"我也来一杯!"

阿玫和阿坤看着一桌桌的客人。

"蔡伯的手艺,才是烟火气。"

"阿坤哥,从'皇家鲍翅'到'一日三餐',你还适应吧?"

"觉得踏实了。"

阿玫点头："一看到门头上的'一日三餐',我也觉得踏实。看到你在这里,我更觉得踏实。"

阿玫说完羞涩地转身走开。阿坤回想刚刚阿玫说的话,半天才回过神来。

他喊着:"阿玫,阿玫……"一边喊,一边追了过去。

十五

老街街头,矗立着一座披红挂彩的门楼,却没有奠基时的舞台和场面。

人们围拢在玻璃钢罩覆盖着的一段长长的街道前,看着钢罩下的遗址,地面竖立着一块石牌,上面刻字:汕德市文物保护单位古街遗址。

音乐声中,众人围在门楼前看演出,蔡五味、闫成十、老白等人在人群中。丁采仙和她的弟子们在表演着歌舞《我爱画眉鸟》:"我养画眉鸟,爱它情怀旷达逍遥,舞姿翩翩昂然略带娇,尤比俊少年惯轻佻,瞪起眼睛向人瞧,笑叫欢跳——"

老白说:"丁娘娘这嗓子还在,就是身段差了点劲儿……"

闫成十说:"你身段好,杨柳细腰的,你上去唱。"

老白笑说:"我一开嗓,老街上的人都吓得跑没影儿了。"

蔡五味问:"这是最后一个节目了吧?"

闫成十说:"对,最后一个。"

老白说:"今天来了不少领导,都是干什么的……"

闫成十说:"一会儿上台讲话,就知道了。"

蔡五味指着:"维民在那儿站着呢,他今天主持吧?"

老白四下张望着:"听丁娘娘说,上回还有礼仪小姐,今天怎么没见着……"

掌声起,节目表演结束,丁采仙带着弟子们鞠躬,做着飘着的动作下去了。闫成十四下张望,看到闫维民走了过来,拉了把闫维民:"我给你讲,当了局长,就要对得起组织的栽培,对得起群众的拥护。待会儿上去讲话,好好说,别长篇大论,不着边际,咱老百姓都讨厌这种废话连篇的领导。"

"说少了不过瘾……"说完,闫维民匆匆跑去,接过麦克风站在一侧,铿锵有力地宣布:"我宣布,春光里老街,开街了——"

掌声雷动中,红绸扯下,一座四柱三门十三彩斗拱的门楼出现在众人面前,上面镶嵌着古色古香的大字:春光里。

丁采仙惊呼:"这……这就开街了?"

一年后的某天,一个孩童举着一个飘在半空的充气龙,从古韵十足的老街跑过,一边跑一边唱着:"氹氹转,菊花园,炒米饼,糯米团,阿妈叫我睇龙船,我唔睇,睇鸡仔……"儿童跑过古树下,蔡五味、蔡云、老白、丁采仙等众食客来了。今天,闫成十过八十岁大寿。

阿昌、阿玫、阿坤把用绳子拉起的一个大红"寿"字挂在树下。

蔡云说:"闫伯的生日好啊,五月五,扒龙船赛龙舟……"

老白说:"五味,我预订一下啊,我八十岁的生日也在你这过。"

丁采仙举手:"我也订一个。"

"订什么呢? 都在这……"闫成十过来,看到树上的"寿"字,明白过来,"五味,'三顿寿宴'就是个说笑,你还当真了……"

蔡五味说:"说好的事嘛,怎么能不当真?"

老白说:"对,坚决要当真,闫大哥六十岁的'下寿'我和丁娘娘没赶上,这八十岁的'中寿'我们可不能错过,至于一百岁的'上寿',再说吧。"

"什么叫再说呀? 必须赶上! 我还要给闫大哥唱曲呢!"说着丁采仙就唱了起来,"我养画眉鸟,爱它情怀旷达逍遥——"老白笑着打断丁采仙:"那时候你还能唱动啊?"

丁采仙捶了老白一下:"我还能打动!"

众人一阵哄笑。

蔡云说:"闫伯,八十岁可是大寿,闫局长应该过来呀。"

闫成十说:"他有个会,我们的家宴晚上办,就是自己家里人吃个饭。"

丁采仙说:"今天不是星期天吗? 还开会?"

老白说:"你当领导跟你似的,成天闲得就知道唱!"

丁采仙又捶了老白一个:"你个死老白——"

蔡云笑道:"闫伯,闫局长开会中午也得吃饭吧,这几位都是您的老朋友,闫局长过来给您祝个寿,不至于犯错误吧?"

蔡五味说:"云儿说的是,再大的官,给爹过个寿,总没错吧。"

众人附和:"就是,就是。"

闫成十想了想:"那我有个条件。"

蔡五味说:"今天你是寿星,你说了算,想吃什么都行。"

闫成十说:"我们既然都是老朋友,用一句时髦话说,都是'家人'……"

老白说:"对,家人。"

丁采仙说:"家人好,这个好。"

闫成十说:"既然都是家人,那今天的寿宴就是家宴,五味,今天的账,我结。"

蔡五味说:"闫大哥,说好的事吧,我给你过……"

闫成十说:"那维民就别来了。"

蔡云说:"闫伯,您既非官,又无职,还怕犯错误?"

闫成十说:"可我是党员,六十年党龄的老党员!"

此时,商务局局长正在主持会议。老柳、小白一干人等都在台下。闫维民看看手表:"临时来的这个任务,确实有点急,明天上班后必须动起来……"

这时候,闫维民的电话振动,掏出来一看,是父亲闫成十打来的,闫维民抬头对大伙说:"就不占用大家更多休息时间了,散会。"电话还在震动,闫维民接起电话,朝外走去:"爸……"

这时候,散会的老柳和小白收拾着东西往外走,小白的电话也响起来。他接起电话:"爸……刚开完会……好,好,我这就过来。"

中午,闫维民匆匆赶到"一日三餐",在大家的簇拥下,他给蔡五味、丁采仙、老白、蔡云倒上酒,自己也倒上。然后,闫维民举杯说道:"叔叔,阿婶,你们在我爸心里的分量,比我还重,我都嫉妒了。"

丁采仙说:"那一定是啊,闫大哥一天不来,我们几个人就觉得这一天少了点什么。"

蔡云说:"对呀,你们有一个不来,我爸的心思都没在做肠粉上了。"

众人笑了。丁采仙低声对蔡五味:"别说,还真是少了一个人……"

老白显然有心思,不时左右张望。

蔡五味问:"老白,你瞅什么呢,心神不定的。"

老白眼睛一亮:"来了来了……"老白用力挥手,大伙顺着老白挥手的方向望去,只见小白、老柳等七八个人匆匆过来,小白手里拎着一个蛋糕。

闫维民脸色难看,迎了过去:"你们……这是干什么?"

小白解释:"局长,我们没别的意思,就是来送个蛋糕……"

老柳说:"向老人说句'寿比南山',也不吃饭,放心吧,局长。"

闫维民说:"行吧,话送到了,我代我爸收了,小白,蛋糕多少钱,我转给你。"

小白说:"蛋糕是我爸掏钱,这是他们老哥几个的事……"

闫维民说:"你们呢……我都不知道说什么好了。行了,你们走吧。"

尾声

众人正要离开。"别走——"随着话音,闫成十过来。

闫维民转头看到父亲:"爸……"

闫成十说:"来都来了,怎么能赶人家走啊?"

老柳、小白等人看向闫维民,闫维民为难地说:"爸,这不合适……"

闫成十抬手止住闫维民后面的话,对大家说:"你们来给我祝寿,我高兴,谢谢,谢谢。我不能让你们白来,就请大家吃顿肠粉,不嫌弃吧?"

众人七嘴八舌:"谢谢闫伯。""闫伯生日快乐!""祝闫伯身体健康!"

闫成十向众人抱拳,看向蔡五味:"五味,又得辛苦你了。"

"不辛苦。"说着蔡五味离开,去灶台开始做肠粉。

闫成十对众人说:"一人一份肠粉,简简单单,清清爽爽,大家千万别说闫成十这个老头子寒酸抠门儿……"

众人大笑。

后厨热气腾腾,雾气缥缈中,蔡五味和阿昌在忙碌。祝寿的众人或坐,或站,人手一份肠粉。

闫成十说:"肠粉不能白吃,吃了就要听我这个老头子唠叨几句。"

众人看向闫成十。闫成十说:"我今年八十岁,党龄六十年,比你们所有人的年龄都要大,这没问题吧?"

众人附和:"没问题。""必须没问题。"

正在众人听着闫成十说话的时候,老醋悄悄走了进来,在一个不起眼处站着,他捧着一盆映山红。这时候闫成十看到了老醋,兴奋地喊道:"哟,老醋来了……"

老醋端着映山红过来,闫维民跟他打招呼。

"这盆映山红开得好,万紫千红的……"说着,丁采仙问蔡五味,"老蔡,上回老醋送你的那盆哪去了?"

老白说:"对呀,一直没看见……"

蔡五味有些尴尬,看向蔡云。

老醋揭开谜底:"这就是原来的那盆。"

蔡五味说:"惭愧啊,我没侍弄好……"

蔡云疑惑:"原来那盆……让我养得蔫头耷脑,叶子都黄了,这盆开得好……"

老醋说:"我拿回去侍弄了一阵,慢慢缓过来了。"

闫成十说:"这是起死回生,精神焕发了。"

丁采仙忙问:"老醋,快说说,你使的什么绝招。"

老醋说:"哪有什么绝招,不过是找到症结,对症下药。"

蔡五味说:"什么症结?下的什么药?"

老醋看向映山红:"叶子枯黄打蔫,主要是光照不足,浇水太多。这植物和人一样,总见不到阳光,总泡在水里,时间一长就得出毛病。"

闫成十:"那你使了什么灵丹妙药?"

老醋拿起石桌上的一瓶醋:"这就是灵丹妙药。"大伙儿都大吃一惊。"映山红属于我们南方的植物,它比较喜酸,长得太快,就容易缺铁,盆土的pH值一高,叶子就容易枯黄,拿醋喷一喷根部,就能调节酸碱平衡。映山红的根扎牢了,枝叶自然也就茂盛起来,花就红起来了。"

闫成十点头:"喷醋培根,好,好。"

蔡五味说:"闫大哥,这盆映山红,你带回去吧,我怕侍弄不好。"

闫成十:"不用担心,有老醋呢,你要是弄得'荒腔走板'了,就让他来喷醋培根!"

众人又笑了。

老醋说:"闫伯,今天是您的寿宴,我们大伙一起,祝您身体硬朗,寿比南山,祝我们所有人的生活,都像这盆映山红一样,永远红红火火!"

掌声四起,映山红分外夺目。

一转眼,来到了2022年。映山红依旧开得鲜艳灿烂。"一日三餐"牌匾旁,又多了一块"汕德市非物质文化遗产"的牌子。阿玫正在牌匾前做直播,这些年,她通过直播把蔡五味的肠粉制作工艺传播到了全国各地。

宽敞明亮的玻璃灶间里,阿坤、阿昌等人在忙碌。蔡云和东仔等几个往泡沫箱子里装着打包的肠粉。不时有客人进店,美团的外卖小哥戴着口罩,提着外卖进进出出。客人们在吃饭聊天。

大厅电视里在播出新闻:"有腐必反,有贪必肃,十年磨一剑。党的十八大以来,截至2022年4月底,全国纪检监察机关共立案438.8万件、470.9万人,给予党纪政务处分64.4万人……"

古树下，蔡五味、闫成十、老白、丁采仙、老醋在吃饭，桌上摆着粽子。这时候，小白带着儿子来到蔡五味的肠粉店。小白的儿子已经八岁了。"这早上一睁眼，就说要找爷爷，找爷爷，非得跟着爷爷来吃五味叔的肠粉！"

蔡五味朝着阿昌喊："阿昌，来份肠粉！"

阿昌在厨房应着："好嘞！"

闫成十说："小白，找个凳子坐下！"

丁采仙说："还叫小白，人家早就是白处长了！"

老白说："什么处长啊，人家闫维民早就是副市长了！"

"对不起各位伯伯阿姨，我还有事情，我先走啦！"说着，小白离开。

老白意味深长地说："我这个儿子，多亏当时悬崖勒马，及时纠正了错误，不管怎么说，这些年，他也算是踏实了下来！没有犯错误，这也要感谢大环境对人的改变啊！"

丁采仙逗着小白的儿子说："大白，你每天跟着爷爷出来吃肠粉，有没有跟妈咪要钱啊？"

大白说："五味爷爷说了，我跟丁娘娘奶奶一个待遇，白吃！"

老街上，几个孩子跑来，欢呼雀跃地叫："起龙啦！巨龙出水啦！"

大白蹦高："我看大龙！"

闫成十大手一挥，高喊一声："走，看大龙……"

"起龙喽——"随着一声浑厚的吆喝，一条带着污泥的墨绿色龙舟从河道里跃出，龙头高昂，水花四溅……

一时间，旗展鼓号鸣，龙舟竞渡开。锣鼓声、呐喊声中，冲净污泥的龙舟更显威武。龙舟之上，力强气盛的年轻人击打着龙鼓，魁梧健壮的桨手奋力划桨，齐刷刷的木桨在水中激起冲天的浪花，高昂龙头的龙舟劈波斩浪，勇往直前……

蔡五味站在人群中，望着龙舟上一个个孔武有力的汉子，眼中，是自己二十四岁那年风华仍在的样子。

第五卷
心之所向

　　《心之所向》是一本写了十年的日记,记录下主角们回到家乡、投身农业的点点滴滴,让当代的年轻人看到一个全新的可能,了解这段经历,也许你会注意到窗外的叶子黄了,发现天变高变蓝了,惦记田里的稻谷是否已经熟了……

　　时节更替对于大多数人来说只是一个普通的循环往复而已,而这种蕴含生命变化的规律,是中国人"天人合一"生态思想的体现,是每一个时代的农民都崇尚的因时制宜、因地制宜的智慧。

李　昂

一

米书记经常念叨的一句话叫"大同无大事",这句话显示出米书记坐镇一方,工作得心应手。可是最近大同镇李家村,就出了一件"大事"。那天在祠堂里开"夏种动员大会",正说得慷慨激昂,村民来报,建军和几个外乡承包户要去城里打工了,地不种了。

李根富和方学农立刻坐不住了,起身奔出祠堂,在村口拦住了背着大包小包,一路招摇的一群村民。

米爱国、李根富和方学农是从小就在一起的老朋友,米爱国是大同镇党委书记、农业联合会会长,李根富和方学农都是村里的种粮先进、承包大户。他们仨,对于李家村、对于这片地、对于种粮,那可都是村里最忠实的主。

李根富责问领头的建军:"夏种马上就要开始了,今天是动员会你们捣什么乱?"

建军毫不畏缩地说:"我们不是捣乱,会开来开去也开不出钱来,镇上有个工地招工,工资日结,别耽误我们挣钱啊!"

紧跟而来的米书记问:"你们走了,这么多地怎么办?就这么扔着不管了?"

一个村民回答说:"人家包吃包住一天三百块,干半年抵种好几年地,还种什么粮食啊?"

方学农劝建军:"不能夏种结束再去吗?"

建军说:"人家工地可不等我们,稻子种完了黄花菜都凉了。再说就算是种下去了,我们那十亩二十亩的能赚多少钱?我们不偷不抢就想过好日子,怎么还成我们的错了?"

李根富也劝:"谁也没拦着你们过好日子,可地不能撂荒啊。"

建军毫不留情地反驳说:"你们别站着说话不嫌腰疼。根富叔,你家心遥在铁路上干乘务长,将来要留在杭城过好日子。学农叔,新桅也在杭城做买卖,你到处跟人说你要去当杭城老头了,说不定哪天就拍拍屁股走人了。他们都是大学生,比我们都强,上学在城里,工作也在城里,饱汉子不知道饿汉子饥,你们要劝我们留下种地,先把你们子女叫回来!"

李根富和方学农当即语塞。几个村民簇拥着建军离去,李根富和方学农还要拦,被米书记制止。看着村民们的背影,米书记沉痛地对两位老伙伴说:"没用,心飞走了,人喊回来有什么用?这不是咱们年轻的时候,得把土地攥在手里,咱们就怕吃不饱,可人家现在年轻人是,吃得饱还要过得好,没有错,要让他们的心回家,这才是咱们要干的工作。"

这话压下来,李根富当即表态,说这道理不是只讲给别人听的,他明天就去做他们家心遥的动员工作!

方学农劝说:"你可不能昏头了,遥遥在城里过得好好的,你别耽误自家女儿一辈子。"

李根富不听,反问:"耽误什么?"

第二天一早,天蒙蒙亮,李根富穿得很板正,来到火车站一问乘务长,不由大惊,原来他女儿李心遥早就辞职,下海经商了,段上都觉得她可惜,因为她正要提干呢。

一问女儿去了何处,乘务长也不知道,李根富历尽辛苦,找到心遥上班的商场,正逢上柜台大促销活动,已经升为店长的李心遥和几个柜姐正接待顾客,忙得不亦乐乎。

李根富远远看着,不知道该不该这时候过去,也不知道该不该生气,一时间竟有些不知所措。好不容易李心遥接待完一位客人,放下样品一抬头,看见父亲,一怔之下,立刻把手里的事交给其他柜姐,出了柜台走向父亲,小心地问:"爸……你咋来了? 你……去火车站了?"

李根富沉着脸不说话,李心遥定了定神,解释说:"爸,我真不是想瞒着你们的,我怕你们担心,想着过段时间农忙,我回去再跟你们好好说。辞职的事,我也不是头脑发热临时决定的,我已经有更想做的事情了。"

李根富埋怨道:"段长都说要给你提干,你咋还看不上了呢? 么么好的工作你说辞就辞了,也不跟家里说一声。"

李心遥继续解释:"爸,你别着急。我是觉得自己还年轻,应该出去闯一闯。我不是觉得原来的工作不好,特别好,告诉你,我现在这个店做店长,我一个月能挣一万块,但这还不是我的终极目标,我其实在考察,我跟朋友都商量好了,回头我们一起投资,一起开店的。"

李根富不敢相信地问："你要自己做生意？"

李心遥点头答是。

李根富又是埋怨又是劝说："遥遥，你是农村里的孩子，虽然考学出来了，现在在城里，这个心气也不要太高，做生意不是简单的事情。要是赔了怎么办？"

李心遥信心十足地说："爸，做生意，那有赚就有赔嘛，我才二十多岁，我不想求稳过日子，我还想出去闯一闯，而且现在化妆品市场真的特别好，我调研过了，现在人们的生活水平提高了，消费观念也发生了变化。"

李根富生气地指了指女儿的额头："你这就是主意大！"

李心遥娇嗔地叫爸，一看时间快到饭点，说正好边吃边聊，要带父亲去吃好吃的。

到了餐馆，父女找了座位点菜，李根富刚对女儿说出想让她回家帮忙种地，李心遥就叫了起来："你开什么玩笑啊，爸。"

李根富认真地说："这么大的事情，我能开玩笑吗？"

李心遥回答更加坚决："我不回去。"

李根富伤心地问："你想都没想就不答应呢？"

李心遥表情坚决："我不用想，也不想想。"

李根富心里一黯，女儿熟悉的面孔突然变得有些陌生，脑海中情不自禁地浮现很多年前的一个场景：

……那时候，心遥还在读小学，他开着拉粪的拖拉机去接她，正开心地跟同学走出校门的女儿笑容立刻消失，在同学的起哄中爬上拖拉机，然后流泪，委屈得不行。没坐多久，她便下了车，说她自己走回去。

从小，她就是这样要强，决心离开农村过一种体面的生活，可是……

二

李心遥似乎也在这一刻体会到了父亲的失望和伤心，放低了声音解释："爸，你是村里的种粮先进，我以你为荣；你放不下抛荒的地，我也能理解。但你不能要求我也要去干同样的事情吧？我好不容易努力走出农村了，我就想在外边闯闯，有点出息，而且我现在已经找到了我想要做的事情，我希望爸爸也能理解我，支持我。"

李根富无语，好半晌才开口，刚叫了一声"遥遥"，女儿就笑着打断他说："爸，你看点了这么多菜，我们吃饭好不好？"

李根富怔了怔,也笑了,说:"好,吃饭。"

回到村里,想着女儿未来的应对,李根富不禁有些发愁。方学农打着手电在田间巡视水坝,一下照到了蹲在田埂间的老李,吓了一跳:"怎么了,大半夜地跑这儿干什么?"

李根富烦躁地看他一眼,不说话,继续摇动蒲扇。方学农看他样子:"明白了,从女儿那里回来了,是不是碰了一鼻子灰?我早就跟你说过⋯⋯"

好强的李根富立刻打断他:"我高兴还来不及,我们家遥遥辞职了,她今天跟我讲了,这次农忙回来帮我她就不走了,我要让建军那帮小鬼头好好看一看,我李根富的女儿回来种粮食了。"他声音越说越大,神情得意,煞有介事。

方学农不相信:"遥遥辞职了,是不是单位有什么情况?不会是裁员了吧?"

李根富一脸陶醉的样子:"什么裁员,她在单位很受重用,马上要把她往上提,可我的女儿说了,她回来,一可以照顾我,二可以给家里的事情搭把手,多懂事,多体贴,多温暖。"

方学农不为所动,认真劝道:"你种了一辈子的地,那是你的命,可是孩子的命,比我们金贵。"

李根富冷笑说:"你这个觉悟,孩子们的命在城里面就金贵了?我不跟你说了,说了你也不明白,我走了,回去睡觉去了。"

说毕,他一路哼着小曲径自离去,边唱边喊着自己女儿要回来了,留下一脸懵懂的方学农。

李心遥如李根富吹嘘那般,不几天就回来了。

她在回村的路上,看见大片抛荒的土地,一些老年人正在地里干活,累得时不时挺挺腰,不自觉回想起小时候她举着风车奔跑在这些熟悉得不能再熟悉的田埂上,心里无法不被触动。

紧接着,村民对她的态度却让她有些震惊。虽然还是亲热招呼,但是亲热里似乎还夹杂着其他什么,似乎还指指点点,终于她招呼四叔四婶的时候,四婶关心地问她:"城里待着不舒服吧?"四叔也说:"辞职也对,回家靠老爸不丢人。"李心遥越想越不对劲,终于忍不住问四叔:"四叔,我爸到底对你们说什么了?"

李心遥多少明白其中的缘由,心里又好气又好笑,一进门就忍不住质问李根富:"爸,我问你,为什么我从村口走到家,就这么几步路的距离,所有人都对我指指点点的,四婶跟我说,说什么我在城里混不下去了,要回来接你的班,你都跟人说什么了?"

而家里,李根富跟妻子秦香梅已经忙活了好一段时间了,准备了丰富的食材,想让女儿好好吃上一顿火锅。李根富平时油瓶倒了都不扶的人,今天为了说服女儿,也辛苦地亲自主理,并叫妻子帮忙拿菜。

秦香梅说:"我不帮,哪有你这样的,算计自己的女儿,我要是帮你我不就成了帮凶了吗?"

李根富不满地解释说:"我算计自己的女儿,她要是创业失败了,把积蓄赔光了,你心疼不心疼?再说她一个女孩子,在城里无亲无靠的,你放心吗?她要是回来了,不管做什么,我们都能帮忙,都能兜底,这有什么不好?"

两口子正争得激烈,却听得女儿一开口就掀了他的底牌,心里尴尬又委屈,脸上却装蒙,赶紧把罪魁祸首往方学农身上推:"哎呀,遥遥,我知道怎么回事,那天你跟我说你不回来,爸爸这一晚上翻来覆去睡不着觉,我就到地里头转转,巧不巧地,碰到了你学农叔,我就实话给他讲了你辞职的事,哪里知道你学农叔那个大喇叭藏不住事,全村人都知道了,说什么遥遥在城里混不下去了,要回农村了,我女儿不是混不下去了嘛,我只好跟他们说,我们家遥遥是回来帮我的。"

李心遥哭笑不得:"农忙结束后我要回去的呀!"

李根富耐心地解释:"那我知道的,遥遥你看啊,今天我们家又从村里流转了一百多亩地,加上以前的,已经有两百多亩了,爸爸实在是忙不过来,你如果能够回来帮爸爸,我不是逼你回来啊,我是说如果你能够回来的话……"

李心遥忍不住打断说:"爸,上次我就跟你说了,我要创业,而且我对种田根本就没有想法嘛。"

李根富也耐住性子:"我知道你要下决心干一番事业,种水稻,就是很好的事业嘛。"

把女儿行李拿回卧室的秦香梅出来,赶紧打圆场:"行了行了,刚回来还没坐下呢,不聊了,都是小事。"

李根富也趁机招呼女儿坐下,说:"正好你回来帮我这段时间,你好好想想啊,说不定干着干着就找着感觉了呢。"

方学农端着鸡进来,正好见到这个场景,笑着调侃李根富:"我就说遥遥有主意,那么好的工作都不要了,得有多大的抱负啊,你能把她拉回来?还骗我,玩脱了吧?"

李根富恨恨地说:"遥遥这劲头,要是用在农业上,肯定比我强!"

方学农劝道:"船到桥头自然直,何必跟咱闺女较劲呢?是不是,遥遥?"

李根富坚持说:"我不管她创什么业,我这手头的接力棒就想交到自己闺女手里,有什么问题吗?"

方学农淡淡地说:"火锅还吃不吃了？"

李根富回过神来:"专给我女儿准备的城里面的火锅,一定得好好尝尝。"

李根富一插电刚准备煮汤,啪的一声灯灭了,家里断电了。

无可奈何,李根富只得跟方学农去屋后变电箱检查线路。

搭上梯子,李根富爬上去,方学农一边扶着梯子在下边举着手电照明、递着工具,一边继续聊刚才的话题。

方学农劝李根富放弃,让姑娘赶紧回去,强扭的瓜不甜,别硬扭再给扭断了。李根富自信地认为铁杵都能磨成针,他就不信他自己的女儿还留不住。

李心遥坐在屋檐下,把他们的话全听在耳中,若有所思。

三

第二天,李心遥陪着父亲下田,弯腰手作插秧。旁边一块抛荒的地可见结块裂痕,目之所及,抛荒的地一块又一块。

一群小孩裤脚挽起,嬉笑着跑过,叫道:"那边的地没人要了！没有鱼了！走！"

李心遥望着出神,想起自己的童年,也是农忙时节,绿油油的稻田连成片,没有抛荒,没有干涸,田里到处可见跳跃的鱼,而现在……她心里无法不悸动。

可是,她又有什么办法呢？这一切,又跟她有什么关系呢？每天艰苦的劳动都要持续到天色昏暗,才收工回家。

这个时候,米书记来找方学农的儿子方新桅了。

他们在商业大楼下见了面,方新桅请米书记上楼坐,米书记说来杭城考察,顺道过来看看他,一会儿就要赶回去,这儿环境挺好,让方新桅带他走走。

方新桅说好,他知道米书记无事不登三宝殿,肯定是有话要对他这个杭城新桅外贸有限公司总经理说。

果然走不几步,寒暄两句,米书记直接说:"我啊,是有点事,想听听你的想法。跟你说几件我想说的事。"

方新桅看米书记如此慎重,不由得有些紧张起来:"米书记,您不用这么客气,有什么事您直说就好了。"

米书记先笑笑说:"你也别老叫我书记了,我看着你长大,咱俩今天就是叔侄,聊聊天。这第一件事呢,就是你爸,你爸最近一直在村里说,他这个不种地了,马上就要到杭城来当城里的老头了,这个是好事,也是你的孝心。但是你爸手里呢,这不还有一百五十亩地,你爸一直是村里的种粮大户,种得好好的,他突然一走,这个地要让人家接手啊,它也不是那么简单的事,这万一没人种了,撂了荒了,会有很大的损失。你呢,一直是你爸的骄傲,你说啊,他会听,你帮我劝劝他。"

方新桅赶紧答道:"明白。叔,这两年我在杭城确实还不错,我爸挺高兴的,我妈走得早,我爸拉扯我长大,我也是觉得他太辛苦,想把他接到我身边来享享清福,我爸那人脾气您也不是不知道,这地他种了一辈子,能没有感情吗?这地不能说荒就荒了,您放心。"

米书记点头:"好,这第二件事呢就是你,你是我看着长大的,有知识有文化,敢打敢拼。"

方新桅不解地问:"叔,您有什么话就直说吧,跟我您就别见外了。"

米书记笑着亮出底牌:"我是这么想的,你这样的人才能够回到大同,回到村里来发展,会大有作为,因为你有先天的优势。"

方新桅迟疑起来:"叔,这件事挺突然的。说实话,隔行如隔山。我虽然是村里长大的孩子,但我从小吧,种地这事儿我爸就不让我碰,他就想让我走出来,所以我算是看得多,但没有真正地接触过,虽然说我现在做这个贸易生意吧,它风险大,竞争也很激烈,所以我不断地在找商机,但都是围着我现在的资源在做考虑,我还真没想过迈这么大步子。"

米书记从容地说:"我啊就是有这么个想法,先给你这么一说;你呢,把这件事情当回事儿琢磨琢磨。新闻报纸天天在说,农村还处于落后,这农业要现代化。怎么现代化?它需要的是人才,像你这样的人才。说实话,前些年,村子里的年轻人,我往外送的很多,这当然是好事,但是我现在真的觉得,村里啊,需要像你这样的人才回来。"

方新桅一时不知如何接话。

米书记摆手:"不着急答应我,你想一想,考虑考虑。没事啊,回村里去看看。"

方新桅只剩下连连点头的份,连说"我知道"。

心遥闷闷地待了几天,地里的秧插完了,她准备收拾东西回城,但是父亲一早就出去了,左等右等还不回家。李心遥问母亲:"爸怎么还不回来,我下午就要走了,还想跟他说会儿话呢。"

秦香梅说:"该走走你的吧,今天好几户人家找他帮忙呢,估计现在在四叔家地里呢。"

李心遥问:"爸是打算把全村的地都种了吗?"

秦香梅说:"可不嘛,今年撂荒的田,肯定要流转过来。"

李心遥说:"可是这个田东一头西一头的,不得累死。"

秦香梅心痛地说:"是啊,可怎么办呢？村里现在缺少劳动力,你看又走了一批,你爸也不年轻了,一天活干下来,浑身都酸痛,晚上我还得给他擦红花油。你赶紧回屋把饭吃了,别误了车。"

秦香梅要给丈夫送饭,李心遥抢着说她去送。

顶着炎炎烈日,她提着饭来到田间的树荫下,李根富立刻张罗帮忙的村民到树荫下吃饭。

李心遥心痛地劝父亲悠着点,别这么死命地干,李根富毫不在乎地说自己还年轻。

村民过来搭话,问她为啥辞职,李心遥说自己想创业,村民担心地说万一赔了怎么办,要不回来接你爸的班也行。

李心遥还没说话,李根富索性把一碗小炒肉都端给孙叔,让他拿去给干活的村民都尝尝,说:"我家遥遥用不着接我的班,我自己就能干这个活。"

支走孙叔后,李根富对心遥说:"该走走,家里的事情你不用操心,你赶紧把自己想干的事情干起来,给大家看一看。"李根富扒拉两口,又下田去了,说要再耕一遍。

李心遥坐在田埂上,看着驾着拖拉机的父亲,感慨非常,眼睛已湿润。

回到家里,李心遥心里为难,那压在桌上的一张张车票,记录着她一次次从李家村到杭城,一次次从农村到城市的行程和追求,她又怎么能够轻易舍弃这些年她在城市里的奋斗、奋斗的收获、奋斗的生活……

秦香梅回来,看见她失魂落魄地坐在灶前,惊奇地问她:"还在啊,烧火不用心,饭都快煳了,怎么了？"

李心遥站起身,表情复杂地说:"我也不知道为什么,就是觉得走不了了。"

秦香梅叹气说:"被你爸拿住了,你爸这个人啊平时不说话,其实阴坏着呢,就知道你心思重,还孝顺。"

李心遥说:"拿不住我,爸的心思我明白。"

秦香梅也不知道该劝她还是支持她,说:"你爸什么心思不重要,你自己的心思最重要,你想做什么就去做,我们都会支持你的。你要是因为惦记我们耽误了自己的事情,那不值当。你的事才是大事,记住了吗？"

这反倒让李心遥下了决心,说:"我想过了,抛荒那些地爸都揽自己身上,他岁数也不小了,我看着心里头难受,我再待两天帮帮他。"

秦香梅又是感动又是心痛,无奈地说:"你们父女俩杠起来,就是一个样!"

四

这时,李心遥的女同学打了电话来,说商场那边已经谈好了,给她们的条件特别好,把店开在那儿很合适,问李心遥什么时候回去。

李心遥说:"得再等等,一个星期以后吧。"

女同学吃惊地问:"再等一星期?到底什么事啊?"

李心遥说:"家里的事多得忙不过来,要不这样,你们先辛苦几天,等我回来以后多干一点,好不好?"

女同学说:"那可说好了,就一星期,可不能再拖了。"

电话挂断,李心遥想捋清思绪,却看见前面的稻田里,有微弱的光源,还听见窸窣声,她赶忙拿手电一照,只见一个小男生正鬼鬼祟祟地藏东西,用手遮在眼前。

李心遥定睛一看,惊奇地叫出名字:"陈楚江。"

陈楚江也听出她的声音:"心遥姐。"

李心遥问:"你跑我们地里干什么?"

陈楚江装模作样地说:"我溜达溜达。"

李心遥不信,说:"你骗鬼呢,藏什么东西?"

陈楚江振振有词地说:"那叫藏吗?我是把包放在那儿。"

然后他认真地说:"姐,你可不要破坏我的出逃计划。"

李心遥问他:"出逃?你做了什么亏心事?"

陈楚江答:"还不是你害的,你爸说他在城里那大宝贝女儿要回来种地了,我爸知道了,死活不让我走,非得让我和他一起种地,我一说走,就要打我。"

李心遥哭笑不得,说:"我是因为农忙,才回来帮忙的。"

陈楚江继续发挥:"姐,人各有志,你能回来,很勇敢,弟弟佩服,但是我的青春我做主,我的青春不等人。"

李心遥机敏地问:"是城里有人等你吧?"

陈楚江惊奇地问:"你怎么知道?"

李心遥说:"见多了听多了,大差不差。"

陈楚江说:"佳人只是一方面,但是我想有我自己的新生活,走出去,有自己的新天地,也是真的。"

他又说:"姐,咱们俩往日无冤,近日无仇,今天你放弟弟一马吧,就当咱俩没见过,行行好。"

李心遥不屑地说:"走你的,我什么都没看见。"

陈楚江喜道:"姐,等弟以后出息了,一定把这一段写进书里。我先回去了,要不我爸要打死我了。"

陈楚江一溜烟跑没影,李心遥一个人抱着腿蹲在夜色下的稻田边,久久地沉思着,仿佛跟这大地融为一体。

第二天上午,陈楚江先在稻田边取了包,得意扬扬地往村外走,突听得一声呼叫,他心里暗叫"完了",赶紧用包挡着侧脸,果然是父亲陈文武在地里叫他。他立刻飞跑,陈文武大叫着"小鬼头",拎起锄头追上来。

陈楚江一边跑一边大叫"打人啦,杀人啦",父子俩追逐一路,陈楚江气喘吁吁地逃到小桥边,还是被父亲追上了,被好一顿毒打,弄破了头。

这下陈文武慌了神,赶紧把儿子带到镇卫生院包扎,妻子赵春芳赶来,一边愤怒地掐丈夫,一边埋怨:"你这个死老头子,我们陈家就这一根独苗,他要是有个三长两短,我跟你没完。"

陈文武也愤怒地说:"我陈文武的儿子,不种地,你说我要他干什么?"

赵春芳哭叫:"这日子没法过了。儿子在城里干得好好的,你为啥让他回来啊。"

陈楚江在镇卫生院里包扎好伤口,听见了父母在外面争吵,踌躇着不敢出去。卫生院的医生胡蝶问他为什么包扎完了还不走,陈楚江向她借手机打个电话,说他爸在外边,不能出去,出去又是一顿毒打。

胡蝶借了手机,陈楚江给杭城的女友小玫打电话,刚打通报了名,小玫就愤怒地责问:"你死哪去了?放我鸽子是吧?好,我告诉你,如果今天你还不出现在我面前,我们就分手!分手!"

陈楚江急忙劝说,小玫根本不听他说话,继续嚷道:"我绝不会和农民谈恋爱的,你看着办吧。"

陈楚江也怒了,回击道:"聂小玫你什么意思,农民怎么了?我们全家都是农民,瞧不起是吧,我们分手!"

电话挂断,一旁胡蝶听得清楚,气氛尴尬。

陈楚江把手机还给胡蝶,迟疑一下,忍不住大声对胡蝶声明:"是我要和她分手的啊。"

胡蝶心里好笑,故意冷淡地说:"行,别耽误我工作。"

拉开门,陈文武夫妇迎上来关心地问怎么样,胡蝶笑着安慰:"没事,一点皮外伤,我处理过了。"

她转身招呼畏缩在屋里的陈楚江:"出来啊。"

陈楚江磨蹭着出来,赵春芳扑过来拉着儿子,左看右看。胡蝶劝陈文武说:"叔,以后我们有话好好说,千万别动手啊。"

陈文武点点头,对儿子喝道:"好了,大夫都说没事了,还不回家去。"

方新桅回来了。

在李家村,方新桅可是一位鼎鼎大名的能人、善人,这些年村里的事他出钱出力,奉献很多。中午一过,李根富就来到祠堂帮忙,方学农一边指挥村民卸车,把新家具搬进祠堂,一边跟李根富聊天。

李根富称赞新桅有本事,方学农得意地说:"那是。"

李根富又问:"新桅什么时候到?"

"说是下午,应该快到了。"方学农一边看表,一边反问,"遥遥明天就要回去了,你不回去陪陪她?"

李根富立刻吹嘘起来:"我女儿我还不清楚啊,她回不回去,还不一定呢!这两天她要是不走,我估计她就走不了了。"

方学农不以为然:"你闺女那是心疼你个老水牛,别不识好歹。"

李根富让他帮忙给新桅说说,让新桅去给心遥再加把火,心遥往日里最听她哥的话了。

方学农这下抖了起来,连说:"打住,我可以给他说说情况,至于怎么说,新桅不用你教。"

等到晚上,方新桅果然来找李心遥,一见面李心遥就一副了然于胸的样子问:"是不是我爸让你来当说客的。"

方新桅点头:"根富叔是这么交代的,但我也不是来当说客的。"

兄妹俩乐了。

方新桅问她纠结什么。李心遥说她想创业又确实放心不下家里,就这点事情,也找不到答案。

方新桅以过来人的经历认真地说："只有自己内心想做的事情,才能做好,你的这个内疚也好心疼也罢,恐怕都不行。"

李心遥说很羡慕他,村里有什么大事小事都出钱出力,全村人提起他都竖大拇指,以他为傲。

方新桅说："责无旁贷吧,做人不能忘本。过去对'故乡'这个词没概念,突然某一刻,就会特别想念,想马上开车回来,车一进村口,心里就踏实了。"

然后,他掏出一支口红说："你嫂子送你的。"

李心遥开心地道了谢,又问："创业难吗?"

方新桅沉吟着说："只要自己觉得能扛住的难就不算真的难。你看这几年互联网发展挺快的,按照道理呢,我们搞贸易的,也是挺有好处的,但是竞争也越来越激烈了,这订单流失的情况,越来越多,所以我也在思考,要不要转型,这次回来也是考察。"

五

李心遥奇道："回来考察?你要回农村创业?"

方新桅坦白地说："八字没一撇呢,不过农业这两年发展势头很猛。当然,缺点也很明显,投资大,周期长,而且不可预测的因素太多,我也不好把话说死了,所以需要考察嘛。不过这件事,暂时不能让我爸知道,你爸也不能说。"

李心遥嘴一撇："放心吧,我嘴严得很。你小时候做的那些事……"

方新桅打她头一下,起身走到田里继续说："我还告诉你,人生方向的事儿只有自己对自己负责,我们都要问自己的心要去哪儿,自己坚定了,做什么都不会差。根富叔就想把地种好,只是他忽略了一点,那是他想去的地方,并不是你的意愿,所以你不必心思这么重。这个事情也没有什么根本的矛盾和冲突。不管是你,还是我,我们都应该找到我们自己的心之所向。"

李心遥问："哥,那你找到了吗?"

方新桅若有所思："我的人生就是把我该做的事情做完,就要做我想做的事了。"

李心遥似懂非懂,这时,传来一阵鼓掌声,脑袋上包着纱布的陈楚江走出来大声道："好,说得好!你说的就是我的心里话。"

方新桅说："我下午刚到,进村还碰见你爸了,头怎么弄的呀?"

陈楚江愤愤地说："别提我爸了,这伤就是拜他所赐。要不是他,我早到杭城了,现在身份证、手机和包全被水冲走了。"

李心遥安慰："没关系,还有机会。"

陈楚江沮丧地说："没有机会了,人间不值得。"

李心遥问："不是还有佳人等待吗?"

陈楚江一屁股坐下,仰头说佳人跑了,嫌弃他是农民,士可杀不可辱,我跟我爸斗那是人民内部矛盾,是观念之争,可嫌弃农民就是性质问题了,这样的佳人觉悟太低,人生不能以一时成败论英雄。佳人越是瞧不起农民,他就越是要把这个地种好了,让某些人啪啪打脸。

李心遥和方新桅都鼓励他,说他觉悟很高。李心遥更是再次触动内心。

回到家里,女同学再次打了电话来,李心遥赶紧解释说："我都辞职了,怎么可能打退堂鼓呢,这不家里有事情嘛,明天一定赶回去。"

一转身,看见父亲表情复杂地看着她。

心遥迎上去,李根富问："是不是明天就要回去了?"

李心遥有些为难地说："我坐新桅哥的车一起走。"

看见女儿决定了,李根富沉重地叹一口气,反倒轻松下来,说："好,你看你这次回来,里里外外地忙,还要想办法躲着我,怪累的。"

李心遥连忙否认："我哪儿躲你了,我没有,我就想自己一个人静一静。"

父女俩相对无言,好一会儿,李心遥才说："爸,说实话,这段时间,您的用心我都看见了,但是我也确实为难了,我想过,要不留下来算了,但是,我这心里头吧,我也过不去那个坎,我还是不想留遗憾。所以这次可能我让您失望了,但是我保证,未来,我一定通过我自己的努力让你们为我骄傲。"

一番话说得温和动情,却斩钉截铁,李根富努力控制自己失落的情绪,说："行了,好事! 话说明白就痛快了,这段时间我们两个都憋在心里,都快憋出病了。"

父女俩相视笑了,李心遥柔声补充说："家里有什么事,还有农业公司那些材料,你随时都可以找我。"

李根富叹气说："是啊,那些什么表格啊,资料啊,还有那么多的账啊,每次都弄得我头大,那我下次去城里就把什么账目啊,材料啊都带去。"

李心遥高兴地答应："没问题。以后在城里,给你买一个大房子。"

"你说的啊。"

"那必须的啊。"

父女俩憧憬着美好的未来。

第二天走的时候,大家都来送行,唯独不见李根富。

李心遥问:"爸呢?"

秦香梅说:"一大早就出去了,问也没说,他知道你今天走,怎么就没回来呢。"

方学农安慰说:"你爸就算闹情绪也不会有事儿的,我了解他,就怕送你掉眼泪。"

李心遥四处张望,搜索不到父亲的身影,只好怀着遗憾和不舍上车,跟着方新桄离开。

车行出不久,穿行在山间公路上,李心遥看着窗外发呆。突然,手机信息提示银行汇款到账六万元。

紧接着收到李根富的信息:"穷家富路,照顾好自己。"

李心遥泪水一下涌出来,很久以前的往事,又浮现在脑海……自从李根富那次开着拉粪的拖拉机来接她被同学嘲笑后,往后李根富就走着来接她放学,她问爸爸为什么,李根富答,爸爸就是你的拖拉机……李心遥又想起童年时,父亲在地里打药,她在田埂上跳跃,给父亲唱歌,手中的彩色风车转啊转……

方新桄十分理解李心遥的心情,用心开车,不去打扰她。

回到杭城,李心遥立刻投入到她的创业事业中。

她和朋友的小柜台如火如荼地开了起来,生意红火。

李根富进过几次城,一是关心女儿的创业,二是来请女儿帮忙填资料,每次都是匆匆来去,每次心遥看见父亲离去的背影,都忍不住流泪。

这天,李心遥正在化妆品专柜忙碌,迎来一位特殊的男顾客。李心遥一眼认出这人是她的高中班长,也是她曾经暗恋的对象,不禁一下就呆住了。

任海风也认出了她,惊喜得不敢相信:"心遥?是你!好久不见。"

李心遥努力控制自己的情绪,微笑道:"班长,好久不见。"

任海风满脸兴奋:"我还以为你回家扎根了呢,没想到在这碰见你!"

李心遥笑得有些不自在:"我在这儿上班呢。你想买点什么吗?送给……女朋友吗?"

任海风说是送他妈,李心遥暗中舒了一口气,立刻热心地要给他推荐。

没多久,推荐完毕,任海风付了账,李心遥把手提袋递给他。任海风真诚地感谢说:"谢谢你啊,你很专业,相信我妈一定很满意这份礼物。"

李心遥又慌忙从柜台里抓了几件样品装进手提袋，说是送的样品。任海风谢过后正要走，突然又想起什么，问李心遥下个月的班级同学聚会有没有收到通知。

六

李心遥说："收到了。"

任海风放了心，说："大家都忙，所以早通知早做准备，我作为班长，必须再郑重地邀请你一次，你这个团支部书记可不能不来啊！"

李心遥心中有些莫名的喜悦，笑着点头说："来来来。"

等到任海风一走，女同事立刻叫她："遥遥你也太大方了，一下子送这么多东西。他就是那个白月光吧？"

两人正在说笑，商场保安跑过来，叫道："李心遥你爸在商场门口摔倒了！"

李心遥大惊，赶紧往商场门口跑去。这一次李根富摔得不轻，受伤的一只胳膊打了夹板，所谓"伤筋动骨一百天"，至少相当长一段时间这只胳膊是用不了了。

但是李根富的两百多亩地可不会等他，李根富的心也躺不下来。这天晚上，都夜深了，李根富还吊着一只胳膊，只用一只手跟秦香梅在灯下整理农业公司的材料。秦香梅劝丈夫赶紧睡吧，都这么晚了，她来帮他弄。

李根富固执地自己整理，送父亲回家的李心遥从卧室出来，也问："你这都受伤了，怎么还在弄啊？"

秦香梅无奈："说他也不听！"

李心遥劝父亲回去休息。

李根富中气十足地说："没事，跟你们说了没事，明天农业公司还要开会，我今天不把它们弄好，我心里面没数呢。"

李心遥用医生的话劝也不听，只好说："行了，明儿我替你去开会。"

李根富就等这句话，却还是说："这些程序啊，政策啊，你不了解，你咋替我去？"

李心遥认真而坚决地说："我学。"说干就干，既然答应了父亲，李心遥就决心把农业公司这边的工作先做好，当时就加班了解熟悉。第二天到农业公司父亲的办公室，认真学习材料，熟悉政策，了解农业公司，同时下地锄草、插秧、开拖拉机、替父亲去开会、分派村民工作，把父亲的工作打理得井井有条。

等到这一切忙得差不多了，李心遥的同学会也到了日期，李心遥收拾行李，对父亲说,她去参加同学会,结束后直接回杭城,又叮嘱父亲胳膊还没好,千万别再伤着。

李根富点头答应,想劝女儿却又说不出口,只得默默地看着女儿离去。

李心遥的同学会安排在艾青故里,同学们都称赞班长找了这么一个风雅的好地方。有同学就问:"我们今天聚会的主题是不是故乡情啊?"

"故乡,多土呀。这都是上一辈才聊的事。好不容易走出去,谁会愿意再回去呢?"

又有同学问心遥:"听说你一直待在老家跟你爸一起种地,跟我们说说你的体会吧?"

此言一出,有的同学相当惊奇,不敢相信,有的同学表示理解,替心遥解释是迫不得已而为之嘛,要不谁愿意当农民啊?

李心遥忍不住了,笑着说:"首先啊,我没有迫不得已,再说了,你往上数三代,谁家没有农民啊? 我现在倒是有一点惭愧,我就想,能为我的家乡发展做些什么。"

大家都被她的话震住了,一会儿才有同学说,这团支书的格局一下就打开了啊,有的同学说得敬班长和团支书一个,然后起哄,晚上一定把班长和团支书喝倒。大家哄闹着太热了,去吃冰棍,留下李心遥和任海风两人,两人相视一笑,不约而同地往另一个方向走去。

任海风一边走,一边安慰说:"刚才他们那样说,别往心里去啊,每个人的认知都和自己的经历有关,很难一致。"

走了几步,李心遥才笑着说:"我小时候啊,我爸都是在地里干完活就开着拖拉机来接我,其实当时我心里,一方面觉得有点丢人,另一方面我又很讨厌那些笑我的同学,当时我就发誓,我一定要混出一点人样来。后来,在城里上学、工作,再后来又沉迷创业,但是每次回去啊,我看到我爸还有其他叔叔伯伯在田里耕作的时候,我就觉得,说不上来那是什么感觉,敬佩……"

她的目光被远处一个瓜摊吸引了。

父亲摊主靠在装瓜的货车上睡着了,两个游客过来买瓜,一边坐在小凳上做作业的几岁的儿子急忙跑过来收钱,然后重新跑回小凳坐下继续写作业……

两人看着,相视一笑,心里都有一种莫名的相通和感触。

任海风说:"看来这段时间,给你的感触很深。"

李心遥点点头,反问:"那你呢? 才子,接下来有什么打算?"

任海风老实回答说:"我辞职考研了,还是电力专业,重新回到学校,我还有点紧张呢。"

"那挺好的啊,在哪儿啊?"

"北京。"

"好远啊。"

"现在大家都天南海北的,不过我们可以打电话,发信息。"任海风停顿一下鼓起勇气说,"我要想你了给你发视频……"

面对这句真情流露的话,李心遥有点害羞,她鼓起勇气凝视着任海风,微笑着说:"常联系。"

"常联系。"

在离别的时候,李心遥忍不住向任海风吐露心声:"其实我这次回去,和上次回去的感觉,不太一样,这次我跟乡亲们一起,在田里干着活,有风吹过的时候,我们就直起腰,风吹在自己身上,那种感觉很好,是一种充实的幸福,是以前从来没有过的感觉。我刚刚看到艾青的诗:'为什么我的眼里常含泪水?因为我对这土地爱得深沉。'我好像一下就明白了,为什么我爸爸他们会经常看着撂荒的土地发呆,其实我也不愿意,看着这么好的耕地就撂荒了,如果我的事业能和这件事有关,如果那里需要我,我是不是可以回去,让那里变得更好?"

任海风看着李心遥,眼里满是钦慕。他觉得他从来没有喜欢错这个女孩。

米书记又来找李根富谈话。这次方学农流转到村集体的一百五十亩高质量农田,李根富想承包,米书记让他不要勉强,现在社会服务体系还在完善,短期内自己上设备投入太大,这事好好想想再说。

李根富说:"我是觉得对不住你,没想到这件事成为村里的老大难,之前想把女儿叫回来帮我,也没有留下来。"

米书记说:"年轻人怎么想的,不是咱们能猜得到的,你要让他们的思想转变,那得有个过程,你现在看见的,未必是结果,你信吗?"

李根富点头。

当天突降大雨,稻田里水位上涨,李根富指挥秦香梅开排水渠,秦香梅力弱,李根富恼怒地叫妻子动作快一点,焦急地大喝,最后甩下托板自己上。

秦香梅看着拖着伤的李根富生气了:"你怎么下来了?"

李根富怒叫:"现在正是水稻分蘖的时候,要不赶紧把水放了,今年的庄稼就完了。"

秦香梅大声喊:"赶快上去,你的胳膊那样子不行!"

李根富说没事,两人拼命挖土。"爸!妈!"李心遥叫喊着。参加完同学会后,李心遥冒雨赶回了家。

她一边帮忙一边心痛地责备父亲:"手都没好怎么就来了,怎么答应我的?"

李根富大声问:"遥遥,你怎么来了?"

李心遥答:"我来帮你啊。"

李根富更加大声问:"我是说,你怎么回来了?"

李心遥笑了笑,同样大声答:"我回来帮你啊。我不走了。"

秦香梅听清了女儿的话,笑着给丈夫说:"遥遥说她不走了,回来帮我们。"

李根富怔住,心遥跳下田,抢过父亲手中的铁铲,奋力掀土。

李根富仰起头,在滂沱大雨中大声喊道:"我女儿回来了!"

七

一年后,收割季节,也是丰收季节。

绿水。青山。沉甸甸的稻穗。美丽的村庄。

李心遥这天跟方学农在村委会签订协议,拿下方学农流转的那一百五十亩良田。

方学农把签了字的协议递给李心遥,叮嘱道:"遥遥,这一百五十亩地就交给你了啊,你得好好干,不然你爸饶不了我。"

李心遥笑着保证:"叔,你放心,你就安安心心地去做杭城里老头。"她把协议递还给方学农:"但是这个你要收着,我们一人一份。"

方学农拿着协议,突然问:"那这个事,是你去跟你爸说,还是我去说呀?"

李心遥沉吟一下说:"我去吧。我们一会儿正好一块收稻子。"

方学农不放心地叮嘱道:"那你可得挑个好法子说,这么大的事,我怕你爸一下接受不了,你知道吗?"

李心遥说:"放心,我知道的。"

方学农点点头:"那行,那我回家等你的好消息。"

李心遥点点头,表情果决。

李家村祠堂外的空地上,停着几辆收粮食的大卡车,李根富带着人往车上搬粮食,李心遥在一旁掌秤,有时也过来帮忙搬粮食称重,称赞父亲预估的数准,今年又是丰收,明年还能更好。

李根富得意地说:"种一辈子地了,那稻穗在手上一捏,心里边就有数啦。像我们父女俩这么一起干,肯定是一年比一年好!"

李心遥一边看秤一边趁机说:"爸,我的意思是,如果我们做一些改变,一定比现在更好。"

李根富疑惑地说:"改变?"

李心遥点头。

李根富笑道:"不愧是我女儿啊,才刚刚回来一年多,就已经有想法了,好得很。"

有人在叫吃饭了,李根富放下手中的粮食包,站起身招呼大家说:"先吃饭,吃了饭接着干。"

再转头对女儿说:"遥遥,正好边吃边说,爸爸想听听你都有什么想法。"

两人盛好饭,李心遥说:"爸,在我回来之前,你手里就有一百来亩地,后来你把抛荒的地都收过来,林林总总加在一起,差不多就到两百来亩,我回来之后又流转了一些土地,现在有三百多亩了。你有没有想过,如果我们把这些分散的地,连成一片,会不会打开一个不一样的局面?"

李根富思考着称赞道:"局面,这读了书就是不一样啊,爸爸怎么也想不出这个词,局面,不错,局面大好。"

李心遥嗔道:"不,这不是重点,我一直在想一个事情啊,如果把那些中间的田地都流转在一起,就像七巧板一样,把它拼成一整片,全面形成规模化种植,经过统一改造,把它们变成高标准粮田,我们用更现代化的方式来管理。"

李根富也认真起来:"遥遥,要是这样的话,这可不是一个小数字啊。要好好考虑考虑。"

李心遥继续鼓吹:"我算过了,如果我们真这么干,总共有一千多亩的水稻田,到时候我们再引进新技术,智能化的农业设备,那无人机在田间巡逻……"

她越说越兴奋,父亲的表情越来越疑惑,忍不住打断她:"哎哎等会儿,你这件事情,这么大的事情,你算过没有,得花多少钱?单是土地流转这一块……"

李心遥早就计算过,干脆地回答:"一百万。"

李根富倒吸一口凉气:"遥遥,我和你妈一辈子也没见过这么多钱!我不同意,根本不可能的事情。我先问你,你这一百万你到哪儿去弄?"

李心遥索性亮出底牌:"首先我跟学农叔已经签了协议,他们家的地已经流转过来,而且,我最近已经在跑贷款了。"

李根富一听就站起来了:"贷款?你一下子贷这么多款……你贷这么多的款都不跟家里商量商量,你就跟方学农你们两个……你看你回来这一年多,你手上的土地都忙活不过来,你突然搞那么大的规模,那些什么新设备、新科技,你说飞来飞去的,你一千亩粮食就长出来了? 怎么可能! 这种地真不是一件简单的事情,还有,你这一百万贷款,你怎么还? 加上利息,你怎么还? 还不起怎么办? 我绝对不同意。根本就不可能的事。"

李心遥插不上嘴,正在解释,李根富一眼瞥见一直在远处窥看的方学农,一下子气上来,大叫着追过去,方学农一激灵,掉头就跑,李根富撒丫子去追,李心遥也急急忙忙跟上去。

李根富追着方学农在村里的路上跑,引来各家各户出来围观。方学农不住回头看,一个不留神,掉进了池塘里,水不深,方学农装扑腾。

李根富直接给他提溜住了:"你给我演什么呢! 上来!"

围观群众都在笑。李心遥追过来,叹了口气,无可奈何。

回到方学农的家,方学农一进院就躺在躺椅上,各种姿势装病。

李根富不理他,倒是李心遥一手给摇着扇子一手还端着茶水,关心地问他要不要去医院看看。

方学农当然不去,只说等儿子回来,叫心遥给她哥说,他爸被她爸打了。

两个老朋友正斗嘴,方新桅带着妻子张琪和儿子方恩聿回来了。

一听见大孙子回来了,方学农立刻坐了起来,拿开盖在眼睛上的毛巾,看着方恩聿直乐。

方新桅让妻子把儿子带去洗手,方学农看李根富一旁虎视眈眈,只得干咳两声,叫屈说:"这个事情不怪心遥,但也不能怪我,是你叫心遥回来的。你说,她要是把创业的劲儿用在种地上肯定比你强。这话是你说的吧? 可结果呢,你天天给人关办公室,这资料那报表的,把人给耽误了。那遥遥需要发挥的空间,我这个做叔的就帮一把。你还打我? 儿子,你给评评理。"

李根富生气地说:"跟孩子说我打你,我打你是这个样子吗?"

方新桅给李心遥递了个眼色,劝道:"遥遥,这事你先斩后奏欠考虑了啊,怎么着也得听听根富叔的意见。"

李心遥趁机说:"爸,你别生气了,我们好好商量呗,行不行?"

李根富昂着头说:"这有什么可商量的? 一千亩谁都干不下来。谁都没把握,你这刚回来一年,就要干一千亩,不可能的。你们俩那协议回头解除了,不作数。"

方学农急了:"那不行! 大不了我就不走了,那有我跟你一起给心遥保驾护航,大家一起干,还不行吗?"

李根富冷哼："你拿什么保驾护航？"

方学农争论说："不是，你不就爱跟我讲道理讲情怀的，怎么到了女儿这个事情上你就退步了呢？遥遥，你说是不是！"

李心遥看着众人，坚决地说："爸、叔、新桅哥。这件事我得干。首先我是回来创业的，不是回来养尊处优的，更不是回来啃老的。我们现在的确是面临困难了，遇到麻烦了，我们要想办法去解决呀，我前两天已经去镇上农机所和社会服务中心跑了一趟，然后我还去了趟信用社，贷款已经批了。今天我就想着我们大家能坐在一起，商量着怎么把这些分散的土地做一个合理规划。"

李根富也急了："好了，遥遥，你先跟我说，贷款这件事是谁给你批的？我找他去。"

"我批的。"一个人走进院子，是米书记，"我亲自签的字，我支持心遥迈出这一步。"米书记期待地看着李根富，也看着众人。

李心遥认真地说："爸，我就想做一个真正的农民，从我自己手里种出粮食！"

李根富有些恼怒："行。不说了。从今天开始分家。你们不是支持李心遥吗，你们要弄你们弄。我就按我传统的方式种，别混在一块到时候算不清楚。李心遥，既然你胆子大你想把天捅破，你就自己担着。"说完背着手走了，留众人在原地。

八

李根富回到家里，依然火气上升。

妻子替他量了血压，劝他道："别生气了，跟闺女好好聊聊。"

李根富径直要去房间里睡觉。

秦香梅拉住他，说："我知道，你不就是生女儿那点气吗？那件事没跟你说，她去跟方学农商量了吗？"

李根富生气地说："你别在这和稀泥，这只是问题的一部分。这不是开玩笑的小事，种地啊，一千亩地！"然后关门睡觉。

秦香梅在屋里等到女儿回来，说："遥遥，你爸真生气了，他是担心你，你一下子背这么重的债务，我这想一想啊，心里也是堵。"

李心遥拉住妈妈撒娇："妈，你是支持我的吗？"

秦香梅说："我当然支持你啊，可是钱还不上怎么办呢？"

李心遥耐心地劝妈妈放心，要是一点把握也没有，自己也不会这样干，请秦香梅相信她。

安抚好母亲,李心遥看到任海风发了一些关于智慧农业的资料视频过来,让她参考下其他地区农业的成功案例,祝她成功。

李心遥立刻回复:"谢谢班长,看到这些,我更有信心了。"

任海风也立刻回复:"别灰心,你正在干一件伟大的事,我相信你。"

李心遥的新征程正式开始。

第二天,李根富雇了几个人帮忙干活,说好了八点半,结果一个人也没来,打电话一问,原来是李心遥召集人手忙活果木上山,工资还高,还把李根富的电话直接挂了,叫他自己干,气得李根富立刻回家向妻子愤怒地抱怨,还要找女儿算账。

秦香梅笑着劝他:"干脆跟着闺女一起干吧,眼看着就要插秧了。"

李根富愤怒地说:"你还在这儿幸灾乐祸,都是被你宠的,主意大得很!"

正说着,李心遥摇着草帽进来了,她坐下不好意思地解释说:"爸,村里人心里都揣着计算器呢。那肯定哪个收入多就去哪边啊。"

李根富恨恨地说:"是,今天算你旗开得胜,先赢一局。你厉害,你出息。"

李心遥故意逗他:"爸,要比赛您可小心了,小心被剃了光头!"

李根富胡子都气歪了,愤然离家,连饭都不吃了。

陈楚江自然成为李心遥的支持者和合作者,积极地参与李心遥所有的决策与工作,两人拿着村里的地形图研究半天,陈楚江确定地说:"姐,我是看明白了,老胡家这一百多亩果木林的位置确实很尴尬,正好就卡在中间,把地分隔开了。"

李心遥说:"别的果木大户都谈妥了,移栽移种的工作也已经开始了,灌溉渠一改道,就成了。所以胡家这块地很重要,就差这最后小两百亩,一千亩的规模化就形成了。"

话说到这份上,陈楚江当仁不让地拍了胸脯:"姐,你就踏踏实实地盯着你那块平地,老胡家,就包我身上了。但我也有一个要求,你那套智慧农业的系统装好了,能不能加上我?"

李心遥笑着推他:"没问题。"

两人成交,陈楚江立刻行动,鼓动父亲跟他一起,拎着两只鸡来到胡家门外,却吃了闭门羹。

老胡直接在门里回答:"老胡说他不在家。"

陈文武气得想要踢门,陈楚江赶紧拉住父亲,对门里说:"东西放在门口,有空出来拿。"陈楚江强拉着父亲离开。

陈楚江不死心,又拜访过胡家几次,每次都被关在门外,还被老胡从楼上淋了一盆水,叫他以后别再来了。

终于,他们打听到老胡家因为置换的地在山上,上上下下都不方便,父子俩决定"精诚所至,金石为开",用最笨的法子,先给山上的地修一条路。

这天父子俩冒着炎炎烈日,在山路上搬着石头填坑。

陈文武哀叹道:"这路修不起来,车上不去,果子运不出,人家能答应上山才怪!"

陈楚江赶紧给父亲鼓劲:"我的好爸爸,所以才请你来帮忙,上阵父子兵嘛。"

陈文武说:"就咱俩修这条路,那得修到猴年马月去!"

陈楚江宽慰道:"这段最难走,怎么也得先通车啊,但是修路啊,两个月就能通车了,只要咱们真心为农户为农村着想,这事儿能谈。"

说罢,陈楚江搬起一块大石头,不料脚下一滑出溜到坡下,发出一声惨叫,把腿摔伤了。

到了镇上卫生院,坐诊的又是胡蝶,陈楚江稍一动就叫痛,只得坐下休息。

陈楚江对胡蝶说:"真不好意思啊,每次都麻烦你。"

胡蝶怪有趣地看着他问:"你什么体质,又被你爸揍了吧?"

陈楚江分辩道:"什么被我爸揍,回回被我爸揍?这事你可不能往外说啊,我是修路,不小心摔了。"

胡蝶不解地问:"修路?你不是种粮食吗?"

陈楚江耐心地解释:"我是为了扩大种粮面积,但是,这中间有一片果林,他们不愿意挪,也正常,谁愿意把一块好地,挪到一个不好种的地方,山路也不好走,车也上不去,所以我和我爸……我跟你说这些干吗,怪无聊的。"

胡蝶双手一抱:"不无聊啊,我家里就是种水果的。"

陈楚江惊奇地问:"你家就是种水果的?"

胡蝶点头,陈楚江想到了什么,刚要问,胡蝶问:"你这腿离上次头部受伤,好长时间了吧?你这真是决心当农民了?"

陈楚江信心满满地说:"我不仅要当农民,我还要当一个好农民。"

"行了,你这腿不能受力,我给你租个拐杖去。"

陈楚江看着胡蝶款款离去的身影,再看看这间小小的卫生室,笑了。

腿伤还没好完,陈楚江挂着拐杖来到老胡家叫门。

没有应答,正要失望离去,突然门被打开,老胡出来热情地招呼他:"来了,孩子。哎哟,你这腿是怎么回事?"

陈楚江赶紧解释说:"没事,摔了一下。"然后又问:"这上山的路,修得差不多了,您去看了吗?"

胡叔点头:"看了。"

陈楚江不好意思地说:"胡叔,我又来麻烦你了……"

不等他说完,胡叔已经点头说:"我们同意的,快,屋里坐,屋里坐。"

陈楚江怔住,一脸茫然地被胡叔搀进屋坐下,然后听胡叔认真地说:"说实话,山上的地,我们没种过,这进出都是麻烦,都是种地,为什么不挑省心的种呢?我们真不想挪,不过,看你们那么辛苦为我们做这些事,我心里热乎乎的,政府又给了这么好的政策,米书记为这事也亲自跑我们家来了一趟,我们要是再不同意啊,就不讲道理了。"

原来米书记告诉他现在有政策,如果移上山去,村里肯定给补偿。然后给他算账,规模化种植的意义是带领全村发展,收益归每一个农户,现代化管理以后,粮食增产增收,而果木移到山上,所有的田都入股村集体,给大家分红,移栽需要的人工费用村里出,村里还给补偿,是两头挣,两头有保障,这才把胡叔给说服了。

胡叔感叹地说:"所以我们考虑好了,我们家的果林啊,挪到山上去。"

陈楚江兴奋地说:"胡叔,你们愿意挪果林,就是对我们工作最大的支持。"

老胡笑着说:"哎,大家隔壁村的,客气话就不说了。小蝶,拿点水果给客人尝一下!"

随着一声"来啦",胡蝶端着水果出来。

陈楚江一惊:"是你!"

胡蝶笑着把水果放下:"看什么?你喝这个。"说着把一个专门准备的补剂递给陈楚江。

胡蝶问:"你这个伤口怎么样了?还疼不疼?"一边绕过去蹲在他身边查看他的伤口。

胡蝶嘟哝着说:"爸,你可别再麻烦他了,他这腿就是修路受的伤。他受伤,总得麻烦我!"

胡叔笑着点了点头,陈楚江见状甜在心里。

九

这天上午,李根富听说女儿要组织村民学习如何种地,一早就穿着整齐,坐在院里喝茶,等着女儿来请自己。

结果左等右等,女儿没来,妻子倒是提着一篮水果回来了,说是老胡家送的,得意地告诉丈夫,说村里的人都夸遥遥做事靠谱。

李根富问什么意思,秦香梅早知道丈夫的用意,得意地解释说:"遥遥把地都弄好了,果木也移栽了,还从镇上请来了农机服务的老师,开农机培训课,手把手教怎么开拖拉机,怎么用新农机,这会儿全村人都跟着学去啦。就你还傻坐在这儿,等着人来请你呢?"

李根富再也按捺不住,立刻跑出去。

院子里,村民们围着崭新的农用设备,镇上来的老师正在中间教大家:"乡亲们,大家不要着急,我们资料还没准备好呢,大家先坐下……"

大家纷纷要老师讲解这些新机器的用法,老师说:"这些东西,是我们智能农田的一个监控设备,有了它,我们在家里就能够看到稻田的情况,都不用去田里了,大家说方便不方便?"

大家连连叫好,老师又说:"这个大家伙,就是我们的植保无人机。它能干啥呢？它能够帮我们洒农药,洒化肥,非常方便。"

李根富在人群后探头探脑,方学农走到他身后,拍拍他,李根富吓了一跳。

方学农叫他李同学,李根富不解,方学农把他拉到旁边,得意地解释说来上培训课的乡亲们都要互称同学,李根富应该叫自己方同学。

李根富配合地说:"方同学你好。"方学农得意地答应,李根富又问:"这么多设备,都是遥遥弄来的?"

"老师都介绍了。不光这些农机呢,人家现在都是那个那个……智能化,机器能检测田里的水位,还能防病虫害,先进得很。"

李根富不敢相信,方学农拍拍他说:"李同学,你已经落伍了。"

只听乡亲们一阵欢呼,两人随着众人的目光一看,一架无人机慢慢升起……

这边李心遥却遇上了一个麻烦。

她接了一个电话,脸上的笑容渐渐消失,李心遥沮丧地对方新桅说:"没有,秧苗公司那边给的回复是这么大规模肯定要提前一个季度预订的,现在根本来不及。"

方新桅安慰她说:"你别着急。这个情况我跟米书记汇报一下,看看他有没有办法。"

李心遥先谢过,然后又问:"但是哥,你最近怎么对我干的这些事情这么感兴趣?"

方新桅迟疑了一下,坦然说:"我也准备回来搞农业了,但是现在还不能说。"

李心遥问原因,方新桅说:"外贸那边遇到点问题,现在有点难办。你千万别说,我怕我爸受不了。还好留了点转型的资金,过去觉得边走边看的事,现在迫在眉睫了。"

李心遥又是担忧又是高兴:"行,哥,我知道了,那我们一起,正好我也需要你帮帮忙,给我参谋参谋。"

方新椐换了话题问:"这两天你总是往农机所、农科院跑,我开车,给你当司机,也跟你一起多看看,多了解学习。"

李心遥连声说好,立刻带着方新椐,接上米书记来到农科院水稻研究所。朱教授迎出来,跟他们握手。

米书记兴奋地先把两个年轻人介绍给朱教授,然后又介绍朱教授:"朱教授的团队一直致力于水稻的研究。关于水稻规模化种植的一些问题,还有选种、育秧、育苗、田间管理等等,你们都可以请教朱教授。朱教授,孩子们的事就麻烦你了。他们想闯出一条新路,我们需要你的支持。"

朱教授温和而坚决地表态:"米书记,你放心,我肯定帮到底,规模化这条路绝对是正确的。"

李心遥得到肯定,欣喜地和方新椐对视一眼。

方恩聿住进了镇卫生院,方新椐和张琪陪着孩子输液,张琪担心地问:"老公,这镇卫生院条件行不行啊?"

方新椐安慰妻子说:"没问题,这孩子生病发烧几天,不是很正常的事吗?别太担心。"

张琪责怪道:"你怎么一点都不着急呢,你看看他的手,还有腿,不知道被什么东西咬了,这么多包。"

方新椐看着儿子腿上的红点点,安慰说:"这不就是蚊子咬的吗,医生说了呀,真没事,你不用太紧张,我不也是村里长大的吗?"

方新椐起身走到窗前掀起窗帘看看,担忧地说:"这刮风了,是要下雨啊,棚里的那些秧苗行不行啊?"

张琪不满地说:"我看你回来都像变了个人一样,你以为我不知道,你跟心遥这些天在忙什么吗?你是不是铁了心要转型做农业啊?"

提着饭盒急匆匆进来的方学农正好听见了这句话,不由得呆住了。

雨果然下起来了。

几个育秧棚摇摇欲坠,李心遥、朱教授和助手们正在抢救秧盘和大棚,方新桅赶到,立刻加入帮忙。

李心遥搬出一盘秧苗,风一吹差点摔倒,李根富急忙从旁边扶住她,护着女儿和秧苗一起逃出大棚。

一直忙到早晨,方新桅精疲力竭回到家里,方学农在家门口板着脸等着,喝道:"你站住!方新桅,你要做这个事,不光我不同意,你老婆张琪也不同意。你干什么不好啊?我不是早跟你说了吗,不要回来搞这些东西,农业这投资回报周期太长,你投这么多钱进去,公司怎么运转?"

张琪背着包拉着恩聿出来,不理方新桅,只对方学农说:"爸,我带着恩聿先回杭城,孩子的病,我还是有点不放心。"

张琪转过身看着方新桅:"至于干农业的事,你跟爸商量吧,爸同意我没意见。"说完拉着恩聿匆匆往外走。

方新桅叫着妻子的名字追出去,方学农一下差点晕倒,赶紧抱着柱子。

又是一番折腾,方学农一口气缓过来了,倒无大碍,等到李根富来看他时,他已经能够表情丰富地向老友吐苦水了:"根富啊,我错了,我不应该啊,这真的是,黄鼠狼钻烟囱——越钻越黑啊。你看这事闹的,我现在特别能理解你。"

李根富安慰说:"行啦,你头晕,大夫说你血压有点高,你好好躺着休息,别说话了。"

这时,米书记推门进来探望,方学农赌气地说:"你来干什么,我跟你绝交了。你看你给孩子们指的,那是什么路啊!"

"绝交?从小到大绝了八百回了,我有话对你们两个说。"米书记笑着坐下。

米书记看着方学农和李根富说:"你们对我有埋怨,我理解,你们做父母的心情我也能理解。我没有孩子,我就把他们当成自己的孩子,我会害他们吗?遥遥跟新桅,是打着灯笼都难找的人才,人家孩子有心回来,想闯出一番天地,我们村子里这些老人,原来是期盼着他们能够回来扎根,回来发展,人家真要干了,你们把门给人关上了?我是真的想知道,孩子想往前冲,我们能不能支持?我们既然想把接力棒交到下一代手里,能不能就放手让他们去干?"

方学农和李根富对视一眼,都没说话。

米书记继续说:"我们老了啊,都是老观念和老思想,孩子们将来能干成什么样子,有多大抱负,不是咱们今天能想象得到的,你们信不信?"

李根富和方学农各自沉默。

"我再说点老话。那年抗洪救灾,村子里的牛啊羊啊都冲跑了,地里的庄稼更不用说,我们三个人,扎了个木筏子救了二十几个人,怎么救的?齐心协力啊,那咱们现在能不能跟当初一样齐心协力去支持孩子们呢?我就是看好他们,我就是相信他们,你们要是这么想不通,我可以给你们俩打个包票,如果孩子们回来发展,栽了跟头,我负全责,行不行?我就是认为孩子们走的这条路是对的,是康庄大道!还有个事我跟你们通个气,别到时候又说我瞒着你们,村委决定,让心遥参与这次的村委会选举,村里需要这样的年轻干部。"

李根富一愣,问:"那遥遥答应了?"

米书记点头:"答应得特别痛快。她还说如果选上了,她能为村里干很多事。遥遥的觉悟啊,那思想抱负,不是我瞧不上你,你这当爹的,根本就比不上。"

李根富尴尬地笑着低头。

得到组织、家人的支持,李心遥的事业进入快车道。

新建的育苗室完工,工人正在安装空调,秦香梅、李根富、方学农、方新桅、李心遥把育苗盘往里搬。

秦香梅偷偷问李根富:"新桅这孩子也是勤快哦,遥遥建着育苗室,他忙前忙后,比遥遥还上心。"

方学农也没有忽略这点,凑近方新桅,问:"恩聿病好了没有,你打没打电话问啊?"

方新桅点头:"没事了,你放心吧。等这边忙差不多,我就回去一趟。"

方学农这才放心地点点头。

李心遥成了李家村的"村官",在祠堂举行了"村官"上任仪式。

李心遥胸前戴着党员纪念章上台,下面坐着乡亲们,米书记欣慰地注视着李心遥。

李心遥激动地说:"乡亲们,你们好!我是大同镇李家村李根富家的女儿,我叫李心遥。我从小在这片土地上长大,我熟悉这里的一切!庄稼要种到地里,这心里头才踏实。所以我回来了,我愿意接受大家的监督,为村里服务。同时我自己也想成为一位称职的农民,真正的农民。感谢乡亲们给我机会,给我帮助,我还要感谢一个人,就是我爸。种地是他的信仰,是他用信仰一点点打动了我,影响了我,现在这件事也成了我的信仰。爸,我想跟你说,不是我赢了你,是你感染了我。没有你,就没有今天的李心遥。"

李根富在台下看着女儿,热泪盈眶。方学农激动地拉着李根富站起来,向大家致意。

十

李心遥约了方新桅见面。

一见面她就直接地说:"哥,我想办育秧育苗的厂子,但是资金不够,现在家里能抵押的都抵押了,我实在不好意思跟你开这个口,但是没办法,你能不能借我一笔钱?"

方新桅出乎意料地摇头说:"遥遥,这钱我不能借给你。不是我不愿意,而是你现在的育秧育苗基本能服务你们家的耕地面积了。你的负担已经很重了,这个事我来搞。你把地种好。"

李心遥疑惑地问:"新桅哥,我们一起弄不行吗?"

方新桅认真地说:"不行,我得自己弄,这是生意。这是我要转型的赛道,是我的心之所向。"

李心遥愣在原地,心里蒙上一层淡淡的阴影。

不久以后,方新桅的育秧工厂米芽梦工厂开始秧苗预订,在李家村的告示栏贴出的告示中标出价格,秧盘4块一个。

村民们一片哗然。建军跟村民一算账,一亩地,少说也要25个秧盘打底。"算下来得100块一亩呢,我们自己育秧成本也就二三十块钱一亩,这不是明摆着抢钱吗?"大家纷纷叫嚷去找方新桅算账。

秦香梅路过也驻足一看,吃惊道:"好家伙,这是要吓全村一跟头!"

建军看见了,过来问她:"梅婶,是不是抢钱?是不是抢钱?"

村民们气势汹汹地来到刚刚动工的米芽梦工厂工地,施工队正在打地桩,村民们叫道:"停停!不让弄了!"

施工队队长擦把汗,一脸茫然地上前来:"大哥,有事啊?"一边冲旁边一个工人使了个眼色,那个工人立刻会意,急忙跑开给方新桅通风报信去了。

一个村民拿出一棵蔫了的水稻,展示给队长看:"你们自己看,是不是蔫了吧唧的。"

施工队队长接过来,翻来覆去看,看不出所以然。

村民说:"就是因为你们工地那些脏水把我们浇地的水污染了,把庄稼烧了!"

施工队队长争辩说:"这……这要化验了才知道原因吧!"

另外一个村民说:"少来,用不着!我们的眼睛亮得很呢!"

施工队队长说:"你们这不是胡搅蛮缠嘛。"

村民纷纷大叫"不许干活","你做不了主,赶快让你们老板来"。

这时方新桅的车开过来,停下。方新桅和方学农下了车,方学农着急忙慌跑过来,叫道:"又闹嘛又闹嘛!这一天天的!"

施工队队长也迎了上去,把那棵水稻给方新桅看,说:"他们非说秧苗被我们工地的水烧死了。"

方新桅淡定地说:"我知道了我来处理,你叫财务送点现金过来。"

方新桅又走到村民面前说:"各位乡亲,实在不好意思,天这么热你们受累跑到工地上来。这水稻是谁家地里的?"

"我家的。"

方学农不耐烦地说:"老孙,又是你?你总共就那么几亩地,没完了是不是!"

方新桅问:"你说工地脏水把庄稼烧了,你看见了?"

老孙看看旁人,大家都给他眼神示意他直说,他大声说:"对,看见了,大家都看见了。"

方新桅又问:"好,那你觉得这事怎么解决合适?"

大家首先喊"赔钱",然后才说"必须给个说法"。

方新桅依然温和地问:"那这样,你们觉得这一次赔多少钱合适?"

老孙扳指头算账:"我算一下啊,这个种子、化肥、农药、人力还有物力,不多,两千块钱。"

方学农怒道:"就你那点地,你就是大丰收了,也就是千把块钱,你张口要两千,像话吗?"

老孙大叫:"我的误工费呢?"

围观的赵叔又说:"还有啊,我家那块田,水也从那边过。"其他村民纷纷附和,说他们家的也是。

方学农连叫停,问:"不是,你们家的庄稼都是好好的,从那儿过,就是我们的错?这不是讹人吗?"

村民跟方学农争辩,赵叔貌似公正地说:"你这个工地上,也没有用我们的人,就他们这施工,规不规范都不好说,那到时候地里要长不出庄稼怎么办?你要是不想出这个钱呢,咱们就立字据,这两千块钱先押给我们,等庄稼长出来了,我们再退给你。"

方新桅平静地说:"没事,赵叔,这字据就不用立了,这建厂的事啊,给大家伙也添麻烦了,这往后要有任何问题,大家觉得不对的,都可以随时来找我。今天我们财务也在这儿了,孙叔,你们去跟财务把钱结了,好吗?大家都散了吧。"

村民一窝蜂涌向财务，有人大叫"不要急，一个个来"，赵叔拍着方新桅说："咱们借一步说话。"

赵叔往旁边走了两步对方新桅说："我说句公道话啊，你这个厂子，就别建了，建好了，也没有人会买你们的秧苗，挣钱得讲良心。"

方新桅立刻明白问题所在了。他淡淡地笑着说："谢谢您赵叔，我明白您说的话，这件事情我会再考虑考虑。"

方新桅立刻联系李心遥，让她邀请米书记来她家，他要把这个问题反映给米书记。方学农囔道："这么多年了，你还不了解这些人吗？就是见不得别人好，一点都没变。"

米书记摆手说："没关系，这个事情还不急，咱们再商量。新桅，你就把你的心思放在建厂上。"

方新桅缓缓地说："米书记、爸、根富叔，今天各位长辈都在，心遥也在。我就跟大家交个底。这农业，确实不能操之过急，我已经把施工队的工资结掉了，回头再开工还用他们。"

众人面面相觑，李根富站起身问方新桅："回头再开工，是什么意思？"

"叔，就是从明天开始，停工。"

方学农急了："这不才开的工，好不容易才开的工，你说停就停了？"

"先停一个月，等我把问题一个个都解决了再开工。解决不了，就等明年，否则厂子建起来也没效益。"

李心遥也大吃一惊："哥，你真要停工啊？建厂子对我们村的发展是有好处的，有问题我们一起再想想办法嘛。"

"遥遥，我明白。"方新桅转头再看着米书记，"书记，停工协议我盖完章了。我觉得很多事情要落实得更清楚一点，再往后继续。"

一桌人都沉默了。

这天，方新桅在家里的院子淡定地泡茶，建军带着几个叔伯过来，一坐下，就愤愤不平地说："新桅啊，事情我们都听说了，太过分了，我们都支持你。他们不懂价格的事情，这是跟市场挂钩的啊。"

方新桅平淡地应了一句："谢谢理解。"

建军又说："他们种地的事，我们管不了，种不起就不种呗。但是你看我们就不同了，我们的地都包出去了，现在外面打工行情也不好，又累又挣不到钱。听说你回村里建厂，我们高兴啊,我们想支持你们工作啊!"

方新梗淡定地请建军有话直说。

建军问起工厂建好后招工的事,自荐说他和这几位叔伯都想进厂,他表面上说条件跟镇上差不多就行了,可是话中之意明显要跟杭城的大企业比,要有食堂和员工宿舍。

方新梗笑笑,说:"一切都行,想进厂里干活没问题,回头来报名就可以了。"

这么爽快建军倒担心起来,问:"报名就可以了啊?但是村子里面,人那么多,名额够吗?我们怕到时候我们就来不及了。"

方新梗答道:"这个不用担心,到时候会有统一培训,通过考核的人可以上岗。"

这个要求把几个访客都整蒙了,二叔问考什么,建军强笑着说新梗开玩笑的,肯定就是走个过场,之前都是这个样子。但是方新梗严肃地表示他没开玩笑,虽然村里的协调会还没开,但不是谁都可以上岗的。

气氛变得尴尬起来。建军再次套近乎说:"那个,新梗,这几个叔伯跟你爸爸关系这么好,比亲兄弟还要亲,那你给我们走个后门怎么样?"

"再好的关系都要培训上岗,没有例外。"

"方新梗,你太过分了。"

方新梗毫不客气地说:"不是我说你,从前农忙开始你就带人闹事,又出去打工又搞地,你这来来回回的,你到底想干什么?你不要以为这个事情找几位叔伯来,我就要依着你的。"

方学农赶紧站起身打圆场:"新梗就是这么一说,你们几位叔伯,给点面子。"

方新梗一点也不退缩,认真地说:"爸,就算是您要去上班,也得经过培训。"

这句话一说,所有来客面面相觑。

十一

建军走出祠堂,在二婶那里拿了瓶水喝,降降心里的火气,看见李心遥抱着一沓育秧工厂的宣传海报过来说要去贴,他立刻向心遥诉苦:"你还要去帮他?他方新梗,现在已经是六亲不认了!"

李心遥再问,建军愤愤地说:"你别管,总之他就是个资本家,之前修祠堂建学校都是假模假式,我告诉你啊,他下一步就办你们这些大户。"

说完建军气冲冲地走了,李心遥不解地看着他的背影,忍不住来找方新梗。

方新桤正在拟资料,李心遥告诉他通知贴出去以后,大伙反应激烈,很多村民说宁可跑到镇上、跑到市里去买秧苗,但就是不到你的工厂买。

方新桤笑笑安慰李心遥,却不解释一句,李心遥反倒过意不去,认真地说:"我这边的钱也不多,但多少能帮你分担一点,要不这个工厂我们就一起做,算多少股你说了算?"

方新桤沉思片刻后说:"你现在是一千五百亩地是吗?"

李心遥点点头,方新桤拿出秧苗订购合同让她看,解释说:"现在这种情况肯定没有人愿意签单,我的想法是从你这里打开突破口,你把这个合同签了,带个头,就是帮我最大的忙。"

李心遥一时有点不知所措,说考虑考虑。她找来陈楚江讨论,陈楚江说:"这件事已经闹得沸沸扬扬了,镇政府传达了号召,要所有的大户都去新桤哥的工厂订购秧苗,我爸这两天也忙着撺掇大家呢,搞得焦头烂额的。"

"我也有点不理解新桤哥到底是什么意思。"

"感觉不像他之前的作风,突然换了一个人似的。不过新桤哥毕竟是做过大生意的人,套路比我们多。我爸说他手腕很强硬,比之前那些投资人有过之无不及,让我防着点,保持距离,免得被他卖了还帮他数钱。"

镇上专门为方新桤的秧苗厂开了协调会。杨书记、米书记等一众领导,几个村民代表,还有方新桤围坐在一起。

米书记首先提出秧苗厂用工问题:"办工厂,你总得用人的,你用外人,不如用村里的人,咱们这里还有很多困难户,你在招工的时候,可不可以优先考虑?你用他们,乡亲们不会有意见,也可以借此缓解之前紧张的关系,你说呢?"

哪知道方新桤立马回绝:"这个口子我真的不会撕开。一旦开了这个先例,那往后,企业用人的问题就难办了。"

杨书记努力争取道:"方总啊,我想你回乡投资办企业的初心,是想让李家村人增收致富,那么在用工上倾斜一点,是不是更有意义呢?"

方新桤依然不松口:"杨书记您说的没错,您看以前有人来开工厂,乡亲们要求到工厂食堂吃饭,本来十个人的岗位,非要增加十个人甚至三十个人,给企业增加用人负担。而且上岗培训不到位,大家干活也不上心,总是出错,产能达不到预期,里里外外都是工厂和投资者在受损失,所以我不会在这件事情上妥协。"

杨书记重重地把杯子放在桌上:"方总,我们非常感谢你们能够来投资农业、支持乡村振兴,但乡村振兴的本意是什么?是让我们在座的所有老百姓能够享受到发展带来的红利,你们不能只是在商言商,对我们来讲,我们也肯定不会只是围着资本转,在这一点上,我们也是有原则的。"

方新桅依然不肯退让:"没错,杨书记,凡事都是相互的。所以我还有一个请求,既然我来办这个育秧工厂,我希望政府能够给我一个承诺。如果有同类竞争的企业,希望能够提高他们的门槛,毕竟我是头一份,也避免资源浪费。我对自己也会有要求的,未来三到五年内,我会持续追加投资,扩大产能和提高服务能力,请领导们放心。这是我今天准备的材料,请领导们过目。"

工作人员小邵把材料发给大家,方新桅说:"这里面还有一些小的问题我就没在材料里提,但如果不解决⋯⋯"

村民代表老孙猛地一拍桌子喝道:"不然怎么的?你不就是办个破厂子吗!把自己当天王老子了?"

米书记喝住老孙,杨书记示意方新桅继续。

方新桅也不客气,继续道:"关于秧苗的服务,我希望由镇政府、村集体出面,和大户们去谈订购,我的合同只和村集体签。自愿、非自愿我不管,首期,我如果不能达到五千亩的订单,我是不能动工的。"

这似乎是一个相当霸道的要求,大家议论纷纷,米书记没说话,杨书记表情沉肃。

方新桅再加一句:"还有,关于用工的问题,我不能让步。根据工厂现在的需求,我只要二十个人,多一个人都不要。"

村民代表们纷纷站了起来,老赵把材料撕了丢到方新桅面前,大叫:"方新桅,你什么企业家啊!"

协调会无果结束。

十二

愤怒的村民们涌到工地闹事,和工人们扭打在一起,方新桅赶来拉架。混乱中,建军蛮力推搡,方新桅撞在了脚手架上,头部出血。

工人大叫:"方总受伤了!"

方新桅摸了摸自己的脑袋,满手鲜血。所有人的动作一下都停住了,建军也愣住了,嗫嚅道:"我,我不是故意的⋯⋯"方新桅只觉一阵天旋地转。

当天晚上，建军背着包准备连夜离村，被李心遥和陈楚江逮个正着，正闹着，方新桅过来，建军向方新桅认错，说他不是故意的。

方新桅温和地说："大家从小一起长大，又不是没打过架，谁还记仇了？现在也一样。我希望建军别忙着走，跟我们一起开会去，我们现在也想请你帮忙。"

建军半信半疑，最终还是进了祠堂。

村民到齐后，米书记首先让大家安静，说："这么晚叫大家聚到一起，是因为今天村里闹的这个事是这几年以来我们村闹得最严重的一次，打起来了，这事谁参与了谁心里有数，我现在把杨书记也请来了，我们的意见是一致的，这个事是要严肃处理的，我也去找了新桅，新桅说，今天的矛盾今天解决，不过夜，希望能把大家叫到一块，他说几句心里话。大家都给我安静点，都听听新桅怎么讲。"

方新桅从椅子上起身，走到大家面前，看着大家真挚地说："各位乡亲们，感谢大家还愿意来听我说话。关于秧苗工厂的事，大家都是算了账的，所以才会找我算账，那我给大家算算，你们自己育秧育苗每亩二三十块，来买我的秧盘，每亩地要一百块，所以我就成了黑心商人。可你们算过人工吗？去年的价格一个人一百五十块管四餐饭还得接送，一个人一天也就干半亩地，稻子种下去，一亩地成本四百块打不住的，我说的没错吧？"

乡亲们虽不情愿承认，但账是清楚的。

方新桅继续说："为什么我非要镇上出面，要求大户一定要买我的秧盘，因为只有用这个秧盘，我们才能实现机械化规模化的种植。插秧机一亩地十五块钱油钱，秧机手三百块一天，再配两个助手一百一天，三个人一天，连饭钱油钱一千块上下打住了。但是他们一天能干三十多亩地，你们算算每亩地的成本，不到原来的十分之一，关键是亩数多的大户经常找不到工，为了不误农时，忙得连睡觉都顾不上啊。"

大家心里各自算算账，都有些不知所措，心里多少认可了方新桅的道理。

方新桅提高了声音，趁热打铁："咱们机械化规模化种植刚刚起步，高标准农田越来越多，大型设备的实惠我们慢慢就会看到，请大家伙就信我一回。"

李心遥看着侃侃而谈的方新桅，心里充满感动。

"……如果我给大家服务的秧盘，不能达到每亩增产百分之十以上，我收的钱，如数奉还，如果有减产的部分，我来负担，这就是我想干这件事情的决心！"

方新桅慷慨激昂地承诺。村民们交头接耳。

方新桅回头解释："关于用工的事，这个大家怪我，我活该，但我就是想立这个规矩。这些年来，不是没有投资人来，你们看看这漫山遍野的厂子旧址，他们为什么来了，又为什么走了？他们怕，怕村里盘根错节的关系，怕不好相处的村民们，惹不起躲得起，沾了政策的光就拍拍屁股走人。我想干的事就是告诉所有观望的投资人和企业家，回乡办厂没问题的，咱们乡亲们欢迎他们，到底是三个人分一份工资，还是创造三个岗位给三个人。哪个能挣更多的钱，这笔账大家肯定能算得明白。"

村民们都不说话了。

方新桅又说："乡亲们，不是每一个有想法进入农业的创业者，都拥有我这么好的地缘条件，里里外外有人帮衬，有跟大家讲这么多话的机会！也不是每一个来村里搞投资的人，都像我对这里有故乡的情感，能够无限度地容忍大家的质疑和干扰。我都步履维艰，何况他们呢？我真的希望，我们李家村是一片理想之地，不会让任何一个对农业有期许的理想的心破碎。"

李心遥立刻站出来支持："新桅哥，你字字句句说得再清楚不过了，之前你给我们家的七百亩协议我已经签好字，而且我也联系了市里的社会化服务中心，他们今年采购了大型设备，如果你们需要，他们愿意给我们更优惠的价格，明天开始可以去村委找我登记。"

方新桅也趁势说："至于就业培训，也不光是为了育秧厂子。培训班开设各种生产流程技术培训，培训的老师都是米书记请来的专家，而且是免费的，大家伙只要肯花时间，学上一两门技术，还怕赚不到钱吗？"

李心遥看着人群后面的建军喊道："建军哥，你之前不是一直想到厂里来上班吗，我问你，你愿不愿意参加培训？"

建军早就被两人的道理说服，立刻大声说："我愿意！我带头！肯定通过考核！"大家立刻鼓掌。

老孙也站起来表态说："这个厂子什么时候建啊？我们别的什么忙帮不上，但是这个钱啊，我们都可以退给新桅，大家说是不是啊？"

村民们立刻鼓掌赞同。老赵也站起来说："乡亲们啊，咱们回去以后啊，把新桅的钱马上退了，这厂子还等着建啊。"

方新桅也被感动了，他站直，深情地说："各位乡亲们，感谢你们！"他深深鞠躬，然后大声宣布："厂子，明天就动工！"

祠堂里一片欢呼。

育秧工厂建成。育秧工厂内，流水线生产秧盘。

田地里，村民们开着几台插秧机作业着。

李家村的农业工作,李心遥的事业,方新桅的生意,陈楚江的理想进入快速而稳定的发展阶段,但是,旧的问题解决了,新的问题也随之而来:他们丰收的稻谷,销路不畅,价格不高。

十三

李心遥主动承担了寻找销路的重任,她在杭州的电商节上把李家村的大米销售一空,销售款回到李家村,分发给兴奋的村民。

趁着这股迅猛发展的势头,大同镇农业服务中心成立,杨书记、米书记、李心遥和方新桅一起剪彩。

米芽梦工厂的招牌立起来,工厂主体外墙上的标语是"一粒米的梦想",陈楚江连声赞叹新桅也有这么细腻的一面。

米书记却是从另外的方面夸奖他们三人:"佩服你们这些年轻人啊,敢想敢闯,敢作敢当,要实现乡村振兴,还真是离不开你们这样的年轻人。"

随之而来的是更大的压力。因为明年还会丰收,粮食会更多,说不定会更难卖。陈楚江建议说:"姐,我觉得我们自己也可以搞电商啊。现在那么多直播卖货的,你这颜值,这口才,不愁卖不出去啊。"

李心遥沉思了一会儿说:"明年又有更多的土地纳入,2300亩了。这么大的产量,销路的问题越来越突出了。"

方新桅陷入了思考:"增产增收是根本,提高稻米的质量,提升产品的附加值,完善深加工和销售链条,一产向二产迈进是必行之道。我觉得是时候招商引资,办深加工厂了。"

三人商量后,决定兵分三路,齐头并进。

这天,是方新桅儿子方恩聿的生日。

张琪早就在家里布置好了生日的气球彩挂等,方恩聿也趴在沙发上向窗外张望,问妈妈:"爸今天会回来吗?"

张琪听到敲门声过去开门,方学农提着大蛋糕进来,方恩聿感谢了爷爷,又问起爸爸什么时候回来,方学农让恩聿放心,新桅一直念叨恩聿生日的事呢。方恩聿再次跑出门去等他爸爸。

但是直到夜深,方新桄才匆匆赶回。

张琪一直在客厅的沙发上等着。方新桄放下手中的包,问起方学农,张琪说走了,再问孩子呢,张琪说睡了。方新桄感觉到妻子的生气,赶紧道歉:"今天真的是对不起,实验室真的一直在忙。"

张琪故作淡定:"你不用跟我解释,你想好怎么安慰恩聿吧。他一直站在门口等你回来。"

"是是是,都是我不好,今天说好的,你看我。"

张琪背对着丈夫眯上眼说:"我知道你不是故意的,要不然我也不会和你耗到今天。"

方新桄一惊,问:"老婆你说什么呢?"

张琪哽咽着说:"怕就怕你这样不是故意的,怪你倒显得我们不对了,可自从你把重心转到农业上,你的魂都被勾走了。我一度怀疑你是不是在外面有人了,可是我去的那几次吧,我看你吃的穿的,越来越不讲究,一天到晚守在厂子里,我真挺心疼的。"

张琪又把热着的饭从保温锅里端出来。

方新桄赔着笑说:"我老婆当然心疼我了。"

张琪摆好饭菜说:"吃吧,你坐吧。"她陪着方新桄坐下,擦了擦眼睛,又接过方新桄递来的纸巾再擦,说:"没事,你吃吧。"

方新桄无言以对,只能配合,大口吃饭。张琪平复一下情绪,淡淡地说:"我们好好聊聊吧,有些话不说我也憋着难受。"

方新桄端起碗看着妻子,张琪继续说:"我们认识到结婚到现在十几年了,我自认为是了解你的。我相信你的判断并且支持你的选择,我们的日子越来越好,真的挺开心,所以你说想转农业,我即便心里有一百个问号但也无条件支持你。但是我现在越来越怀疑了,这不是一句'农业投资回报周期长'就能解释的。难道你就不会错?"

方新桄赶紧说:"今天确实是我的错,可你也看到了村里这些年的变化。"

张琪冷冷地说:"我当然看到了,但你除了每天算清楚村里、乡亲们又多赚了多少钱,有没有算过这个家有什么变化。该买的房不买了,每年的旅游取消了,现在除了保障孩子之外我不敢有任何大宗的消费,这些年从账上花到农业上的钱,贷的款,不断扩大规模。钱,你一笔笔花出去,家,你一天天回不来,你心里还有这个家吗?如果你说的共富和振兴就是毁掉一个我们这样相对富裕的家庭,而顾全大家,我认了!"

张琪抹了抹泪继续说:"我说这些不是威胁你,只是想让你考虑清楚。难道这个生意的价值和意义就只是情怀吗?"

方新桅一时不知道怎么解释，茫然无助。

张琪问："你明天有事吗？"

方新桅立刻说："可以没有！"

"那你今天住家里吧，明天陪陪孩子，我明天一早带我妈去医院，我今天晚上过去住。"

张琪起身要走，方新桅一把拉住她："张琪，你先听我说好吗？"

"别争了，我累了，不管以后我们在不在一起了，我们都还是恩丰的父母，我也不想孩子听见我们吵架。"说完拎起包起身走了，剩下方新桅久久伫立在原地。

十四

这一天，李心遥、方新桅、陈楚江、李根富、方学农、米书记、朱教授齐聚在试验田，察看他们全力培养的新品种水稻。

朱教授反复观察，李根富按捺不住，焦急地问道："教授，您说的这些我都听不懂啊，咱们是不是能够马上种上我们自己的富春大米了？"

朱教授淡定地说："富春米之所以好吃，是因为它根茎粗壮，能够很好地摄取养分，所以抗倒伏能力强，口感好。但是产量有限，主要差别其实就在分蘖期，现在我们杂交技术的优势正好能够解决这个问题。"

朱教授继续说："目前看，分蘖期的状态基本达到现在优质杂交水稻接近的水平，我个人觉得可以正式向农户推试点，明年可以大规模种植了！"

这下大家都明白过来，欣喜异常，李根富和方学农连声叫好。

朱教授看着米书记："还有一个问题，米书记，这片试验田的新品种，还缺一个名字，您给起一个。"

米书记笑笑："既然几百年传下来，它叫富春米，我们本来想就还叫富春米，但大家的努力值得被铭记，所以我想这个种子可以起个新名字，而且这个名字得根富和新桅你们来起。"

方新桅立刻叫道："根富叔，你来。"

李根富激动得语无伦次："我种了一辈子地，确实对这米有感情，我没什么水平起不了名字，我就想让更多的人吃上咱们香喷喷的老底子味道。"

方新桅看他不说，迟疑一下建议道："我也觉得不用花哨的名字，不如就叫'稻香一号'怎么样?"

众人互相看看,米书记点点头说:"实实在在,稻香一号。"

李根富也随声附和:"简单明了,稻香一号。"

一锤定音,富春米的稻香一号培育成功,马上就将进入正式推广。

就在事业成功的同时,方新桅的感情生活却出现了严重的危机。

这时,坐镇农创客中心的方新桅收到妻子发来的短信:我找了个离婚协议的模板,你签好字寄给我吧。

方新桅立刻拨打妻子的电话,却一直被挂断。

一名员工冲进来,报告说富春米的出芽率特别高,方新桅再次来不及处理私人的事,又投入到工作中。

这天,让李家村村民充满期待的泰然集团终于来了。

他们走马观花地看过李家村,开了一个"文旅投资项目洽谈会",泰然集团并没有明确表态,就离开了。

李心遥几人正在收拾精心布置的会场,陈楚江进来问道:"他们怎么就这么走了?是不是没看上咱们啊?"

李心遥也有些茫然:"不知道泰然要怎么选择,我们也没有办法,但是他们说的有一点,关于生态农业还有旅游产品的结合,我们的确做得不好。"

陈楚江感叹地说:"姐,但是把绿水青山变成金山银山也太难了。你、我、新桅哥都背了这么多贷款,压力都这么大了,没你俩陪着,我都走不到今天。"

方新桅说:"我相信这条路是有的,只是我们都没有找到。"

米书记走进来道:"新桅说得对。要是你们这些头雁都挣不到钱,那就更谈不上共富了。刚才我送赵总下去的时候,在外头跟他聊了一会儿,人家来咱们这儿之前啊,是先去考察的新安镇,那儿有一个飞凤桥心灵庄园。"

李心遥接道:"飞凤桥心灵庄园?我上次开会的时候听说过,他们的创始人好像跟我们一样,都是自主创业。"

陈楚江也补充说:"胡蝶和她的小姐妹一起去过,说挺不错的。他们去那儿干吗?"

李心遥说:"还能干吗啊,人家好啊。"

米书记笑道:"那两口子,我挺熟的,但我没去过那个地方,人家去那里啊,是向那两口子发出合作的邀请。"

李心遥羡慕地说："泰然这么大个集团,主动向他们发出邀请?"

米书记笑着说："但是那两口子拒绝了他们的投资。"

李心遥惊了："为什么?"

米书记摇头："我也很惊讶。他们只跟泰然签了一些什么人才培养方面的战略合作。赵总跟我说,新安镇和我们这儿,地势地貌差异很大,产品方向也不同,所以他们的选择,并不是非黑即白的选择。人家对咱们这儿,还是有非常强的合作意向,主要是看咱们的可行性报告怎么样,如果好,他们会再来大同镇实地考察。"

"您的意思是说泰然愿意跟我们合作?"李心遥忍不住问道。

米书记肯定地说："当然啊。你们的付出,有目共睹,不过既然这么大个集团都对这个飞凤桥心灵庄园感兴趣,我们为什么不去看一看呢? 也许对你的方案有帮助。"

这个建议也正是大家此刻所想,大家立刻齐声赞同。

一行人到达飞凤桥心灵庄园,米书记首先风趣地介绍两位新农场的主人："女的是大当家瑾爷,男的是干活的三皮哥。"

严瑾(瑾爷)笑米书记拿他们开玩笑："路波(三皮哥)说米书记要带朋友来,我们万分期待,万万……没想到是这么年轻的几位朋友!"

米书记再回头介绍："方新桅,秧苗工作是他的,李心遥,我们的种粮大户,陈楚江,农创产品的先行者,今天,我们师徒四人是来你们这儿取经的。"

众人都笑了。两位新农场主带着李心遥他们参观山庄民宿和特色农业,严瑾介绍道："其实我们村以前有人发展过民宿山庄,但是他们觉得自己的山庄不如大城市的酒店好,觉得没法比,没自信,所以客人稍微多一点,就容易手忙脚乱。"

心灵庄园热情地接待访客,青山之间,众人在白房子门前烧烤,聊天畅饮。

"瑾爷,你们为什么拒绝泰然集团啊?"

这是李心遥一直梗在心里的疑问。

严瑾坦白而直接地回答："因为我们想做自己的品牌。"

路波说："你们进来时看见我们庄园里的员工们,每一个都是我们手把手教出来的,村民们经过一周的培训,马上就可以上岗。"

"真想不到员工们本来都是村民。"李心遥感慨地说。

严瑾笑了："是啊,心遥,渐渐他们就觉得,也跟上时代的步伐了,城里人懂的东西,他们也懂了,那精神面貌,也就焕然一新了。"

"瑾爷,我懂这种感觉,就是看着自己村里越来越好,特别有成就感,对吧?"

严瑾脸上露出会心的微笑:"所以啊,我们从飞凤桥走出去又回到飞凤桥,很多人问我们为什么,我们的答案就是故乡情。"

十五

路波进一步分析:"归根结底来说,飞凤桥心灵庄园的故事,其实,就是一个思乡的故事。十年了。"

米书记说:"瑾爷他们两口子啊,这个进入的角度,就是三产和三产融合,他们是用创业的、战略的、市场的眼光进入,然后找到自己合适的方案,这么一步步走过来的。你们不一样,你们要搞一产和二产,要规模化要机械化,我觉得你们今天能坐到一起啊,算是会师了,殊途同归!归的,就是一个共富,把你们的经验和他们的经验放在一起,才具有复制性,才可以带领农村经济走向未来。"

路波赞道:"你看这个米书记讲话就是有水平,敬一下米书记。"

大家举杯。

路波说:"各位朋友,你们今天来得真是时候,正好赶上我们心灵庄园的一个小晚会,我们的乐队已经来了,我们过去听听音乐吧。"

众人起身走向露天小舞台,倾听歌手的演唱。这首关于故乡、未来、土地的歌曲深深地打动了他们,每个人都想到了自己的童年和过去,一路走来的艰辛和期望,每个人的眼睛都湿润了。然后,庄园的员工朗诵艾青的诗歌《我爱这土地》:

假如我是一只鸟,
我也应该用嘶哑的喉咙歌唱:
这被暴风雨所打击着的土地,
这永远汹涌着我们的悲愤的河流,
这无止息地吹刮着的激怒的风,
和那来自林间的无比温柔的黎明……
——然后我死了,
连羽毛也腐烂在土地里面。

为什么我的眼里常含泪水？

因为我对这土地爱得深沉……

心灵庄园之旅，大家都感到收获满满，很受启发。李心遥当晚就和米书记商量，提议要结合大同镇的具体情况办一个稻香节，把大同镇的生态旅游推出去，米书记对此大加赞赏。

计划还没有讨论成形，米书记就接到方学农的电话，他赶紧去看方学农出了什么事。

他匆匆奔进方学农的家，方学农哽咽着说："老米啊，孩子们干得越来越好，我特别高兴，但我只希望他平安幸福。新桅要强，难处从来不跟我说。"

"新桅碰上难事了？让他跟我说啊。"

方学农说："我儿媳妇要和他离婚，我给儿媳妇去电话，儿媳妇很尊敬我，但不给我说话的机会，我觉得他俩挺好的，没到那一步。老米啊，你明白我的意思吗？我请你来，你能帮帮我吗？"

米书记一口答应："新桅是我找回来的，这事，我管。"

安顿好方学农，米书记做了些准备，立刻前往杭城，在外贸公司门外跟张琪见了面。

"这么晚了来找你，有点唐突。我是听说这两年因为新桅回到村里去工作，让你们两地分居，你们夫妻之间有一点矛盾，那我就不能不来啊。新桅是我给劝回去的，是我劝他回大同，回到村里去发展的，这两年，为了村里这个大家，忽视了你们这个小家。小张啊，当叔叔的在这里，要跟你说对不起。"

米书记开门见山地表示来意和歉意，张琪点点头说："米书记您不用说对不起，您的意思我都明白，我跟新桅之间呢，也不是一天两天变成这样的。"

米书记把一个鼓鼓的装满资料的牛皮纸袋交给张琪，认真而饱含感情地说："小张，我带了一些这几年大同发展的材料，你可以好好地看一看，你在这里头可以看到新桅他为村里做出了多少贡献，他在大同，做出了多少成绩。这新桅，他不是个不顾家的孩子，他是分身乏术啊。这里头啊，还有几封信，是你公公托我转交给你的，是新桅给你写的信，但是他一直都没有寄出。小张，我是这么想的，一个男人，不愿意把自己脆弱的那一面，把自己无能为力的那一面，展现在他爱的女人面前，这是一种多么矛盾的情感，我希望你能够理解他。小张，你们这么多年的感情，我相信你会认真考虑这件事情，你不会做出让你们都后悔的决定的。"

张琪连连点头，接过牛皮纸袋后目送米书记离开。

一场狂风暴雨袭击了这片土地。

仓库受灾,一旁的电线柱砸毁了半个仓库,现场一片狼藉。

一箱箱粮食加工产品被浸湿,方新桅、方学农正带着人把货物从废墟中抢出搬到其他仓库,大家都忙得不可开交,身上脸上都是脏痕。

正当方新桅吃力地搬动货箱时,他突然感觉到了什么,一转头,妻子正站在面前,呆呆地看着他。

方新桅抹了一把雨水,问:"你怎么来了?"

张琪红着眼睛抽泣着说:"我听说刮台风,很多地方受灾了,就想来看看。"

尾声

脸上流下的,是雨水也是泪水。

方新桅发现张琪满是泥泞的鞋,关心地问:"有段路塌方了,路都封了,你走过来的?"

张琪答非所问:"还好把儿子放我妈那儿了。"

张琪没有正面回答,但方新桅眼中都是感动。

方新桅叫道:"你等我会儿。"

方学农过来搬货物,见两人情状,顿住,也没去打扰,只是又搬起一箱东西走了,频频回头。

方新桅跑开,从停在工厂外的车尾厢里拿来一双运动鞋:"这是我上次买的三双亲子款的,一直没机会给你。换上吧,舒服点。"

张琪说:"这是新鞋,一会儿又弄脏了。"

方新桅说:"穿着舒服就行。"

张琪坐下换鞋,方新桅给她换鞋,擦掉她脚腕处的泥泞,说:"脏了我给你洗。"

方学农在远处喃喃说:"老米,谢谢你啊。"

张琪穿好鞋,也投入搬运货箱的队伍,和方新桅两人通力合作,十分默契。

方学农在远处乐开了花。

稻香节如期举行。

金黄的田野,欢乐的村民。

农创客中心交付剪彩。

采莲子剥莲子比赛、百家团圆饭、大合影大合唱、露营市集、漂流、抓龙虾体验……

在这块土地上生活劳作、辛勤奉献的人们,获得了人生的成功,体现了自己的价值,创造了辉煌。

陈楚江和胡蝶参加了稻香节举办的集体婚礼,他们携手走过长长的婚毯,脸上洋溢着幸福,他们的明天跟家乡一样美好,值得期待。

李心遥在台下看着,脸上满是欢乐和羡慕。

这时,李心遥接到工作电话奔出婚礼现场。

"心遥。"任海风大声呼唤。

李心遥回头,惊喜地问:"你怎么来了?"

"电话里听你说,没有想到,你居然搞了个这么盛大的节日。"

"这也不是我一个人,是大家努力的结果。"

任海风看着李心遥,满是喜悦:"真的特别自豪。"

李心遥反问:"自豪?跟你有什么关系?"

"对了,泰然集团在大同的电力工程,我的公司正在招标,说明很快就要动工了。恭喜你,离你的梦想又更近了一步。"

李心遥点头,笑道:"谢谢你。"

任海风问:"谢我做什么?"

李心遥组织话语,带上了感情:"谢谢你一路的陪伴,从我回家到今天,我只要遇到困难,不管你在哪儿,你在做什么,我都能听到几句你的安慰和鼓励,这非常重要。"

任海风看着眼前这个美丽的女孩,用力地表白:"我很荣幸,这些年你不管是困扰,还是喜悦,都愿意跟我分享,心遥,我喜欢你,我回来了,我不想再错过你了,你能做我的女朋友吗?"

李心遥笑了,笑得很开心、幸福。任海风上前抱住了她。

米书记、李根富和方学农正好经过,李心遥不好意思地把任海风介绍给三位长辈,说这是她的男朋友。

米书记开心地说:"我谢谢你,你这是给大同啊,引进人才!"

稻香节的闭幕式上,杨书记拿着话筒上台,激动地说:"大同的父老乡亲们,各位领导、同志们,今天是我们大同发展史上,具有特殊意义的一天,这些年来,李心遥、方新桅、陈楚江、王运、郎学渊、叶瑾等一批农业创客回到了乡村,用他们对乡村的情怀、创新的理念、执着的信念,走出了一条乡村振兴的共富之路,让绿水青山变成了金山银山,为我们的农业农村注入了新的活力。今天,我还有件事情要向大家宣布,由政府牵头,企业参与的'万企兴万村'活动已经全面启动,他们将到村里来合资办厂,我们也将打造属于我们自己的品牌,我们将通过这个品牌,让大同最好的农产品走进千家万户,走向全国,走向全世界。现在,我宣布,大同镇第一届稻香节现在开幕!"

现场一片掌声。音乐响起来。

杨书记继续说:"接下来,让我们用最热烈的掌声有请米书记给我们讲话,大家欢迎!"

掌声雷动。米书记上台,接过话筒,高声说:"大同的父老乡亲们大家好,今天我特别高兴,因为,我们老一辈手中的接力棒,今天可以安心地交给我们的下一代。现在,我宣布新一任农业联合协会负责人的名单,会长李心遥、副会长方新桅、秘书长陈楚江。下面有请许部长、杨书记,一起为他们授予聘书。"

领导们给三人送上聘书,一起合影。米书记真诚地说:"感谢你们为大同农业发展做出的贡献!"

台下的李根富、方学农、陈文武和老胡都以儿女为骄傲,激动地鼓掌。

米书记宣布:"下面,我们有请新会长给大家讲话!"

李心遥接过话筒,向前一步激动地说:"大家好,感谢领导和乡亲们的信任,给我这么大的肯定。我回到农村这么多年了,亲眼看到了这些年我们家乡的变化和改善,我很自豪,但这还远远不够。接下来我想请我们农创客们一起上台,请大家掌声鼓励!"

一个个农创客从舞台的不同方向有次序地站起,两代农人同台。

李心遥深情地说:"我知道人来了,更多的项目就会来,共同富裕是我们每一个人的愿望,在我们看来,共同富裕就是不落下一个村、不落下一个农民。我们一定做到一步一个脚印,踏踏实实建设家乡,让大家的口袋鼓起来,让诗和远方的梦想在我们村绽放!"

李心遥带头和农创客们一起,齐声朗诵:"互帮互助,分享经验,乡村振兴,共富有我,请党放心!"

众人鼓掌欢呼,欢歌乐舞。

气氛达到了高潮。

欢笑声溢出会场,飘向广阔的土地,飘向那些年轻而热爱的心,那些年轻而热爱的人。

第六卷
理想生活

　　这十年,义乌进口市场的蓬勃发展,带动了义乌市场由"买全国、卖全国"向"买全球、卖全球"的飞跃,形成了出口、进口、转口并重的多元化发展新格局。义乌已然成为全球日用消费品进入中国的桥头堡,全国重要的进口日用消费品集散地。

　　《理想生活》里的人物涉及各个方面,包括政府商务部门工作人员、外商、外企职工、小商品超市经营者、餐厅经营者……他们都是高水平开放的受益者,既体现在物质生活的改善,也有精神层面的升华。

　　作品最后,阿香作为新一代的参展商,带来一组以江南水乡为主题的手工地毯,将东西方工艺完美结合。她也再度与彼得曹相遇。这既是人的相逢、爱的回归,也印证了高水平开放推动构建人类命运共同体的美好愿景。

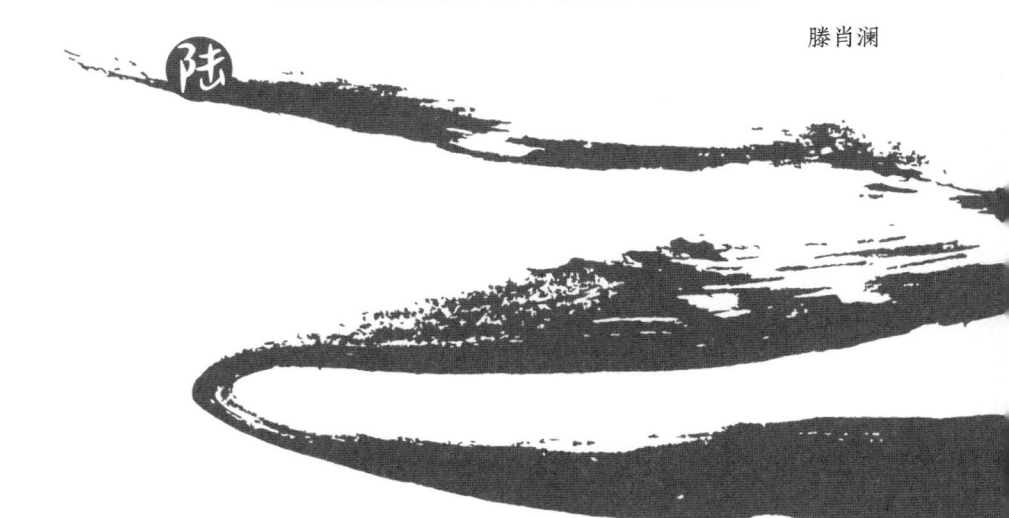

滕肖澜

一

中国,浙江,义乌。

稠州路上的国际商贸城熙熙攘攘,人头攒动。一辆车靠在路边停下。下车的人名叫彼得曹。他是义乌进口商品博览会筹备组国际部负责人。他熟稔地穿梭在商贸城的各个商区。

商贸城国际区是他的工作区域,这里有来自世界各地的商人和顾客。彼得曹早已对这片区域了如指掌,见谁都是亲人。

彼得曹一路走,一路对各家商铺老板打着招呼。这时,他看到了网名叫"依晨"的美女老板在店里练瑜伽。瑜伽美女依晨,直播卖瑜伽垫,一年卖出三百万张瑜伽垫,连起来可绕地球两圈。

彼得曹大声招呼:"美女,开店锻炼两不误啊,哎哟,今儿一个词,漂亮!"

依晨笑道:"没有阿香漂亮!"

"阿香不在,我才说的。"彼得曹继续走,经过一个正在直播的商铺。来自中东的依萨德等人把手机摆在架子上,对着镜头向国外客户介绍店里出售的手机壳。

别看手机壳这种小东西价格不贵,但是这中东兄弟把义乌生产的手机壳加印机主名字、个性图案再卖到本国,一年狂赚几百万。依萨德对着手机屏幕用阿拉伯语说:"这个吗?还是这个?这几个都是最流行的式样。"

彼得曹从后边一把搂住依萨德的肩膀:"Hello!(你好!)"

依萨德用熟练的中文回应:"嗨,彼得,吃了吗?"

彼得曹问:"没吃,你请我?"

依萨德道:"走啊,去撸串。"

彼得曹说:"谢谢,这两天上火,牙疼。下次吧。"

依萨德道:"那注意身体啊!"

"三百件是不可能的,我这里起码都是一千件以上才包邮……你非要包邮,那我单价肯定要上去,没办法的。"来自云南的饰品商白大姐来这里经商已经十年了,此刻,她正在跟一个来自韩国的批发商讨价还价。

"帮帮忙,薄利多销嘛。"

"薄利多销,你要让我多销我才有薄利啊,才三百件,不行的不行的。"

"四百件。"

"太少了,这样吧,我五百件给你包邮!你总得让我赚点吧!"

……

这时候,老板娘抬眼看到旁边的儿子:"我老远就看见你这字写得乱七八糟的,前两年给你报的书法班,几千块钱全扔水里了,大哥,你能不能给我上上心?"白大姐正在说话的时候,儿子起身蹦跶着往外跑。

白大姐大喊:"喂!臭小子,不好好做作业,到哪里去?"

小男孩喊道:"小便!"

彼得曹一把抓住他:"臭小子,你一天小便的次数,比你妈妈卖的饰品还要多,也不换个新鲜的!"

小男孩做了个鬼脸,还是溜了。彼得曹走近,对白大姐说:"这小家伙看着也不是读书的料,索性也别让他读了,直接跟你做生意算了。"

白大姐道:"嘿,我儿子怎么就不是读书的料呢?再说了,不好好读书,将来连记账都不会,来个外国客户,交流都成问题,你以为做生意这么容易吗?你看那边,人家马老板……"

白大姐嘴一努,让彼得曹看看旁边同样卖饰品的马贝。马贝来自河南平顶山,此刻他指着琳琅满目的圣诞树小装饰品,还有各种十字架挂件,与来自北美的经销商用英语交谈。

他的英语夹着浓浓的河南风情:"You know, My things here are the cheapest. You can go around again and see if I'm right.(你看,我这里的东西都是最便宜的。你逛一

圈就知道我说的没错。)"

还好,北美的朋友没有嫌弃他的中原英语,几番来回过后,成交。

马贝笑容满脸:"God bless you!(上帝祝福你!)"

这时候,又过来一个妇女,这是他的老客户,来自东北的杜姐。马贝一下子切换成东北话:"哟,老姐们,来了?"

杜姐笑道:"姐们就姐们,加个'老'字干哈?"

马老板打趣说:"咱东北话'老'不就是'小'的意思嘛!照我自个儿寻思,该叫你老妹儿,但出于对客人的尊重,我不得不称呼您一声'姐'。"

杜姐摇了摇头:"拉倒吧你。我可告诉你哈,上次有两个关老爷像,质量不过关,青龙偃月刀本来应该是横着拿的,结果耷拉在地上,像关公倒提着个扫把……客人都有意见了。这回你再给我整啥幺蛾子,我可不饶你。"

马老板:"哪能呢,小概率事件,不作数的。我这些货销到国外好评如潮,巴黎十三区那些开中国餐馆的,柜台上那一溜金蝉、不倒翁,都是我这儿买的。生意别提有多好,老板每天数钱数到手抽筋。还有伦敦唐人街、泰国唐人街,凡是在我店里买过东西的,统统都发财了,无一例外。"

杜姐翻了个白眼:"少忽悠我。这佛珠怎么卖?"

马老板答道:"老规矩,五块,一千个起售。"

彼得曹走过来:"马老板,生意兴隆啊。"

马老板一回头:"哟,彼得来了。马马虎虎,混口饭吃吃。"

马老板又立马切换到江浙语系。

彼得曹笑道:"中文英文,天南地北,各路神仙庇佑,你不发财谁发财?——有啥新鲜玩意儿?"

马老板说:"昨天新到的彼得兔,穿花裤子的,要看看吗?你是彼得,它也是彼得,你们俩亲戚。"

彼得曹笑骂:"去你的。"

彼得曹继续走,来到仿真植物区。花团锦簇,如梦如幻,云深不知路。

仙境一般的"万花丛"深处,五大三粗的老古倚在躺椅上打盹。

彼得曹走近偷偷一呼:"喂。"

老古睁眼醒来,见是他,惊喜道:"哎哟,曹总。"

彼得曹说:"每次来你这儿,都感觉像是广寒宫里躺着个猪八戒,太煞风景。"

"这话说的,伤感情了哈。"

"生意不咋地啊。"

"现在还早。等着吧,快吃中午饭的时候,能把我累死。怎么,领导亲自视察来了?"

"我算啥领导,不沾边。"

"国际部负责人,还不算领导?"

彼得曹看到旁边几个花样很别致,上前看。

老古道:"哥们识货的。这些都是最新的花样,马上就要运一批到德国,说是他们那个什么公主结婚,仪式上要用……"

彼得曹疑惑道:"德国有公主吗?我只知道德国总理是女的。"

老古一怔:"不是公主吗?那反正也差不多,肯定是个什么重要节庆……"

彼得曹问:"还是海运?"

老古答:"嗯。"

彼得曹问:"为什么不走班列?二十来天就到欧洲,比海运快多了。"

老古说:"运费贵一倍呢。丝路公司那个老马,找过我几次,说班列怎么怎么好,我说我也知道班列好,可惜就是成本太高。我们这种小本经营,一分一厘都要算。要说快,空运最快了,可我运得起吗?"

彼得曹点头道:"全国那么多中欧班列,只有义乌是民营的,丝路公司也不容易。国内也就算了,返程还要在国外组货,跑过去人生地不熟,费了不少工夫,才慢慢有了点规模。我前几天碰到雯雯,说她那些欧洲商户打算走班列了,什么西班牙火腿、红酒、橄榄油……老马这下要开心坏了。"

彼得曹说着,从旁边拿了几束仿真花:"走了。钱一会儿转给你。对了,晚上老时间老地方。"

老古问:"怎么,有事?"

彼得曹边走边答:"世界大事。"

二

在义乌的鸣山社区,有一家名叫海星餐厅的地方。这是一家西餐厅,老板喀德来自比利时。

此时,电视里正在播放习主席在G20峰会开幕式上的讲话:"今天的中国,已经站在新的历史起点上……我们有信心、有能力保持经济中高速增长,继续在实现自身发展的同时为世界带来更多发展机遇……"

这一年的秋天,全球瞩目的G20峰会在中国杭州举行,各国领导人和企业家围绕"强劲的国际贸易和投资""包容和联动式发展"等重点议题展开讨论。

此时,博览会筹备组国际部负责人彼得曹、鸣山社区业委会主任欧阳博、商贸城仿真植物经销商老古以及商贸城部分商家代表也在店里,正热烈讨论着国际贸易局势的新变化。

做文具生意的杨老板愁眉苦脸地进来坐下。

彼得曹问:"怎么了,老杨?"

"别提了,全赔了。"

"那批文房四宝?"

"可不就是嘛,加纳那边全退回来了,运费还要我自己掏。"

"怎么回事啊?"

杨老板说:"我的消息一向都很准的,说加纳政府要跟某省合作搞个中国城,还特别强调了中国书法。两个集装箱的文房四宝,我想这下总归可以赚一笔了吧,谁知道消息有误,据说本来是有这个打算,经过两轮谈判,黄了。唉,算我倒霉。"

老古笑道:"非洲人写毛笔字,这可是我国的传统文化走进非洲,具有重大意义啊!"

杨老板反驳说:"你少说风凉话。"

彼得曹说:"运回来再卖呗,怎么办呢?"

杨老板皱眉道:"问题是,产品上面都刻了字了,'中加友谊天长地久',还能卖给谁?"

杨老板一阵唉声叹气。

姚老板摇头说:"富贵险中求,求到了是富贵,求不到就是心碎。听你这么一说,得,我的皇马和C罗,也再想想吧。唉。"

这时候,阿香走进来,微笑着打招呼:"嗨,喀德。"

她走近,很自然地坐到彼得曹旁边的位子,一边说:"不好意思,我来晚了。"

喀德为阿香送上饮品:"奶茶,没放糖。"

阿香忙说:"谢谢。"

说着,阿香掏出一块织锦给喀德:"听说下周你的新咖啡店开张,这送你当小装饰。要是觉得合适,我下次多做几块给你。"

喀德大声称赞:"哇哦,真漂亮。"

欧阳博道:"阿香的手艺,还用说吗? 她要是自己开工厂,整个义乌保管没一家能比得过她,统统得靠边站。"

阿香不好意思地说:"我就自己弄着玩,偶尔送送朋友,才不去凑那个热闹呢。"

欧阳博摇了摇头说:"有钱都不赚?"

老古说:"别谈钱,谈钱就俗了。阿香是神仙姐姐,不食人间烟火的。"

"我谢谢你啊。"阿香看一眼旁边姚老板和杨老板的表情:"聊什么呢? 这副表情?"

"亏了呗。"彼得曹拍了拍姚老板的肩膀,"没事儿兄弟,青山不改绿水长流,有的是机会。"

"想开点,塞翁失马,焉知非福。"说着阿香拿奶茶喝了一口,"喀德,奶茶好香。"

喀德在柜台边微笑:"还是阿香最识货。奶茶里放的是雯雯公司代理的牛奶,荷兰的,去年进口展新推的,刚进国内市场。我也觉得香,奶味特别浓郁。一会儿你们尝尝那个咖喱鸡,里面也放了点,看是不是比以前好吃。"

欧阳博道:"好几十块钱一瓶呢,你也舍得放? 还能赚钱吗?"

喀德说:"这点投资还是值得的。"

老古点头说:"就是,帮你女儿赚吃喝,你还有什么不满意的?"

阿香也说:"只要味道好,客人来得多,这点成本很快就赚回来了。喀德是深思长计。"

彼得曹连连点头:"你一个外国人,是怎么做到连'塞翁失马''深思长计'这种成语都能灵活运用的?"

"谁是外国人? 我不是跟你一样,黄皮肤黑眼睛,龙的传人?"

"可你是在西班牙长大的。"

"我在西班牙待了不到十年,我在中国待了十多年,比在国外时间长得多。"

欧阳博打趣道:"彼得做梦都想找个外国人当老婆。阿香你就体谅他,以后戴个假头套,跟他说话都用外语。"

彼得曹笑骂:"谁跟你说我想找外国人了?"

老古也说:"就是,彼得明明想找外星人。"

彼得曹拿起一个杯垫,朝他扔过去。正在这个时候,海星餐厅厨房助理邱以安端上咖喱鸡,他特意和欧阳博打招呼:"欧阳老师好,这咖喱鸡是我做的,您尝尝。"

彼得曹说:"哟,小邱转正了? 成正式厨师了?"

邱以安一边布菜一边说:"那倒没有,就偶尔做一两道,帮师傅打下手。"

喀德赞道:"小邱很能干,有他在,后厨那些老师傅都省力多了。"

彼得曹说:"那你还不快点让人家转正?"

"快了快了。"彼得曹和喀德交换了一个心照不宣的眼神。

邱以安指着菜介绍:"这道咖喱鸡,除了平常那些作料,我还特意放了炸过的干贝,还有抹茶粉。这样吃起来既增加了鲜味,还可以让口感更清爽。"

彼得曹先给阿香夹了一筷,自己也尝了一筷:"哎,不错。"

老古和阿香都尝了:"嗯,好吃。"

邱以安留意着欧阳博的反应。欧阳博察觉他看着自己,本来没打算马上吃的,只得也尝了一口,然后应付地说了一句:"挺好的。"

邱以安听了窃喜,可他没看出来欧阳博是在应付他。

彼得曹说:"小邱越来越能干了。哎,欧阳,雯雯不是还没对象嘛,我看他们两个倒是蛮配的。"

老古说:"开玩笑,欧阳把女儿当公主一样,将来是要嫁给王子的。"

欧阳博打断:"胡说八道。"

彼得曹说:"那你说,你想找什么样的女婿?哎,你觉得我们小邱怎么样?"

欧阳博皱眉:"这种玩笑有什么好开的,莫名其妙。"

彼得曹说:"玩笑也说说看嘛,都是熟得不能再熟的朋友。"

喀德说:"我要是有女儿,肯定考虑小邱。"

老古说:"你算了吧,你女儿才刚上小学,凑什么热闹?"

欧阳博看了邱以安一眼,心里想:这小子怎么可能配得上我女儿。可他嘴上却说:"我觉得好不好都不作数,要雯雯自己喜欢才行。我这个老爸是最开明的。女儿喜欢,我就喜欢。"

"好好好,这话我记住了。"随后彼得曹朝邱以安使了个眼色,他俩要的就是欧阳博这句话。

三

海星餐厅的聚会结束了。彼得曹拎着一个袋子朝阿香走过来。

"哪天欧阳知道你和小邱合起来戏弄他,他肯定恨死你了。"

"怎么叫戏弄他呢?我明明是成人之美,小邱和雯雯都交往那么久了,也是时候公开了。"

"要能公开,他们俩还能瞒到现在?欧阳就是祝英台她爸,嫌贫爱富,看不上小邱的。"

"可雯雯喜欢小邱啊,小邱也喜欢雯雯。"

"一把年纪了,别搞得这么纯情行不行……"

彼得曹不说话了。别看彼得曹外表看起来玩世不恭,说起话来颠三倒四,做事也大大咧咧的,但是对于感情,他还真有点阿香说的那种纯情。这么多年,他一直暗恋着阿香,他的暗恋整个中国义乌商贸城都看出来了,他还憋着不敢说出来。他以为自己闭着眼,别人就不知道他光着腚。

彼得曹沉默中,阿香突然问了一句:"这几天在忙进口展?"

"嗯。还有一个多月开展。其实该忙的早忙完了,现在主要就是展厅布置,还有一些杂七杂八的事。今年进口展比去年规模又扩大了不少。以前说到义乌,主要就是小商品出口,谁会想到现在进口商品博览会也会搞得这么红火,老外都争着把好东西往中国送,吃的用的都有,嘿,受益的还是我们中国老百姓。"彼得曹停顿了一下,"今天你送给喀德的那块织锦,真好看。"

"嗯,你要觉得好看,下次也送你一块。"

"其实不用送。你开个厂,我们花钱买。"

"不是说了嘛,没兴趣。我有我的杂货店就行了。"

"暴殄天物。你这么好的手艺,藏着掖着,对老百姓来说,是一个重大损失。"

"又来了。"

"唉,我多说一句,你真的不打算把你爷爷公司的地毯引入中国?上次我们做民意调查,有许多消费者都对手工地毯有兴趣,可是现在国内能买到的渠道很少,你爷爷的公司啊……"

阿香打断彼得曹:"他不是我爷爷。他只是我爸爸的父亲。"

阿香的话,平静而坚决,声音不大,却态度鲜明。彼得曹只得打住。

"你有你的立场,你的工作就是把国外的商品引到中国,我理解的,但我也有我的想法。这些年在中国,在义乌,我生活得很舒心。我已经习惯了这里的生活,我不想再跟那边扯上任何关系,而破坏了这份宁静。"

"其实我认为,你也没有必要那么介意,义乌本来流动人口就特别多,你看这个社区,就像个小联合国一样,义乌最不稀缺的就是外国人……"

"我不是外国人!"

"行,行,我是外国人行了吧!"

"你就是外国人,你不是叫彼得吗?"

说着说着,已经走到了阿香家的楼下。阿香说:"我到家了。你回去吧。"

彼得曹把手里的袋子给阿香。阿香接过。"什么呀,"打开见是几束仿真花,"又是老古那里拿的?"

"不是拿的,是买的。老古说是最近最流行的花样。"

"不送真花,老送这个给我干吗?"

"真花你收不收?"

阿香一怔,笑着说:"那假花我凭什么就会收?"

彼得曹说:"你别把它想成花,就当是一般的装饰品,跟你做的那些一样,摆在店里当装饰。"两人停顿片刻。

阿香告别:"知道了,谢谢你。"

彼得曹恋恋不舍:"上去吧。"两人仿佛有很多话要说,又无话可说,不得不分开。

一转眼,阿香上楼,开门进屋。她的外婆戴着老花眼镜在沙发上看电视:"回来啦?"

阿香问:"这么晚了,怎么还不睡?"

外婆说:"你不回来,我睡不着。对了,今天有你的信,我放在你房间了。"

"哦。"阿香一边说,一边往屋里走。外婆看到阿香手里的仿真花,问:"小曹送你的?"

"嗯,装饰用的。这附近只有你会叫他小曹。"

"外国名字我叫不惯。你以前那个外国名字,什么尼拉,我也叫不惯,后来改成'阿香',就舒服多了。"

"亚尼娜。"

"你刚来中国那阵子,说不到一句中国话,就跳到西班牙语了,根本没法交流。后来我就教你背《唐诗三百首》,背着背着,你中国话也会说了,还出口成章。"

阿香笑道:"那是我聪明。"

外婆看一眼仿真花:"怎么不送鲜花? 送女孩哪有送假花的?"

阿香又笑笑:"不知道呀。"

此刻,彼得曹和邱以安在小区的花园里,也在就送花的事情展开了探讨:"为什么不直接送鲜花?"

彼得曹说:"直接送花,有点太明显。万一不行,连个退路也没有。"

邱以安笑起来："大哥,你喜欢搞暧昧。"

彼得曹说："不是我喜欢搞暧昧,我不像你,年轻,可以横冲直撞。再说阿香也不是雯雯,性格不一样。别看她平常不声不响,性子可倔着呢。一击不中,弄不好连朋友都做不成了。"

"那倒是。阿香姐性子是真的挺倔。她那么巧的手,老天爷赏饭吃,换了别人早出来开厂子赚钱了,她就是不肯,整天守着她那个小杂货店,心如止水。还有,她明明有西班牙的永居,偏偏就不喜欢别人提,就怕别人说她是外国人。"

"你阿香姐可不是一般人。她是小龙女,练的是断情绝爱的武功,无欲无求,喜怒不形于色,晚上还睡在绳子上。"

"哈哈,你见过?"

彼得曹一本正经："对啊,她照片发过朋友圈的呀,你没见过？哈哈,看样子你被她屏蔽了。"两人都笑起来。

"阿香姐八岁以后就没再见过她爷爷了吗？"

"嗯。"

"我听别人说,她妈妈是在她一岁的时候带着她嫁到西班牙的。虽然没有血缘关系,但她爷爷非常喜欢她,这些年一直都给她写信,打电话,希望她回西班牙。可她就是不答应。到底为什么呀？"

彼得曹不语。

四

此时,阿香来到床边。床头柜上有一封信。看信封,是西班牙寄来的。阿香在手里拿了一会儿,把信塞进最底下的抽屉里。抽屉里厚厚一沓没有拆封的信,都是从西班牙寄来的。

这些年她一直都没有拆她爷爷的信。阿香关上抽屉,看到床头柜上的照片——她父母与小时候的她。她久久端详着。

2002年,西班牙人胡安带着她的中国妻子阿莲还有女儿小阿香来到浙江义乌。他与妻女在游览了广阔貌美的中国后,被这大好河山深深打动,特别是妻子的家乡义乌,江南风光很吸引他,他动情地对阿香的母亲说："亲爱的,我决定了,我要留在这里,留在中国做生意、创业,做自己喜欢的事。"

阿香的母亲一手搂着女儿,一手与丈夫相拥。那时候的阿香才八岁,她似懂非懂地看着父母,她还不知道这一切意味着什么。

可是,胡安的决定受到了父亲阿尔贝托的强烈反对。阿尔贝托就是邱以安口中"阿香的爷爷"。因为阿尔贝托家族是西班牙手工地毯行业的翘楚,家族手艺代代相传,已有上千年的历史。阿尔贝托希望胡安能够回到西班牙,传承家族事业。

但是,胡安对这个事业并不感兴趣,多次拒绝了父亲的要求。直到有一天,胡安接到了来自西班牙的国际长途电话。挂掉电话,胡安对妻子说:"我父亲得了癌症,我必须马上回国。"旁边,十岁的小阿香被大人的情绪感染,也蹙起眉头。告别了妻女的胡安坐着出租车,飞速向机场奔去。在去机场的路上,他看到一辆卡车失控,朝自己这边撞过来。就这样,年仅三十二岁的胡安离开了人世。胡安的逝世让阿香的母亲悲痛欲绝,日渐消瘦。不久,她也撒手人寰。自此以后,阿香成为孤儿留在了中国,和外婆相依为命。

阿香的父母就这样离开了,然而阿香的爷爷并没有去世,一直到现在都好好的。阿香认为,是她爷爷撒谎,想要骗她爸爸回西班牙。如果不是这样,她爸爸就不会死,她妈妈也不会因为伤心过度而早逝。阿香恨她爷爷,她想要忘记曾经在西班牙的一切。

长大以后的阿香,在义乌鸣山社区开了一家"阿香杂货店",过着平静而与世无争的生活。人要过得幸福,有两条路可走:一是满足自己的欲望,二是减少自己的欲望。阿香过得很幸福,她是按第二条路走的。

此刻,幸福的阿香坐在柜台里,织一块织锦。店里摆设一如门面的古朴,墙壁上挂着几幅织锦,是她手工织的。

和昨天不一样的是,今天她把彼得曹送她的几束仿真花插在柜台上。柜台上摆着一口锅,里面小火煨着茶叶蛋。还有零拷的黄酒、茴香豆。一个外国女人进来,看样子是个南美人。她拿出手机,对着翻译软件叽里咕噜说了一通,翻译软件很快显示中文:"我要一罐黑胡椒粉。"

鸣山社区的外国人,大多通过这种方式和中国人对话。

阿香拿出一罐黑胡椒粉给她,同时也拿出手机对着翻译软件说:"嗨,朋友,为什么不去对面的超市买?那里选择范围要多得多。"

外国女人听了翻译,笑了笑,叽里咕噜又回了一通。翻译软件翻成中文:"我喜欢来你这里买,这里的环境很舒服。我也喜欢你!"

阿香朝她微笑:"谢谢。"

当外国女人离开后,一个老头走进来,拿着个空的可乐瓶。

老头说:"两斤三年陈。"

阿香拿过可乐瓶,将一个漏斗嘴塞进瓶子,用个长柄勺将坛里的黄酒徐徐灌入。阿香将可乐瓶递给老头:"怎么改喝三年陈了?"

"换换口味。"

"其实三年陈跟一年陈味道差得不多,价格倒要贵不少。自己喝还是一年陈实惠。"

"儿子上个月从美国回来工作,今天拿到工资,给我转了三千块钱,让我喝得好一点。"

阿香也笑:"啊,儿子有出息,孝敬老爸,是好事!"

老头也笑:"嗯,在那边待了七八年,说还是回国踏实,报效祖国,为家乡做贡献。上个星期,侨联还送了一面锦旗过来,弄得我们全家都特别不好意思,我们本来就是义乌人,还送什么锦旗啊——茴香豆也拿一包。"

阿香拿了包茴香豆给他:"一次不要吃得太多,伤脾胃的。对了,春季养肝,要不要买包枸杞回去?前两天刚从宁夏进的,中宁枸杞,你看看。"说着拿了包枸杞出来。

老头看了看:"颗粒是蛮大的。拿一包吧。多少钱?"

阿香道:"三十八块。算你三十五。加上酒和茴香豆,一共五十七块。"

老头离开后,一个中年妇女进来问:"顶针箍有吧?"

阿香找了找:"哎呀刚好卖完,新的还没进。"

中年妇女叹气说:"你这里没有,别的地方更不会有了。只好去淘宝买了,就是要多等几天。"

阿香拿出自己的针线盒,取出顶针箍给她:"你先拿去用吧。"

"那你不是没了?"

"这东西也不是天天要用,过几天货也就到了,没关系。你拿去吧。"

"那我给你钱吧。"

"又不是新的,给什么钱。都是街坊邻居,别跟我客气。"

"谢谢了哈。"中年妇女离开。阿香给自己泡了杯绿茶,先水后茶,动作优雅。

茶叶嫩绿,茶汤清澈。接着,她继续织织锦。

间歇时,她看一眼柜台上那几束仿真花,笑了笑。她想起了彼得曹。她不是傻,她知道彼得曹喜欢她,她也不讨厌彼得曹。而且,很多时候,她愿意和彼得曹在一起,说点什么都可以。只是,对于一个佛系的女孩来说,她不急于得到一个男人的爱。

而彼得曹的世界却是另一番模样。

进口商品博览会筹备组国际部的办公室里,彼得曹用肩膀夹着手机,一边打电话,一边用咖啡机给自己泡咖啡。"……对,可以申请融资,然后有50%的贴息扶持,最高不超过一百万……展位费也有优惠政策,凡是国内的重点展会,补贴80%的展位费,每个企业不超过四个展位,嗯,对……好,有不清楚的你再打电话,就这样,再见。"

五

挂掉电话。正要喝咖啡的他手机又响了。

"喂,老张你说……拼箱?可以啊,从去年开始就可以了,现在为了提高效率,都是简略申报、无票免税了……本来就是嘛,我们是小商品城,零零碎碎种类那么多,不拼箱怎么可能?再说了,有些上游公司都是手工作坊,程序比较老旧,不方便开发票,下游采购商也不好强制他们开,要是都按以前那套流程申报,还怎么做生意赚钱?政府也是一步步摸索,越来越人性化,让大家能够越来越方便……具体流程你去找小刘,她电话你有的吧?"

彼得曹趁机喝了一口咖啡:"哎,对了老张,有件事想问你,你不是跟加拿大那边往来挺多的嘛,我有个朋友,弄了一批文房四宝,本来想销到加纳……嘿,说来话长,别提了,上面还好死不死印了'中加友谊天长地久'……我是想,加纳是'加',加拿大不也是'加'嘛,你帮我想想办法,看能不能把这批货销到加拿大,也是'中加友谊天长地久'嘛,对吧……好好,拜托拜托,感谢感谢。"

挂掉电话,彼得曹放下手机,端起咖啡,颇为得意地长叹一声,自言自语:"加纳、加拿大,中加友谊天长地久……除了我,还有谁能想得到这一招?唉,人聪明,真是一点办法也没有。"

这一天的海星餐厅也挺热闹。鸣山社区的外国人特别爱到这家餐厅聚会吃饭,不仅是因为价格实惠,更重要的是味道很地道。

此刻,墙上电视在播当地新闻:"……继伊朗、巴基斯坦、阿富汗等国家的手工地毯在国内打开市场之后,欧洲一些国家,比如比利时、德国、西班牙的手工地毯也开始陆续销往中国……"

邱以安换了便装,从餐厅走出来,迎面遇见欧阳博。邱以安一怔,忙打招呼:"欧阳老师。"

"出去啊?"

"嗯,去杭州。"

"有事?"

"也没什么事。我有个表姨的女儿结婚,去吃喜酒。"

"哦哦,那快去吧。"

邱以安停顿了一下,画蛇添足地说:"那个,欧阳老师,雯雯不是也在杭州嘛,你要是有什么东西想捎给她,我帮你带过去,顺便的事。"

欧阳博怔了怔:"她又不是一年才回来一次,每个礼拜都能见到,要捎什么?"

邱以安摸了摸头:"好,那我走了。欧阳老师再见。"

"唉,等等,你知道雯雯的单位在哪儿?"

"不知道啊,我怎么可能知道?"

欧阳博听了邱以安的话,若有所思。

这时候,喀德走进来:"欧阳,你怎么来了?"

欧阳博道:"后天下午业委会开会,讨论外籍子女周末兴趣班的事,正好这阵子会所在大修,所以想找你帮个忙,借你这块宝地开个会。也不会太久,最多两个小时。"

喀德说:"没问题,来吧。点心饮料算我的。"

欧阳博说:"谢谢。对了,刚才看到小邱出去,说是去杭州?"

喀德说:"啊,没错。这两天店里有点忙,跑不开,所以让他去跑个腿。这小子,只要是去杭州出差,他都抢着去!"

欧阳博意识到了什么,不动声色地说:"哦。"

这时候,开往杭州的大巴疾驰在高速公路上,邱以安坐在靠窗座位,心情不错的样子。因为,他秘密交往一年多的女朋友欧阳雯在等着他。他拿出手机,给欧阳雯发了个"我来了"的动画表情。

这时候,欧阳雯正与同事们开会。她的心情也不错,因为她知道,邱以安在路上了。手机响了一下,她看到邱以安发来的消息,她笑笑,回了个"红唇"的表情。

会议结束了。欧阳雯与同事们走出来。欧阳雯把手上的工作进行了分配:"Simon你负责跟欧洲那边几个供应商接洽,看他们有什么要求,你全力配合;小艾你负责联系现场表演的嘉宾,展台表演的事就交给你了;Angel你把这次进口展我们现场签约的所有客户汇总一下,包括银行、商超、合作企业……看看有什么不同于往常的亮点和噱头,做一份报告给我。记住,去年进口展,对我们产品有非常好的溢出效应,总部那边相当满意。我希望今年可以更进一步。大家加油。"

几名同事响应道："好的。"

这时候，欧阳雯的助理走进来。欧阳雯对助理说："从下个月起，欧洲进口都走中欧班列。你负责对接一下新城的王主任，有什么问题就告诉我。"

"好。"

"生鲜那些，你请示一下总部，看是继续走空运呢，还是火车。"

"嗯。"

"别的没什么了。"说完，欧阳雯看助理脸色暧昧，问道，"怎么了？"

助理笑笑："高总下个月退休，公司都在传，你是接班人哦。"

欧阳雯说："小道消息，不要当真。"

助理说："怎么是小道消息呢？论能力、论口碑，公司还有谁比得过你？这两年，公司销售额整整翻了一番。总部的嘉奖电话，每次打过来都是点名表扬你。你自己说，不是你，还有谁能坐那个位子？"

欧阳雯心里笃定，但嘴上依然低调："总之，没有正式下文之前，一切都是小道消息。"

助理笑道："那为了这个小道消息，今天加班的夜宵你请？"

欧阳雯也笑："这个竹杠敲得也太肆无忌惮了吧……好，你登记一下。买好找我报销。"

助理笑着离开。欧阳雯打电话给邱以安："喂？到哪儿了？"

"刚下车。估计到你这里还要一个多小时。"

欧阳雯看表："我晚上要加班，可能陪不了你多久。你想吃什么？我先过去点菜，可以节约时间。"

"什么都行，只要跟你在一起，白粥咸菜都是香的。"

欧阳雯笑了一下："你跟那个彼得曹待久了，也学得油嘴滑舌。"

六

一个小时后，欧阳雯已经到了餐厅。邱以安风尘仆仆地赶来。欧阳雯立即朝他招手："这里！"

邱以安走过去，坐下："等很久了吗？"

"嗯，都快把我饿死了。"

"那你干吗不先吃？"

"等你呗,一个人吃有什么意思!"

"点什么了?"

"就点了白粥和咸菜。"

邱以安也笑:"没问题啊,有的吃就行。"

服务员上菜。两人边吃边聊。

"我今天出门的时候,碰到你爸了。"

"哦,他说什么了?"

"也没说什么,就问我去哪里。我说去杭州,参加一个亲戚的婚礼。"

"他有没有起疑心?"

"怎么可能?我平常连你的朋友圈都不敢点赞,生怕被他看出来。他怎么可能起疑心?"

"唉,我们谈个恋爱跟打游击似的,算什么名堂。"

"快了,等我成为正式厨师,就把我们的事告诉你爸。彼得跟我老板打过招呼了,老板是好人,最近一直在让我试着做菜,我估计再过两三个月,就能出师了。"

"能出师最好,出不了师也没关系。我喜欢谁,跟谁谈恋爱,是我的自由。我们已经瞒了这么久了,够给他面子了。他要不答应,你就搬到杭州,山高皇帝远,看他怎么办。"

"尽量还是和平解决,毕竟他是你爸。"

"知道,以和为贵,以德服人。"

两人相视一笑。突然,欧阳雯手机响了。她一看:"呀,我爸!"

邱以安怔了怔:"那你接吧,我不出声。"

欧阳雯清了清嗓子,接电话:"喂,爸?"

欧阳博问:"在干吗呢?"

"还能干吗,加班呗。"

"在哪里加班啊?"

"这不是废话嘛,当然在公司咯。"

"你换公司了吗?"

欧阳雯一怔:"什么意思?"

欧阳博怒道:"换到餐厅工作了?"

欧阳雯闻言一惊,下意识地朝四周看去。她已经感觉到老爸就在周围。

欧阳博说:"别看,看了也来不及了,你对面那个,是你同事吗?怎么长得这么眼熟啊?"

"你说什么呢?"

"我说什么你不清楚吗?……我要不跟着来,你们还打算瞒我到什么时候?"

欧阳雯往玻璃窗外一看,欧阳博突然出现在窗外,瞪着两人。欧阳博隔着玻璃窗,看见两人桌上的饭菜,气汹汹地说:"添副碗筷!老子饿了!"

欧阳博气势汹汹地坐在他们对面,眼睛直勾勾地盯着二人,像是一个正在做笔录的警察。

邱以安怯生生地不敢抬头,像是被抓捕归案的犯罪嫌疑人。而欧阳雯两手抱胸,一副不屑的表情,像是被抓错了的犯罪嫌疑人:"说完了没有?说完了我要去加班了。这两天我忙得很,没空听你唠叨。"

欧阳博说:"没空听我唠叨,倒有空跟他吃饭?"

欧阳雯反问:"你马路上随便抓个人来问,是听一个老头子唠叨开心呢,还是和一个帅哥吃饭开心?"

欧阳博气呼呼,却又拿女儿没办法。

"我走了,同事都催我好几遍了。"欧阳雯起身问邱以安,"你走不走?"

邱以安有些尴尬地看了欧阳博一眼。

欧阳雯说:"你回去后跟喀德说一声,这周末我会带西班牙红魔虾和石斑鱼回来,是我们公司这届进口展的主打。你让喀德帮我试试,看怎么做比较好吃,到时候我们会请厨师上台现场烹饪。"

"嗯。"

欧阳雯问:"怎么,你还想跟我爸再单独聊会儿?"邱以安只好站起来。

"爸,我们先走了。单麻烦你买一下。"说着,欧阳雯拉起邱以安就要走。

欧阳博怒道:"站住。"两人只好停下。欧阳博起身,走到两人面前对欧阳雯说:"你,去加班。"然后又看向邱以安:"你,跟我回义乌。"

回到公司的欧阳雯,一脸丧气。本想跟邱以安开开心心吃个饭,没想到被老爸给搅黄了,她越想越生气。她走进卫生间。卫生间的隔板外,来了两个女同事,聊着最近公司的人事调整。

"听说了吗,Amy要回来了。"

"真的吗?她不是都跳槽好多年了嘛。"

"是跳槽了,不过高总又把她请回来了。"

"什么意思？不会是考虑让她接班吧？"

"应该有这个想法吧。她当年可是高总带入行的，一直都有联系。说不定高总临退休了，想提携一下自己人呢。"

"那欧阳雯怎么办？她可是公认最有希望的接班人呀。"

"谁知道！反正Amy早不回来，晚不回来，偏偏挑这个节骨眼回来，肯定有名堂。"

欧阳雯听着，脸色渐渐变了。

这一晚，彼得曹送阿香回家："你说，我们认识这么久了，好像还没红过脸吧？"

阿香一怔："干吗要红脸？"

"我的意思是，我俩的友谊还是挺坚不可摧的，对吧？"

"嗯，算是不错的。"

"那我……我是说，万一我有什么事做得不对，惹你生气，你就看在我们坚不可摧的友谊上，生个一两天气就行，千万别一直不理我，好吗？"

阿香听得一头雾水："什么意思？"

彼得曹说："也没什么意思，你记着就行。"

此时，杭州萧山机场，一架来自马德里的国际航班缓缓落地。

阿尔贝托推着行李，走出航站楼。这个年近八十的老人，有点消瘦，但精神矍铄。他就是阿香的爷爷。

航站楼外停着一排接客的车。其中一人举着牌子，上面写着阿尔贝托的名字。司机迎上来，接过阿尔贝托的行李放上车。车在高速公路上行驶，他靠着窗，心情万分忐忑。来中国，一直是他的愿望。过了这么久，愿望终于实现了。车窗外，就是中国，就是她孙女亚尼娜生活的国家。

他手里拿着一张照片，是他与小阿香的合照。

七

彼得曹送阿香回家后离开。阿香正要上楼，忽然，一个人从旁边走出来。

"亚尼娜！"这声音如此沧桑，仿佛经历了几十年的风霜。

阿香许久未听人这么叫自己，浑身一震。月光下，她看清了眼前的老者。

正是自己的爷爷。她呆住了。阿尔贝托用西班牙语说道："亚尼娜，我的宝贝，我终于见到你了,要知道,我一直盼着这一天!"

阿香打断阿尔贝托,用很久没有说过的西班牙语说道:"我现在叫'阿香'。请你称呼我的中国名字。"

阿尔贝托端详她:"阿香?不,不管你叫什么名字,你都是我心中的亚尼娜,十多年没见。你长大了,但是我还是一眼就认出了你。"

"你是怎么找到我的?你是怎么知道我住这里的?"

阿尔贝托没有回答,此刻的他已经激动得说不出话来。而阿香想了想,她明白了,一定是彼得曹。她掏出手机,拨打彼得曹的电话。彼得曹走在回家的路上,手机铃声响起,他接起电话,听到的是阿香的声音:"人是你叫来的,对吗?"

彼得曹一怔:"啊?"

他突然明白阿香说的是什么:"你……你见到了?"

"你叫来的人,你自己叫走。我这里不接待。"说完,阿香挂了电话。

彼得曹原地一阵发愣,随即一跺脚,赶紧往阿香家楼下走去。

此时,阿尔贝托在努力和阿香沟通:"亚尼娜,你西班牙语生疏了。"

"十多年没用,再说下去就不是生疏,而是完全听不懂了。"

"亚尼娜——"

"说了叫我'阿香'!"阿香突如其来的高声,让阿尔贝托怔了怔。她缓和一下情绪,说:"你再稍等一会儿,他很快就到了。"

这时候,彼得曹匆匆赶到了。他疑疑惑惑地上前打招呼。

阿香对阿尔贝托说:"你跟他走吧。"彼得曹听不懂,一脸迷茫。

"谁把你叫来的,你就跟谁走。"然后,阿香转头对彼得曹说:"交给你了,你要是实在不想管,就直接打电话给西班牙大使馆,反正你看着办。"

阿香再也不看两人,上楼了。留下彼得曹和阿尔贝托。两人对望一眼。彼得曹只好打招呼:"Hello, I'm Peter, I...(你好,我是彼得,我……)"

阿尔贝托用中文道:"现在是去大使馆吗?"

彼得曹吃了一惊:"你会说中文?"

"我知道你,彼得。是你跟 Ada 联系的。Ada 说,你是亚尼娜的朋友。"

彼得曹不敢置信:"你发音这么标准……"

"我学了整整十年。"

"太不可思议了。"

"Ada是我的第二任太太,也是我的助理。我曾经劝她学中文,可她没有坚持下来。反而是我学会了。"

彼得曹问:"那你刚才为什么不对阿香说中文?"

阿尔贝托沉默了一下:"因为我想听她说西班牙语。我想找找以前的感觉。"

"她跟我说过一些你们的事。"

"我知道,亚尼娜恨我。"

彼得曹停了停:"走吧。"

阿尔贝托问:"去哪儿,大使馆?"

彼得曹笑笑:"对,家里蹲大使馆。"他拿起阿尔贝托的行李,引着阿尔贝托离开。二人来到了彼得曹的家,彼得曹说:"请进。"

阿尔贝托走进来,环顾四周。

彼得曹说:"你随便坐。要喝水吗?"

"好的,谢谢。"

彼得曹去冰箱拿了一罐饮料给他:"今天太晚了,你就在我这儿将就一下,明天我给你找酒店。"

阿尔贝托说:"谢谢,酒店我可以自己找。"

"卫生间在那边,你先去洗漱吧。牙刷毛巾需要吗?"

"我有。"

"以前来过中国吗?"

"没有。中国这些年发展很快。如果放在二十年前,有人让我把地毯拿到中国来卖,我会觉得不可思议。但现在,全世界的生意人都希望把东西卖到中国来。"

"我跟你太太联系上的时候,说实话也只是抱着试试看的想法。毕竟以前西班牙在中国卖得最好的,大部分都是食品。我担心你们会有顾虑。可你最后还是答应了。谢谢你。"

"不用谢。我说了,全世界都希望和中国做生意。"

彼得曹笑笑。他看到箱子里有一个布娃娃,猜到应该是小阿香的。

这一晚,彼得曹把阿尔贝托安顿好了,想给阿香发短信。他拿出手机,想给阿香发消息说"对不起"。想了想,把这行字删了。又打上"我不是故意跟你过不去",想想又删了。又打上"你睡了吗",还是删了。彼得曹收起手机,叹了口气。

第二天,阿香坐在柜台里,神情有些恍惚。一只球踢了进来。阿香过去,把球捡起来。随即一个五六岁的外国小孩奔进来。孩子用流利的中文说:"阿香,我的球。"

阿香说:"不能在门口踢球,很危险哦。没看到我这里炖着东西吗?"

小孩接过球说:"对不起。"

阿香笑笑:"没关系。"

小孩说:"是彼得曹让我跟你说的。"

阿香一怔,来不及反应,小孩已经出去了。又一个中国小孩进来:"阿香,彩虹糖有吗?"

阿香拿了彩虹糖给他。中国小孩说:"彼得曹让我跟你说,对不起。"

阿香又是一怔。中国小孩拿着彩虹糖便出去了。

"小家伙,你还没付钱呢——"中国小孩头也不回地说:"他说会帮我付的!"

阿香又好气又好笑。很快,手机响了。是彼得曹的微信转账,附言是"彩虹糖"。阿香微微笑了一下,把手机放在一边。

在鸣山社区的广场上,社区业委会主任欧阳博正在指挥义工小董和几个年轻人贴壁报,内容是诸如"商友卡的推广和使用说明""最新税务优惠政策""商城友谊奖评选细则""慈善帮扶、献血求助""车位人性化分时租赁""公益课堂课程表""社区网球比赛"……

八

欧阳博指着小董说:"有点歪,嗯,右边往下一点……好多了,整体再往上一点,嗯嗯,好。"

一个墨西哥女人走过来,用很生疏的中文说:"欧阳老师,我能报名中文课了吗?"

欧阳博问:"你到72个积分了吗?"

墨西哥女人用英语回答:"还差10个。可我想快点学好中文,我现在没办法跟人谈生意。"

墨西哥女人说的积分,是义乌管理来华暂住和工作的外国人的一种制度,积分制以遵纪守法情况、个人收入、税收贡献、带动本地就业、在义工作年限、信用程度、个人贡献等情况计算积分。积分不达标的将不能延期;积分达到基本程度的,给予不超过一年的延期许可;积分达到优秀的,可以匹配优惠政策,如延长工作许可年限,还可以享受更好的社区服务,比如免费学中文。

懂英文的小董做了翻译:"她说她还差10个积分。但等不及要跟人谈生意,所以想尽快报名学中文。"

欧阳博考虑了一下："你告诉她——3号楼那个伊比拉回伊朗了,他老婆怀孕六个多月,还要照顾两个孩子。她不是学过一些基本护理嘛,让她每隔两天上门一次,看有什么需要帮忙的,每次算1个积分。还有,好几幢居民楼的灭火器都快到时间了,让她帮着去看看,登记一下,一幢楼1个积分。这样用不了两个礼拜,积分应该就够了,正好能赶上下一期的报名。"

墨西哥女人听不懂,只好殷切地看着欧阳博。

小董用英文翻译了一遍:"欧阳老师让你每隔两天去伊比拉家照看一下他怀孕的妻子,每次1个积分。有空再去看看居民楼的灭火器是不是到期,一幢楼1个积分。这样你应该来得及报下一期的中文课。"

墨西哥女人懂了："谢谢你,欧阳老师。"

欧阳博问小董："找到工作了吗?"

小董说："差不多了,是一家义乌本土的外贸公司。"

欧阳博笑笑："我还以为像你这样的高材生,又去国外留过学,肯定会找上海或者杭州的大公司。"

小董说："我们好几个国外回来的同学,有打工也有自己创业的,他们都更喜欢留在义乌。这里的政策更宽松,也更人性化,发展前景也好,是一座能让人实现梦想的城市。"

欧阳博感叹："我在这个城市待了大半辈子,亲眼看到这个城市一点一点地发展起来,记得1982年小商品市场刚刚起步的时候,我还没你大,转眼就三十多年了,尤其这十年,发展真的是非常非常快,从一个小县城,发展成一个充满活力的现代都市,作为一个土生土长的中国人,我感到骄傲啊!小董啊,你要真上班了,估计就没空来做义工了吧。"

小董说："我还是会来的。我跟这边的老外们都熟了,每周一次的外国人沙龙都是我联系的。虽然没什么报酬,但是跟他们在一起,说说笑笑,就觉得很开心。"

邱以安走过来,看到欧阳博,停顿了一下。他正想着是不是要绕道,欧阳博已经看见他了,沉下脸。

欧阳博说："站住,别这副模样,像老鼠见了猫似的……我又不会对你怎么样,昨天半夜三更彼得还给我发个微信,问我没把你怎么样吧,我说我一个糟老头子,能把他一个壮小伙怎么样?……哎,你后来跟他打过招呼没,我担心他一晚上没睡着……"

邱以安忙道："我跟他说了,说欧阳老师找我,纯粹就是关心我,想了解一下我的情况,家里几口人,父母做什么的,读的什么学校,谈过几个女朋友,每个月工资多少,存款有多少,有没有买过房……"

欧阳博看他:"我发现你这小子说话还挺促狭……跟彼得那家伙学的是吧?"

邱以安局促道:"没有啊,我……"

欧阳博一挥手:"走吧走吧,我也懒得跟你废话。反正有什么想法,我自己去找雯雯说,不来为难你。"

邱以安怔了怔,欠身道:"欧阳老师再见!"

欧阳博摇了摇头,不再理他。

义乌是一座充满无限商机的城市,处处热潮涌动。

义乌铁路口岸,每条口岸都亮着绿灯。装着集装箱的大卡车不断进出口岸。

在这里,每年有上千列"义新欧"中欧班列从这里出发,奔向亚欧大陆五十个国家和一百六十多个城市。阿尔贝托在义乌铁路口岸办公室窗口前办手续,不到十分钟,他拿到单子。阿尔贝托有些惊讶:"这就好了吗?"

"是的。"

"谢谢。你们的效率真的是太高了。"

"你的中文说得真好!"

"谢谢!"

"你是第一次走班列吗?"

"对,居然有这么一条长的铁路到欧洲,一万三千多公里,通过这么多个国家,真的太神奇了。在马德里开通这个中欧班列的时候,我去了现场。"

"那欢迎您以后走中欧班列运货啊!今后我们还会增开更多的班次,增加更多的目的地。"

"好,好,我一定!"

"那您慢走!"

阿尔贝托走到门口,用手机打了个电话:"Ada,帮我订酒店吧……见到了,不是太愉快,她长相变化不大,但脾气很坏,比我想象的还要凶得多……我待会儿先去彼得家拿行李,就是那个年轻人,我昨天晚上睡在他那里……你订好酒店告诉我一声,好的,谢谢。"

正如传言,Amy来到了公司,成为公司的另一个副总。公司例会上,Amy加入了欧阳雯的小组开始了进口展的工作安排:"进口展开幕式上,与合作商户签约仪式那块,高总让你交给我来负责。"

欧阳雯一怔:"啊,为什么?"

Amy说:"高总应该是觉得你太辛苦了,手里的工作太多,忙不过来。以前是没办法,现在既然我来了,我当然要替你分担一点啊。高总也是一片好心,怕你真的变成黄脸婆,到时候算工伤,你问公司要青春损失费,那就不好了。"

欧阳雯有些郁闷:"高总怎么没跟我说?"

Amy得意地说:"怎么,不信啊?不信你自己去问他。"

欧阳雯走进高总的办公室,把刚才的事问了一番。高总说:"没错,是我让Amy帮你分担一部分工作。一方面,我不希望你太辛苦;另一方面,我也希望她可以尽快上手,进口展是个好机会,可以学到许多东西。欧阳,你是亚升的老员工了,经验丰富,方便的话,我希望你能多帮助Amy。"

欧阳雯一脸失落。

九

黄昏,街上的行人渐渐稀少。阿香从杂货店出来,放下卷帘门,锁上。当她转过身时,看到了突然出现的彼得曹。阿香怔了怔:"吓我一跳。"

"打烊了?"

"嗯。"

"这么早?"

"附近修电缆,通知了临时停电。"

彼得曹唉了一声。

"你要买东西?"

"嗯,有点口渴。"

"后面那条街店还开着呢。"

"我喜欢喝你店里的水。"

"那没办法了,明天再来买吧。"阿香离开杂货店,往前走去。彼得曹紧紧跟着:"不是说好了,我们之间是坚不可摧的友谊吗?"

"友谊是建立在彼此坦诚的基础上的。你对我坦诚吗?"

"我是不得已。你也知道,我就是干这行的,看到好东西,不把它弄到中国来,就浑身不舒服。要是早对你坦诚,你会答应吗……你也别想得太多,放松一点,就把他当成是一个普通的外国展商,跟你有点渊源,所以来看看你。你要是高兴,就请他去家里坐坐;要是不高兴,赶他走不就行了。昨天晚上不就是这样嘛……反正我觉得,没必要为这事影响到我们的友谊,不值得,是吧?"

阿香面无表情:"知道了。"

彼得曹怔了怔:"'知道了'是什么意思,是生气还是不生气?"

阿香说:"你都已经把话说到这个份上了,如果我生气,不就显得我既不尊重你的工作,又小肚鸡肠吗?要是往深里说,我这还是破坏商贸往来,不顾国家大局,对吧!"

彼得曹忙道:"没那么严重。"

"总之,你有你的原则,我有我的想法。你口才比我好,我说不过你。但这并不表示我完全同意你的说法。"

"不用同意不用同意,我只要你的理解就行,理解万岁。"

阿香朝他看:"你跟着我干吗?"

"要不要去我家喝一杯?"

"少得寸进尺。"

"法国一家很有名的酒庄,今年第一次参展,他们家的红酒真不错。社区那些做红酒生意的,都打算进他们家的酒。我也弄了两瓶。干我们这行就这点好,世界各地的好东西,我总能第一时间了解到,走过路过不会错过。"

"不想喝酒。"

"那上去喝杯茶也行啊。"

"为什么非让我去你家?你在动什么歪脑筋?"

彼得曹笑起来:"我能动什么歪脑筋?我这么天真无邪、人畜无害……我现在连跟你说话都牙齿打战,生怕你一气之下又不理我了。我敢动什么歪脑筋,不想活了?"

阿香停顿了一下:"也好,我外婆今天去乡下喝喜酒,回去也是一个人吃饭。"

彼得曹喜道:"那来呀,我昨天刚买了扇贝,你有口福了。"彼得曹带着阿香往家里走去,却看见阿尔贝托在楼下。三人同时怔了怔。

彼得曹诧异地问阿尔贝托:"你……你怎么在这儿?"

阿尔贝托看了一眼阿香:"我来拿我的行李。"

阿香听到他说中文,大为吃惊。阿香停顿了几秒,看向彼得曹:"你让我过来,就是这个目的吗?这也是你的工作?也是不得已?"

彼得曹着急解释："不……不是的。"

阿香转身就走："你们聊吧,我先走了。"

阿尔贝托拉住她："亚尼娜。"

阿香一把甩脱："你会说中文,为什么昨天不说？逗我玩吗？"

阿尔贝托怔了怔："我……"

阿香说："我发现你这个人真的很喜欢撒谎……你是不是不撒谎就浑身难受,啊？"

阿尔贝托不知说什么,阿香愤然离去。

这天,阿香与外婆一起吃饭。阿香的手机一直响,她只当没看见。

外婆看了看手机屏幕问："小曹？"

阿香继续吃菜："不用管他。"

外婆说："你还是接一下吧,否则他没完没了。"

阿香还是一动不动："我可不想当着你的面骂人。"

外婆说："那就去你房间打,骂个够。"

阿香笑笑,还是没动。

"那个人,是一个人来中国的吗？"

"也许吧。反正没看到别人陪他。"

"他也快八十了吧？"

"嗯。"

"你不担心吗？"

"为什么要担心？是我让他来的吗？再说了,他那么有钱,难不成还怕他饿死在中国？"

"话不是这么说。他要是在西班牙,你怎么恨他骂他都行,可他现在来了中国,活生生地在你面前,让你见着了,活人对活人,就不一样了。别说他是你爸的爸,就算是个老邻居,你也不能那么对他。他当年骗人是不对,可事情变成那样,他能想得到吗？死的也是他亲儿子呀。"

阿香不语。

外婆说："你不是一直说自己是一个传统的中国女孩吗？中国人是最讲礼数和孝道的。天底下有很多事,一两句话还真分不清谁对谁错,分寸要靠我们自己把握。我不是一直教你要通情达理嘛,什么是通情达理？就是该紧的时候紧,该松的时候要松,不能不讲道理,不能钻牛角尖——现在你可不是个小姑娘了,自己想想吧。"

听着外婆的话,阿香陷入了沉思,她眼中浮现出了很多年前的阿尔贝托。

那一年,阿香被叫着亚尼娜。

阿尔贝托和小阿香坐在一间满是地毯的房间。他尝试着教小阿香手工地毯的技巧,诸如织法、纹理……小阿香很认真地学着。她显然对此非常感兴趣。小阿香拿过一个布娃娃,给阿尔贝托看。

"看,娃娃身上的衣服,是我做的。"

阿尔贝托接过娃娃:"哇,真漂亮。亚尼娜,你是怎么学会给娃娃做衣服的?"

小阿香有些茫然。她下意识地看了看地毯。阿尔贝托忽然激动起来:"老天,你是用了地毯的织法吗?你真是太聪明了,宝贝。"阿尔贝托把小阿香抱过来,在她额头上亲吻了一下。

小阿香抱着阿尔贝托。那个时候,她是真的很爱爷爷。

此刻,阿香怔怔地看着手里的织锦。落地窗外,义乌的夜景很美。

十

海星餐厅,邱以安与大厨们忙碌着。他勤快又能干,做事有条不紊。当他出门倒垃圾的时候,突然听到有人叫他:"喂!"

他吓了一跳,突然看见欧阳雯从角落里走了出来。邱以安大吃一惊:"雯雯!你怎么在这里?你不是明天才回来吗?"

欧阳雯说:"我请了一天假。"

邱以安留意到她的神情:"出什么事了吗?"

欧阳雯说:"没事儿,就想找你聊聊!"

邱以安一听,就知道雯雯遇到事了。于是,他擦了擦手,给厨师长打了个招呼,然后就陪着雯雯出去了。

公园的长凳上,雯雯向邱以安讲述了在公司遇到的烦心事。邱以安安慰着雯雯:"那你打算怎么办?"

"不知道,还没想好。"

"是不是有点灰心?"

欧阳雯叹口气:"当然灰心了。这些年辛辛苦苦,像个机器人一样累死累活,公司业绩在我手里翻了一番,谁不知道我是亚升的大功臣啊。眼看着高总退休,天上居然掉下来一个空降兵！这也太不公平了吧。如果 Amy 真的当了总监,那我算什么,我这些年的努力全都是笑话吗?"邱以安轻抚她的肩头。

"我这么说,是不是显得有点功利?"

"没有。上班不就是为了升职加薪嘛,谁不承认,谁就是虚伪。我也天天盼着能成为正式厨师。不是打杂的,而是厨师,多好。"

"我记得你以前说过,你想当厨师,是因为喜欢做菜——原来是假的?"

邱以安笑道:"一半一半吧。最好是又能赚钱,又能做喜欢的事。"

欧阳雯眼望前方:"我在亚升这些年,其实薪水也谈不上有多高,外面福利好发展好的公司多的是。可我就是一直没跳槽。你知道为什么吗?"

"为什么?"

"因为亚升代理的进口食品真的很不错,品质好又美味。就拿那款荷兰牛奶来说吧,我们小时候只有光明或者双峰,选择余地很少,可你再看现在,超市里五花八门的品牌,看得人眼花缭乱的。当年我去亚升面试,过了午餐时间,HR 就把这款牛奶拿来给我们喝。我到现在都忘不了那个味道,特别纯,很清新很舒服,像是把大自然喝进去的感觉。还有法国的红酒、西班牙的火腿、比利时的巧克力……吃不仅是人的基本需求,有时候也能变成人的精神追求,真的会让人觉得,生活原来可以更美好。这些年,尽管很辛苦,但只要想到消费者吃了我们公司的产品后有多满意和开心,我就会觉得一切都是值得的。"

"我也一样,虽然只是个打杂的,但菜端出去的那一刻,看到大家吃得开心,我也挺开心的。不管怎么说,能做自己喜欢做的事,肯定比赚钱升职更开心。"

欧阳雯站起来说:"走了。"

邱以安问:"回家吗?"

欧阳雯摇头:"回杭州。"

邱以安一怔:"不是说明天请假了吗,怎么还要回去?"

欧阳雯笑道:"骗你的,其实没有请假。就是想回来,跟你诉诉苦,看自己能不能想通。要是想不通,再请假也来得及。"

邱以安问:"那现在呢,想通了吗?"

欧阳雯笑笑:"不管想得通想不通,都到临门一脚了,现在往后退,可不是我欧阳雯的风格。管她 Amy 还是 Bobby,反正我上班也不是为了她。就算当不成总监,我也要为了荣誉而战,不能对不起自己。"

邱以安竖起大拇指:"霸气!"

欧阳雯起身说道:"走了!"

邱以安拦住她:"这么晚了,你怎么回去?"

"开车回去呀。"

"我跟你一起回去。"

欧阳雯不解:"啊?"

"送你过去,我再坐大巴回来。"

"那你不是要折腾一整夜?"

"折腾就折腾,我乐意。"

"那万一到了杭州,我又不放心你一个人回义乌怎么办?"

邱以安笑起来:"你的意思是,再送我回来?"

"可以啊。我们就这么一直送来送去,永远不要停。"两人相视而笑,相拥着离开。

正是周末,海星餐厅的客人很多。彼得曹、老古、欧阳博坐一桌。

喀德走过来:"阿香还没到啊?"

老古、欧阳博不约而同地朝彼得曹看去。"看我干吗?我又不是阿香的监护人。"

欧阳博问:"怎么,这次真分手了?"

老古说:"他俩什么时候连上过?一对宝货,就喜欢若即若离,玩情调。"

欧阳博说:"哎,阿香别真不来啊——"

喀德一怔:"谁说阿香不来?刚才我发微信给她,她说她下午煮茶叶蛋把衣服弄脏了,要先回去换件衣服,所以会晚一点,又没说不来。"

三人傻眼:"咦,刚才不是你说她不来的吗?"

喀德无辜地说:"我只是顺口问一声,阿香还没到啊,我又没说她不来。你们一个个都什么理解能力啊,还跟我一个外国人抬杠——"

说着,喀德对着门口一努嘴:"喏,不是来了嘛。"大家转头一看,果然是阿香走了过来。老古和欧阳博让出一个位子,让她坐在彼得曹边上。彼得曹不自然地问:"来了啊?"

阿香不想理他:"嗯——雯雯也来了,在后面。"

欧阳雯走进来。几人打招呼:"哟,雯雯回来啦?"

欧阳雯给在座的人一一打招呼:"嗨,喀德、彼得、老古、老爸。"

彼得曹问:"周末高速有点堵吧?"

"还好。"说着,欧阳雯把手里的包递给喀德,对喀德说:"红魔虾和石斑鱼,都是我们这一季的主打,麻烦你帮我试试。"

喀德接过：“没问题。你们稍等一会儿。”说着，喀德拿着食材进了厨房。

欧阳雯坐下来，看向欧阳博：“干吗呀，看到我回来，板着一张脸。”

"就是看到你我才生气。"

欧阳雯笑笑说：“你要这样的话，那我下次不回来了，免得惹您老人家生气。”

"你敢！"

老古开玩笑地说：“雯雯，你老爸更年期到了，你别跟他一般见识。”

欧阳博瞪眼。欧阳雯笑笑，打了个哈欠。

彼得曹说：“雯雯看样子累坏了。”

欧阳雯说：“还行，忙完这阵就好了。对了，彼得，开展当天我们展位有好几个活动，还有现场表演，如果影响到旁边展位，麻烦你替我们打个招呼好吗？”

彼得曹连忙答应：“好的，应该没什么问题。”

过了一会儿，邱以安端着红魔虾和石斑鱼出来。他不敢与欧阳雯打招呼，两人只能用眼神交流。

彼得曹活跃气氛：“哇，新菜来了。”

喀德也跟着过来：“这两道菜，都是小邱做的。你们尝尝看。”

欧阳博阴阳怪气：“这么好的食材给他当试验品，你倒是也不心疼。”

喀德开玩笑说：“反正是雯雯拿来的。雯雯不心疼就行了。”

欧阳雯：“我当然不心疼……谢谢啊，喀德。”

欧阳博气呼呼地说：“你们一个个都帮着他跟我作对吧。”

彼得曹说：“怎么是作对呢？你也不看看我彼得曹是干吗的，火眼金睛……这些年不管东西南北，天上地下，我有错过一件好东西没？我说小邱好，那肯定是真的好，不用怀疑。”

欧阳雯大声说：“有道理。”

"此处应有掌声。"除了欧阳博和邱以安，几人都鼓掌。

欧阳雯又打哈欠。邱以安也打了个哈欠。两人互递了个"心照不宣"的眼神，暗自笑着。

老古问：“这味道……是西餐吗？”

阿香说：“红魔虾里放的，应该不是红酒吧？”

邱以安说：“对，我改成加饭酒了。”

阿香赞道：“怪不得吃起来不像西餐。石斑鱼里还有豆豉酱的味道，蛮特别的。”

彼得曹说:"还放了金华火腿。哈哈,是够特别的。"

邱以安说:"我是觉得,西餐和中餐,不一定要分得那么清楚,两者之间其实有许多可以相融的地方。就像罗宋汤,俄国人一开始是用红菜头、土豆加骨头汤熬制,很简单的。后来引到上海,国内吃不惯红菜头,就把它改成了番茄和卷心菜,再加上牛肉、洋葱、红肠、蘑菇和黄油。看着还是一道西式汤,可跟俄罗斯传统的罗宋汤完全是两码事,中国人反而更喜欢。所以不管做中餐还是西餐,先不必给自己定什么条条框框,多试试。说不定更好。"

彼得曹点头:"说得好。"

"此处还应有掌声。"除了欧阳博和邱以安,几人又都鼓掌了。

欧阳博不满地咳嗽了一声:"无知者无畏,半桶水晃得最起劲。"

十一

欧阳博与欧阳雯在树下说话,邱以安在不远处站着。邱以安的厨艺得到了欧阳雯的认可,她决定邀请邱以安参加博览会的现场表演,父女俩就此展开了激烈的讨论。

"你还真打算让他去给你站台?"

"公司本来就要请厨师上台现场表演,请谁不都一样?"

"他是厨师吗?你这是假公济私啊。"

"他怎么不是厨师了?刚才的菜你没吃吗,味道不好吗?这么年轻有为的厨师,我还帮公司省了一笔出场费呢。"

"别以为我不知道你打什么主意……我告诉你哈,再怎么样,我也不会答应的。"

"用得着你答应吗?我成年了,你不答应也没用。"

"成年了你怎么还屁都不懂?"

说着,欧阳博看了邱以安一眼:"有些话,用我说得那么明白吗?你自己不知道吗?"

邱以安有些尴尬地看着父女俩拌嘴。他知道两人所有的矛盾都聚焦在他身上。

"你不就是想说,邱以安没有出息,他配不上我呗。"

"嘿,这可是你自己说的啊。"

"在我看来,邱以安很有上进心,也很努力。我看重的是他努力的过程,而不是结果。"

"光有过程没有结果,那不是一场空?我要的就是结果!"

这话触到欧阳雯伤心处,欧阳雯停顿几秒,眼含着泪说:"我不这么认为。如果凡事都是奔着结果去的,那努力的过程还有什么意义?爸,你不要以为我很完美,其实有时候我也很不自信,会患得患失,担心所做的努力得不到应有的回报,会觉得很压抑……我没有你想象的那么坚强。妈当年走的时候,我哭得要死要活。在那之后我就再也没当着你的面哭过,因为我不想让你担心。有时候还故意做出马大哈的样子,但这不代表我真的那么阳光那么坚强。"

欧阳博有些诧异地看着女儿。

欧阳雯继续说:"我需要有这样一个人,他不见得很完美,但他必须是最了解我的,能够支持我、鼓励我,给我力量,对我说,欧阳雯你不要有压力,不管怎么样,你都是最棒的……邱以安就是这样的人,我需要他。"

这晚,彼得曹与阿香走着,一路沉默。因为阿尔贝托的缘故,两人的交流多了很多顾忌。彼得曹不时朝阿香看,不知道说什么能够打破此刻的沉默。

阿香忽然问道:"他,住在酒店?"

"对。"

阿香停顿一下:"你有他电话的,对吧?"

"对。"

"那麻烦你告诉他,要是有空的话,这几天我可以陪他在义乌逛逛。"

彼得曹一怔,不敢置信。

阿香说:"我外婆说,中国人最注重礼数。我一想也是,远来是客,就算是个普通朋友,也不至于对他不闻不问。地主之谊还是要尽的。"

"没错。"

阿香说:"我外婆还说,一桩归一桩,虽然是你把那个人给弄回来的,但你是为了工作,不能怪你。而且他来中国无非是来参加进口展,过几天就回去了,又不是长住,也不会对我造成什么影响,没啥好担心的……所以现在我想通了,之前对你生气,是我不对,你别放在心上。"

"不会不会,我没生气。只要你不生气就好。"

"别忘了给那个人打电话。"

"知道,保证完成任务。"

"没必要说得太热情,意思到就行了。他要是没兴趣,你就马上打住。"

"明白,一定注意分寸。不卑不亢,有礼有节。"

阿香朝他看："我没开玩笑。"

"我也没开玩笑啊。不过,麻烦你件事行不行?"

"什么事?"

"回去代我跟外婆问声好,拥抱她一下,再亲她一口,说声谢谢。"

第二天,阿香来到杂货店门口,看见阿尔贝托在门口等着。看来昨天彼得曹已经把话带给他了,也看得出来阿尔贝托很兴奋。

当阿尔贝托看到阿香走过来时,他激动地喊："亚尼……阿香。"

"你怎么这么早?"

"不早了,已经快九点了。"

"你,等很久了吗?"

"也没有很久。天气挺舒服的,等久一点也没关系。"

阿香停顿一下,问："今天想去哪里?"

"听你的。我都行。"

"好吧,我就尽我的地主之谊。"

这一天,阿香带着阿尔贝托逛了义乌当地的小商品集市、公园、古镇老街……阿香并不十分热情,而阿尔贝托却压抑不住兴奋,像个孩子。

到了中午,两人来到了一家餐厅,服务员问道："今天这个黄鳝和螺蛳,都是刚到的。还有鸡头米和空心菜,都是新鲜的。"

阿香回头问阿尔贝托："螺蛳你吃不吃?"

阿尔贝托根本没搞懂"螺蛳"是什么东西,先答应下来："吃!吃!我都吃!"

一转眼,一大盘螺蛳上来。阿尔贝托完全傻眼了："这怎么吃啊?"

阿香拿起一个,示范给他看,用筷子头一顶,再一嘬。

阿尔贝托问："你吃到什么了?"

"肉啊。"

阿尔贝托看了看那个小小的壳,想象不出"肉"是什么概念。"我吃过蜗牛,比这大得多。""它比蜗牛更鲜。就是吃起来麻烦点。"说话间,阿香又嘬了好几个。阿尔贝托学阿香的样子,试着吃螺蛳。但显而易见,他什么都没吃着,只是吃了个寂寞。相比阿香气定神闲地一口一个,他更像是在做什么艰难的手工劳动。阿香看不下去,拿了牙签,给他挑了一些肉出来。

"谢谢,"他尝了一口不住地称赞,"嗯,是很好吃。"

"你再尝尝这个。"说着阿香拿公筷给他夹了当地最出名的金华火腿。

阿尔贝托感慨道:"谢谢,已经很久没有这样和你一起吃饭了。"

是的,爷孙俩已经很久没有一起吃饭了。这个很久,有十多年。此话一出,话题似乎变沉重了。

阿香立即换了个话题:"你是第一次来中国吗?"

"对。但我对中国不陌生。"

"知道,你不是学了中文嘛。"

"不止。这些年我一直在看关于中国的新闻和纪录片,还有中国的电影和小说。我想更多地了解中国。"

"因为要和中国做生意吗?"

"我和许多国家都做生意,但我不会想要了解它们。只有中国让我有这种想法。"

"中文不好学吧?"

"确实不好学。好几次我都想要放弃。但我想到也许有一天,我可以跟你用中文交流,这种感觉肯定很美好——所以我就坚持了下来。嘿,果然让我等到了。"

说到这里,阿尔贝托露出孩子一样天真的笑容。

阿香避开他的目光:"你觉得义乌怎么样?"

"很棒。来之前,我还以为它只是个小镇。而且我听过很多关于它的成语,比如'无中生有''点石成金'……"

阿香笑了笑:"你居然连这个都知道……没错,义乌这些年发展得确实很快。十多年前,我刚到义乌的时候,没有那么多高楼大厦,交通也不像现在这么方便,没什么成规模的工厂,全是手工作坊。真的就像个小镇。"

"我第一次听说义乌进口商品博览会,还以为只是一个小型活动。后来才知道规模这么大。彼得告诉我,有许多客户想要买我的地毯。我起初还不相信,手工地毯在欧洲买的人都不多,中国人会有兴趣吗?结果他把意向单拍照给我看,我吃惊极了。"

"别信他。他有可能在忽悠你。"

阿尔贝托没听懂:"忽悠?"

阿香换了说法:"忽悠的意思就是跟你开玩笑。"

"啊,彼得确实很幽默,我挺喜欢他的……你喜欢他吗?"

阿香一怔,胡诌道:"如果你喜欢他,那正好,他说了晚上陪你吃夜宵。"

"真的吗？那太棒了。"

一转眼，就到了晚上，义乌的夜市热闹无比，人声鼎沸。

阿尔贝托、阿香、彼得曹三人逛夜市，三人来到烤串摊。彼得曹买了几串，问阿尔贝托："敢不敢吃辣？"

阿尔贝托说："可以。"

彼得曹便在烤串上放了辣椒粉，递给他。阿尔贝托尝了一口，被爽到了："哇！"阿尔贝托知道的辣只是欧洲黑胡椒的辣，没想到中国辣椒的辣会那么辣！阿尔贝托看到阿香没有吃，问道："你不吃吗？"

阿香摇头："我没有吃夜宵的习惯。"

彼得曹说："阿香很注重养生的。"

阿尔贝托问阿香："你平常运动吗？"

阿香说："不太运动。但我每天都会冥想。"

阿尔贝托不解："冥想？"

彼得曹帮忙解释："冥想也是一种瑜伽，让人集中精神，保持专注，从而达到一种超然的状态。"

阿香说："你觉得你这么说话，老外能听得懂吗？"

阿尔贝托点头："能听懂。Ada也练瑜伽。"

彼得曹对阿香说："Ada是他夫人。"

阿香耸耸肩："嗯。"

阿尔贝托说："她让我跟你问好。"

阿香说："谢谢。"

阿尔贝托说："小时候她抱过你的，还曾经邀请你去她家玩。你有印象吗？"

阿香说："抱歉，小时候的事我全忘了。"

阿香有意地回避着跟西班牙生活有关的话题，气氛走向尴尬。

彼得曹说："哎，我们再去吃点什么吧，麻辣烫？东北拉皮？"说着话，突然下起雨来。所有人连忙都躲雨。

十二

一场大雨,让阿尔贝托这个年近八十的老人受了些风寒。三人来到彼得曹的家中。阿香给阿尔贝托背上熏艾灸。彼得曹端了姜汤过来:"热乎乎的姜汤来了。"

阿香问彼得曹:"你这里怎么也会有艾灸?"

彼得曹说:"前年有一次你给我做完艾灸,剩下一小段,我就拿回来了。"

阿香说:"前年的? 那功效可能就要差一点了。"

彼得曹说:"没事,老外从来没熏过艾灸,你拿根线香给他熏都有用。"

艾灸缓缓燃烧,阿尔贝托喊道:"哎,烫,烫——"

彼得曹说:"看到了吧。还是很强劲的。"

阿香为阿尔贝托收好工具,结束了治疗:"你湿气太重,一熏就出水了。今天下雨,不能多熏,下次有机会我给你好好熏一熏,把你体内的老寒气都逼出来——好了,穿上衣服吧。"

彼得曹把一件衣服给他:"先换我的吧,你那件全湿了。"

阿尔贝托换上衣服,诧异地问:"——这就好了? 不用吃药吗? 我好像有点感冒了。"

"喝碗姜汤就行。不用吃药。"阿香说着,把姜汤递给阿尔贝托,"你回去早点休息,多喝热水。艾灸过不能洗澡,你擦个身,明天早上再洗。我帮你叫车吧。"

阿尔贝托要把湿衣服拿走,阿香一把夺过说:"宾馆里不好晾干。我拿回去洗干净,过两天还给你。"

阿尔贝托有些感动,阿香虽然处处保持着距离,但是也能看出,她对自己的关心。

第二天一大早,阿香坐在柜台里,阿尔贝托走进来:"早上好!"

阿香一怔:"早! 你身体怎么样?"

阿尔贝托说:"非常好,完全没有感冒的迹象。你的艾灸果然很有效果。"

"那你也不用这么早又出门吧,昨天弄得那么晚,还淋了雨,今天应该多休息会儿。"

"我真的没有问题。今天我们去哪里玩?"

阿香哭笑不得:"你倒是玩心挺重的。"

阿尔贝托突然看到那些织锦,目光立即被吸引了过去。

阿尔贝托问:"我可以看一下这几件东西吗?"

"可以。"阿香将织锦递给他。

阿尔贝托接过,反复端详,惊讶又赞赏:"这些,都是你织的吗?"

阿香答:"嗯。"

阿尔贝托激动地说:"太漂亮了!亚尼娜,你真是个天才!从你小时候给娃娃做衣服起,我就发现你是个天才,你真的太了不起了!"

他情不自禁地上前,想要拥抱阿香。阿香有些反感地让开了。

"你八岁就跟我分开了,可我没想到,你居然还记得这些织法,一定是上帝的意思……你真的是我的孙女,我的骄傲……亚尼娜,你应该跟我回西班牙……"阿尔贝托近乎语无伦次的激动模样,让阿香越发不悦。

阿香打断他:"我不会跟你回西班牙的。"

阿尔贝托一怔:"你是我的孙女。"

阿香说:"这些年我在中国生活得很好。如果不是你十几年前那个电话,我爸妈现在也会过得很好……我再说一遍,地毯的事跟我没关系,我是不会离开中国的,我只想跟外婆一起安静地过日子。"

阿尔贝托不知说什么。

停顿几秒,阿香调整情绪,挤出一个笑脸:"今天想去哪里玩?"看得出来,阿香只是在完成一个任务。

随着满载着货物的中欧班列不断地驶入义乌火车站,来自不同国家的集装箱一个个装上平板车。博览会的日期越来越近了。

这一届的参展商来自全球各地,包括俄罗斯、波兰、捷克、越南、马来西亚、印度、斯里兰卡等四十二个"一带一路"共建国家和地区,同时在义乌中国进口商品城、义乌中国进口商品城宾王直营中心设立分会场。

彼得曹和工作人员来到主题馆现场勘察。亚升公司的展台前,欧阳雯正在和同事们商量怎么布置展厅。这时助理走过来,对着欧阳雯不知说了什么。

欧阳雯面露焦急之色:"啊,这可怎么办啊?"无计可施的她突然见到了彼得曹,连忙走过去。

"彼得。"

"雯雯,怎么了?"

"有个麻烦事。"

"说,什么事儿!"

"公司产品的报关出了点问题。"

"我跟你一起去趟海关看看。"彼得曹拉上欧阳雯,很快,二人来到了海关。

欧阳雯与窗口内的海关人员交涉:"我们这批欧洲食品,都是第一次参加进口展,因为时间紧,而且来自不同的供应商,所以报关的时候没有把品类列得非常细,只是笼统地写了'食品'这一大类。现在东西都在保税区,清不了关。进口展马上就要开始了,请问能不能想想办法?"

海关人员问:"具体有哪些类别,大致说说。"

欧阳雯忙答道:"海鲜、乳制品、巧克力糖果、调味料,还有火腿等一些腌制食品……"

彼得曹帮忙说:"他们也是第一次走'义新欧'班列,稍微有点手忙脚乱……"

海关人员查了下电脑记录:"只要是符合规定的进口货品,又是展会期间,在程序上我们会尽可能给予便利。这样,待会儿我们会派同事到保税区,现场查验清关。"

彼得曹与欧阳雯开心起来:"谢谢,谢谢。"

海关人员笑答道:"不客气,政策和制度都是为人服务的。我们义乌之所以有现在的光景,也是因为从上到下一直秉持着高效和人性化的操作流程。我们的目的都一样,都是希望义乌的商业环境越来越开放,越来越好。"

这一天,阿香继续带着阿尔贝托游玩义乌。

义乌的佛堂老街已有三百多年历史,至今仍然店铺林立,其中不乏老字号商铺。阿尔贝托走在这老街上,感受中国的文化和气息,这是一种完全不同于西班牙的风景。满街的飞檐翘角、雕花门窗,沧桑清雅,古朴自然,走在其间,有时光倒流之感。

他们来到义亭镇缸窑村,这里到处都能嗅到陶器的气息,就连小路上铺的石头都是用陶土烧制而成的。缸窑村制陶历史可追溯到北宋时期。阿香带着阿尔贝托体验陶艺制作,阿尔贝托像个孩子似的专心致志地雕刻自己的艺术作品,完全沉浸在自己的世界里。

最后,他们来到了义乌国际商贸城。商贸城之大,让阿尔贝托叹为观止。阿香告诉阿尔贝托,这是全球规模最大的商品批发市场,如果在每个商位停留一分钟,逛完整个国际商贸城需要两三个月时间。阿尔贝托被惊掉了下巴:"我去过全球很多国家,大多数都只是逛逛城市的旅游景点,这次到了义乌,居然是逛商品批发市场。"

阿香说:"你这就错了,早在2006年,义乌国际商贸城就被评为了中国首个以购物为主题的国家级4A旅游风景区！"

阿尔贝托问："风景区？"

阿香说："对啊,商贸城开通了景区内部环线公交车和观光旅游车,还有中国小商品城发展历史陈列馆等一批旅游设施,这可是一个不折不扣的购物主题旅游景区。"

阿尔贝托惊叹道："太了不起了,中国人真是厉害！中国人善于学习,更善于创新。"

"我庆幸自己是个中国人！"

"你织的那些织锦,可以送我一两块吗？"

"好,我明天拿给你。"

阿尔贝托拿出一个文件袋,给她："要是有空,你可以看看。"

阿香疑惑地接过："这是什么？"

阿尔贝托神秘地说："我觉得你应该会喜欢的……"

十三

经过一天的游历,阿香疲惫地回到家。外婆正在厨房做饭。桌上已摆了两道菜。

阿香进屋大喊："外婆,我回来了。"

外婆从厨房露出脸："回来啦？累不累？"

阿香放下包："能不累吗,连着几天在外面逛。你知道我是最不喜欢逛的人了。"

"他呢？怎么样？"

"他应该还好吧,我看他兴致勃勃的,也不怎么累。快八十岁的人,精力比我还旺盛。"

"那不是挺好？他身体好,你也放心。"

"我没什么不放心的,反正我这个地主之谊也尽得差不多了,接下来就准备送客了。"

"别这么说,老人会伤心的。"

"我知道。当着他的面,我还是很有礼貌的。"

"光有礼貌不行。你是真心还是敷衍,你以为老人家看不出来？"

"那我就没办法了。我又不是演员,眼泪说来就来,想有什么情绪就有什么情绪,晚上他又想我带他吃夜宵,我说我实在没精神,让彼得去陪他了。"

外婆笑了笑："小曹这几天也够累的,老是被你抽壮丁。"

阿香也笑："人是他弄来的,他要负责到底。"

正说着,彼得曹已经带着阿尔贝托来到了夜市。

彼得曹笑道:"我发现你还挺适合待在中国的。中国像你这个年纪的老人,没几个有吃夜宵的习惯。你不但吃了,还吃得那么嗨!"

说着,彼得曹大喊:"老板,再来两串烤鱿鱼!"

阿尔贝托说:"我这个快八十岁的人了,想吃就吃,没那么多顾虑。"

彼得曹点头道:"有道理,来,干杯。"

两人干杯。阿尔贝托忽然说道:"阿香是个天才。"

彼得曹一怔:"嗯?"

阿尔贝托说:"她杂货店里摆的那几块织锦,是用我教她编织地毯的手法织的。"

彼得曹惊讶道:"真的吗?"

阿尔贝托说:"我一眼就看出来了。我当年教她的时候,她才七八岁,可她居然一直记到现在,而且还织得那么好……如果她没有离开西班牙,她肯定会成为最棒的地毯师傅。"

"阿香的手确实很巧。"

"那不是一般的巧,她是天才!没有人会记得十多年前教的东西,但她可以!她随随便便做出来的小东西,就是一件工艺品!你能想象吗?她就是个天才!"

"她是不是天才,我不是很清楚。但我确实一直很崇拜她。"

"我看得出来,彼得,你喜欢她。"

彼得曹笑了笑,他该怎么回答呢?承认还是否认,都不重要,他知道自己心里的感受。

"我想麻烦你一件事,好吗?"

"什么事?"

"我想麻烦你去劝她,跟我回西班牙。"

彼得曹怔住。

此时,阿香打开那个文件袋,拿出一本类似于画册的厚簿子。翻开,里面有画有西班牙文。画面上是各式各样的地毯,旁边是介绍。从纸张上看,显然年份久远。阿香一下子就被吸引进去了。

她目不转睛地看着这些手工艺品,仿佛被这美丽的图文紧紧地抓住了灵魂。

那年夏天,她五岁,阿尔贝托第一次给她看那些手工织出的地毯,阿香的眼睛里是发着光的。

阿尔贝托曾经告诉阿香,好东西能给人们带来快乐和幸福,如今阿尔贝托希望把世界上最好的手工艺品引进中国。他知道,孙女亚尼娜做得到。在他心中,亚尼娜是天才,只要给她机会,她就可以做出世界上最好的地毯。

此刻,阿香沉浸在地毯的世界里,一动不动地看着,眼睛里发着光,如同五岁那年的夏天。

鸣山社区的社区服务中心在这个城市的东北角。社区服务中心集托管早教、政策咨询、养老医疗、家政服务等功能于一身,是一个服务于整个社区的综合体。

一楼是一间休闲娱乐教室。彼得曹、老古和欧阳博在下象棋。

欧阳博一边动棋子一边说:"听说,那个西班牙的老头让你劝阿香回西班牙?"

老古接话道:"嘿,这不等于就是让孙悟空劝唐僧别取真经,你说可能吗?"

欧阳博问彼得曹:"你答应了?"

老古笑道:"阿香要是去西班牙了,你不得哭死?"

欧阳博说:"哭死不至于,半死不活肯定会。"

老古也问彼得曹:"哎,你不会真跑去跟阿香说吧?"

"我猜他不会。"

"我也觉得,否则真成二百五了……"

两人同时看向彼得曹:"到底会不会?"

彼得曹笑起来:"你们俩一问一答不是蛮好的,干吗还问我?"

社区服务中心二楼,一群外国小朋友在上中文课,不同的肤色和语言,并不妨碍他们聚在一起学习和玩耍。此刻他们在老师的带领下读着:"白日依山尽——黄河入海流——"虽然,他们没去过的地方很多,但是,这诗歌,让他们游历了中国。

三楼的一间会议室里,来自房管局的工作人员正在向参会的各国客商普及外国人在义乌租房买房的相关政策,下面坐满了外国人。他拿着话筒说:"在中国买房需满足以下条件。一是购房人员需要在中国居住满一年;二是购房人在签署合同的时候需要在合同中同时注明中文和外文姓名;三、购房人提供身份证明,港澳居民来往内地通行证或台湾居民来往大陆通行证。"然后,工作人员又用英语重复了一遍。

四楼,义工小董与几个外国青年正在座谈,黑板上写着讨论主题"喜欢义乌的N个理由"。

小董用英语说:"好吧,我先说,我留学回来,选择在义乌工作,是因为喜欢这里的氛围,这是一座可以让人实现梦想的城市。我看到过很多人,在义乌努力工作,最后都获得了回报。付出与回报成正比,我觉得这是最难得的。希瑞,你可以接着说吗?"

希瑞说:"OK,我想说的是——我找不到不喜欢义乌的理由。首先义乌治安很好,在这里生活很安全;其次,这里的人很友好,不会因为你是外国人而对你投来奇怪的眼光,不会让我有不自在的感觉,我尤其要提一下这里的男性,都非常绅士,尊重女性。"

小董开玩笑:"所以,你是打算在这里找个男朋友?"

希瑞也笑道:"如果可以,那真是太棒了。我可以找你吗,董?"

小董笑道:"当然。这下我妈妈终于知道我为什么每个周末都过来做义工了。"

大家笑起来。

与此同时,阿香正坐在柜台里。有客人进来:"买两个茶叶蛋……茶叶蛋里还有五香豆腐干啊,帮我也来一点。"

阿香拿了个纸杯,把茶叶蛋和豆腐干放进去。客人是个游客,他突然看到柜台边的织锦,看起来很感兴趣。

客人问:"哎,这个倒是蛮好看的,多少钱?"

阿香说:"不好意思,这个不卖的,就是摆在那里当装饰的。"

客人又问:"这么好看为什么不卖啊?比批发市场那些好看多了——你开个价吧,我真的蛮喜欢的。"

阿香笑笑:"不好意思,真的不卖。"

客人惋惜地看了一会儿离开了。阿香继续做织锦。刚织了两针,想起阿尔贝托对她说:"你八岁就跟我分开了,可我没想到,你居然还记得这些织法,一定是上帝的意思……"

阿香皱了皱眉,她不喜欢上帝,如果上帝是一个仁慈的上帝,他就不应该带走她的父亲和母亲。

十四

这晚,邱以安正在巷弄里为博览会的现场表演彩排。

"西班牙红魔虾看上去有点像我们的基围虾,但体形更大,肉质也更为肥美和紧致,烹饪的时候……"

他说到这里突然忘词了,看了一眼旁边打印出来的稿子,正要继续,忽然听到动静。

回头一看，欧阳博正注视着他。

邱以安结结巴巴："欧、欧阳老师。"

欧阳博走近："哟，在排练？"

邱以安摸了摸头："对。"

欧阳博说："你这样不行，语速太快了，不知道的还以为你在跟谁吵架呢。"

邱以安惭愧地说："嗯，我也知道，可就是慢不下来。"

"上台讲话不能快，笃定一点，后面又没人追你……哎，上次社区课堂你讲煲汤，不是讲得挺好的？"

"那次没什么压力，这次不一样。"

"这次怎么了，我女儿给你什么压力了？"

邱以安忙道："不是不是，不是雯雯给我压力……是我担心自己做不好，给她惹麻烦。"

"做不好，最多也就是你自己丢脸，她会有什么麻烦？难不成老板还会扣她工资？"

邱以安停顿了一下："比扣工资要严重。"

欧阳博看他："怎么个严重法？"

邱以安支吾不语。欧阳博担心起来："你们是不是有什么事瞒着我？"

在欧阳博的一阵逼问下，邱以安最后不得不说出雯雯和Amy在公司的事。

欧阳博嘀咕着："她怎么没告诉我？"

"她应该是不希望您担心。"

"不希望我担心，她让我担心的事还少吗？我不担心，嘿，难不成她是哪吒，见风长，不用人管不用人操心，自己长这么大的？哎，那个叫什么爱米粒的……"

"Amy？"

"嗯，Amy，你的意思是，她跟雯雯在竞争总监的位子，如果这次你搞砸了，等于也就是雯雯搞砸了，总监的位子就会被那个Amy抢走？"

"是有这个可能性。雯雯虽然没说得很明白，但我觉得，她老板这时候把人弄过来，又赶在进口展的关键时候，应该是有让她们两个人竞争的意思。"

"竞争上岗？而你是关键人物？"

"也不是……反正差不多吧。"

"那还等什么呀，快点排练呀。总监不总监的，我一点儿也不在乎，可我不能看我女儿伤心……就你现在这水平，上台说话跟竹筒倒豆子似的，嘴里都说到装盘了，手上食材还没下锅呢,不是开玩笑嘛……快点多练几遍,我帮你看着。"

"好的好的。谢谢欧阳老师。"

"别谢我。我又不是为了你,是为了我女儿。要依我的心思,巴不得你出洋相。"

"我明白的。"

"你明白?嘿,你明白什么?……也别跟雯雯说我知道了,否则她压力就更大了。"

"好的好的。"

"排啊,别傻站着。"

"好的……我刚才说到哪儿了?"

"从头说!"

"好的好的。"

邱以安排练,欧阳博从旁指导。练了数遍,邱以安感觉好多了:"欧阳叔,这次怎么样?"

"比刚才好多了,只要你上台别紧张,慢慢说就行了。"

"我这人是不是挺没用的?"

"觉得自己没用,干吗还答应我女儿上台?"

邱以安愣了愣:"我,想当一回真正的厨师。"

"真正的厨师是靠上台当的吗?"

"不是。不瞒您说,我这人其实特别笨,读书不好,也没啥爱好,高考落榜以后,我爸妈就说,算了,也别复读了,想想别的方面有什么强项,就干那个吧。结果我想了一圈,都想不出我有什么强项。后来还是我一个表哥说,哎,你烧菜好像还行,就当个厨师吧。"

欧阳博听了,不禁笑了一下。

"其实那时,我也只会做个蛋炒饭什么的,味道还算过得去,也就比普通人略好那么一点点。说也奇怪,在那之前,我从没想过要当厨师,可被我表哥说了一句以后,我突然觉得,哎,我烧菜好像是不错。"

"那是因为你干不了别的,心态又挺好,能够随遇而安。"

"没错,欧阳老师你看问题就是犀利。"

"拉倒吧,继续往下说。"

邱以安讪讪地说:"等我想通这一点以后,已经在厨房做了好几年的小工了。我才发现其实厨艺根本不是我的强项,无非是老板人好,肯给我机会尝试,再加上彼得他们一直鼓励我,才让我对烧菜越来越有兴趣。雯雯那天对我说,她喜欢她那份工作,是因为看到大家吃到好东西而开心。我告诉她,我也是。我说这话是为了安慰她,可说完就觉得特别难为情,我真是这样想的吗?其实我就是个稀里糊涂的人……雯雯老是说,跟我在一起很安心,所以我决定,要让她一直很安心。这是我现在的目标。就跟当年决定当厨师一样,都是因为别人说了,我才去做。她让我上台,说对我有信心,那一刻我觉得好像是很有信心,可……可回头一想,我真的行吗,我自己都不确定。"

"不该说也说了。收不回去了。"

"没错。"

"我是说,既然你已经答应了雯雯,那就收不回去了。无论如何也要做到。"

邱以安看向他。

欧阳博说:"没几个人一开始就知道自己将来会做什么、做得好不好……都是做着做着,才做出感觉来的。你以为我一开始就想当这个业委会主任吗?一堆琐事,吃力不讨好,有时候真是火大……可做久了,跟大家熟了,就会发现也是挺有意义的……所以不管结果怎么样,你先做了再说,你能从一个只会做蛋炒饭的家伙变成厨师,那你就也能做到让我女儿安心。"

这天晚上,阿香洗完澡打开手机一看,有一条消息,是阿尔贝托发来的视频。

这是一段阿尔贝托家族世代传承的手工地毯编织技艺展示。阿尔贝托在后面跟了消息:"这是我们家族地毯的一些编织手法,你看看,千万别转给别人。"

阿香摇头,不胜其烦的模样。她回消息:"别再给我发这些东西了,再发我也不会改变主意的。"随即把手机扔在一边。

过了片刻,阿香又拿起手机,忍不住翻出那个视频。

视频上,是关于地毯的详细的编织手法。她只看了几眼,立即沉浸了进去。

她不自觉地拿过旁边那个塑料袋,取出织到一半的织锦,情不自禁地,按视频里的方法,开始编织。

十五

一周后,义乌进口商品博览会终于如期开幕了。

"十二五"以来,我国将加快转变经济发展方式,坚持进口和出口并重,积极促进和扩大进口,如今已经成为全球第二大的进口商品市场。这一次的进口商品博览会,义乌为全球国际贸易商提供了充分展示的舞台。整个会场展览面积达五万平方米以上,设置的五大主题馆每天接待来访者五万余人。沿着展区的路走过去,可看到主题论坛、采洽会、民俗表演、现场品鉴……彼得曹戴着工作证,四处转。

走到某角落,看到欧阳雯与Amy在争执:"Amy,你是不是针对我,临时加个主持人进来,你什么意思啊?不说好了要我主持的吗?"

"我能有什么意思?我也是为了更好地宣传公司产品啊,小峰之前跟我有过合作,关系还不错,这两天正好在横店拍戏,所以才答应抽个空过来。人家都不计较出场费了,你有什么不满意的?"

"请专业主持人当然很好,但你不能临时才通知我啊,下午的活动流程我早就安排好了,什么时候安插什么噱头,也早就布置好了。而且我请的厨师就是个素人,你突然请专业主持人过来跟他一起,他会彻底傻掉的!"

Amy笑笑:"他傻不傻重要,还是我们的宣传效果重要?再说了,他要是真的手忙脚乱出洋相,现场效果反而更好!"

欧阳雯气愤地看着她。她知道,Amy此举,让她左右不是。如果成功了,那就是明星效应;如果不成功,那就是因为素人出丑。

"你别这么看着我。高总那边我都请示过了,他觉得很好。如果你有什么意见,直接去找他吧。"说着,Amy转身离开。

邱以安一身厨师打扮站在台下,有点忐忑。本来第一次上场就很紧张了,还被临时告知要和明星阿峰一起搭档,邱以安更是紧张。

此时的阿峰正在台上主持着:"欢迎大家来到中国义乌进口商品博览会,今天是我们亚升中国国际公司的推广会……"

欧阳雯安慰邱以安:"放轻松,就当是聊天,围绕着做菜,怎么聊都行。他喜欢说,就让他多说,他要是问你什么,你就随便回答。总之把菜做完就行了。没事的,千万别有压力。"

"没想到这么多人!"

"你就把他们当空气!"

"嗯!"

阿峰正在台上宣讲:"……接下来请出我们今天另一位嘉宾,小邱老师,我将和他一起完成西班牙红魔虾和石斑鱼这两道菜,让我们伸出双手,用热烈的掌声邀请小邱老师……"

邱以安毫无自信地走了上去,一边走还一边回头。阿峰与邱以安握手:"你好!……哎,小邱老师,你知道有个演员叫虞金泽吗?你有没有看过他演的电视剧?"

邱以安有些茫然地说:"没有。"

阿峰笑道："那真是太可惜了,我建议你有机会一定要去看看!因为你们长得实在太像了。"

邱以安只好笑笑："好的。"

彼得曹在台下嗤之以鼻："搞什么噱头,无聊。我们小邱明明长得比那个谁好看多了。"两人在台上一边说话,一边烹饪。邱以安老老实实,而阿峰则不断插科打诨。邱以安拿出进口的红魔虾向观众们展示:"这是来自西班牙的红魔虾,红魔虾的做法有很多种,可以油浸,也可以做茄汁、蒜香、椒盐……"

他显然有些紧张,语速很快。

阿峰问:"小邱老师你是不是很热?"

邱以安一怔:"我?我还好啊。"

阿峰逗趣道:"我看你脸好红,还想说你是不是有点热?"

邱以安一下子更紧张了:"没有没有,我……"

"所以你是有点紧张,是不是?"说着,阿峰哈哈笑起来。

邱以安又是一怔:"我,我……"

"你真的在紧张耶,小邱老师你要不要喝口水?"说着,阿峰递给他一瓶水。

邱以安正要接,又停下:"不用了,这瓶水是待会儿要做菜的。"

"没关系的啦,小邱老师,那边还有好多水呢,我猜你是要做汤是不是?"

"不是,我,我……"

邱以安的节奏被打乱,越发说不下去。

阿峰却笑起来:"小邱老师你好可爱呀!"

彼得曹听得皱眉,低声骂道:"这家伙怎么这么讨厌!"

"节目做多了,成老油条了,邱以安哪里弄得过他?"欧阳雯瞥了一眼旁边的Amy。后者也正不无得意地看着她:"欧阳,你请来的厨师怎么话都说不清楚啊?"

欧阳雯懒得理她。可是,台下哄笑连连。邱以安更是说不下去,僵在那里。气氛有点尴尬。突然,观众席有人举手:"小邱老师,我想问个问题。"邱以安一看,举手的居然是欧阳博。欧阳博不知道什么时候来到了现场,大家都愣了愣,安静下来。

"我想问,你为什么会想要上台做菜?"

邱以安沉默了,他知道,欧阳博是在帮他,帮他脱离此刻的尴尬。他想起了那晚和欧阳博的对话。欧阳博看着邱以安,又问了一遍:"你为什么会想要上台做菜?"

"因为,我想要让我最爱的人安心——也许我并不是那么优秀,没有办法为她做很多事,但至少现在,我希望能够通过自己的努力,为她减少一点压力,让她安心。"邱以安说完,整个人平静下来,做了个深呼吸。此话一出,闹腾的现场也立即安静了下来。此刻,欧阳雯闻言触动,她知道,小邱口中的"她"就是自己。

阿峰识时务地引导着:"所以,小邱老师你最爱的人,此刻也在现场咯?"

"没错。我是为了她才来的。同时,我也想把这些最棒的食材做成美味佳肴,让大家品尝。"说着他拿起一只红魔虾,从容地说道,"西班牙红魔虾在纯净无污染的百米深海区自然生长,体形硕大,有虾中之王的美誉。尤其是我们这一季主打的,是S级的红魔虾,最大可以达到五百克一只,成年人吃一只便觉得很饱了。它的虾青素是普通海虾的好几倍,低脂肪低胆固醇。肉质厚实有弹性,口感顺滑鲜甜。因为来源于纯净海域,所以很多店家还喜欢把它做成刺身或用来煲粥。"

现场的观众开始静静地听他讲,他接着说:"但我今天想做的,却是用地道的中式爆炒,来烹饪红魔虾。做法非常简单,既适合我们中国人的烹饪习惯,也向大家传递这样的一种理念,那就是,好的食材也可以很亲民,可以走进千家万户,用家常的方法来烹饪,一样可以保留食材的本味。"

邱以安向大家展示红魔虾:"因为它体形大,外壳硬,所以烹饪之前,我们要先把它从中间剖开,去除虾线。"

邱以安开油锅,煸炒红魔虾。一番操作,很快完成。

邱以安大方地向观众说:"大家可以尝尝。"

工作人员请观众们试吃。大家尝了,都点头表示不错,对邱以安的手艺一致认可。现场气氛十分活跃。

"下面这款石斑鱼,同样是来自西班牙纯净海域。通常,我们会用蒸或者是黄油煎,但我今天带来的做法是红烧石斑鱼……"邱以安在台上操作,有条不紊。彼得曹走到欧阳博边上,大胆地说:"你女婿表现得不错啊。"

欧阳博反问:"谁是我女婿?"

"不是你女婿,你刚才来那么一出?"

"作为业委会主任,鼓励一下年轻人,怎么,有问题吗?"

"没问题,你就硬撑吧。"

十六

在博览会的人潮中,彼得曹忽然看见了阿香,忙问:"你也来了?"

阿香答道:"你搞的事情,我不来捧个场吗?"

"你看小邱不错吧!"

"的确不错!"

"要不要去地毯专区看看!"

"不去!"

"来都来了,去看看呗!"

"不想去!"

"我的意思就是说,并不是全看,就挑一挑你喜欢的看看!"

"知道了!"

"哎呀,那些地毯可是坐了几十个小时的班列,好不容易运到中国来的。你错过这次机会,下次还不知道要什么时候才能看到呢!要不我陪你去看看?"

"不用,你忙你的,我自己去!"

一转眼,阿香跟着彼得曹来到了手工品区。这有一片专门的西班牙手工地毯展示区,阿尔贝托家族手工制作的地毯就是这个区域的主角。

阿香走过来,偷偷摸摸地看了眼,没见到阿尔贝托,于是放心了一点。她开始欣赏那些地毯,一张一张,非常投入地看。屏幕上在放关于地毯的视频,她也驻足观看。忽然,她看到展台边挂着几块织锦,正是自己送给阿尔贝托的,阿香愣了一下。

旁边两个女人经过,看到织锦也忍不住驻足。

"很漂亮哎。"

"是啊,很有腔调的。这个拿到上海,肯定很好卖的。"

路人向旁边的工作人员打听。

"你好,我们对这个挺感兴趣的。"

"哦这个啊,这个其实不是我们公司的产品。"

这时,阿香听到有人叫自己。

"亚尼娜!"

阿香回头,见阿尔贝托一脸激动。"亚尼娜,真的是你,你来了!"

阿香淡淡地说："我刚好去看我一个朋友，经过这里，就顺便进来看看。"

"来，你来。"阿尔贝托把阿香推到展台中心位置，拍了拍手，"大家好！我叫阿尔贝托，是西班牙阿尔贝托家族手工地毯的传承人。我向大家介绍一下，这位是我的孙女，亚尼娜。她在中国生活了很久。这几块织锦，就是她做的。她没有怎么学习过编织地毯，是靠自己的领悟力，在传统手工地毯的织法里融入了中国山水还有中国美术的元素，做成这些织锦，她是个天才。"

旁边的客人都在看织锦，啧啧赞叹。

阿香有些不自在，低声说："我是随手做的。"

阿尔贝托自豪道："就是这样才更了不起。你随手做的东西，在别人眼里就是一件艺术品！"

阿香不语。

阿尔贝托忽然握住她的手，一脸正色："亚尼娜，我能看出来，你是喜欢手工地毯的。跟我回西班牙好吗，不要埋没你的天才。有你在，我们家族的事业肯定会越来越好。你父亲以前也喜欢手工地毯，可他后来离开西班牙，来了中国，让我失落了很久，我以为没有人可以继承家族事业，直到我发现了你做的织锦，这太让我高兴了，亚尼娜……"

阿香听他提及父亲，脸色一点点沉下去。她又回想起当年父亲离开自己的情形。可是阿尔贝托还在激动地说着。这让阿香非常难受。

阿香终于打断了他："我说了很多遍了，我不叫亚尼娜，叫阿香。为什么你总是记不住？"

阿尔贝托怔了怔，阿香愤怒地下台，阿尔贝托也跟着阿香下台。阿香停下，转身严厉地对阿尔贝托说："有些话我本来不想说得那么明白。但我发现如果我不说明白，这事就会一直没完没了。也许是我表述得不够清晰，也许是你中文还不够好，总之，这事今天必须说清楚。"

阿尔贝托点头道："好，你说。"

阿香停顿了一下："我问你，当年你就是为了让我爸爸回西班牙继承你的家族事业，所以才骗他说你生病了，对不对？"阿尔贝托愣住。

阿香说："因为你那个骗人的电话，我爸死了，我妈也死了。这么多年了，你就没有什么要说的吗？你没有一点点愧疚吗？对我爸爸，对我妈妈，还有我？"

阿尔贝托脸色一点点变了。半晌，阿尔贝托才回过神来，他对阿香说："这些年，我一直给你写信，可你从来没有给我回信。"

阿香说："没错。因为我没看。你给我的信，我一封都没拆。不管那上面写的是什么，我都没兴趣。我恨你。"

阿尔贝托有些痛苦地看着她。

阿香说："我不该恨你吗？你让我没了爸妈，你让我没了一切。"

阿尔贝托说："没错，亚尼娜，这是个悲剧。我很抱歉。"

阿香说："不，你一点也没有觉得抱歉。你没有经过我的允许，就把我给你的织锦拿到展台，你想干什么？你想告诉别人，这是你孙女做的？你的家族很了不起？你很了不起？你就是个自私的人，你除了勉强别人，你还会什么？你永远都不会顾及别人的感受，你也不会想去了解别人想过怎样的生活！如果不是那个电话，我爸爸根本就不想回西班牙，他一点儿也不在乎，他只想安安静静地在中国生活。我现在也是一样。你的家族事业，你的地毯，跟我没有半毛钱关系，我只想一直在中国待下去，开我的小杂货店，过着与世无争的生活。我不会成为你的继承人，明白了吗？"

阿尔贝托看着阿香。阿香一通发泄完，一回头，看见彼得曹。她没好气地推开彼得曹离去，剩下彼得曹和阿尔贝托遗憾地对望。

亚升公司的现场表演结束，工作人员在收拾展台。Amy走过来，与欧阳雯打个照面："原来那是你男朋友，不错嘛，当众表白，公费谈恋爱。"

欧阳雯没理她。

Amy加上一句："不过还挺浪漫的，今天气氛不错。你的小邱，我的阿峰，合作愉快。"

欧阳雯说："我可不觉得有什么愉快。"

Amy说："别这样嘛，大家都是为了公司。就像你说的，是为了把好东西推介给消费者，殊途同归。"

欧阳雯讥讽道："听着好像你是在帮我历劫？"

Amy说："历完劫能封神，也不错啊。听说加拿大总部要从上海抽调一名精英过去培训，再回来就是一方诸侯——恭喜了，欧阳。"

欧阳雯一怔，没想到还有这样的意外。

这一夜，阿尔贝托和彼得曹坐在路边摊，喝着啤酒，撸着串。酒瓶摆了一地，两个人大有一醉方休的意思。

"要不要再加点什么？"

"加两瓶啤酒。"

"酒不能再加了。我把你弄来中国的,我要对你负责。"

"你要怎么对我负责?"

"保证你的人身安全,不让你生病,等等。"

阿尔贝托笑道:"不让我生病……你对一个癌症晚期的病人说这些话,不觉得荒唐吗?"

彼得曹一惊:"你,癌症晚期?"

阿尔贝托说:"没错,医生说我还有一年。"

彼得曹呆住,不知说什么。

阿尔贝托说:"没关系,我已经快八十岁了。从第一次手术到现在,我已经算是很好运了,多活了十多年。可胡安,胡安他……"阿尔贝托喉头哽咽,说不下去。醉意让他的情绪介于悲伤与迷糊之间。

彼得曹惊道:"十多年?所以你当年是真的得了癌症?"

阿尔贝托说:"没有人会诅咒自己。"

彼得曹疑惑:"可阿香为什么会以为你撒谎呢?"

"因为手术很顺利,切除了四分之一个胃之后,我就完全恢复了。"

"这事不难解释啊,你为什么不跟她说清楚呢?"

"我说了。"

"你说了?那她怎么会……"

阿尔贝托不语,神情痛苦。他和阿香之间,有太多不应该有的误会。"我知道她恨我,但我不知道是因为这个。我一直以为,她就是单纯地怪我不该让胡安回去。但我没想到,原来她一直都误会是我撒谎。"

"我可以帮你去跟她说。"

"不用了,现在已经没这个必要了。让她知道,她会怎么样呢……跟我回西班牙,陪伴我这个快死的人?不不,我不希望这样。她已经说得很清楚了,她想要的生活不是这样的。我不想勉强她。每个人都有权选择最适合自己的生活方式。我爱她,所以我希望她可以过自己想要的生活。"

"你确定吗,真的不告诉她?"

"嗯,就让她一直恨我吧,也许这样对她反而更好。胡安当年就是因为知道我生病了,急急忙忙才会出事,他没有选择。但亚尼娜可以不用做选择。只要我静静地回国,一切就不会有改变。她可以留在中国,一直做她的阿香。这样应该是最好的。"

彼得曹望着他。

阿尔贝托缓缓道:"我没事。最多也就是有点可惜。也许人上了年纪,就会过于自信,我本来以为她是喜欢手工地毯的。是我误会了。她说得对,我不该打扰她,不该把她的东西拿到展台。也许,我心里还是把她当成当年那个跟我无话不说的小姑娘,我以为不管怎么样,我还是她爷爷……十多年的确有点长,一切都不一样了。"

阿尔贝托说着,又把杯中酒一饮而尽。

"少喝点。"

"没关系。我像你这个年纪的时候,酒量不会比你差。"

"你怎么知道?我又没在你面前敞开喝过。"

"你一看就不像酒量好的人。"

"哦,我看着像酒量很差的人吗?"

阿尔贝托咧嘴笑:"你看着像怕老婆。"

"呵,没有的事。"

"将来你要是和亚尼娜结婚,一定很怕她。"

"那不一定。"

"我一看就知道。其实你也不希望她跟我回西班牙,对不对?上次我还让你帮我劝她,你一定没跟她说,对不对?嘿,你这个人,怕老婆……"

十七

第二天,阿香正在包粽子。杂货店外的锅上炖着茶叶蛋和五香豆腐干,阿香在一旁,手里绞着纱线,往粽叶里放糯米和肉,动作熟练而富有美感。

一个客人进来:"哟,阿香,包粽子呢?"

"嗯。下午就有的卖了。"

"你包的粽子,我是最喜欢的,帮我留几只哈。"

阿香微笑道:"好的。"

客人指着柜台:"拿一包芡粉,一瓶糟卤。"阿香拿商品给她。

"咦,你本来挂在这里的那几块小东西呢?"客人指的是那织锦。

"哦,那个我收起来了。"

"为什么要收起来,蛮好看的呀。"

阿香笑笑,没说话。

客人说:"阿香你的手真巧,做一样是一样。你看,你连包粽子的手法都跟别人不同,像绣花一样。"

阿香一怔,朝手上看去,粽叶果然包得与众不同。她想起阿尔贝托的话:"……你随手做的东西,在别人眼里就是一件艺术品!"

阿香手一松,粽子落进盆里。

这一天的海星餐厅,依旧热闹非凡。

彼得曹、老古、欧阳博坐在一起吃饭。

老古说:"这老外总是给你出难题啊,彼得?"

彼得曹说:"他是心里难受,没人可以倾诉。多喝了两杯,就告诉我了。"

欧阳博说:"也挺作孽的。那么大把年纪了,来一趟中国也不容易。"

彼得曹叹道:"是啊。"

老古问:"你打算告诉阿香吗?"

彼得曹犹豫道:"我也不知道。老头是让我别说,说不想勉强阿香。我明白他的意思,他是不想阿香因为他生病而跟他回西班牙,那就没劲了。老头本来以为阿香喜欢手工地毯,才一直盯着她,可阿香现在明确表示她不喜欢,老头当然希望阿香过她真正喜欢的生活,而不是他以为她喜欢的那种……"

老古皱眉:"你在说绕口令啊?"

欧阳博说:"彼得是说,老头不想让阿香过她不喜欢的生活!"

老古对欧阳博伸出大拇指:"还是你说明白了!"

彼得曹摇头叹息:"总之,这事有点难办。"

海星餐厅的后门,邱以安拿着垃圾袋出来。欧阳雯突然出现:"哎!"

邱以安吓了一跳:"怎么是你……"

欧阳雯笑了笑,不语。邱以安走近:"怎么了,出什么事了吗?"

"没有。"

"肯定有事。上次你也是这样突然出现,然后就有事了!"

"真没事。就算有事,应该也不算坏事。"

"那,说说看!"

一转眼,两人来到外面的长凳上并排坐着。

"老板找我谈了!"

"让你做市场总监?"

"不,让我去加拿大!三年!"

"那市场总监呢?"

"去总部,是镀金,再回来,应该就不只是这个位子了。按照以前的惯例,至少是区域主管。"

"那挺好的。好事。"

欧阳雯朝他看:"可是,要去三年呢。"

"你自己想去吗?只要你想去,我就支持你。"

"我?我当然觉得这是个好机会,可就是时间长了点。想到要和你分开三年,我就有点拿不定主意。"

"没关系。三年时间也不是很长。何况你又不是去玩,是去工作。我支持你。"

"真的?"

"嗯。"

欧阳雯握住邱以安的手,看着邱以安。其实,她希望邱以安说出挽留的话,如果他说了,她就不会走。为了邱以安,她可以哪里都不去。但是邱以安不这么想,在他的心中,雯雯是一个有事业心的女孩子,不能让她失去自己的事业,特别是不能因为爱情。

面对雯雯炽热的眼神,邱以安报以微笑。但这笑容多少有些怅然。

第二天,彼得曹带着一脸的倦意,打开电脑处理业务。他看了一眼旁边的日历,5月12日那栏写着"阿尔贝托下午三点半的航班"。

今天是5月10日。还有两天,阿尔贝托就要离开中国,彼得曹叹了口气。

对于这个老人,彼得曹已经竭尽全力去帮他实现生前的愿望,可是,阿尔贝托最终还是要带着遗憾离开中国。

这时候,一个同事进来把一个U盘给他:"这是摄影师在进口展现场抓拍的视频和照片,领导让你看一看,挑一些出来,放到明年进口展的宣传片里。"

"呵,今年刚结束,就已经开始筹备明年了。"

"那可不,明年的展位已经有七成被预订了,三成正式签约了,我们义乌进口展啊,肯定一届比一届热闹。"

彼得曹笑笑："好,我知道了。"彼得曹把U盘插进电脑,打开。一大堆视频和照片跳出来。他浏览着。忽然,他看到一个熟悉的人影——阿香。

她在地毯展台目不转睛地看着那些地毯,嘴角不自觉地露出微笑,那种痴迷,是对一样东西喜欢到极点才有的表情。彼得曹久久看着。这一刻,他意识到阿香在潜意识里对这一项手工技艺有着无比的虔诚和热爱。

这时候,阿香从自己的杂货铺里走出来。她一边锁门,一边打电话。最近,她总是收到电话,问她织锦卖不卖,怎么卖。她不得不向对方解释："我说了,我只是做着玩,送送朋友送送家里人,不卖的。"挂掉电话,她一回头,看见彼得曹。

"打烊了?"

"嗯。"

"谁啊?"

"也不知道是谁,莫名其妙打过来,问我织锦怎么卖,我说我不卖的。最近这种电话特别多,烦人。"

"他们怎么知道你电话?"

"点评网上查阿香杂货店,有电话号码的呀。嘿,明天我就去把手机换了。"

彼得曹笑笑："你出名了。酒香不怕巷子深。好东西藏得再牢,别人也能发现。"

"谁要出这种名?你又不是不知道我。"

"其实也不是坏事。"

"反正我不喜欢。"说着阿香把手里的一个袋子给他。

彼得曹接过："什么呀?"

"粽子。一半你的,一半给他——他不是后天就走了嘛。"

"干吗不自己给他?"

"还是你给他吧,免得一言不合又吵起来,那就真成仇人了。没必要。"

"也行。"

两人缓缓前行。彼得曹犹豫了一会说："没问题。不过,有件事,我一定要告诉你。"

此时,彼得曹的声音有点沉重。阿香看着彼得曹,她隐隐感觉,这是一件重要的、和她有关的、她应该知道的事。

十八

此时的阿尔贝托坐在酒店的窗口,手里拿着那个布娃娃,眺望窗外夜景。

还有两天,他就要离开中国了,可是,他还有好多话想对孙女说。

他想对十岁的亚尼娜说:"亲爱的亚尼娜,此时此刻,我不知道该怎么对你说,你才这么小,却要背负这么巨大的痛苦,对不起。我今天给你打过电话了,是你外婆接的,可我们语言不通,完全不知道对方在说什么。我听到她让你接电话,你没接。我知道,你不想接我的电话……"

他想对十一岁的亚尼娜说:"亲爱的亚尼娜……手术很顺利,切除了四分之一个胃后,我已经出院了。发达的科学技术拯救了我的生命,可我一点儿也不快乐,因为我失去了胡安,我的儿子,你的父亲。如果,世界上有一种科学技术,可以拯救我们的不快乐心情,该多好啊……"

他想对十二岁的亚尼娜说:"亚尼娜……你还是不肯接我的电话。我知道你恨我,亚尼娜,如果不是我让胡安回国,他就不会死。你应该恨我,是我的错。希望时间可以冲淡一切悲伤。亲爱的,如果你看了我的信,给我回信好吗?"

他想对十三岁的亚尼娜说:"亚尼娜……一直都没有收到你的回信。我突然想到,离开西班牙时你才八岁,认识的字不多,让你用西班牙语回信应该很困难。所以我决定,从今天起,我要学中文。这样,我们以后就可以用中文交流了……"

他想对十五岁的亚尼娜说:"亲爱的亚尼娜,过年好!这是我第一次用中文给你写信。你好吗?恭喜发财,万事如意。过年你开心吗?我很想你。可以给我回信吗?我想了解你的情况。"

他想对二十一岁的亚尼娜说:"亲爱的亚尼娜,我很想来中国看你,可医生告诉我,我的身体不能长途飞行。也许过几年就可以了。没有什么是不可能发生的。你在中国,我在西班牙,我们肯定会再见面的。就算那时,你还不能原谅我,也没有关系,只要能看到你……"

听完了彼得曹的话,阿香一脸震惊:"什么?"

彼得曹认真地说:"我说的都是真的,他让我别告诉你,可我想了又想,这事你还是应该知道。最后怎么决定是你的事,但我不能剥夺你的知情权。"

阿香停顿了几秒："他,真的很严重吗?"

"没有人会拿自己的生命开玩笑,他说的都是真的,他还说他这些年一直给你写信,向你解释,可你从来没有回信。"

阿香呆住,整个人都变得无力。告别了彼得曹,阿香缓慢地上楼,走到家门口,几乎是颤抖着拿钥匙开门。然后她走进卧室,打开抽屉,拿出那沓没有拆封的信。

月光下,她将信封一一拆开。

嗒!眼泪落在信上。

窗外,月光皎洁,树影摇曳。

欧阳博和欧阳雯在饭桌前面对面。

欧阳博说："我就想不通了,每次你有什么事儿,我都是最后一个知道。"

欧阳雯吃饭的动作有些不自然。

欧阳博看她："我没说错吧?"

"我……我是还没想好,该怎么跟你开口。"

"我是你爸,你跟我说话需要这么深思熟虑吗?"

"其实我还没有最后决定,到底去还是不去。"

"为什么?"

"这不明摆着的嘛,三年呢,我走了,你怎么办。"

"有什么怎么办,我又不是七老八十。"

"那我也有点放心不下。"

"别弄得好像跟我感情很深似的。那个恨不得把我气到脑出血的丫头,不是你?"

"我什么时候……就算平常偶尔有点不愉快,你总归是我爸,我总归是你女儿。"

欧阳博看她："邱以安怎么说?"

"他说支持我去。"

"呵,三年以后回来,你升区域主管,他要还是个打杂的,怎么办?"

"那也没关系,我不在乎。干吗问这个?"

"我问你这个,不是说我在乎,而是让你自己想清楚。我跟你是父女,不是敌我关系,凡是敌人反对的都要拥护,拥护的都要反对……我就是把问题摆到面上,让你自己看清楚,做决定的是你,最后承受结果的也是你。别说他邱以安是个打杂的,他就算是个要饭的,你要真铁了心跟他好,我最后也只能祝福你们,也会把这个要饭的当成半个儿子……所以别总是把老爸当仇人,好像老爸总是跟你过不去,我有病啊?说穿了,他是什么人我一点也不在乎,我只在乎我女儿将来过得好不好,开不开心……"

欧阳雯眼圈微红:"我知道。我知道你其实一直都是为我好。"

"吃饭吧,吃好了陪我去逛逛街!"

"嗯?开窍了?那不吃了,走吧!"说着,欧阳雯挽着父亲的手就走,就像很多年前牵着父亲的手一样。

这一晚,彼得曹与从来不吃夜宵的阿香吃夜宵。他为阿香点了一大堆好吃的小吃。

阿香笑着说:"原来吃夜宵的感觉还不赖。"

彼得曹一边给阿香夹菜一边说:"本来就是嘛。你说你每天十点睡、六点起的,这么标准的作息时间,你是怎么几十年如一日,坚持到现在的?"

"人有时候真是奇怪。十多年都没啥感觉,等到差不多要离开了,才发现自己好像错过了许多东西。真想一夜间全补回来。"阿香笑了笑,又低头吃起来。彼得曹听到"要离开"这三个字,心里突然紧了起来:"你决定了?"

"嗯。"

"挺好。"

阿香看着他:"真的吗?你真这么觉得?"

彼得曹迎着她的目光:"对,我觉得挺好的。"

阿香低下头:"我还以为,你会有点舍不得我。"

彼得曹听了这话,心里有了几分激动。

阿香说下去:"知道吗?其实我一直都挺羡慕你的。"

彼得曹:"羡慕我什么?"

"羡慕你一直都很洒脱,虽然表面上嬉皮笑脸的,但心里特别有分寸,做人做事既有个性,也通情理。"

"呵,说得我都脸红了。"

"是真的,换了我就做不到……我自己知道,其实我是个挺别扭的人。"

彼得曹静静听着阿香讲述她的感受。

"那次跟阿尔贝托一起吃夜宵,我看着你们,有一瞬间觉得特别魔幻,一个外国老头,中文讲得那么流利,一口一口吃着麻辣烫……他让我跟他回西班牙,说了好几遍,每说一遍我就多生气几分。可再一想,我为什么要生气?他近八十岁的人了,事情都过去那么久了,我连拆信的勇气都没有,可他却学了中文,那么难的中文,他一个老头子居然学会了,还说得那么好……跟他比起来,我就像个把头埋进沙子里的鸵鸟,不听也不看,自顾自生闷气,还一生就生了十多年……我一直怪他害死了我爸,可我怎么没想过,那个是我爸,也是他儿子啊,他的痛只会比我更多……我真的是太固执了,而且还自私……"

"我不觉得。在我眼里,你是完美的。"

"这么肉麻的话,你怎么拖到今天才说?"

"因为某些方面我也是鸵鸟,跟你一样。"

两人对视,同时笑了笑。

"你等我一下!"说着,彼得曹离开座位,过了一会儿,他回来的时候,手里已经有了一束鲜红的玫瑰。彼得曹把玫瑰花献给阿香:"老是送你假花。今天终于有勇气送你真花了。"

"谢谢。"阿香接过,"我想陪他在西班牙度过最后一段日子。"

彼得曹说:"嗯。"

阿香感谢道:"谢谢你把他生病的事告诉我。他对我说过,你是个好人。这段时间幸亏有你,否则他会更难受的。"

彼得曹说:"其实我把这事告诉你,不是为了他。"

阿香认真地看着彼得曹,想听他继续讲下去。

彼得曹说:"他再三关照,让我别告诉你。我本来都已经这么打算了。我谈不上是什么好人,更不是圣人,一个萍水相逢的外国老头,说实话也没那么深的感情,我陪他说说笑笑没问题,照顾他几天也没问题,可我不会为了让他老有所依,而把你送到西班牙。对我来说,你才是最重要的。"

阿香望着他,过了半晌问道:"那,你现在为什么又告诉我了?"

彼得曹停顿一下,继续说:"他再三强调,说不想勉强你过你不喜欢的生活。我觉得他说得对。谁都不能勉强别人过自己不喜欢的生活。可是阿香,你想过没有,什么才是你真正喜欢的生活?"

彼得曹望着阿香,深情又内敛:"那天,我看到你在博览会上看那些手工地毯,你眼里发出了光芒。一个人,喜欢什么,他的眼神是瞒不住的。你喜欢什么样的生活,你就应该去得到它,这一切选择权在于你。别人没权利想当然,更没有权利来帮你选择。"

阿香不语。

彼得曹说:"也许你自己还没有意识到,你是多么喜欢手工地毯。这些年来,你因为恨你爷爷,所以压抑自己的兴趣。你告诉自己,你喜欢的是开杂货店、卖茶叶蛋。可真的是这样吗？如果真是这样,你为什么会做那些织锦？为什么从来不爱凑热闹的你,会忍不住去展馆看那些地毯？……听我的,不要自己跟自己较劲,你应该去实现你的理想。"

阿香怔怔地说："我的理想？"

"对,你的理想。人人都说,义乌是一座能实现理想的城市,可更重要的是自己不放弃。只要不放弃,即便不在义乌,也有可能实现理想。你爷爷说过,你会成为最棒的地毯师。做自己喜欢做的事,这样的人生才是有意义的……阿香,说实话,我很舍不得你。老古骂了我一千遍'二百五'。没错,我这个人有时候是有点'二百五',但我不后悔。喜欢一个人,不就是应该为她着想嘛,让她开心,让她觉得不枉此生。虽然这个结果对我来说有点遗憾,但我至少把选择权交到了你的手上。我不是为别人,是为你。你的人生,你说了算。"

阿香望着眼前的彼得曹,被他的这一席话深深地感动了："那你的理想呢,是什么？"

彼得曹沉吟着："我的理想……我希望义乌越来越开放,成为中国连接全世界的一个窗口。希望世界和平,老百姓安居乐业,还有,每个人都能实现理想,过自己想过的生活。"

阿香笑道："如果老古在,肯定会说'此处应有掌声'。"

彼得曹认真地说："我是说真的。"

阿香说："我知道你说的是真的。我从来没有怀疑过。彼得,你不只是个好人,你还是一个非常非常好的好人。"

这一夜,彼得曹把阿香送到家门口："好了,进去吧！"

阿香站住,转头看着彼得曹。

"怎么了,这都下半夜了,还不回去,平时你不早就睡了吗……"彼得曹话没说完,阿香突然将嘴贴在彼得曹的嘴上,彼得曹的话戛然而止,这突然的一吻,彼得曹知道,阿香已经做了决定。

两天后,一架飞机从杭州萧山机场起飞。阿香跟着阿尔贝托去了西班牙,她要陪着爷爷阿尔贝托走完人生最后的时光。飞机从天空中掠过,彼得曹抬头望着这航班,目光中有不舍、遗憾,但也有欣慰。

脑海里浮现出两天前他与阿香的对话。

"我不后悔。喜欢一个人,不就是应该为她着想嘛,让她开心,让她觉得不枉此生。虽然这个结果对我来说有点遗憾,但我至少把选择权交到了你的手上。我不是为别人,是为你。你的人生,你说了算。"

"那你的理想呢,是什么?"

"我的理想……我希望……每个人都能实现理想,过自己想过的生活。"

正在这个时候,同事阿东突然走进来说:"彼得,老板让我问问你,明年进口展,我们弄个什么主题?"

彼得曹脱口而出:"理想生活。"

尾声

一年后,义乌国际商贸城依旧热闹非凡。

这座充满无限商机的城市,处处热潮涌动。数不清的"中国制造"从这里走向世界,也有数不清的全球商品汇聚于此。

彼得曹停下车,哼着小曲走进商贸城。一只皮球踢过来,眼看着要踢到他,他一个麻利地转身,接住球,酷酷的样子,像一个足球巨星。

一个小男孩朝着他喊:"嗨,彼得曹,把球还给我!"

彼得曹看着那个调皮的小家伙,说:"臭小子,不好好做作业,溜出来玩,你妈又该发火了。"

"我妈妈在跟人家谈生意。"

"你妈就算同时跟十个人谈生意,也照样能盯得住你。不信我们试试?"

话音刚落,白大姐大喊道:"臭小子,死哪儿去了?给我过来写作业!"

彼得曹笑起来,把球还给小男孩:"快回去吧。"说着摸了摸他的头。

白大姐一面跟人讨价还价,一面关注着不远处的儿子:"八百件包邮,少一件都不行。要不然你就直接拎走……"白大姐一边说一边扯着小男孩的耳朵:"过来!给我老实点,你妈客人一多,你就钻空子——怎么样,大哥,我再给你抹掉个零头,够意思了吧?"

彼得曹继续往前走,经过室内装饰店。马贝说着不知哪国语言,与一个非洲客人相谈甚欢。

彼得曹说:"行啊你,马老板,又学会一门外语啦?"

马老板说:"埃塞俄比亚官方语言,阿姆哈拉语。"

彼得曹一脸崇敬:"哇,再这么下去你连因纽特语都该会了吧?"

马老板得意地说:"这要看生意做得有多远了。反正这两天我已经开始学冰岛语了。"

"那行,冰岛离北极不远,学会了也能跟因纽特人交流。我看好你,兄弟。"

彼得曹继续走。

经过美女老板依晨的店铺,依晨还在练瑜伽,彼得曹招呼道:"嗨,差不多了,不能再美了。"

依晨说:"只有更美,没有最美。这跟做生意赚钱一样,没底的。"

"精辟!美女你真是美貌与智慧并存。"

彼得继续走,来到了依萨德的店铺,他们仍然在直播,打扮得非常帅。

"哇,今天怎么回事,穿得这么帅……"彼得曹正说着,看到屏幕那头的女孩,顿时心领神会,朝中东朋友做了个"加油"的手势。

中东人离开镜头,朝他做苦相:"可她杀价杀得太厉害了。"

彼得曹说:"让她杀,狠狠地杀!这叫舍不得孩子套不到狼!"彼得曹在他肩上一拍,走了过去。

彼得曹来到仿真植物区,在"万花丛"深处看到睡在躺椅上的老古。

彼得曹笑道:"远看以为是睡美人,近看才发现是伏地魔。倒胃口。"

老古说:"每次来不挖苦我两句,是不是觉得特别空虚啊?"

彼得曹一笑:"相当空虚。对了,那天碰到新城的老马,说你也打算走班列了?"

老古说:"主要是这两年出口生意越来越多,空运太贵,海运限制多,时间又长,算来算去还是走班列性价比最高。今年义乌出发的班列比去年翻了一番,基本上每天都有,时间算得准。"

彼得曹说:"那不错。古老板生意兴隆,恭喜发财。"

老古看他,笑笑:"进口展快到了,好像挺开心啊?"

彼得曹嘿了一声:"一年365天,我哪天不开心?"

"少来。去年阿香去西班牙那阵子,是谁像煨灶猫似的,整天失魂落魄?现在又嘴硬了。"说着,老古指着旁边那些仿真花对彼得曹说,"都是最新款,喜欢什么就拿什么。别客气。"

彼得曹一脸嫌弃:"假的,不稀罕。"

一个小时后,杭州萧山机场国际到达大厅门外,彼得曹抱着一大捧玫瑰,倚在车旁。今天的他把自己打扮得特别帅。

阿香推着行李出来。彼得曹兴奋地朝她招手:"嗨!这里。"

阿香走近,看着对方,一年不见,两个人的思念如海浪一样汹涌澎湃。所有的爱意都沉淀在眼里,变成泪光。

此时的邱以安在海星餐厅的厨房做菜,现在的他已是这家餐厅的正式厨师了。

他有条不紊,气定神闲,非常老练,很有气场。

一个服务员走进来:"邱,外面有个客人,点了两道菜,还指名要你亲自做。"

邱以安一怔:"嗯?什么菜?"

"爆炒红魔虾、红烧石斑鱼。"

邱以安先是一愣,忽然把手里东西一放,冲了出去。只见彼得曹、老古、阿香、欧阳博那桌赫然还有一个人——欧阳雯。欧阳雯浅笑吟吟。

邱以安整个人呆住:"你……你怎么回来了?"

欧阳雯说:"怎么,不希望看到我?"

邱以安兀自迷糊:"不是……我是说,你怎么回来了?"

"坐飞机回来的呀。"

"你……"

欧阳博摇头:"好了好了,你也别逗你姐夫了……小邱,介绍一下,这是欧阳雯的双胞胎妹妹,欧阳武。"

邱以安惊掉下巴:"啊?"

大家都哈哈笑起来。

彼得曹打趣:"没见过骨头这么轻的老丈人,小邱要被你们玩坏了,哈哈。"

邱以安看向欧阳雯:"你真的回来了?"

欧阳雯微笑点头:"嗯。"

邱以安激动得眼泪哗啦啦地流了出来。

这一夜,晚风吹拂着柳枝。欧阳雯和邱以安手牵着手走在河边。

"总部加大了在中国的业务规模和力度,在华东区设了一个新代理机构。除了义乌进口展,还要对接今年的首届中国国际进口博览会,所以我被调回来了!"

"所以,你是真的回来了,不走了?"

欧阳雯笑起来:"对啊。除非你赶我走。"

"我怎么可能赶你走……"

"我爸说,你现在已经是海星餐厅的扛把子了,最有前途的厨师。"

"你爸是在鼓励我。"

"我爸那个人最实事求是了,好就是好,不好就是不好。才不会来虚的。"

邱以安兀自恍惚:"你真的不走了?"

欧阳雯笑道:"干吗呀,你是不是盼着我走?"

邱以安憨笑:"主要是我到现在还是感觉不太真实,像做梦一样。"

欧阳雯凑近,勾住他脖子,亲了他一下:"这样呢,还像做梦吗?"

邱以安说:"这样更像做梦了。"

与此同时,彼得曹与阿香缓缓走在回家的路上:"你外婆高兴坏了吧?"

阿香说:"嗯。昨天晚上,我抱着她一起睡的。我外婆还说我长胖了,说大概是外国黄油吃得太多了。"

"看着气色是不错。"

"你这是拐着弯说我胖了吗?"

"我这属于非典型提醒。姑娘,瑜伽可以练起来了。"

两人都笑了笑。

彼得曹感慨道:"好久没跟你一起走这条路了,恍如隔世啊。"

"成语有进步。"

"被一个外国人夸奖成语有进步,好神奇的感觉。"说完这话,彼得曹突然意识到自己似乎说错了什么,"没生气吧?"

"我为什么要生气?就因为你说我是外国人?我可不是以前的我了。"

"看得出来,这一年你很有收获。"

阿香点头:"这一年里,我常常会想起你说的那句话,每个人都应该努力去实现理想,过自己想过的生活,才能不枉此生。谢谢你,有时候我觉得,正是因为有你,才能让我活得既有价值,又更豁达了。"

彼得曹停顿了一下:"你值得拥有这样的人生。"

阿香说:"每个人都值得拥有。"

一个月后,一年一度的义乌进口商品博览会再度开幕。

这依旧是一届盛大的交流会。它俨然已经成为义乌和世界对话的窗口。十年来,在构建人类命运共同体的时代呼唤下,义乌人用海纳百川的气量,去接受不同地区、不同民族、不同国家的文明,向世界展示中国的开放和包容,亚升展台前,欧阳雯正向消费者们展示今年的主打——新西兰奶粉："这是我们今年新推出的奶粉,来自新西兰,蕴含着最简单的纯净和美好,让人在这一刻忘记喧嚣,回归自然,回归生活的本真,静下心来想一想——我爱的人,和爱我的人。"

邱以安在台下,向她竖大拇指。

主宾国展台贴着西班牙的标识,展区里,来自西班牙加泰罗尼亚地区的手工地毯展台格外吸引人。阿香与工作人员共同展开一组地毯——是一组以江南水乡为主题的手工地毯,中西合璧。

台下顿时发出一阵阵惊叹声："太美了!"

阿香拿过话筒："大家好! 这组地毯是我们今年新推出的产品,专门为了配合义乌进口展西班牙主宾国而设计的。它把中国江南山水的意境与欧洲手工地毯的工艺相融合,中西合璧,体现了美是没有边限的。我的祖父和父亲,都是土生土长的西班牙人,可我却是黄皮肤黑眼睛,和你们一样。曾经有一阵,我为我到底是哪个国家的人而纠结,为我到底想过怎样的生活而茫然。可后来我知道了,中国与西班牙,东方与西方,其实没有什么区别。不论相隔多远,我们对美好事物的喜爱、对美好生活的追求都是一样的。我们都生活在这个地球上,同呼吸共命运。我们都被爱着,同样也爱着别人。有时伤心有时快乐,有时迷茫有时勇敢,会跌倒,也会爬起来继续前行,会笑着流泪,然后在泪水中成长……这世界上有太多值得我们去珍惜的人和事,抛开那些并不存在的界限,我们只需要有一双发现美、发现爱的眼睛,听从内心的呼唤,过自己想要过的理想生活……"

我们这十年

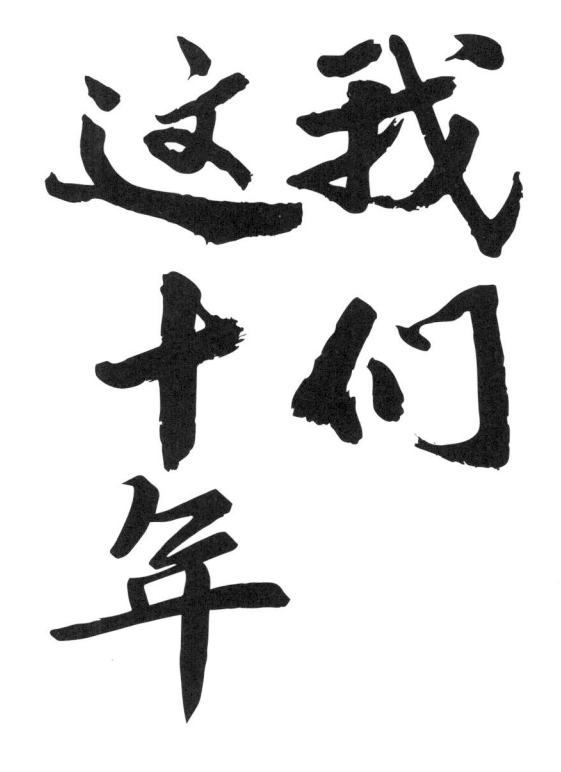

庹政 改编

下

浙江文艺出版社
Zhejiang Literature & Art Publishing House

第七卷
沙漠之光

  一座世界级光伏电站在贫瘠的北非沙漠拔地而起,沙漠夜空从此被照亮。这个中国团队是光的使者,在"一带一路"建设奇迹以外,更触动我的,是心与心相通,是其中的温暖和诗意。

巩向东

一

埃及南部，夏日的烈阳炙烤着大地，一辆破旧的中巴车缓慢行驶在荒漠公路上，扬起漫天烟尘。

这是一辆核载十人的中巴车，却塞进了十六七个人，挤得满满当当。他们都是当地村民，携带着刚买来的日用品以及家禽，伴随着中巴车的颠簸摇晃，肆无忌惮地闲聊嬉笑，唱着不成调的歌："姑娘，我喜欢你啊，姑娘，为了让你知道，当有人说你的时候，我很生气啊……"

一只鸡在车厢里游走，猛地振翅一跃，站上了驾驶台。司机赛义德腾出一只手，驱赶那只鸡，一边赶一边用阿拉伯语喊道："喊——！喊——！谁的鸡？快抱走！不然让它补票！"

众人哄笑。

阿萨姆一把卡住鸡脖子，拎了回去。

透过后视镜，赛义德看到后方远远出现一辆皮卡。对方车速很快，迅速赶了上来。

皮卡风尘仆仆，后车厢满载物品，用苫布罩着，一望便知远道而来。眼看衔上了慢吞吞的中巴车车尾，皮卡被迫减速。

驾车的是一个中国人，名叫陈宇，北非人马尔穆什坐在副驾驶席，助理小崔拿着手机不断追寻手机信号。看得出来，他们着急赶路。

陈宇试图超车，但发现路面不宽，而且坑洼不平。于是，他转而驾车跟随，耐心等待机会。

马尔穆什看了下时间，忍不住伸手按喇叭催促，陈宇对马尔穆什说："这样不礼貌，苏布拉不欢迎吵吵闹闹的人！咱们要讲规矩。"

马尔穆什说："可是我们没有时间了！"

陈宇看了看前路，发现前面路边有个平缓一点的小山坡可以超车，只见他干脆利落地换挡、转向、踩油门，一系列动作娴熟老练，一气呵成。

车轮激起漫天沙尘，皮卡兜了一个圈儿，画出一道流畅的弧线，有惊无险地跃上路肩，重新驶回公路，已然将中巴车远远甩在后面。赛义德目睹全程，不禁啧啧惊叹。

中巴车里的村民立即起哄了。

阿萨姆："谁能告诉我，赛义德这是汽车还是牛车？"

阿萨姆的阴阳怪气引发众人哄笑。

赛义德很没面子，气急败坏地反击道："阿萨姆！你车票钱还欠着，一共九镑，快拿来！……"

阿萨姆被击中软肋，知趣地闭嘴。

与此同时，在广州的绿光瑞能集团总部，工程师宋迪文跟着谭总向会议室走去。公司本来准备升任宋迪文做项目总监，可这宋迪文偏偏是个喜欢跑现场的人，他竟然放下了项目总监的职位不做，提出要到北非参与光伏发电厂建设的项目。

谭总："……这可是你自愿的啊！"

宋迪文："公司这么快就批准我的要求，我一定好好锤炼自己！"

谭总："等你手好了，就出发吧！"

宋迪文："谭总，我已经出院了，而且，三天后的机票我已经买好了！"

谭总无可奈何地摇摇头，一拳打在宋迪文的胸口上："真是个急性子！以后干活注意点，别再受伤了！"

三十分钟后，中巴车缓缓停下。赛义德推门下车，看着深陷在沙子中的皮卡车，也就是陈宇驾驶的那辆皮卡车。在沙漠里行车，陷入沙子中是平常的事。在赛义德身后，乘客们也脸贴车窗张望。皮卡嘶吼咆哮着，不仅未能爬出沙坑，反而越陷越深。

陈宇不得不下车，拿起铁锹一铲一铲地铲开沙子。赛义德大摇大摆走过来，看样子，他是要来帮忙，可车上的乘客不干了。一个男子跳下车，对着赛义德喊："赛义德，你怎么还不走，我老婆还等着我回去做饭呢！"

赛义德没有理睬，只顾向前走。

马尔穆什一边擦汗，一边迎向赛义德用阿拉伯语打招呼："你好！我叫马尔穆什！请帮帮忙吧！"

赛义德故作矜持地挥挥手算作回答。来到近前，他俯身吹去车前盖上的浮沙，然后用袖口擦了擦，露出锃亮的车漆。他抬脚踹踹轮胎，以老司机的口吻揶揄对方。

赛义德："充气这么足，没爆胎就算走运！你们这些大城市来的游客，以为开着好车进沙漠很拉风……"

赛义德回头指着自己那辆破旧中巴："别看我这老伙计很老了，老到我都不知道它是哪年生产的，甚至不知道十年前我买它的时候到底是第几手，但我知道它是辆好车！这么多年，它从来没趴过窝！朋友，在苏布拉，比的不是速度，是耐力……"

赛义德正在得意的时候，陈宇突然想起了什么，拿着手机就跑开了。赛义德问马尔穆什："那个家伙跑什么……"

赛义德当然不知道，陈宇需要找一个有手机信号的地方，参加一场重要的视频会议。

只见他冲到沙丘的最高处，高举手机，手机总算有了一丝信号。陈宇大口大口喘气，打开视频，手机里传来的是谭总的声音："陈宇，你迟到了两分钟，所有人都在等你！"

陈宇一边喘气一边说："不好意思，不好意思，我的车陷在沙漠里了！"

谭总："我不听理由，请你以后遵守时间好不好！"

陈宇："好，好！"

谭总："那现在开会！"

陈宇："等会儿，等会儿，让我喘口气！"

谭总："那你先喝口水！"

陈宇："水？！对，就是水，谭总，我要向您反映的第一个问题，就是缺水！工作用水，生活用水，严重短缺！不仅缺水，还缺设备缺人，我都不知道在这样的条件下，怎么能按时完成工期。"

谭总："抱怨完了？"

陈宇："没有，我今天要求召开这个会的目的，就是希望你们给我放权。"

谭总对着参会的各位副总说："听见没有，这一上来就要抢权了。"

陈宇："没错，我就是要向你们要权，为了按时完成项目，我必须招聘国际雇员，当然，我也希望公司能从国内给我调一些熟练的技术工人过来，但是远水解不了近渴，工期太长，成本太高，不太现实，所以，我只能就地解决人工问题。在人员的录用上，我必须有拍板权。再有，为了赶工期，我要添设备、买材料，需要第一时间付款，所以财权你们也得放给我。"

谭总说:"陈宇,咱们公司成立这么久,直接伸手抢权的,你是头一个啊,尽管我心里很不舒服,可是,我和在座的老总们商量了,一致同意给你放权。但是,你给我听好了,这些权力都给你,你得保证严格按照公司的要求,一天都不差,完成苏布拉光伏电站的建设,超期一天,我拿你是问!"

陈宇兴奋地对着手机鞠躬:"谢谢谭总,谢谢各位老总,大恩大德,容我回国再报!"

谭总打断道:"你先别忙着谢,苏布拉项目,作为我们公司走出去的重要项目,也是全世界在建的最大的光伏发电项目,其重要性你应该很清楚。所以摆在你面前的,只有两个选择:第一,干好;第二,必须干得更好!"

陈宇点点头,显得信心满满。

谭总:"为了保证苏布拉项目按时保质保量完工,公司决定,调派精兵强将配合你的工作。你不是一直向我要一个项目经理吗?我呀,给你挑了一个好的!"

陈宇:"谁啊?"

谭总:"宋迪文。"

陈宇在沙丘顶上参加视频会议的时候,赛义德已经开始组织人手拖车了。只见他转过身,挥手冲中巴车大声吆喝。只见车里应声下来几个男人,阿萨姆顺着车尾的梯子爬上车顶,解开绳索,在其他人的帮助下,将绑在车顶的两块棋格状的长铁板卸下来。

阿萨姆等人抬着铁板,来到皮卡前。在赛义德指挥下,人们将铁板铺在陷入沙土的车轮前。铁板长数米,镂空的棋格使之牢固抓地——看来这是赛义德对付沙漠陷车的神器。

接着,赛义德蹲下身,娴熟地依次给四个车胎撒气,以增大抓地力。

准备工作就绪,赛义德示意小崔开车。

他大喊一声:"来吧,朋友!"

小崔用半生不熟的阿拉伯语回应:"好嘞!"

凭借铁板的托举,皮卡终于驶出沙坑,现场一阵欢呼,就连中巴车那边也传来欢呼声。

马尔穆什向赛义德由衷致谢:"谢谢!太谢谢你了!"

其他人抬起铁板,返回中巴。而赛义德站在原地,尴尬地笑而不语,似乎等待着什么。

马尔穆什:"真主会保佑你这样的好心人!"

赛义德:"真主不会让好心人连一点儿酬劳都得不到的……"

马尔穆什一怔:"你……要钱? 多少钱?"

赛义德:"放心! 保证价钱合理!"

赛义德狡黠一笑,掏出随身携带的计算器,娴熟地敲出一串数字——1000。马尔穆什显然很生气,瞥向正朝这边走来的陈宇,低声对赛义德表示不满:"你这样做,中国朋友会怎么看我们?"

赛义德显得很委屈:"你可以讨价还价啊! 你们大城市难道不讨价还价吗? 怪不得你们一点儿乐趣都没有!"

陈宇走上来,亲切地拍拍赛义德的肩膀,不动声色地接过计算器,删去一个"0",数字一下变成了100。

砍价幅度之大,令小崔与马尔穆什瞠目结舌。

赛义德却并不恼火,而是狡黠地笑了:"还是你更有趣!"

于是,这笔交易成了。

二

皮卡车再次启动,三人在车上聊起了天。

陈宇:"小崔,你知道宋迪文这个人吗?"

小崔:"知道啊,公司有谁不知道宋迪文的!"

陈宇:"他这个人怎么样?"

小崔:"人特牛,也特能干! 但是……"

小崔压低了声音,凑在陈宇耳边说道:"好像走哪儿都跟领导不对付……"

陈宇看了一眼小崔:"怎么个不对付?"

小崔:"他属于那种人,恃才傲物,狂! 他说,全公司懂光伏的,只有一个半人! 一个总工程师,一个副总工程师,加上总工办的四个人只能算半个,他自己算一个! 你说他多狂……唉,陈总,你怎么问起他来了?"

陈宇:"呃,他后天到!"

小崔听了这话,一脸茫然。

经过两个小时的车程,车辆来到了苏布拉村。

村外,八岁的哈桑站在高台上眺望,一只羊乖顺地立在身边。

突然,哈桑发现了什么,拔腿往下跑,一边跑一边喊:"图图! 快!"

这只名叫图图的羊紧随其后,跟着哈桑跑向村口大路。远远地,中巴车在前,皮卡、越野在后,向村口驶来。

中巴车刚刚驶到村口,就被蜂拥上来的村民们挤开了。车上车下的人们大声地相互应答,车上的人迫不及待地挤下车,乱哄哄一片。

这些村民都是来收信件的。村庄里很多人都到外面务工了,留在村庄里的家人日夜渴望得到他们的消息,而赛义德就是替他们传送消息的人。每周他都会专程到小镇邮局去提取信件,并把信件带回村子里,分发给大家。

赛义德打开袋子,拿出刚从小镇邮局取回的信件,大声叫着收信人的名字:"贾拉尔!……哈姆迪!……伊西斯!……阿舒尔!……"

被叫到名字的村民挤上前来,取走自己的信件。

哈桑远远地看着赛义德,他多么想听赛义德叫到他的名字。他的父亲在远处的城市里打工,已经很久没有给家里写信了。

赛义德继续喊着:"亚曼拉!……利马丹!……"

每叫到一个人的名字,就有人欢快地走上去,拿走属于自己的信件,赛义德手中的信越来越少,身边的村民也越来越少。最后一封信也发出去了,哈桑终究没有听到赛义德叫到自己的名字。

爸爸依然没有来信,哈桑把图图抱得更紧了,他的失落之情全部写在了脸上。哈桑鼓起勇气,来到赛义德面前,没有说话,但是眼神已经表达了他的疑问。赛义德说:"哈桑,你爸爸没有来信。"

哈桑还是不相信。赛义德打开袋子,里面果然一封信都没剩,哈桑神情黯然。

此刻,陈宇的车子停在不远处,这个孩子孤独的背影引起了他的注意。

第二天,在苏布拉村附近,光伏发电项目组开始搭建临时驻地。短短几天时间,一个个集装箱营房整齐地分布在了沙漠中。

项目组面临的第一个难题,是设备的问题。经过多方协调,设备的问题有了眉目,黄小枫来到工程办,带来了喜讯:"陈总,麦里士那边找到了六台机器,四台挖掘机,两台打桩机,工程部的人已经看过了,六七成新,简单检修一下都还能用,价格还便宜。"

陈宇很高兴,没想到设备的问题这么快就解决了:"好的,明天所有的车都去麦里士把机器运回来!"

小崔一听,赶紧走过来:"陈总,您忘了,宋迪文明天要来,我们是不是该留一辆车去机场接他啊?"

陈宇恍然大悟,忘了还有这么一回事,他想了想:"这样吧,让赛义德帮忙去接一下他吧!他明天不是帮我们准备餐会吗?你跟赛义德说一下!"

小崔心想,赛义德那破车怎么行呢,他连忙说:"这样不好吧,人家大老远跑来!"

陈宇:"怎么不好呢,我问你,他是来做客的还是来工作的?"

小崔:"当然是工作。"

陈宇:"那不就完了吗?你跟赛义德说一下,反正他顺道!"

阿斯旺机场,刚刚乘机抵达的旅客们陆续走出来。人群中的宋迪文拉着行李箱,跟着赛义德一前一后走出航站楼。一出航站楼,一股热浪扑面而来,宋迪文不满地抱怨着:"我飞机晚点两个小时,都比你这接机的早!"

宋迪文很恼火,赛义德却始终笑呵呵的。地面坑坑洼洼,宋迪文拉着行李箱很费劲,加上酷热难耐,极为狼狈。

宋迪文问:"车在哪儿?"

赛义德指着一辆接近报废的中巴车,意思是,就是这辆车。这让宋迪文瞠目结舌,就这车?!

赛义德把行李箱搬上车,然后坐进车里,准备开车,却见宋迪文仍旧站在那儿发呆。

赛义德用阿拉伯语示意宋迪文上车。

宋迪文骂了一句:"我去!"然后咬牙钻进车里。

出了市区,中巴车行驶在公路上,车内收音机播放着高分贝音乐,坐在后面的宋迪文汗流浃背。中巴车不仅速度慢,而且如蒸笼一般,令他难以忍受。他探身向前,示意赛义德打开空调。

赛义德一边驾车,一边说:"宋迪文,欢迎来到苏布拉,我的车上没有空调,但是窗户开着,很凉快的。你让苏布拉蓬荜生辉,谢谢!"

宋迪文绝望了。大汗淋漓中,他烦躁地戴上耳机,把眼一闭,再不理睬赛义德。

车子经过吉萨尔镇,哈桑正斜背一只羊皮水袋,走到了镇上的邮局,邮局里有一张长桌,长桌上摆着一部已经褪色的电话机,哈桑给父亲打了通电话。

"哈桑?你找我什么事?"

"爸爸,马上快十号了!"

"是有什么事情吗?"

"十号该交学费了,老师已经催我了!"

"学费的事情我还在想办法,我现在身上也没有钱。"

哈桑："如果不交学费,我不好意思去学校,还有,爷爷也生病了!现在老吃不下东西,怎么办?"

爸爸："好了,我知道了!一定会有办法的!"

哈桑："爸爸……"

突然,电话断掉了。哈桑再次拨号,却未能拨通。

邮局主管是一位六十岁左右的胖男人,坐在不远处,他举起手,指着手腕上的手表,示意哈桑时间到了。

哈桑不得不放下电话。

邮局门开了,哈桑慢吞吞地走出来,显得很沮丧。邮局隔壁是一家小商店,橱窗里挂满了花花绿绿的小商品。哈桑从窗边走过,放慢脚步随意浏览着。忽然,他被什么吸引住了,停住了脚步。

哈桑的目光锁定了一只时尚炫目的户外水壶和一双崭新的帆布球鞋。他又看看自己脚上的破鞋和身上的羊皮水袋,那些漂亮的东西近在咫尺,却又遥不可及。

忽然,商店老板的脸出现在窗口,指着那只水壶向哈桑介绍推销。隔着玻璃,听不清对方的声音。

哈桑一报,并不搭腔,逃也似的快步离去。

赛义德的中巴车却拐了一个弯,驶入吉萨尔镇。

赛义德："宋迪文,我们要去镇上一下!"

宋迪文："去镇上干吗?"

赛义德："我来接你是顺道,这来回啊,已经耽搁了不少时间,我得加快速度了。这车是每天要从镇上拉人回村里的……"

话音未落,车轮驶过一个坑,中巴猛地颠簸,宋迪文身子一歪,差点撞到车门上。

小镇路边,已经聚集了十几个村民,手拎刚买的大包小包日用品,正翘首以待。中巴车还没停稳,他们就迫不及待地往车上挤。

面对争先恐后蜂拥上车的村民,宋迪文瞠目结舌。还没等他醒过神来,瞬间周围已经挤满人,将他紧紧包围在中央,动弹不得。人声、家禽的叫声、发动机的轰鸣声汇成喧嚣的声浪,将宋迪文淹没其中。

人们还抱怨着:"赛义德,大家还以为你不来了,把我们扔在这儿不管了!"

赛义德开动了车子,大声说:"这回你们该知道不能没有我赛义德了吧?!有良心的话,以后就别再赊账!"

车里本来就热,如今挤进这么多人,更是闷热难耐,加上空气污浊,宋迪文几乎窒息。其他人却浑然不觉,继续高声热聊。

宋迪文满脸淌汗,黏糊糊的,想伸手去擦,却被挤得动弹不得,他几乎要崩溃了。

三

赛义德的中巴车行进在沙漠中,赛义德远远地看见一个孩子的背影,原来是从镇上走路回村子的哈桑。

哈桑为了省钱,不敢坐车,只能徒步几十里路回村子。这一路,烈日暴晒,他的水壶也因为漏水,空了。疲惫的他走在路上,摇摇晃晃。

赛义德的车停在他的面前,赛义德伸出车窗问道:"哈桑,你又到镇上给你爸爸打电话吗?"

哈桑点点头。

赛义德:"打通了吗?"

哈桑点点头。

赛义德:"他答应给你钱了吗?"

哈桑摇摇头。

赛义德:"那不是白打了吗?他要是有钱应该早就给你寄回来了,下次别跑那么远了!用我的电话打就行了。行了,上车吧!"

哈桑上车,被挤到了宋迪文身边。宋迪文看见这个孩子骨瘦如柴,还一脸疲惫。把行李箱推过来,拍了拍行李箱,示意哈桑坐在他的行李箱上。哈桑实在太累了,也没有客气,说了声谢谢,于是就坐在了宋迪文身旁。

坐在宋迪文身边的哈桑,突然注意到宋迪文手上一个发光的东西,来了兴致。

哈桑问道:"这是什么东西?"

宋迪文:"发电板!"

哈桑:"发电板?这个能发电吗?"

宋迪文:"不,这个不能,这是模型!"

哈桑:"哦,好吧!"

哈桑望着这个中国人,觉得他就像一个大哥哥。

经过两个多小时的艰难旅程,宋迪文终于来到了公司建在大漠深处的光伏发电项目部。一到项目部,他就迫不及待地钻进生活区洗澡,一身的臭汗已经让他对自己忍无可忍。

正在洗澡的时候,赛义德在浴室外敲着门,隔着门板喊着:"宋迪文,把你送到了,我就算完成任务了,请你记住,一定在这张单子上签字,不然我拿不到钱。"

说完,啪的一声,赛义德把单据贴在浴室门外。

赛义德:"我还得去忙着准备你们的餐会……"

宋迪文:"嗨,等会儿,什么餐会?"

赛义德:"怎么,你还不知道吗?"

宋迪文:"我什么都不知道,我刚来!"

赛义德:"是陈总安排的。"

宋迪文:"那准备了什么美食?"

赛义德:"我准备了苏布拉的特色!"

宋迪文:"特色,你准备的?"

赛义德:"那当然,我以前做过厨师。我不仅开车技术一流,我的厨艺在苏布拉也是一流的。"

宋迪文一听,高兴极了:"行,那我就等着吃了! 你去忙吧!"

赛义德:"好嘞,朋友,没问题! 全包在我身上了!"

赛义德一走,宋迪文想着晚上的美食,高兴地吹起了口哨。可是乐极生悲,满头泡沫的他突然发现,停水了。他敲着门喊:"嗨,怎么搞的,没水了! ……"

宋迪文的声音回荡在浴室里,没有人应答。

十分钟过后,陈宇和小崔驾车回到营地,听见浴室里有人喊:"救命啊! 救命啊! ……"

陈宇和小崔下车来到浴室门口,问旁边的工作人员:"谁在里面大喊大叫!"

工作人员回答:"好像是刚刚来的宋经理!"

陈宇哭笑不得,对小崔说:"去,给他拿桶水……"

小崔很快提回来一桶水。

宋迪文如同看到了救命稻草,赶紧把身上的泡沫洗干净。

过了一会儿,他头顶着毛巾打开浴室门,看见陈宇站在一个牌子面前。

陈宇指着牌子说:"你没看见用水须知吗?"

宋迪文一看,牌子上写着:"洗澡水限量供应。"

宋迪文不爽地说:"你去跟陈宇那小子说,咱们不是游击队,是正规军!他后勤保障跟不上,我们哪来的战斗力?"

陈宇:"意见提得好!"

宋迪文:"光提得好有什么用,得解决啊!"

陈宇:"我就是陈宇!欢迎!"

说着陈宇主动伸出手。

宋迪文一愣,有些尴尬:"你就是陈宇?不好意思,刚才我瞎说的,你就当没听见啊!"

陈宇:"我什么都没听见!"

宋迪文:"那晚上你就介绍一下,大家相互认识认识!"

陈宇:"行啊!"

宋迪文:"那陈总,我先回去收拾一下,咱们晚上见!"

宋迪文转身就走,边走边说:"但是,水的问题还是得解决啊……"

洗完澡的宋迪文回到自己房间,把自己精心打扮了一番,出门来到了黄小枫的宿舍外。

宋迪文敲了敲门,听见黄小枫在屋里问:"谁啊!?"

宋迪文还没来得及回答,门已经打开了。

黄小枫看见宋迪文,惊讶道:"宋迪文?"

宋迪文和黄小枫是老相识了,两人一起共事过几年,共建过新疆和甘肃几个光伏发电站。

宋迪文得意扬扬地走进黄小枫的房间:"别来无恙啊!"

黄小枫:"你怎么来了?"

宋迪文:"苏布拉项目缺一个核心技术骨干嘛,公司上上下下挑来挑去,除了我,还有谁能胜任啊!"

黄小枫递上一杯水,说:"别吹牛了!"

宋迪文:"说真的,我还真的是为你来的。我来给你送东西,有一样东西我觉得我必须亲手庄重地送给你……"

黄小枫赶紧说:"别,咱俩就是普通同事,你别给我来这套啊!"

宋迪文:"你紧张什么啊!放心,不是求婚戒指!但是也别太失望。"

黄小枫又好气又好笑:"你又贫!"

宋迪文伸出背后的手,原来是一个发电板模型:"咱们上一个项目的纪念品,你看,上面刻着你的名字呢！"

黄小枫一看，果然，模型底座刻着她的名字"黄小枫"，她眼里散发出光芒。

宋迪文接着说："所有参加的同事人手一个，除了跑到苏布拉来了的你，我于心不忍，打了飞的，给你送过来了。"

黄小枫高兴极了，她知道，每一个项目都凝聚着项目建设者的心血，能有这样一个纪念品，其实是对自己付出的最高嘉奖。

黄小枫调侃道："净拣好听的说，明明是顺路。你别以为我不知道，你是到这儿来工作的。"

宋迪文不服气地说："工作当然是第一位的，但是送礼也不是顺道，工作生活我都要。"

说着，宋迪文站直身子，义正词严地说："来，正式介绍一下，苏布拉建设项目现场经理——宋迪文！"

宋迪文和黄小枫的这一番对话，被正巧经过的小崔给听见了。小崔是个多事仔，急匆匆地跑到陈总的办公室，在陈宇耳边低语。陈宇皱着眉头："有事儿大大方方说，别这样……"

小崔："我就说这宋迪文怎么会主动申请跑那么大老远的地方来，原来他心里有人，这就对上了，我之前就问过黄小枫，为什么来苏布拉，她说她是三毛的粉丝，要走遍撒哈拉，没想到，这里面还有爱情啊！"

陈宇微微一笑："我说这个宋迪文，伤还没好就急着漂洋过海过来了，原来工作生活两不误啊！"

小崔："咱们得多注意一下宋迪文。"

陈宇："不用，这是人家的私事，他应该分得清。"

为了晚上的餐会，赛义德准备宰掉那头名叫"图图"的羊。他磨刀霍霍，对着图图说："等会儿我就会送你去见真主，你放心，我的刀法很好，不会让你有太多痛苦……"

话没说完，他一转身，看见哈桑偷偷解开图图脖子上的绳子，他二话不说，冲上去就把哈桑推倒在地："你要干什么！"

哈桑哭喊着："不要伤害图图，求求你，不要杀图图！"

赛义德："是你爸爸让我卖了你的羊，给你交学费的。"

哈桑死死地抱着图图不放，大声呼喊："还给我！这是我的图图！"

两人的争吵引来项目部的工人围观。黄小枫也来了，她看见赛义德和哈桑在争抢那只羊,走过去拉开赛义德:"你干吗欺负小孩子?"

赛义德:"我是在管教他,这孩子不听话……"

说着,赛义德抱起哈桑冲出营地,然后对着哈桑一阵拳打脚踢,一边打一边说:"是你爸爸让我把它卖掉,给你交学费的,有什么事去问你爸,别在这儿闹……"

哈桑听了,哭着跑开了。

赛义德气呼呼地回到营地,突然,陈宇出现在了他的面前。陈宇盯着赛义德的眼睛,良久,他问了一句:"赛义德,你跟我讲实话,那只羊是怎么回事?"

四

这一夜,哈桑坐在地上,流着泪,他失去了他心爱的图图,心里难受极了。

爷爷默默地坐在他身边,用苍老的手抚摸着他的头,仿佛告诉他,这一切都是真主的旨意。

突然,门响了。

哈桑起身开门,门口站着的是陈宇。

陈宇微笑着说:"你好!"

哈桑有气无力地回答道:"你好!"

陈宇:"我把你的羊送回来了!"

说完,赛义德抱着图图出现在了哈桑面前。

哈桑眼里一下闪光了:"图图!我的图图!"

他抱起图图,笑容回到了这个孩子的脸上。

陈宇:"快喂它吃点东西吧,它肯定饿坏了!"

哈桑感激地说:"谢谢,谢谢你们,真主会保佑你们的!"

赛义德说:"照顾好你的羊吧,它没事了!"

哈桑抱着图图来到羊圈,喂图图吃草:"对不起,图图,不要怕,这种事情再也不会发生了!"

陈宇坐到了哈桑爷爷的旁边,对哈桑的爷爷说:"对不起,我们不知道图图对哈桑如此重要,它不能卖,这里面有一些误会,所以我把它送回来了。另外,你们有什么困难,可以告诉我,我能帮上一些忙!"

赛义德在一旁插话:"不用给他讲,他耳背。"

赛义德看着黑漆漆的房间,对陈宇说:"很早以前,村里就装上了电灯,可是经常停电,电灯成了摆设,只能用煤油灯。"

陈宇:"等光伏电站修好了,就不会停电了!"

赛义德:"当年装电灯的人也是这么说的,他们说过些天电灯就会亮。哈桑的妈妈是我的远房亲戚,前段时间生病去世了,她看病花光了家里的钱,还借了不少的钱,村里能帮的都帮了。为了还钱,哈桑的爸爸不得不去城里打工,家里就只剩下这一老一小。卖掉这只羊,也是哈桑爸爸给我说的,用来给哈桑交学费。"

说完,赛义德也叹了一口气。

赛义德从哈桑家的柜子里拿出几块烤饼:"他家没有甜点,只能用这拔丝布塞招待你。"

拔丝布塞,是当地人对这种烤饼的称呼。

哈桑爷爷伸出手,示意陈宇品尝。

赛义德在旁边说:"哈桑爷爷做烤饼的手艺是一流的,这是整个苏布拉最棒的烤饼!还有这个山羊奶酪,我们村家家都会做,你尝尝!"

说着,赛义德把烤饼和奶酪都推到陈宇的面前,而陈宇对这山羊奶酪的味道,却深感不适。

第二天一大早,宋迪文站在刚刚建好的钢架上,遥望升起的红日。

陈宇来到他的身边:"早啊!"

"不早啦!"

"有什么感想吗?反正,我第一次站在这里的时候,心里只有两个字——壮观,我们在世界上最大的沙漠里,建造世界上最大的光伏发电站,心里有一种很神圣的感觉。"

宋迪文没有接着陈宇的话说下去,他只是问了一句:"怎么没人干活啊?"

陈宇接道:"还没到开工时间,七点半开工!"

宋迪文着急地说:"开玩笑,这里是沙漠,鸡蛋放沙子里都能熟了。别说人受不了,机器都受不了。这个作息时间必须调整,最好凌晨四点到中午十一点,避开高温,提高效率。早干早收。"

宋迪文见陈宇不说话,接着说:"唉,陈总监,我这人说话直来直去,不够委婉,你习惯就好了。当然,我说这些也只是建议,我建议你采纳!"

陈宇爽快地答应说:"采纳!从下周开始,凌晨四点开工!"

宋迪文一拍大腿:"这就对了,那我说第二条建议,必须大量招工。当然,我知道在这儿一时半会儿招不到那么多熟练工,所以就要培训,这个我亲自来抓。根据我的工作经验,我已经做好了培训方案,待会儿到办公室我就拿给你看!"

"采纳!从当地招工,既能解决用工问题,又能解决当地人就业,互惠互利!"

宋迪文不紧不慢地继续说道:"那我就说第三条建议。刚才我去仓库看了,咱们这儿设备参差不齐,品种还不全,而且我急需一台钻孔机!"

"你什么意思?"

"苏布拉的选址情况我要重新勘查复核。"

"有这必要吗?前期的勘探数据可以用啊!"

"按我的经验,谁都不可信,谁都靠不住,你要想万无一失,必须自己拿到一手资料,而且这里是沙漠,沙漠的地形条件随时会有变化。"

陈宇实在有些想不通,他提醒道:"这不是在国内,设备不是你随时拿钱就买得到的。"

"那不是我的事儿,那是你的事儿,我要干活我就得问你要人要设备。"

陈宇无奈地笑着说:"行,给我三天。"

"不行,二十四小时!"

"咱们这么聊天有意思吗?你是总监还是我是总监?"

宋迪文见陈宇有些生气,又赔上笑脸:"唉,不好意思,我刚才说了,我这人说话比较直。当然,这些都只是建议嘛,我建议你采纳!"

一座名叫赫尔达的小城,一辆皮卡沿街驶来,停靠在街边。

赛义德驾车,陈宇和小崔坐在后排。赛义德指着街对面的一家餐厅说:"看见那家餐厅了吗?我表弟哈姆迪就在这里当服务员。这是省城最高档的餐厅,市长还有省长都是这里的常客,哈姆迪跟这些大人物很熟,他门路很广。放心,他一定能帮我们找到钻孔机的!"

接着,赛义德推门下车,快步穿过街道,径直进了那家餐厅。

小崔打量街对面的餐厅,心里更加没底:"这是最高档的餐厅?"

陈宇微笑着说:"也许市长此时此刻就在里面……"

小崔也微微一笑。

餐厅门开了,只见赛义德和一位身穿服务员制服的年轻男子走出来,站在门口说着什么,赛义德不时朝皮卡这边指点着,年轻男子随之朝这边张望。

陈宇目不转睛地望着,但听不见双方的交谈内容。只见赛义德带着年轻男子穿过街道,向皮卡走来。

陈宇："他们来了！"

陈宇推门下车，马尔穆什紧跟着下来。赛义德和年轻男子来到跟前。不等赛义德介绍，年轻男子就主动热情地与陈宇打招呼，冲他竖起大拇指以示赞扬，这就是赛义德的表弟哈姆迪。

哈姆迪显得特别兴奋："你好！我是哈姆迪！可以跟你拍一张合影吗？"

听罢马尔穆什翻译，陈宇一时不明所以。

"哈姆迪在网上看过建电站的消息，他说你们很厉害！他们餐厅动不动就停电，影响赚钱，老板说你们建好了电站，餐厅就可以二十四小时不停电了！"赛义德解释一番，然后转头对哈姆迪炫耀："陈总是总监，我和他是好朋友！哈比比！"

哈姆迪伸出大拇指："中国！哈比比！"

陈宇也伸出大拇指："哈比比！"

哈姆迪站到陈宇身边，赛义德赶紧凑上来，快门咔嚓一声，拍下了三人的合影。

五

此刻，宋迪文正在给新招的电站工人做培训。工人们坐在一起，手里拿着资料。

宋迪文向大家介绍道："我知道，你们可能认为，工人嘛，就是工具人。好像只要听指挥，动动身体就行了，干的都是小事。但是我不这样认为，特别是在光伏这件事情上，你们必须搞清楚光伏的工作原理。只有把大的原理搞清楚了，才知道小的细节应该怎么做！所以我希望你们仔细看我发给你们的这份资料，也能够仔细听我要给你们讲的内容……"

此时，黄小枫也来到了培训现场，她看着正在为工人做培训的宋迪文，脸上带着微笑。虽然宋迪文大多数时候很贫，而且说话大大咧咧，做事毛毛躁躁，但是工作起来，却十分认真。认真做事的男人，是最有魅力的。

宋迪文继续向大家讲解："……光伏系统由这几个部分组成，蓄电池、支架、光伏组件、逆变器、汇流箱……那么接下来我们进行拆分，说说这个最重要的部分，光伏组件。把它拆分过后，是由哪几个部分组成的呢？大家翻到第四页……电池片、密封盒、接线盒……"

此时，载着陈宇、小崔、赛义德、哈姆迪四人的皮卡正沿一条狭窄的街道行驶，路边都是摊贩。赛义德开车很猛，险象环生。哈姆迪坐在副驾驶位，负责指路。

哈姆迪指挥着："前面！前面！一直往前！……"

赛义德一边开车,一边向后排的陈宇邀功:"我说过,哈姆迪有很多朋友,门路很广!"

陈宇狐疑地向车外张望,不置可否。这时,皮卡戛然停住。

哈姆迪大喊:"萨拉赫!萨拉赫!"

他一边大声招呼,一边推门下车,三步并作两步地径直跑到街边水果摊前,与名叫萨拉赫的水果摊主说着什么。

陈宇感到匪夷所思:"难道这水果摊兼营租赁钻孔机?"

赛义德自言自语地说:"真没想到,中国朋友在城里是最好的名片……"

赛义德发现车里有一顶安全头盔,正是陈宇等人在现场戴的那种,于是连忙拿过来戴到头上,以彰显身份。

只见萨拉赫在摊子上装了一兜水果,然后跟着哈姆迪来到皮卡前,热情洋溢地打招呼。

萨拉赫:"哈比比!"

赛义德率先下车迎上前,故意用手扶扶头盔,以引起对方注意。萨拉赫看见头盔,果然肃然起敬地竖起大拇指。赛义德很满意这样的效果,笑呵呵地接过对方的水果,然后对萨拉赫说:"中国的陈总是我的朋友!"

萨拉赫:"哈比比!"

陈宇秒懂,立刻下车,微笑着配合他们。

随着快门声音,赛义德拍下了四人的合影。

皮卡继续行驶中,仍是赛义德驾车,但副驾驶位置上换成了萨拉赫。同时,他正通过手机与下一站的朋友联系。驾驶室里座位有限,赛义德妻弟站在后车厢里。

皮卡疾驰过狭窄嘈杂的街道,停在一家小型修车店门口。修车店老板飞快地跑过来,随着快门声音,合影已经增加到七个人。

修车店老板上车,作为新的向导,去往下一个地方。

小崔不免一脸疑惑:"陈总,这样能找到钻孔机吗?我觉得有点悬啊!"

陈宇笑了笑:"要相信咱们的阿拉伯兄弟。"

另一边,宋迪文继续培训。

"在光伏组件的安装过程中,我们一定要注意角度问题。我们看啊,太阳每天从东边升起,从西边落下,它一直在运动。我们要确保我们的光伏组件在太阳运动过程中承接到最大的日光照射量,角度,就是重中之重……"

赛义德来到黄小枫的身边。

"黄工,宋经理是我见到的第一个把复杂的技术讲得如此通俗易懂的中国人,没上过学的都能听懂。"

黄小枫笑了笑说:"他呀,就是爱显摆!"

"显……显摆?显摆什么意思?"

"就是嘚瑟!"

"嘚瑟又是什么意思?"

黄小枫不知怎么解释了,憋出两个字:"吹牛!"

赛义德伸出大拇指:"宋经理,真牛!"

皮卡继续沿街疾驰,每到一个点,出来一个人,然后合影,上车,到下一个点。后车厢里的人越来越多,增加到七人。

坐在车上的陈宇已经无话可说,他们不知道还要去什么地方,和什么样的人合影,满满一车的人摇摇晃晃,都特别兴奋。

这时,皮卡拐进一片空地,戛然停住。后车厢里满满的人随着惯性往前拥。

陈宇向前望去,发现汽车停在了一个破旧的仓库前,仓库大门锈迹斑斑,貌似已经废弃多时。陈宇已经不抱希望,暗暗摇头。

随着开关车门的声音,赛义德和副驾驶位上的带路人都下了车,听不清他们叽里呱啦地说些什么。只见两人走到仓库门口,卸下锁门的铁链。但铁门很沉重,再加上轨道生锈,两人根本推不动,赛义德便冲后车厢里的人招手。

这些人纷纷跳下车,跑过去帮忙。幸亏这么多人一齐用力,沉重的铁门才轰隆隆开启。

陈宇目不转睛地望着,随着铁门的推动,他怦然心动。

赛义德等人站在仓库门口,像等待检阅的士兵。

陈宇立刻有一种强烈的直觉。他下了车,走向仓库,他越走越快,最后,急切地小跑起来。

他径直跑进仓库,里面黑漆漆的,他一下子什么都看不见。适应了一会儿,陈宇眼前出现一个偌大的空间。这里如同一个百宝箱,杂乱无章地堆满了各式各样的二手机电设备,遍布油污、铁锈。

陈宇在这些设备中绕来绕去,仔细寻找着。

仓库角落里乱七八糟,除了几台旧水泵,还有很多横七竖八的木板。陈宇起初并未发现什么,后来突然瞥见木板下面压着什么巨大的物体。

陈宇搬开那些木板，掀开积满尘土的大帆布，出现形似吊臂的设备。由于光线昏暗，看不清全貌。

陈宇手持撬棍，拆下封住窗户的木板。顿时，光线照射进来，映亮了仓库角落。

一台倒伏着的大家伙出现在陈宇眼前，正是他苦苦寻觅的钻孔机。

小崔："陈总，这都是二十年前的钻孔机了，不知道还能不能用！"

陈宇："那我不管，设备我已经找到了，能不能用，就看他宋迪文的本事了！"

说这话的时候，陈宇心里其实是有底的，他知道，凭宋迪文的技术，没有问题是问题。

六

千辛万苦找到的钻孔机，被众人像传国玉玺一样簇拥着，拉回了驻地。

宋迪文看见这台钻孔机，万分惊诧，这是一台20世纪70年代生产的钻孔机，本应该出现在文物局，现在却被这群埃及人给找了出来。

他迫不及待地接通电源，电闸连续开合，钻孔机却纹丝不动。

宋迪文仔细观察了一下："柴油机是坏的，机械装置也有问题……"

马尔穆什一脸质疑地说："这个东西，能修好吗？"

宋迪文微微一笑："你们可以质疑我的人品，但不能质疑我的技术。"

"你看它都老旧成这样了。"

"少废话，人家老陈能够二十四小时内把钻孔机弄来，我就得把它弄好！"

马尔穆什"哦"了一声，但他还是有一些忐忑。

这个夜晚，岳父哈尼克来到阿萨姆的家。

阿萨姆问道："您怎么来了？"

哈尼克神神秘秘地说："听说苏布拉的电站都已经修起来了。"

阿萨姆："是啊，镇上的人都知道了，整个非洲都快知道了！这是世界上最大的光伏发电站。中国人确实不得了，效率很高！"

哈尼克压低声音说："你看起来很兴奋，这事儿跟你没关系吗？"

阿萨姆不解地问："修电站跟我有什么关系？"

"你忘了我是做什么生意的吗……"

阿萨姆恍然大悟。岳父世世代代是做油灯的，有了电灯，谁还买他的油灯呢？

第二天，朝阳冉冉升起，沙漠尽染霞光。钻孔机缓缓竖立起来，各种组件重新拼装后,它如同变形金刚般体形健硕、色彩斑斓。

借助履带,这个变形金刚在沙漠上如履平地。

这一奇观引来村里的孩子们争相目睹,哈桑和小伙伴们雀跃着跟随在后,热闹极了。

随着电闸合上,钻孔机应声轰鸣起来,开始正常勘探作业。

经过一个晚上的维修,钻孔机终于能够正常运转了。大家都为之欢欣鼓舞,情不自禁地鼓起掌来,这掌声也是对宋迪文的肯定。

钻孔机的轰鸣声也引起了苏布拉村民的注意,他们远远地眺望沙漠中的钻孔机。赛义德爬到高处得意地对村民们说:"那是钻孔机,是我帮他们找到的,我找到我的表弟哈姆迪,哈姆迪又找萨拉赫,萨拉赫一听,又联系上了瓦易里……最后才找到了那台钻孔机。很多事情,中国人都要找我赛义德……谁让我朋友多呢?"

这时候阿萨姆从人群中走出来,对着赛义德说:"赛义德,你为什么帮助他们,你是不是拿了什么好处?"

赛义德:"你什么意思? 中国人明年把电站建起来,咱们苏布拉就不会停电了,城里也不会停电了,这不是大好事吗? 陈总说了,电站建好后,停下来的工厂就有了电力保障,工厂机器响了,就需要工人,招了工,大家就有钱挣了,孩子们也不用摸黑学习了。我们所有苏布拉人都有好处……"

阿萨姆:"赛义德,你能保证电站没有污染吗?"

此话一出,村民们立即纷纷议论起来,很多人向赛义德投来了不信任的目光。

此时,宋迪文尾随黄小枫,得意扬扬地说:"哎呀,就那么一个破钻孔机,让我鼓捣响了吧!"

黄小枫不屑地一笑:"是个修理工就能干,我说了,我认为重新勘探就是多此一举! 得意什么啊?"

宋迪文没料到这一怼,愣在了原地,他原以为黄小枫会夸他一番的。

陈宇走上前,拍拍宋迪文的肩膀:"这姑娘脾气不小啊!"

宋迪文看着黄小枫的背影:"这不怪她,之前有个事儿还没过去,还没原谅我!"

陈宇:"你俩什么时候认识的?"

宋迪文:"这说起来话就长了……之前啊,我是一个不婚主义者,你没看出来吧。做上一个项目不就碰上她了嘛,特别奇怪,突然一下子就想安定下来了,我都打算跟她求婚了,当时把她的那些条件都给我妈讲了,老太太特别满意,我一高兴就吹了个牛,我说,三天之内肯定把她拿下,一激动,手一抖,把这消息发到她手机上了……打那以后就对我这种态度。"

陈宇忍不住扑哧一笑："这事儿你是有点……不过呀,这女孩对你有点脾气,并不代表对你没意思。"

宋迪文："你不是反对我在这儿谈恋爱吗?"

陈宇："谁说的? 君子要成人之美!"

哈桑气喘吁吁地跑到项目部,找到陈宇。陈宇看着上气不接下气的哈桑说道："有什么事儿慢慢说!"

"建电站有污染吗?"

陈宇一时没反应过来,问道："怎么了?"

哈桑重复了一遍："建电站有污染吗?"

"为什么这么问?"

"村里有人说建电站有污染,等电站建好了,你们就全跑了。"

陈宇皱了皱眉头,拍了拍哈桑的背问："谁说的?"

"阿萨姆这么说的,他跟村里好多人都这么说。"

陈宇埋下头,他意识到这是一个有必要解决的问题。"葛健,你的工区,加深十五厘米,记住是加深十五厘米,少一厘米都不行。"宋迪文则马上给各区域负责人安排工作,他的安排是在计划之外的,这引起了大伙的议论。

葛健："你的意思是我们之前做的都要返工重来吗?"

宋迪文："是的,所以我紧急把你们叫过来,就是说这事儿! 老马,你的工区需要加深十二厘米,记住了吗?"

老马："知道了!"

宋迪文："杨阳,你的工区需要加深二十厘米,是所有工区里返工量最大的。"

杨阳："宋经理,这样恐怕不行吧。咱们所有的技术标准早就已经定好了,你看,图纸上不都这样定了吗? 你这样直接调整打桩深度,不符合常规操作啊!"

宋迪文："我们干的就不是常规操作的活! 施工现场我来负责,我有权决定。各位,工期不等人,请你们立刻按照我的标准重新返工,执行标准要不折不扣。我会一个工区一个工区仔细检查。"

大家都愣住了,宋迪文严厉的措辞里有一种不容置疑的笃定。

赛义德的破中巴车再一次从镇上回到了村里,他开始分发信件。放学回家的哈桑经过赛义德的身旁,头也不抬地路过。赛义德突然叫住了他。

赛义德:"哈桑,你父亲来信了!"

哈桑大吃一惊,他没料到父亲会来信。

赛义德把信件递给哈桑,接着说:"光来信有什么用?还是没寄钱回来,你还是把羊卖了吧!我可以帮你卖个好价钱!"

哈桑坚决地说:"不!"

说着哈桑离开。赛义德一把把哈桑揪回来,对哈桑说:"我知道你和那些中国人关系很好,但是你以后不要和他们走得太近,听到了吗?我也知道老陈是个好人,但是阿萨姆在村里到处说他的坏话。"

哈桑气愤地说:"你知道他们是好人,为什么还要这样对他们?"

赛义德连忙捂住哈桑的嘴,不让他继续说下去。

赛义德:"我也不愿意这样,我原本可以赚更多的钱,但是现在都没法挣,他们迟早会离开苏布拉的,但我们始终会留在苏布拉村。"

哈桑:"那个光伏电站真的有污染吗?"

赛义德:"我也不知道!"

哈桑一脸委屈地离开。

宋迪文的紧急会议结束过后,黄小枫把宋迪文拉到僻静处质问宋迪文:"宋迪文,我问你,你为什么擅自修改施工方案,我是质量管理员,你要修改打桩深度,哪怕是加深一厘米,你也得先向我汇报。然后我再向相关技术部门提出申请,集体论证,通过之后再告知业主方和监理方,他们同意才能修改图纸重新施工,这是程序……"

宋迪文:"你以为你说的这些,我不懂?我是小孩在蛮干?陈宇弄来的钻孔机不是白弄的,数据出来了,沙漠地区的地质条件就这么复杂,表面看,都是沙子。地底下差异大了去了!这五个区域打桩深度必须进行调整!"

黄小枫:"即便你有新的数据,你也得走完流程再干啊!"

宋迪文:"你等得起,我等不起啊!工期内完不成算谁的?你的还是我的?"

宋迪文越说声量越大。黄小枫也铆上了。

黄小枫:"你喊什么呀?我告诉你宋迪文,你就是爱出风头,这种事不是第一次了!"

宋迪文看出黄小枫也生气了,于是缓下了语气:"可是,事实证明,前几次我都是对的!"

黄小枫哑口无言,的确,宋迪文在技术判断上没有错过。

哈桑家的院子里,哈桑要把父亲的信念给爷爷听。爷爷严重耳背,哈桑凑近爷爷耳边,使劲提高声音:"……前些日子我失业了,手机也丢了。还好,我找到了一份新工作,但是薪水不多,还要交房租,所以这个月还不能给你们寄钱回去。希望不久以后可以涨薪水,那样就能寄钱给你们了,如果你们实在需要钱的话,就把羊卖了……"

父亲的信里,并没有什么好消息,哈桑念着念着,情绪渐渐低落,声音越来越低。最后,他只是默默看信,再没心情念给爷爷听。

爷爷继续缝补着那只扎破的水袋,神情木然,完全看不出内心的波澜。

一周后,三名外籍监理高管来到了项目部。

项目部的会议室里,陈宇、宋迪文、马尔穆什以及几位施工主管都来了,不同国籍不同肤色的人们就施工问题,与受雇于业主方的三名外籍监理高管用英文沟通,气氛严肃,领头的高管叫汤姆森。

汤姆森:"陈总监,你先解释一下,为什么擅自修改技术标准!技术标准是跟业主方共同确定认可的,非原则性问题不得随意修改,现在你们将打桩深度调整了,这个调整涉及五个工区,每个区都不一样。请问,你们的依据是什么?为什么不事先告知业主方和监理方?"

宋迪文:"这个我来解释!现场情况是复杂多变的,所以我们的施工方案会灵活调整,这恰恰说明我们是认真负责的!"

汤姆森:"但是,你们需要同步告知合作方,并提供模型数据证明你们的调整是合理的。否则,非常抱歉,你们擅自修改技术标准的行为将被视为违约!"

陈宇一筹莫展的时候,黄小枫抱着资料一步跨进来:"对不起!我来晚了!"

不等陈宇、宋迪文反应过来,黄小枫就转向了几名监理高管:"我是苏布拉的质量管理员黄小枫,我来解释一下关于五个工区打桩深度调整的技术问题!宋迪文先生是一位有着十余年专业资历的现场经理,他的业务能力是一流的。常常会有一些大胆的想法,作为团队成员我们必须时刻保持注意力,紧跟他的节奏……"

陈宇:"别扯远了,说具体的!"

黄小枫立即把资料分发到监理的手中,一边发一边说:"这次我们在重新勘探的数据基础上进行了进一步的计算。请各位看一下,这是报告。测试数据的结果完全支持宋迪文先生的修改方案。当然,我们知道,修改必须知会业主方和监理方,所以我们第一时间以邮件的方式发给了两方。你们签字同意,就可以生效了!"

听了黄小枫的解释后,三位监理私语了一番。

黄小枫继续说:"你们可以检查一下邮件。"

三位监理拿起手机,检查自己的邮箱,果然,他们都收到了项目组发来的邮件。

宋迪文和陈宇向黄小枫投来感激又佩服的目光。

三位监理正要说什么,陈宇立即说话了:"在你们签字同意之前,我们已经停工了。"

这时,汤姆森的手机铃声响起。片刻后,他挂断电话,面露微笑:"刚才是业主方打来的电话,讲述的情况与这位小姐所说完全一致!很抱歉,虚惊一场!同时我想说,有幸与你们合作!"

把三位监理送走之后,宋迪文冲黄小枫抱拳:"哎呀,黄工!今天多亏了你啊,要我怎么谢,你说吧!"

黄小枫:"算了吧,我想做的事儿,你还真做不到!"

宋迪文:"尽管盼咐,保证做到。"

黄小枫:"刚才一通跑,满身大汗,我今天就想痛痛快快洗个澡,可是水站坏了,浴室暂停使用,你做得到吗?"

说完,黄小枫正要走,陈宇走过来。

陈宇:"这是在跟我提意见啊,水站确实坏了,但我昨天已经安排你们女员工洗澡了吧?"

黄小枫:"是,但是昨天我加班赶数据,轮到我的时候水没了,所以没洗成!不过,我还是得替女员工谢谢陈总!"

说完,黄小枫转身离去。

陈宇对宋迪文说:"瞧见没?该向你撒的气,全冲我来了!"

宋迪文:"这次确实是我欠考虑!对不住!"

陈宇:"改改你身上的臭毛病!以后少自作主张,在苏布拉,我说了算!"

夜晚,面对没有水洗澡的难题,黄小枫一脸无奈,她用仅剩的几张湿纸巾擦拭着脸,这时候,门被敲响。

"谁啊?"黄小枫问道,可是没人回答。

黄小枫打开门,门外空无一人。低头一看,是满满两桶水。她知道宋迪文来过,脸上露出一丝笑意。的确,这是宋迪文从几公里之外的井里打来的水。

七

哈桑爷爷的病越来越重了。哈桑给爷爷倒上一杯水,才发现药已经没有了。

哈桑爷爷说:"药早就没了。我不吃了,吃了也没用。"

说完,哈桑爷爷一阵咳嗽。看着病重的爷爷,哈桑决定了要卖掉图图。

第二天,羊贩子贾拉尔开着三轮车来到村里。他的后车厢里装着刚收购的几只羊。其中一只屠宰后的羊吊挂在架子上,等待出售羊肉。

赛义德在村口和贾拉尔讨价还价,赛义德手里牵着的,正是哈桑的图图。

哈桑躲在远处注视着。他不得不将心爱的图图卖掉,但又难以割舍。

图图四下张望,咩咩地叫个不停,寻找着小主人。哈桑又往后躲了躲,他害怕面对图图。

这时,陈宇带着黄小枫来到阿布拉村。这次来,他们是准备拜访村长的,他们要向村长解释清楚,建电站不会有任何污染。

他们走进村子,发现了蹲在地上的哈桑。黄小枫和陈宇走上前去,看见沮丧不已的哈桑,不知道这个孩子发生了什么事。

突然,他们听到了不远处赛义德和贾拉尔讨价还价的声音。赛义德与羊贩子谈好了价钱,一手交钱,一手交货,皆大欢喜。陈宇和黄小枫似乎明白了什么,黄小枫拉着哈桑来到两人面前。

黄小枫质问赛义德:"这是怎么回事,赛义德?"

"这跟我没关系,是哈桑让我卖掉图图的,这绝对是个好价钱。"

说着,赛义德向黄小枫挥了挥手中的钞票。

黄小枫对着哈桑说:"哈桑,是你要卖掉图图的吗?"

赛义德也对着哈桑说:"你自己说,哈桑,是你找我卖掉羊的,是吗?"

哈桑点点头。

陈宇已然明白原委,他亲切地摸摸哈桑的头,宽慰着:"别难过!我来帮你解决!"

赛义德:"贾拉尔已经付了钱了,阿拉伯人的交易是不会反悔的。"

陈宇没听,一直走到贾拉尔身边,微笑着将羊贩子拉到一旁与他连说带比画地交谈着什么。出乎意料,谈话气氛似乎很融洽。

赛义德颇感疑惑,猜不出陈宇到底对贾拉尔说了些什么。只见贾拉尔喜笑颜开地走回车旁,解开绳子,将图图抱下车,并亲手交给哈桑。

哈桑又惊又喜,而赛义德瞠目结舌。

贾拉尔对赛义德说:"好吧,朋友,把钱退给我吧!"

赛义德无奈地掏出钱,如数退还给对方。羊贩子迅速数了数,掖起来。然后,他重新上车,友好地与陈宇道别。

赛义德不明白到底发生了什么,满腹狐疑地询问陈宇:"你是怎么说服他的?他就乖乖同意了?太不可思议了。"

陈宇说:"心诚则灵!"

第二天,黄小枫带着项目组的驻点医生来到了哈桑家,为哈桑爷爷看病。医生发现哈桑爷爷除了胃病之外,还受了些风寒,所以一直咳嗽。医生为哈桑爷爷开了药,哈桑说:"我没有钱买药。"

黄小枫:"这不要钱。"

哈桑:"你们是我见到的最好的人。可是不知道为什么,村里的人不喜欢你们。"

黄小枫:"因为他们不了解我们,也不了解光伏电站。给你爸爸写信,告诉他,我们这里正缺他那样的技术工人,让他回来在我们的基地工作,这样他就可以照顾你和爷爷了。工资很高的。"

哈桑高兴地说:"我这就去给我爸爸写信!"

黄小枫:"还有,全苏布拉的人都知道,你爷爷做的饼是最好吃的,现在基地的本地工人越来越多,你爷爷病好后可以过来我们基地摆摊卖烤饼,生意一定特别好。"

这晚,哈桑来到驻地外的一处高地。借着皎洁的月光,哈桑发现,不远处的沙丘上,晃动着一个身影,分外熟悉。原来是陈宇,只见陈宇赤裸上身,用沙子敷着皮肤。

哈桑爬上沙丘,站在那儿,疑惑地望着这情景。

这时,陈宇也发现了哈桑:"哈桑?"

哈桑:"你怎么了?"

陈宇:"你猜!"

哈桑:"猜不出来!"

陈宇:"我问你,图图是不是有些时候会在墙上蹭来蹭去,还会在地上打滚,知道为什么吗?"

哈桑:"它痒啊!"

陈宇:"我也痒!"

哈桑凑过来，打量着陈宇，发现陈宇后背、胳膊上布满皮疹。原来。陈宇水土不服，患上了严重的皮肤病。

陈宇对哈桑解释："沙子被阳光晒得很烫，中午最高温接近六十摄氏度，现在也有四十多摄氏度，皮肤感觉热热的，又不会烫伤，特别舒服！这是我自己发明的偏方！"

哈桑指着工地对陈宇说："以后，这里是不是都会铺上那样的板子？"

陈宇："那叫光伏板！它会收集太阳的能量，变成电。等有了电后，你们的灯就会亮。"

哈桑："那些板子下面是不是有个大肚子！"

陈宇："大肚子？"

哈桑："它们把光吸进去，需要的时候又放出来！"

陈宇笑了笑："差不多是那个意思。你看天上的月亮，是不是很亮啊？"

哈桑点头。

陈宇："其实，月亮本身不发光，我们现在看到的月光，是太阳反射到月亮上的光。光伏发电，差不多也是这个原理。"

哈桑惊奇地凝视着天空的月亮，对曾经熟视无睹的月光有了新的理解。

陈宇："要不这样吧，我给你找个老师，给你们讲一讲光伏发电的原理。"

哈桑："好啊！"

三天后，黄小枫来到了苏布拉的小学。

讲台上，黄小枫问孩子们："有谁能够告诉我，我们的生命依靠的是什么？"

孩子们争先恐后举手。

一个孩子站起来说："空气！"

一个孩子站起来说："食物！"

一个孩子站起来说："水！"

一个孩子站起来说："阳光！"

黄小枫："对！我们的生命依靠空气、食物、水，还有阳光！今天，老师就来给大家讲一讲阳光！"

说着，黄小枫在黑板上画上了一个大大的太阳。

黄小枫："有谁能够告诉我，阳光对于你们意味着什么，阳光又如何和我们的生活紧密相连？"

一个孩子站起来说："我爸说，有太阳我们家的棉花才长得好！"

一个孩子站起来说:"我们家的玉米也是!"

一个孩子站起来说:"没有太阳,我们就会冻死!"

教室里响起一个响亮的声音:"太阳能发电!"

大家闻声望去,声音来自哈桑。

乡村教师问:"哈桑你说说,太阳怎么发电?"

哈桑:"我听老陈说,光伏板把太阳的能量收集起来,装到一个大肚子里!需要的时候放出来。"

同学们发出一阵哄笑,觉得哈桑说得太离谱了。

黄小枫:"同学们别笑,其实哈桑说的没错,非常形象。今天,老师带来了一样东西,是什么呢?"

黄小枫卖着关子。孩子们都在期待。

黄小枫从书包里掏出发电板模型,大家都很惊讶。这个模型就是宋迪文从国内带给她的纪念品。教室里瞬间安静下来,所有目光都集中到老师手中的模型上。

黄小枫:"同学们看到了吗?老师手中的这个模型就是可以利用太阳光发电的仪器。这个板子就叫发电板,它把阳光吸收进来,藏在它的大肚子里。我们再通过电线,把电输送到每个同学的家里。有了电,会怎么样呢?电灯会亮,机器会转……"

八

在基地的会议室里,陈宇和马尔穆什把赛义德邀请来了。

赛义德:"老陈,你找我有什么事?"

陈宇:"我想拜访你们的村长。"

赛义德面露难色。

陈宇:"我知道,关于光伏电站村里有些不好的传言,但那些都是谣言,所以我需要和村长当面沟通,消除误会。所以我希望你帮我牵个线和村长见上一面。整个苏布拉,你是我们最好的朋友,我不知道向谁求助。"

马尔穆什:"光伏发电是新能源,不会带来任何污染。它跟之前的电站是不一样的,它能改变当地的生态环境。电站一旦修起来,对大家都有好处,只是村民们不了解。所以,我们需要跟村民们解释。"

赛义德:"可我不能和村民们作对,毕竟,我不是中国人。我实在太难做了!"

马尔穆什:"赛义德,你一定要帮助我们。"

赛义德:"老陈,对不起,你是我的朋友,但我帮不了你。但是,我有个东西给你。"

说着,赛义德站起身,走到陈宇面前。他从腰包里面掏出一服药。

赛义德:"老陈,我的朋友,这是我们当地医生熬制的草药,能够治疗你的皮肤病。我也许只能帮你这个忙!"

陈宇接过赛义德的药,笑了笑:"谢谢赛义德,这个多少钱?"

赛义德生气地说:"老陈,你把我当成什么人了?虽然我是村子里最会做生意的人,也经常跟你们讨价还价,但是这个钱我是不会要的,因为你是我真正的朋友,永远的朋友。"

哈桑把黄小枫送回基地,经过会议室,听到了陈宇、马尔穆什和赛义德的讲话,他明白了陈宇现在面对的棘手的问题。他转身飞快地向家里跑去。

而此时,阿萨姆带着岳父哈尼克来到村长的家中。

哈尼克滔滔不绝地对村长说着关于电站的事。

"城里的人都传开了,电站会污染环境,中国人建好了电站就会走,他们不管这些,但是你是苏布拉的村长,是最有威望的人,你去过麦加,村民们都非常尊重你,你必须为村里的人做主,你必须保护我们的村民……"

阴凉处的赛义德百无聊赖,正靠在车身上打瞌睡。他猛地惊醒,发现面前站着一个人,是哈桑。

赛义德烦躁地摆摆手,示意哈桑走开。

哈桑站在原地不动。他盯着花花绿绿的广告板,上面好几种饮料,然后问赛义德:"纳萨尔平时喝的是哪个?"

赛义德一怔,不明白哈桑的用意。

哈桑继续问:"他想要的是哪个?"

哈桑又问了一遍,赛义德不耐烦地欠起身子,伸手敲敲其中一款汽水的图片,不耐烦地对哈桑说:"问这干什么?你又买不起!快去上学!"

哈桑从衣兜里掏出几张纸币,抽出一张,递向赛义德:"我就要那个!"

赛义德惊讶地蹦了起来:"哈桑,你是疯了还是傻了?你竟然要买汽水?你以为你是谁?你能跟纳萨尔比吗?纳萨尔他爸爸是村长!你呢?欠我的钱还没还,你竟然有钱买这个?!滚!快去上学!"

赛义德掐着哈桑的后脖颈,硬是推着他走出一段,然后才放手,嘟嘟囔囔地回到原位。不料,哈桑竟然又回来了,仍然捏着那张钞票,还是要买汽水。

赛义德嘀咕着:"哈桑,你是不是中了邪? 快醒醒! 你可不是乱花钱的孩子,今天这是怎么啦? 听我的话,快去上学!"

哈桑也不解释,站着不动。赛义德看着哈桑,忽然心一软:"唉,你这个可怜的孩子……虽然你不应该这样乱花钱,可是对一个孩子来说,买瓶汽水实在算不上什么,真主会原谅你的!"

说罢,赛义德从哈桑手中接过钱,也告诫哈桑一句:"不过我可告诉你,就这一回! 下回再敢这样,我替你爸爸好好教训你!"

放学后。

中巴车烟尘滚滚地由远及近,驶进村口。哈桑从高坡上飞奔而下,迎着中巴车跑上去。

中巴车刚刚停下,车旁就围满了人,哈桑拼命挤到最前面。赛义德看见哈桑,转身拿出一大瓶汽水,递到哈桑手上,然后说:"省着喝! 休想再让我给你捎!"

哈桑抱着一大瓶汽水,奔跑着穿街过巷,来到村长的家门口。院子里没有人,静悄悄的。

他从院墙外抄起一块砖头扔进院子,发出嘭的一声。屋门一开,纳萨尔闻声出来,四处张望。

哈桑躲在墙角,暗中观察。只见纳萨尔打开院门,探身察看,却没发现什么。

纳萨尔刚要回去,哈桑喊了一声:"纳萨尔!"

哈桑闪身出来,冲纳萨尔招手。纳萨尔一眼看到,哈桑怀里抱着一大瓶汽水。

项目施工现场,坚固地基、植被清理、道路施工等各项工作正在有条不紊地进行。多种机械设备各展所长,工地上轰鸣喧天。

头戴安全帽的陈宇和宋迪文在现场巡视,宋迪文汇报施工情况:"经过这轮地勘,M2地块沙土层很厚,需要灌注混凝土,稳固基座!"

陈宇问道:"还有什么我能出力的? 你可以狮子大开口!"

"别的都不用,就是水!"

"水站修好了,这不每天运水啊!"

宋迪文说:"这么大的队伍,生活用水、施工用水,统统都要从二十公里外运过来,远水解不了近渴啊!"

"是该彻底解决了,我想想办法!"陈宇点了点头。

这时,陈宇手里的对讲机传来马尔穆什的声音:"老陈!老陈!我是马尔穆什!"

陈宇:"请讲!"

马尔穆什:"驻地办公室有人等你!"

陈宇:"好的!马上来!"

陈宇快步赶到驻地办公室,马尔穆什正在帐篷门口等他。

陈宇问道:"谁?"

马尔穆什没回答,神秘一笑,示意来人就在里面。

陈宇跨步进来,怔住了——会议桌另一端,坐着哈桑和另一个孩子,那个孩子正是村长的儿子纳萨尔,纳萨尔怀里抱着一大瓶汽水。

见到陈宇,哈桑站了起来,纳萨尔跟着站了起来,怀里紧紧抱着那瓶汽水。

陈宇回头看了看马尔穆什,马尔穆什会心地一笑。

九

纳萨尔和哈桑带着陈宇和马尔穆什一路穿街过巷。在哈桑的帮助下,项目经理陈宇获得了和村长当面谈话的机会。为了表示尊重,陈宇和马尔穆什换上了正装。

在村长杜塞尔的家中,村长夫人用盘子端出红茶、点心,摆放到桌上。树荫下,隔着桌子,村长与陈宇、马尔穆什相对而坐。

陈宇:"非常感谢您同意见我们,我知道,您是当地最有威望的人,我们一直希望有机会拜访您。我们从遥远的中国来到这里,与贵国合作建设光伏电站。在这件事情上,大家还存在误解。所以,今天我们特地前来拜访,希望能与您坦诚沟通!"

听完马尔穆什的翻译,杜塞尔的态度礼貌而保持距离:"在苏布拉,愿意坐下来喝茶的,才有可能成为朋友!如果你们是来苏布拉做客的,我们欢迎。但是,来苏布拉的并不都是客人!"

陈宇:"我理解您的担忧!我从不讳言我们是来做生意的,做生意就要有利可图。中国有句话——君子爱财,取之有道。所以,我们更是来合作的,合作讲求互惠互利!我们中国有个词,叫'共赢'!"

杜塞尔起身进屋,陈宇和马尔穆什面面相觑。不一会儿,杜塞尔返回树下,手里托着一个木匣,里面是一把已经干瘪的棉花种子。杜塞尔对二人说:"这是我爷爷留下的法里昂的棉花籽。我爷爷出生在法里昂这个村庄,距离这里二百公里,村里人世世代代种棉花。他十六岁的时候,外国人在那里发现了铁矿,从此,法里昂就在地图上消失了。我爷爷和村里人背井离乡,到处漂泊,只剩一半的村里人活下来。最后,他们在这里发现了水源,才重新扎下了根……"

陈宇静静听着杜塞尔的讲述。

"直到死,我爷爷也没能再回到法里昂。五年前,我完成了爷爷的遗愿,去了法里昂。但那里再也没有村庄,没有棉花田,只剩下废弃的矿坑。外国人采光了铁矿,早已经走了。"

杜塞尔摇摇头,像是要摆脱沉重的情绪:"如今,你们出现了,告诉我说要在这里建电站,还要我相信这是造福村里人的善事……这一刻,我想到了法里昂。作为村长,我要保护我的村民,不要让这里成为第二个法里昂……"

在杜塞尔和陈宇、马尔穆什说话间,哈桑和纳萨尔坐在院子一角。纳萨尔刚喝完一杯汽水,又倒了一杯,自顾自享用。

哈桑看着这一切,直咽唾沫。纳萨尔似乎良心发现,将剩余的半杯汽水慷慨地递给哈桑。哈桑高兴地接过来,刚喝了一口,纳萨尔又连忙抢回去。

哈桑意犹未尽,一个劲儿舔嘴唇。

与此同时,黄小枫正和两个女工准备去洗澡,小崔突然赶来叫住三人。

小崔:"有件事儿我先对不住大家了!"

黄小枫:"行了,有什么事儿我们先洗完澡再说!"

小崔:"我要说的正是这事。刚刚接到通知,拉水的车在路上坏了,今天这澡洗不成了!"

一听这话,三位女士气坏了,对着小崔一通抱怨,愤愤离去。小崔灰头土脸地往回走。宋迪文站在屋顶笑着对小崔说:"小崔,你怎么回事啊?基地就这么几个美女,全让你给得罪了!"

小崔一脸委屈:"我也不想得罪他们,水车在半路上坏了,我也没办法!"

宋迪文一听,突然发现为黄小枫献殷勤的时候到了。

当天晚上,宋迪文偷偷潜入苏布拉村子里,揭开村子的井盖,偷偷打水。水,对于苏布拉村来说,是极为宝贵的东西。宋迪文也知道井水对于村民的重要性,他不会白要村民的水,他打了满满两大桶水,把钱放在井口。

然而,宋迪文打水被阿萨姆给发现了。阿萨姆拿走了宋迪文放在井口的钱,然后去跟村长报告说光伏发电站的人到村口来偷水了。

宋迪文全然不知,还吹着口哨把水推到黄小枫的房门口,敲响黄小枫的门。

黄小枫打开门,发现是宋迪文:"你这大半夜的干吗啊?"

"黄大小姐,我知道你今天心情不好,特备薄水两桶,请笑纳!"

黄小枫一看,是两桶水,高兴极了:"哪儿来的水?"

宋迪文得意地笑着说"偷的!"。

"得了吧!"

黄小枫心想宋迪文脑瓜灵,办法多,不至于去偷。

宋迪文:"这两桶水够你洗澡了吧,我这就去给你把水上了!"

黄小枫看着宋迪文的背影,心想,这个男人还挺有心的。

这一晚,黄小枫洗了澡,睡得特别香。

然而,一觉醒来,坏了,项目组偷水的事情整个苏布拉村都知道了,愤怒的村民拥进基地,找负责人陈宇讨要说法。陈宇、宋迪文、黄小枫被堵在办公室。

黄小枫怒吼:"我没想到,你真的会去偷水!"

宋迪文争辩说:"我没偷,我是给了钱的。"

"他们都说没看到钱,而且,你也没有经过村里任何人的允许。不管什么情况,你都是违反了我们的纪律!"

"黄小枫,做人得有良心,我这大半夜的打水,我是为了谁啊!"

黄小枫被宋迪文的话彻底激怒了:"是我没有良心?你为我做的这些事情让我无地自容!我就算是全身是汗全身是泥,我也不会用你偷来的水啊!村民会怎么看我,我恨不得找个地缝钻进去了。"

陈宇:"行了,都少说两句!"

陈宇这一声吼,气氛顿时变得更加凝重。

陈宇:"道歉,这个事情必须公开道歉!宋迪文,不要给自己找理由,做错了就是做错了,必须给所有的村民公开道歉。当然,出了这样的事情,我也有责任,我们一起向公司检讨,必须按公司的规章制度接受处分。水的问题,一定要解决。"

十

嘈杂的声浪中,宋迪文声嘶力竭地向村民们道歉:"对不起,我对不起大家,这个事我做得不对……我们只是临时应急!因为我们的运水车半路抛锚了,急等用水……"

村民们听不懂英文,加之现场嘈杂,宋迪文的声音完全被淹没。有的村民对施工人员放在井边的水桶连踢带踩,发泄不满情绪。

赛义德看不下去,站出来劝说:"大家听我说!中国朋友为了不影响村里人用水,从不在水井取水,都是从很远的地方运水过来!今天,他们也是没有办法了,咱们不能这样……"

陈宇也来到人群中间,高声安抚村民们:"各位!我是电站项目的负责人,发生这样的误会,我首先向你们道歉!我很理解大家对水的珍惜!村里的那口井,水位越来越低,水质越来越差,负担村里人用水都已经很困难了,更不用说再加上施工队……"

现场安静下来,村长和村民们凝神听着,宋迪文、黄小枫和同事们也都静静听着。

陈宇:"你们的先辈艰难跋涉,找到了新的水源,这种勇气非常值得尊重,如今我们有了现代科技,我们一定也能找到新水源!我向大家许诺,我们项目组决定为大家再打一口井!那样,我们大家就都有水喝了!"

村民们议论纷纷,人群像炸开了锅。杜塞尔神情凝重,不置可否。杜塞尔知道,要在这沙漠中找到水源,不是那么容易的事。

一个星期后,在村子的东南面,一个钻井架在烈日下立了起来。钻机震耳轰鸣,钻头持续下探,勘探水脉。

陈宇亲临打井现场督战,既期待又担忧。

忽然,钻机停止了工作,现场陷入令人不安的寂静中。

陈宇一凛。负责具体施工的宋迪文浑身泥土,他对钻井架周围的工人们交代了几句,然后向陈宇走来。

宋迪文:"二百米了,已经钻破岩石层,还是没水。"

陈宇紧蹙眉头:"两个井位都没水?"

宋迪文:"是啊,这井位可都是省城的水利专家勘定的啊……"

陈宇:"沙漠打井本来就是大海捞针,专家也不敢保证!"

宋迪文:"沙漠不止一个村子,每个村子都有水井,村民们怎么找到的水脉?难道是真主安拉显灵?"

宋迪文的话给陈宇提了醒。

陈宇:"高手在民间!土专家熟悉当地情况啊!找找他们,准有高招儿!"

马尔穆什:"据哈桑爷爷说,有一个老人是方圆一百公里以内看水脉最准的人,所以人们给他起了个绰号叫'小个子努恩',努恩是神话中的水神。小个子努恩找水脉的本领是祖传的,村口的水井就有他爷爷的功劳!"

陈宇很兴奋:"怎么才能找到这位小个子努恩?"

马尔穆什:"哈桑爷爷说,小个子努恩是他的好朋友,四年前,小个子努恩还曾经来做客。穿过沙漠往南,就是他住的村子,距离这里半天的路程。只要提起哈桑爷爷,小个子努恩就会来帮忙!"

陈宇:"明天天一亮,就出发!"

第二天,朝阳给沙漠披上一层金色光芒。皮卡整装待发,陈宇、马尔穆什正往车上搬水,以备路途所需。

中巴车驶来停在不远处,赛义德推门下车,手里拎着一大桶水。哈桑带着图图,跟在赛义德后面走过来。

陈宇:"你们好!赛义德,看我们准备得怎么样?"

赛义德首先抬脚踹踹轮胎,检查充气情况,然后前后查看一番,没挑出毛病。陈宇指着车厢里的长铁板:"看!陷车神器,也预备了!"

赛义德伸出大拇指:"老陈,你也是沙漠老司机了!"

哈桑迫不及待地拿过来一个袋子,里面装着厚厚一沓饼,对陈宇说:"爷爷让你们路上吃!"

陈宇接过饼:"谢谢哈桑!回到家,替我谢谢你爷爷!"

哈桑突然提出一个请求:"我能跟你一起去吗?我见过小个子努恩!"

大家这才注意到,哈桑斜背着骆驼皮毛水袋,一副出远门的样子。不等陈宇说什么,赛义德便阻止了哈桑:"哈桑别捣乱!快回车里等我!"

哈桑不情愿地溜到一旁,赛义德把带来的一大桶水装上皮卡,对陈宇说:"沙漠可以不带油,但一定要带水,而且要多!"

茫茫荒漠,皮卡一路前行。由于没有像样的柏油公路,沿途都是沙石,车速缓慢。皮卡后车厢罩着苫布。苫布不时鼓起,下面有什么在蠕动。片刻后,图图冒出脑袋,好奇地四下张望。紧接着,哈桑迅速把图图拉回苫布底下。

驾驶室里,陈宇和马尔穆什驾车前行。忽然,后车厢传来咩咩的叫声,马尔穆什转头朝后面张望。

驾车的陈宇透过后视镜察看。一股风袭来,掀起苫布一角,藏在下面的哈桑和图图暴露无遗。

皮卡突然停下,马尔穆什最先跳下车,跑到后面揭开苫布:"哈桑,谁让你跟来的?这样很危险!"

哈桑抱着图图坐在车厢里,自知犯了错,一语不发。

陈宇下了车,不动声色地看着哈桑,缓缓地说:"马尔穆什说得对,你在后面很不安全!"

哈桑惴惴地看着陈宇:"你会让我回去吗?"

陈宇:"你能向我保证以后不再这样冒险吗?"

哈桑:"我保证!"

哈桑面带请求。终于,陈宇露出会心的微笑,冲哈桑一挥手:"来吧!"

哈桑喜出望外。陈宇拉开驾驶室后排车门,先将图图抱上去,随后,哈桑敏捷地爬进去。

皮卡继续在沙漠中行驶。经过一天的跋涉,黄昏时分,皮卡来到了一个村落。陈宇终于打听到小个子努恩的家,同时也听到了一个不幸的消息,一个月前,小个子努恩去世了。

陈宇、马尔穆什和哈桑从小个子努恩的院落中走出,与年轻男主人挥手告别,走向皮卡。

三个人都有些沮丧。

马尔穆什:"我们早来些日子就好了!"

陈宇:"早点来也没有用啊,他儿子刚才说,就算小个子努恩没去世,现在也很难组织打井队了,因为年轻人大多去了省城和首都打工……"

返回途中,皮卡抛锚,马尔穆什正在换轮胎,哈桑和陈宇站在一旁看着。

此时,天色已经暗下来。陈宇看看手表,他知道沙漠走夜路很危险,所以决定原地宿营!

这时候,陈宇拿出从哈桑爷爷那里买来的烤饼和羊奶酪和哈桑分享。

哈桑看着陈宇,只见陈宇很熟练地将羊奶酪放在烤饼中包好,一口一口地吃着。哈桑露出惊讶的神情。

陈宇注意到哈桑正在看着他,得意地说:"你是不是以为我还吃不惯羊奶酪?我告诉你,我现在的口味已经很苏布拉了!等你有机会去中国,带你去吃一个非常类似的食物,叫'臭豆腐'!"

哈桑:"臭豆腐?!"

陈宇:"对,闻起来臭,吃起来香!"

说着,两人开心地笑了。

这时候,哈桑突然发现他的图图不见了,四下寻找。

哈桑喊着:"图图!图图!"

陈宇:"别着急,图图应该跑不远!"

哈桑:"对了,我想起了,图图一定是去找芦苇草了。这个地方我来过。"

陈宇:"这儿有芦苇草?"

哈桑:"是的,有好大一片芦苇,以前爷爷带我来过!"

陈宇一听,突然想起了什么,朝着马尔穆什说:"嗨,别干了,快帮忙找图图!"

"这羊又怎么了,快养成宠物了!"

"哈桑说这附近有芦苇!芦苇一般都生长在水位比较高的地带。沙漠地带,有芦苇的地方就可能有地下水!"

马尔穆什高兴地说:"这说法靠谱!"

众人一边跑一边高喊:"图图——!"

四人气喘吁吁地绕过沙丘。远处传来图图咩咩的叫声。哈桑循声望去,怔住了。

陈宇和马尔穆什追上来,不等开口,就被眼前的情景惊呆了——远处的洼地上,生长有成片的芨芨草和灌木。在满眼土黄的荒漠中,这片绿意尤显生机盎然。而图图,正在悠闲地吃草。

陈宇:"这就是传说中的沙漠绿洲?!"

哈桑醒过神来,兴奋地大喊:"就是这儿!就是这儿!"

哈桑雀跃着直奔过去。

陈宇和马尔穆什欣慰地相视而笑。他们终于找到了水源。

十一

伴随着钻井机的轰鸣,清亮的水龙正喷薄而出。人们欢呼着,双手捧水,相互泼洒在身上、脸上,尽情感受着清凉畅快。

陈宇、宋迪文和黄小枫、马尔穆什击掌相庆。人群中,哈桑和爷爷喜笑颜开。哈桑身边的图图咩咩地叫着,也很兴奋。

陈宇率先将水壶灌满,径直来到哈桑爷孙俩面前,对爷孙俩说:"这第一壶深井水,应该献给你们!还有图图!"

图图咩咩地欢叫。哈桑感到无比光荣,他双手接过水壶,然后拧开盖子,倒满水,递给爷爷。

老人喝了一口清洌的深井水,微闭双眼咂摸着,皱纹里都是笑。哈桑与陈宇相视而笑。

陈宇:"哈桑,这只水壶,从现在起属于你了!"

哈桑一怔。

陈宇:"这不是我无缘无故送你的,是你找水有功劳,这是对你的奖励!是你应该得到的!"

哈桑露出欣慰的笑容。他把水壶交给爷爷,然后解下身上的水袋,郑重地递给陈宇。

"这个我喜欢!"说着,陈宇立刻斜背到身上。哈桑爷孙俩都忍俊不禁。

宋迪文来到黄小枫的身边,得意扬扬地说:"你可得好好感谢我,以后啊,你就不用为洗澡的事情发愁了!"

黄小枫笑着说:"跟你有什么关系啊,你就别往自己脸上贴金了!要感谢也感谢哈桑,不感谢哈桑也感谢图图啊!图图也比你强!"

说完,黄小枫笑了,宋迪文也跟着笑了。

哈桑肩背的那只户外水壶格外醒目,随着他的步伐一摇一晃的,吸引了无数艳羡的目光。纳萨尔、穆斯塔法和几个男孩围上来,纷纷伸手抚弄,啧啧不已。

哈桑当然很得意,也很厚道。他解下水壶,主动演示、分享。孩子们轮流接过壶盖喝水,沉浸式感受。

这让纳萨尔十分嫉妒,纳萨尔对着哈桑说:"我知道是那个中国人送给你的,有什么了不起的,阿萨姆说,那些中国人迟早会走的!"

哈桑:"才不是呢,老陈说了,电站一天不建好,我们一天不过上好日子,他们就不会离开我们的村子。"

纳萨尔:"说得再好也没用,你是相信他们还是相信村里的人!"

哈桑:"他们是好人,你还一直说他们的坏话!"

纳萨尔:"阿萨姆说了,电站建起来,我们村子就要受到污染!"

此刻,阿萨姆来到了赫尔松镇的岳父商店,正巧被赛义德发现。赛义德觉得阿萨姆鬼鬼祟祟的,一定有什么事情瞒着村里的人。于是尾随而去。在阿萨姆岳父的商店外,赛义德听到了两人的谈话。

岳父:"那个中国人当天晚上在井口放了钱?"

阿萨姆："是的！钱被我拿走了，村里人都不知道！"

岳父："那你得把钱收好了，嘴巴严实一点，这要让别人知道了，你在苏布拉村就混不下去了！另外，你得时不时去村长那里，苏布拉的电站越弄越大，我现在天天晚上愁得睡不着觉。我把女儿嫁给你，你也是这个店铺的受益者。这个店传到我这里已经十代人了，如果我们的油灯、蜡烛卖不出去，我有什么脸面见我们的祖先……"

赛义德听了两人的对话，瞬间明白了。他匆匆驾驶他那辆中巴车回到村里。

陈宇带着马尔穆什再一次来到村长的家中。

村长："你说有两件事要说，我很想听听，你们说吧。"

陈宇："第一件事，我想您也听说了，我们在基地附近找到沙漠绿洲，打出了高质量的深水井，经过检测，水质完全符合国际饮用水的标准。这口井的水质好，水量也足，我们来到苏布拉过后的确给大家添了麻烦，现在打出这样一口井，应该和村民们一起共享。"

村长："共享？什么意思？"

陈宇："我们决定，铺设一条自来水管道，从基地到苏布拉村，让每一个村民都能喝上甜甜的深井水！"

村长："这个都由你们出钱？"

陈宇："这个我们自己出，绝不收村民一分钱！"

村长："太好了，那么第二件事呢？"

陈宇："我们决定在苏布拉小学附近建一座小型的光伏发电站，这只是一个示范。它的意义只在于提供能源，让所有的村民都知道什么是光伏发电站，什么是清洁能源。当然，这也是我们基地无偿捐赠的。"

村长站起来，看着陈宇，陈宇也站了起来，两人礼貌地拥抱。这一刻，两种不同的文化得到了最真实的交流。

这时候，赛义德飞快地冲进村长的家里大喊："村长，村长！"

村长："赛义德，你急什么？"

赛义德气喘吁吁地说："我明白了，这一切都是阿萨姆使坏！"

说完，赛义德扑在桌子上，喝下桌上的水。

村长："你说什么？赛义德，你快点回答我！"

赛义德喘着气说："村长，这一切都是阿萨姆使坏，他的岳父在镇上，是卖油灯和蜡烛的，他们害怕一旦通了电，就卖不出油灯和蜡烛了。于是阿萨姆就说电站的坏话，希望把他们赶走！"

村长:"你是怎么知道的?"

赛义德:"我刚才去镇上,在阿萨姆岳父商店外偷听到的!"

村长:"阿萨姆不诚实!"

赛义德:"还有一件事!宋迪文来村里取水,确实不是偷,他在井口放了钱,钱被阿萨姆给拿走了。"

村长:"你说这些话有什么证据吗?"

赛义德:"我向真主发誓,如果我撒谎,你可以把我逐出苏布拉,真主也不会原谅我!"

村长愤怒了:"阿萨姆这个混蛋!"

村长这回真的生气了,他不允许在苏布拉村有小偷和说谎话的人。

几天后,一辆载有光伏板的卡车驶来,停在苏布拉小学外。宋迪文带着几名身穿工作服的员工跳下卡车,卸下光伏板,运往学校。

小学校内外,一派繁忙的劳动场面。

院子里,各种设备、材料逐步到位;屋顶,工程人员正有条不紊地展开光伏铺装前的准备工作。

陈宇和宋迪文亲自监督,巡视工程进展。

陈宇对宋迪文说:"科普应该更接地气!比如这个小型光伏电站,可以解决学校的所有用电问题。而且,它是活生生的光伏科普,能一下子拉近村里人和光伏的距离!"

宋迪文:"这回你是甲方!放心,我保质量保工期!"

陈宇:"工期要多久?"

宋迪文:"两周,不能再短了!你要知道,我只能在他们放学以后施工!"

陈宇伸出一根指头:"一周!"

宋迪文愣了好久,一咬牙:"好!一周就一周!"

十二

一周后的黄昏,沙漠浸染霞光。学校经过修葺,已焕然一新。教室的屋顶,光伏系统已经安装就绪。在夕阳照耀下,光伏板熠熠闪光。

哈桑刚刚洗完澡,对着镜子,平生第一次认真地把头发梳理得溜光水滑。他翻箱倒柜地挑选一会儿要穿的衣服。挑来挑去,无非就是平时穿的那两件衣服,都很不像样子。

哈桑很失望。忽然,他在箱子一角发现了什么,拎出来一看,是一件成人白衬衣。哈桑大喜,他把衬衣套到身上,虽然不合身,但看起来煞有介事,他对着耳背的爷爷说:"爷爷!一会儿看亮灯,我要穿爸爸这件衣服!"

夜幕降临,哈桑穿着爸爸的大号衬衣,奔跑着穿街过巷,奔向学校。由于沐浴更衣,他耽误了些时间,唯恐赶不上亮灯仪式,所以拼命地跑。

屋顶上,光伏发电系统一切就绪,宋迪文亲自带人检查完毕,并通过对讲机接收各组报告。

"报告!支架、组件正常!"

"报告!线路正常!"

"报告!控制箱正常!"

院子中央,总指挥陈宇通过对讲机下达指令:"所有人员到位,准备开启!"

现场,闻讯赶来的村民们里三层外三层围在一起。他们心中带着几分好奇,又带几分疑惑,还带着几分迷惘。只有孩子们心中无比单纯透亮,他们只是兴奋。哈桑一口气跑来,已经能够望见学校。

此刻陈宇对着对讲机说:"5、4、3、2、1——亮!"

夜色中,随着陈宇一声令下,光伏系统开启,小学校瞬间一片光明,亮如白昼。

这光,映亮了整个村庄,映亮了沙漠夜空。

沐浴在光明中,十几个小学生欢呼雀跃。乡村教师怔怔伫立在原地,情不自禁地伸出手,似乎这光可以触摸。

村民们被眼前的情景惊呆了,叽叽喳喳的议论声变成了欢呼声。

哈桑戛然停住脚步,怔怔地望着前方明亮的学校。暗夜中的光明,正如少年心中被点燃的希望。

赛义德驾驶中巴车行驶在夜色中。距离村庄尚有一段距离,他忽然被远方的奇景吸引住了目光。

赛义德下了车,站到车顶,翘首眺望远方,村庄上空被灯光映亮,如同幻境。

哈桑爷爷缓缓走出屋子,站在院子里,仰望被映亮的夜空。

纳萨尔和村长杜塞尔快步爬上屋顶,眺望被光明笼罩的小学校。杜塞尔被震撼了,目不转睛地望着,半晌说不出一句话。

纳萨尔再也按捺不住激动的心情,转身往下跑。

哈桑看到急匆匆跑来的纳萨尔,冲他笑了。纳萨尔拉住哈桑的手,两人一同穿过小广场,跑向亮堂堂的学校。

两个孩子站在人群中眺望,他们看到的不仅仅是光明,还有未来。

这一夜。村民们载歌载舞,哈桑和纳萨尔跳起舞来,老师和孩子们跳起舞来,赛义德和村长杜塞尔跳起舞来,宋迪文、黄小枫、小崔、马尔穆什和村民们都跳起舞来,望着雀跃的人群,陈宇陷入了回忆……

2015年12月,中非合作论坛约翰内斯堡峰会上正式公布中非"十大合作计划",其中引人注意的是,中方将使用多种融资方式,支持非洲光伏、生物质能等发电项目和输变电、电网项目的建设,从而助力非洲改善电力短缺掣肘经济增长的现状。

随后,我国企业先后进驻非洲。特别是在日照强度高的北非地区,光照时间高达年均3000小时,而国内年均1300小时就已经很好了。这意味着在北非投资光伏产业成本低,收益大。我国多家光伏发电科技公司进驻埃及、阿尔及利亚、突尼斯等国,和当地政府签订合作协议,大力投资开发光伏发电项目。

陈宇、宋迪文和他的团队目前所做的,就是在这片寸草不生的苏布拉沙漠中,建设光伏发电站,这是一番艰苦卓绝的事业。

随着苏布拉光伏发电站建设的推进,工地上对人工的需求越来越大,项目组开始招收当地村民做工人,并开出了不菲的工资。遮阳布搭起的凉棚下,前来应聘的当地人排成了长龙,小崔和马尔穆什等人正忙着登记。

哈桑爷爷做的烤饼也来到了基地,哈桑兴高采烈地叫卖着:"烤饼,烤饼,美味的哈桑烤饼!"

一个上午,哈桑就卖完了全部的烤饼。

赛义德也来察看情况,目睹这火爆的场景,他有些意外。

来到驻地厨房外,赛义德探头探脑地张望。忽然,身后有人问话:"你找谁?"

赛义德一回头,只见面前站着一位厨房员工,手拎一袋新鲜羊肉,外加一袋土豆。定睛一看,赛义德怔住了——此人正是邻村那位名叫贾拉尔的羊贩子。

赛义德:"贾拉尔,你怎么在这儿?"

对方也认出了赛义德,故意挺直腰板:"我怎么不能在这儿?"

赛义德怔了怔,随即恍然大悟:"怪不得那天你那么爽快,原来老陈答应你来这儿上班!"

贾拉尔:"在这儿,我的收入更多更稳定,比我辛辛苦苦倒卖羊强多了!"

赛义德:"祝贺你!"

贾拉尔毫不客气地说:"我还得感谢你,要不是因为你,我得不到这份好工作!"

正说着,赛义德看见村长杜塞尔从陈宇的办公室里走出来,两人非常亲切地交谈着。

杜塞尔:"苏布拉的沙子会蒙住双眼,让我们分不清谁是真正的朋友!但太阳总会出来,真正的朋友就在眼前!我的中国朋友,我要诚挚地对你说声对不起,不是你们的问题,是我们的问题,我知道,你们是来帮助苏布拉的,你们以后有困难,需要帮助的时候,可以来找我,希望我能帮上你们!"

陈宇:"其实你现在就在帮我们了,正因为你的影响,村上以及镇上的人都被动员起来了,你看,今天来了多少人应聘,替我们解决了劳动力不足的问题!"

杜塞尔:"我要告诉苏布拉的每个村子,你们是奉太阳神的旨意来造福众生的!"

陈宇:"谢谢!"

杜塞尔:"不用谢,如你所说,共赢!"

说着,村长杜塞尔伸出手,陈宇也伸出手,两人的手握在一起。

赛义德看见陈宇送走了村长,突然听见有人叫他的名字,回头一看,竟然是宋迪文。

赛义德:"宋经理?你叫我吗!"

宋迪文:"人家跟我说你在这儿!"

赛义德:"找我有什么事情?"

宋迪文:"有一个很重要的事,我得和你商量商量。"

赛义德:"什么事?"

宋迪文:"就是不知道你愿不愿意干。"

赛义德连忙说:"什么事儿我都愿意干。我以前还去机场接过你呢!"

宋迪文:"你也看到了,现在我们工地不缺人,基本满员了。你是我们的好朋友,有个事儿考虑让你来做。"

赛义德:"什么工作?"

宋迪文:"现在我们已经进入了大规模安装阶段,工地上会产生大量的废旧材料,这些东西是可以回收再利用的,老陈跟村长商量了,村里成立了一个回收公司,至于公司经理,我们向村长推荐了你,但是,我不知道你愿不愿意?"

赛义德喜出望外:"愿意!我愿意!"

说着,赛义德情不自禁地拥抱了宋迪文。

十三

哈桑和纳萨尔背着书包,一同去上学,如今,两人已成为最好的朋友。哈桑穿着球鞋,挎着户外水壶,整个人焕然一新。

拐出一条巷子,他们来到阿萨姆家门口。像往常一样,纳萨尔冲院子里高喊:"穆斯塔法!穆斯塔法!"

穆斯塔法闻声跑出来,却没背书包。哈桑和纳萨尔正感意外,穆斯塔法难过地说:"我不上学了……"

哈桑:"为什么?"

穆斯塔法:"我爸爸要带我去省城打工……"

哈桑与纳萨尔很吃惊。

哈桑:"学校通电了,有灯有电扇,你更应该好好上学!"

纳萨尔:"是啊!我爸爸说,只有好好上学读书,才能认清谁是真正的朋友!"

穆斯塔法神情黯然:"我也想跟你们一起上学,可我爸爸说我们家太穷了……"

哈桑:"我们家以前也穷啊,可现在不一样了,我给爸爸写了信,他快要回来了!"

穆斯塔法怔怔地看着哈桑。

哈桑继续说:"真的!我和爷爷卖饼就能赚钱,我还买了球鞋呢——你看!"

哈桑抬起脚,向穆斯塔法展示脚上的球鞋,穆斯塔法自是羡慕不已。

穆斯塔法哀伤地说:"可是,我们一会儿就要走了……"

这时,屋里阿萨姆大声地叫唤穆斯塔法。

穆斯塔法说:"我得回去了!"

说罢,穆斯塔法赶紧跑进院子,哈桑与纳萨尔面面相觑。

沿着公路,阿萨姆、穆斯塔法一家三口徒步赶往镇上。阿萨姆背着大包行李,穆斯塔法背着小包行李,三人一路跋涉。

身后传来连续的汽车喇叭声。穆斯塔法停住脚步,回头张望,只见中巴车径直驶来。

赛义德一打方向盘,中巴车戛然停在父子两人面前,拦住去路。

车门一开,赛义德、村长杜塞尔和乡村教师迅速下车,哈桑和纳萨尔紧跟着下来。

赛义德:"阿萨姆!你脑袋里塞的都是苏布拉的沙子吧!咱们这儿建电站,附近村子的人都抢着来上班挣钱,你反倒要往外跑?省城打工给你一千镑,电站给你两千镑,而且还在家门口,你掰着手指头算算,哪个更划算?"

阿萨姆:"我不是不想去,我是没脸去啊!我说了人家那么多坏话,怎么好意思再到中国人那里赚钱呢?"

杜塞尔:"你还知道要脸啊!苏布拉的脸都让你给丢尽了!"

阿萨姆惭愧地低下头。

杜塞尔继续说:"但是人都会犯错,知道错了改正就好,当初我信了你的话,我不是也犯错了吗?但是咱们改了,跟中国人还成了好朋友。再说,你是苏布拉人,中国人建设电站,也是为了苏布拉造福的,不能少了你一个。"

赛义德:"村长说得对!阿萨姆你放心,中国人不是小心眼的人!村长说,只要你愿意,他愿意跟老陈说,到电站给你找个工作!"

阿萨姆:"真的吗,村长?"

杜塞尔点点头。

赛义德:"还不赶快感谢村长。"

阿萨姆:"谢谢村长,谢谢!"

说着,阿萨姆被杜塞尔推上了车,赛义德把行李放进车里。穆斯塔法和哈桑、纳萨尔高兴极了,一起上车回家了。

随着工程的推进,驻地发生了巨大的变化。原来的帐篷办公室全部改为集装箱式办公室,办公设施一应俱全,简洁实用,工作气氛热烈。此刻,各部门人员正在开会,因为两种意见争执不下,火药味十足。

宋迪文:"拜托!这是苏布拉,地球人都知道苏布拉是最干旱最缺水的地方——安装排水防涝系统,我想请问一下黄小枫女士黄大工程师,你怎么想的,除了想出风头,我实在想不出有第二个理由!"

黄小枫:"宋迪文,我们现在是在讨论严肃的工作问题,我是写了工作报告的,你不要以这种口吻和我说话。"

宋迪文:"行,我不和你说,赛义德……赛义德!"

赛义德在门口冒了个头,宋迪文立刻喊住他:"老赛!你进来!"

赛义德闻声走进来。

宋迪文对大家说:"老赛,你今年多大?"

赛义德:"我今年三十五岁。"

宋迪文:"你告诉他们,你们这里下过大雨吗?"

赛义德:"下雨?"

宋迪文:"就是那种能把村子淹了,把羊都冲走的大雨!"

赛义德把脑袋摇得像拨浪鼓:"开什么玩笑,自从我生下来,就从来没有过!如果不是在红海附近遇到过一次,我都不知道什么是大雨!"

宋迪文更加理直气壮:"都听到了吗?怎么样?事实胜于雄辩!好了,赛义德,你可以回去了!"

黄小枫:"可以了吗?我现在可以说话了吗?"

宋迪文:"可以,当然可以!不着急,你慢慢说!"

说着,宋迪文一屁股坐在凳子上。

黄小枫:"这里有详细的水文资料表明,当地确实干旱少雨,但这并不等于雨水绝迹。相反,根据记载,当地曾经下过大暴雨,一天降水量达到了278毫米,相当于平时九年的降水量,甚至形成了沙漠湖泊。那么,按照五十年一遇的标准,安装排水系统就是有必要的!"

宋迪文:"五十年一遇?刚才你说的啊,五十年一遇,会不会遇到,还不一定呢。为了这个概率的一遇,我们要付出增加成本和延长工期的代价!你要知道,无论哪一项我们都承受不起!"

黄小枫:"如果我们心存侥幸,将来工程一旦因为雨涝灾害受损,那我们损失的将是声誉,这我们更承受不起!"

黄小枫与宋迪文各持己见,相持不下。与会人员也都没了主张,所有人都望向陈宇。

宋迪文对着陈宇说:"唉,陈总,该你说话了,这个月月底是咱们工程完工的最后日期,你得给句准话啊!"

陈宇沉默良久,说了一句:"散会!"

在座的人都傻眼了。

陈宇:"我说散会没听见吗?"

人们相继散去,只剩了陈宇、宋迪文、黄小枫。

宋迪文:"老陈,你究竟是哪边儿的?"

陈宇:"我也是刚拿到这份报告,我正看着呢!"

宋迪文一听,一肚子火:"不着急,慢慢看!"

说着,宋迪文转身离去。

黄小枫:"陈总,我还是觉得,排水系统必须修……"

陈宇收起资料,对黄小枫说:"跟我走!"

十四

哈桑家的羊圈里,除了图图,又多了两只小羊羔。哈桑蹲在羊圈里,正在给它们喂食。

听见脚步声,哈桑从羊圈矮墙上探出头,只见陈宇和黄小枫走进院子。

哈桑跳起来,兴奋地向陈宇通报喜讯:"老陈!图图生了!生了两只羊羔!"

陈宇三人快步来到羊圈边察看。

陈宇向哈桑竖起大拇指:"资产增加了2倍!厉害了,哈桑!"

哈桑笑得合不拢嘴。

陈宇对哈桑说:"今天来,是想找你爷爷问个事儿!"

哈桑带着陈宇和黄小枫来到爷爷的房间。听了哈桑爷爷讲述,陈宇惊讶万分:"你是亲眼看到过苏布拉的大雨?"

哈桑爷爷:"我得更正一下,那是我爷爷跟我说的……"

黄小枫:"是你爷爷说的?那么,那应该是七十多年前的事了!你记不记得是哪一年?"

哈桑爷爷:"具体是哪一年我不知道。但是他的确跟我说过,他像我这么大的时候,村子被大雨淹了,屋顶漏雨,塌了很多房子!淹死过人,羊也被冲走了!还出现了湖泊,村口的那口井就是在湖泊的位置打的。"

第二天,陈宇让宋迪文到他的办公室,当着黄小枫的面,拿出了他签字批准的安装排水防涝系统的方案。

宋迪文直勾勾盯着陈宇:"都安排好了?"

陈宇:"我们找遍了所有可以找到的水文资料,包括当年英国人的勘察数据。当然,还有当地人的亲身经历。所有这一切,都指向这样的决定。我和小枫都商量好了,通知你只是例行公事,你同意的话就签字,你不同意我就和小枫上报,不会连累你!"

宋迪文:"你们两个都商量好了?"

黄小枫:"对,陈总完全同意我们的意见。"

宋迪文:"现在是你们俩站在同一个战壕里面了,是吧!我来这儿干吗?我还真就是来给你送纪念品的吗?我承认,我来是为了你,但那只是一部分原因,我也是有事业心的,我也是来搞事业的。我知道这个项目在工程期内完成有多难,所以必须是我,我义无反顾就来了。我最后再申明一次,这个报告要签你们签,我不会签。我也最后劝你们一次,三思而后行,行不行?"

陈宇听了宋迪文的话,一句话不说,拿起笔,在报告上写上自己的名字。

黄小枫也立即拿起笔写下了自己的名字。

苏布拉村,哈桑家。哈桑靠窗而坐,他从挎包里取出那封写给父亲的信,捏在手里。信是这样写的:

爸爸:

  每次给你写信,你都说我只会要钱。但是这次给你写信,我不会向你要钱了。我有好消息要告诉你,太多好消息了,我都不知道该告诉你哪一个。

  最近,村子里发生了很多新鲜事:学校装了光伏板,教室亮了,电扇转起来也很凉快;公路修好了,现在去镇里方便多了;村里人在工地旁边摆摊,卖东西赚钱,我和爷爷卖饼,已经攒了二百一十镑。爷爷说,以后做些蚕豆酱,能卖更多的钱。

  这些事,都是老陈他们来了以后发生的。老陈是中国人,是我的好朋友,他奖励我一个水壶,特别好的水壶。因为我和图图帮助他们找到了水源,他们打了一口井,水特别甜,村里人喝上了更好的水。老陈他们来建光伏电站,附近村子里的人都来上班。

  爸爸,你回家来吧,老陈说了,你也可以到工地上班挣钱。那样,我们一家人就能在一起了。你不用给我和爷爷寄钱了,我们现在能养活自己,我要去镇里,买一双新球鞋,给爷爷买一顶遮阳帽。

  爸爸,你快回来吧! 我想每天都能看到你,看到你和老陈他们一起建电站!

  早一天建好电站,那样就能让整个村子都亮起来!

儿子:哈桑

几天后,陈宇约宋迪文在基地外的沙丘上见面。宋迪文跑到沙丘上,看见陈宇把自己埋在沙里,露出一个头。

宋迪文:"约我到这儿来干吗? 有什么事儿不能在办公室里说? 反正那个字我是不会签的。"

陈宇:"我要回国了!"

宋迪文："回国？"

陈宇："对，公司通知我回国述职！"

宋迪文一怔："什么意思？"

陈宇："这套路你应该不陌生啊……你还不明白吗？"

宋迪文："撤你的职？就因为你给他们打了这个加装排水系统的报告？"

陈宇："具体什么原因我不知道，总之，我得走了！"

宋迪文突然有些惆怅，看着陈宇用沙子治疗皮肤病，又心疼地说："赛义德不是给你拿药了吗？不管用啊！"

陈宇笑了笑："我呀，还真不是因为痒，而是怕我走了之后，洗不了这沙漠浴了。"

陈宇起身，一边穿衣服一边说："对于苏布拉这个项目，我想不是我一个人有感情，黄工、小崔还有你，都对这片沙漠有了感情。所以，如果我被撤职了，我不想把它交给不相干的人。我给总部打了报告，推荐你接任项目总监！我相信，你会干得比我好！"

宋迪文一怔："老陈你这唱的是哪一出？"

陈宇："交给别人我不放心，你熟悉这个项目，最能胜任！"

宋迪文："你倒是清闲了！你真能做到一走了之？我不信！"

陈宇怅然若失，仰倒在沙地上，慨然长叹："是啊……现在，我感觉自己都爱上这些沙子了……"

第二天早上，宋迪文宿舍的门被敲响，宋迪文起身打开门，原来是黄小枫。

黄小枫不客气地走进来说："没想到，你套路挺深的啊！"

宋迪文："什么意思啊？"

黄小枫："别装！你不会跟我说陈宇的事儿你不知道吧！"

宋迪文："知道啊，他不是要回国吗？"

黄小枫："这件事跟你一点关系都没有吗？"

宋迪文："跟我有什么关系啊？"

黄小枫："你敢说中间你没使坏？"

宋迪文生气了："黄小枫，你是觉得，是我跟总部打报告把他给调回去的？"

黄小枫："用得着我觉得吗？如果有人跟总部打小报告，咱们两个人之间，那个人会是我吗？"

宋迪文满腹委屈不知道该怎么表述："今天是什么日子啊，这一大早的……黄小枫，我现在突然后悔来这儿了！我来苏布拉干吗来了？我还特意给你带了纪念品！为了我们俩能够……成为你说的最亲密的同事,没想到我在你心里是这么卑劣!早知道这样,我俩还不如相忘于江湖呢!是,我承认,我宋迪文平时嘴是贫了点,但是我是什么样的人,你不清楚吗?"

黄小枫:"宋迪文你说对了,你到底是怎样的人,现在我还真的不清楚!"

说完,黄小枫摔门离开了。

尾声

陈宇正在办公室参加视频会议。

谭总:"陈宇,公司让你回国述职,听说你情绪很大啊!"

陈宇:"不敢,但也谈不上兴高采烈吧!"

谭总:"看来,还是有情绪,那好,咱们就好好聊聊。刚才我跟各位老总总结了一下你在苏布拉的工作,分为三个阶段。第一个阶段,上来就直接要权,我们给了。第二阶段,擅自修改技术指标,差点让监理方告你们违约,好在最后,你们解决了。最后一个阶段,眼看就要完工了,非要在沙漠上搞个排水系统。当然,你们有你们的技术支撑,我就想听听,关于苏布拉的三个阶段,你有没有跟我们解释的?"

陈宇:"还说我情绪大!看来公司的各位老总情绪比我大!不过也谢谢你们给我们这个机会解释。苏布拉地区高温干旱,生活保障极不容易,这是这个项目的常态,员工们忍受五六十摄氏度的高温,忍受停水停电,忍受水土不服,忍受思乡之苦,他们已经做到了他们能做到的一切。作为曾经的项目总监,我想向他们致敬。我也要为宋迪文说句公道话。请总部重视这些实际困难,科学指挥。"

谭总:"唉,你那个会议室里就你一个人,还是员工们都在?"

陈宇:"就我一个人。"

谭总:"那你刚才说的那些话他们都没听到,白说了!行了,说点实际的。"

陈宇:"好,咱们就聊聊加装排水系统的事情!虽然我即将被撤职,但是我仍然觉得,黄工的提议是正确的。因为她进行了详细的勘察论证,有可靠的数据支撑。苏布拉光伏电站是目前世界上在建的最大的光伏电站,我们必须确保万无一失……"

谭总:"不对啊,我还什么都没说,你倒主动发表离任演说了!而且竟然把接班人都选好了!陈宇,谁同意你不干了?述职就是述职,不是撤职!述职也不是做检讨,是让你给大家上一堂课!这个项目是我们'走出去'的一个重大尝试,没有经验可循,但是你们作为先行者摸索出了经验,都是实战经验,所以要让你专程回国给大家讲一讲,提高管理层的认识,顺便也治治你的皮肤病,你却搞得人心惶惶!"

陈宇:"那这样,我就给各位老总提个建议吧!"

谭总:"好,你说!"

陈宇:"我认为咱们公司管理层最大的问题就是纸上谈兵,你们能不能到苏布拉来一趟,亲自来一趟就什么都清楚了!"

谭总:"纸上谈兵,这么大的帽子就给各位老总扣上了!行,陈宇,我答应你,公司的下一个安排,就是等你在苏布拉的项目完成了,我带着所有的老总到你那儿学习。"

嘭的一声,黄小枫的宿舍门被推开了。

宋迪文走进来,对着黄小枫说:"给我道歉!"

"干吗啊,你有病啊!"

"给,我,道,歉!"

"我凭什么给你道歉?"

"你去问问陈宇,他刚才跟总部开完会,他位置坐得稳稳的,根本就没有要撤他的职,是他自己多虑了!你,黄小枫,冤枉我了!"

黄小枫一听,一边高兴,一边尴尬。想了半天说:"你,还没吃早饭吧!"

"生这么大的气,我吃得下吗?"

"我请你吃早饭吧!"

宋迪文一拍桌子就冲了出去。黄小枫心想:得,这回宋迪文是生气不理我了。

没想到宋迪文又回到宿舍门口说:"走不走啊,都低血糖了,我……"

赛义德换了新车,他兴高采烈地开着新车回到村子里。

村长杜塞尔走过来:"赛义德,祝贺你,换了新车了。"

赛义德:"我做梦都想换这样一辆车,本以为也就是做做梦罢了,没想到这么快就梦想成真了!"

杜塞尔:"那你这票价也得涨咯?"

赛义德:"不,不,不!中国人说,赚钱讲究取之有道。我赛义德也应该这样!"

杜塞尔:"你是个聪明人!"

这时,哈桑一路飞跑过来,气喘吁吁地到了大伙跟前,手举着信兴奋地说:"我爸爸来信了!信上说他辞掉了城里的工作,准备这两天就回家来!"

赛义德:"太好了,哈桑,你爸爸这次回来,就再也不会走了!"

这天，苏布拉下起了暴雨。

宋迪文端着水杯对陈宇说："我该说你是神预测，还是该说你乌鸦嘴啊，苏布拉还真下暴雨了！"

陈宇："所以说，人无远虑，必有近忧！工地那边我已经做了安排！"

紧接着，一声响雷。

宋迪文："听听，苏布拉不下雨就不下雨，一下雨这么恐怖啊！"

突然，一个工人浑身湿透跑进了办公室："陈总，一号库房地势低洼，一旦进水，设备就会全部报废，必须马上转移！"

陈宇一拍桌子："通知大家，都去一号库房！"

说着，陈宇跑了出去，宋迪文也跟着跑了出去。

这晚，基地的人全体出动，紧急抢救库房设备。可是，设备太多，人手不够，眼看设备就要被水淹了。这时候，只见远处跑来一大群人。仔细一看，原来是苏布拉村的村民们。

村民们听说基地的设备快被水淹了，都赶来抢救设备。这一晚，大雨倾盆，但是两个不同民族的人，为了同一个目标，紧紧团结在一起，共同拼搏。终于在大雨淹没一号库房之前，保全了设备。

六个月后，苏布拉光伏发电站竣工了。哈桑的父亲也回到了苏布拉村，他成了电站的维护工人。一家人终于团聚了。而苏布拉村的很多村民都成了电站的工人，过上了更加幸福美好的生活。

一年后。

上海浦东的一幢大厦里，这是公司的总部所在地，陈宇带着宋迪文、黄小枫代表整个北非项目组做完述职。

陈宇被谭总叫到办公室。

陈宇："谭总，您找我啊？"

谭总头也不抬掏出北非制造的一枚硬币递给陈宇："给你的奖金！"

陈宇拿起硬币："一镑？这也太小气了吧！"

谭总："别小看了这枚硬币，翻过来看看！"

陈宇翻过硬币，只见硬币的背面刻的是光伏发电板。

谭总："苏布拉光伏发电站，已经印在了当地发行的货币上！这可是至高无上的荣誉！"

陈宇一下子开心极了:"那我可得好好收藏!"

陈宇:"值得珍藏!我相信它会升值!"

谭总:"摩洛哥的项目,你们什么时候动身?"

陈宇:"明天!"

在公司的走廊上,宋迪文对黄小枫说:"咱们可得把话说清楚,这次去摩洛哥,不是我强迫你去的啊!可是你自愿的啊!"

黄小枫:"是啊,反正跟你没关系!"

宋迪文:"跟我没关系?这可是我先选的项目啊,然后你再选的,我还以为你是在追随我。"

黄小枫:"你想多了,我们还是同事!"

宋迪文:"是,是最亲密的同事!"

迎面走来的陈宇正在给哈桑打电话:"嗨,哈桑,你还好吗?想我了吗?我过几天又要出发去北非了,如果顺利的话,过几天我们就能见面了。什么?想吃臭豆腐……"

第八卷
西乡明月

《西乡明月》对准的是中国部分乡村的社会现状。以程光辉和张所为代表的基层民警,坚守信念,在复杂纷乱的形势中不忘初心,最终激浊扬清战胜邪恶!扫黑除恶是这个作品的焦点,但扫黑除恶不仅仅是揭露打击黑恶势力,更是要用正义的人性力量引导大众向善、从善……

这个故事里人性是贪婪的、自私的,但在人性的阴暗处那个点亮公平正义之光的人一定会出现。

随着2018年全国扫黑除恶专项斗争的开始,扫黑除恶专项督导组的进驻和工作的展开,彻底瓦解了西乡镇以周家父子为首的"村霸",维护了社会的稳定,让百姓安全感回归,让公平正义回归!

王逸伟

公平正义是法治的灵魂和生命,也是扫黑除恶行动的根本出发点。

黑恶势力、地方"村霸"把持基层政权,横行乡里,垄断资源,非法占用农用地,破坏经济秩序,威胁社会治安,严重危害农村政治生态,是中国社会的切肤之痛。《西乡明月》通过依法扫除危害农村政治生态的"村霸"与基层组织建设并行,展示扫黑除恶的阶段性成果与改造乡村文化的艰巨过程。

西乡市西集镇是中国农村的缩影,西集镇派出所民警程光辉是中国基层民警的代表。"如果说公平和正义,就像太阳的光芒,那么人心,人的正直和善良,就像月亮的光辉""周家湾的月亮会圆的,西乡的月亮,也会圆的"。

徐 萌

一

故事从2011年开始。

程光辉一年前调到西集镇派出所,西集镇是一个半山半海、位于城乡接合部的小城镇,远处是高楼林立的城市,近处是密密麻麻的村落,中间有乡村公路蜿蜒其中,他每天上班,就骑那辆半新半旧的自行车,花费不少时间。

那天上班途中,瞥见天空中有一群鸽子飞过,程光辉忍不住抬头望天,然后就听见有人在叫"有人落水了",很多村民跑向路边的河塘,他赶紧猛蹬自行车,冲向河边。

远远看见有个人在河中扑腾,程光辉把车一丢,奔跑过去,一边跑一边叫"让开,让开",冲到河边,衣服和鞋子都来不及脱就跳进河里,游了过去,抓住那落水的人一看,是个小孩子。他把孩子抱在肩上救上岸,扶起自行车,拂去身上的水草,抹抹脸上的河水,挥手再见,匆匆离去,身后满是村民的称赞:"小伙子真厉害!谢谢英雄!"

他的鞋,刚才在河里掉了一只。

而此时,周家湾村头已经乱成一团,村民们"义愤填膺"地高喊着:"凭什么断我们的水?大热天还让不让人活了?谁不让我们喝水,我们就让谁见血!"

人群不远处,一个人靠在摩托车上,戴着墨镜,嘴里嚼着槟榔,抬头望着鸽子,全然不屑村民们的吵闹。

这个人叫周大齐,是周家湾村支部书记周继海的儿子,染着一头刺眼的黄毛,依偎在他身旁的是打扮艳丽夸张的刘小翠,她专注地在平板电脑上看电视剧,两人都有些"杀马特"风格。

直到天空上的鸽子不见了踪影,或者是觉得吵够了,周大齐的目光这才落到人群。他站起身,不紧不慢地走向人群,刘小翠跟过来,他搂住她,两人摇晃着走近。

村民中有人早看见了他们,立刻纷纷叫道:"大哥,大哥。"闪出一条路来。

被村民们围困住的,是一辆水务稽查的执法车,两个自来水公司的工作人员显然被镇住了。

他们接到举报电话,过来核实,谁知道一进村就被围住,村民仿佛早有准备,提前布下了埋伏,任凭他们如何解释,如何宣讲政策,村民都不理不睬,只是一味地威胁谩骂,现在,村民们似乎都听这个人的,可是那一头黄毛,怎么看也不像是村上的领导啊。

周大齐走到一名衣着制服的水务稽查人员面前,低头,摘开墨镜,去看他胸前的工作牌,念道:"320081。"

周大齐抬起头,凑近稽查人员的脸,不紧不慢地问:"知道这里是什么地方吗?"

一位工作人员虽然面露怯意,依然抗声道:"当然知道,周家湾,怎么着?周家湾也不是法外之地,我们是水务稽查,是过来了解情况的……"

周大齐冷笑着点头:"嗯。了解情况啊,既然来了,我们也尽尽地主之谊啊。"

刘小翠不知从哪里拿来了一瓶红酒和一个玻璃杯,周大齐接过玻璃杯,让刘小翠倒了小半杯,递给稽查人员。

稽查人员赶紧说:"执行公务期间,不能喝酒……"

他伸手推辞,周大齐故意让他碰到杯子,松手让酒杯落到地上摔得粉碎,刚才咬着冰棍领头闹事的年轻人周二宝立刻举手对村民大声煽动:"他敬酒不吃吃罚酒!"

村民纷纷叫道:"是不是欠打。"

周二宝观看周大齐的脸色,举起双手制止村民乱嚷,一齐看着周大齐,周大齐装模作样地举起双手,叹了口气,然后转身离开,一边走一边摇晃着身体,长声说:"周家湾不是想来就来、想走就走的地方,让他们出点血,长长记性。"

周大齐伸手搂住刘小翠。

村民齐声说"好",挥舞棍棒冲向两名稽查人员,殴打他们。

西集镇派出所不大,是一座简陋的白墙灰瓦两层小楼,前面围了一个小院儿,程光辉有些狼狈地骑着自行车进来,所长张永峰正在洗车,没看见他,半桶水倒在引擎盖上,正好溅了他一身。

张永峰赶紧过来道歉说:"我说这个,光辉,对不住啊,我刚在洗车……"

程光辉从自行车下来,说:"没事没事,我这是耽误你干活了。"

张永峰举起帕子说:"我帮你擦擦吧。"

程光辉摆摆手说:"张所,您忙您忙您忙。"

程光辉要把自行车推到边上去停,张永峰一眼看见他的脚,叫道:"站住,你的鞋呢?"

程光辉尴尬地说在路上摔了一跤,张永峰批评他:"你说你,一早上来上班,你这什么形象啊,你让人民群众怎么相信你呀?你连你自己的鞋都保护不好,你还到处喊,我要保护人民群众财产安全,谁信你呀?你浑身上下怎么湿成这样啊?怎么弄的啊,掉河里了啊?"

程光辉趁机说:"这不您刚才泼的吗?"

张永峰这才放过他:"对不起啊。我给你说个正事,我刚才看啊,这村子里的鸽子,飞得有点不太对劲,不是好兆头,咱们得留点神。"

程光辉刚想说鸽子又不是乌鸦,还分好坏兆头,挺迷信的,所里的年轻警察林志龙匆匆从值班室跑过来说:"张所,刚接到报警,周家湾出事了!"

张永峰脸色一变,立刻命令道:"赶紧换身衣服,出警。"

上了车,程光辉心痛地倒腾他的手机说:"我这手机还能修好吗?"

林志龙说:"别折腾了,回家放米缸就好了。"

程光辉疑惑地转头看他,张永峰在后排命令他:"赶紧把帽子戴上。"

程光辉戴上帽子,林志龙一边开车,一边愤愤地说:"这周家湾啊,真不是个省心的地儿,今天摁下葫芦明天就能起来瓢。"

程光辉嘴唇动了动,没忍住说:"别抱怨了,都省心要咱们干吗啊?"

张永峰从后座打量着这位刚来不久的新同事,问:"光辉,你对周家湾不陌生吧?"

程光辉苦笑着说:"我在西集镇读的中学,不少同学就是周家湾的。"

他脸上露出奇特的表情,心潮澎湃。那些久远的人和事,突然间又浮现在他的脑海里,他早就知道,只要他回到西集镇,他就迟早要面对这一切,不是今天,就是有一天。

而程光辉仔细回想过的这些人之一,他的同学周大齐,示意村民打人后走回摩托车重新坐下,得意地看着村民围攻自来水公司的工作人员,突然,一个人冲过来对着他叫道:"大齐,不能再打了!你听我说,真不能再打了,再打就要出人命了,不能打了。"

这人是周家湾村民董学明,这一次,他报了名竞选村主任。

周大齐不屑理他,故意跟刘小翠亲昵。董学明再劝,周大齐受了刺激,亲自走进人群,抓住一名稽查人员用腿狠狠一顶,把稽查人员顶在地上。

董学明追过来,再次劝道:"大齐,不能打了……"

周大齐恼怒地看着白裤子上的血迹,愤愤地说:"我这限量版的裤子,让你给糟蹋了。"说完抓起摩托车锁狠狠殴打已经倒在地上的稽查人员。

刘小翠过来拉他,叫道:"大齐,大齐,别打了,你吓着我啦!"周大齐摆手,喘着粗气,对一个骑摩托的年轻人说:"开摩托把你嫂子送走。"

周大齐回头对村民命令道:"把车给我掀了!"

周二宝招呼一声,村民立刻拥上来要掀车,一位稽查人员爬上引擎盖,拦住叫道:"不能掀。"村民喊着"一、二"的口号掀车,引擎盖上的稽查人员看着远处驶来的警车,连声大叫"警察来了"。

警笛声响,警车鸣叫着而来,驶进周家湾。

周二宝急忙跑向周大齐,惊慌地说:"大齐哥,警察来啦。"

周大齐瞪他一眼,大声道:"都给我定住!"

周大齐朝着欲跑的村民大吼:"自己家门口跑什么啊。"

村民们迫于他的淫威,都犹豫着站住脚,看向村头。

警车停下,程光辉下车说:"把记录仪打开。"

程光辉走向人群,看着躺在地上的稽查人员,朝对讲机说:"叫120赶紧过来,有人受伤了。"

程光辉又对村民说:"你们来两个人,帮个忙。"

他们把受伤的稽查人员从地上扶起。

董学明趁机捡起刚才拉扯中掉在地上的眼镜。

张永峰走向周大齐,问:"是不是你打的?"

周大齐不理,张永峰又问:"问你话呢,周大齐,是不是你打的?"

周大齐悠然地举起双手摇晃,走到周二宝和村民中间,周二宝立刻说:"我。"

村民也纷纷跟着嚷道:"我,我,还有我。"

程光辉沉着脸走向周大齐,周二宝上前拦,程光辉猛地推开周二宝,村民叫嚷,程光辉亮出警棍,走到周大齐面前,瞪着他:"你怎么还是这副德行啊?是不是你挑的头啊?"

周大齐微笑着看着程光辉,不说话。

张永峰在一旁问:"怎么,你俩认识啊。"

周大齐淡淡地说:"张所,西关一中老同学了。"

周大齐又转向程光辉说道:"上学的时候,你没这毛病啊。刚才大家伙说的什么?"

村民纷纷响应:"我打的,我打的。"

程光辉收回警棍,喝住村民:"嚷嚷什么!"

张永峰说:"带走。"

程光辉对周大齐扬头:"咱回去慢慢说啊。"

周二宝上前拦着说:"人是我打的。"

村民也都拥上来说:"人是我打的"。

正闹得不可开交,有两个人从村里急奔出来,大喝:"闭嘴!"

村民们好像听到命令似的,立刻噤声,来的人正是白发清癯、对襟布衫的周家湾村支部书记周继海。

周继海指着村民怒斥道:"你们真给周家湾丢脸啊,你们!"

程光辉也是一怔,目光却盯在周继海背后那位年轻女子脸上,是她,张梅。

这么多年思想的人,竟然在这一刻都碰见了。

她也正凝视着他。

程光辉心里一悸。

周继海再转向张永峰笑道:"张所,这是我平时没教育好。"转而对村民道:"你们自己看看,一个个的,舞棒弄枪的,无法无天了你们!"

张永峰问周继海:"周书记,人都被打成这样了,你看怎么办吧?"

周继海严肃地说:"那还咋办呀,法办呗。"

周继海指点着问村民刚才那个受伤的是谁打的,没人应答,周继海就问周大齐:"是不是你打的?"

村民再次纷纷叫嚷:"我打的,我打的,我打的。"

周继海火了,捡起地上的棒子,挥舞着直奔周大齐打来,张梅急忙来拉,叫道:"周叔不能打人哪。"

周继海狠狠一耳光打在周大齐脸上,恨恨地说:"擒贼擒王,你们抓他就抓对了。"

周大齐泰然自若地劝:"爸,消消气。"

周继海大怒:"你别叫我爸,我没你这个混账玩意。张所,你帮我好好管教管教他,最好把他给枪毙了!"

张永峰冷笑,不想再看他演戏,示意程光辉和林志龙铐住周大齐,便往外走。

村民们挡住程光辉和周大齐的去路,周大齐大声说:"没听老爷子说什么吗?"

程光辉推开村民,把周大齐押上警车,周大齐转身瞪着董学明骂道:"董学明,你就是个叛徒!"

董学明有点心虚。

周继海看着儿子被押上警车,大声说:"张所,人我可交给你了,该咋办咋办。"

张永峰冷冷地说:"放心。"

周继海转过身,看着董学明问:"学明啊,刚才那个水务稽查是你找来的?"

董学明刚要解释,周继海指着他的鼻子故意称赞说:"你做得好!"

然后丢下董学明往村里走去。

村民经过董学明身边,纷纷用手指指点点。

张永峰三人带着周大齐回派出所,车上,程光辉冷着脸,周大齐转过头看着他笑道:"有一句'人生四大铁',说得好啊,程光辉,咱们俩也算是沾了一样,一起同过窗。"

程光辉冷冷道:"你废话真多。"

林志龙冷笑道:"那可不一样,周大齐,你那是铁窗。"

周大齐装模作样地说:"这位同志说的话可有毛病啊。刚才你们都听见了,那广大人民群众可是说了,人不是我打的,我是冤枉的,我完全是为了配合你们工作,给我这同学面子,要不然你们今天可抓不了我。不过话说回来,老同学,这见面礼你是不是给得有点过了呀?"

张永峰在前排说:"怎么的,嫌礼轻啊?要不你脚脖子也来一副?"

周大齐赶紧说:"不是,张所,您客气了。算了。"

周大齐转头看见程光辉摘下帽子,故作严肃地说:"注意警容风纪,戴上。"

程光辉逼过去,周大齐嘴一努:"摄像头。"

张永峰赶紧制止道:"光辉。"

周大齐得意地笑了,一会又感叹说:"张所,你说我图个什么啊?"

张永峰斥道:"那也不能目无法纪吧。"

周大齐争辩说:"我这眼睛里头,可只有周家湾。"

程光辉愤然道:"周家湾比法还大?"

周大齐不以为然地说:"大不大的,以后你就知道了。"

周大齐仰头靠在车座,得意地笑了。

二

几乎同时,周继海的小洋楼里,周继海问张梅:"今天我看派出所来了个新警察,个子挺高的,看到没?"

正在沏茶的张梅回答道:"那是我初中同学。"

周继海有些惊奇地又问:"你同学?那跟大齐也是同学了?"

张梅点头:"但是毕业这么多年,也没见过。"

周继海说:"你们有一个当警察的同学,这是好事啊。"周继海干笑几声又说:"张梅,要不你这个大学生也留在咱村里吧?就算为咱们周家湾的乡村建设贡献力量了。"

张梅笑着说:"叔,这几年村里也没什么我可以干的活,我还想去城里再闯荡几年。"

周继海表情严肃起来:"张梅啊,我说句你不爱听的话啊,你十几岁的时候,你父母就因为车祸都不在了,你看你和你那个病着的奶奶都是周家湾养着的。"

张梅起身给周继海倒茶:"是,我知道很多钱都是周叔您给的。"

周继海沉吟一下:"要不,你当个妇女主任,好不好?"

正说着,传来敲门声,长顺媳妇带着董学明进来,董学明拎着两个蒲包说:"周叔,我媳妇包了点粽子,我趁热给您拿过来了,您老尝尝鲜。"

周大齐被抓走,再加上刚才周继海对他的态度,董学明一直心里忐忑,思前想后,只得来周继海家探个底。

周继海却不搭理他,冷冷地对张梅说:"去告诉长顺媳妇,把飞回来的鸽子都宰了!"

张梅吃惊地问:"为什么?"

周继海冷冷地说:"有事就飞、没事就回的畜生,留它干什么?全部宰了,一个不留。对了,母的炖汤,公的油炸。"

周继海给了董学明这个下马威,喝了口茶,才转头故作和蔼地问:"学明呀,你看我都老了,我都能看到地头了,我是不是早该给你们年轻人让路了?"

董学明赶紧解释:"您老千万别误会,这次我竞选村委会主任,是镇里的意思,我过来呢,就是跟周书记讨个主意,看看周书记是个啥态度。"

周继海冷笑着看看他,起身边走边说:"我的态度不重要,我马上就退下来了,说话也就不算数了。领导支持谁,村民选谁,我就支持谁。"

董学明跟着周继海往外走,说:"周叔,您看您老说的这个话,这谁不知道,镇里村里,都是您一句话的事。"

周继海从鸽子笼中抓出一只鸽子递给董学明,似笑非笑:"一句话?学明,我就明着跟你说了,我想让大齐和你搭班子,你觉得行不行?"

周继海说完冷冷地瞪着董学明。

董学明怔住:"大齐?这,他,他不是被警察抓了吗?"

周继海淡淡地道:"这还用你说。"

他一把把鸽子放回鸽笼,指着董学明:"你今天到我家来,是不是来打我的脸?"

董学明赶紧申辩:"不不不,周叔,我没这个意思,这不话赶话,说到这儿了吗?您老千万别误会。"

周继海坐回椅子:"我就是想,在退下来之前,给咱们周家湾选拔几个能人,把班子的梯队建设搞好。"

董学明恭敬地拿出笔记本和笔走到周继海面前:"那,您老是心里面已经有人选了吧?"

周继海问:"你觉得张梅那丫头怎么样?"

董学明迟疑着回答:"张梅?挺好的。"

周继海看着董学明:"挺好的?那咱爷儿俩这意见就一致了。我看这样,要不咱俩就做她的入党介绍人,把她培养成咱们的妇女主任。"

董学明无奈地说"行"。

周继海装模作样地感慨说:"那就是我这个老党员啊,站好了最后一班岗。"

程光辉回到办公室,就接到父亲的电话,问他有没有收到给他发的资料,程光辉捂着电话给父亲小声说:"收到了收到了,两位女同志的简历不合适,我这工作太不规律了,我怕把人家耽误了,你又发了三个?我现在是工作时间,我下班以后回家看看,我好好看。"

张永峰走过来偷听,吓了他一跳,张永峰笑着说:"你小子行啊,救个孩子也不说,做好事不留名,行,是咱新时代公安干警的作风啊。"

程光辉惊魂未定,故意耍赖问:"要发奖金啊?"

张永峰冷哼:"想什么呢?夸你两句,尾巴就翘上天去了?等忙完这段时间,写份经过,我上报市局政治部,好好表扬表扬你。走,跟我做个笔录去,审审你这个老同学。"

程光辉迟疑了一下,说:"我去不合适,我回避一下。"

张永峰直接批评说:"程光辉,我告诉你啊,你要想当好一个警察,首先要过人情关和面子关,谁还没有几个亲戚和朋友啊?你们不就是老同学,有什么呀?走,审他去。"

张永峰把记录本丢给他,走进讯问室,对林志龙说:"志龙,先让光辉替你来。"

林志龙说"好",起身离开讯问室,把座位让给程光辉。

两人坐下,趴在审讯椅上的周大齐坐直了一些,说:"张所,您看,都到你的地界了,给我松快松快,太疼了。"

张永峰瞥他几眼，对程光辉说："给打开。"

程光辉还没行动，周大齐就挑拨说："程光辉，没听见张所说什么，还是张所说话不好使啊？"

张永峰再次对程光辉说："打开。"

程光辉起身给周大齐打开手铐，周大齐得意地说："你温柔点，对，这不就结了吗？再劳你驾，帮我瞧一眼，蒙吕松国家赛的冠军是谁？帮我看一看，就是信鸽比赛。"

程光辉指着他说："你老实点啊！蹬鼻子上脸，还想看比赛。"

周大齐摸着下巴，慢条斯理地说："我这还不够老实呀？程光辉，我跟你说啊，你要是不告诉我成绩，那我就不配合二位了，爱怎么样怎么样。"

说完就往审讯椅上一趴。

张永峰搜索出这次信鸽比赛的冠军，然后开始讯问："鸽子的事你也知道结果了，说说你自己吧。周家湾那一大套水管，是你接的？"

程光辉以为他这个无赖的同学会否认或者再玩什么花样，谁知周大齐满不在乎地一口承认，张永峰又问："你知不知道，水是国家的资源，你们私自接入，属于盗窃行为？"

这下周大齐立刻断然反对："不是，盗窃我可不认啊。回头我给他钱不就完了吗？"

张永峰继续问："这么多年，你们私搭乱建，盖了那么多房子，对外招租，人口多了一倍，这才造成了吃水难的问题……"

周大齐打断他，狡辩道："张所，你这样说就不对了吧？那合着住在周家湾的人就该渴死？再说了，那别的村子的人都是想办法往城里头跑，我们村子里的人越来越多，那说明我父亲领导有方。"

程光辉忍不住放下笔站起身："你装什么啊？殴打自来水公司的工作人员，是你挑唆的吧？"

周大齐继续狡辩："我就是个看热闹的，你们自己看，我也被捎带了，对不对？"

讯问没有什么结果，紧跟着，就送来了那名被打伤的稽查人员的伤势鉴定报告和司法谅解书。

林志龙愤愤不平地问："张所，咱们亲眼所见，人打成那样，怎么能是轻微伤呢？"

张永峰淡淡地说："这是鉴定部门出具的结果，你看不见啊，还盖着公章。"

林志龙叫了起来："轻微伤，那不能放人吧。"

张永峰摇头说："你不知道，轻微伤只属于行政处罚范畴。"

他们只得放人。

程光辉走下羁押室,羁押室里一个赤裸着上半身的犯罪嫌疑人佩服地对周大齐说:"牛啊,够快的啊。"

周大齐起身穿鞋,淡淡地说:"现在人民警察办事的效率是越来越高了。"

程光辉冷冷地说:"你要不想走,就继续在这儿睡。"

打开羁押室的门,周大齐靠在门上说:"刚才我做了个梦,梦见咱们俩在西关一中的时候,我管你借两块钱,你揍了我。"

程光辉淡淡地说:"你那不是梦,是真的,而且你那不是借,是抢。赶紧滚!"

周大齐满不在乎地走出羁押室,问:"那最后谁赢了?"

程光辉不答,周大齐眼珠一转:"这么着吧,待会儿我还你两块钱,你把你这身警服脱了,把这口气给出了,咱们就算两清了。"

程光辉不理他,往外走,周大齐摇摇头:"嫌少了?也是啊,这么多年过去了,连本带息,怎么着也得二十块钱。别价,我给二十万,够吗?"

程光辉转过身,怜悯地看着周大齐,叹气说:"你啊,像你这种'村霸',早晚是要倒霉的。"

程光辉拉开派出所的门,把周大齐送走,然后关上门。两人隔门相看,周大齐也怜惜地说:"你啊,干一辈子,也就是个小破警察,等你将来有了老婆孩子,你就知道怕了。"

周大齐转身要走,程光辉突然拉开门,一拳打在周大齐头上。

闻声而来的同事赶紧拉开他们,张所把程光辉拉到旁边,程光辉愤怒地分辩说:"我打他那拳是轻的,疯狗。"

张所把他推进办公室:"行啦,你还真生气啦?你没看出来,周大齐是故意激怒你吗?你还真想让他把你这身警服给扒了?"

程光辉无语。

张永峰回头再来处理周大齐。不管怎么说,程光辉在派出所里打了人,闹出去对程光辉不好,万一周大齐趁机投诉,有可能让程光辉停职甚至被开除,同时对所里也不好,他得把这事按住。

张永峰走进关着周大齐的办公室,狠狠地把茶杯放在桌上。

周大齐吓得蹲下叫道:"妈呀,您这是?"

张永峰喝道:"起来!你真以为天王老子是第一,你就是老二啊?你自己什么德行,心里没点数啊?"

周大齐站起身,连连点头。

张永峰故意一边翻看材料一边说:"今天为什么让你滚蛋,你们家人托了谁,找了什么关系,需要让我在这儿都跟你说清楚吗?我告诉你,你要这么不知好歹,那咱就深究下去,拔出萝卜带出泥来,到时候连保你的人都是泥菩萨过河,明白吗?"

周大齐点头说:"张所,不至于不至于,您消消气。这几点了?您看,这都到饭点了,要不然您赏个脸,我请您吃个饭。"

张永峰骂道:"滚蛋。"

周大齐接口说:"得了,我滚蛋。"走了两步又说:"不过……"

张永峰冷冷道:"不过什么?想上看守所吃饭呀?"

周大齐眼珠转了几下,摇晃着身子说:"我不是这意思。您看我大老远的,我来的时候可是四个轱辘把我拉过来的,回去的时候,不能让我两条腿扒拉着吧?"

张永峰安排林志龙和程光辉开他的私家车送周大齐回去。

周大齐自然不会消停,车离开派出所不久,他就把刚从档案袋中翻出的金表戴上,一边说:"当了警察,到底不一样了啊,成了练家子。这表,你们也不给我包上着点,都给刮花了。大金链子小手表,一天三顿小烧烤。正好了,这二百块钱搁这儿了啊,车不白坐你们的。"

正在开车的林志龙斥责道:"少来这套啊,周大齐,你这是行贿。"

周大齐嘿嘿一笑:"那你是真没见识过什么叫行贿。你告我去吧,看这点钱,能不能把我给判了。"

程光辉让林志龙在路口停车,从副驾驶位下来拉开后车门,林志龙问什么情况,周大齐也是不解:"你什么毛病啊,还没到地方呢,赶紧的吧,家里人等着我吃饭呢。"

程光辉挑衅地问:"你不是说想还回来吗?我今天给你一个机会,咱俩单挑。下车,来啊。"

周大齐狡猾地说:"你以为我傻啊,回头告我一袭警,钓鱼执法,我懂。"

林志龙也劝道:"冷静点,跟他犯不着。"

程光辉拍拍林志龙,对周大齐说:"你这些年来啊,还真没少跟警察打交道,懂得不少,知道袭警啊,我穿的是便衣,这是私家车,不算公务,不算袭警,踏踏实实下来,来来来来。"

周大齐还是不放心,举起两根手指:"两人对付我一个?还是我吃亏。"

程光辉嘲讽他:"瞧你那点出息。"

"来,你先上车。"拉开车门,程光辉把林志龙塞进车里,再指着周大齐叫道:"不欺负你,来吧。周大齐,你今天要不敢下来,你就是个怂货。"

周大齐受不了激,也放了心,摸着头下车说:"你要是这么说的话,咱俩就得说道说道了。"

程光辉说:"对,有什么本事,有什么能耐,你都使出来,好吧,我给你机会。"

说着快步走向轿车,拉开车门上车。

周大齐抽出裤子皮带,突然发现轿车启动,快速驶离,追赶几步,眼睁睁地看着轿车渐渐远去,从车窗里丢出二百元钱来。

程光辉把周大齐丢在半路,出了口恶气,但他心里还是郁闷,愤愤地说:"我真没想到会是这样。"

林志龙劝慰道:"那能怎么样?这就是这里的现状。"

程光辉提高了声音:"你说它明明就是个恶性事件,就这么完了?这不分明……"

林志龙截口反问:"分明什么?包庇?纵容?蛇鼠一窝,沆瀣一气?"

两人同时无语。

周大齐好不容易才拦了一辆货车,搭在车厢上回到周家湾。快到的时候,他远远看见周家湾为他准备了欢迎仪式,自觉脸上无光,拉过塑料布遮住自己。

周家湾大酒店准备好了欢迎仪式,周大齐搂着刘小翠走出电梯,所有村民都一起欢呼:"大齐回来了!"

周二宝抢上来问:"大齐哥,你怎么回来的啊?"

周大齐故作神秘地答道:"告诉你你也学不会。"

到了包间门口,张梅等在那里,看见他,关心地问:"你脸怎么了?让人打了?"

周大齐没好气地推开她:"就你不开眼。"

他搂着刘小翠走进包间,打量着桌上早就摆好的菜,问:"这什么造型啊?相濡以沫吗?"

刘小翠搂紧他笑道:"跟咱俩一样。"

周大齐突然觉得有些不对劲了,问:"这怎么都是鸽子啊?"

张梅淡淡回答:"你的。"

周大齐呆了一下,反应过来,大叫道:"谁他妈敢动老子鸽子?谁?"

在场所有的村民没有人回答,也没有人敢回答。

"我。"

一个平静有力的声音说。

包间旁边的门拉开，有一个人坐在隔壁一桌，正是周继海。

周继海精心准备了对儿子的教导，首先肯定地说："那些鸽子，该杀。"接着独自饮了一杯酒。

周大齐叹气说："爸啊，这些鸽子都是我精挑细选的，百里挑一啊……"

周继海打断他："你别给我说百里挑一，就是万里挑一，也得杀。这村里面刚有一点响动，就吓得满天飞，这样的鸽子留不得。"

借着鸽子，周继海又给他灌输管理之道，说："我告诉你大齐，这养鸽子啊你要想让它听话，一在驯，二在养，只驯不养，缺火候，只养不驯，少气候。"

他起身将两个包间的隔断板拉好，把村民们庆祝的欢声笑语隔在外面，转身回来开始说到自己的经历："你想过没有，你爸我为什么能在这村支书的位置上待三十多年不倒？"

周大齐没有跟上父亲的思维："刚才我尽琢磨鸽子的事了，我都没好好听，请您仔细说说。"

周继海耐心地再次解释："这个驯啊，就是让他们怕你，养，就是让他们敬你，又敬又怕，才能让他们温顺。"

然后又具体解说为什么当时他不仅不拦派出所抓人，而且主动指出周大齐："就拿今天的事来说，你一闹腾，就是为村民出头，就在村民当中立了自己的威，而董学明那小子，却被咱们灭了势。"

周大齐理所当然地说："那是董学明不识时务，你跟大家伙作对，你不找死吗？"

周继海得意地笑了几声："现在，村民都把董学明当成了叛徒，其实，真正的叛徒，是你爹我。"

周大齐吃惊地看着父亲："是您把水务稽查给招来的呀？"

周继海再次得意地笑："董学明想当村主任，我就算计着他肯定要使劲表现。可惜他使错了劲儿，当村主任得村民支持。上面一来查，他傻乎乎地直接站队表态，我们就顺势把屎盆子扣到他脑袋上，给他来个哑巴吃黄连。"

周大齐挑起一块鸽子肉，点头说："这鸽子，我还是得养。"

周继海问为啥，周大齐点点桌子："跟您学驯养啊。"

程光辉两人还在车上讨论周大齐的事。

程光辉依然郁愤难平："咱这所长也太窝囊了吧！你说咱们所长都这样，咱们以后，这工作在这儿，这，这……"

林志龙从容地分析:"这事吧,也不能怪张所,周家湾的事情很复杂,而且复杂在上面。"

林志龙指了指车顶,程光辉若有所思。

晚上,好不容易忙完工作的张永峰换了便装准备下班,一边走向自己的私家车,一边哼着曲子:"……我正在城楼观山景,耳听得城外乱纷纷,旌旗招展……"

张永峰上了车打开车灯,突然照见蹲在派出所门外的程光辉,旁边还立着他的自行车,张永峰赶紧摇下车窗,下车问道:"你小子干什么呢?车坏了?"

程光辉没有回答,直直地看着天上,张永峰随着他的目光看上去,只见一弯新月挂在湛蓝的夜空上,闪着淡淡的清辉。张永峰点点头说:"乌云,是遮不住太阳的。虽然我们的工作很艰难,但是我相信,阳光和正义,一定会到来的。"

程光辉若有所动,慢慢地搓着手指。

张永峰继续说:"周家湾的月亮会圆的,西乡的月亮,也会圆的。"说完催促程光辉赶紧回家,自己转身走向轿车,边走边说:"光辉,你记着我一句话啊,此生应知山水重,愿为初心付此生。"

他一边上车一边哼着曲:"满怀激愤问……"突然发现不对,大声问:"我手刹怎么折了啊?程光辉,我让你送个人怎么把我的手刹弄折了啊?我这路上遇到坡怎么停啊?我就一直踩着啊?程光辉……"

程光辉见情况不对,赶紧骑上自行车,悄悄开溜。

周家父子从酒店回到家里,周大齐说:"这肉也吃了,汤也喝了,跟你商量个事。"

周继海问:"啥事?"

周大齐说:"这马上就要动迁了,运渣土能赚钱,我想先把这坑给占上。"

周继海沉思一下说:"这个买卖可以做啊。我跟你说啊,今天到派出所去堵门的,该发钱就发钱。"

周大齐自信地说:"明白,让董学明竹篮打水一场空。"

周继海又说:"对了,咱们这个村里的财务啊,虽然归镇上管,可是要动钱,那还得村主任同意,盖村委会的大印。"

周大齐笃定地说:"现在大家伙都恨他董学明,他选不上。"

周继海狠狠地说:"选得上选不上是一码事,挑战咱父子俩,是另外一码事,这后一码事,比前一码事重要。"

他说到后面,特别加重了语气,周大齐怔了怔,明白了父亲的意思。

三

过了两天，林志龙就带来消息，说："周家湾用水的事，上了市长办公会，人大代表质询，要求限期解决当地群众吃水难的问题。自来水公司和检察院，要求依法追缴村里偷的水费。最后经过各方讨论，自来水公司同意接水管，水费半价。"

程光辉吃惊地问："这……就这么解决了？"

林志龙苦笑道："对呀，解决了，快速达成共识吗。联席会议上各方博弈，取了一个最大公约数，这个公约数就是大家都想为老百姓办实事，不忍心老百姓受苦。经过这么一闹腾，周家湾吃水难的问题就解决了，是不是挺简单？"

程光辉迟疑一下，说："这不明摆着吗，村委会要选举了，董学明人气相当高，周继海根本不乐意退，前几天的偷水案很有可能就是周继海举报的，他要拿这个事刺激村民，反对董学明。他这点心思啊，把我们都当傻子了。"

张永峰正好提着水壶从办公室出来，接口问："把谁当傻子了？"

两人赶紧问声早，又要帮张所打开水，张永峰推开他们，说："别给我假模假式的，要想为大家干点活，以后早点到，别老是卡着点来上班。哪个警校毕业的啊，教了一身臭毛病。查警容、查装备、查内务、查在岗、查警纪警规……"

张永峰一边大声训斥两人，一边自己下楼打水去了。

被程光辉谈论的董学明一家，正坐在堂屋里吃饭，董妻担忧地说："你说人家摆那么大的排场，他不就摆明了要把你比下去吗？你到底咋想的啊？咱花不花这个钱，请不请？"

董学明一边吃一边思考，坚决地说："这钱肯定不能花，这客也不能请。"

董妻迟疑一下，劝道："要不然你就别参加了呗？咱是弄不过人家的，你赶紧跟镇上说，你主动退出来，听起来也好听啊，是不是？"

董学明叫来女儿："雯雯啊，你看你妈是不是真老了？太啰唆了。人家规定是两人参选，我要不参加，那不就便宜他一个人了？"

董妻说："你就是不到黄河不死心。你看看周大齐心狠手辣，花了这么大的本钱，万一有个闪失，他能饶了你吗？到时弄得里外不是人的。"

董学明沉思着说："我要不参加，那周家湾不就成了他们的天下，拆迁马上就要开始了，他们不知又要耍什么手段呢。"

董妻争辩道："怎么耍手段那也是人家的事。"

董学明认真地说："我是共产党员，我不能坐视不管吧？再说了，他们把持周家湾三十多年了，也该换换气象了。"

正说着，院子里传来一声巨响，董学明一惊，急忙起身，一边问谁啊，一边往外奔去，只见一块巨大的石头砸在院子当中，墙头上又扔进几只死鸡、死鸭子。

周二宝手里拎着一根警棍甩着进来，身后跟着几个马仔，他盯着董学明问："你要参加竞选啊？赶紧退出。"

董学明盯着对方，勇敢地说："这个竞选，我还非参加不可了。"

周二宝恼羞成怒，抬脚踹向董学明，马仔一拥而上，对着董家三人乱打，把他们打倒在地，威胁谩骂，扬长而去。

西集镇派出所接到报警，张永峰立刻带着程光辉赶到西集镇医院，找到董学明的病房，董学明头上包着纱布躺在床上，看见他们，眼泪在眼眶里直转。

程光辉递瓶水给董学明，让他先喝水，董学明为难地看着两人，缓缓说道："张所、程警官，你们就别逼我了。我没啥事，你们都挺忙的，快去工作吧。"

程光辉生气地反问："我们上哪儿去啊？这就是我们的工作！我们俩在这里，你有什么好怕的？董学明，你怕什么？你都被打成这样了，你不要个说法吗？我们就是替你伸张正义的。"

董学明不为所动，只是着急，再次说："你们就别逼我了，我，我真没啥事。"

程光辉更加生气："你没事？那你这个伤是怎么造成的？你这是自己摔的吗？"

董学明迟疑一下："要不，就当是我摔的，行吗？"

程光辉和张永峰相对无语，程光辉失望地把记录本摔在另一张病床上，张永峰安慰说："光辉，你也别着急，也别激动，学明还是有很多顾虑的。学明啊，就是把当天的那个经过啊，你好好地再想一想，别害怕。我们是谁？人民警察！专门保护你们的呀。"

程光辉捡起记录本也过来劝道："学明，这样啊，你也不用想那么复杂，你就说，谁打的？谁？"

董学明抬起头看着两位警察期盼的目光，思想激烈斗争，嘴唇抽动，正要说话，门突然开了，周继海领着周大齐进来，首先招呼张永峰，说："我们来看看，看看学明，和他说句话。"

周继海跟张永峰握手，走到病床前叫了起来："学明呀，你这，这，哪个兔崽子下的这狠手？这分明就是往死里打啊？"

周大齐在一边举起带来的礼物示意,董学明不敢说话。

周继海转头看向张永峰:"张所,这个案子得早点破啊,我们周家湾的人可不能白挨打!"

程光辉意味深长地接口道:"这点您放心,这是我们的工作,我们绝对不会冤枉一个好人,也绝对不会放过一个坏人。"

周继海装作不认识他,指着程光辉问:"这个同志是……"

一旁周大齐接口说:"我同学,程光辉嘛。"

周继海一副恍然大悟的样子:"我想起来了,那天在村口咱见过一面,你和大齐、张梅都是同班同学嘛,我们家还有你们的毕业照。"

程光辉不买他的账,表情严肃地说:"周书记,我们现在是在做笔录,希望你二位回避,不要影响我们的工作,好吗?"

张永峰叫住程光辉,周继海转头看着董学明,扶了扶眼镜框,认真地说:"学明啊,我要跟你说一个非常重要的事情,选举是个大事,我已经跟镇党委的领导讲了,我要从支部书记的位子上退下来。"

张永峰忍不住说:"周书记,你这当村支书的时间可不短了,得有三十多年了啊。"

周继海仰头说:"可不是,我真的是干累了,现在该让年轻人上了。"

程光辉不管不顾地追问:"周书记,你这一句话说完了吗?我们要做笔录,请你配合我们一下。"

周继海微带不满地扫他一眼,说:"我还有半句,半句啊。"转头看着董学明:"我个人的意思,是想让你和大齐两个搭班子……"

董学明从床上坐起惊叫:"我不干,我不干……"

周继海喝断他:"怎么能不干啊!我都是为你好,你咋不领情呢,都是周家湾的人,叔还能害你吗?"

程光辉再次追问:"这半句说完了吗?"

周继海连声说:"说完了,说完了。"然后愤愤地看着董学明。

张永峰过来劝道:"选举的事,咱们下次再说,他现在身体有点不舒服。"

周继海连声说好,让董学明好好养伤,周大齐过来叫道:"别光问他,也问问他老婆孩子,有没有见着施暴的人。"一边说,一边摇头晃脑地往病房外走。

周继海立刻补充:"对对对,这个很重要,你一定要想清楚啊。"

周家父子离去,可是他们带来的某种影响,似乎还留在病房中,三人待了片刻,程光辉碰了碰还在发呆的董学明，准备问话，董学明惊恐地转头看着他，像是有什么扼住了他的思想和心灵。

程光辉和张永峰对看一眼，有些泄气地坐下，缓缓说："董学明，别怕他们，我们替你撑腰，你说，谁打的？"

董学明无神地看着他们，犹豫半晌，还是说："程警官，我是真没看清。"

两位警察彻底泄了气。

周家湾的选举波澜不惊地进行，很快出了结果。

董学明主动退选，周大齐当选村主任，董学明被镇党委任命为村支部书记，村民们围在村委会的公告栏前指指点点，程光辉在人群中表情奇特。

回到所里，张永峰不停地接电话，好不容易接完，把程光辉叫到一边指点说："像这种事，你不能着急，你得听我的。"

程光辉不甘地说："张所，你在派出所这么多年了……"

话还没说完又被电话打断。再次等到张永峰电话接完，程光辉忍不住问："又是来说情的吧？这事要是这么算了，那太窝囊了，那可没法纪了。"

张永峰一边上楼一边说他："你这当警察，又不是一天两天了，办案子要讲究策略。我跟你说句实话吧，这个村委会选举，是全市统一进行的，上面来了很多记者，市里也来了很多人大代表，一方面监督，一方面也是宣传，整个西乡市，村民委员会从选举到基层工作在全国也算名列前茅的，这个你应该知道吧？如果这时候把这件事爆出去，整个西乡市的选举就砸了，到时候，上上下下都得埋怨你，是你影响了西乡的发展，是你把西乡的名声搞臭了，这个黑锅你背不背呀？"

程光辉还是不甘："不是张所，那咱们就看着弄虚作假、胡作非为呀？所有人都帮着他们这样掖着藏着，盖着惯着，这样下去，那烂的就不是周家湾，是西集镇，是西乡市，那就是烂透了。"

他越说越激动，张永峰批评他："你嚷什么啊？我告诉你啊，你这是不法言论，你在这里抱怨有用吗？我就该关你三天想想。公平和正义，不是喊喊口号就完了，你太年轻了，把门锁上。"

程光辉认真地说："反正我当一天警察，就不能让乌云遮住月亮。"

张永峰扭头问："什么意思？朗诵诗歌呢？愿望很美好，但是现实呢？现实是董学明不肯指认凶手，我们无能为力，明白吗？"

程光辉气愤地说："您是所长，您都无能为力，我们怎么干？那就都别干了。"

两人走进张永峰的办公室,张永峰平静地说:"别干了?你以为就你一个人有正义感呀?我曾经是县局刑侦大队的大队长,我怎么到这儿当所长的?我也是跟局长拍过桌子的人!"

程光辉不服气地回击:"张所,您就别说您跟人拍桌子了,您看看您对他们都什么样了,您看看您现在都……韧……"

"韧劲?"张永峰接口说,"当警察还真得有点韧劲,你要是没有这个韧劲,你还真当不了这个警察。你以为所有的警察都威风八面吗?你超级英雄,你厉害,你在警察学校都怎么学的啊?"

张永峰指着自己胸口:"在这儿呢,警徽在这儿呢。公平和正义在这儿呢,明白吗?我再跟你说两句啊,局里边打来电话了,说要重点培养一批学历高的年轻警察,下周你就可以到省厅警官培训中心报到了,名单里有你。我估计啊,学完之后你就可以另行分配了,就不用来我们所里受这份窝囊气了。"

程光辉吃惊:"这……这是要赶我走?我是一个警察,我再有文化,我连正义和公平都坚守不了,我还叫什么警察呀?我害臊不害臊啊。"

张永峰笑着说:"程光辉啊,你别得了便宜还卖乖啊。你本来就是市局下派到我们所锻炼来的,实习期一年,现在时间到了,我文化程度要是高一点,我还想去呢。小伙子,你不错,好好干,我看好你哦。祝你前途无量。"

他用力地拍拍程光辉的肩膀,转身离去,丢下一脸迷茫的程光辉。

四

时间来到2018年。

时光流逝,冲淡一切,抹去了很多人和事,但总有一些东西不会消失。

城市发展日新月异,更多的高楼大厦矗立,更多的城市森林即将从大地上生长,吞噬周边的乡村。

拆迁后的周家湾也发生了巨大的变化。道路平整,两边种上了花和树,沿路的五金小商品餐饮店店面招牌统一了风格,村民们的房屋外立面更新了,加盖的部分看上去也更加和谐统一了,周家湾又迎来一次重大的机遇。

这天,周大齐请了电视台的记者来采访,他得意地对着镜头吹嘘,说周家湾在他上任这几年,发生了翻天覆地的变化。

记者敏感地注意到，他们一边走一边拍，原本在路边唠嗑的人见了周大齐，都躲瘟神似的躲开，记者忍不住问："周主任，我看这村民们好像都有点儿怕……"

周大齐尴尬地掩饰道："也不是怕，是紧张，一看见这扛着摄像机的，怵镜头……"

记者笑着说："现在市政府正在西迁，到时候这西集镇就大变样了。"

周大齐感慨地说："这一大变样啊，就得拆迁改造，说心里话啊，我们村委会这些年来花了不少心血，这一拆啊，还真有点心疼。"

记者点头道："是。听说周家湾这几年，里里外外有了一些变化，您能介绍一下吗？"

周大齐说："主要是好多村民不用出村子，就可以在我们开发公司上班，领工资。"

记者感叹："那周主任您看，咱们能不能找几个村民，一起来谈一谈？"

周大齐无法拒绝，问旁边跟着记录的村民张梅去哪了，村民说没看见，周大齐让记者先别录了，领头向村里走去。

周继海在家里听张梅说周大齐把记者招来了，非常吃惊，张梅解释道："我听大齐说，他是要让更多的人知道周家湾。"

周继海不满地批评："真是糊涂。他就是不知道闷声发大财的道理。走走走，看看去。"

周继海起身拄拐杖往外走。

这边周大齐找了周二宝和刘小翠来接受采访，先命令周二宝把金链子放进衣服里面去，别弄得像个流氓，然后让记者开始。

周二宝紧张地抓住话筒，吞吞吐吐地说："你看，我们大齐哥他，不是，我们周主任啊，从来都是个好人，啊，这个讲卫生，爱学习，遵纪守法……"

周大齐在一旁不满地打断他："你说什么呢这是？"

周二宝皮着脸说："我还没说英勇就义呢。"

周大齐怒了："给你脸了是吧？还讲卫生，爱学习，你咋不说我还帮寡妇挑过水！"

周二宝一愣，问："哪个寡妇啊？"

周大齐不想再理他，转过头叫刘小翠："你来。"

刘小翠边走边化妆，转头问："我来？你觉得我好看吗？"

周大齐不满地说："你是接受采访，你要走秀怎么的？自己到这边来。"

刘小翠叫道："讨厌，我这不是第一次上镜吗？"

周大齐无奈地摸头："你跟记者同志好好说一说，我们这些年，是怎么开展工作的。"

记者把话筒递到刘小翠身前："你来讲两句。"

刘小翠先问:"我看哪儿?"

周大齐答:"你看摄像机。"

刘小翠干笑着面对镜头:"这个,这些年,我们大齐,不是,我们周主任从细、从实抓……"

周二宝躲在刘小翠身边比着"V"字手势,接口问:"抓你哪儿了?"

周大齐把周二宝拉到一边,命令刘小翠:"好好说。"

刘小翠有些害怕地说:"我紧张呢。"

记者安慰她:"没事,别紧张,轻松点。"

刘小翠笑:"好,我再来一次。"

周大齐叫摄像:"你录她,别录我。"

刘小翠继续紧张地说:"这些年,我们,周主任,要求我们这个,从细、从实抓起,抓……"

记者一边期待地举手提示:"抓,抓什么? 主要?"

刘小翠更加紧张:"抓那个……"

旁边屋里的耿长顺听了好一会了,忍不住出口讥讽说:"抓手摸……"

他刚刚因为鸽子的事被周大齐教训了一顿,腿打断了,绑着石膏,脸上也有伤痕。

长顺媳妇赶紧过来制止他:"你闭嘴,你不说话,没人把你当哑巴。"

门外记者不解地问:"抓手摸……"

周大齐臊得怒也不是,不怒也不是,吩咐说:"你把他们这一段,全部都抹了……说的什么玩意……"

张梅匆匆跑来,上前解围:"还是我来说吧。"

周大齐拉她到镜头前:"张梅,你给记者同志介绍一下咱们周家湾的情况。"

张梅点头:"好。我来说吧。这几年,周主任要求我们从细、从实抓起,主要是以平整土地为抓手,解决好村民的水、电、路问题,摸索新农村建设的发展方向。"

记者问:"请问您是?"

张梅落落大方地答道:"我是这个村的村民,也是妇女主任,我叫张梅。"

记者又问:"张主任您好,村里的房子看着也新,是村里出钱还是个人出钱?"

张梅还没有回答,耿长顺拄着拐杖冲出门抢着说:"天上哪有什么馅饼,只有砸脑袋的冰雹!"

长顺媳妇赶紧拉住他:"你真喝大酒了啊,赶紧给我回去。大齐,不好意思啊,他喝多了。你丢人丢到家了,你给我回去。"

周大齐冷冷地看着他们,没有说话。

长顺媳妇慌张地把耿长顺拉回家,关上门。耿长顺不满地问:"他什么时候在这儿的?"

长顺媳妇生气地埋怨他:"我说,你管人家的,你不给人家干了,也别拆人家的台啊,心里没点数!"

耿长顺恨恨地说:"这个周大齐,死几只鸽子就把我给开了,还把我打成这样……"

长顺媳妇赶紧让他小声点。

张梅不理那些干扰,继续侃侃而谈:"这件事情,是村里统一规划,村民出资。当然,村民所以能出得起钱,主要还是因为村民不出村就能上班领工资。"

不远处躲着观看的周继海满意地点头。

张梅说完又建议说:"记者同志,我再带你们去看看我们村的绿化吧?"

记者点头同意,张梅一边走一边介绍:"不光大街面种树见绿已是常态了,就是胡同里的家家户户门口,也都种花见红……"

长顺媳妇还在劝耿长顺:"这回啊,眼看着咱真的要拆迁了,你说咱们家还不是得觍着脸去求人家?"

耿长顺无奈而不甘地沉思。

晚上周大齐回到家里,周继海教训他:"这两年天天'打老虎',多少大人物都进去了,你连苍蝇都不是,还那么嚣张。"

周大齐不以为然地笑着说:"那我还知道,这墙里开花墙外香呢。要想当这优秀的村干部,进政协,就得鼓与吹,这叫什么? 舆论! 自我包装! 我跟几个朋友已经打过招呼了,下次政协换届,我也想要个位置。"

周继海惊讶地问道:"你又找谁了?"

周大齐摇头说:"您放心,你的那几位老朋友,德高望重的,一时半会儿我用不上。"

周继海舒了口气:"你知道就好。这人情啊,要用在刀刃上。你这次的人情,花了多少?"

周大齐得意地伸出手指比了个"二"。

周继海问:"二十?"

周大齐不屑地说:"物价这么高,二十够吗?"

周继海吃惊地叫了起来:"二百?"随后痛苦地摸后脑勺。

周大齐安慰说:"爸啊,现在的很多朋友啊,就喜欢喝喝茶,养养鸽子,跟你似的,我这叫以鸽会友,广结善缘。"

周继海叹着气说:"我跟你说了多少次了,这人情靠养,不靠买。"说着生气地转身就走。

周大齐赶紧说:"是,您说得都对,可那得需要时间,马上就要拆迁了,只有买才快。我这心啊,比你大,我装的不只是咱周家湾。"周大齐起身跟着父亲走到客厅。

周继海转身说:"我问你,这次买鸽子的钱,走的都是村里的账?"

周大齐用力地点头:"道理我都懂,回头我把账都做平了。"

周继海叹了口气,无奈地接受儿子的行为。

周大齐却想起了什么,坐下问:"不对啊,那张梅在背后,又捣鼓我什么来着呀?"

周继海缓缓地说:"要不是张梅在场,那个花里胡哨的刘小翠当着镜头非把你说成个大花脸不可。"

周大齐不以为然地说:"爸我承认,刘小翠是不会说话,可对我知冷知热会伺候人,张梅再好,见了我也跟个冰块似的。"

周继海说:"那是你把热乎气都给了刘小翠,你就不能把那热乎气分一点给张梅吗?"

周大齐摆手说:"那张梅打小就不待见我,后来考上大学,那了不得了,一个笑模样都很难见着啊。"

周继海自信地说:"只要我在,早晚她会给你笑脸的。"

周大齐又摆手:"您甭操那心,她对我没那心思。"

周继海沉声问:"那你就不能主动点?我跟你说啊,咱们爷俩念书少,这辈子就这样了,我还真指望你娶个念过大学的老婆,帮着周家撑撑门面,优化下一代……"

程光辉突然打电话给林志龙,要回西集镇逛逛,林志龙开车来接程光辉。

他们好久没有见面了,一上车就高兴地聊开了。

林志龙感叹道:"你这几年干得可以啊,结了婚,生了子,而且还参与了省厅里好几个刑侦大案,立了二等功和三等功,不像我啊,就在所里边原地踏步。"

程光辉摇头:"我倒想像你这样。你是知道的,我对西集这个地方,是有心结的,我当时怎么走的,我多憋屈啊。这周家父子,现在还这么飞扬跋扈的?"

林志龙说:"扫黑以后,他们不敢那么嚣张了,但以前那些事情啊,也是触目惊心。我们一直在暗暗收集证据,绝不能放过他们。光辉,你这次回来,到底是办案呢,还是借着休假的名义微服私访?"

程光辉不由得一愣神。

这个问题让他不由得想起了不久前汉北省政法委常务副书记、省扫黑除恶办公室主任沈海涛跟他的一次谈话……

沈海涛严肃地说:"周家湾的情况,我们是有所掌握的。鉴于你之前在那里工作过,经领导沟通,派你先过去摸摸情况。"

程光辉用同样严肃的表情回答:"沈主任,正好我手头有个案子,涉及西乡,我就借这个机会,把周家湾的情况再摸一遍。"

沈海涛点头同意:"可以。光辉,你记住,及时汇报,但可千万不要打草惊蛇。"

他自然不能告诉林志龙真实情况,只好欺骗一次老朋友了:"我想老同学了,我来看看老同学。"

林志龙不相信:"你可拉倒吧,那我不问了,行吗?"

前面的渣土车突然掉下几块石头,林志龙眼明手快,打着方向盘避开,然后说:"你这一回来,他们就跑出来了啊,真配合。"

程光辉叫林志龙跟上去看看,紧追不舍,一直追到西集镇,发现那三辆半挂厢式卡车停靠在路边,司机们吃着盒饭、泡面,两人把警车停下,程光辉让林志龙在车上等他,独自下车过去。

周二宝正靠在小卖部柜台上啃冰棍,电视机里正在播放西乡电视台的专题片《周家湾的致富带头人》。电视里的周大齐坐在写字桌前,背后整排的书柜,衣装笔挺,对着镜头侃侃而谈:"我一直强调,要从实、从细抓起,以平整土地为抓手……"

周二宝忍不住笑了起来,店主问他笑什么,周二宝得意地说:"大齐哥,不认识啊?"

店主说:"认识啊,上了电视人模狗样的,怪不得了。"

周二宝问:"'怪不得'什么啊?"

店主一边指挥伙计往里边搬货,一边说:"怪不得,什么事都能够摆平。"

周二宝瞪他:"你别哪壶不开提哪壶,我这现在憋着挣钱呢。"

店主赶紧认错,又问:"就你还挣钱啊?这大卡车开的。"

周二宝大声说:"我大齐哥说不够就不够,他现在憋着办大事呢。"

一人接口问:"办什么大事啊?"

程光辉从他身后走来。

周二宝一转头,赶紧招呼:"程警官,那个,好长时间不见了啊……"

程光辉看着穿着西装的周二宝,调侃说:"混得不错啊。"

周二宝亲热地碰碰程光辉:"这不是托大齐哥的福吗?我这,搞点运输。"

程光辉问:"这车是你们的?"

周二宝得意地指点着:"不止这一辆,这辆,这辆,都是我的。"

程光辉点点头:"看来这几年,买卖做大了啊。"

周二宝继续嘚瑟:"大齐哥的公司,我是主要负责人,都指着我呢,这天天都得过来盯着,是吧?"

程光辉又问:"是挺忙的,都运什么呀?"

周二宝这下犹豫起来,含混地说:"运,运货。"

转身叫店主拿两瓶水,记他账上,不准收钱,然后慌慌张张地跑了。

程光辉若有所思地看着周二宝的背影,回到车上。林志龙说:"你看看他们一个两个嚣张跋扈的样子,他们还以为这西集镇呢,是他们的天下。"

程光辉淡淡地说:"我看看是他们的天下,还是法治的天下。"

程光辉掏出手机,把刚才拍的一组照片发走,再拨打电话:"毛队,我刚才给你发了几张照片,我估计他们是偷运渣土的,你们交警不是和城管在搞渣土车专项行动吗,我提供个线索。"

毛队在电话里说:"整这么麻烦干什么,你帮着取个证给他们不就得了?"

程光辉继续语音:"我出面不合适,你跟他们熟,你说一声吧。就这样啊。"

林志龙在一旁听到,恍悟称赞:"可以啊光辉,几年不见,懂得曲线救国了。"

程光辉让他开车。

周继海在家里也看见了儿子在电视上指手画脚:"……你们进村子里的时候已经看见了,我们村子里的房子,都是统一规划的,这不是……"

他生气地关了电视机,起身,愤愤地说:"都扫黑除恶了,还敢这么高调。"

张梅也看了刚才的电视,安慰说:"叔,时代不一样了,现在得靠宣传,周家湾才能走得出去。"

周继海突然转了话头问张梅:"张梅啊,你跟我说实话,你觉得大齐这人咋样?"

张梅说:"周主任很有创新精神,也挺有魄力的。"

周继海不屑地说:"你可真行,就这么油光水滑的词也能用到他身上。"

张梅解释说:"周家湾这几年的经济指标一直在上升,这都是周主任的功劳。"

周继海说:"要说和过去比,周家湾的确是富了,大家伙手里头也有一些富余的钱,可要说起这个环境污染和占用基本农田盖房子,这要是上级领导追究下来呀,咱们也是一屁股屎。大齐啊没有读过几年书,对有些问题的后果他看不出来,所以我把你提上来,让你进了班子,就是希望你在有些关键的时候,能帮他把把关。"

张梅表态说:"你放心吧,村里的工作我会做好的。"

周继海又说:"大齐呢,在历史上的确有些污点,所以他不能上正式的台面,可你不一样,你有思想、有文化、有前途,将来咱们周家湾扛旗的人啊,一定是你。"

他亲自沏了一壶茶递给张梅,张梅再次表态:"我会配合好周主任工作的。"

周继海又回到他刚才的话题:"撑死胆大的,饿死胆小的。可是他啊,宁可被撑死,也不愿被饿死。我就是担心他太狂了,没有人能够制得住他。"

张梅安慰说:"不是还有您在吗?"

周继海反问:"我还能护住他一辈子吗?张梅啊,现在我老了,有你在他身边,我还能放心点。"

张梅的手机响了:"叔,我接个电话。"

程光辉在电话中报了名,张梅忍不住吃惊地叫道"光辉",周继海听了也是一惊,张梅赶紧走到外面接听,周继海若有所思。

程光辉和张梅在村口一见面,张梅就说:"你来找我是为了周大齐吧?"

程光辉迟疑一下,说:"我在电视上看见你了。"

张梅说:"有什么话你就直说吧。"

程光辉说:"你在电视上对周大齐评价挺高。"

张梅问:"有什么问题吗?"

程光辉冷冷道:"他是个什么东西,你应该很清楚吧?"

张梅点点头,分辩说:"光辉啊,村里不比城里,做个干部不容易。如果你来,就是要问我为什么帮周家说话,那我可以告诉你,我不是为了周家,我是为了周家湾。你别忘了,我是周家湾的妇女主任,这是我的工作。"

程光辉点头:"是,你是党员,你是干部,你应该清楚什么事可以做,什么事不能做。"

张梅再次点头,再次分辩道:"周大齐他是有很多不好的地方,但是这些年来,周家湾的改变也是实实在在的,我只能跟你保证,我会在我的能力范围内做个好人。光辉,改变自己都很难,更何况改变别人。"

程光辉冷冷道:"这周家湾的人,要改变就这么难,这里面有什么事,你不清楚吗?"

张梅继续分辩:"可能是因为威信吧。"

程光辉不解："威信？你说他们有威信？他们只有威，没有信。"

周大齐慢慢地走近，走到两人身边站住："如果我不当这个村主任，谁服我？同样的道理，如果你不穿那身警服，谁怕你啊？"

三人陷入短暂的沉默。

程光辉抬头看他："周大齐，作为同学，我最后再劝告你一次，你还是收敛一点好。"

周大齐装模作样点点头："这句话我同样送给你，三更半夜，孤男寡女，你想干什么？别忘了，你是一个结了婚的公务人员。"

三人冷冷对峙。

周大齐推了推张梅，张梅转身离去，周大齐跟着离开，经过程光辉身边的时候，周大齐冷冷地说："别总想着找别人麻烦，到头来把人惹急了收不了场才麻烦。"

五

大齐运输公司的渣土车出事了。

接到程光辉的举报，城管跟交警联合执法，拦住了几辆渣土车，准备处理，周二宝立刻带人将交警和城管团团围住，城管向他们解释全市整治渣土车，这是顶风作案，老百姓骂成什么样了，渣土车惹了多少祸，我们都能查到，监控都能拍到。

周二宝一掌将一名工作人员推开："你哪只眼睛看见了？"随后指使村民围殴交警和城管。周大齐一直躲在远处一辆渣土车后面观看着现场。

西集镇派出所接到报警全体出动，张永峰带着警察赶到现场时，交警和城管被打倒了，张永峰把周二宝等村民带回了派出所。

程光辉在家逗弄儿子吃饼干，妻子招呼他们吃饭了，程光辉刚扒了一口饭，就看见电视新闻上播音员在说："近日，西乡市开展为期一个月的整治非法装运倾倒渣土乱象专项行动，今天下午，由市公安局、市城管局、市安监局、市住建局组成的联合执法队，在重要关卡设卡检查……"

他放下了手中的饭碗，站了起来。

西乡市公安局副局长关寿发来到西集镇派出所，训斥张永峰："这简直是在打我们市整个公安系统的脸！永峰同志，嫌疑人是你们周家湾的，这起案件已经不是一起简单的刑事案件了，它涉及我们执法的威信，涉及乡村治安，市里是非常重视的，我们已经开会做了研究，立刻成立专案组，刑警、治安都要上，检察院也要上。哦，对了，现在，受伤的人员情况怎么样?"

张永峰答:"人还在医院,伤情鉴定结果还没有出来。"

关寿发说:"好,拿到鉴定结果,立刻行动。这起案件不一查到底,绝不算完。"

张永峰说:"抓了的周二宝只是爪牙,那就严办幕后指使周大齐?"

关寿发却不接话,顾左右而言他,问起被打警察的伤势,说这个案子必须彻查。

警方立刻抓捕这次打人事件的主谋周大齐。

当着周家湾周继海、张梅、董学明、耿长顺等人的面,警察把周大齐押上警车带离。

张永峰跟程光辉准备去找那个小卖部的店主取证,一路上,说起周家湾,程光辉还是愤愤不平:"离开周家湾,我这口气就没咽下去,这周大齐胆子是越来越大了啊。"

张永峰淡淡地说:"人家背后有保护伞哪……"

程光辉接口说:"而且这保护伞还不是泛泛之辈。所以咱们得盯着周大齐,盯住他这条线,揪出后边的保护伞来。"

张永峰故作感叹:"口气不小啊,给我说点具体的,这样我好帮你啊。"

程光辉得意地一笑:"张所,就等着您这句话呢。"

张永峰首先询问那个小卖部店主小蒋:"周二宝他们白天运渣土是从什么时候开始的?"

小蒋瞥一眼门神似的站在一边的程光辉,上次程光辉来买水跟周二宝套的"近乎"让他感到迷惑,小蒋小声问:"你是帮他呢,还是不帮?"

张永峰问:"什么帮不帮的啊?你实话实说。"

小蒋回忆说:"周二宝以前也是夜间运,白天,也就干了一个多月吧,说是给他大哥挣点快钱,这不是大卡车速度太快刹不住,出了两回事故了,你看,隔壁轮胎店的儿子,就是被大卡车撞了,人给撞傻了,挺可怜的。"

张永峰点头,又问:"后来呢?"

小蒋继续说:"后来周大齐出面,赔了五万块钱,对方一开始不同意,周大齐找人打了一顿,那头才不敢吱声,反倒是周二宝心里过意不去,后来周二宝车队的车,都在那里修车、补胎、洗车,也算一种补偿吧。张所,我就知道这么多。"

张永峰谢过小蒋,两人来到轮胎店,刚一问话,男孩父亲轻蔑地看着两人说:"你们办得了周大齐吗?"

张永峰笑着说:"老赵,话可不能这么说啊,只要你有证据,我们一定能办得了他。"

老赵一摆手:"你还是办不了。"

张永峰继续劝导："现在不一样了,中央要求依法严厉打击黑恶势力,坚决维护咱们人民群众的合法权益,老赵……"

老赵再次打断他："不可能,西乡就没人能办得了他,你别忽悠我了,赶紧走吧。我不想让周大齐知道你来找过我。"说着就推张永峰出门。

张永峰还是不放弃,更加诚恳地说："老赵,你就信我一回,就一回,行不行?"

老赵看着他,张永峰也期盼地看着老赵。门外的程光辉也看着他们。

老赵终于点头,说："行,你等会儿。"

张永峰高兴地说："好,老赵,不着急。"张永峰转头跟程光辉相视一笑,程光辉竖起拇指。

上了车,他们播放刚才老赵给他们的录音,是当时周大齐指挥打手打人的情况："别打了,别打了……"

"不知好歹是吧,你们给脸不要脸……"

"他都傻了,以后我可怎么办啊……"

"敬酒不吃吃罚酒,是不是?"

"我就这一个儿子啊……"

"去……"

……

两人听着录音,脸上都是严肃而愤怒的表情。

派出所里,周大齐被民警押向审讯室,正好碰见刚刚审讯完的周二宝,周二宝招呼一声"哥",周大齐举起手不说话,周二宝频频回头。

张永峰亲自对周大齐进行审讯。一位民警问话："周大齐,把你16日下午组织攻击联合执法队伍的情况说一下。"

周大齐闭上眼,似乎就要入睡,张永峰叫他："说话。"

周大齐睁开眼,哀求道："张所,别为难我了,电视上都播了,网上传得到处都是,你说你们都知道的事,何必还问我呢?"

民警呵斥道："问你话呢,如实回答。"

周大齐不屑地指着民警："年轻了不是? 注意态度。我没什么好说的,这回算是撞枪口上了,你们怎么说,我怎么认。"

张永峰问："你什么态度啊? 笔录是必要的程序,你认真配合,好不好?"

周大齐点头："好的,张所。非要让我说,我就说一句话,我们是农民,好不容易找了个饭碗运渣土,那也是支援国家建设,咱们不能这样就把老百姓的生计给断了,这不合适。"

张永峰突兀地转换问话:"轮胎店主儿子的事情,这个你知道吗?"

周大齐问:"谁?什么事情?"

张永峰问:"人是不是你们撞的?"

周大齐略一思忖:"撞没撞着人我不知道,但是我知道,这车肯定不是我开的。"

这边刚刚做了笔录,关寿发的电话就打了过来:"永峰同志,我先代表专案组对受伤的人员表示慰问。我刚接到上级的指示,对凶手,一定要严惩,对待受伤的人员,一定要进行最大限度的赔偿,运输渣土的企业要彻底关停,还有,最重要的一点,就是要识大体,顾大局,不能因为这件事情影响到西乡市的形象。"

这个电话接到一半的时候,程光辉正好来到张永峰的办公室,张永峰叫他一起来听,电话刚一挂,周继海和张梅冲进了张永峰的办公室,发现程光辉也在时,周继海不禁一怔:"哎哟,光辉你回来了?"

程光辉只得应了一声:"周书记。"

周继海故作夸张地问:"你这是省厅领导下来视察工作?"

程光辉盯着对方不答反问:"您欢迎我吗?"

周继海表情丰富地说:"欢迎啊,当然欢迎啊。"

周继海转头对张永峰说:"张所啊,这个,这个事情啊,我真的是有点难以启齿。"

张梅适时接话说:"张所,您看村里出这事,又给您添麻烦了,老书记这次是来负荆请罪的。"

周继海连连点头,张永峰不为所动,挥挥扇子:"说说吧。"

周继海低下头,还是张梅说话:"我们村两委连夜开会,决定对运输公司进行停业整顿,受伤人员的医疗费也由开发公司全部负责。"

周继海再接话说:"对对对。张所啊,我听说啊,这个被打的同志是轻微伤,我就想来商量一下,看能不能先把大齐给放了。"

程光辉吃惊地问:"轻微伤?周书记,大伙可都看见了,那可不叫轻微伤。"

周继海刚要争辩,张永峰淡淡地说:"你当派出所是你家后花园啊,说放就放?"

周继海一听这口气,明白了张永峰的决定,语气也强硬起来:"张所,我没有别的意思,你该拘留就拘留,该逮捕就逮捕,我相信,你张所一定会秉公执法。"

张永峰站起身:"我一定会秉公执法的,这个,不用周书记教。"

张永峰说着又拉开门:"我们现在还忙着呢。不送了,周书记。"

周继海尴尬地点头说好,招呼张梅离去,一走出派出所的门,就忍不住骂道:"狗东西,真不识抬举。"

办公室里,张永峰思忖着说:"关局刚给完咱们压力,周继海就过来了。按理说,这录音也交上去了,应该没什么问题了。"

程光辉冷冷地说:"看来这把保护伞不小啊。"

六

这天回到家里,程光辉亲自下厨,拌了藕片,向妻子吹嘘好吃极了,妻子孙小洁叫他喝她煲的汤,程光辉转头叫儿子:"天歌啊,你可得喝牛奶啊,喝牛奶才能长爸爸这么高的个儿。"

程光辉走向客厅,正好新闻播到:"西集镇周家湾村村委会原主任周大齐聚众妨害执行公务案宣判,市中级人民法院以妨害公务罪,依法判处周大齐有期徒刑六个月,缓刑一年……"

他的手机响了,是张永峰打来的,他也刚看了这个新闻,两人面对这一判决结果都很意外,表情都很严峻。

他们都有一种不好的预感,周大齐一出来就可能去报复那个提供录音证据的轮胎店店主,两人立刻赶往轮胎店,却见卷闸门紧闭,门前一片狼藉——他们很可能已经来晚了。

程光辉敲门问:"有人吗?有人吗?"

没有任何回应。

周大齐现在在报复另外一个人。

他坐在包间的椅子上,身后站着几个打手,周二宝被罚跪在饭桌上,喝了十多瓶啤酒,开始呕吐,还要逼他继续喝。

周大齐冷酷地看着他:"二宝啊,知道为什么这一次关了我这么久吗?是因为有人举报我了,捅到省里头去了。"

周二宝分辩说:"大齐哥,真不是我。"

周大齐冷哼:"我知道不是你,你不可能干这种事,但是你不干,不代表你的朋友不会干。来吧,续上。"

周二宝哀求道："我真喝不动了，大齐哥，喝不动了。"

周二宝不住地用头叩在桌面上求情。

打手们把周二宝架起拖出门外，在楼梯间，周大齐示意说："你们先走。"

打手们就把周二宝往楼梯上一扔，周二宝直接从楼梯上滚下去，摔昏过去。

张永峰再次询问小卖部店主："小蒋，你犹豫什么呢？你就给我们说说，隔壁那父子俩去哪儿了。"

小蒋为难地说："我真不知道啊。"

程光辉问："之前这儿有人来闹过吧？"

小蒋摇头说："没有。"

程光辉不信，也有点生气："没有？这店砸成这样你没听见动静？"

小蒋还是摇头："没听见。"

张永峰挥手示意程光辉离开，他来询问，张永峰转头温和地对小蒋说："你别害怕，我们俩这个意思呀……"

小蒋的电话响了，他趁机拿起手机说："张所你看，我还忙着呢，我就不招待你了。"

张永峰只好沮丧地离开，招呼程光辉："那边去看看。"

小蒋看着他们失意的背影，犹豫了一下，拉开抽屉，把里面轮胎店主留下的信取出来放在柜台上，又拿了两瓶水压在上面，大声叫张永峰："张所，你的水。"

张永峰和程光辉回头，表情奇特地看着他。

周继海在家对着刚刚回家的儿子发脾气："你说这征地拆迁，有多少要签字要走账的事，偏偏在这个时候，你为个什么渣土车，村委会主任丢了。"

周大齐淡定地劝说："怪不得您那血压下不来呢，您消消气。"

周继海长叹一声："我已经替你想好了。"

周大齐问："怎么说？"

周继海答："把张梅扶起来。"

周大齐摇头问："她能听话？"

周继海平静地答："让她听话也简单，你把她娶进门不就行了？"

周大齐不解："我娶她那小翠怎么办啊？跟了我那么多年了，我不能不仁不义，爸。"

周继海弯腰认真地看着儿子："你还讲起情义来了，钱跟你讲情义吗？我说行就行，要不你回号子里去。"周继海断然做了决定。

周大齐叫道："爸啊，就张梅那身板……"

周大齐一副无奈的样子,心里却知道,既然他父亲做了决定,那就是必然要去做,哪怕是不择手段。

周继海叫张梅来陪周大齐到处逛逛,散散心。

张梅陪着周大齐开车驶出周家湾,同时提醒他缓刑期间不是自由人,不能乱走。

周大齐将事先准备的一瓶下了药的矿泉水递给张梅,说:"我爸这么精心培养你,是为了看着我呀?"

张梅说:"周叔叫我来,是陪你散心的。"

周大齐趁机表现:"散心好啊。放心吧,我哪儿都不去。以前我是玩心重,现在是玩够了,就想干事业,干大事业!"

张梅的手机响了,正是程光辉打来的。

周大齐叫她接,伸手按了免提键。

程光辉在电话中说:"张梅,你通知周大齐,来派出所报到。"

周大齐抓过手机说:"程光辉,你现在是省厅的人,手伸得够长的啊,我去不去派出所,跟你省厅有什么关系啊?"

张梅拿回手机:"光辉,别听他胡说啊。"

程光辉在电话中说:"你告诉周大齐,我现在有个案子跟周家湾有关,需要他过来配合调查,他不来可以,但是不来的后果,他自己想清楚。"

这天晚上,趁着张梅被下药,周大齐侵犯了她。

等到张梅醒来时,发现躺在身边赤身裸体的周大齐,顿时明白过来了,她又羞又恼,又怒又急,从床上跳起抓起衣服胡乱穿上就要逃离。

周大齐拉住她,张梅愤怒地打他抓他,周大齐涎着脸皮安慰,正在拉扯之际,早有准备的周继海出现,狠狠一记耳光打在周大齐脸上:"畜生!"

然后转头对张梅正气凛然地说:"张梅,你别惯着他啊,你也别看我这张老脸,报警,报110,你就说他强奸你,让他在监狱里蹲一辈子!"

周大齐装作无辜地叫道:"爸,你为什么打我啊?"

周继海怒道:"我为什么打你你不知道吗?"

周大齐继续装:"我不知道啊。"

周继海指着张梅:"你对张梅都干啥了?你不知道!跟张梅道歉!"

周大齐从容地解释:"我道什么歉啊!昨天晚上我们俩是在一起,那不喝了点酒我以为两情相悦,情到深处都……"

张梅愤怒地站起身要扑过去:"周大齐,你还是个人吗?"

周继海拦住她,张梅从包里找出手机要报警,周大齐毫不在意地问:"报警,你那儿有证据吗?你那儿要没有的话,我这儿有。"

周继海装作愤怒地问:"你还有证据?"

周继海走过去看。

周大齐把他推开:"你这么大岁数就别看了,回头血压再上去。"

他调出视频走过去给张梅看:"是不是你啊?"

张梅愤怒地问:"你拍什么了?"

周大齐故意拦住她:"你等会儿,别别,我没拍什么,就拍了点咱们俩的温存时刻。"

周大齐展示视频。

——张梅抱住周大齐,喃喃叫道"大齐"。

张梅大叫:"你删了,把手机给我……"

周大齐说:"看清楚了。"

周继海愤怒地大叫:"周大齐,关了!"

周大齐呵呵笑道:"关了关了。爸啊,这时候你该评评理了吧,到底谁占谁便宜啊?"

张梅气极,站在那里不知所措。

周大齐叫她:"张梅,要不这样,把它发到网上去,让大家伙评评理……"

周继海给他一掌:"你别得了便宜还卖乖啊!滚!"

周继海把周大齐赶到门边,过去拉着张梅坐下,劝说道:"现在看来啊,这个,大齐他是真的喜欢你呀,他就是有点太着急了,才干出这种事来,你看现在这种情况,要真是传出去了,对你也不好,要不然,要不然咱就大事化小,坏事变好,你看行不行?"

张梅哀伤地摇头:"不行。"转身又要去拿手机,周继海赶紧拦住她:"张梅,张梅,我知道你现在在气头上呢,你看啊,我们周家是讲诚意的,村支书的位置我把你扶上去,然后再让大齐明媒正娶,给你办一个最大的场面,行不行?"

张梅还是摇头:"这些我都不要。"说完起身要冲出去。

周继海大声叫道:"你走了,你走了你奶奶怎么办?"

张梅一下僵在门口,周继海追过去:"张梅啊,你说,你奶奶现在在养老院,有吃有住,有人伺候,你这要是一走,你奶奶万一……"

张梅再也无法迈动脚步,屋外的周大齐慢慢转动脑袋,脸上浮现得意的奸笑。

七

西乡市公安局召开了党员干部大会。

西乡市公安局朱局长在会上讲话："同志们，中央督导组昨天进驻了汉北省，并召开了专门的督导工作会议，下面，我给大家传达一下省里的精神。"

朱局长环视会场："扫黑除恶督导，是推动专项斗争深入开展的利器，是贯彻落实党中央决策部署的重大举措，聚焦重大案件，'破网打伞'，从今天开始，全员取消休假，等候行动的通知……"

会场一片肃静凝重，关寿发表情奇特，若有所思。

会后，汉北省政法委常务副书记、省扫黑除恶办公室主任沈海涛对程光辉做了进一步的工作安排："这次中央督导组过来，力度很大，我们决定，把周氏父子案列为重点案件，争取中央督办。周家湾你整理的材料，我看过了，整体还不错，但是还不够，有些证据还不够强，有一些证据，关联性还不大，你要用这段时间，配合两级政法机构，收集更多的证据，为我们接下来的收网行动，做好充分准备。"

程光辉立正，敬礼，响亮地回答："是。"

董学明被"请"去跟周大齐见面。

周大齐在周家湾大饭店的包间里等着，只有他一个人，背对着门口。董学明进去的时候，悄悄按下手表上的录音按钮。

听到手下的打手喊"大哥，人带来了"，再听到董学明畏缩的脚步，周大齐淡淡地说："学明，够忙的呀。我还以为这中饭，得变晚饭了啊。"

董学明也不入席，就站在桌边："咱就别拐弯抹角了，有什么事你就直说吧。"

周大齐转头看他，起身把他按在刚才自己的座位坐下，自己也在一旁坐下："我想跟你换个位子。你把村支部书记的位子让给张梅，你做村主任，你看行不行？"

董学明认真地说："这事我说了不算……"

周大齐打断他："不用你说了算，我就问你同不同意？当然了，我是带着诚意来的。"

他拿起刚才放在椅子边的公文包，从里面拿出几份文件："你看，西谊集团中了西乡大厦拆迁的标，好几个亿的项目啊，我给你百分之五的股份，同不同意？"

董学明看着周大齐摇晃在他面前的五指，没有反应。周大齐又说："之前的事，一笔勾销了。"

董学明放下文件,盯着周大齐:"周大齐,你终于承认你打我了?"

周大齐不答,拿起桌上的酒瓶,看着董学明:"我最后问你一遍,同意,还是不同意?"

董学明看看周大齐,又转头看看站在门口的打手,没有回答,周大齐手一松,酒瓶落下,董学明双手接住,左思右想,猛然倒满一个分酒器,迟疑一下,仰头一饮而尽,喘着气说:"拆迁不是个好活,你真干得了?周家湾家家户户都加盖,别的不说,就你大姑这个饭店,你拆得下去?"

周大齐手放在桌上撑着头,淡淡地说:"我为国家效劳,别说拆个饭店,挖我们家祖坟都行。"

董学明颤抖着点头:"好,你要真能做到六亲不认,我就服你,你比你老爷子厉害。"

他竖起大拇指。

周大齐看着董学明,脸上露出满意的表情。

董学明一回来就跟程光辉悄悄地在车上见了面,把录音给了程光辉:"我就录了这么多。"然后又问:"张梅怎么可能嫁给周大齐呢?张梅是我们村妇女主任,又上过大学,周大齐刚放出来,他现在要干拆迁,这是把周家湾的老百姓往死里逼,张梅要是跟他同流合污了,周家湾的人怎么看她,她怎么工作?再说了,还有刘小翠,刘小翠一直跟周大齐好了这么多年……"

程光辉示意董学明:"你先等我一下,这个我会去调查,这样吧,手表你收好,你先回去吧。"

董学明不解:"回去?"

程光辉故意问:"我送你啊?"

董学明赶紧拒绝:"不不,你别送我。"

程光辉叮嘱他:"你也注意安全。"

董学明说:"我有装备。"

他戴上眼镜、口罩,头上还有顶帽子,将自己遮得严严实实,挥手告别。

党员干部大会以后,关寿发一直忐忑,这天在局里突然接到一个神秘的电话:"现在中央在省里督办,你们要低调一点,还有,程光辉现在进了省扫黑办公室了。"

关寿发一边紧张地环视四周有没有异常,一边连连答应。

与此同时,沈海涛带着程光辉走进专案组的大办公室,大声招呼道:"来,大家静一下,我给大家介绍一下啊,这位是省厅刑侦总队的程光辉同志,从今天开始,正式加入我们,欢迎。"

大办公室里所有的同志都一起鼓掌。

程光辉开车跟张永峰一起去所里,张永峰高兴地感叹说:"光辉,这几年你干得不错啊。周家湾这个案子,已经成了省厅的重点案子了。"

程光辉点着头说:"我倒想看看,他们幕后的保护伞到底是谁?轮胎店老板的录音,我只给了扫黑办,那周大齐怎么知道的呢?他们上上下下肯定是有联系的。"

张永峰安慰他:"别着急,慢慢来,你不又回到所里来了吗?能渗透进扫黑办的人,都不是一般的人物。光辉,咱俩一起努力,这些保护伞出现的时候,都是一身正气啊。"

程光辉说:"一会儿回去以后啊,你帮我把这些年跟周家湾有关系的案子都找出来,我好好再梳理一遍。"

张永峰点头:"好。"

说曹操,曹操到。警车转过弯,正好跟一辆越野车顶上了,开车的正是周大齐。

路很狭窄,只能过一辆车,程光辉冷冷地看着对面驾驶室里的周大齐,周大齐也看着他们,有很长一段时间,他们就这样用目光隔空对峙。

张永峰半真半假地笑着说:"这小子自投罗网,现在要想抓他,是最好的机会,堵一正着。"

程光辉冷冷地盯着前面,没有接话。张永峰转头问:"怎么办啊,光辉?"

程光辉还是不说话。

周大齐终于扛不住了,摇摇头,开始倒车,让程光辉先过。

程光辉却不乘胜前进,而是驶入旁边的岔道,让周大齐先过,摇下车窗,看着周大齐,然后停车,看着周大齐慢慢驶过,伸出手,意味深长地笑着挥手。

周大齐又是郁闷又是不解地回到家里,周继海正坐在茶桌前研究什么器物。

周大齐一边把玩鸽子一边沉思,终于憋不住了:"难不成那程光辉去了一趟省厅,觉悟变高了?不应该。就刚才在路口,他的车跟我头对头脸对脸的,他居然给我让路了,你说奇怪不奇怪?"

周继海沉吟半晌,才缓缓道:"他给你让路,那就说明,他不怕你。"

周大齐神情一动,周继海放下手中的器物,起身走出屋子:"他这是要对付你了。"

周大齐不信:"就他?凭什么呀?"

周继海坐下,抬头看着儿子:"程光辉这次来,是带着尚方宝剑的,这次中央扫黑除恶专项行动的势头很猛,感觉不成功不收兵啊。他这座庙子的神,你也得拜拜了。"

周大齐不服地伸手指天:"咱们上面有大伞罩着,需要怕他吗?"

周继海叹气,也指指天:"不光是我的意思,上面也怕这次扫黑除恶专项行动。"

周大齐冷冷地说:"要去您去啊。我跟他打小不对付,我去了也没用。"

周继海加重语气:"你必须得去!你狂得过天,你就弯得下腰。"

周大齐委屈地解释:"道理我明白,我就怕我这张脸给他,他不要。"

周继海沉吟着说:"你不光要给他脸,你还得给他点别的东西。"

周大齐陷入沉思。

张梅被周继海安排去做一个特别的工作,她把孙小洁接到了一个小区楼上,打开一套清水房说:"就是这套了。"

孙小洁进门,兴奋地问:"这是厨房?这个是主卧,张姐,那边那个是汉北实验小学?"

张梅表情有些奇特地答:"是,现在这个小区一房难求,它是汉北省最大的房地产公司新建的。"

天歌兴奋地到处乱跑,程父紧跟过去照看。

孙小洁转头对程父说:"爸,你看张姐给我们选的房子不错吧?那边朝南的大卧室,留给你好吗?"

程父问:"这么好的房子,很贵吧?"

张梅柔声说:"叔叔,您拆迁的那一片刚好是周家湾的公司在负责,周书记听说光辉住在省城,想要改善住房,特意给房地产公司的朋友打了个招呼,拿出这套给你们,至于价格,给您七折。"

程父吃惊:"七……"

孙小洁立刻笑着说:"谢谢你啊。我们家光辉有你这样的同学,是他的福气。"

程光辉正在擦车,林志龙帮他冲洗,问:"光辉,你说你这天天往所里跑,家也不管了,嫂子不跟你急呀?"

程光辉答:"没事,我爸过来了,帮我们带孩子呢。"

林志龙想起又问:"我记得房子不是要拆迁吗?你不去看看?"

程光辉笑:"房子的事我都听我媳妇的。我住哪儿都行,她高兴就好。"

程光辉的手机就在这时响了,正是媳妇打来的。一接听,孙小洁就在电话那边高兴地大声叫道:"光辉,咱们家新房有着落了,还是个学区房,咱儿子以后呢,就上汉北实验小学,特别好!"

程光辉疑惑问:"房子有着落了?什么学区房?多少钱一平?"

孙小洁在电话那边说："你先别操心这个了，你现在能过来一趟吗？赶紧赶紧，过来一趟吧。"

程光辉迟疑一下："行，你把位置发我一个吧，我过去。"

周继海不仅为程光辉安排了新房的诱饵，同时还安排了闪着寒光的刀子，这是他精心设计的胡萝卜加大棒策略，双管齐下。

他和周大齐早早就来到城里一家豪华酒楼的包间，安排今晚的酒局。接到张梅的电话，他关切地问起房子的钥匙给到他们手里了没有，张梅说给了，然后又说晚上她不过来了。

周大齐在一旁听着说："张梅不来正好，来也是丧着一张脸，不就是个活跃气氛倒个酒吗？小翠会玩。"

周继海责怪道："你有点脑子没有啊？今天咱们请的是关局，小翠一个村妞，能上得了台面？你今天晚上就好好陪你的老同学，咱们今天就是要借关局的威，压他一下，拿下他。只要他上了咱周家湾的船，以后就好办了。"

周大齐有些不以为然："爸，你这想法是不错，但就怕我那老同学他不识抬举，油盐不进，到头来您赔了夫人又折兵。"

周继海呸他："别乌鸦嘴。"

周继海又看看时间："咱们赶快下去迎接关局去。"

两人下楼在酒楼门口迎关寿发到包间，孙小洁也和程父、天歌到了酒楼大厅。

程光辉匆匆赶来，惊奇地问："你怎么在这儿呢？不是看房子吗？"

孙小洁答："看完了。就是你们那个高中同学张梅姐带我们看完了，而且，看完之后直接给我们拉这儿来了，说是晚上一起吃个饭，我想正好也谢谢人家嘛。"

程光辉表情严肃起来，想到了某种可能，问："跟谁吃饭？"

孙小洁答："我不知道啊，但是我刚才看见周大齐跟他爸上去了，好像还有个什么领导。我跟你说啊，你可得好好谢谢人家周书记啊，人……"

程光辉完全明白了是怎么一回事，打断说："你先等等，钥匙呢？"

孙小洁呆住，程父过来问："光辉，我们给你添麻烦了，是吗？"

程光辉决定自己去解决这件事，不能指责和埋怨妻子和父亲。

他一个人走进包间，周继海带着周大齐迎上来亲热地招呼："光辉，你爱人还有你爸爸、孩子呢，怎么没跟……"

程光辉不说话，掏出钥匙。周继海又说："房子的事如果有什么问题，你就跟我说，开发商我都很熟,来来来。"

周继海伸手去拉程光辉,程光辉挡开他,正要发飙:"周书记啊……"

一个人从洗手间出来,叫道:"光辉,你来了。"

正是关寿发。

程光辉只得先招呼:"关局。"

关寿发听见了刚才外面的对话,也觉察到了程光辉的情绪,却不理会,问周继海:"怎么坐啊?"

周继海立刻答道:"那当然是您上座。"

关寿发故意推脱说:"那是买单的位置啊,今天你组的局,你得坐在那个位置上来买单。来来来,光辉,咱们坐那儿。"

周继海也连声说请,拉周大齐坐下,又对关局说:"您还是坐……"

周大齐劝道:"爸,你还是听关局的吧。关局的话,那就是圣旨,我们必须认真贯彻执行。"

四人坐定,关寿发笑道:"没那么严肃,你这不把我架起来了吗?这光辉啊,算是我的一个小老弟,今天,咱们就是好好吃个饭,也让光辉放松放松。你们是不知道,这个省厅的刑警,不是大案就是要案,我和省里头打交道多,我是深有体会。"

周家父子在一旁不住点头赞同。

周大齐说:"您说得对,人民警察是最辛苦的。像我们周家湾这么有觉悟的人民群众,一定会解决好他们的后顾之忧。没有人民的警察,哪儿来的我们的安居乐业啊,是吧?来。"

周继海说:"大齐这话说得好。来,敬人民警察。"

关寿发举杯,跟周家父子碰杯,看着程光辉一动不动,放下杯子:"我说老周啊,这两年你儿子进步真是不小啊,不像以前,调皮捣蛋,现在在政府的管教下,已经改过自新走向正途了,好啊。光辉,你们是老同学,以后要多提醒他,协助他,让他为社会、为人民群众多做好事、实事,这才叫警民一家亲呢。来来,咱们碰一个。"

周继海在一旁不住帮腔:"还是你调教得好……听见了没有……来来来……"

程光辉终于忍不住了:"关局,工作日咱们是不能喝酒的,这是有规定的。"

关寿发一怔,赞道:"好,坚持原则,好同志。光辉,监督起我来了?来来来,闻一闻,我这是什么?"

关寿发把酒杯推向程光辉。

周继海语重心长地说："光辉啊,关局这是又给你上了一课。关局在工作日出来吃饭,那是滴酒不沾,从来都是以水代酒,这样既可以不伤朋友的面子,又可以碰碰杯,还能聊聊天。"

关寿发借机端起杯子举到程光辉面前："光辉,你跟我是一样的,这回,能碰一个了吧?"

程光辉看着面前的杯子,三个人期待地看着他,程光辉的手慢慢伸出酒杯举起,周继海得意地笑,叫道:"大齐!"周大齐也举起酒杯。

程光辉把酒杯举到鼻子面前闻闻,再看看三个人,周大齐把杯子端过来碰了一下他的杯子,然后一饮而尽,关寿发和周继海也碰杯笑着饮尽,只有程光辉还呆呆地举着酒杯。

周继海再次用他那种关心的语气说："光辉,你这个思想啊,需要转变一下,与时俱进嘛。这个人生在世,有时决定自己的,就是那一亩三分地。那个小区住了好多领导呢,你千万别把那一个房子就当成一个房子,那是一个圈子。"

程光辉把酒杯放下："看来周书记给很多领导介绍过房子,都有哪些领导住在那儿啊?"

这话味儿明显不对,周继海呆住,关寿发脸色木然,周大齐及时举杯接过话头："我不管这个圈子那个圈子的,我只认知根知底的同学圈。之前呢,我不太懂事,有一些冒犯,我给你赔个不是。往后只要有你在,我一定把这事给做地道了,我敬你一杯。"

周大齐举杯饮了。

周继海补充说："房子的事一定要做地道了。"

周大齐极有气势地说："爸呀,房子的事简单,如果那房子没相中的话,我们这儿还有联排、独栋、大平层。这样吧,明天我陪嫂子去看一看,装修我也一包到底,你喜欢什么风格的呀?是中式、美式还是欧式啊?七折如果不满意的话,还可以再打个折嘛。"

程光辉拿起钥匙把玩："这套房子三百万,打了七折是二百一十万,加上装修等于送了我一百万,这是送了我一套牢房啊。"

关寿发脸一沉,周继海叹气："光辉呀,这话怎么能这样说呢,因为是朋友,就打了个折优惠一下。"

周大齐也补充说："这商场做活动,它不也都打个折吗?"

程光辉转头靠近关寿发："关局,您刚才可能也都听到了,您说这房子我能收吗?"

关寿发故意装作不知情,表情严肃起来："房子?老周啊,怎么搞的啊?送温暖可以,送关怀也可以,但是一定要掌握一个度啊,过了这条线,那是要出问题的。做人堂堂正正,知廉明耻,从警清清白白,拒腐防变。这是我们公安机关的一句警句格言哪。"

程光辉站起来,举起酒杯展示又放下:"您说得太好了,所以今天这不管是酒还是水,我都喝不了,请尊重我。"

程光辉把钥匙重重地拍在桌上,推开椅子,离席出门。

八

虽然没有拉拢到程光辉,但是成功地挑拨关寿发跟程光辉对立,关寿发说一定要"处理"程光辉。得到关寿发的保证后,周继海指使儿子开始对周家湾民居进行强行拆迁。

整个村一片狼藉,绝大多数民居都被推倒,尘土飞扬,周大齐耀武扬威地巡行其中。

他走到一栋两层小楼面前站住,沉思片刻,推门进去。

这是他的亲戚周大姑的家。看着周大齐带着人进来,大姑赶紧请他坐下喝茶。

周大齐缓缓地说:"大姑,搬了新房了,装个空调吧,太热了。"

周大姑飞快地附和:"这两天是有点热啊。"

周大齐用纸巾擦脸上的汗:"我爸啊,跟我闹了一晚上了,你说,他跟我闹有用吗?这公司,又不是我一个人说了算,那规矩也不是我一个人定的,这拆迁啊,是有规矩的,我也不能太偏向咱们家,我给你留了三套,你把合同签了吧。"

周大姑一直忐忑地看着他,立刻又惊又怒:"三套?我周家湾大饭店再加这么大一套房,你给我三套这哪够啊!"

周大齐眨着眼比着两个手指:"回头我悄悄地再给您匀两套。"

周大姑根本不信:"什么悄悄的,你不写到合同里那玩意能算数吗?"

周大齐指着合同:"你写上那不就坐实了吗?"

周大齐把印泥递过去。

周大姑赶紧说:"大齐啊,你说你妈走得早,你说你大姑是不是把你当亲儿子对待?你大姑以前穷的时候,卖菜都给你买面包吃,你记得吗?"

周大齐不耐烦地应答:"是是是。大姑啊,这些年了,如果没有我的话,你的生意能那么红火吗?我这还有一堆事呢,赶紧签了。"

周大齐起身欲走。

周大姑拉他:"你不能这么对大姑,你说你大姑这一辈子……你们干什么……"

几个打手一拥而上拉住周大姑,把她的拇指重重地按在合同上。

周大齐走出屋,淡定地挥手,走向下一个目标。

耿长顺追过来叫道:"大齐,大齐啊,我们家这么大的房子你就给五十万呀!连安置房也买不起啊。"

长顺媳妇也叫道:"就是啊,周大齐,我们,我给你做了这么多年的饭,你们一点情面都不讲,你们把我们周家湾的人全卖了……"

"闭嘴!"周大齐对冲过来的长顺媳妇喝道,然后搂住她小声说,"要不是因为我爹,能多给你们家一套房子吗?心里没点数吗?"周大齐说完淡定地继续前行,挥去尘灰。

长顺媳妇绝望地哭叫起来:"你,你们太欺负人了。"

程光辉正在派出所收拾东西,他被宣布停职接受审查。

张永峰过来说:"呃,不是给你说了,这个地儿还留给你。收拾东西干吗?"

程光辉举起自己的相片,愤愤地说:"张所,他停职了!他占着茅坑不拉屎。"

张永峰抢过他的相片:"行啦,话别说得那么难听。停职又不是免职,你调查完了不还得回来吗?"

程光辉无奈地说:"张所,我打周大齐这件事过去几年了,这会儿把老账翻出来这是偶然吗?"

张永峰也很无奈:"当然不是偶然了,我们大家现在都知道背后是谁在捣鬼,可是这就是你坚持公平和正义会遇到的挫折,明白吗,光辉?"

程光辉怒问:"张所,我有个疑问,你老跟我讲,西乡的月亮会圆的会亮的,月亮在哪儿哪?这层乌云什么时候能拨开?"

张永峰劝慰道:"光辉,饭得一口一口地吃,心急吃不了热豆腐……"

有人在办公室外叫"张所",林志龙进来哀叹:"咱们这儿的电话被打爆了,全是告周大齐强拆的。"

张永峰皱眉:"不对啊,人民群众报警报的应该是110指挥中心,怎么直接骂到所里来了?你们怎么做的啊?"

林志龙狠狠吞了一口水:"咱们不是印过警民联系小卡片吗?那上面有咱所里的电话,现在人家都用上了。"

跟着外面传来沸扬的人声:"我们找人评理。"

"我们找程光辉!"

林志龙说:"堵家门口来了。"

众人一起扑向窗口，只见派出所一下拥进几十个村民，林志龙说："我下去看看。"说完抢先下楼。

张永峰在办公室踱步，听着下面的叫声"我们要找程警官""叫他下来嘛"，再看着手中的相片，表情奇特。

林志龙走到人群面前劝道："大家都别嚷了，别嚷了，天挺热的，有什么事情派一个代表出来反映，你们这么闹也解决不了问题啊，是不是？"

周大姑说："林警官，我们不是来闹的，我们就是来找程警官。"

村民纷纷附和说："对啊，程警官是一名好警察。你们为什么要赶他走啊？""就是啊！""只有程警官能收拾他。周大齐怕他。"

林志龙安慰道："你们说得都对，但是这个是内部的人事……"

张永峰疾步走出："大家安静安静，周大姑、长顺，程警官是休假，我向大家保证，以后他一定会回来的。"

周大姑说："张所长，不是我们不相信你啊。你看，好警官都走了，你说，我们现在还能相信谁？"

村民再次叫嚷："对啊，我们周家湾的事还有人管吗？""解释解释啊。"

程光辉抱着一个纸箱子从后门出去了，村民们的叫喊声传入他的耳中，他停下脚步，犹豫了一下，摇了摇头，还是悄悄走出派出所，拉开了自己的私家车车门，把纸箱子放进去，上了车，平复一下自己的心情，发动起车子。

他的车从后门拐出来，绕到派出所前门，村民看见了他和他的车，纷纷追了上来，追在车后叫他："程警官，程警官，你别走，程光辉，好警察！程光辉，好警察……"

程光辉双手用力地握住方向盘，没有减速，可是他的眼泪慢慢地流下。

晚上，程光辉一个人坐在路边，对着西乡明月，喝着闷酒，张永峰骑着自行车过来，说道："你小子可真行啊，在这儿猫着呢。"

程光辉抹抹脸，张永峰走过去挨着他坐下，看看地上的酒瓶："喝酒也不喝点高度的，没出息。呃，你小子在省厅这些年，见过世面，经历过事儿，怎么还不如以前那么结实了呢？黄鼠狼一个屁，就把你崩迷糊了？"

程光辉长叹一声，张永峰摇着扇子安慰："不着急，善恶到头终有报，欲速则不达。光辉，往往最困难的时候，就是最接近成功的时候，这是考验你的意志力、耐力和定力的时候。你作为一个警察，不能忘记你的初心和使命。初心，是让你成为一个警察；使命，就是让你把警察的职责做到极致。明白吗？"

程光辉的眉眼渐渐舒展,张永峰继续说:"今天咱们两个人的谈话,可不是什么领导谈话,你现在的领导都是省厅级,我作为你的老大哥,跟你唠叨几句,你自己琢磨琢磨,你嫂子还在家等我吃饭呢。"

张永峰拉开车门把车钥匙取下:"喝酒可不能开车啊。我跟你说,光辉,想明白了,明天到我这儿来拿钥匙。"

摇着车钥匙,跨上自行车,张永峰扬长而去。

周家湾拆迁完成后,投资巨大的西乡大厦马上启动,为了显示威风,镇住那些心怀不满想闹事的村民,周继海指示周大齐搞一个隆重的开工仪式,而且请了西乡市委副书记来剪彩致辞。

这天虽然下起了雨,但工地上人潮熙攘,大红横幅上写着:"热烈庆祝西乡大厦破土动工!"

领导正在台上讲话:"没有他们的努力,我们的工程不可能这么顺利,西乡大厦工程项目是区委区政府立足合作共赢、共创未来的理念进行合作开发、改造旧城的成功典范……"

程光辉驾着警车驶进,下车走近现场。

西装革履的周大齐举着伞一转头看见他,一惊,过来说:"这都惊动省厅领导了,我给你安排个位子吧。"

程光辉淡淡地说:"我当然要来了。你做了那么多坏事,周家湾都拆没了,多少人想揍你呀,打这么多年交道,我不能看着不管呀,我得盯好了你,才能保护好你呀。"

周大齐手指点点:"我是按照规矩办事,也是按照合同办事,没有我的雷厉风行,哪儿来的立竿见影?我是为了开辟西乡的新世界,任务重的情况下……"

台上主持人叫道:"下面有请,优秀民营企业家周大齐上台。"

周大齐摘下墨镜:"点到我了,我就不陪你了。"

周大齐转头要走,又回头把伞递给程光辉,程光辉不接,指着伞说:"这把伞还是你打着吧。"

看着周大齐得意扬扬地上台,程光辉脸色冷峻而沉静。

周继海坐在沙发上认真看着新闻:

全国扫黑办今天召开新闻发布会,向全社会公开发布升级后的智能化举报平台,即日起,群众只需要通过扫描专用二维码,网上搜索"12337",或者点击中国长安网、中央政法委长安剑微信公众号和微博等链接,随时随地、方便快捷地登录平台,举报黑恶线索……

周大齐也过来陪他看,看完,周继海说:"这回,可能有点不太一样。你看今天的奠基仪式,大领导就没来,说不定,他是听到了什么风声。"

周大齐呆住。

董学明也在一家餐馆里看见了这条新闻,就一直站着看完,妻子问:"你说,中央这回是动真格的了啊?"

董学明说:"我得赶快打个电话,让他们看看新闻。"

妻子关心地问:"要给谁打电话啊?你不会还要跟周家父子过不去吧?"

妻子一把抢过他的手机,颤声说:"你不要命了呀?"

董学明认真地说:"如果中央真的给老百姓撑腰,我这命不要也罢。"

董学明拿起手机冲出餐馆去打电话。

周家湾很多村民都聚到了餐馆,董学明站在村民中举手说:"大家听我说一下啊,《新闻联播》都看了吗?"

村民纷纷说"看了"。

董学明问:"怎么想的?"

耿长顺说:"我俩刚看了,这个长安网长安剑的,靠不靠谱?"

董学明坐回座位:"大家听我说啊,所有那些具体上报的流程,我都会研究清楚,及时跟大家同步,但当务之急,就是我们必须得立即行动,把手头掌握的情况,今晚就上报。"

耿长顺还是不放心:"主任,这个'12337'真的有用吗?"

村民们也纷纷表示疑问,董学明耐心地说:"这就是我今天想把大家叫过来的原因。我觉得姓周的在周家湾的好日子到头了,因为中央督导组已经在我们汉北省了,现在就是我们最好的机会。"

耿长顺思忖着说:"我觉得啊,咱们得两条腿走路,举报归举报,咱们得把事闹大,让领导看见咱们……"

董学明生气地打断他:"你这是瞎胡闹!万一出了事怎么办?"

耿长顺无所谓地说:"光脚的还怕穿鞋的吗?这是咱们最后的机会了啊。"

董学明劝他:"长顺你不能这么瞎弄啊。"

周大姑插话说:"咱们去闹周家!"

这个建议立刻得到了几乎所有村民的赞同,纷纷叫好。

董学明一拍桌子:"闹谁都不行!万一出事了呢?有理变成没理了?还是我那句话,把手上现在所掌握的情况汇总,今晚上报。行了,散会。"

九

"喂,'12337'国家扫黑举报平台吗?"

"坚决支持,一查到底。"

"要给我们这些人民群众一个交代!"

"你们来了,我们就看到了希望。"

"我们老百姓被地痞恶霸欺负了,你们管不管啊?"

"一定要把他们背后的保护伞挖出来,严惩不贷!"

"我是西乡市西集镇周家湾村的村民,我实名举报周继海周大齐父子的犯罪事实。"

……

国家扫黑平台的电话被打爆了,各种举报信息通过电波传递过来,经过汇总归纳分类,再分发到不同的专案组和地方公安,展开行动。

有些事情不会因为某些人的意愿而不发生,这股从上到下的狂飙,将不可阻挡地扫荡一切黑恶势力。

关寿发把程光辉叫到他的办公室,亲热地给他泡茶:"光辉,我这个茶啊,是我一个老战友顺路给我捎来的野生茶,你别看卖不出什么价钱,但这个味道,还是可以品一品的。来来来,坐下。"

关寿发把程光辉按在椅子上,递过茶:"品一品。"

程光辉抬头看着笑得毫无芥蒂的关寿发,只得说:"谢谢关局。"

关寿发坐回自己的座位:"光辉,这次把你叫来呢,是想了解一下你最近的工作情况,有什么困难,有什么想法,来,咱们交流交流。"

程光辉略一思忖,直接说:"周家湾暴力强拆,民怨很大,这个情况您应该知道吧?"

关寿发点头:"是啊是啊,市局最近也接到了不少这样类似的报案,从手段上看,确实有很多不妥当的地方,但是,我觉得还是看站在什么立场上分析这个问题。你动了谁的利益,谁会愿意?从工作的整体进度来看,还是依法依规的。"

程光辉淡淡地说:"依法依规,关局,这是您的判断吗?"

关寿发赶紧摆手:"我从来不代表我个人做出什么判断。光辉,一腔热血是好的,但是基层的工作是非常复杂的,你还是太年轻了,多历练历练你就知道了。我们也是从你这个年纪过来的。"

程光辉平静地说:"关局,您要是没有其他的指示,那我就先回去忙了。"

关寿发笑笑:"光辉啊,做人做事,留三分余地还是好的。"

程光辉不说话了,他站起来告辞说:"谢谢关局的提醒,我想先回去了。"程光辉把那杯一直没有动过的茶重重地放在桌上。

关寿发的笑容僵住。

周大齐在家快乐地放鸽子,周继海过来问他干什么,这个时候放什么鸽子,周大齐得意地告诉他,张梅怀孕了,三个月了。

周继海一惊之后却是大喜:"这可是天大的喜事,那就都放出去吧。"

周继海拿起拐杖帮着赶鸽子出笼,父子俩正高兴,别墅外已经有村民聚集,大叫道:"周大齐!周大齐滚出来!"人们堵在周家门外。

董学明站上台阶焦急地拦住村民:"大家听我说,咱们是占理的,现在这么一闹,就不占理了。"

耿长顺叫:"你别管!周大齐,你拆的是我们周家湾老百姓的血和肉。"

周大齐提了一根球杆不慌不忙地走向门口,喝令保姆:"把门打开。"

周大齐走出门外,冷冷地看着村民们却不说话,从裤子口袋掏出一个高尔夫球摆在门口。

村民纷纷嚷道:"你干吗?""周大齐你要干什么?""流氓!"

董学明急忙叫正面的村民:"让开让开!"

周大齐挥杆,球从村民中穿越飞出,村民纷纷指责:"你太过分了!""你有病吧!""你以为你是谁啊!"

周大齐拄着球杆,居高临下地看着村民,沉声说:"我自己家门口,我想干什么就干什么。"

看到耿长顺手里的钉耙,周大齐调侃道:"哟,还拿着家伙啊,跟我这儿装猪八戒呢。我把话搁这儿哪,走得早的我既往不咎,走得晚的,别怪我不客气了。"

董学明质问道:"你什么时候对大家客气过?"

周大齐厉声说:"我想客气就客气,我不想客气就不用客气,怎么啦?"

董学明提高声音:"我告诉你,中央已经决定扫黑除恶了!"

村民纷纷附和:"对!""就是!"

周大齐淡淡地说:"你说黑就黑,你说恶就恶啊?我周大齐这样也不是一天两天的了,谁能把我怎么着啊?"

周大姑指着他大声说:"告诉你周大齐,你的好日子到头了!"

村民一起:"对,还有你爹!"

长顺媳妇大声说:"周大齐,你一点情面都不讲!"

周大齐喝道:"你给我把嘴闭上吧,我爹在里头呢,那套服务你最熟了,你进去吧!"

耿长顺大怒:"你说什么呢?我跟你拼了!"

耿长顺举起钉耙往前冲,董学明拦住他,长顺媳妇举手大叫:"周大齐,我跟你拼了!"冲上去抓住周大齐,周大齐一推,长顺媳妇摔下台阶,登时群情激愤,抓住周大齐拉扯。

周继海在屋里看见情形不对,立刻掏出手机拨打110。

程光辉和张永峰正在回派出所的警车上。

程光辉愤愤地说:"这关寿发还替周家湾说话,把强拆逼拆说成依法依规。"

张永峰咬牙说:"周家湾这颗雷,他还敢继续顶着。"

程光辉转头:"他不仅是顶着啊,还拿老前辈的身份教导我呢,让我做事留几分余地。"

张永峰:"这几分余地,就成了周家父子谋权谋利的土壤。周二宝醒了,他决定要检举告发周大齐。"

之前张永峰把轮胎店店主留给周二宝的信带给了住院的周二宝:

二宝:

　　要和你说声再见了,但是不能当面说了。我把周大齐打我的录音都交给了警察,我不知道会是什么结果,所以只有先走一步了。这些日子你照顾我们父子,帮我们求情,我们都记在心里,所以不想看着你跟周大齐一起坐牢。记得,以后一定要做一个好人。

周二宝看着信纸,眼泪滚落,幡然醒悟,决定改过自新。

就在这时,张永峰接到电话:"张所,龙湾别墅出事了,村民们把周大齐家给围住了。"两人二话不说,立刻掉头往龙湾别墅赶去。

周大齐家门外,村民越围越多,他们开始砸墙,董学明一个人拦不住村民,张梅闻讯赶来,帮着把村民拦住,大叫:"违法的,违法的。"

周大齐在屋里听见张梅的声音,赶紧从二楼窗口招呼张梅:"张梅,你进来,进来。"

正好他手下的打手赶到,跟村民们纠缠在一块,周大齐叫道:"把你们嫂子带进来!"

张永峰他们赶到现场时,混乱异常,张永峰大声呼叫:"别打了!别打了!冷静!冷静!"

警察分开村民和打手,张永峰冲进人群,正看见张梅阻拦两名村民砸墙,那墙已经给砸破松动了,摇摇欲坠,张永峰大惊,猛冲过去,一把拉过张梅往外一推,自己却给倒下的墙砖埋在血泊之中。

程光辉听见响动,转头一看,登时惊呆了。

程光辉奔过去抢救出张永峰,立刻送往医院。

把这次打人的马仔抓捕完毕,程光辉立刻向林志龙询问张永峰的情况,林志龙表情严峻地说:"刚才医院来电话,还在昏迷当中。"

看见程光辉神情不对,林志龙安慰道:"放心吧光辉,张所什么大风大浪没见过,这次也能扛过去。"

程光辉用力地点头:"是,咱们去医院看看。"

到达医院,医生沉痛地告诉程光辉和林志龙:"病人头部受到重创,颅内大出血,最后还是没有抢救过来。"

"你们节哀!"

警察们长身肃立,对着天空,对着大地,庄严地敬礼,表达他们的敬重和哀悼。

十

张永峰的死亡,是牺牲,祭奠烈士的灵堂就设在西集镇派出所内。

墙上,挂着张永峰穿着警服的遗像。

张梅悲伤地走向张永峰的遗像,双膝跪下,哽咽着:"张所,对不起,谢谢您。"

她久久地伏地不起,哭泣流泪。

程光辉默默地在灵堂外坐下,默哀。

等到张梅出来,程光辉拉上灵堂的门,张梅哭泣着说:"张所他其实找过我,我当村支书的那天,他就找过我,我告诉他我也没有办法,我被周大齐强暴了,他一直保守这个秘密,直到今天。他只跟我说如果以后要是有什么困难,可以找他商量。光辉,我们生长在这里,太多的东西,根本就逃离不了,有人会说我脏了,说我忘恩负义,说我不知好歹,我没有一分钟不想逃离这里。我奶奶到现在还在养老院,身上插满了管子,她能不能活,就是周家的一句话。虽然我奶奶糊涂了,她什么都不记得了,那她也是我在这世界上唯一的亲人。我想过了,光辉,等有一天我把奶奶送走,我就可以彻底地离开这里了。可你说现在我又有了个孩子,我该怎么办,这孩子怎么办?可能这就是我的命吧。"她内心凄苦,却一直找不到人说,正好借这个机会倾诉。

程光辉接口说:"我从来不相信命。即便是有命,也是自己选择的。你是想选择与罪恶同流合污,还是想改变这个世界,与正义并肩同行?"

他认真地看着张梅,充满期待。

周家父子也在家里讨论,周继海说:"这张永峰一死,周家湾的人就更恨咱们了。他们这一闹腾,还真把咱爷俩的威信给闹下来了,咱们还得想办法,把它给闹上去。"

周大齐翻眼:"怎么闹?"

张梅从门外走近,正好听见周继海说:"给你和张梅办一场热热闹闹的婚礼。"

周大齐反对说:"爸,都什么时候了,我没那心思。"

周继海用力说:"必须办,给你俩办婚礼,一是冲喜,二是让那些闹腾的人知道,我们不怕闹。只可惜啊,张永峰喝不上你们的喜酒了。我的大孙子,还是他保下来的……"

张梅听不下去了,走进去说:"叔,我没心情结婚。"

周继海严厉地责备道:"什么叔啊叔的,你早就该改口叫爸了吧。现在也不是看你心情的时候,你以为你当了村支书就可以不听话了?对了,张永峰的葬礼是哪一天哪?"

张梅答:"五天以后。"

程光辉在张永峰的遗像前深深鞠躬,献花。

泪水模糊了程光辉的双眼。

他走出灵堂,走到车旁拉开车门,从驾驶台上拿起张永峰以前用过的折扇看了看,又拿起一份文档,正要打开,周大齐胸口戴着一朵白花走了进来,左顾右盼,看见程光辉,走过来说:"张所,是个好人。"

程光辉抬起头,看着周大齐:"你不会是想着今天到张所的灵堂前投案自首吧?"

周大齐摇头:"光辉啊,这人活着,得往前看,该过去的,就得过去。"

程光辉冷冷地说:"有些事可以过去,有些事永远都不会过去。周大齐,你早晚会为你做的一切付出代价。不是不报,时候未到。"

周大齐摇头:"警察办案,得讲究个证据,如果你有证据,现在就可以抓我,如果你没有,我这儿有张请柬,结婚那天,希望你来。"

他从手包里摸出一张红色的请柬,放在警车的引擎盖上,转身离去。

程光辉看着他的背影,掏出手机接听电话,是沈海涛打来的。

程光辉立刻过去把请柬交给沈海涛,并做了汇报:"明天是周大齐和张梅结婚的日子,周家父子跋扈三十多年,明天该来的都会来,是个千载难逢的机会。"

沈海涛点头:"你这个建议好。有周二宝提供的侵吞集体财产的证据和关寿发以干股形式收受两百多万元的材料,还有克扣征地补偿款两个多亿的情况,我认为,针对周氏父子犯罪团伙的收网行动可以开始了。"

程光辉说:"沈主任,我建议这次要异地用警,我们既要拔掉他们的根,也要打掉他们的伞,把他们一网打尽,给周家湾的百姓一个交代。"

沈海涛赞同说:"是啊,不容易啊,光辉同志。逢黑必有伞,黑的怕光,只能用保护伞遮起来,周家父子这个保护伞,该打掉了。"

程光辉的手机又响了,他一看来电显示,有些诧异,然后向沈海涛解释:"张梅。这是周大齐的未婚妻。"

沈海涛示意:"接。"

程光辉按下免提键:"呃,张梅。"

电话那边传来张梅的声音:"光辉,你现在说话方便吗?"

程光辉大声回答:"方便,你说。"

张梅的声音很冷静:"周大齐是不是犯罪了?如果犯罪,是不是罪该当死?"

程光辉和沈海涛对看一眼,程光辉叹了口气:"他如果犯了罪,会受到什么样的惩处,法院会给他一个公正的判决。"

张梅似乎明白了什么,挂了电话。

沈海涛点头,赞许他回答得恰当:"光辉,张梅的父母,是不是周家湾人,已经不在了?"

程光辉答:"是。张梅的父母当年出了车祸以后,就是周继海把她养大的,所以张梅对于周家父子的感情很复杂。"

沈海涛表情深沉地说:"前几天,我们根据周家湾的一封举报信,查了一起旧案,现在推断,周继海涉及当时的一起人为车祸。"

程光辉反应很快:"杀人灭口?"

沈海涛继续说:"前些年,周继海贪污了市里下拨给周家湾的两笔救助款,被当时在村委会当会计的张梅父亲发现了,和周继海起了冲突,要去市里举报,导致周继海起了杀心,买通了一个大货车司机,把张梅父母乘坐的面包车撞下了山崖。十六个人啊,全死了。面包车涉嫌非法运营,又超载,那个老板也没敢深究,拿了周继海给的赔偿款息事宁人了。"

程光辉沉思着说:"我们要把张梅纳入咱们这次的行动中来。"

沈海涛同意:"好。张梅的工作你来做,但首先要确保明天的婚礼能够正常举行。"

程光辉点头:"明白。"

沈海涛提高了声音:"程光辉,这次行动,你来当总负责人!记住,一定要把他们给我一网打尽。"

程光辉用力地说:"是,保证完成任务。"

沈海涛拍拍他:"等你的好消息!"

程光辉立即拨打了张梅的手机,告诉了她多年前那桩车祸案的真相,张梅听得泪流满面,答应配合这一次的行动。

尾声

第二天婚礼果然热闹。

婚礼现场,摆放着周大齐和张梅的婚礼照片。

舞台正中央,摆放了一个大笼子,里面全是咕咕叫着的鸽子。

鲜花、椅子摆放到位,整齐有序。

张梅坐在化妆台前,表情复杂,心情也复杂。

周大齐走进来,化妆师招呼他:"周先生,要不你也化个妆吧?"

周大齐笑:"我一大老爷们化什么妆,你去忙吧。"

周大齐转头看着镜子中自己和张梅一起的影像,不满地说:"这平时也就算了,这大喜的日子,还耷拉着脑袋,眼睛怎么了?"

张梅克制自己的情绪,平静地答道:"这不是今天咱们结婚吗,我爸妈要是在就好了,他们要是天上有知……"

周大齐抢着说:"一定会祝福我们的。这是想爸妈了?人之常情,应该的。我爸跟我说了,等咱们结婚之后,让我踏踏实实跟你过日子,你放心吧,我不会亏待你的。这日子,怎么过都是过,就是不能凑合着过。行了,别哭了,我去现场看看去。"

张梅的手放在肚子上,微微颤抖,那里,有一个小生命。

这个时候,张永峰的追悼会正在庄重凝肃的气氛中进行。

鞠躬,上香,关寿发开始发言:"同志们,张永峰同志的牺牲,是我们市公安系统的重大损失。他的英雄事迹可歌可泣,他的英雄精神可追可及……"

婚宴现场,服务生在摆放装饰的花篮,把装着鸽子的笼子移到舞台前,宾客陆续到来,周继海招呼应酬,跟重要的客人握手寒暄。

看见周大齐过来,周继海低声说:"熟人不太多啊,看着怎么都是些生面孔。"

周大齐毫不在乎地说:"周家湾来几个算几个,不来的以后再收拾他们。这些生面孔,都是下面公司的人,来帮着撑场子,我也没几个认识的。"

周继海松了口气:"我就说嘛,你大姑好像也没来……"

周大齐手一摊:"不还是房子闹的吗?"

董学明走到张永峰的灵车前献上白花,周大姑跟着送上黄菊。

关寿发继续发言:"张永峰同志虽然走了,但是他的精神,没有走……"

沈海涛走进派出所,走向灵车。

关寿发慌忙迎上来,伸出双手,沈海涛不理他也不跟他握手,径自过去,丢下关寿发惊惶呆立。

沈海涛走到灵车前鞠躬,然后转身面对所有的公安干警,陪同的人大声介绍说:"同志们,这位是省扫黑除恶领导小组办公室主任、省政法委常务副书记沈海涛同志,他专门来为张永峰同志送行的。"

沈海涛缓缓开口:"同志们,张永峰同志牺牲,我很难过,他生前曾经联系过我,我也答应过他,到达西乡市以后,会和张所长见个面,了解一下相关情况,可是……现在,我们能够告慰张永峰同志的最好方式,毫无疑问,那就是尽快尽早地,把西乡市存在的黑恶势力彻底铲除,所以,我们更要拿出十二分的勇气,来参加这次专项斗争,同时,我也代表扫黑办,提醒所有的人,要时刻牢记使命,牢记责任,牢记纪律,头脑一定要清醒,站位一定要正确,任何人,如果违反纪律,走漏风声,打探办案进展,说情徇私,一律严惩不贷!"

关寿发在旁边听得心惊胆战,一脸惶然。

身处婚礼现场的程光辉也在缅怀张永峰。

他在手机上翻看他和张永峰的合影,耳边似乎又响起张永峰那从容、充满力量的声音:

"……乌云是遮不住太阳的,虽然我们工作很艰难,但是我相信,阳光和正义,一定会到来的。如果说公平和正义,就像太阳的光芒,那么人心,人的正直和善良,就像月亮的光辉。周家湾的月亮会圆的,西乡的月亮,也会圆的。"

程光辉的眼泪再次流淌。

林志龙过来安慰说:"光辉,别太难过了。张所长在天上都能看得见。"

程光辉振作地点头:"你提醒一下大伙,核实好犯罪嫌疑人的身份,统计好人数,谁抓谁分配好。"

林志龙信心满满地说:"放心吧,一个都跑不了。"

林志龙转身去传达命令。

远处车内,特警森然待命。

关寿发越想越不对劲,越想越害怕,走到旁边摸出手机,关寿发咬了咬牙,下了决心,给周继海发了两个字:快跑。

一转身,沈海涛带着两名警察过来,大声道:"关寿发!"

周继海收到了短信,疑惑地四处张望,忍不住翻出关寿发的电话拨过去,却没人接听。

程光辉站在远处冷冷地注视着婚礼现场,注意着所有的人。

周继海叫周大齐过来,偷偷给他看关寿发的短信,周大齐问什么意思,问周继海给关局打电话了没,周继海说打了,不接,周大齐急了:"那还等什么,跑啊!"

周继海冷笑道:"说得简单!我怕今天来的这些陌生人里头啊,大多数都是他们的人。"

周大齐四处张望,心里也打起鼓来,摸摸嘴,捂着小声问:"咱们不能就这么等死吧?"

周继海思考着说:"不行咱就来个明修栈道,暗度陈仓。"

周大齐急道:"都什么时候了还跟我玩成语啊。"

周继海说:"我修栈道,你度陈仓,赶紧走。"

一只手突然拍在周继海肩上:"周书记,恭喜。"正是程光辉。

他注意到周家父子凑到一起低声嘀咕,神色有异,立刻过来贴身盯防。

周大齐转身要走,程光辉另一只手抓住他的肩头:"大齐,今天可是你们父子俩的好日子呀。"

周继海强笑道:"那是那是。"

程光辉看着周大齐:"怎么了,大齐,不欢迎我啊?请柬可是你亲自给我送过来的。"

周大齐笑道:"我没有啊。"

周继海把话抢过去说:"哎呀,怎么会不欢迎你呢,你是一个讲情义的人。要说啊,我这是老了。回想起来,在周家湾这三十多年我是有功有过,好在现在都过去了,我是一个退出历史舞台的人,他们俩今天婚事一办,我这革命就算成功了。"

程光辉意味深长地说:"周书记,话不能这么说吧?这后边的戏,你还得接着看呢。"

程光辉的手机突然响了,周继海趁机让周大齐走:"大齐,这婚礼都要开始了,张梅怎么还不出来,快快快,看看去,快去快去。"

周大齐装作不情愿地看表:"好,我去看看。"

程光辉想要跟着过去,周继海拉着他:"光辉啊,来来来,你坐这儿。我跟你说啊,大齐这些同学里头,我就觉得你是最能干的,你今天能来,真给我们周家撑面子。"

周继海抬头看见张梅已经出来,正和周大齐站在前边说话,赶紧过去说:"你这词还没有背熟呢,赶紧去背!"

周继海把两人推走,再回来在程光辉身边坐下,无话找话地问:"你觉得今天这个布置怎么样?"

婚礼司仪就在这时高叫道:"各位,请入座。"

周继海看着周大齐跑远,脸上露出满意的表情。

程光辉看看他,摇摇头。

警车开道,张永峰的灵车出殡。

后面是自发前来送行的周家湾村民,身着整齐的黑衣,拉着横幅"张所长,永远不走"。

司仪请周继海上台讲话。

周继海拄着拐杖,颤悠悠地走上台,挥手示意,咳了一阵才缓缓开口:"感谢各位领导……"

周大齐匆匆冲进化妆间,关上门,远远看着父亲在台上讲话,转身走向正在化妆的张梅,查看化妆间的后门。

周继海大声说:"感谢你们,感谢你们在百忙之中,为两位新人,送来了,最……"

程光辉意识到什么不对,起身寻找新人。

周继海在台上看见程光辉的行动,再也无法说下去,剧烈咳嗽起来。

化妆间里,周大齐把张梅捂昏扛在肩上,从后门逃离。

程光辉冲进化妆间,看见了落在地上的新娘的身份标识,跟着从后门追出。

周大齐把张梅放进周继海早安排好的一辆车,然后自己上车,快速开车驶离。

程光辉追出来,四处张望,看见了周大齐的车,立刻上了警车先喊话:"周大齐跑了,收网行动开始!"

一声令下,所有的便衣和特警都开始行动,从各个方向扑向婚礼现场。

林志龙用对讲机指挥其他人开始行动,他去支援程光辉。

看见警察冲进来,周继海明白大势已去,他扯下胸前的花撕得粉碎,抛向天空,丧气地呆立在舞台之上,然后被两名特警铐上带走。

林志龙在对讲机里呼叫程光辉:"他好像是往郊区跑了,武黑山方向。"

程光辉镇定地回答:"放心志龙,咱们有天网,他跑不了。"

车内张梅醒来,明白了处境,劝道:"大齐,你别跑了,你逃不了。"

周大齐狠狠地说:"你要不是怀了老子的孩子,你以为我会带着你这累赘啊!"

张梅声音带上了哭腔:"你觉得你逃得出去,你藏哪儿呢?"

周大齐从容地回答:"狡兔三窟,我混了这么多年,还没个藏的地方?我问你,程光辉他们今天的行动,你是不是提前知道?"

张梅怔了一下,勇敢地回答:"他们今天的收网行动,收的就是你们父子俩。"

周大齐咬牙:"我再问你一遍,你是不是提前知道?"

张梅不答,周大齐立刻明白了答案,他突然爆发,把张梅猛地往车窗上一撞,然后又拉起安全带缠住张梅脖子,往死里勒,骂道:"妈的,我爹养你这么多年养出了个叛徒!"

张梅挣扎着说:"是我瞎了眼,这么多年助纣为虐。"

周大齐用力勒住张梅的脖子,就在这万分紧急的时刻,眼前突然出现长长的车队,正是张永峰的出殡车队。

周大齐一脚踩住刹车,满脸惊恐地看着迎面而来的张永峰遗像:"太晦气了。大不了同归于尽。"

周大齐的表情变得疯狂,猛然一踩油门,程光辉的警车逼近,张梅回头看见,突然伸手抓向周大齐,两人在车上搏斗,方向盘失控,轿车狠狠地撞向路边。

程光辉跳下车,追来的特警也持枪包围上去。

周大齐晕乎乎地下车,程光辉上前抓住他:"我早就跟你说过,不管你背后有多大的势力,最终都会被依法拘捕,这就是法律。"

"带走!"

根据张梅提供的线索,警察在鸽子墓挖出的铁盒子里找到了周家父子违法犯罪和这些年对各级领导干部行贿的证据,关寿发等一批黑恶势力保护伞纷纷落网,被绳之以法。

汉北省公安厅扫黑除恶工作报告会上，程光辉威武地走上台去，首先默哀致敬那些在这次战役中牺牲的战友，然后转身面对台下数百位公安干警庄严敬礼，开始他的工作报告。

两个月后，汉北省汉林市中级人民法院依法对周氏父子涉黑案进行宣判。

周大齐因组织、领导黑社会性质组织罪，强迫交易罪，寻衅滋事罪，贪污罪，以危险方法危害公共安全罪，非法转让土地使用权罪，妨害公务罪，非法占用农用地罪，聚众斗殴罪，职务侵占罪，故意毁坏财物罪，故意伤害罪，妨害作证罪，行贿罪，帮助毁灭证据罪等，被判处死刑，剥夺政治权利终身，并处没收个人全部财产。

周继海因故意杀人罪，组织、领导黑社会性质组织罪，强迫交易罪，非法经营罪，行贿罪，判处死刑，剥夺政治权利终身，并处没收个人全部财产。

周二宝因参加黑社会性质组织罪、故意伤害罪、寻衅滋事罪，被判处有期徒刑十年，剥夺政治权利三年，并处没收个人全部财产。

张梅被开除党籍，并移送司法机关处理。

周氏父子涉黑案中，西乡市公安局副局长关寿发等十几名干部因充当黑恶势力保护伞，包庇、纵容涉黑涉恶活动，存在严重违纪违法问题，均受到开除党籍、开除公职处分，分别被判处五年至十五年不等的有期徒刑，没收个人违法所得并处数额不等的罚金。

2018年初，扫黑除恶专项斗争以雷霆万钧之势在全国展开。

专项斗争开展以来，全国共打掉涉黑组织3644个；打掉涉恶犯罪集团11675个；全国法院一审判决涉黑涉恶犯罪案件3.29万件，黑恶犯罪得到了根本遏制。全国政法干警冲锋在前，754名干警负伤牺牲，用血肉之躯守护一方平安。"12337全国扫黑除恶举报平台"共收到群众举报线索126万余条，人民群众的坚定支持和参与，汇聚成人民战争的汪洋大海，开辟了"中国之治"新境界！

第九卷
未来已来

　　从2G落后到如今5G引领,从跟跑者到领跑者,从吃前方尾气到弯道超车,通信信号的增强,增的是这个时代的脉动,强的是新时代中国科技力量的崛起;短短十年,白驹过隙,我们见证了基础科技创新给通信行业乃至整个社会带来的巨大变革。而这个单元故事中的人物不仅是这十年科技巨变的见证者,也是参与者,他们用自己的执着和努力书写了华彩篇章,改变了无数人的生活。很荣幸我可以用光影来见证这个值得珍藏的过程。

杨　磊

　　《未来已来》这个单元写的是我国5G移动通信技术研发过程中的一个片段。和平年代,科技研发,尤其是高新技术的研发,对于世界各国来说无疑是一片没有硝烟的战场。我们的故事聚焦在了将中国的5G技术研发成功并推向国际标准的一群科研人员身上,他们用他们的智慧和勇气去攻克科研上的难关,也解决生活中的难题。新一代的科研工作者不但继承着前辈身上的拼搏精神和竞争意识,他们身上更有着属于这个大时代的包容和格局,他们不但要做全球的领跑者,更要帮助其他国家和地区一同跑起来,他们深知这个时代你中有我,我中有你,只有携手合作、互利共赢,才能让大家朝着构建人类命运共同体的方向前行。他们平凡的身躯里闪着耀眼的光芒,在一次次的坎坷中砥砺前行,最终让世界折服于中国的技术,更折服于中国的精神。

徐　速

一

移动通信研究院的会议室里,所有人都聚精会神地看着前方投影屏幕上的短片。短片结束后,大家一起鼓起掌来。掌声中,移动通信研究院的罗院长站起身,众人都安静了下来。

罗院长说道:"刚才,我们看到的是5G给未来生活带来的改变。我身边的人经常问我,5G是什么?我们手中的4G手机已经够快了,为什么还要研发5G?"

罗院长把目光投向身旁的副院长林璐,林璐是分管5G研发项目的副院长。

林璐道:"5G对老百姓来说,只是网络快一点儿,确实也是,从字面意义上来讲,5G就是一个更快一点儿的网络,可这个快一点儿的网络,可以应用于更先进、更复杂的场景,最终革命性地改变未来人们的生活方式。"

罗院长道:"未来是什么样的,我们也想象不到。可是我们中国是全球第一大制造业大国,率先建成大规模的5G网络有着重要的战略意义,所以研究院决定,在下个月的全球移动通信标准大会第113次会议上,我们会正式地将新一代5G无线帧技术提出来,以获得行业的认可,让中国的标准成为世界的标准。"

林璐道:"全球移动通信标准大会不但是科研之争,同时也是利益之争。"

罗院长道:"所以,我们现在特别需要能打硬仗的人。"

林璐沉思半晌道:"我推荐一个人,如果他办不到,我想,就没有人能办得到了。"

食堂里,移动通信研究院的工作人员们正在吃午饭。年轻的研究员高胜寒端着餐盘坐到了移动与终端研发部主管于冬的面前,他把自己的鸡翅夹给了于冬,一脸堆笑。

高胜寒道:"冬哥,听说下个月要去日内瓦开标准化会议,你替我跟我师父说说话,给个机会呗?"

于冬道:"跟你师父商量去啊,找我干什么?"

高胜寒道:"我师父那个人你还不知道,铁公鸡一个。"

于冬道:"机会不是别人给的,是你自己争取的。你知道我从来移动通信研究院到第一次去参加标准化会议熬了多久吗?"

高胜寒摇摇头,于冬举起手,比画了个"六"的手势。作为移动通信最资深的代码设计工程师,于冬等了足足六年。而高胜寒,才从北邮毕业不到三年。

此时,林璐来到了食堂,她在寻找沈屹,四下扫视一圈,只看到了她的学生高胜寒,她来到高胜寒身边。

林璐道:"老沈又没来吃饭?"

高胜寒道:"他说,吃午饭会让血液集中在肠胃,影响他下午的工作。"

林璐道:"他现在人在哪儿?"

高胜寒道:"他……"

林璐道:"又在玩儿牌?"

林璐朝实验室走去,于冬和高胜寒对视了一眼,赶紧匆匆扒拉完饭菜,跟了过去。

穿过层层自动门,林璐来到实验室,这里井井有条地摆放着各种先进的仪器设备。

实验室的一角,沈屹正在聚精会神地用手中的扑克牌搭建一座高楼模样的建筑物,那座纸牌建筑已经几乎等同于他的身高。

林璐道:"你这纸房子可以搭多高?"

沈屹道:"世界纪录是美国专业纸牌堆手布莱恩·伯格保持的7.86米,传统理念认为三角形的结构是最稳定的,但三角形依赖于固定在一起,以及顶端受力的影响,其实正方形和直角构成的网格会让这个结构更加坚固。"

沈屹一边说着,一边自信地从旁边拎起一个装满水的饮水机水桶,放在了自己搭设的建筑上,沉重的压力之下,纸牌建筑竟然纹丝不动。沈屹看着林璐,自信满满地往水桶上拍了拍:"怎么样?"

林璐道:"比起这个纸房子,我更欣赏你设计的5G无线帧结构,下个月的全球移动通信标准大会上,我们的5G无线帧技术方案,将正式提交标准化决议。老沈,扛着枪往前冲的任务,我可交给你了。"

沈屹低头思索着,却始终没有回答。

林璐道:"你放心,院领导会尽全力为你们提供支持。"

沈屹道:"世界上有两件最难办的事情,一是把别人的钱装进自己的口袋里,二是把自己的想法装到别人的脑袋里。两件事要同时办成,我办不了。"

林璐道:"别人办不成,你沈屹绝对没问题。"

沈屹道:"另请高明吧。"

林璐道:"行了吧,老沈,这事儿我要是交给别人,你心里舍得吗?"

林璐从桌上拿了几张扑克牌,塞到沈屹的手里:"人员方案都由你来定,这把牌我交给你来打。打赢了,你们论功行赏;打输了,算我的。"

沈屹看着手里的扑克牌,露出一个不易察觉的微笑。

这一晚,在沈屹的家里,妻子樊静一边做晚饭,一边用手机给远在美国的女儿樊星拨打视频电话,电话那头,樊星正在宿舍里做瑜伽。

樊静道:"闺女,现在那边功课还忙吗?"

樊星道:"还行,学分已经修满了,就差领毕业证了。"

樊静道:"我跟你爸商量了好久,觉得毕业后还是回来吧,现在国内发展可好了,机会也多。对,你可以拉着小徐一起回来!"

樊星道:"再说吧。妈,不聊了,今天学院有个挺重要的讲座,我得走了。"

樊静道:"唉,别忙着挂,你爸说他要跟你聊两句呢。他马上就到家,你稍微等他一下。"

樊星道:"算了吧,在家的时候,一年到头他也跟我说不了几句话。"

樊静道:"你爸他最近挺忙的。"

樊星一脸不耐烦:"他有不忙的时候吗?"

樊静道:"你爸嘴上不说,心里一直惦记着你呢。"

樊星道:"行了,大家都是成年人了,不用来这一套。我洗澡去了,妈,有空再聊。"

樊星挂掉了电话,樊静无奈地叹了口气,坐在棋盘前,准备休息一会儿。樊静突然心头一闷,她下意识地捂住了胸口,在沙发上坐了一会儿,才缓了过来。

这些年,突然发作的心脏病一直困扰着她,但这种情况,她从未向沈屹说过。丈夫工作太忙,太重要了,不能让他分心。丈夫对自己的爱,她能感受,这已经足矣。

这时候门开了,沈屹匆匆走了进来。急着要跟女儿通话的他,还是回来晚了。

沈屹道:"电话打完了?"

樊静道:"等你回来,黄花菜都凉了。"

沈屹道："怪我,下次一定。"

樊静道："你知道今儿闺女要打电话来,还是那么晚,人家闺女今天可说了啊,特别想见你一面。"

沈屹苦笑自嘲道："想见我？微信都给我拉黑了。"

樊静没好气道："你不给人家朋友圈下面乱留言,人家会拉黑你？人家发个自拍,你说人家要自爱不要自恋；人家说天气热,你非得留言说什么,若无愁事挂心头,便是人间好时节；穿个破洞牛仔裤,你非得让人穿秋裤,现在哪还有孩子穿秋裤啊？"

沈屹一边打量着桌上的菜一边道："秋裤咋了,秋裤秋裤,就是秋天穿的,不能只要风度不要温度,只要面子不要里子。"说着用手捏着菜尝了一口。

樊静看到连忙道："哎,哎,你干吗呢,洗手没？"

沈屹一边嚼着一边笑："没有。"

樊静没好气道："你过来!"

沈屹眨巴眼："干吗？"

樊静指了指面前的围棋残局："我想到招赢你了。"

沈屹接过樊静递过来的纸："美人卷珠帘,深坐颦蛾眉,跟年轻时候一样,执着。"

樊静一边落子一边道："别提年轻的时候,要不是你在围棋社赢我那三局,我能跟你？"

沈屹看了这落子,皱眉,然后也落了一子,樊静再落一子,看着沈屹捏子踌躇的样子,一脸笑容。

沈屹眼见输了,把棋子扔进棋盒,巴巴地看着老婆："我饿了。"

樊静笑了道："你输了! 输了今天听我的啊,早点睡,不许熬夜。"

两人吃着饭,沈屹望着妻子,满眼温柔。这么多年,不管自己多忙多累,家,永远是他的港湾,因为这里,有一个无比体贴包容的妻子。

二

沈屹把一份人员名单放在林璐的办公桌上,林璐仔细地翻看着。

林璐道："无线与终端技术研究所的于冬？"

沈屹道："于冬常年工作在一线,掌握大量的一手资料和数据。最重要的是,老于性格沉稳,最擅长给团队查漏补缺,他就是一辆车的刹车系统,只有他在,我才敢把油门踩到底。"

林璐接着往下看，看到名单上高胜寒的照片，乐了："高胜寒，你徒弟？"

沈屹道："我徒弟，高胜寒，北邮毕业的高材生，我一手带出来的大弟子，英文好，头脑灵，手脚勤。"

林璐道："你就不怕人家说你护犊子？"

沈屹道："我就是护犊子，我要是连我徒弟都护不住，那出去开会，我怎么护着咱们国家啊？"

林璐忽然看到了最后一个人名，当即摇了摇头道："陈舒，这个人我可给不了你，你再换个人吧。"

沈屹道："当初可是你口口声声跟我说人员让我随便挑的。"

林璐道："不是我不给你，是给不了你。人家已经交了辞职报告了，字我都签了。"

沈屹道："那我不管，陈舒这个人我要定了，你想办法。"

林璐一脸疑惑道："陈舒这个姑娘到咱们研究院快五年了，她负责的实验全都失败了，她主导的项目全都黄了，人称'百战不胜'，你怎么会对这么一个人感兴趣？"

沈屹道："林院，她做的实验我都看过，虽然结果都失败了，但每一个实验项目都是别人不敢做，甚至不敢想的方向，能提出别人不敢提的问题，这本身就是可贵的科研精神。我们团队是5G项目，是研究未来的，我需要这种能往前冲的人。"

林璐道："这样吧，我先跟她说这事儿，但是具体的情况，还得你去跟她交流！"

这天下午，在中关村的一家咖啡厅，沈屹约见了陈舒。陈舒盯着面前的沈屹，一脸怪异。

陈舒道："你跟我连话都没说过几句，你能知道我是什么样的人？"

沈屹道："人分三六九等，肉分五花三层，搞科研就是要做得最顶尖的那一档，咱俩是一类人。"

陈舒道："晚了，人事合同我都签了。"

沈屹道："但是，错过现在我们要做的事情，等你多年之后回想起来，你一定会后悔。"

陈舒深吸了口气道："让我留下来，你能给我什么？"

沈屹沉默半晌道："我可以让你，成为你本该成为的那个人。"

陈舒微微颤动了一下，她冷冷地盯着沈屹。她终于发现，这个在研究院里和她没说过几句话的人，也许才是最了解她的人。

人到齐了，沈屹的团队在一个下着大雨的夜晚开启了第一次实验。

在移动通信研究院,科研人员们正穿着厚厚的防辐射服,沈屹、于冬、陈舒、高胜寒紧张地盯着屏幕。

高胜寒说:"我们的无线帧技术是这套5G方案的核心基础,这套方案就像是搭积木一样,可以把主体随意地拆分成一块一块细小的部件,按照应用的需求随意拼搭、灵活配置,更适用于未来的医学、工业及汽车等应用领域。"

于冬道:"全球移动通信标准大会,四十多个国家,五百五十多个成员公司,都是移动通信领域的狠角色,要从几百个提案中脱颖而出,获得投票通过的提案才能纳入标准,这是要在万军丛中取上将首级,相当困难。"

陈舒道:"要想让别人认可我们的方案,我们必须拿数据说话,国际电信联盟对空口用户面单向时延的目标是1毫秒,如果做不到这个标准,那什么都白谈。"

大屏幕上,实时监测测试数据的波形图忽高忽低。

所有人都把目光投向了他们身后始终一言不发的沈屹,只见他双手抱在胸前,静静地看着屏幕,脸上没有一丝波澜。

测试实验还在紧张地进行着,高胜寒等人目不转睛地盯着屏幕上的测试数据,他身后的沈屹紧闭着双眼,似乎陷入了冥想之中。

高胜寒道:"时延降低到了1.5毫秒!"

陈舒道:"还在降!"

沈屹的脑海中,一串串字符、代码如同一张张细碎的纸牌,在沈屹的排布、组装之下,一幢高大的纸牌建筑平地而起。

那一瞬间,高胜寒、于冬和陈舒几个人紧张地盯着屏幕。

随着数值降低到0.8毫秒,几人欢呼一声:"成了!"

沈屹终于睁开了双眼,和大家击掌庆祝。他知道,这只是第一步,还有很多关隘,需要去挑战。

疲惫的沈屹独自回到更衣室,他一手撑着旁边的桌子,一手扶着自己酸痛的腰部,当他吃力地脱下防辐射服的时候,里面的衬衫已经被汗水浸透。

沈屹从衣柜里拿出手机,突然愣住,发现上面有无数的未接电话和短信。

一阵电闪雷鸣,窗外的雨下得更大了。

一束光从窗外划过,沈屹抬头望,只见林璐的汽车飞速驶来,停在了实验室门口。

林璐从车上下来,撑着雨伞望向沈屹,目光中充满了焦虑。她冒着倾盆大雨赶来,是要告诉他一个不幸的消息。

半个小时后，沈屹赶到医院的病房，妻子樊静躺在病床上，身上连接着大大小小的管子，她的脸上已经没有了血色。

医生道："急救车送到医院的时候，已经不行了。"

沈屹拉着妻子冰凉的手，紧紧地咬着自己的嘴唇，不想让眼泪流下来。

在医院走廊的尽头，沈屹孤独地坐着，把脑袋埋在双臂之中，如同一座雕像一般。

高胜寒等人匆匆赶到，林璐拦住了他们，示意他们让沈屹一个人待一会儿。

这时医生走了过来，将一份死亡通知书递给了沈屹。

医生道："节哀顺变。这份死亡通知书需要家属签字，还是要麻烦您一下。"

沈屹望着那份死亡通知书，久久不能落笔。

三

深夜，沈屹一手拎着女儿的行李，一手用钥匙打开了家门，樊星不吭声地跟在后面走了进来。

屋子里一片空荡荡的死寂。

沈屹道："闺女，有点话想跟你说。"

樊星道："我有点儿累，先休息了。"

她从沈屹手中拿过自己的行李箱，回到了自己的房间，锁上了门。这一夜，沈屹一个人躺在床上，眼睛里泛着泪花，看着墙上挂着的合照，自言自语地诉说："老婆啊，外面又下雨了，我讨厌下雨，你就是雨天离开我的。咱们闺女长大了，从她的眉眼中总能看到你的模样。我是个不称职的爹，以前整天扎在工作里，能陪她的时间太少了，孩子跟你姓，我也没什么好说的。原来你是我们俩之间的电话线，我想知道她的情况，问你就可以，她想知道我最近在做什么，你也可以告诉她。可现在这根电话线断了，说真的，我都不知道该怎么跟她沟通。我知道她最近一段时间心里肯定很难受，我想帮她走出来，可对我来说，这却比和那些国外的移动通信同行去沟通要难多了……"沈屹自顾自地跟妻子说着话，久久无法入睡。

客厅里没有开灯，樊星站在门口，依稀地听着父亲的自言自语，默默无声，最终回到房间，失声痛哭。

樊静去世后，实验室里弥漫着一种压抑的气氛。

陈舒垂头坐在自己的电脑前，她的面前放着一大堆需要整理的资料，心中却一团乱麻,毫无心思去看。

一旁的高胜寒修改着报告书草稿,他把键盘敲得噼里啪啦响,似乎在跟自己斗气。

于冬拎着公文包走了进来,一声不吭地坐到自己的办公桌前。

陈舒道:"老于,我记得每天你都是第一个来的。"

于冬道:"谁想第一个来谁第一个来,我只想陪我老婆女儿吃完早饭,幸福生活,谁知道突然就没了……"

陈舒道:"你胡说什么呢?高胜寒,你敲键盘的声音能不能小点儿?你那是打字呢还是跟人干架呢?"

高胜寒道:"师娘走了,我心里难受!自从我到研究院跟了师父,经常觍着脸去蹭师娘做的饭。师娘做的糖醋排骨,我一次能吃半盘子……"

高胜寒说着忍不住鼻子发酸,捂着脸,情绪有些崩溃。

几个人一阵沉默,这时候门忽然开了,只见沈屹走了进来,大家都瞪大了眼睛。这才几天,沈屹就重回实验室,这让大家诧异不已。

但是,他们不懂沈屹。沈屹何尝不想平复自己的心情,放下满心的哀思。但是过了这么几天,他发现,自己一静下来,满脑子都是妻子的身影,丧妻之痛痛彻心扉。工作,只有工作,才能让他忘记伤痛。

沈屹坐在工位上发愣,手机却响了,打来电话的是女儿樊星。

樊星道:"我妈的手机放哪儿了?"

沈屹道:"她的手机?我想想,可能是在客厅茶几的抽屉里,要是没有你就看看书柜。"沈屹挂掉电话。

一会儿电话又响了,还是樊星,他只好再次无奈地躲到一边接电话。

樊星道:"你说的地方都没有。"

沈屹道:"都没有?那你再看看我的写字台右手抽屉,要是再没有,你就等我回去帮你一起找。"

沈屹让自己沉浸在工作里,面对徒弟的劝说只是摆了摆手,让他先走,直到看到了日历上的便利贴,那是妻子对自己的叮嘱:"早点回家。"

沈屹再也忍不住了,在空无一人的实验室里,失声痛哭。

樊星独自在家中整理着母亲的遗物,她将衣柜里母亲的衣服一一翻找出来,整齐地叠好,小心地放在箱子里。

她看着柜子上贴着的字条,都是母亲对父亲的叮嘱,失了神。

当翻出母亲旧时的一条碎花连衣裙时,樊星愣住了,她抬起头来,只见柜子上摆放的一张老照片里,年轻的母亲怀中抱着哭哭啼啼的自己,脸上绽放着温暖的笑容,她的身上穿的正是自己手中那条碎花连衣裙。

樊星将那条碎花连衣裙平摊在床上,自己躺在一旁。搂住母亲衣服的那一瞬间,樊星再也忍不住了,眼泪夺眶而出。

沈屹依旧在实验室加班,林璐从门外走了进来。

林璐道:"老沈,你家里最近的情况,院领导都特别关心,你要是有什么需要我们帮助的,你随时告诉我。"

沈屹道:"我没事,谢谢领导关心。"

林璐道:"有件事情,我想跟你商量一下。"

沈屹道:"您说。"

林璐道:"因为你家里最近的情况,院领导跟我商量,想让你休息一段时间。"

沈屹道:"让我休息?那标准大会谁去参加?"

林璐道:"院领导已经在考虑更换参会人选。"

沈屹站了起来:"院里的决定?"

林璐道:"院里的决定呢,我先拦下了,我想先听听你的看法。"

沈屹道:"怕我出错?"

林璐道:"这件事情毕竟事关重大,上到政府,下到企业,整个产业结构都在为下一步的5G移动网络做出调整。"

沈屹道:"我1993年入党,2001年进的移动通信研究院,我知道孰轻孰重。我不会因为生活中的事情干扰了我在业务上的判断。"

看着面前目光坚定的沈屹,林璐心中感慨万千。

飞机缓缓降落在瑞士日内瓦。

一辆商务车缓缓驶到酒店门口,由沈屹、于冬和高胜寒等人组成的中国移动通信研究院代表团拎着行李从车上下来。

高胜寒四处张望,显得格外兴奋。

一名外国人看到了沈屹,热情地走过来和他拥抱。他是国外的移动通信运营商代表,沈屹叫他胡安。

胡安用英语说道:"沈,好久不见。昨天晚上我还梦到你了呢!"

沈屹拍了拍自己的行李箱："你是梦到我的酒了吧？上次答应给你带的北京二锅头，我没忘，一会儿送到你房间去。"

胡安又切换成中文："谢谢！"

陈舒低声对高胜寒说："他是西班牙移动通信运营商代表胡安·洛佩兹，是这里面资历最老的人之一，在全球移动通信标准大会上非常有话语权。"

看着前来参会的代表们三两成群、谈笑风生的模样，高胜寒有些疑惑："不是说会场如战场吗？我看这气氛还挺友好的。"

于冬道："一会儿你就明白什么叫笑里藏刀了，年轻人。"

沈屹道："各位，咱们抓紧办入住，正式开会前我们还要过一下报告的详细流程。"

高胜寒道："知道了，大家把行李都给我，我来拿。"

于冬道："你还是省着点儿力气吧。对了，酒店前台有甜点，你多吃点儿，这个会非常熬人。"

会议开始了，会场的发言台上，沈屹娴熟地用英文阐述方案。

沈屹道："之前的帧结构就像套餐一样只有固定的搭配，我们这套全新的帧结构方案更像自助餐，针对不同的网络功能、不同用户的数据存储方式、不同运营商集中化的网络部署方式以及不同运营商的网络管理方式，可以选择适合自己的网络功能组合。"

洛佩兹道："请问你们报告中给出的空口用户面单项时延数据，是如何得到的？"

沈屹道："我们的数据是在中国移动的国家工程实验室得到的，我们的实验室是得到国际标准认证的而且经过数百次的反复精密测试……"

沈屹话还没有说完，洛佩兹便打断了他："但是据我所知，你们所使用的信道仿真器是你们中国自主研发的，现在全球范围内所使用的信道仿真器，除了美国的是德和德国的思博伦，其余的信道仿真器我们都无法认定其测试数据的真实性。恕我直言，你们报告提案中所给出的数据，我们不能拿来参考。"

台下，各个代表团成员开始交头接耳，沈屹依旧平静地阐述着："中国的移动通信用户数领先全球，我们一直致力于和各个国家一起攻克难关，共同打造更为快捷便利的通信环境。我们的数据，不但可以对我们自己的科研成果负责，而且……"

主席道："好了，请中国移动通信研究院的参会代表注意，其他的参会代表也有权获得发言时间。现在请大家对中国移动代表团的方案是否进入下一轮做出决议，老规矩，举手表决。"

一片寂静中,除了中国移动通信研究院代表团,只有不到十个人举起手。

主席道:"很遗憾,赞成票未过半,因此未能进入下一环节……"

这一夜,房间里气氛很沉闷,于冬和陈舒坐在沙发上一言不发,高胜寒在一旁愤怒地抱怨:"说我们数据造假,他们有什么证据?不能张口就来啊,太不公平了!"

陈舒道:"不是不公平,是他们不愿意公平对待我们。说白了,他们不相信我们。"

于冬道:"这么多年,我们都是这样一步步走过来的,习惯了就好。"

沈屹站在窗户边,拨通了林璐的电话:"喂,林院,我们输了。"

电话那头的林璐很淡然:"输了没关系,我们再来。"

四

沈屹和樊星两个人系上围裙,在厨房里忙活得热火朝天。

沈屹道:"人家让切丝,你切的是条。"

樊星道:"反正最后不都是吃进嘴里。"

沈屹道:"标准化的制定就是在重复的事物和概念中寻找最优化方案,通过最大范围内的执行,从而获得最佳的秩序和成效……"

樊星道:"锅在冒烟儿……"

沈屹调低了火道:"爆炒需要热锅热油。"

樊星有气无力地说:"能吃就行。"

沈屹道:"做饭说白了就是把食物在高温环境下进行氧化处理,使各种食材发生物理或化学上的变化,都是看得见摸得着的东西,它能比写代码还难吗?"

沈屹一边说一边强装勇敢地把菜丢进锅里,然而锅里的火一下子便蹿了上来。

沈屹拿起锅盖挡在女儿面前:"别慌,氧化反应比预期稍微激烈了一些,只要用锅盖阻断氧气来源,火就可以熄灭了。"

樊星一脸无奈地拿过父亲手里的锅盖盖上,火随即熄灭。

最终,父女俩疲惫地坐在餐桌前,黑乎乎的菜在中间,一人面前摆了一碗泡面。

沈屹道:"过程有些坎坷,但目的还是达到了。"

樊星道:"我以为你的目的是营养又健康。"

沈屹道:"其实很多人都误解了方便面,方便面的发明者每天都要吃一碗方便面,吃了四十九年,一直吃到九十七岁去世。"

樊星道："所以他是吃方便面吃死的？"

沈屹语塞，父女俩陷入沉默中。

良久，沈屹找到了话题。

"你学的信息技术专业现在在国内很有潜力，正是需要人才的时候。"

"我大二就换专业了。"

"没听你说过啊，为什么要换专业啊？"

"那是你给我选的专业，不是我自己选的。"

"没事儿，回来就好……哎，你后来换了什么专业？"

"Intelligent Internet Technology。"

"说中文，中文才是未来。"

"智能互联网络技术。"

"挺好的，都要修什么课程？"

"物联网概论、无线射频识别技术原理与应用、数据库基础与应用之类的。"

"一共要修多少门课程？"

"二十八。"

"一门课有多少学时？"

樊星强压自己的不耐烦回答道："三十二。"

沈屹又问："一共要修多少课时？"

樊星抬起头来，冷冷地盯着父亲，沈屹自觉地住嘴，屋子里又只剩下了吃面的声音。

沈屹道："八百九十六。"

樊星道："什么？"

沈屹道："你一共要修八百九十六个学时。"

父女再度陷入死寂。

樊星一脸无话可说。

第二天清晨，沈屹穿戴整齐，背上公文包，鬼鬼祟祟地走到樊星的房间门口，心中似乎在盘算什么。

樊星被失眠折磨了一晚上，此时刚刚合眼，却听到了父亲的敲门声，沈屹在门外喊道："睡醒了吗？"

樊星道："说。"

沈屹道："你能开车送我去上班吗？今天有个重要的会不能迟到。"

樊星道:"你自己不是有驾照吗?"

沈屹道:"我开车技术不行,平常都是你妈送我去上班的。"

樊星道:"打车。"

沈屹道:"早高峰时段,很难叫到车的。"

樊星道:"公交,地铁,走路。"

沈屹叹了口气,只好自己想办法。

父亲离开后,樊星却再也睡不着了,她懊丧地把枕头狠狠地摔到一边。

这时候,手机里传来了美国男友徐维之发来的短信。

"星星,我手头的项目快要忙完了,之后我想回趟中国,看看能不能帮你做些什么。"

"哎,你怎么不回我信息啊,你还在生我气吗?"

"你现在挺好的吧? 我马上就回国去看你,去陪陪你。"

樊星没有回消息,闭起眼睛,准备再睡会儿,手机忽然响起了沈屹的电话。

樊星道:"喂?"

沈屹道:"樊星,快来车库,我把车撞了!"

樊星匆匆赶到现场,只见汽车撞在了车库的角落,沈屹正在和身边的保安交涉。

保安道:"这么宽的道,怎么把车撞成这样?"

沈屹道:"我就是脑子里琢磨工作上的事儿呢,一时分神。"

沈屹看着樊星道:"院里开会我等不及了,你给保险公司和交警打电话,先拍照。"

保安道:"幸亏没撞着人,要不然多危险。"

沈屹匆忙赶去公司,留下一脸无奈的樊星。

会议室里,移动通信研究院的领导和科研人员正在商讨。

沈屹道:"这次全球移动通信标准大会我们的方案未被通过,一方面是个别国家代表的无端攻击,另一方面,我们也得从自身找原因,无线帧结构方案并非尽善尽美,我们提交的报告准备仓促,有漏洞,就会被别人攻击。"

林璐道:"新事物的发展道路总是曲折的,要改变旧观念不可能一帆风顺。"

沈屹道:"耳听为虚,眼见为实。如果他们不相信咱们的数据,咱们就把数据摆在面前给他们看。"

林璐道:"老沈,说说你的想法。"

沈屹道:"两个月后,第114次会议将于北京举办。作为东道主,我们可以借这次会议举办一场展示活动,向全球的移动运营商展现中国5G的科研成果。"

4S店里，樊星正在处理修车事宜。

工作人员说："车面凹痕处理完了需要喷漆，现在咱们这儿有原厂漆和进口漆，您看您想用哪种？"

樊星道："普通的就行。"

工作人员说："好，如果顺利的话，两天后您能来取车，这两天您可以先开我们提供的代驾车。"

这时候樊星手机响了，又是沈屹的电话。

樊星不耐烦地问道："又怎么了？"

沈屹道："我有个违章，你去帮我处理一下。"

"你违的章，凭什么让我来处理？"

"你反正跑一趟，就别再折腾我了。"

"你折腾的是我。"

"我买了些东西，快递放在物业了，你回去的时候去拿一下。"

"你……"

沈屹已经挂了电话，樊星一肚子气往上涌。

晚上，拎着大包小包的樊星疲惫地回到家里，却发现沈屹悠闲地捧着笔记本坐在沙发上。

沈屹道："回来啦？"

樊星气不打一处来："你先回来的，还让我去物业拎东西？"

沈屹道："我腰不好，不能拎重东西，你妈在的时候从来不让我干这活。对了，我买了蒜薹了，晚上炒个蒜薹。"

樊星道："我都忙了一天了，回来还让我炒蒜薹？"

沈屹道："再加个木樨肉，你要不会做的话，菜谱我折着页放在书房了。"

樊星把做好的饭菜端到桌子上，沈屹美滋滋地捧着一瓶酒坐下："没想到啊，当年在我怀里哇哇哭的闺女，现在都会给我做饭了"。

沈屹注意到樊星手上贴着创可贴："手怎么了？"

樊星道："切肉切的。"

沈屹呆了呆，也不知道说什么，干巴巴地憋了一句："下次小心。"

沈屹转移话题，指着菜："这色香可以的，这木樨肉，没有肉啊？"

樊星冷冷地看了他一眼。

沈屹低下头,夹菜:"我尝尝这味怎么样。"

沈屹品了两口,点了点头:"嗯,这比你妈做的差远了。"

樊星实在受不了了,站起身,凳子倒地也没管,直接把桌上的饭菜端进了厨房:"你想吃什么吃什么,你想吃外卖吃外卖,想吃泡面吃泡面,我都不管你,但就是有一样,你自己想办法弄去,别再烦我!我妈给你当了一辈子保姆,你现在还想让我给你当保姆?做梦去吧!"

沈屹连忙站起来,一边扶起凳子一边说:"明天要不咱们吃烧黄鱼吧?海鱼含有最优质的蛋白质。"

樊星懒得理他,突然听到一声惨叫,樊星一回头吓了一跳,只见沈屹站在桌子旁边,表情狰狞。

樊星道:"你又怎么了?"

沈屹道:"腰……腰……快帮我捶两下……"

樊星一脸鄙夷,却又不得不帮父亲捶起了腰。

这一晚,樊星躺在床上越想越生气,忍不住掏出手机,翻出了母亲的微信号。头像上的母亲笑容温暖,樊星不由望得出神。

犹豫了一番,樊星敲打着字符,把肚子里的苦水通过文字发给了母亲。

"妈,我真不知道你是怎么能忍受跟我爸这种人在一起生活的,他自私、刻薄,从来不考虑别人的感受。我算明白了,八字不合的人生活在一起,每一秒钟都是煎熬!可有时候我又觉得他挺可怜的,离开了工作,他简直就是一个白痴。我还不知道他那点儿伎俩,不就是想通过这种方式来转移我的注意力,让我从失去您的悲痛中走出来吗?三流编剧的剧本,四流演员的表演!他自己天天晚上还看着你的照片掉眼泪呢!妈,我是实在心里闷了才跟你说这些话,可我明知道您永远都听不到了。好想你啊,妈,小时候追的流行歌曲里总有'永远'这个词,直到今天我才知道这个词的含义,那意味着你眼前不管是喜欢的、厌恶的、高兴的、悲伤的,都是一辈子的了。"

泪水模糊了樊星的双眼。

五

于冬把"距离全球移动通信标准大会第114次会议还有56天"的牌子挂在了会议室里,沈屹为大家做下一步的工作部署。

沈屹道："我们要在上千个5G应用试点方案中选题,筛选出展会上的展示单元,并在参数、展示细节和对方企业协作问题上逐一落实。小高,你把资料分一下。"

沈屹的腰部忽然一阵酸痛,他下意识地扶住了旁边的桌子："谁帮我拿一下靠垫。"

于冬连忙过来扶着沈屹,高胜寒立刻察觉到异样："师父,您腰椎间盘又突出了?"

沈屹摆了摆手,接过靠垫："干活。"

忙完一天的工作,沈屹疲惫地走出研究院。

一辆汽车停在了他的面前,沈屹一看开车的是樊星,顿时喜上眉梢,钻进了车里。

樊星道："咱俩聊聊?"

沈屹道："行啊,谈谈!"

樊星道："我长这么大,也就初三那年我妈回老家,你照顾了我一个月,上下学接送加上一顿晚饭,现在我原封不动还给你。从明天开始,我也接送你上下班,管你一顿晚饭。"

沈屹露出满意的笑容："知恩图报,孺子可教!"

樊星道："不过我是有条件的。"

沈屹道："什么条件?"

樊星道："这一个月时间,你工作上我不管,但生活上得听我安排。"

沈屹道："听你的,凭什么呀?"

樊星道："好吧,你要是用不着我,我订明天的机票去美国。"

沈屹道："行,行,行,听你的,听你的。"

樊星道："好,成交了。"

沈屹道："你还能给我弄什么幺蛾子?"

樊星从口袋里掏出两张卡片。

沈屹道："这是什么?"

樊星道："给你办的健身卡,一会儿有课。车门关上,走!"

沈屹道："腰疼,做不到。"

说完,樊星无奈地下车,帮他关上车门。然后,一脚油门,飞驰而去,坐在副驾驶座的沈屹面如土色。

健身房里放着舒缓的音乐,女学员们在瑜伽垫上做着舒展的动作,一个个很是享受的模样。忽然,身后传来了杀猪般的叫声,她们纷纷回过头看。

只见樊星按着沈屹做"骆驼式"的动作,沈屹被折磨得满头大汗："不行,下不去了!"

樊星道："这个动作对你的腰特别好。收腹,深呼吸,你可以的……"

移动通信研究院的食堂里,大师傅正在将食物分给工作人员,沈屹端着餐盘站在大师傅面前,大师傅突然一愣:"我有些日子没见你来吃午饭了。"

沈屹笑了笑:"吃饱肚子好干活儿,红烧豆腐给我来一点儿。"

大师傅把沈屹的餐盘装得满满的,最后又夹了个鸡腿放在沈屹的餐盘里:"再尝尝我卤的鸡腿!"

沈屹道:"多谢!"

沈屹端着餐盘来到座位上,掏出手机对着自己的午餐拍了一张照片,高胜寒好奇地凑了过来。

高胜寒道:"哟,师父,您吃饭前也拍照啊?"

沈屹道:"给它们拍张遗像。"

午休时间,于冬一边打着呵欠一边继续在电脑前忙碌着,沈屹一声不吭地走进来拉上窗帘,搬出写字台旁边的躺椅放倒,他还从口袋里掏出了一副眼罩戴在了头上,舒舒服服地躺了下来。

于冬在一旁看傻了,一旁的陈舒也满肚子疑问,凑到他身边小声嘀咕了起来:"他居然也会午休?"

于冬道:"你们有没有觉得,老沈他这两天怪怪的?"

这时候,沈屹掏出手机,自拍了一张躺在躺椅上午睡的照片,连同刚才午餐的照片一起发给了樊星。

樊星很快发来了回复:"乖。"

夜晚,樊星抬起头来,果然,沈屹又掏出了他的笔记本电脑,樊星二话不说冷着脸走过去,把他的笔记本电脑抢过来锁进了柜子里。

沈屹问道:"你拿我笔记本干什么?"

"咱们可是说好了的。"

樊星指了指一旁,沈屹这才看到墙上不知道什么时候挂上了一个牌子,上面写着"生活区域,禁止办公"。

沈屹说:"你看我现在闲着也是闲着。"

"闲的话给我打下手。"

"做饭是你的事。"

"当初你做饭的时候,我可没少帮你。洗菜、淘米、削土豆皮、刷锅,做点你能做的。"

沈屹道："那我选淘米吧。"

樊星瞪着父亲，没吱声。

沈屹抬头问道："不是单选题，是多选题？"

"是排序题。"

沈屹只好跟着樊星一起忙碌了起来。

桌上摆着可口的饭菜，沈屹吃得狼吞虎咽。

沈屹道："不错不错，有进步！那句话怎么说的来着，每天收获小进步，积累起来就是大进步。"

樊星道："要求这么多，这么多吃的还堵不上你的嘴吗？"

沈屹扒拉几口饭，还是耐不住寂寞地聊了起来："对了，你学的那门 Intelligent Internet Technology，将来对口的工作是什么啊？"

"很广泛，公共网络安全、数据库管理等领域的工作都行，但是我觉得最有潜力的方向是人工智能领域。"

"为什么是人工智能？"

"我问你，如果你只有十块钱，你会把它放在哪儿？"

"还能放哪儿，揣口袋里啊。"

"如果你有一万块钱呢？"

"放鞋盒里。"

"如果你有一百万呢？"

"存银行。"

樊星说："一个道理，当人类的智慧达到足够高度的时候，我们不能把智慧只装在我们的大脑里，我们需要另一个容器去存放，需要一个更安全可靠甚至能让我们的智慧继续升级的容器，人工智能就是一个最好的选择。"

沈屹问道："你说的这个人工智能的容器，它可能是一个机器人，万一它们造反了呢？"

"对于未知的恐惧是生物在野外环境生存时留下来的基因自觉。但我们人类不同，人类的强大之处就在于，我们可以战胜这种恐惧……"

沈屹举着筷子，呆呆地看着樊星。

樊星道："你看我干什么？"

沈屹道："我终于在你身上看到了我的基因遗传。"

樊星道："你要是吃完了，就去刷碗。"

沈屹道:"闺女,商量个事儿呗,吃完饭以后能不能把笔记本电脑还给我?"

樊星道:"不行。"

这晚,沈屹把自己关在房间里,一会儿翻翻书,一会儿调调手表,可哪样都干不下去,一副抓耳挠腮的样子。最后,他忍不住掏出了手机给徒弟高胜寒发微信。

沈屹道:"还没到吗?"

高胜寒回复:"快了!"

苦等之下,沈屹的手机里终于传来了高胜寒的微信:"师父,我到楼下了,您开窗户就能看见我!"

沈屹匆匆打开窗户,只见高胜寒正在楼下冲自己招手,他按照沈屹的指示拎来了一个备用的笔记本电脑。沈屹冲着徒弟做了一个"安静"的手势,把一根绳子从窗户顺了出去,不一会儿就把那台笔记本电脑拽了上来。

沈屹兴冲冲地打开笔记本电脑,却发现电脑始终无法连接网络,他走出房间查看,这才发现路由器被拔掉了。

沈屹走到女儿房门前:"樊星,你把路由器拔了干吗?"

樊星道:"嗯,拔掉了。电脑还挺多呀。"她一边说着一边把沈屹另一台笔记本电脑也带回了自己房间。

沈屹无奈回到自己房间,没一会儿又出门问道:"你拿我手机干什么呀?"

樊星道:"不熬夜,保证充足睡眠,有助于提高工作效率。"

沈屹道:"熬夜,可以预防阿尔茨海默病,专家说的。"

樊星眨眼说:"专家还说,熬夜就没有老年。"

沈屹道:"你……你能把我气死,真的。"

清晨,樊星开着车把沈屹送到了单位。

车上,樊星对沈屹说:"怎么样,是不是觉得神清气爽,腰也舒服多了?"

沈屹瞪了女儿一眼:"耽误我那么多工作,你还好意思说?"

"有个著名的科学家说过,工作是为了获取价值,如果只是为了磨炼自己的意志力,那还不如去爬山。"

"这是哪个半吊子科学家说的?"

樊星道:"你那本《未来已来》里写的呀。未来正等着您去指引呢,加油!晚上有尊巴课别忘了!"

沈屹白了女儿一眼,朝研究院走去,樊星在背后露出狡黠的笑容。

这时候,研究院里走来一个人,一眼看见了驾驶座上的樊星,大喊:"樊星?"

说话的人正是樊星的高中同学杨帆。

六

樊星和杨帆坐在咖啡厅里闲聊着。

杨帆道:"星哥,真没想到会在那儿遇到你,你可一点都没有变。"

樊星道:"我正好没事儿,送我爸去上班。"

杨帆道:"你爸我可记得,大科学家!"

樊星道:"什么科学家?别往他脸上贴金了,他呀,天天不是开会就是敲键盘。"

杨帆道:"对了,你在国外毕业了之后有什么打算吗?"

樊星道:"我在国外找到工作了,他们说可以帮我搞定工作签证。"

杨帆道:"你这太可以了,要么说基因强大呢,爸是学霸,女儿也是学霸。"

樊星道:"可是我现在有点儿犹豫,你想老待在美国,人就跟没有根似的。而且我一直对人工智能这个领域比较感兴趣,我觉得这是未来最有创造力的行业。我看国内这两年发展挺不错的,就想留下来看看,再观察观察有没有什么机会。"

杨帆道:"你对人工智能感兴趣的话,我可以介绍你一个人。我的大学老师在'中国智造'当顾问,'中国智造'知道吧,中国最强人工智能。"

樊星道:"真的?那我可真要麻烦你了。"

数日后,樊星坐在"中国智造"的办公室里,这里与其说是一个办公室,不如说是一个属于未来的房间,四处都是超现实的气息。

这时,办公室的门开了,一个造型可爱的机器人端着托盘缓缓地走了进来。

智能机器人道:"您好,赵总的会议还没有结束,请您稍等一下。我叫小靓,初次见面,请品尝小靓为您准备的咖啡。"

樊星接过咖啡,好奇地打量着面前的智能机器人。

智能机器人道:"美女,你可以笑一下吗?"

樊星道:"为什么啊?"

智能机器人道:"因为这杯咖啡小靓忘记加糖了。"

樊星道:"什么意思?"

机器人道:"你笑起来很甜。"

樊星笑着道:"你还蛮机灵的。你还会什么?"

智能机器人道:"你2012年高考的数学试卷小靓做过,得了150分。"

樊星道:"那咱俩一个水平。"

智能机器人道:"不,你得150分是因为你只值150分,小靓得150分是因为卷面只有150分。你得150分是你的荣幸,小靓得150分是150分的荣幸。"

樊星被逗得前仰后合,这时"中国智造"的项目主管赵培峰匆匆走进了办公室。

赵培峰道:"不好意思,刚才的讨论会拖延了。你就是樊星吧?"

樊星道:"是的,赵总您好,我是樊星。"

赵培峰道:"小靓,你又调皮了吧?快出去吧,我们有正事要谈。"

智能机器人道:"人类一思考,小靓就要发笑了。哈哈哈……"

智能机器人一路笑着离去。

樊星道:"这个小机器人蛮有意思的。"

赵培峰道:"它本来是我们的一个概念试验品,结果上周因为我没带儿子去动物园,把我儿子得罪了,他就偷偷把他的语言库录了进去来折磨我……好了,说正事儿吧。我看了你关于人工智能的那几篇学术论文,我觉得你的角度非常独特,思路也与众不同,'中国智造'一直期待像你们这样有才华的年轻人来施展拳脚。"

樊星道:"我的论文只不过是纸上谈兵,你们才真正是创造未来的践行者。"

赵培峰道:"我们只是收获时代的红利,你是知道的,移动通信技术是人工智能的根基。中国的移动通信技术的发展给我们架起了最平、最宽阔的高速路,我们才有机会加大马力跑起来。我们经过了3G时代的突破,到4G时代的并行,现在到了5G时代,我们相信我们中国的移动通信技术一定会实现领跑,人工智能领域也会实现跨越式发展。我非常需要你们这些年轻人加入,怎么样,有没有兴趣加入我们?"

樊星道:"说真的,能够在自己喜欢的专业领域,和志同道合的团队一起去做一件有意义的事情,一直是我梦寐以求的,可是我这边确实有一些现实问题需要解决。"

赵培峰道:"比如?"

樊星道:"比如我在美国那边的毕业证书还没有拿到,比如我和贵公司之间除了纸面上的沟通,并没有真正深入的了解。"

赵培峰道:"只需要花时间解决的问题,从来都不是问题。如果你有兴趣的话,可以先以实习生的身份加入,这样我们也可以有一个机会进一步加深彼此的了解。"

第二天清晨，实验室已经忙碌了起来。

陈舒拿着一叠资料走了进来对高胜寒说："这是我刚刚拿到的新一批5G试点展示项目的备选名单，涵盖了工业、交通、医疗等各个行业。"

高胜寒道："备选名单多少个？"

陈舒道："不多，五百六十八个，详细资料我这边很快就能拿到。"

于冬晃了晃胳膊："对五百多个备选项进行采样分析，然后挨个进行调研，最后确定不超过十个典型案例，这下我们可要忙坏了。"

高胜寒道："咱们只剩下不到五十天的时间了，得赶紧动手了。"

这时，沈屹手中捧着一叠资料走了进来："动手之前，我们还有一件棘手的事儿。"

沈屹把手中的资料丢在桌子上，高胜寒等人纷纷凑过来。

沈屹道："刚刚从镇海智能港收到的反馈信息，我们的5G专网出现了交叉链路干扰。"

陈舒道："怎么可能？会不会是线路问题？"

沈屹道："那儿的网络技术人员经过了反复排查，硬件方面没有问题，现在只有一个可能，业务场景的参数配置不匹配。"

高胜寒道："师父，那也就是说我们还要重新排查实际使用场景的需求，重新规划参数配置。"

沈屹道："要把适用于场景下的最合理的参数配置调整好，后续实际使用，优先做场景与参数配置的优化，这件事情不干好，我们可就不是成果展示，而是打脸展示……"

沈屹疲惫地回到家里，桌上留着做好的晚饭，樊星正在一边收拾自己的行李箱。

沈屹道："樊星，你收拾箱子干什么？"

樊星道："家里离公司太远了，公司提供了员工公寓，条件还不错，我准备明天搬到那边去住了。"

沈屹伸了个懒腰，脸上是如释重负的样子："哎呀，以后没人照顾我了。"

樊星道："心里正偷着乐吧！放心，我人不在你身边，心还在你身边。"

樊星说着掏出一块智能手表塞到沈屹的手里："送你个好东西？"

沈屹道："这是什么啊？"

樊星道："最新的智能手表，能够实时监测你的身体数据和运动状态。我已经设置好了，如果你每天步数不达标，它就会发出提醒，如果你超过半个小时久坐，他也会发出提醒……放心吧，我一定会全心全意帮助你。"

沈屹一边戴着智能手表，一边抱怨："离我远远的，就是对我工作最大的帮助！你妈在的时候,只要我工作,她什么都不说。"

樊星道:"我压根儿没有想过要做我妈。"

沈屹道:"你想做你妈,你做得到吗?你根本做不到……"

樊星道:"你别一口一个我妈,我算看明白了,你整天让我妈围着你转,可你根本配不上我妈。"

沈屹一边笑着一边用手把虾塞进嘴里。

樊星回头一看:"哎!洗手了吗?"

沈屹一阵恍惚,想起自己的妻子,看着女儿催促着自己洗手,沈屹笑了笑:"哎!"

实验室里,沈屹、高胜寒、于冬和陈舒如同一尊尊塑像,空气中一片沉寂。

沈屹道:"我知道问题出在哪了,镇海智能港附近区域可能存在多家不同的运营商部署的5G实验网络,它们之间没有同步,也没有协调上下行时隙配比,这就会出现在同一时刻某一家运营商的基站处于发射模式,而另一家运营商的基站处于接收模式,由于发射机的带外辐射特性以及接收机邻道选择性的限制,可能造成接收机的底噪抬升甚至是阻塞,从而严重干扰了接收机对有用信号的接收。"

高胜寒皱眉道:"也就是说我们要重新优化无线帧结构方案,牵一发而动全身哪!"

于冬道:"修路有时候比铺路要难,年轻人。"

陈舒叹气道:"我们只有不到四十天的时间了。"

高胜寒挤眉弄眼道:"陈舒同学都意识到时间的紧迫了。"

沈屹道:"万物皆有裂痕,那可能也是光照进来的地方,咱们现在动手还不迟,干活吧!"

陈舒站在电子板前:"我们现在单周期帧结构可以适配不同的场景,但在同一个真实的网络下,不同终端对时延和数据传输方向的要求可能会有非常大的差异,所以我在半年前提出一个双周期帧结构的方案,每5毫秒分为两个不同的周期,每个周期2.5毫秒,第一个周期里面包含三个全下行时隙,一个特殊时隙和一个全上行时隙,第二个周期里面的数字则变为2:1:2,因此,双周期的帧结构更适配于增强移动宽带业务,单周期的下行传输机会则更多,如我们可以让两种帧结构同步共存,再重新优化我们的无线帧方案,也许是一条路。"

高胜寒道:"可是那条路,早就被验证过走不通啊。"

沈屹道:"不是走不通,而是太难走了,所以在那条路上的人都回头了。"

陈舒道："所以你想赌一把？"

沈屹陷入了犹豫，这是一条艰难的路。

七

深夜，窗外万家灯火。

此刻的樊星坐在自己的办公桌前，对着电脑屏幕上复杂的设计图，她一筹莫展。

樊星掏出了手机，打开了和母亲的对话框。

"妈，好久没跟您聊天了。我参加工作了，生活也忙碌起来了。我发现想要认真钻研一件事，其实比我想象的要难多了。光凭热情是远远不够的，热情像潮水一样，也许它很汹涌，可总会退去。那个时候能够支撑自己的，只有毅力和信念。以前我总觉得我爸是个老顽固，可我现在有点儿理解他了，很多时候那不是顽固，是他很坚强。不是做自己喜欢的事，而是做自己应做的事……"

这一夜的沈屹躺在床上翻来覆去，始终无法入睡。

沈屹最终爬起来，拖地、擦冰箱、一片一片仔细地擦着墙角绿植的叶子，似乎在用模式化的程序来填补自己空白的生活。收拾柜子的时候，沈屹翻出了一个纸箱子，里面收藏的都是樊星小时候的玩具，沈屹忍不住坐在地上，挨个把玩了起来。

渐渐地，他回到了1998年的夏天。

沈屹和小时候的樊星把脑袋凑在一起，专心致志地捣鼓那把孔明锁，小樊星忙得一头大汗，手中的锁还是解不开，她有些不耐烦了。

小樊星道："爸，这个东西真的能解开吗？"

沈屹道："当然能。"

小樊星道："我不信，这个锁这么结实，里面一定粘了胶水吧？要么就是钉了钉子！"

沈屹道："这个孔明锁，妙就妙在不用钉子和胶水，完全靠自身结构的连接支撑，就像一张纸对折一下就能够立起来。看上去很简单，这里面可凝聚着咱们老祖宗的智慧！"

小樊星实在解不开，赌气地把孔明锁丢在了地上："人要那么多智慧干什么，不是自己为难自己吗？"

沈屹耐心地把孔明锁捡了起来："可是我们人类之所以区别于世界上任何一种生物，就是因为我们在依靠我们的智慧不断地探索世界、征服世界、改造世界，不远的未来，我们还将要创造一个新的世界。"

小樊星似乎听懂了爸爸的话,点点头,再次认真地解了起来。

父女俩的身后,樊静正在催促他们:"不吃饭怎么拯救世界啊,吃完饭再捣鼓那东西吧,菜都凉了。"

父女俩齐声:"再等一会儿!"

樊静道:"瞧瞧你们爷儿俩,一个模子刻出来似的!快,星星,带爸爸洗手吃饭。"

十几年后的这个夜晚,沈屹默默地捣鼓那把孔明锁。一番摆弄之后,孔明锁被他解开了,变成了一片又一片结构精巧的木块。

沈屹看着手中那些木块,忽然愣住了,他站起身,一双眼睛似乎都闪出了光来。

他拿起手机,给于冬打了个电话:"明天团队碰个头,我有想法!"

实验室里,沈屹走到电子板前:"大家看一下,我们可以引入多保护帧,不但可以让不同帧结构共存,还能解决上一代网络中时分双工系统面临的保护时隙不足的问题。"

于冬拍大腿:"相当可以啊,一石二鸟!"

陈舒道:"确实,特殊的气候条件会让现网中几百公里的跨省基站之间形成稳定的空中管道,导致外省基站发送的大功率下行信号经历较大的传播延迟,产生远端干扰,严重影响用户体验,这也是我们一直没能迈过去的坎。"

沈屹划了划屏幕:"引入更灵活的帧结构让干扰基站配置更多的特殊时隙,把造成干扰的传输静默,就可以解决问题了。"

高胜寒拍案而起:"师父,本来是块绊脚石,您一点,成金子了!"说完带头鼓掌。

沈屹笑道:"别高兴太早,所有纸面的东西必须经过测试论证。"

已经晚上十一点了,实验室里正在进行着一场重要的实验,这将决定沈屹团队提出的方案是生是死。

沈屹在测试环境下盯着屏幕上显示的实时数据:"交叉链路依然存在干扰,网络延迟没有达到范围之内,这个配置还得再试一次。"

沈屹来到测试人员面前:"会不会信道模拟器出问题了?"

测试人员答道:"这模拟器是厂家提供的,我们都已经调试了很多遍了。"

沈屹认真地看着对方:"我是说如果,如果模拟器某一根射频线接触不良,导致信号传输断断续续,这么大的时延和其他帧结构发生冲突也会造成干扰。"

测试人员道:"正常来说,帧结构设置相同是不会有那么大的干扰的。"测试人员说完盖上了电脑,很显然,已经耗到了十一点,大家情绪上都出了点问题。

沈屹诚恳地说："我相信测试部门的同志们为了这次测试做出了很多的努力，但是我想说的是，新一代5G的研发人员不单是现在站在我们这个实验室里的人，我只说结构方案的那些科研人员，他们已经干了两百八十六天了，演算的稿纸我估计都可以铺满整个北京。我们现在所做的每一个决定，不仅关乎大家手头的工作，也关系到整个国家5G建设的大局。"

测试人员点头："对，但是沈总，按照规定，你要修改厂家提供的模拟器，是要领导批准的。"

沈屹明白了他们的意思，从高胜寒那里拿过纸笔，签下了自己的名字，递给了测试人员："字我签好了，内容你来填。"

测试人员接过纸，看着"沈屹"两个大字，愣了愣，点了点头。

沈屹摆摆手道："干活，四台模拟器，八十根线，咱们一根根试。"

大家迅速行动了起来。

第八根时，沈屹替换了已经昏昏欲睡的测试员，自己顶了上去。

林璐的电话已经打了过来："情况怎么样？"

接电话的测试员汇报："他们还在检查，要不要让他们停下。"

林璐道："再等等。"

凌晨两点。

于冬正了正神："找到了！就是这根！"

沈屹马上叫来测试员："再测试一次！"

"交叉链路干扰消失了，网络延迟越来越低。"

"1毫秒！"

"0.9毫秒！"

"成了！"

所有人欢呼雀跃，高胜寒兴奋地抱起沈屹："师父，成了！"

八

深夜，兴奋而疲惫的沈屹回到家里，手机里，高胜寒一个劲儿地怂恿着沈屹："师父，您快来吧，老于把他那瓶二十年的好酒贡献出来了！"

沈屹笑道："你们吃吧，吃完早点儿回去休息，我们明天的任务还很重。"

沈屹放下手机,疲惫地坐在沙发上,屋子里空空荡荡。他又拿起手机查看女儿的微信,犹豫许久,他终于还是拨通了樊星的电话,短暂的等待之后,那边传来了樊星的声音。

樊星道:"爸。"

沈屹道:"闺女,在忙吗?"

樊星道:"加班呢,没事儿,你说吧。"

沈屹道:"我刚在收拾东西,茶几上有支圆珠笔,是不是你落下的?"

樊星道:"哦,可能是吧。"

沈屹道:"你瞧你,都工作了,还是整天丢三落四的,有空记得回来拿一趟。"

樊星道:"不用了,我这边笔多的是。"

沈屹道:"瞧瞧你们现在,我像你这么大的时候,一支笔用没水了,换了笔芯再用,一支笔都是用好几年的……"

樊星道:"爸,你还有事儿吗?"

沈屹道:"那个……你要是周末不忙的话,就回家来吃个饭。"

樊星道:"我周六应该可以。"

沈屹道:"好,那就这么定了,周六回来吃饭!"

一转眼到了周六,沈屹在厨房里忙得热火朝天,煎炒烹炸,他发挥了自己的全部潜力,这时,客厅里传来了悦耳的铃声,沈屹双手在围裙上擦拭,兴奋地跑去开门:"来啦!"

一开门,门外空空如也,原来是闹钟的声音。

不久后,桌上便摆满了沈屹的"作品",沈屹坐下来,给自己倒了杯酒,一边自斟自饮,一边焦急地等待着女儿的到来。

想了想,他又站起身来调整那几盘菜的位置,把那条看上去很有卖相的红烧鱼放在了距离樊星最近的地方。

这时候,沈屹的手机传来了樊星打来的电话。

沈屹道:"闺女,到哪儿了?"

樊星道:"爸,公司有一个远程教育的项目要推进。我要跟团队一起去出趟差,临时通知的,我现在人快到机场了。"

此时的樊星坐在车上,焦急地看着路况。

沈屹道:"这么着急啊,去哪儿啊?"

樊星道:"四川大凉山。"

沈屹看着面前的一桌子菜,有点失望,更多的是对女儿出门在外的担心。但是女儿大了,有自己的事业了,他必须面对这个现实,也尊重女儿。

沈屹道:"好,好,好好干,那边路不好走,你们可得多加小心。"

樊星道:"我知道了。爸,今天放您鸽子,对不住您了,下回我一定补上。"

沈屹道:"没事儿,你忙你的吧。年轻人,工作最重要。"

沈屹失望地挂掉了电话,长叹了一口气,自言自语道:"樊静啊,以前每天你都是这样的吧,做好一桌饭菜苦苦等着,最后又白白苦等一场,现在终于轮到我了。"

几辆汽车行驶在西南大凉山颠簸的山路上。樊星坐在车后排,车身猛烈的晃动让她非常难受。

樊星道:"麻烦路边停一下!"

司机停下了车,樊星冲下来跑到路边呕吐了起来,赵培峰赶紧给她递了一瓶水。

赵培峰道:"要不我们先休息一下。"

樊星道:"我没事,咱们抓紧赶路吧。"

这里是四川省昭觉县沐恩邸社区,一座希望小学矗立在青山绿水之中,里面不时传来琅琅的读书声。

教室里,山村教师何小军正带着学生们诵读着语文课本,忽然,外面传来了一阵汽车的喇叭声,孩子们放下手中的课本,兴奋地冲了出去。

何小军跟在孩子们后面,看着"中国智造"的团队和县委的工作人员一起把远程教育设备从车上搬下来,他的脸上不由露出了欣慰的笑容,赶紧跟着大家一起忙活了起来。

县委领导招呼道:"可算把你们盼来了,一路辛苦了,你们还没吃饭吧?先去招待所休息一下吧!"

赵培峰道:"没事儿,我们已经吃过了。路上耽搁太多时间了,抓紧干活儿吧!"

看到樊星在一边吐,脸色很是憔悴,何小军走过来关切地问道:"这位领导,不舒服吗?"

赵培峰道:"路太颠了,她有点儿晕车。"

何小军点点头:"等我一下。"说着,他一路小跑回到了教学楼里。

留在车旁的孩子们好奇地打量着一架架他们从没有见过的机器。

县委领导向大家介绍:"孩子们,这些是来自北京的科学家,他们来这里,是为了用科学技术帮大家更好地学习知识。"

何小军匆匆跑回到樊星的面前,手里多了一个搪瓷杯子,他递给樊星:"这是我们山里的野橘子皮泡的水,治头晕的。"

樊星接过了何小军递来的水杯,连声道谢。

何小军道:"应该说谢谢的,是我们。"

此时的北京,刚刚入秋。

沈屹来到研究所,还没走进实验室,便听到里面传来一阵惨叫声,他推门一看,只见于冬趴在沙发上,高胜寒正在给他"推拿"。

沈屹问:"这是怎么了?"

高胜寒回答:"冬哥跟您一样,也犯腰疼了,我帮他按按。"

沈屹又问:"是不是最近太累了?"

于冬说:"小意思,没个腰肌劳损什么的,都不好意思说自己是搞科研的。"

沈屹道:"话不能那么说,科研工作者不是苦行僧,国家培养我们花了不少力气,我们不能自己毁自己,得想法延长科研生命。来,我教你几个瑜伽的动作,没事儿练一练,对腰椎、肩颈都特别有好处。小高,你也跟着学学。"

沈屹说着脱掉鞋子,带着于冬和高胜寒就地做起了瑜伽:"肩部放松,用你的小腹去发力。"

陈舒走进实验室,看到三个大男人齐刷刷地做着瑜伽,不由笑出了声:"老沈,你什么时候还学会这个了?动作还挺标准!"

沈屹连忙用工作来掩饰尴尬:"名单出来了?"

陈舒把一份名单交给沈屹:"我现在把参加展会的应用项目待选名单缩小到了十二个,都是百里挑一的,接下来我们要进行详细的考察。"

沈屹道:"时间有限,我觉得咱们最好分头进行。"

沈屹接过陈舒递来的名单翻看,突然在其中一页停了下来:"考察这个项目的工作交给我吧。"

山区下起了大雨,在希望小学的教室里,樊星正在和团队的同事们一起安装着远程教育的设备。

教室后面,樊星和同事们再次打开了刚刚安装好的投影设备,可是投影屏幕上的图像却始终是一团乱码。

樊星道:"信号转换器、解码器都已经调试过好几次了,会不会是因为下大雨,基站信号受影响了?"

赵培峰道:"不可能,我们的5G信号基站在设计的过程中就已经考虑到了多种环境因素,不但能够承受极端天气条件的影响,还可以利用风能发电保障正常运行。"

教室外面，孩子们不时地探出脑袋，却又不敢走进来，终于，大家起哄把一个名叫阿布的孩子推了进来。

阿布道："老师……"

樊星道："叫姐姐。"

阿布道："姐姐，这个东西能用吗？"

樊星道："当然能，现在只是遇到了一些小麻烦。就像你们在解一道数学题，所有的问题都会有一个答案，如果没有找到，说明你们还没有使出所有的力气。"

阿布道："可要是使出所有的力气还是解不开怎么办呢？可以问老师吗？"

赵培峰道："当然可以。世界上总会有比我们更聪明的人。你们需要问老师，我们也需要问老师。现在正有移动通信专家组来支援我们，帮我们解决网络技术问题。顺利的话，他们应该明天一早就到了。"

阿布使劲点点头，跑出了教室，他得到的不仅仅是答案，更是对未来的信心。

赵培峰道："咱们继续吧，我再去检查一下视频图形分辨器，看看是不是我们的硬件问题。"

樊星道："我来帮你。"

赵培峰道："这时候，要是有杯咖啡就好了。"

樊星道："这地方哪儿找咖啡去，等回去以后，我请你喝到眼冒金星。"

这时候，外面传来了摩托车的声音，何小军匆匆走了进来，尽管他身上披着雨衣，但他已经里里外外被淋了个透。

何小军手中提着一个用几层塑料布裹得严严实实的袋子，大声喊："领导们，咖啡！"

樊星诧异地问："你从哪儿弄来的？"

何小军道："县城有家咖啡厅。"

樊星道："县城？离这里三十多里路呢！"

何小军露出腼腆的笑容："我实在不知道能帮你们做啥……快喝吧！"

何小军打开袋子，由于一路的颠簸，里面的咖啡早已一片狼藉，洒得只剩不到一半了。

九

樊星端着手中的半杯咖啡走到教室外的屋檐下，看着外面淅淅沥沥的雨。她转过头,只见何小军坐在不远处的小马扎上准备教案。

樊星道:"小何老师,你还没有回家啊?"

何小军道:"这儿就是我的家,下雨路不好走,一会儿你们回招待所,我给你们带路。"

樊星道:"你来这个学校多久了?"

何小军道:"三年多了,师范大学毕业之后就到了这儿。"

樊星道:"当初怎么想到来这里当老师呢?"

何小军道:"不瞒你说,我就是这片大山里出生的,十几年前,我就跟这群孩子们一样。后来跟我一起走出大山的同学们,他们为了更好的学业和工作机会,离开了这里,可我还是选择回到了这里。"

樊星道:"外面的世界也很美好啊。"

何小军道:"这我知道,可这里是我的家,我从小喝这里的水,唱这里的歌,坐在山顶看着头顶的白云和身边的牛羊,我喜欢这里。"

樊星望着何小军,若有所思:"我特别理解你的感受,谁能离开自己的家呢?"

何小军接着说:"我听说,以后科技进步了,城里有的一切,我们山村里也都能享受到。希望真的能有那么一天,人们不会再说走出大山的孩子才是有出息的孩子。"

清晨,樊星和团队的同事们正在调试设备,忽然,一辆满是泥泞的越野车开进了小学,停在了操场上,赵培峰一路小跑前去迎接。

樊星定睛一看,不由张大了嘴巴——从车上下来的人,竟然是沈屹,他的身边还跟着他的徒弟高胜寒。

赵培峰道:"沈总,你们来了,我们心里就有底了!各位,这位是中国移动通信的首席专家沈屹博士,还有网络创新研究室的科技经理高胜寒。"

沈屹看到了一旁的樊星,给了她一个赞许的眼神:"各位辛苦了!你们的远程教育系统现在处于行业的领先水平,结合了我们最新的5G传输技术,致力于解决教育资源不均衡的问题,我觉得非常有意义!"

赵培峰道:"理想很丰满,可现实有点儿骨感。"

沈屹道:"做别人没有尝试过的事情,一定会遇到别人没有遇到过的困难,我们一起想办法解决。"

赵培峰道:"樊星,你先带着沈总他们了解一下咱们的安装条件和附近的基站分布情况。"

樊星道:"好。"

说着,樊星把沈屹拉到了一边:"你怎么来了?"

沈屹道:"我为什么不能来啊?'中国智造'的远程教育系统是我们重点关注的项目。"

樊星道:"等会儿!"

沈屹道:"怎么啦,还有什么问题?"

樊星道:"那个……你先别跟他们说咱俩的关系。"

沈屹道:"怎么了,我拿不出手啊?"

樊星道:"这是我的第一份工作,我是凭本事到'中国智造'的,我不想大家对我有别的看法。"

沈屹笑笑道:"好,听你的,我不是你爸,是沈总。"

教室里,沈屹正在和工作人员们一起讨论着解决方案。

沈屹道:"首先可以确定的是,设备硬件上是没有问题的,现有的网络速率和延迟也足够支撑环境建模和系统集成技术的要求,但是要真正实现这两者的有效结合,我们还需要通过模块化实现网络功能间的解耦和整合。"

赵培峰等人聚精会神地听着,可最终还是听了个大眼瞪小眼。

樊星道:"我的理解,如果做一个比喻的话,好比我们已经有了食材,有了菜谱,锅碗瓢盆一应俱全,但是我们现在缺少的是能把饭菜做出来的那个人。"

沈屹道:"就是这个意思!"

沈屹望着女儿,一脸赞许的笑容。

课堂里传来孩子们的读书声,虽然下着雨,但村民们还是纷纷赶到小学里参观孩子们的新课堂,有的村民手里还牵着羊。

高胜寒在课堂里说道:"同学们,这可不是一般的眼镜,它可以带大家去咱们任何想去的地方,今天就由高老师带大家去北京人大附小的化学实验室,大家想去不想去啊?"

孩子们异口同声道:"想去!"

高胜寒举起眼镜:"戴眼镜!"

人大附小的化学老师通过"5G+VR"技术,手把手地教孩子们"种冰花"。

不仅可以面对面交流、对话,孩子们更可以通过设备进行虚拟操作,体验做实验的感觉。

教室的后面,沈屹和樊星看着兴奋的孩子们,不由露出了欣慰的笑容。

沈屹和女儿并肩坐在教学楼的楼梯上,一起望着外面淅淅沥沥的雨。

樊星道:"这段时间我不在家,你过得很滋润吧?"

沈屹道:"还算清净。"

樊星道:"健身卡都不知道丢到哪儿去了吧？早知道当初给你办个月卡得了。"

沈屹道:"事实是,我天天去健身房报到,有一天我加班没去健身房,人家会籍顾问还专门给我打电话,问我是不是生病了。"

樊星笑着道:"我不信,我回去得查查。"

沈屹道:"随便你查。"

樊星道:"我听他们说,你们的工作是在创造未来,你有没有想过,未来究竟会是什么样的？"

沈屹摇摇头道:"我只知道,迎接未来的最好方式,就是把一切交给现在。"

两人正说着,只见几位村民跑了过来:"不好了,不好了！"

沈屹、樊星赶紧上前询问:"怎么了？发生什么事了？"

村民道:"何老师送几个孩子回家,结果路上碰上了滑坡,何老师的头被砸伤了！"

沈屹道:"快,用我们的车送何老师去医院！"

雨越下越大,越野车载着何小军向县医院一路疾驰而去。到了县医院,沈屹、樊星等人在急诊室外焦急地等候着。

县医院医生从治疗室出来,摇摇头:"血暂时止住了,但是颅内大量出血,需要赶紧做颅内手术,可我们县医院没办法做这么复杂的手术,你们得赶紧去省城的医院。"

沈屹道:"去那里要多久？"

县医院医生道:"平常也要至少三个小时,现在雨下得这么大,可能要更久。"

樊星道:"他哪儿撑得了那么久？如果不能及时手术,会怎么样？"

县医院医生道:"很有可能大脑功能衰竭,导致呼吸和心跳停止。"

这时候,高胜寒急匆匆地跑过来说:"我看到你们这里有远程医疗设备,我们可以联系专家给何老师做远程手术！"

县医院医生道:"那套设备是上个月政府推进医疗资源下乡送来的,但是负责安装和指导的人员没有到位,我们根本没有人会用！"

沈屹道:"有人,技术人员我们有,我们负责安装和指导你们工作！"

沈屹转身对高胜寒说:"小高,马上帮我联系杭州西溪医院的梁铭教授。"

距昭觉县2136公里的杭州西溪医院远程手术中心,主任医师梁铭教授匆匆披上白大褂,来到了远程手术中心,他的助手已经在电脑屏幕上投出了何小军的体征、病情记录,现场的彩超检查等大量的信息。

梁铭道:"右侧丘脑血肿,左侧额顶部硬膜下血肿,帮我连接北京协和医院。"

距昭觉县千里之外的北京协和医院远程医疗中心医疗团队也加入了会诊当中。

北京协和医院的专家陶维立教授:"我建议皮瓣尽可能多地再保留两毫米,避免术后患者出现钛网外露的可能性。"

昭觉县县医院手术室里,何小军已经躺在了手术台上,搭载了远程医疗系统的机器手臂开始活动了起来,手术随时准备进行。

忽然,远程医疗系统的显示屏画面杂乱了起来,机器手臂也停在了半空中。

手术室外,沈屹、樊星、赵培峰等人还在焦急地等待着,这时,手术室里的医生急匆匆地跑了出来对沈屹说:"沈总,远程设备出问题了。"

一众人站起来问道:"什么问题?"

医生着急地说:"网络没有信号。"

这时大家掏出手机一看,信号格上显示一个叉叉,信号中断了。

沈屹边走边对高胜寒说:"小高,你去查一下,医院总的网络在哪里,现在没有信号。"

高胜寒道:"师傅,排查过了,刚刚下了暴雨,医院附近的5G基站塔被泥石流冲塌了,短时间内很难修复。"

短暂思考片刻,沈屹掏出了星地直连手机,拨通了电话:"孙主任,我是移动通信研究院的沈屹,我在大凉山呢,现在有个紧急情况,我需要你们系留无人机给我提供空中信号支援。"

医生听闻有解决办法问道:"你们需要多长时间?"

"六分钟,再等六分钟。"沈屹坚定地回答道。

"那我们赶紧给何老师实施麻醉,我们现在时间很重要,每一秒钟都很重要。"

十

距昭觉县532公里的中国移动成都产业研究院应急中心,一架搭载了先进通信模块的中国移动系留式无人机在暴雨中紧急起飞。

手术室外,沈屹等人正在焦急地等待着。高胜寒用手机的实时测速软件监测着网速情况,手机的测速软件里,网速表突然如同一辆油门踩到底的跑车,瞬间爆表。高胜寒兴奋地喊:"成了!"

刹那间,医院远程手术中心的屏幕恢复了正常连接。

助手说:"患者那边已经进行了麻醉,手术随时可以开始。"

梁铭教授道:"那就让我们开始吧!"

说着,教授坐在了远程手术台上,他把双眼贴紧手术台前的目镜,两只手放在了精密的操纵杆上。

暴雨倾盆,无人机平稳地在县城上空盘旋着,为整个区域提供着移动网络信号支持。

机器手臂通过梁铭教授的远程操控,精准地为何小军进行手术,身旁的助手不时帮他擦掉额头上的汗水。

看到梁铭教授用远程手术系统操控着手术,一旁县医院的医生们满眼惊奇。

"患者心率、血压正常,手术非常成功。"

远程医疗中心控制室内,助手感叹:"大凉山那边移动基站出了问题,这个患者能保住命,运气太好了。"

梁铭教授听了,用坚定的语气反驳道:"你错了,这里不是彩票中心,没有运气可言,是所有医护人员和信息技术工作者的力量和精神,决定了那个患者的命运。"

完成手术后,县医院手术室里的医生们也很激动,第一时间告诉沈屹这个好消息:"手术非常成功,等一下杭州西溪医院的医疗团队会跟着我们一起制定术后恢复方案,如果情况理想的话,一周后伤口就会明显愈合了。沈总,感谢你们的技术支持!你们辛苦了。"

沈屹心里的一块石头妥当落地,这也算是完成了他对自己科研目标的基本要求。

高胜寒放下手中的电话,走到了沈屹的面前:"刚刚跟林副院长通过电话,她很认可我们的做法。她说我们这次行动不但攻克了远程医疗的技术难关,而且是对高空宽带组网以及基于新一代5G服务化架构SBA核心网快速部署网络应急方案的一次实地检验,她还说小高表现棒棒的。"

沈屹认真听着,突然被最后这句小高逗乐了:"有这句吗?你稍后别忘了联络一下成都研究院,问他们要这次系留无人机飞行的详细数据分析报告。"

高胜寒道:"知道了。师父,贵州无人驾驶试验场的项目在等我们,咱们得动身了。"

沈屹道:"行,回去收拾一下马上就出发,我们明天中午之前应该可以赶到。"

高胜寒道:"我现在就去准备一下。"

说着,高胜寒匆匆离去,现场只剩下樊星和沈屹。

沈屹道:"我们要去贵州。"

樊星道:"我送你。"

沈屹道："不用了，你送我干吗，你回去休息吧。"

樊星道："我就送你到车上。"

沈屹笑了笑，继续朝前走去。樊星默默地跟在父亲身后，看着他的背影，樊星第一次感受到自己父亲的伟大。

樊星道："你这次要去多久？"

沈屹道："加上路程大概三四天吧，你这儿呢？"

樊星道："已经收尾了。"

沈屹道："那行，回北京见。"

樊星道："小何老师是这座大山里长大的，他一心想要把那些孩子培养成才，要是真的没法再回到讲台，他一定很伤心……我替小何老师谢谢你。"

沈屹道："谢我干什么呀，谢谢这个好时代吧。"

樊星认真地看着父亲："时代都是人创造出来的。"

樊星坐在电脑前忙碌着，看到赵培峰走过来，她主动迎了上去："赵总，我有点事想找你商量一下，昭觉县沐恩邸希望小学的远程教育系统，后续的技术维护能不能让我来跟进？"

赵培峰道："没问题，你过来，我跟你说个事，这两天出差很辛苦，从明天开始，给你放三天假，不计入考勤，回去好好休息一下吧。"

樊星道："赵总，我没事儿，不需要休息。"

赵培峰道："这是给你的任务啊，你好好执行！你赶紧收拾，三分钟后我来检查工作。"

一架航班降落在北京大兴机场。

樊星拎着一个蛋糕和刚刚买来的食材，用钥匙打开了家门。今天是父亲的生日。

灯一亮，她不由愣住了，只见家里收拾得干干净净，东西摆放得井井有条，窗边甚至多了几盆绿植。

樊星一头倒在沙发上，伸了个懒腰，自语道："我还以为家里被你弄成猪窝了呢。老爸，你这是要当中国好男人啊？好吧，今天好好犒劳你一下！"

夜晚，沈屹拎着公文包从研究院回来，一阵饭菜的香味扑面而来。樊星在厨房里忙碌着。

沈屹喜滋滋地探出了脑袋："你怎么回来了？"

樊星说："这是我家，我怎么就不能回来了？"

"哟,怎么还有蛋糕,你过生日啊?"

樊星瞪了沈屹一眼:"你说呢?"

沈屹立马拍着自己的脑袋:"我过生日,我都给忘了!"

樊星又道:"给你买了件衬衫,你自己去试试,看看合不合身。"

"我这个岁数的人了,还过什么生日。"

"你自己爱过不过我管不着,我给你过生日,你得当年过。"

"行,你安排,我照办。"

沈屹嘴上风轻云淡,心里早已美开了花。

"喂,你就不夸夸我吗?我觉得你心里想要夸脸上又得拼命忍住,挺难受的。"

沈屹小声笑着说:"嗯,我这闺女,还不赖。"

"你说什么?"

"好话不说第二遍。"

樊星不屑地笑着说:"放下吧,今天的饭归我做。"

沈屹道:"你都让我过上年了,还不能让我添个菜吗?"

沈屹和樊星相对而坐,桌上饭菜丰盛,樊星给沈屹做了他爱吃的炸酱面,沈屹给女儿煎了她爱吃的牛排。

沈屹问:"怎么样,你爸做牛排还是有天赋的吧?"

樊星道:"可以,至少我不在家的时候,你饿不死了。"

沈屹道:"笑话,我亏待了谁也不会亏待我自己的。对了,最近在单位工作怎么样啊?"

樊星道:"挺好的,我们部门在做新一代家庭智慧影音系统,我的设计方案已经把我们公司之前的方案给比下去了。"

沈屹道:"你还是个实习生,高调做事,低调做人,思路要缜密,想法要成熟,万一有漏洞,就会让人枪打出头鸟。"

樊星道:"问题是像我这种鸟,来到这个世界上就是为了做我想做的事,而不是来躲枪子儿的。"

沈屹道:"你这种脾气的姑娘啊,在电视剧里顶多能活两集。"

餐桌的一角,沈屹的手机传来收到微信的提示音,沈屹想都没想点了语音播放,手机里传来赵培峰的声音:"师父,生日快乐!"

樊星听到这声音愣了一下:"赵总?他怎么叫你师父?"

沈屹道:"我……"

樊星道:"他怎么知道我今天回家给你过生日?"

沈屹道:"他……"

樊星道:"你从小教育我,要实话实说。"

沈屹望着女儿,只好招了:"实话就是,赵培峰是我当年的徒弟。"

樊星盯着沈屹,脑子里迅速运转:"不对,是刘教授介绍我去'中国智造'面试的啊。"

沈屹道:"是我介绍刘教授去'中国智造'当技术顾问的。"

樊星道:"还是不对啊,刘教授是我高中同学杨帆的大学老师。"

沈屹道:"没有我安排,你怎么会在我们研究院门口见到杨帆?"

沈屹道:"我只是给你介绍一个机会,能否把握住都得靠你自己。"

樊星狠狠地瞪了沈屹一眼,把他的手机摔给他,随即回到房间里开始收拾东西。

沈屹道:"你想干吗?"

樊星道:"我收拾东西回美国!"

樊星道:"最讨厌说谎的人。"

樊星转身要走,沈屹在她身后说道:"我只是想让你留下来!"

樊星愣住。

沈屹道:"你妈走了,可我还在,这里是你的家。你想听实话,这就是实话。"

樊星默默地走到窗户旁边,呆呆地望着外面,然后说道:"好,那我也跟你说实话。我和我男朋友徐维之都在美国找到了很好的工作,而且有很大的机会留下来,我们的未来在那边发展。"

沈屹道:"你们还年轻,怎么能早早地把未来的事儿全都定了呢?"

樊星道:"做选择题的时候,如果你已经找到了那个正确答案,用不着非要把剩下的所有选项都看完。"

沈屹道:"可人生不是考试,哪有什么标准答案?最适合你的,才是最好的那个答案。"

樊星道:"我知道你是行业里的佼佼者,你可以用各种办法帮我在这里铺平道路。但是我想告诉你的是,我在美国这些年,生活、求学、求职,我从来没有倚靠过谁,那个工作机会,我身边有几百个竞争者,他们在背后说我的闲话,因为我是一个中国女孩儿,可最后我把他们都打败了!那都是我用我自己的努力换来的,我不想放弃!你想要替我做的事情,我自己已经全部完成了。"

沈屹像一个泄了气的皮球,挡在樊星的行李箱前。

樊星道:"赵总那边,临走之前我会把手头的工作交接好。"

沈屹道:"爸爸是个不合格的爸爸。从小到大都是你妈妈在照顾你,我常年扑在研究院,没什么时间陪你。现在你回来了,我希望你能留下来,我们可以相依为命,我想补偿你,但是我不知道怎么做才对,你能理解我吗?"

"我不能。"说完,樊星拖着箱子夺门而出。

沈屹看着关上门离去的樊星,心里万般无奈,不知道该怎么去留住这个女儿。随着樊星关门离去,屋子里只剩下了沈屹孤零零的身影。

拖着行李箱负气出走的樊星,才刚出小区门,就接到了沈屹的微信:"樊星,我知道你很生气,爸爸说什么你可能都不想听,但是有件事我现在必须跟你说,你在'中国智造'参与的人工智能全检项目、数字孪生城市项目,还有远程教育系统已经被确定为这次全球移动通信标准大会的重点展示单元,这件事关系着中国移动通信事业战略性的一步,现在咱们国家正处在5G标准研发的关键阶段,所有研究人员没日没夜地奋战,就是为了让中国的标准成为世界的标准,这是咱们国家的大事,我希望你把这件事做完再走。"

几天后,展会筹备现场一片热火朝天,各个参展部门都在忙碌地布置着各自的展台。

看到沈屹和高胜寒来了,一群技术人员顿时赶过来把他们围住。

一名技术人员提出:"沈总,现在有个棘手的问题,咱们展会现场的信号不能满足这么多设备同时使用。"

沈屹道:"你放心,移动通信研究院正在准备信号增强方案,具体执行细节,一会儿咱们一起落实一下。"

又一名技术人员提问:"沈总,展会现场空间有限,我们自动驾驶系统的模拟路况实验,可能会影响展示效果,要不咱们砍掉这个展示单元吧?"

沈屹道:"模拟路况实验这个单元必须展示,我们移动通信研究院负责去协调场地问题。"

沈屹嘴上一一应答着技术人员们的问题,可眼神却始终在四处搜寻着女儿的身影。

"中国智造"的展位上,工作人员正在安装远程教育的展示设备,可其中却并没有樊星的身影,沈屹有些失望,可他却依然没有放弃,抱着一线希望继续搜寻着。

终于,沈屹的目光落在了会场的一角,只见樊星正在和几个同事一起调试设备,他的目光中满是欣慰。

樊星也看到了不远处的父亲,两个人的目光穿过人群汇聚在一起,两个人都向对方默默点了点头,然后各自忙碌起自己的事情来。

十一

已经是深夜,展会现场的人们依旧加班加点地工作着。

高胜寒和一名技术人员蹲在地上,一起连接好了设备线路,站起身来的时候,已经一步三晃。

高胜寒道:"最近两天没合眼了,我去睡会儿,有事儿你随时喊我。"

技术人员说:"你赶紧歇会儿,我这儿应付得过来!"

高胜寒四下看了看,来到一个角落里随便找了块泡沫板垫在地上,躺下打起了盹儿。

樊星端着咖啡杯从一旁走过,看到了高胜寒,赶紧把自己的折叠躺椅拿过来,一脚把高胜寒踢醒了:"别着凉了,这个先借你。"

高胜寒道:"谢谢了!你们也还没走呀?"

樊星点点头道:"准备今晚熬通宵了。"

高胜寒道:"哎,樊星,说真的,我特佩服你。"

樊星道:"佩服我什么?"

高胜寒道:"整个会场十几家单位,上百名技术人员,大家都对我师父言听计从的,就你敢怼他,一点儿也不客气。"

樊星不屑地说:"他又不是神仙,他也有犯错的时候。"

高胜寒说:"话是这么说,我都跟了他三年多了,就算发现他有错的时候,也都是想办法拐个弯儿提醒他。"

高胜寒一边说着,一边支起了躺椅,舒舒服服地躺了下来。

樊星说:"你那是惯他毛病。搞科研的,不为任何人服务,除了真理。"

高胜寒道:"其实打在大凉山第一次见到你的时候,我就觉得你身上有一股劲儿,坚定、执着、自己跟自己较真儿……你还别说,跟我师父特像。"

一听这话,刚刚要走的樊星突然停住了脚步,走回来又给了高胜寒一脚,把他踢了起来。

高胜寒道:"哎,你干吗?"

樊星道:"睡地上去!"

樊星拎着自己的折叠躺椅,头也不回地走了,留下高胜寒站在那里一头雾水:"这姑娘,怎么说变脸就变脸呢……"

全球移动通信标准大会如期举行。

前来参加会议的各国代表团成员走入展会现场,他们惊异地环顾着周围的一切,AI机器人、远程医疗、智能家居、智慧工业……科幻小说里的未来场景,在这个会场触手可及。

"中国智造"的展台,樊星用流利的英语给参展人员做着远程教育系统的展示:"我们的远程教育系统基于5G强大网速、低延时性、云平台、大数据中心等技术,将学习内容可视化、形象化,为学生提供传统教材无法实现的沉浸式学习体验,目前我们正在向体育教学、音乐教学等不同领域拓展。5G工业系统融合了人工智能、大数据定位等技术,由5G专网助力智能化转型的电力行业全程保驾护航,实现了生产方式的全方位变革……"

另一边,欧洲某国信息技术部门高层官员劳伦斯在沈屹的陪同下四处观摩,走到"5G智慧医疗"展台时,他不由停住了。

劳伦斯饶有兴趣地拿起一粒胶囊,放在眼前一再端详着。

沈屹用英语介绍:"这是磁控胶囊胃镜系统的智能终端,随水吞服后,可以代替胃镜,实现毫米级的精准检查,并且不会给人体带来任何不适。"

劳伦斯道:"这个东西,真的可以检查胃部病症吗?"

沈屹道:"我们的医疗团队就在现场,您可以试一试。"

劳伦斯犹豫了,他身边的保镖也小声耳语提醒他不要做危险的尝试。

沈屹道:"磁控胶囊吞服1小时内自动断电,吞服24小时内随消化物一起排出体外,不会有任何副作用,是经过临床测试的。"

劳伦斯心动了,在医疗团队的指引下,他将一粒胶囊吞了下去。这时,医疗人员也走到了他的身边,为他展示着刚才那粒磁控胶囊检查到的画面。

医疗人员用英语说道:"先生,我们在您的胃小弯接近贲门处发现了多处高位性胃溃疡,这个位置非常容易并发出血癌变。"

沈屹拍了拍劳伦斯的肩膀:"劳伦斯,保重身体!"

大会即将正式召开,沈屹翻看着发言稿做最后的准备,他今天特地穿上了女儿送给他的那件衬衫。

翻动讲稿的时候,沈屹的手指不小心被稿纸的边缘划破了,鲜血顿时流了出来,落在讲稿上。看着面前的讲稿,沈屹愣住了,他隐隐约约有一种不祥的预感。

而此时,他听见了主持人的声音:"下面,有请中国移动通信研究院的代表做提案报告。"

沈屹走上了发言台,他深吸了一口气:"女士们,先生们,大家好,欢迎来到北京,我是中国移动通信研究院的沈屹……"

这一晚,虽然早已经过了下班的时间,但是樊星和同事们依旧聚在办公室里,桌子上摆着几瓶香槟,大家正准备为展会的成功举办开庆祝会,并满怀希望地等待着中国移动通信研究院的提案正式写入国际标准化方案这一历史时刻的到来。

这时候赵培峰手机响了,他迫不及待地接通了电话:"怎么样?……啊?!……行行行,我知道了。"

赵培峰放下了手机,眉头紧锁:"会议结束了,我们国家的提案没通过。"

所有人都愣住了,樊星望着窗外,目光中充满了茫然。

在会场隔壁的休息室里,高胜寒、于冬、陈舒默不作声,沮丧的空气布满了整个房间。

高胜寒低垂着头,十根手指插在自己的头发里:"怎么会这样?我们能做的都做了,他们有什么权力否决我们?我不接受!"

陈舒道:"你更没法接受的是,欧洲几家移动通信公司联合出台的那个方案,刚刚赢得了超过半数的选票。"

高胜寒道:"他们的那个方案凭什么能赢我们,他们有什么理由赢过我们?"

陈舒道:"人们从来不在意理由,在意的只是结果。按照这个节奏,下一次会议,他们的方案就可以写进国际标准了,不可能有奇迹了。"

于冬道:"老沈他人呢?"

此时此刻,沈屹正在咖啡厅里焦急地等候,终于,哈坎走了进来,沈屹连忙起身迎接。

哈坎道:"沈,说实话,按照规定,我不应该跟你私下接触。这时候很敏感。"

沈屹道:"老朋友,谢谢你这个时候能过来。"

哈坎道:"我知道你心里现在有很多的问题,你想要一个答案。没错,你们做的5G应用展示非常令人震惊,你们的网络架构设计方案也非常优秀,中国的通信技术崛起了,我们都看到了。但是,沈,你想过吗?就是因为你们做得太出色了,让大家感受到了威胁。"

沈屹道:"威胁?我们从来没有想过要威胁任何人!"

哈坎道:"我知道,你们没有这样的本意,可通信技术牵扯了太多的利益关系。大家担心中国会利用自己的优势给全球筑起壁垒,搞技术霸权,压榨其他国家。沈,你是知道的,毕竟很多国家做过类似的事情。"

深夜,沈屹一个人孤独地站在那座他精心搭建的纸牌建筑前。

沈屹自言自语道:"以前,你们看不起我们,所以否定我们。后来我们变强了,你们却因为不相信我们而否定我们。如今你们相信了,却又因为怕我们而再次否定我们。"

说完,他一把推倒了自己搭建的纸牌建筑,纸牌飞扬着如雪花一般散落一地。

十二

沈屹坐在林副院长的办公室里,林璐正在泡茶。

林璐道:"老沈,你别有太多消极情绪,大家的努力我都看得到。再说了,胜败也不是你一个人的责任。"

沈屹道:"我是从2G时代一路摸爬滚打走过来的,个人的成败我早已放下了。对我们来说,如果没有在失败中学会思考,那才是彻底的失败。这一段时间我一直在想一个问题,如果这次会议我们获胜了,我们的方案被写入了国际标准化协议,那我们此时此刻在做什么?我们是不是真的会利用先进技术对欧洲、对北美、对其他各个地区的国家构建壁垒,进一步地扩大我们的领先优势?"

林副院长认真地看着沈屹,她在认真地思考沈屹提出的问题。

沈屹道:"这次会议各方联合遏制中国力量,当然有违公道,通信技术不同于其他领域,全球一体化是目的,更是需求。但是如果换我坐在对方的位置上,也许会做出同样的决定。中国的移动通信技术这么多年来,一直在追赶别人,吃了太多的亏,也许我们输得太久了,所以总想赢过对手,可就是因为如此,我们已经忘了做科研的初衷。"

林璐点点头说:"听你这么一说,我觉得你变了。现在我手上有一个工作任务,特别适合你……"

北京,大兴机场。

国际航班的到达口,接机的人里三层外三层,樊星被挤在人群中,使劲朝前面张望着。

徐维之拖着行李箱远远地走了过来,看到樊星,他的脸上顿时绽放出了灿烂的笑容,迫不及待地跑上去,紧紧地将樊星抱住。

分别多日再度重逢,樊星心头的一切烦闷似乎都在男友这个温暖的拥抱中烟消云散了。

今天的樊星打扮得格外端庄，她和徐维之一起在咖啡厅等待沈屹。

徐维之道："一会儿见你爸，我跟他聊什么啊？聊聊现在的互联网技术？"

樊星道："你聊得过他吗？就别往枪口上撞了。"

徐维之道："那就聊国际政治吧，男人万古不变的话题！"

樊星道："我爸那个人，古板得很，你给我收敛点儿啊。对了，衬衫的扣子别敞着。"

沈屹走进咖啡厅，远远地看到角落的座位上，女儿正在亲手帮徐维之系着胸前的衬衫纽扣，不由停住了脚步。

被系上了衬衫第一颗纽扣的徐维之显得很不适应，他装作喘不上气的样子冲樊星做了个鬼脸，樊星笑着给了他一记粉拳。

远远看着两人甜蜜的样子，沈屹心中五味杂陈。

他知道，女儿长大了，迟早有一天会离开他。看样子，这一天不远了。

这一夜，樊星独自在家收拾回美国的行李。

拉上行李箱的拉锁，樊星坐在客厅的沙发上，默默地看着自己曾经生活多年的这个小家，心中满是留恋。

忽然，她的腰似乎被什么硌了一下，她伸手摸索了一番，从沙发缝里翻出了一个手机，那是母亲樊静的手机。怪不得找不着，原来在沙发缝里。

重新充上电之后，樊星打开了手机，相册里保存着许多家人的照片。

樊星翻看着母亲手机的相册，一张张照片记录着这个小家庭的点点滴滴：樊静和沈屹一起在博物馆前合影，两人手挽着手如同热恋中的情人；樊星从美国发来的照片、挤眉弄眼做着古怪的表情；沈屹靠在沙发上捧着电脑，可人却早已经打起了呼噜……

樊星翻到了相册中的视频文件，忽然愣住了，最近的一个视频正是母亲病发那天录下的。

视频中，突发重病的樊静瘫坐在地板上，正独自等待120救护人员的到来。趁着意识还清醒，樊静对着手机的前置摄像头录下了这段视频。

"老沈，你回来看到我这样，你别着急，你听我交代你几件事，银行卡就在床头柜的第二节抽屉里，密码在旁边的小本本上，你记得用完了放回去。还有啊，你别总加班，加完班就早点回来，记得给女儿打个电话……"沈屹站在门口听完了手机里的声音和樊星的啜泣声。

樊星回美国那天，沈屹推掉了手里的工作，来到机场为樊星和徐维之送行。一路上，沈屹肚子里憋了千言万语，却始终说不出一句话。

三人走到登机口，樊星从父亲的手中接过了行李箱。

樊星道："行了，就送到这儿吧，你那边工作忙，赶紧回去吧。"

沈屹道："有空了回来看看，外面大得很，可这里永远是你的家。"

樊星点点头道："爸，谢谢你这段时间照顾我。"

沈屹道："是你照顾自己。"

樊星道："说实话，我这次回来，你让我收获很多，最重要的是，我明白了科学技术不只有对错，还有冷暖。"

沈屹望着女儿的背影，心中满是不舍。樊星的背影最终消失在沈屹的视线里，沈屹长叹一口气，默默转身离去。

"爸！"

沈屹的背后传来一个甜美的呼喊声，他惊喜地回过头去，却发现那只是身旁一个陌生的女孩儿的喊声，她一头扎进了自己父亲的怀里，那位父亲脸上洋溢着幸福的笑容。

玻璃窗外，飞机起飞了，留下沈屹一个人站在空荡荡的机场里，他如同被抽掉了魂一般。

高胜寒、于冬和陈舒齐聚在沈屹家里，桌子上摆放着丰盛的饭菜。沈屹系着围裙，端着一盘红烧鱼从厨房走了过来。峰会结束过后，研究院给团队放了一个假，消解一下郁闷的心情。

这段时间的沈屹，待在家里，哪里都没去，厨艺进步了不少。

沈屹道："赶紧挪一挪，腾个地方！"

大家七手八脚地摆弄着餐桌上的盘盏，沈屹总算成功地把红烧鱼放下了。

陈舒道："您这是照着国宴的标准招待我们啊！"

高胜寒道："师父，我跟了你这么多年，从来不知道你还有这个技能包啊？"

沈屹道："最近大家都辛苦了，跟着我忙前忙后的，你看老于都瘦了，今天好好慰劳一下大家！"

于冬道："嗯，你放心吧，我今天全都补回来！连汤都不给你剩！"

陈舒道："最近我的朋友跟我说，我这名字，陈舒，陈输，总是输。"

沈屹道："你那陈舒的舒是舒服的舒，我觉得吧，听自个儿内心的想法去干点什么事可能是比较艰辛，但是你干的都是自己喜欢的事业，这干成了又开心又舒服的多好啊。"

于冬道:"天塌下来,老沈同志可以当被子盖,十几年了,老沈同志这没心没肺的乐观,我还真是佩服。"

沈屹道:"我老婆之前总是教育我,做好事难,做好人也难。但行难路,必有所得。要说难,唐僧西天取经难不难,九九八十一难,咱们还差远啦。"

高胜寒道:"师父,您这一说启发我了,咱们小组一直没有个正经名字,我觉得叫'取经'小组最合适!你看唐僧师徒四个人,咱们也是四个。师父你是唐三藏,陈舒肯定是孙悟空,于主任是沙和尚……唉,不对啊,我怎么把自己弄成猪八戒了!"

陈舒道:"我看你这整天冒冒失失、嘴馋腿懒的样子,还挺像猪八戒的。"

大家哄笑起来。

于冬道:"老沈,我听说林副院长又给你派任务了?"

沈屹"嗯"了一声,没接话,继续吃着。

陈舒道:"什么任务啊?"

沈屹道:"今天吃饭,不聊工作。"

陈舒道:"怎么还藏着掖着的,到底是什么啊?"

沈屹道:"咱们国内一家移动通信设备企业要前往非洲中西部地区,支援当地的通信建设,希望咱们移动通信研究院能够派出技术顾问团队,协助他们在当地的工作。林副院长让我带队去,我没答应。"

高胜寒道:"为什么啊?"

沈屹说:"让我带队去,我倒是敢带,可谁敢去啊?"

高胜寒道:"师父,这不有我吗?我跟您表态,反正我是黏上您了,您去哪儿我就去哪儿!"

沈屹道:"拉倒吧,那地方万里之外的,生活条件又差,据说当地还有武装动乱。"

陈舒接道:"这么有挑战的地方,一定挺有意思!唉你说,唐僧师徒四个西天取经,都没到过非洲。"

陈舒和高胜寒齐齐地把目光投向一边埋头吃饭的于冬。

"看我干什么?这回你们谁也甭想再把我拽下火坑,打死我也不去!"于冬装作极不情愿的样子。

沈屹望着大家,不由笑了出来。

十三

一个月后,非洲拉维拉地区。一辆印着中国国旗的越野车沿着丛林公路急速行驶。

营地里,沈屹、高胜寒、陈舒以及其他技术人员正在电脑前忙碌着。

沈屹道:"基站的覆盖范围可以到200米以上,怎么可能没有信号?"

陈舒道:"昨天风沙特别大,会不会是基站设备出问题了?"

高胜寒道:"不会啊,这批基站设备为了援非做过特殊设计的,防护罩都是玻璃钢材质的。"

这时门开了,只见于冬灰头土脸地跑了进来,如同牛饮一般咕咚咕咚地将水瓶里的水喝了一半,又把剩下的一半浇在了头上,这才缓过劲儿来。

于冬道:"问题找到了,是设备问题!"

大家都愣住了。

于冬道:"昨天晚上咱们搭建好的宏基站,让附近的村民给拆了,机柜单元、设备模块全都被偷走了!"

一旁的技术人员气得直拍大腿:"这帮人,难道不知道我们是来帮他们的吗?真是越落后越愚昧。"

沈屹道:"话不能这么说,如果他们都跟你一样的认知水平,我们也用不着跑到这里来了。再说了,之前很多人打着支援经济建设的名义,来这里大肆掠夺资源,他们有戒备心,这也是正常的。"

陈舒道:"现在怎么办?"

技术人员道:"只能重新搭建基站了。我是真心疼那些设备,那都是咱们花钱造出来的啊。"

沈屹道:"老于,你说的那个村子在什么位置?"

于冬道:"你想干什么?"

沈屹道:"去把我们的设备要回来。"

陈舒道:"你疯了?那些人,躲都躲不起,你还敢去惹他们?"

沈屹道:"你听说过巴别塔的故事吗?在很久很久以前,世界上所有的人原本都是一家人,共用一套语言。有一天,大家想要修建一座能够通往天界的塔,神担心人们来到自己的领地,于是将人们的语言分成了不同的种类,沟通的障碍使得这座塔最终没有造成功。我一直认为,我们的通信技术,就是在重建那座塔,让这世界上所有的人都能有效地沟通起来。"

高胜寒道:"师父,我陪你去!"

于冬和陈舒道:"我们也去!"

一个小时后,一辆印有中国国旗的吉普车开进了这个部落的村子。看到吉普车,孩子们纷纷躲避开,几个强壮的男人走了过来。

这里是非洲偏远地区的一个落后的村子,街边歪歪斜斜地立着几排简陋的房屋,跟随沈屹等人一同而来的非洲向导主动走上去和那几个男人打招呼。

沈屹道:"告诉他们,我们是从中国来的,是想要跟他们做朋友的,我们给他们带了礼物。"

沈屹一边说着,一边掏出了一大兜大白兔奶糖。

向导走到那些男人面前,用当地语言同对方交流着。沈屹看到不远处有一个孩子,便主动拿出一颗奶糖,示意送给他,可那孩子却匆匆地跑开了。

在一旁,几个当地人远远地看着他们,口中念念有词,目光很是不善。

不一会儿,向导回到了沈屹面前,对沈屹说:"他说,你们丢的设备在他那里。"

在一个当地男子的带领下,沈屹等人走进了一处简陋的窝棚里,然而这里四处一片阴暗,地上堆放着一些绳索、木凳之类的东西,并没有他们要找的设备。

沈屹意识到不对劲,转身要走,然而那个男人早已经死死地把门关上了。

霎时间,漆黑的角落里冲出来几个健壮的男人,七手八脚地把他们按在了地上。

沈屹大喊:"放开我们!"

然而一柄长刀嗖的一声戳在了他面前。

此时的美国纽约已是黄昏,人们三五成群地聚在绿地上放松着,有人慵懒地晒着太阳,有人在和自家的宠物玩耍着,四处一片安逸的气氛。

一身职业装的樊星回到了自己在美国的公寓里。

这里是她和男朋友徐维之的住处,房间收拾得十分温馨,一只拉布拉多犬吐着舌头迎了上来舔着樊星的手,一旁,徐维之正靠在客厅的沙发上津津有味地打着游戏。

徐维之道:"我记得你们不是五点钟下班吗?"

樊星道:"手头有些工作没有弄完,我在办公室里多忙了一会儿。"

徐维之道:"约翰一定在不停地劝你赶紧走吧?"

樊星道："你怎么知道？"

徐维之道："星星，这里是美国，不是中国，大家不加班的！如果真的需要加班，那需要严格申请！加班费可是笔不小的奖金，约翰一定以为你有什么企图。"

樊星道："我压根儿没想过要他的加班费。"

徐维之道："可是你在这里生活，就得遵守这里的游戏模式。"

樊星道："这个游戏模式，未免也有点儿太轻松了吧。晚上想吃点儿什么？"

樊星一边说着，一边脱掉外套，跑到厨房里忙活了起来。

徐维之道："星星，不用做饭，今天晚上杰瑞请我们去他们家聚会，对了，还有苏珊娜她们。"

樊星道："前天不是刚跟他们聚过吗？"

徐维之道：今天不一样，今天是睡衣主题！

樊星道："睡衣主题、复古派对、假日派对……有区别吗？每次不过是换套衣服，永远是相同的人，喝着相同的酒，聊着同样的话题！"

徐维之放下手中的游戏手柄，看着樊星："怎么了，今天你心情不好吗？"

樊星道："我只是觉得，现在这样的生活太安逸了，我们生活在一个充满机遇的时代，可我们比国内退休的人都要悠闲。"

徐维之笑着说："我们之前拼命奋斗，不就是为了现在的悠闲吗？"

樊星道："你觉得奋斗只是为了现在这样的生活吗？"

徐维之道："否则呢？"

樊星道："我觉得奋斗并不是为了什么目的，奋斗本身是一种做人的态度。"

徐维之道："OK，我欣赏你的态度，我只是不想让你的情绪受到影响。"

樊星道："我最近准备给公司的网络交互系统设计一套新的方案，有些关于UX设计方面的细节问题，你一会儿有空帮我看看吧。"

徐维之道："UX设计？"

樊星道："那可是你大二时候选修的课程啊。"

徐维之道："可这么多年过去了，我哪儿还记得清楚。"

樊星道："当时那门课程，你可是拿到了A。"

徐维之道："那又怎么样？如果你现在给我六个月的时间，我依然可以再次拿到A，但没有那个必要，那些东西不过是块敲门砖而已。好了，星星，我不想和你争论了，时间不早了，朋友们在等我们，我们该走了。"

樊星道:"我不想去了,要去你自己去吧。"

徐维之道:"好吧,随你的便。你知道我最喜欢这个国家哪一点吗?自由!自由不是你想做什么就可以做什么,而是你想不做什么就可以不做什么。"

徐维之说罢自己起身离开了家,樊星沮丧地坐在沙发上,犹豫许久,她最终还是回到了自己的电脑前忙碌了起来。

樊星掏出手机,翻出了沈屹的微信,翻看他在朋友圈里发的照片。

照片上,沈屹和高胜寒等人捧着方便面,围在一盘难以描述的食物旁边,对着镜头做出胜利的手势,旁边的文字中沈屹写道:"今天终于吃上肉了!"

看到父亲他们面对恶劣的自然条件、面对艰难的工作环境依旧忙得不亦乐乎,樊星不由心中感慨。

樊星把拇指放在了"语音通话"按钮上,可犹豫了一番后,最终还是作罢了。

十四

向导和当地人交涉了一番,最终,几个人粗鲁地把基站设备丢在了沈屹等人面前。

沈屹仔细地检查着:"跟他说,东西不齐。"

向导看着沈屹,他已经不愿意再和卡莫讨价还价。

高胜寒道:"师父,趁现在能走,赶紧走!"

陈舒道:"这个亏吃得太窝囊了!"

于冬道:"赶紧走吧,至少设备回来了,接下来我们只能换一个试验点架设基站了。"

沈屹一行人正准备离去,忽然身后传来一片嘈杂声,大家回过头去,只见几个人抬着一个非洲女孩儿赶回了村子,那个女孩儿浑身是血,已经没有了意识。那是首领卡莫的小女儿。卡莫见状赶紧过去抱起自己的女儿,大声呼喊着让村子里的医生给她救治。

沈屹拉住了向导:"出什么事了?"

向导道:"那个女孩儿是他们首领的女儿,她刚刚跑出去想去找她奶奶,可不小心经过了交战区,被流弹击中了。"

于冬道:"看样子,那女孩儿应该是失血过多休克了。"

高胜寒道:"那得赶紧输血啊!"

陈舒道:"这个地方找血浆,估计比挖钻石还难。"

突然,一个女人冲过来拉住沈屹。

沈屹道："她说什么？"

向导道："她想用咱们的车送她女儿去附近的医院。"

高胜寒道："师父，快走吧！"

沈屹翻出车上的地图仔细查看，然后对向导说："告诉她，最近的医院距离这里开车也得两个小时以上，她的女儿挺不了那么长的时间。"

此时一群原住民朝着沈屹他们走了过来。

高胜寒连忙拉住沈屹："快走，赶紧上车走！"

高胜寒一把将沈屹拽进了汽车，其他人也匆匆上车，向导一脚油门，吉普车扬起一阵尘土，疾驰而去。

汽车在崎岖的路上颠簸，大家都惊魂未定。

于冬道："今儿能全须全尾地出来，咱们几个上辈子肯定是积大德了！这地方，打死我我也不再来了！"

沈屹默默地看着汽车的后视镜，妇人坐在地上，抱着自己的女儿伤心欲绝。

沈屹道："停一下。"

陈舒道："老沈，你要干什么？"

沈屹道："停车！"

向导无奈，只好把车停了下来。

沈屹道："我们的营地距离医院很近，那家医院是我们帮助修建的，搞到血浆应该不难。"

于冬道："老沈，算我求你了，咱们别管闲事儿了好不好？你再管的话，咱们真要把自己搭进去了！"

沈屹道："见死不救，我做不到。"

陈舒道："我知道你心肠软，可是我问你，怎么救？营地距离咱们这儿将近两百公里，途中还必须绕过交战区，穿过连路都没有的沙漠，咱们来的时候可是开了将近三个小时。"

沈屹道："用咱们的无人机直接从交战区上空穿越过去，快的话，一个小时内就能到。"

高胜寒道："可是这地方根本没有5G信号，无人机没办法准确找到目的地啊！"

沈屹道："设备在车上，我们把基站重新搭建起来。"

于冬道："老沈，你疯了吗？"

沈屹道："我刚才查看了一下，设备没有大的损伤，我们应该可以在无人机赶到之前修复好。"

向导道："你们谁爱去谁去，我不想再下车了！我的工作内容里面可没有玩儿命这一项！"

沈屹道："你们都留在车上，我自己去。"

陈舒道："连个翻译都没有，你是想去送死吗？你没看到他们手里的刀有多长吗？"

沈屹道："我相信，这个世界上没有什么是沟通解决不了的。"

于冬道："老沈，念在咱俩十几年交情，听我一句劝，别去！去了你肯定会后悔的！"

沈屹道："我从不为做过的事情后悔，只会为没有做的事情后悔。"

于冬无奈地长叹一声。

高胜寒道："师父，那我跟你一起去！"

沈屹道："你别去了，你去我怕打起来，都留下来，听我的。你们赶紧给基地的小孙打电话，让他和医院取得联系，尽快搞到血浆。"

沈屹说着打开了车门，重新踏入了那片积满黄沙的土地。

卡莫搂着自己的女儿，哭得一把鼻涕一把泪，一群人围在身旁，却不知能做什么。

忽然，卡莫愣住，他抬起头来，只见一个穿着衬衫、头发凌乱的男人正一步步朝自己这边走了过来，正是沈屹。

身旁的几个黑人下意识地抽出了手中的刀，沈屹放慢脚步，把双手举过头顶，示意自己没有恶意。

卡莫放下女儿，走到沈屹的面前，冷冷地看着他，沈屹则用简单的英语单词配合着翻译机加上比画向对方传达着自己的意图。

沈屹道："……我想要帮你，我有办法可以救你的女儿……"

卡莫狐疑地盯着沈屹，他伸手指着停在远处的越野车，催促着沈屹把汽车开过来。

沈屹比画着："不！不！不！它救不了你女儿，我们得用别的办法，我需要你们的人一起帮忙。"

卡莫一把拽住沈屹，亮出了手中的刀，其他的人很快也围了上来。高胜寒再也耐不住，也从车上跳了下来。沈屹高举着双手示意大家不要冲动。

沈屹慢慢地掏出了自己的手机，翻出了女儿樊星的照片，拿给卡莫看。

沈屹一边比画一边说："……我也是一个父亲，这是我的女儿，所以我能理解你现在的心情，我想要帮你……"

卡莫看着面前的沈屹，心中犹豫着。

此时此刻，技术人员小孙正在通过卫星地图寻找着于冬给出的位置："血浆我已经找到并且放入保温箱。但是要想让无人机准确地找到位置，目的地需要网络支持。"

一架大疆无人机吊着保温箱升空，全速前行，它飞越过茫茫草原、飞越成群奔跑的角马、飞越满目疮痍的交战区。

此时此刻，沈屹、高胜寒等人正在修复之前遭到毁坏的5G宏基站。

不一会儿，卡莫和几个男人赶了过来，将剩余的设备也还给了沈屹等人。沈屹冲着卡莫微微点点头。

无人机准确地找到了坐标位置，缓缓向地面降落。无人机下面的人影渐渐变大了起来，卡莫和当地人兴奋地呼喊着。

卡莫忽然跪倒了下来，连连叩首，口中念念有词，其他人也纷纷跟着做起了相同的动作。

沈屹把向导招呼到了身边："他们在说什么？"

向导答道："这是当地人祭拜神灵的时候口中会念出的话语。"

此时，那个受伤的女孩儿躺在床上，在当地医生的救助下已经恢复了意识。看着女儿苏醒过来，卡莫喜极而泣。

首领女儿道："对不起爸爸，我只是太想念奶奶了。"

卡莫道："这不是你的错，你活着，对我比什么都重要。"

沈屹走了过来，从口袋里掏出了一些酒精、抗生素等药物，递给了卡莫。

沈屹道："这是一些酒精和消炎药，希望能帮上你们。"

向导把沈屹的话翻译给卡莫，卡莫接过那些药，跪倒在地上，嘴里激动地说着什么。

向导道："他说，你们救了他的女儿，你们都是神。"

沈屹道："告诉他，不是我救了他的女儿，是科学的力量救了他的女儿。这个世界上并没有什么神，只有不屈从于命运的人。"

黄昏，夕阳洒下金色的余晖，整个非洲大地被照耀得异常美丽。

沈屹和卡莫坐在一块岩石上，两人通过向导的翻译相互交流着。

卡莫道："我们族人千百年一直生活在这里，可是自从那些外来的人到了这里之后，我们的民族分裂开了，彼此仇恨，一直在打仗。五年前的一次战火中，我和我的母亲分开了，从那以后我们的人一直东奔西走。有人说，在达米尔西边的城镇见过她，她让那个人把这个东西带给了我。"

卡莫从口袋里翻出一个泛黄的字条,上面写着一串电话号码,显然已经被卡莫用笔描了又描。

沈屹道:"可以给我看一下吗?"

卡莫将写着数字的字条交给了沈屹,沈屹看出那是一个电话号码,尝试着用手机拨通了那个号码,片刻的等待之后,电话那头传来一个老迈的声音。

卡莫一脸的疑惑:"谁?是我的母亲吗?"

沈屹道:"你问她那边,可以支持视频通话吗?"

向导对着沈屹的电话询问一番,然后转头对沈屹说:"她说可以的,她用的是中国制造的手机,很好用的。"

沈屹接通视频通话,手机屏幕中出现了一个黑人老妇,看到那正是自己阔别多年的母亲,卡莫忍不住抱着手机喜极而泣,两人激动地通过手机交谈着。

卡莫聊着聊着,突然捧着沈屹的手机头也不回地跑了,向导刚刚想追上去,沈屹拦住了他,他知道卡莫一定是想要让女儿和奶奶见上一面。

望着卡莫的背影,沈屹露出了欣慰的笑容。

十五

美国那边的深夜,从聚会酒醉归来的徐维之躺在床上呼呼大睡。

另一边,樊星依旧坐在写字台前思考着自己设计的方案,面对电脑屏幕上复杂的结构设计图,樊星绞尽了脑汁,依旧没有找到自己想要的答案,她沮丧地合上了笔记本电脑。

樊星叹了口气,拿起了放在一旁的手机,看着手机微信中父亲的头像,她犹豫了。

最终,樊星还是拨通了沈屹的视频通话。

些许等待之后,视频通话接通了,樊星却愣住了,只见手机画面中出现的竟然是一个黑人,正冲着自己热情地打着招呼。

樊星道:"你是谁啊?"

终于,画面一阵摇晃,沈屹出现在了镜头前面。

沈屹道:"闺女,今天怎么想起给我打电话来了?"

樊星道:"没事儿,就是想看看你在非洲那边怎么样。"

沈屹道:"我挺好的,你呢?"

樊星道："我也挺好的,那些人是谁啊?"

沈屹道："哦,那是我在非洲这边的朋友……"

沈屹拉着卡莫,对卡莫说："这就是我的女儿,我的女儿……"

卡莫把手机抢了过去,对着手机镜头,用当地语言连珠炮一般地说着,看着手机屏幕的樊星一头雾水,根本听不懂,卡莫一把将沈屹搂住,使劲拍了拍他,又拍了拍自己的胸脯,伸手竖起了大拇指,做了个称赞的手势。

沈屹道："闺女,你别害怕,他刚刚用手机联络上了他失散多年的母亲,这会儿比较激动。"

看着手机画面中一群人有节奏地载歌载舞,把沈屹簇拥在中间,沈屹也跟着笨拙地跳动着,樊星被逗笑了。

樊星道："爸,你在当地还挺受欢迎的啊,人家都拿你当明星了!"

沈屹道："只要你对这个世界是善意的,这个世界对你也会是善意的。闺女啊,我这边有点儿吵,这么着,一会儿我回营地后给你回电话。"

樊星道："没事儿你不用给我回了,忙你的去吧,我就是想看看你。"

一周后的纽约,樊星独自坐在咖啡厅的角落里等待着,不久之后,她所在公司的上司约翰拎着公文包走了进来,樊星赶紧起身迎接。

樊星道："喝点儿什么？ 拿铁？"

约翰道："可以,谢谢!"

樊星道："不好意思了,占用了你的休息时间。"

约翰道："有些事情,不方便公司说,所以我才约你到这里。你发给我的那套方案我仔细看过了,说真的,我非常欣赏方案的创新性,把我们GOT在网络交互方面的优势与人工智能相结合,这是一个非常有想法的提案! 而且你在方案设计当中,连具体的实施细节都已经考虑清楚了,看得出来你在这方面做了很多的研究。以前我的朋友总跟我说,不要小瞧了你身边任何一个中国人。现在我终于相信了。"

樊星道："感谢您的夸奖,我只是希望能尽自己的所能,为GOT带来一些新的活力。"

约翰道："你的方案我会认真考虑,但是方案的可行性,我们可能要做全面的评估。"

看着面前约翰礼貌的笑容,樊星愣了一下："我的理解,在成年人的社交礼仪中,没有爽快的同意,就是拒绝的意思吧?"

约翰道："你别误会,你能力出众、又肯努力,这些我都看得到,你是一个优秀的员工,你在GOT将来会有很好的前途……"

樊星道："你不用安慰我,你只用告诉我,你拒绝的理由。"

约翰道："公司已经进入了成熟期,在全球范围内已经没有竞争者了,过多的创新会给我们带来不必要的风险,所以现在我们GOT所要做的只是平稳前行。"

樊星道："您了解自然演化史吗?"

约翰道："大概了解一些。"

樊星道："远古时代,地球上因为自然环境的剧烈变化,经历了五次生物大灭绝,奇虾、三叶虫、邓氏鱼、恐龙,他们都是各自时期的霸主,但是在每次的自然更替当中,他们都是最先倒下的。科技公司也是一样,每一次科技革命,都会倒下一头巨兽,诺基亚、柯达……我希望公司不是下一头。"

约翰大笑着道："全球的科技发展已经进入了平稳期,你说的那种情况,永远不会出现在我们的身上。我理解,你们中国人经历了几千年的农业社会,有些东西是印在骨头里的,你们永远在担心下一年的收成。"

樊星道："约翰,感谢你今天来见我,你的话,让我明白了很多东西。"

樊星回到自己的住处。

樊星道："维之,我有一件重要的事情要向你宣布。"

徐维之道："巧了,我也有一件重要的事情要跟你说。老规矩,Lady first(女士优先)!"

樊星道："我想要辞职,离开GOT。"

徐维之瞬间愣住了。

樊星道："我知道那份工作很好,可在那里我找不到我想要的东西……我说得太快了吗?"

徐维之道："你这个玩笑不太好笑。"

樊星道："这不是玩笑,我是认真的。"

徐维之道："可是,你在那里做得好好的,为什么啊?"

樊星道："我想创业,做我自己想做的项目。"

徐维之道："你知道那意味着什么吗? 你的签证、你的收入、你将来在这里的生活,都会被改变!"

樊星道："我只是想趁着自己还没有被彻底改变,去做我想做的事情。"

徐维之道："星星,这是美国! 没错,这里鼓励思想自由,鼓励创新,但是这里的市场早已经被巨头垄断,对于创业来说,很可能还没走出去,路就已经被堵死了。"

樊星沉默着。

徐维之道："事情没有你想的那么简单。如果在这里创业真的那么简单，大家也用不着挤破头往巨头公司里钻了。"

樊星道："如果这里找不到我创业的空间，那我就回国去找。"

这回，徐维之彻底傻了，他呆呆地望着樊星，如同望着一个陌生人。

樊星道："我的事情宣布完了，该你了。"

徐维之尴尬地笑了笑，从一边拿出两副冲浪板："我安排了这个周末我们一起去海边度假……本来想给你个惊喜。"

樊星道："冲浪板，很漂亮。"

徐维之道："樊星，我知道你的方案被公司否决了，你心里很别扭。你可以再等一等，也许你打算留在这个国家生活还不久，很多事情都不适应。等时间长一些，你会找到适合自己的生活方式。"

樊星道："我不想等了，不是要等多久的问题，而是我可能是在机场等一艘船。"

徐维之终于按捺不住了："樊星，你脑子是不是进水了？你在美国的这份工作，比国内同等的岗位薪金要高出三倍以上，我们可以在这里过上稳定的中产生活。你现在要回国去？那这些年你付出的努力是为了什么？"

樊星道："我的努力，是为了让自己的人生有更多的选择，而不是像现在这样，过着一眼就能望到头的日子。"

徐维之道："那我们呢？"

樊星看着徐维之，心中有些犹豫，良久，她还是说出了那一句很久之前就想说的话："我想我们还是先分开一段时间，好好考虑一下各自想要的到底是什么。"

十六

一年后，全球移动通信标准大会第115次会议在葡萄牙里斯本召开。

酒店的大堂里，前来参加会议的各国移动通信领域代表们正三五成群地凑在一起交流着。

这时，几名服务员将一辆餐车推了上来，胡安和几个欧洲代表走上前，一起郑重其事地揭开了蒙在上面的白布，只见下面是一个精致的蛋糕。

胡安道："今年是我们欧洲电信标准委员会成立十周年，感谢大家在过去的十年里对我们的支持,希望未来的十年里,我们可以更紧密地走在一起。"

蛋糕被服务员分给了在场的代表,北美无线通信解决方案联盟代表雷迪克走到了胡安的身边。

雷迪克道:"胡安,恭喜你们,走过十年,不是一件容易的事情。但是,真的只有蛋糕吗?"

胡安道:"怎么,味道不好吗?"

雷迪克道:"还不错,也许是上次在北京的会议,把我们的口味都吊起来了。"

大会现场,各方代表正在阐述各自的报告。

印度代表下台过后,大会主持人说话了:"现在,有请中国移动通信代表团阐述他们的报告。"

在众人的掌声中,沈屹走上了发言台。

沈屹道:"前一段时间,我和我的团队去了非洲工作,从那里回来,我发现我自己改变了很多,比如,我们家每个月的水费也少了很多。"

会场的代表们笑了起来。

沈屹道:"人类学家已经证实,人类文明的起源地就是非洲中部地区。那时,那里还是一片河流纵横、植被丰茂的地区,智人自南向北缓缓迁徙,最终走出非洲大陆,遍布全世界。而如今,那里因为历史原因,缺少经济基础设施,造成了信息流通的闭塞,该地区依然是全球经济最落后的区域之一。在很多地方,很多人甚至还在用两条腿作为信息的传达工具。就像水一样,当你真正缺少它的时候,才能明白这种东西的真正意义是什么。"

沈屹在阐述这段话的时候,背后的视频出现了一望无垠的非洲平原。非洲拉维拉地区卡莫和当地村落的男人们正在修建着一座新的基站,几个人爬上高耸的基站塔,他们娴熟地用手中的工具加固着基站塔身上的螺丝。

沈屹继续用英文阐述:"在工作当中,我也时常会产生疑问,我们是不是现在的步子迈得太快了,我们是不是应该停下来,等一等落在后面的人?但是事实告诉我,当他们真正理解了奔跑的意义的时候,他们一定会用最大的努力追上来。决定一支队伍前行的,永远不是队尾的速度,而是领跑人的速度。"

大屏幕画面上,卡莫口袋里的手机传来悦耳的铃声,他停下了手中的工作,掏出手机,和远方的母亲热情地交谈着。卡莫结束了通话,他望着远处落下的夕阳,忍不住用手机按下了一张照片,然后点击图片,发给母亲……

会场的各国代表认真地聆听着沈屹的报告,看着大屏幕上在非洲发生的一切改变,不住地点头表示赞同。

沈屹道:"整个世界是紧密联系在一起的,而不是孤立的,移动通信的发展就是让人们这种联系更加畅通、更加紧密。世界的整体发展一定会牵动个体的发展,同样也需要个体的发展。"

在投票环节,一些人接连举起了自己的右手,表示赞同中国移动通信的方案。

酒店房间内。

陈舒道:"比起欧洲几家移动通信公司联合出台的方案,我们少了将近一半的赞同票。但好消息是,我们现在获得的赞同票,可以让我们的方案顺利地进入会议接下来的讨论环节。"

高胜寒道:"这意味着,咱们要在接下来的几天里拿到超过他们的选票。"

于冬道:"不只是超过他们,根据峰会现在的最新章程,标准化方案的最终制定,需要所有参会代表全票通过。"

沈屹说:"时间不多了,我们分头去拜访那些没有给我们投赞成票的代表,看看他们的诉求是什么,如果可以的话,我们尽可能把大家召集起来,一起讨论,那样会更好。"

高胜寒道:"那些顽固的家伙,想想这,我头就已经大了。"

于冬问:"所以你是准备上刀山还是下火海呢?"

沈屹道:"我还是那句话,这个世界上没有什么是沟通解决不了的,如果我们自己都做不到,那我们还谈什么让全世界有效地沟通呢?"

沈屹在卫生间里,用冷水一遍又一遍地洗着脸,他努力让自己保持着最清醒的状态。这时候手机传来女儿樊星的电话,沈屹又惊又喜,赶紧接了起来:"喂,闺女。"

樊星道:"没什么事儿,就是想看看我老爹又在忙活什么呢。"

沈屹道:"我在葡萄牙里斯本开会呢。你最近怎么样,上次给你寄的零食收到了吗?都是你小时候爱吃的。"

樊星道:"用海外包裹寄一堆零食,您要是工资实在没处花了,就直接把钱打给我得了。"

沈屹道:"那不一样,我寄的不是零食,是我的心意。"

樊星道:"您老人家的心漂洋过海到我这里,已经都碎成渣了。"

镜子里的沈屹,一脸幸福的微笑。而大西洋彼岸,樊星坐在飘窗前,最近的遭遇让她的心中梗了千言万语,却不知与父亲从何说起。

樊星道:"爸,您去开会,还是在为那个无线帧结构方案忙活吗?"

沈屹道:"对,我还想再试一把。"

樊星道:"您真是见着黄河都不死心。"

沈屹道:"做事总会面临各种困难,但真正能把你打倒的人只有自己,至少现在我还站着。你呢,最近还好吗?"

樊星道:"我啊,就那样呗,上班、下班,努力生活。"

沈屹道:"是不是遇到了什么不顺利的事儿啊?说给我听听。"

樊星道:"没什么不顺利的,只是觉得生活中有很多的事情,并不像课本上的题目那样,都能够找到一个解开的办法。"

沈屹道:"其实之前很多时候,我也遇到过一些让自己难以抉择的事情,你知道我的秘诀是什么吗?"

樊星道:"是什么?"

沈屹道:"听你妈的。"

樊星咯咯地笑出声来。

沈屹道:"闺女,相信你自己的直觉和决定,听从你内心的解决办法。如果你觉得你没有办法取悦所有的人,那就坚持做好你自己。"

电话那头父亲的话,让樊星似乎坚定了自己的想法:"早知道你又唠唠叨叨教我做人,就不给你打电话了!不说了,省着点儿你的唾沫星子,去跟那些人斗争去吧!"

沈屹道:"你好好照顾自己,听说你们那边又来飓风了,你出门注意啊!"

樊星道:"喂……"

沈屹道:"怎么了?"

樊星道:"谢谢你,当我爸。"

沈屹对着镜子,点头微笑:"谢谢你,做我女儿。"

沈屹挂掉了电话,用毛巾擦干了脸上的水珠,毅然走出了自己的房间。

尾声

会场上,沈屹作为代表,接受各方的提问。

代表甲:"我们对你们的设计方案很赞赏,但是我们最担心的是很难在全球范围内按时完成标准的统一。"

沈屹道："我们可以承诺将新技术共享，我们也愿意帮助其他国家在标准的落实阶段提供强有力的技术支持。"

代表乙："如果是这样的话，我们可以共同推进接下来的半静态帧问题。"

沈屹回答道："对于半静态帧的具体落实，我有几个方案，希望和大家一起探讨一下。"

随着一个个的问题被解答，越来越多的代表对中国移动通信团队的方案举手表示赞成。

沈屹继续说道："我们中方始终坚信，在移动通信技术领域，一家独大只能走入死胡同，只有各方均衡，才能推动整个行业的发展。信息技术的发展不是为了将彼此割裂开来，而是让不同的人们能够走得更近，你中有我，我中有你……"

酒店的房间里，沈屹已经面容憔悴，高胜寒和陈舒一起埋头在稿纸前算着票数。

陈舒道："韩国RAT虽然还没有正式表态，但他们的代表已经跟我做了口头承诺，如果在落实阶段能够保证他们的利益，可以支持我们的方案。"

沈屹道："现在就剩下了那根最难啃的骨头了，要想方案能够通过，我们必须把他啃下来。"

沈屹抬起头来，已经有些微微打晃。

高胜寒道："师父，您没事儿吧？"

沈屹道："没事儿，趁着还有时间，我再去会会他。"

于冬从口袋里掏出块巧克力塞给了沈屹："血糖低的，都靠这个续命。"

沈屹笑着接过了巧克力，含进了嘴里，然后走向胡安的房间。胡安打开了房门，见到沈屹，他并不意外。

沈屹道："老朋友，你还没睡吗？"

胡安道："知道你会来的，所以我还没有睡，请进来吧。"

沈屹走进胡安的房间坐下，胡安为他倒了一杯威士忌。

沈屹道："耽误你休息了，实在抱歉。"

胡安道："说服我，争取我手中的那张选票，是你的工作。坐下来相互沟通，也是我的工作。"

沈屹道："既然你知道我来做什么，那我就开门见山了。"

胡安道："沈，我们认识了十几年，省掉那些环节吧，我知道你要说什么，我也可以直接告诉你我的态度,你们的方案很优秀,虽然在技术层面的细节上尚存在需要完善之处,但我知道你们团队的科研能力,也不担心后续的解决方案,但是我不能给你们投赞成票。"

沈屹道:"我想知道为什么,请你说服我,也说服你自己。"

胡安笑着抿了一口杯中的酒:"我年轻的时候和你一样,什么事情都想要找一个答案,可是等你到了我这个岁数就会明白了,很多事情并没有答案,只有结局。"

沈屹道:"我知道你要为你的公司利益、你的国家负责,但是我想告诉你,科学是没有国界的,我们之所以站在这里,是要努力为整个人类做一些有意义的事情。"

胡安道:"科学是没有国界的,可是人是有的,对不起沈,在这件事上,我必须考虑更多的问题。"

胡安举起酒杯,微笑着伸向沈屹,沈屹强忍着心中的沮丧,和胡安碰了杯。

胡安道:"沈,其实我很敬佩你,你大概不知道,几年前的时候,我和你一样曾经去过非洲,和你做过相同的事情,我们希望改变当地落后的通信技术,改变他们的命运。很可惜,我们没有做到,可是沈,你做到了,我以你为荣。"

沈屹道:"在非洲的时候,我经常喜欢在日落的时候一个人站在一望无际的荒原上,想象着我们的祖先从那里走出去的情形。那个时候,我总会感受到人的渺小,也会感受到人的伟大。其实我们能做的,远比想象的要多。胡安,你也是一样。"

望着沈屹诚恳的双眼,胡安点了点头:"好吧,沈,我会再认真考虑一下我的决定。"

沈屹感激地点了点头,站起身来,和胡安握手告别。送走了沈屹,胡安独自坐在沙发上,心中犹豫不决。

第二天的会议现场,各方代表还在交头接耳,随着主席敲了敲话筒,现场终于安静了下来。

主席道:"下面,请中国移动通信进行最后的阐述。"

在众人的注目下,沈屹走上了发言台,他的目光扫过在场的各国代表。

沈屹道:"历史的车轮无人能够阻挡,5G正在成为第四次工业革命的核心驱动力。全球的移动通信科研人员都在为这个足以改变世界的事业努力着,此时此刻,我们正在葡萄牙的里斯本开着全球移动通信标准大会。与此同时,非洲中部地区的部落首领正在用手机给他的母亲和刚刚康复的女儿拍照,发到社交软件上,分享给部落的族人们;在美国的纽约,一个为着梦想奋斗的女孩,刚刚泡好一杯咖啡,准备继续工作两个小时,她距离我们六千八百公里;在中国四川的大凉山,一个山村小学的学生正在翻阅一本《世界简史》，他距离我们八千四百公里。这些距离的概念对于曾经的人类来讲，可能是一年，一个世纪，甚至是一个时代，但是，对于第五代移动通信技术来讲，它仅仅是几毫秒，甚至来不及眨一下眼睛。这个世界，我们大家正以一种前所未有的方式，相互联系，相互依靠着。历史和现实在同一个时空交汇，这个望不到边的世界，越来越凝聚成一个共同的团体。我们同呼吸，共命运，无论前方是晴是雨，只有携手合作，互利共赢，才能让我们朝着构建人类命运共同体的方向前行。谢谢大家！"

沈屹走下发言台。

主席道："请大家为中国移动通信的方案做最后的决议，老规矩，举手表决。"

代表席上，一位又一位的代表举起了自己的右手，沈屹深吸一口气，等待着最后的结果。

一双双手举起来，给予了沈屹团队肯定和支持，最终只有胡安的手还放在桌子上。

沈屹平静地望向胡安，等待着他的决定。

最终，胡安举起了自己的右手。

主席道："全票通过，我代表全球移动通信标准大会峰会主席团正式宣布，中国移动通信的方案，已经确认为5G无线帧结构的标准方案。"

现场爆发出一阵雷鸣般的掌声，高胜寒、于冬和陈舒忘情地呼喊着，把沈屹拥在了中间。

网络创新实验室里，沈屹带领科研人员们推进新的项目，相比之前，这里又多了很多新面孔。

他们头顶的屏幕上正播放着新闻，画面中，各行业5G应用迎来了井喷式发展。

主持人道："工信部已经向中国移动、中国联通、中国电信、中国广电发放5G商用牌照，我国正式进入5G商用元年。中国信息通信研究院《5G产业经济贡献》认为，预计未来五年，我国5G商用直接带动的经济总产出达10.6万亿元，5G将直接创造超过300万个就业岗位。多年来，我国企业积极为全球移动通信产业的发展做出贡献，我国5G研究、推进过程中，也吸纳了全球的智慧……"

这时，沈屹的手机传来樊星的微信。

樊星道："爸，飞机明天下午五点半到T3航站楼，你要是没空，我自己打车回去。"

沈屹道："必须有空，我去接你！"

沈屹露出欣慰的笑容。

时间到了2022年，中秋节。

中秋节这天,沈屹拎着月饼和食材早早下班回到家里,门口摆放着樊星的运动鞋。显然,女儿已回来跟他团聚了。

厨房里传来樊星的声音。

樊星道:"爸,你今天下班够早的啊!"

沈屹一边换鞋一边和在厨房里忙活着的樊星聊了起来。

沈屹道:"这不难得你回家吃顿饭吗?今天的红烧鱼我来做,你别跟我抢啊!"

樊星从厨房里冲了出来,掏出了一副科技感十足的眼镜戴在了沈屹的脸上:"送你一个惊喜!"

沈屹惊恐地问:"……这是什么啊?"

樊星道:"我新研发的产品,你是第一个体验用户!"

沈屹睁开双眼,不由得惊呆了,只见客厅里站着一位温柔而端庄的女人,正是自己的妻子樊静。

樊星道:"这是我们团队利用5G技术开发出的增强现实技术,我用它重新构建了咱们的家。我把妈生前的影像声音导入了数据库,加上智能语音系统,你可以跟她进行简单的对话。"

沈屹不敢相信自己的眼睛,但千真万确,妻子樊静就站在自己的眼前,满眼温柔。沈屹一步步地走向她。

樊静道:"老沈,你回来了?"

沈屹道:"我……我回来了。"

樊静道:"刚拖的地,没换拖鞋,别乱踩。"

沈屹道:"樊静,好久不见了。"

樊静道:"我一直都在啊。"

沈屹忍不住眼泪流了出来。

第十卷
砺 剑

党的十八大以来,十年中,中国在各方面都发生了巨大而深刻的变化。其中最为引人注目的是人民军队的发展。

在中央军委的领导下,人民军队实行了一系列重大的强军军改措施,全军指战员经过艰苦卓绝的努力,落实聚焦能打仗、打胜仗,部队的精神风貌、政治素质、编制体制、武器装备、训练水平等方面发生了空前的变化和进步,人民军队的战斗力、捍卫国家主权和利益的能力迅速接近了国际一流军队水准。

这一点,每一个关心国家强盛的中国人都清楚地看到了,并为此感到骄傲和自豪。

《砺剑》就是试图通过这十年一个陆军摩步团改造成重型合成旅的过程,一个摩步团团长成长为重型合成旅旅长并最终成长为联合作战高级指挥人才的过程,让广大读者感受到人民军队这十年来波澜壮阔的成长和变化。

刘戈建

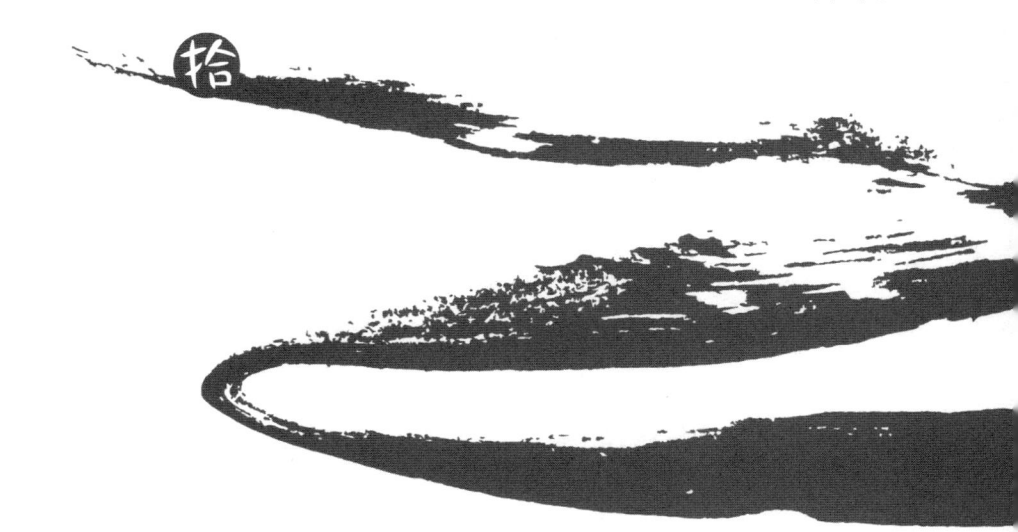

一

"砺剑－2022"联合演习指挥大厅里巨大的显示屏幕前,肃然端坐着总指挥、指挥官、部队老首长、军事观察员……演习双方的态势图清晰地展现在大屏幕上,正中有一块用红线标出的长方形区域,正是双方的作战区域。

总指挥威严地宣布:"现在,我宣布,'砺剑-2022'联合演习开始!向所有参战单位,下达作战命令!"

战士们冲向战机,矫健地跃入机舱,一辆辆闪着光的战机缓缓合上舱盖,戴着头盔的飞行员、每架战机旁边的战士庄严地敬礼。

舰队破浪,潜艇下潜,坦克驶入运输舰,整齐地排列。火箭车缓缓升起,直指蓝天。导弹车缓缓打开,坦克成队驶过田野。

一位指挥官大声报告:"陆上作战力量准备完毕。"

舰队在大海上展开。

另一位指挥官大声报告:"海上作战力量准备完毕。"

战机驶出机库,成队滑行。

又一位指挥官大声报告:"空中作战力量准备完毕。"

火箭车身边,战士奔走。

紧接着其他指挥官也纷纷报告:

"火箭军作战部队准备完毕。"

"战略支援部队准备完毕。"

总指挥有力地命令:"按预定计划,对敌指挥机构、机场、雷达站、通信节点,实施轰炸。"

爆炸声中,导弹喷着烈焰升空,飞向预定目标。

更多的导弹从不同的地方飞起,像一条条火柱,连接大地和天空,导弹划过蓝天,又像一条条金线,在天空中延伸。

战机呼啸升空,驾驶员按下发射按钮,导弹击中目标,爆炸。

更多的目标被击中,接连爆炸。

雷达急速转动。

"发现残余敌机升空,妄图突击我军。"

大屏幕上的雷达点阵清晰地标出敌机方位、方向,雷达扫描。

指挥官表情严肃,大声报告:"歼击机出击!"

战机漂亮地翻滚,翱翔云海。

火箭车开始发射,导弹车开始发射,战斗队列的战机开始迎击敌机。

战斗进入白热化阶段。

指挥官大声报告:"十一架敌机已全部被歼灭。"

总指挥命令:"继续滞空掩护。"

指挥官应道:"是。"

战机升空,掌握制空权。

总指挥威严地命令:"陆军远程火箭炮,火力突击。"

指挥官应道:"是。"

总指挥威严地命令:"泛水开始。"

两栖气垫船从新型登陆舰驶出,行驶在大海上。

指挥官命令道:"继续远火覆盖打击。"

火箭车密集发射,如雨、如流星,无数火线划过蓝天。

蓝天上,战机平稳飞行,俯瞰这片大地,也保护着这片大地的平安。

指挥官命令道:"无人机滞空警戒。"

战机巡空,战舰巡航,气垫船乘风,水陆两栖坦克破浪。

指挥官命令道:"舰艇编队在目标区域警戒。"

警报突然响起。

总指挥和指战员们的表情都严峻起来。

屏幕上显示，有不明舰艇进入雷达扫描区域。

指挥官报告："报告，外军舰艇编队正在向我演习区域驶来，有干扰、威胁我演习部队的企图。报告完毕。"

总指挥冷静地下达指示："继续监视外军舰艇编队动向。"

指挥官再次报告："外军舰艇编队持续逼近，对我演习部队构成严重威胁。"

总指挥果断而威严地命令道："部队继续执行演习计划，启动应急预案，做好战斗准备。"

总指挥，就是A战区作战局局长陈剑锋。

这一天终于到来，在党和人民需要的时候，军队能不能打仗，能不能打胜仗，十年来的每一天，陈剑锋都在回答着这道刻骨铭心的胜战之问。

2013年，华北北漠山合同战术训练场，"淬火"系列实兵对抗演习。

蓝军指挥官红外线视镜中，红军营地里威武的战士列队行进、站立。

成队的军车缓缓行驶进营地，车厢底，蓝军的特种小队士兵紧紧地抓住底盘，随车潜入。

红军营地安静下来。

伪装的蓝军士兵潜入、隐蔽，等待巡逻的红军士兵经过后，在平板电脑上定位，然后示意队友，继续潜入，避开巡逻的红军士兵。

蓝军特种小队在各种要害部位安放定时炸弹，互相比画手势交替前行，步步逼近红军指挥部。

随着一个果断进攻的手势，潜入的特种小队展开进攻冲向帐篷，猝不及防的红军士兵纷纷被"击毙"和"俘虏"。蓝军冲向仓库，占领一个个重要据点，接着又冲向军车，"击毙"红军的哨兵和士兵，最终占领了红军的所有要害部位……

红军营地灯光熄灭。

红蓝军对抗演习导调部。红蓝军双方主官分坐两旁，当中是表情严峻、身着中将军装的总指挥。

一位戴黄色红字袖标的导调部大校宣布："导调部根据复盘情况判定，红军主力全部被'歼灭'，蓝军取得胜利。"

大家一起鼓掌祝贺。

总指挥目光转向红方主官："这是蓝军第九次连续取胜。红方，你们有什么要说的吗?"

戴着红色袖标的红方旅长站起来敬了个礼,朗声道:"报告首长,这不公平。"

此言一出,所有人都是一惊,一齐注视着他。

总指挥平静地问:"你说,怎么不公平?"

红方旅长毫不畏惧地说:"按照演习预案,是红军进攻,蓝军防守,他们不守规矩,抢先夜间进攻。"

总指挥转头问:"蓝军,你怎么回答这个问题?"

戴着蓝色袖标的蓝军旅长冯骏起身回答:"军事理论上有一句话叫最好的防御就是进攻。我们分析了红方的情况,经过一路的空袭和地面袭扰,红方兵力兵器损失都很大,且疲惫不堪,双方实力对比发生变化,我们完全有能力突袭吃掉红方的主力。"

总指挥示意双方坐下,扫视全场,沉声说:"战场,才是最公平的考官。你们感到不公平,是因为你们把蓝军当作了配合你们演练的兄弟部队了,蓝军是谁啊?是拥有现代化武器装备、强大狡猾不择手段的敌人,红方,真打起来难道敌人还会等着你进攻吗?一切从实战出发,就必须坚持战斗力这个唯一的根本标准,彻底地扫除和平积弊,摆脱预案演习的套路,只有这样,才能够在党和人民最需要的时候,拉出去就能够打胜仗……"

二

这是一个重要的时刻。

接到通知时,军部作训处处长陈剑锋就有一种预感。站在集团军军部会议室门口,陈剑锋最后稳定了一下情绪,响亮地叫道:"报告!"

"进来!"这是赵军长熟悉而有力的声音。

陈剑锋迈着从容而有力的步伐走进,只见赵军长和孔政委正襟危坐,表情严肃,正等着他。

陈剑锋上前敬礼,大声道:"军长,政委。"

赵军长示意他:"坐吧。"

陈剑锋脱帽坐下,望着二位首长,等待下一步指示。

赵军长把目光凝注在陈剑锋脸上:"好。陈剑锋同志,集团军党委决定,委派你去猛虎团代理团长职务,马上把手头的工作交接一下,即刻到任。"

陈剑锋响亮地答道:"是。"

又问:"我到任,是和宋团长交接吗?"

赵军长脸上闪过一丝怒意:"宋景明吗?宋景明因为军事训练造假和其他问题,受到了严厉的查处,已经被免职了,丢人啊!猛虎团这两年被他带成了绵羊团!你是司令部的工作主力,视野开阔、能力全面,我真不想放你走。但是那是你的老部队,相信你比其他人更了解情况,你去了要把这只猛虎给我带回来!有决心吗?"

陈剑锋起立,大声应道:"有!"

赵军长缓缓点头:"好!我就等你这个字!我还要去军区开会,其他事情由孔政委跟你谈。"

新任猛虎团团长的任命传达到猛虎团团部,团长宋景明被军纪委审查引起的惴惴不安的情绪渐渐平复,但是另一种情绪开始在相关人员心里产生,因人而异。

为了迎接陈剑锋的到来,猛虎团举行了隆重的欢迎仪式,团部团首长小食堂,一张大圆桌上摆满了丰盛的饭菜,团里的主要领导悉数到场。政委、副政委、副团长、参谋长、副参谋长、政治处主任、政治处副主任、后勤处长,大家坐了一桌,留出主位,耐心地等待着。

时间一分一秒过去,终于,常副团长不耐烦地伏在窗口抱怨道:"不是说好十二点准到吗?这都几点了?一点了!连个人影都不见。一个作训处处长就这么牛?"

王政委瞪眼批评道:"常副团长,一会儿陈团长到了,你态度要好点,不利于团结的话不要说。"

常副团长不服地说:"王政委,我这也是为了工作啊,下午还有一堆事情要处理呢。这饭要吃到几点啊?"

这时电话铃响了,政委接了电话。

是一营长打来的,说陈团长早就到了,没先来团部而是直接到几个连队转了转,刚从他们那里离开,马上就到团部了。

政委刚放下电话,陈剑锋就大步流星地走了进来,说道:"抱歉啊,来晚了。"

王政委说:"欢迎陈团长到任。"

大家都站起来鼓掌,七嘴八舌地表示欢迎,只有常胜一言不发。

陈剑锋示意大家坐,说:"大家久等了。"

然后扫视众人,再看面前的饭菜:"很丰盛啊,但是,我觉得还不够。"

大家面面相觑,常副团长忍不住:"陈大处长在军首长身边见多识广啊,咱们这小庙的饭菜不入法眼啊。"

王政委忙要解释:"常副团长的意思……"

陈剑锋举手拦住他："没关系，我呢，给大家换换品味，顺便也让大家见识见识，我给大家都准备好了，就在外头，来吧。"

他起身离席，当先往外走去。

大家再次面面相觑，只得跟上。

一行人走到团部机关大食堂，陈剑锋带头用战士的餐盘盛了饭菜，大口吃起来。

常胜小声地嘀咕一声："沽名钓誉，哗众取宠，哼……"

王政委忙瞪了常胜一眼，拉他坐下。

陈剑锋应该是听见了，但他毫无反应，依旧大口吃着饭。

大家都只得动手，用餐盘盛了饭菜，坐下吃饭。

陈剑锋一边吃一边淡淡地说："我建议，饭后啊，咱们就地开个小会。"

常副团长不满地说："部队训练任务这么紧张，咱们就在这里开会讨论这些鸡毛蒜皮的事？陈团长啊，我今天定了要下去检查训练情况，请个假，先走了。"

常胜说着就站了起来。

王政委立刻吼他："老常，坐下！"

常胜冷笑："坐下就坐下。"

陈剑锋转过头看着他，认真地说："开完会我和你一起去检查训练情况。常胜同志，在我看来，伙食问题不仅关系到基层指战员的切身利益，还关系到一个部队的风气，风气不正，一事无成！"

常胜不服气地说："陈剑锋同志，你有点小题大做，危言耸听了吧？"

陈剑锋不再理他，而是掏出手机点开照片，展示给大家："大家看看，这是二连连长中午在家吃饭的相片。"

照片上，二连连长低着头站在家里的餐桌前，他妻子坐在对面，没有对着镜头。桌上摆着四个菜，一条鱼，一碗红烧肉，一盘西红柿炒鸡蛋，一盘青菜，桌上还有一瓶白酒。

陈剑锋严肃地说："二连连长漠视连队一日生活制度，顿顿回家吃饭，还喝酒，而且还有更严重的，我在二连连队伙食账的账本上看到了这些记录！"

陈剑锋举起一个记录本扔在桌上。

王政委赶紧拿起来打开。

账本上列着各种物资清单，每一页上几乎都有干部家属取用的字样。

王政委怒道："太不像话了！二连的干部要调整，要整顿！这件事我当政委的有不可推卸的责任。"

政治处主任劝慰说："政委，也不怨你，你在党委会上不止一次提过清理连队伙食账的问题，都没有通过。宋景明同志要负主要责任。"

陈剑锋举手示意："责任的事以后再说。我要治本而不是治标。我有几个建议党委会讨论通过一下：第一，取消团首长小食堂，除节假日，团领导一律分头下部队食堂吃饭；第二，以营为单位组建食堂；第三，所有食材全部由后勤处统一采购。下面请大家发表意见。"

常胜冷着脸说："我不同意撤销小食堂。当初设立小食堂不是为了搞特殊化，而是为了方便工作。大家都知道啊，团干部都忙，各有各的事情，开个会不容易，有了小食堂大家可以经常碰面，有什么事饭桌上就说了，有利于工作。"

参谋长附和道："常副团长讲的也有道理。"

政治处主任犹豫了一下，也说："有小食堂，对一些年纪大有慢性病的团干部也可以照顾一下。比如政委就长期有胃病，开点小灶也不算是搞特殊化。"

政委立刻说："我同意剑锋同志的意见，我的胃病不要紧，完全可以去大食堂吃饭。"

常胜看着有不少人支持自己的意见，便说："团长同志，我提议对是否撤销小食堂进行表决，每一个同志，都可以发表自己的意见。政委同志，您说呢？"

王政委一看陈剑锋上任第一天，常胜便剑拔弩张地针锋相对，赶紧呵斥道："常胜同志，你不要故意设置难题，注意团结。"

常胜毫不退让地说："王文涛同志，我这是正常表达自己的意见，现在连意见都不让人提了？你们两个单位主官把这事定了那不就完了吗？"

陈剑锋叹了口气说："我知道了，大家的主要问题都集中在是否撤销小食堂上，常胜同志要求就这个议题进行表决，我同意。不过我想在表决前带大家去一个地方。"

陈剑锋起身，像在团首长小食堂一样，当先出门，大家只得跟上。

陈剑锋带领大家来到团史馆，所有的人表情立刻肃穆起来，自觉排成一排，脱帽在镌刻着猛虎团烈士姓名的英名墙前肃立。

陈剑锋站在队伍前面，肃立一刻，然后转身面对大家朗声道："大家都知道，我们猛虎团是一支有着辉煌历史，功勋卓著的英雄部队。

"无论在红军还是在八路军和解放军的战斗序列里，这都是一支作风过硬、战无不胜、让敌人闻风丧胆的猛虎部队。现在这支部队传到了我们这些人手里，我们做得怎么样？我们团无论是军事训练、部队作风还是装备管理，甚至连食堂的伙食都在全集团军的倒数排名里。面对这面墙上镌刻着的312名烈士的英名，还有986名连姓名都没有留下的为国牺牲的先辈们,我们不感到羞愧吗?不觉得耻辱吗?看看这面带着战场硝烟和103个弹洞、沾满烈士鲜血的团旗,我们是不是有悖烈士们的期望,辜负了先辈的重托呢?当然,一个撤销小食堂的表决并不重要,重要的是我们每一名同志,是不是把自己的每一次表态都看作是为猛虎团再创一流主力贡献力量。如果有人只是为了在我这个党委副书记、代理团长面前争一点地位和发言权,甚至只是因循守旧、得过且过,不愿做出有利于部队建设的改变,那么我请你面对烈士的英名,面对我们光荣的团旗,先扪心自问,再举起你表决的手!"

他和大家一起肃然地把军帽戴回。

每个人都被陈剑锋这番话震住了。

王政委带头举起手来,他红着眼圈说:"大家请表决。同意的,请举手。"

大家的手陆续举起,常胜犹豫了一下手也举了起来。

三

新上任的猛虎团团长,反给猛虎团的主要领导们一个下马威,每位团干部心思情绪各异,但是对心高气傲、业务拔尖的副团长常胜来说,只有两个字:不服。

他憋着劲儿准备在接下来的较量中,给新团长一个"漂亮"的见面礼。

陈剑锋没有食言,党委会开完后,他就和常胜带着两个参谋来到训练场检查部队的训练情况。

他们首先来到靶场,一个连队正在进行实战条件下的射击训练。

一组战士在跑动中进行立、跪、卧三种姿势的射击。

其余官兵在后方列队观摩。

看见首长过来,带队的连长吹了一声长哨,所有的人员都停止了动作,卧倒在地的射手们也放下了武器。

连长发出指令:"全体起立!稍息!立正!"

然后跑过来敬礼报告:"团长同志,二营四连正在组织实弹射击训练,请指示!连长武军!"

陈剑锋回礼:"继续!"

四连连长响亮地回答:"是!"

陈剑锋和常胜站在靶场听四连副连长报靶,报完后,常胜故意说:"四连长,你们这个成绩不行啊,还有不及格的,丢不丢人,知道问题在哪儿吗?"

四连长响亮回答:"训练基础不扎实,临场紧张。"

常胜冷笑道:"说白了,就是战训脱节两张皮,实战训练训不起来,能打胜仗就是空话。给我拿个弹夹,换靶纸。"

说完,他大步走向射击场,拿过战士的枪,装上连长递过来的弹夹,走到了出发地,示意四连长下口令,然后用非常漂亮的技术动作,不到战士们一半时间就完成了三种姿势的射击,而且是单手射击。然后利落地检查完武器,回到了后方。

连长吹了长哨,喊副连长报靶,结果十发全中!

队列里响起了热烈的掌声!

常胜得意地看着陈剑锋,挑衅道:"怎么样?陈团长要不要打几发试试,给他们做个示范?"

陈剑锋淡定地说:"你的军事技能我在作训处就久闻大名了。我的射击成绩平均为良好,我就不献丑了。四连长,你们继续。咱们去别的训练场看看。"

走出几步,陈剑锋才单独跟常胜说:"常副团长,咱们团干部的手枪射击成绩可是在全集团军垫底的啊,我这一来又多了一个拉分的,你主管训练,得把这个成绩抓上去。"

看着陈剑锋真诚而谦虚的态度,常胜有些尴尬:"就是干部难组织,不是这个有事,就是那个有事,总组织不起来。"

陈剑锋认真地说:"你安排,我带头参加,看谁敢不来!"

走了两步,陈剑锋又说:"常副团长,就算我的手枪射击成绩比你好,那也没有多大意义,你说呢?"

常副团长答:"我是主抓训练的副团长,全团每一个人的训练成绩,都是我来负责,我的任务,就是把训练成绩抓上去。"

陈剑锋点头:"完全正确。现在,全军都在掀起实战化练兵热潮,我们两个人,一个团长,一个副团长,如果全团的战斗力搞不上去的话,就算我们两个人军事能力再强,那也是失职。"

陈剑锋说完继续往前走,留下有些迷茫的常副团长。

有了目标,就有了动力,也有了具体的工作计划。

猛虎团进行了全团实战化训练,包括体能训练,拉练,射击,枪械,坦克,困难环境下的行动……

战士们斗志昂扬,精神焕发,唱着歌:"强国复兴有我担当,胜利召唤我勇猛向前方,做新时代革命军人,战斗意志钢铁一样坚强。红色基因血脉传承,军魂指引我前进的方向,不忘初心牢记使命,永不改变是信仰的力量。请你检阅,亲爱的祖国,请你检阅,伟大的党,请你检阅,英雄的人民,一声号令,决胜疆场……"

这天,全团官兵整齐地在操场上列队,主席台上挂着大横幅,团长陈剑锋和政委王文涛站在台上,首先由王文涛讲话。

"……关于实战化训练的意义,还有目的,我就讲这么多,接下来我讲的是,陈剑锋同志担任我团的党委副书记和代理团长一个月以来,我们团的精神面貌和工作作风发生了巨大变化。我最欣赏他的一句话就是:风气不正,一事无成!风清气正,战力倍增!现在,我们要乘全团风貌变化之势,夺训练成果之实,拿下集团军比武第一,取得对抗军演的入场券,在对抗演习中如猛虎下山,踏平北漠山,打败蓝军旅!大家有信心没有?"

台下官兵齐声呐喊:"有!有!有!"

"好,下面请陈团长讲话。"

王文涛转头看陈剑锋,台下响起了热烈的掌声。

陈剑锋扫视全场,等到掌声平息,才朗声道:"同志们,我要说的是,我没有改变猛虎团,而是和大家一起,把猛虎团给找回来了。这只猛虎,打了一个不该打的盹儿,现在这只猛虎醒了,它要逞百兽之王的威风了!我还要说的是,要让战斗力标准硬起来,实起来,就看谁的思想先到达战场,不论我们的训练多艰苦、多严苛,比起我们团史上那些浴血奋战、英勇牺牲的前辈来说算得了什么?大家说是不是!"

台下:"是!"

陈剑锋长呼一口气,表情整肃地大声说道:"这才是威武的猛虎之师。现在我宣布:实战化训练开始!"

陈剑锋话音未落,集团军孔政委和师里的姚政委突然从部队后方绕了出来,远远示意不要解散部队,陈剑锋赶紧下令全团稍息立正,然后跑到孔政委面前报告:"政委同志,猛虎团正在进行实战化训练动员,请指示!"

孔政委回礼后,和姚政委在陈剑锋和王文涛的陪同下走上主席台。

孔政委看着全团官兵大声说:"刚才你们的动员会我和姚政委都听到了!开得很好,很有鼓舞作用!我和姚政委来是要宣布一个命令,再给你们加把火!姚政委,你来宣读。"

姚政委掏出一份文件大声念起来:"经军区批准,任命陈剑锋担任Ａ集团军二师猛虎团团长!"

姚政委话音刚落,队列里就响起热烈的掌声和欢呼声。

孔政委、姚政委分别和陈剑锋握手致意,说道:"陈剑锋,你终于如愿了。"眼里饱含着赞赏和鼓励。

王文涛也上前和陈剑锋紧紧握手。

孔政委再次走到台前,部队一下安静下来。

孔政委大声道:"我要特别向大家说明一点,对于一个一心谋战、执着地要来领导你们这群小老虎的团长,你们一定要给他争气!更不能给咱们集团军丢脸!同志们有信心吗?"

陈剑锋王文涛带着部队一起呐喊:"有!有!有!"

"好!集团军领导、二师的领导相信你们!"孔政委转头看陈剑锋:"陈团长,你也表个态吧。"

陈剑锋大声道:"好,我表个态!不拿到集团军比武的第一名,不在对抗演习中战胜不可一世的蓝军,我就不离开猛虎团!"

部队里欢呼声骤起。

四

陈剑锋在军、师两级政委面前,在全团官兵面前立下军令状后,立刻带领猛虎团投入紧张、艰苦的实战化训练中。

所有的团干部都下到基层连队参与强训、督促。

轮式步战车训练场上,几辆车正在竞逐疾驰。常胜掐着秒表在旁边计算着每辆车的通过时间。

武装越野,陈剑锋汗流浃背带队跑在山野的小路上,到处都是"快,再快""加油"的喊声。

侦察兵的捕俘格斗训练正在进行,团参谋长正在现场检查指导。

王文涛在野外监督无线电兵的收发报训练,电话班就在附近进行收放线训练。

卫生队和各连的卫生员进行战伤救治演练。

后勤处长带领油料保障分队进行战场油料保障训练。

各单位炊事班进行野外炊事训练。

高炮分队正在针对无人机进行防空训练。

帐篷搭建的指挥室里,陈剑锋正在组织各分队主官进行沙盘推演的指挥训练。

陈剑锋冷静而忧虑地说:"我最关心的,是通信分队的情况,蓝军旅之所以战无不胜,就在于他们充分利用电子战优势干扰了红军的通信指挥系统。"

王文涛沉吟着说:"团直的训练是我分管的,确实如你所说还存在着不少短板。通信班有个士兵的情况也比较特殊……"

陈剑锋接口道:"就是那个王梓鑫吧?"

对于全团的人和事,他现在已经非常了解。

王文涛说:"对,就是他,班里都叫他王子。父亲是做生意的,家里很有钱。父亲对他是平时不管不问,急了就打骂,母亲对他是娇惯放纵。后来他在社会上不断惹事,家里一狠心就把他送到部队来锻炼锻炼,人家是抱定了在部队混两年就回家……"

陈剑锋问:"他的训练成绩好像就是及格?"

王文涛遗憾地摇头:"他是故意的。这小伙子很灵光,体力也好,学什么都挺快,摩托车、汽车都会开,尤其是摩托车能开出许多特技动作。他要真想拿个好训练成绩一定是手到擒来。"

陈剑锋再问:"他摩托车开得好?"

王文涛答:"没错,还会修理,有空就往通信班跑,去鼓捣摩托车。"

参谋长补充说:"对了,还会玩无人机,操作技术十分娴熟。"

陈剑锋笑:"优点还挺多,但是怎么把这些优点给发挥出来?"

王文涛说:"他倒是几次提出,想去侦察分队。我琢磨着,与其让他在部队混日子,不如调他去侦察分队,侦察排长还挺喜欢他的。"

陈剑锋沉吟着说:"这小子还挺有想法。侦察分队……但是,不能就这么调过去,这么调过去,把他惯坏了,得摔打摔打。既然他的表现都影响到了连里的工作,就值得重视了。开会吧,开完会我去会会他。"

陈剑锋到通信班找到王梓鑫,立刻猜他是跟女友闹矛盾了。

王梓鑫兴奋地说:"团长,还真的让您猜着了。是这样啊,我爸说我呢,我无所谓,反正从小到大呢,见了面不是打我,就是骂我。但是最近,我女朋友天天来烦我,我很奇怪,还有我妈最关键的,她帮我女朋友说话,那她到底是我妈还是她妈?"

陈剑锋淡淡笑道:"你这都是些小事,不重要。重要的是,我来跟你说一下,我的事情。"

王梓鑫奇怪地问:"团长大人,还能有事来求我呢? 行,那您说,只要我能做到的,绝不含糊。"

陈剑锋站起身："这样，我呢，知道你精神不好，身体欠佳，我批准你睡三个月的床板，演习训练你都不要去了，你就踏踏实实地在卫生队找个地方住着。我算你伤病减员，这样既不影响你们班的成绩，我也不用担心你们班的问题，这个你总能做到吧？"

王梓鑫一呆，猛地站起："那可不行。"

陈剑锋问："怎么不行了？"

王梓鑫为难地说："团长，压三个月的床板，那多无聊啊，闷都得把我闷死。再说，我就在部队两年，好不容易赶上一次军演，您再不让我去，我回家多没面子啊。"

陈剑锋无所谓地说："瞎吹吧。就说你去了，反正他们也不知道。"

王梓鑫赶紧摆手："不成不成，我这儿老乡战友太多了，一吹就爆。"

陈剑锋表情认真起来："王梓鑫，那我也没有办法了，这个训练成绩搞不上去，只能眼看着别的团去演习，我们全团都得留守啊，如果你是我，你怎么办？"

王梓鑫戴好军帽："我明白了，团长，您这是逼着我提高训练成绩。行，那您瞧好，一个月，一个月之内，我把所有的科目，都拿个优秀回来，要是做不到，你把我名字画了，在后面加个一撇一捺。"

陈剑锋装作怀疑地问："你这话可信吗？我能信吗？"

王梓鑫有些气馁："您不相信我？"

陈剑锋答："不是信不信的问题。这眼见为实，耳听为虚，明白吗？"

王梓鑫抓起皮带，指外面："团长，这就让您见识见识。"

陈剑锋叫住他："等一下，如果你把这个训练成绩搞上去，我答应你两件事：第一，我保证你的女朋友、你的爸爸妈妈都说你的好话，而且不烦你；这第二件嘛，我送你一份大礼。"

王梓鑫好奇地问："什么大礼？"

陈剑锋不答："这个暂时保密。你要拿这份大礼呢，是有条件的，你得真心地为军人的荣誉而战，不能为了赌口气才好好训练，去吧。"

王梓鑫敬礼，响亮地回答："是。"

陈剑锋跟王文涛一边走进会议室一边说："最近，有不少的新战士脱颖而出，时代变了，对象变了，我们的政治思想教育必须跟着变。我建议团里统一给个嘉奖，让政治处把这些嘉奖直接通知战士的父母，同时呢，让宣传股的同志给每一个战士拍一组训练的实景相片，记住，一定要血性威武，如果是一身土一身泥那更好，就直接给寄到家里去。"

王文涛一边坐下一边答道:"好,马上安排。"

这个意见立刻得到了执行。半个月后,陈剑锋等几个团干部正在检查各部队的队列训练,通信分队的王梓鑫看见团长立刻向班长报告:"我找团长有事。"

得到班长批准后,他跑到几个团干部面前敬礼:"报告团长,我,我想找您说几句话。"

陈剑锋同意后,王梓鑫眼泪都要下来了,哽咽着说:"全变了,全让您给改变了……"

陈剑锋示意他冷静:"好好说,什么变了?"

王梓鑫平静一下说起来:"从小到大我爸就没说过我一句好话,但是这次收到我的嘉奖令和照片,居然说我,说我是他的好儿子,棒儿子!说他高兴得一晚上没睡着,我妈也变了,一直不愿意让我当兵,现在说还是部队好。还有我的女朋友,她说要和……"

说到这儿王梓鑫笑了:"团长,悄悄话咱们不说了,她说她的同学和闺蜜都羡慕她有个英武的军人男友,她为我感到自豪骄傲……还有班里,跟同志们的关系都搞好了,您太神了,团长。您说吧,团长,还有什么事情要让我做,我全力以赴。"

陈剑锋点点头,问:"您的话说完了?"

王梓鑫答:"完了。"

陈剑锋大声说:"王梓鑫,一撇一捺,可以是个'八'字,但也可以是个'人'字,要想得到别人的尊重,首先,你必须付出艰辛的努力,明白了吗?一时不明白没有关系,回去好好想想。入列。"

王梓鑫大声应道:"是。"

王梓鑫敬礼,跑回队列,喃喃念道:"受人尊重的人。"

王文涛说:"进步挺大,这个王梓鑫有意思。老陈,你看,你的目的达到了。"

陈剑锋点头:"现在,我觉得可以把他调到侦察分队,让侦察排长好好调教调教,把他的优势给发挥出来。这么着,调动的时候跟军务股说一下,这个就是我送给他的大礼。"

两个月后的一天晚上,部队正在夜训,跪姿射击、卧姿射击、立姿射击,常胜提着一份文档兴冲冲地走进帐篷,大声道:"全团各分队成绩出来了啊。"

陈剑锋立刻问:"结果怎么样?"

常胜一边喘着气,一边故意慢吞吞地说:"这个,这个……"

王文涛担心地问:"是不是不理想啊?"

常胜这才说:"先告诉大家,各分队全部达标,没有一个不及格的。"

大家都鼓起掌来。

常胜话音突然一转:"但是啊,就是这个优良率吗,差了一点儿……"

大家急忙问:"差了多少?""军里能排第几?"

常胜装作生气的样子说:"你说咱们,大家辛辛苦苦没日没夜地折腾了仨月,优秀率……哎……就怎么差那么一点……怎么就差8.2,要不就百分之百了!"

陈剑锋问:"那就是说咱们的优秀率是91.8了?"

常胜得意地点头,王文涛高兴地说:"91.8?这个成绩在军里稳拿第一了!"

大家都再次高兴起来。

常胜起身端起茶杯:"我还想拿百分之百!团长也不让喝酒,咱们就碰个茶杯吧!"

"干一杯!"

"来来来,咱们一块儿干一杯。"

大家一起端起茶杯捧杯庆祝。

五

全军比武载誉归来。

团长陈剑锋和政委王文涛一人一只手擎着旗帜,另一只手扶着护杠,站在敞篷越野车上,向着猛虎团营区的大门飞驰,绣着"优胜"大字的红旗,在疾风中猎猎招展。

两位主官的脸上都带着自豪的微笑!

营区大门内,道路两旁猛虎团的官兵们已经在团首长的带领下列队迎接。

一个参谋跑进来向常胜报告,常胜一挥手,锣鼓队敲响了欢快的鼓点,官兵们挥舞着手中的猛虎团小旗欢呼起来。

越野车驶入了大门,卫兵持枪敬礼,欢呼声和锣鼓声的音量又上了一个台阶。

越野车停在了路中央,陈剑锋扫视众人大声道:"这面旗帜是全团官兵用成吨的汗水换来的,是对我们前一阶段训练成果的奖励和肯定!但这只是一张入场券,大家说,下一阶段我们的任务是什么?"

全团整齐地高喊:"踏平北漠山!打败蓝军旅!踏平北漠山!打败蓝军旅!"

这是陈剑锋经常向全团灌输的目标,也是全团前进的方向,同时,也是猛虎团下一次要面对的比武,大比武。

他刚刚接到了他一直期待的任务,与蓝军对抗。

几乎在同时,蓝军也接到通知。

蓝军旅长冯骏立刻在北漠山蓝军指挥部召开会议。

冯骏表情严肃地对所有蓝军指战员说道："坚石，才能磨出利刃，只有我们蓝军这块磨刀石够硬够狠，才能逼出能征善战的红军部队。我们下一阶段的对手确定了，就是A集团军的猛虎团，团长是陈剑锋。他周密仔细，指挥能力一流，是一个不容忽视的对手。按照演习要求，A集团军会给猛虎团加强炮装工防空等部队，加强后其兵力大于我方，火力也比我们强。目前猛虎团经过实战化整训，军事技能和士气都处于历史高点，猛虎团来者不善啊。"

猛虎团自然不会闲着。

越野比武获得优胜的喜悦还没有消失，就立刻投入紧张的备战，猛虎团团部会议室里挤满了人，全团连以上的军官都到了。

会议室中央是一个巨大的北漠山地形沙盘。

陈剑锋正在讲话："蓝军的第一个特点就是地形熟悉，对他们来说北漠山就是自己家的院子。为了弥补我们的短板，司令部制作了这个沙盘，我要求全团每一个干部都要把这个沙盘对照地图印在脑子里。第二，是对方的电子对抗能力仍然强于我方，他们一定会依靠这个优势，干扰我们的通信和侦测系统。我们除了要加强通信和侦测分队的抗干扰及电子对抗的能力，还要做好准备利用传统的通信侦测手段，应对不利情况的发生。"

蓝军指挥部。

冯骏继续说："我们今天开会就是分析红军这支部队的弱点，大到武器装备的弱项、战术的短板，细到每个指挥员的性格、特点、习惯，都要分析到。"

红军指挥部。

陈剑锋说："第三，蓝军的空中支援仍然强于我们，这可是他们不得不利用的优势，所以，我们必须布置严密的防空网，地面的突击部队没有把握，不能脱离防空网冒进。第四，别看蓝方用的是59坦克，但他们模拟的是外军的先进型号，导演部规定，我们被击中一发就完蛋，他们被命中两发才算损毁，所以我们的各种反坦克火力都要加强，练习先敌开火、连续射击的能力。"

蓝军指挥部。

沈副参谋长说："目前我所知道的红军弱点有两个：一是他们的防空武器射程有限，控制的空域范围小，只要想办法让他们的部队脱离防空武器的掩护就可以充分发挥我们的空中优势。二是他们的副团长常胜，这个人我认识，有点恃才傲物，喜欢自行其是，这是可以利用的性格弱点……"

红军指挥部。

陈剑锋转头问常胜："常副团长,你那个针对蓝军坦克的新战术训练进展如何?"

常副团长自信地回答："四个字:效果非凡!"

陈剑锋满意地点头,常副团长继续说："咱们的坦克营都掌握了。现在甭管蓝军模拟的是什么先进坦克,遇到我们那就是卤水点豆腐!坦克对坦克我们绝对干翻他们!"

陈剑锋得到肯定的回答后笑道："不能骄傲啊。"

针锋相对的战前准备动员、分析策划后,立刻进入剑拔弩张的正式对抗。

两军进入预设阵地,战斗拉开序幕。

作为地主,蓝军以逸待劳,旅长冯骏、沈副参谋长好整以暇地在指挥部指挥作战。

一个参谋报告："报告!前方1号灵猫小组报告,红方部队已经前进到1号地域。共有六路纵队,成战术队形前进,纵队间有防空火力伴随掩护,车辆上都有单兵防空导弹手警戒。他们没有走草原。"

冯骏听完报告思考着。

沈副参谋长说："这个陈剑锋,果然出手不凡。他避开既有道路,我们预设的火力袭击点就失效了。老冯,还要不要发动一次空中打击?"

冯骏沉吟一下说："算了,陈剑锋有备而来,防空火力都布置好了,我们出动空军得不偿失。等天黑先给他们上第一道菜。"

只是一道小菜。

晚上,蓝军的一个灵猫小组三个人躲在一个构筑巧妙的地窝子里举着夜视器材向外观察。这个地窝子从外面看就是一个长满蓬蓬草的小土包。

一辆吉普车开过来,几个红军的侦察员停车下来掏出夜视望远镜观察前方路况。

一会儿,红军的侦察参谋下令："一班长,你留下继续观察,前方接近敌人防区了,你们要小心。我回去汇报。"

红军侦察参谋带着两个人开车走了。

红军的三个人又观察了一会儿上了摩托车,刚要启动,蓝军的两个灵猫组六个人从两侧突然冲出来拿枪对准了红军的三个侦察兵。

这道"小菜"立刻传回蓝军指挥部,参谋立刻向旅长报告："收到灵猫3组和4组传来的文字信息,对方的三个侦察兵已经回去报平安了,剩下的三个被我军俘获。"

冯骏满意地点头："好!命令部队按计划出击。"

欺骗战术已经成功。

红军的指挥部外,正在询问口令:

"野火？"

"燎原。"

"通过。"

侦察排长带着几个身着牧民服装的战士进来，询问正在对着地图思考的陈剑锋："虎一，我们已经准备好了，是不是立即出发？"

陈剑锋依然在看图，说："王梓鑫留下。"

侦察排长一愕，说："王梓鑫驾驶技术好，又会维修……"

陈剑锋冷冷地说："服从命令。"

侦察排长只好答道："是。"

陈剑锋让他们围过来，指着打印出来的一张卫星照片："这个地区，这里就是蓝军的陆航基地，你们一定要找准位置，记住了吗？"

几个侦察员都从兜里掏出地图将目标位置标上，一起回答："清楚了！"

陈剑锋看着他们，命令道："头脑一定要清醒，你们带上火箭筒、自动榴弹发射器，骑上那几辆民用型号的摩托出发，想办法绕到蓝军后方，找到这个基地就下手，明天下午三点以前干掉它！"

侦察排长和侦察员一起回答："保证完成任务。"

刚刚送走侦察员们，集结地周围就响起了枪声和爆炸声，还夹杂着蓝军用扩音器发出的呼喊声："红军弟兄们，你们被包围了，赶快投降吧！"

参谋长紧张地说："团长，是不是蓝军主动出击了？以前他们也这么干过。"

王文涛也有些紧张地看着团长。

陈剑锋淡淡地说："蓝军出击不会喊话通知我们，炮火早就过来了。我们派出去的侦察兵没有报告蓝方的装甲集群过来。用轻步兵跟我决战？冯骏没那么愚蠢，这是袭扰，我有办法对付他们。张参谋，你去测一次风向风速。"

常胜一边进来一边嚷道："这个冯骏，在咱们周围藏了多少地老鼠？清都清不干净。我一派部队出去他们就躲起来，都是多年修筑的地窝子，没法整。"

陈剑锋问他部队准备情况，常胜回答随时可以出发，张参谋在外面大声报告："报告虎一，风向南风，风速每秒两到三米。"

陈剑锋叫道："太好了！虎三，按原定计划放火。"

常胜又惊又佩，问："虎一，还真烧啊？别惹上大麻烦啊。"

陈剑锋信心满满地说："防火带我早就了解清楚了，不会烧到牧民的牧场。这个风速也合适,不会让那些地老鼠跑掉！四个小时后,前进道路一定干干净净。通知部队,四个小时后出发！"

常胜一把拉住他:"我劝你啊,还是再考虑考虑。"

陈剑锋坚决地说:"演习就是打仗,出什么问题,我一人承担。"

常胜摊开双手争辩道:"这不是谁担责任的事……"

王文涛过来拍他,常胜只能住口,立正说:"行,我服从命令。"

说完,他转身出帐篷去了。

陈剑锋转过头,看着担忧的王文涛,淡淡地说:"通知部队做好准备。一个半小时以后叫醒我。"

他走向行军床睡觉。

蓝军指挥部。

参谋过来报告:"报告旅长,自行火焰分队已经就位,诸元标定完成,工兵分队,已经到达指定位置开始作业。"

"通知工兵作业位置的灵猫小组,一发现红军,立刻指示目标,引导火力覆盖,观察到火力摧毁红军的防空兵器后,引导陆航再发起一轮打击。"

参谋答"是",敬礼出去。

冯骏抬起头,看着大屏幕上的态势图,喃喃说:"对不起啊,陈剑锋,就这一招,让你彻底丧失进攻能力。"

命令传达下去,火立刻放起。

红军用扩音器在喊话:"蓝军兄弟们,你们快跑吧,火烧屁股了。"

蓝军愤怒地大叫道:"红军,你们太过分了,你们真放火呀！"

蓝军一看情势不对,只得从藏身的地窝子里逃出来,一边回骂,一边逃跑。红军配合地用扩音器唱起了送别歌曲,而指挥部里的猛虎团团长根本不受这一切打扰,在行军床上沉沉地睡着。

六

清除了"老鼠"后,陈剑锋指挥部队从容推进。

一道壕沟拦住了部队的去路,陈剑锋从指挥车走下车子。常胜和侦察参谋已经在那里了。

陈剑锋仔细察看地形地势,问:"你们过来侦察的时候,有这道壕沟吗?"

侦察参谋答:"没有。我留下的三个人,也都失去联系。"

常胜感叹说:"蓝军的工程机械,真是厉害,这么短的时间,就挖了这么长的一条大沟。"

陈剑锋略一思考立刻叫道:"不好!可能有火力袭击,马上命令部队疏散隐蔽!走,立刻离开这里!"

陈剑锋说着向路边的低洼地方快步走去。

指挥车上的步话机员立刻对着步话机喊:"各单位注意,各单位注意,虎一命令部队立刻疏散隐蔽,防止敌人炮击,完毕。"

常胜不太情愿地勉强跟着,不解地嚷道:"你怎么就能判断蓝军要火力袭击?就凭一道沟?"

这边话音未落,通信排长跑过来报告:"报告虎一,我们监听到了蓝方的明语通话,他们在前方布置的火力打击部队遇到了野火,紧急撤退了。"

陈剑锋问:"可靠吗?"

侦察参谋答:"蓝军为了保密,都是用加密的文字传输机进行传送,野火烧过去后,他们就急了,直接采用了明语通话。我们能听出来,他们十分慌乱。"

陈剑锋命令道:"命令防空部队,立刻加强警戒。李参谋,你派人到前面侦察一下。"

陈剑锋布置完这些,然后才向常胜解释:"这壕沟是他们趁我们的侦察兵回来汇报的时候悄悄挖的,费这么大的周折就是为了把我们迟滞在这里一两个小时,没有战术意义?空袭?他们忌惮我们的防空武器。最后只有一个可能就是在前方布置了火力打击分队,趁我们停滞在壕沟前,给我们一个致命打击。"

常胜又是惭愧又是高兴地说:"看来你这把火还烧对了?行啊,我的团长!"

虽然是阴差阳错地破坏了蓝军的伏击计划,虚惊一场,红军还是警惕了起来。

几位主官再次在前沿指挥部围在作战地图前讨论。陈剑锋下达命令:"我决定,参谋长带领坦克营一营和修理连人员组成的假三营,布置在右翼,佯动,调动冯骏的机动部队到我方右翼。真三营以后勤保障分队的名义部署在中央偏左位置。摩步一营、二营加上团炮兵营,师炮团二营,以强大的火力正面进攻,压缩蓝军的防御空间。等我方的渗透小分队摧毁蓝军陆航机场后,右翼的坦克营发起进攻缠住蓝军的机动部队,强化蓝军对我方将在右翼突破的认识。等他的左翼或中央防线上出现防御薄弱环节时,隐蔽待机的真三营立即发动进攻,实施突破,对他的一线部队实施围歼。而后向蓝方纵深发展,协助坦克营围歼蓝方的机动装甲部队,最后占领目标阵地,255高地。"

接到任务的各指战员一一响亮应道。

常胜听着任务布置,脸色越来越阴郁,忍不住问:"虎一,我的任务是什么?"

陈剑锋答道:"你的任务是协助我在团指指挥一营、二营的进攻,以及三营的最后突破。"

常胜不满地争辩道:"虎一,我觉得你这个安排不合理。参谋长才应该留在团指协助你指挥,右翼应该是副团长的位置。再说我就是从坦克营一营营长的位置上调来当副团长的,老部队我熟啊。"

陈剑锋有点犹豫,常胜断然道:"别磨叽了,要不你就来个名正言顺,让参谋长当副团长,我当参谋长,留下来协助你指挥,怎么样?"

陈剑锋也很快决断:"好,你去右翼,参谋长留下。但必须注意两点:第一,一定要等团指确认敌方的陆航基地被干掉之后再发起进攻。第二,发起进攻后主要目的是缠住对方,等其他方向取得决定性进展的时候再发起最后总攻。"

常胜兴奋地说:"知道了,我的虎一首长。"

蓝军这边陷入短暂的犹豫。

昨晚计划的伏击没有成功,红军快速推动,趁着夜间急行到达攻击位置,对蓝军形成了强烈的压迫,冯骏和沈副参谋长正在研究敌情。

参谋长报告最新敌情:"各战场感知系统的综合分析结果出来了。红军把坦克营和三营摆在了右翼,一直没有动作。其一营、二营在两个炮兵营的火力支援下正在向我一线部队发动猛烈攻击。红方的主攻方向明显是在右翼。"

冯骏扭头问:"那个常胜在哪个指挥位置上?"

参谋长指着地图说:"目前的分析他是在右翼指挥,一营是他的老部队,三营也是他抓训练的重点单位,这个安排合情合理。"

冯骏猛然握拳说:"我们的机会来了。让我们的机动装甲集群对他的右翼发动进攻。"

参谋长问:"这不是顶牛吗?"

冯骏对一脸疑惑的两位参谋长说:"对啊,做出一副找常胜决战的样子。战斗进行到胶着状态时,我们对红方的通信实施干扰,利用短暂的干扰间歇冒充红军团指给常胜下一个命令,就说红军在中央战线突破了蓝方的防御,让常胜全力进攻,阻止蓝军的装甲集群回援。然后我们让装甲集群回撤,引诱常胜脱离防空网追击,用陆航歼灭他!"

沈副参谋长略一思忖,赞道:"太棒了,我同意这个计划,以常胜那个脾气谁也挡不住他乘胜追击!"

参谋长也明白过来:"打掉了他们的坦克营和三营,我们就取得了战场主动,装甲集群返回来一个左勾拳从他们的右翼包抄过去,取得彻底胜利!"

冯骏淡淡地说:"执行吧。"

红军不知道一张大网已经撒了下来。

陈剑锋还在指挥部里问侦察参谋敌方左翼的装甲集群有什么动向,侦察参谋说敌方还是按兵不动。

陈剑锋正在疑惑蓝军正面都这么紧张了,冯骏怎么还是不肯动用机动力量。

正在这时,参谋报告:"报告虎一,我方右翼呼叫。"

陈剑锋接过电话:"虎三,什么情况?"

常胜在坦克中大声道:"敌方的坦克倾巢出动,向我们发起了大规模的进攻,我终于等到跟他们坦克对战的机会了……"

陈剑锋一听,立刻打断他的话:"你的任务是顶住,千万不要……"

信号却在这时中断,蓝军的无线干扰开始了,所有的频道都被乱七八糟的声音阻塞,陈剑锋让通信员再呼叫右翼,通信员立刻呼叫:"虎牙,虎牙,我是二虎,听到请回答……"

连续多次呼叫,没有回应,通信员只得向陈剑锋报告:"报告,我方无线通信受到强力干扰,通信中断。"

陈剑锋命令道:"改变频道,继续呼叫。"

通信员立刻执行,然后报告:"报告,所有的频道都被干扰,蓝军的干扰设备功率太大,我们无法压制。"

陈剑锋无奈,只得使用他准备的最后一招,命令道:"快,派摩托通信员,给他们送信,告诉他们,一定要坚守,千万不要出击。"

摩托通信员立刻出发,骑着越野摩托疾驰在原野上,爬坡跃坎,呼啸前行。

蓝军在干扰了红军团指挥部的电子通信后,开始实施诱敌计划。

首先抛出几辆坦克损毁在常胜的新战术下,然后装作后撤,准备脱离红军,引诱红军追击,同时通过伪造的团指挥部指令,告诉常胜红军正面突破了蓝军防线,让他们配合进攻。

常胜不疑有他,指挥全力追击。

情报传回蓝军指挥部,冯骏高兴地叫了一声:"好。命令,电子战部队执行诈骗计划,通知沈副参谋长,带领陆航随时准备出击。"

冯骏用指挥鞭一下把沙盘中代表常胜坦克部队的坦克模型挑翻。

这个时候,常胜率领坦克部队正在大展雄风。

负责观察敌情的坦克车长向他兴奋地报告:"虎三,我们用最新战术,干掉了蓝军三辆坦克。"

常胜大声表扬道:"打得好。蓝军的先进坦克,也不过如此嘛。我们的损失呢?"

车长一边观察一边回答:"三辆。三比三,咱们划算。"

常胜心气很高地说:"我觉得不划算。你们还要打得再巧妙一点。记住,一定要及时地放烟雾,避免被击毁。"

车长又报告:"虎三,我们发现蓝军正在后撤。"

常胜大声问:"打了三辆就后撤吗? 看清楚了吗?"

车长答:"我看清楚了,他们正在后撤,马上就要脱离接触了。"

常胜正在考虑,车长又报告:"虎三,团指接触了。"

常胜立刻命令:"切过来。"

车长在那边大叫:"不好,又中断了。我断断续续听到团指说,我们正面突破了蓝军防线,让我们配合进攻。"

常胜立刻呼叫:"虎一虎一,我是虎三,我是虎三,收到请回答。"

连续呼叫没有应答,常胜看表,说:"这就对了,我就说啊,打了三辆蓝军就撤退。两点三十五分,摩托车部队也应该得手了。"

下了决心,常胜接通一营长命令道:"一营长,追击逃敌。"

常胜和坦克部队开始大举进攻,脱离红军防空力量的保护。

红军指挥所里,一向沉着冷静的陈剑锋意识到了冯骏的陷阱,也有点着急了,手里攥着一个民用的对讲机,来回踱步。

通信参谋建议说:"虎一,我们要不要通过接力站呼叫渗透小队?"

陈剑锋摇头否决:"不,这个频道不能轻易使用,一旦用了,很可能第一次使用就是最后一次。"

突然,对讲机里传来侦察排长模仿的当地口音:"憨哥,你的牛额给你寻到了。"

陈剑锋也是当地口音:"三娃,赶紧给额抓回来嘛,额急着呢。"

侦察排长说:"放心,马上给你抓回来! 哎呀,不好了,牛咋又跑了呢。咋办呢?"

陈剑锋思考两秒:"这些疯牛,就该饿死、渴死,看它们还咋跑。"

侦察排长回道："憨哥，放心了哇！草料饮水额都能管饱！"

陈剑锋放下对讲机立即说："蓝军的陆航出动了，常副团长凶多吉少。我已经命令渗透分队打掉蓝军陆航基地的油料和弹药库。我决定不跟着冯骏的节奏走，命令三营从左翼发起进攻，也给蓝军来一个左勾拳。跟他来个对攻！参谋长，我给你一个火箭炮连，和王梓鑫的无人机小组，利用无人机的远程定位，找一个有利地形，挡住蓝军装甲群的进攻，保证我方右翼安全。"

参谋长响亮地应道："是！坚决完成任务！"

常胜和红军的坦克部队掉入陷阱，蓝军的陆航扑来，展开一边倒的"屠杀"，红军坦克纷纷在空中打击下损毁。

参谋向冯骏报告："旅长，陆航虽然歼灭了红军右翼装甲群全部有生力量，但陆航基地的油料和弹药库都被红军化装成牧民的小分队摧毁了。陆航已经没有能力支援前方战场。还有，陈剑锋把他的主力三营藏在了左翼，现在正向我们右翼发起猛烈进攻，突破了我们一线防御，正在向我们的纵深发展。我们的正面部队面临着被前后夹击的危险。"

蓝军指挥部里，所有的人都表情严峻。

冯骏问："我们的装甲集群的左勾拳进展如何？"

参谋长答："进展顺利。我们应该能够抢在陈剑锋之前，包抄到红军后方打垮他们。"

冯骏叹了口气："现在就看谁快了。"

参谋长说："他们摩步营没法和我们装甲营的进攻速度相比。"

冯骏表情严峻地沉思着。

摩托车疾驰在戈壁上，越过深沟，一会儿又在沟底跳跃着前行，最后到达目的地，摩托车手把摩托停下，从背包里取出无人机开始俯瞰整个战场，然后报告："虎一，正北方向五百米，两辆坦克正在集结。虎二，正西方向八百米，三辆装甲运输车，两辆59式坦克，正在向东行驶。"

红军的火箭炮立刻做出反应，按照指引将这些目标摧毁。

情况立刻传回蓝军指挥部，参谋长报告："旅长，我方左翼装甲群，突然受到红军准确炮火拦截，五辆被判损毁。为避免损失，我已命令装甲群后撤至安全地带，是否重新组织后再次发起进攻？"

冯骏沿着沙盘踱步沉思，然后走到沙盘前认真盯着，指挥部里所有的人都安静下来，时间嘀嘀嗒嗒地过去，冯骏终于抬起头来，指着刚在地图上画下的一条线，眼神坚定地下达指令："我命令，部队交替掩护撤退。在这一线构筑新的防线！"

所有人都肃立,参谋长问:"255高地也要放弃吗?"

冯骏干脆有力地答:"放弃!"

参谋长迟疑一下又问:"那我们不是等于认输了吗?"

冯骏平静地说:"如果从演习的胜负出发我们完全可以顽抗到底,去争取一个鱼死网破的平局。但实战不是这样打的,只要有生力量还在,我们就有翻盘的机会!执行吧!"

所有的人响亮地回答:"是!"

对抗结束。

七

紧接着,对抗双方主官和总指挥在导调部会议室举行总结会议。

导调部总指挥是一位中将,坐在那里沉思。

导调部以两位副总指挥是一位少将、一位大校为代表分成了两派。

少将说:"红方的胜利是无可置疑的,他们突破了蓝军防线,打掉了蓝方的陆航基地,占领了目标高地255,我看不出有什么理由要否定红方的胜利。蓝方虽然是主动撤退,那也是为了避免被'全歼'的命运,应该视同败退。"

大校认真地说:"我有不同意见。导调部给红军下达的作战指令是突破蓝方防线,歼灭其有生力量,占领255主阵地。红军在歼灭蓝军有生力量这一点上没有做到。"

少将反驳:"照你的说法,蓝军演习一开始就跑掉,红军就无法胜利了?"

大校强调:"蓝军是有序撤退,并没有跑掉,并且在后方重新建立了防线。他们迅速为陆航部队补充了弹药和油料。装甲集群也做好了出击的准备。要不是导调部宣布演习结束,蓝军有可能成功反击夺回255高地。"

少将笑道:"既然导调部已经宣布了演习结束,我们就只能以那个时间点来判断胜负,否则我们的演习就要无休止地进行下去了。"

大校依然坚持:"我不能同意。我们演习是为了提高实战能力,判定胜负也要从实战出发……"

少将说:"我看我们没有必要再争论下去,让总导演来做结论吧,我服从总导演。"

大校说:"我同意。"

主持人请总指挥张副司令员,张副司令员说:"我想听听红蓝双方两位主官的意见。陈剑锋,你先说。"

陈剑锋站起,响亮地答"是",在所有人认为陈剑锋要为自己争取胜利而争论时,这位猛虎团团长脸上露出痛苦之色,沉重而缓慢地说:"我同意判红方败。"

所有的人都惊住了,都一齐盯着他,陈剑锋镇静地继续说:"第一,导演部规定的三项任务中,歼灭蓝方的有生力量应当是最重要的一步,但是我们没有完成。第二,在作战中,我犯了严重的指挥错误,造成一营和我们以勤杂分队假扮的三营几乎全军覆没,战损远大于蓝方。第三,我仔细研究了蓝方新建立的防线,十分合理,且对255高地形成了致命威胁,再打下去蓝方有很大的可能性夺回255高地。我们天天讲实战化训练,但要解决深层次矛盾问题,就需要一场大开大合的彻底改革,这次演习,从实战的角度去分析,红方并未取得完胜。如果判红方赢的话,对一切为了打仗、为了打胜仗的军队来说,没有好处。我的话完了。"

在座军人议论纷纷,不住点头。

没等任何人再做发言,张副司令员一锤定音:此次对抗,蓝军胜。

猛虎团归队,集团军首长第一时间把陈剑锋单独召到办公室。一进门,赵军长就发火斥道:"打破蓝军的常胜纪录,这是多大的荣誉,你知道吗?在全军的影响有多大,你知道吗?你说话啊!"

陈剑锋手里端着帽子,昂着头站在办公桌前,大声道:"知道!"

赵军长更加生气:"你知道还把胜利推出去,推给谁?推给蓝军?还嫌他们的胜利不够多?我不是不赞成实战化演练,要盯着问题找差距,事后回来复盘啊讲评啊,尽可能地挑毛病我都赞成,可你为什么要在导调部的裁判会上讲那么一番话?本来导调部是要把胜利给我们的,就是因为你那一番话,全变了。是,张副司令员表扬了你,说你不求荣誉求战力,二师党委本打算这次演习打赢了蓝军之后调你到师机关工作,现在好了,全黄了。你是真给我争气啊!"

他站起来指着陈剑锋:"我说你……唉。"

赵军长转过身又转过来,缓缓道:"军委正在酝酿一个大动作,估计还会有不少干部离开部队,也会有不少部队的番号要撤销。你是咱们重点培养的年轻干部,可是你在团级上耗着,我替你担心啊。"

他走出座位,走到陈剑锋身边,缓慢地说:"我相信,随着我们风气的改善,对你这样一心想着强军打胜仗的军人越来越有利。但现实是无情的……我担心有一天我要给你压担子,却不知道,不知道上哪去找你了……"

陈剑锋的眼睛湿润了。

赵军长振作一下精神："好了,好好干,我们就是一个心思,在祖国需要的时候,拉出去,就能打胜仗!"

陈剑锋戴上帽子庄严地给赵军长敬了一个礼,坚定地回答:"是!"

北漠山演习的失利,让陈剑锋刻骨铭心地认识到这支军队已经走到了一个关键的十字路口,不改革是打不了仗,打不了胜仗的。就在这时,一场新中国成立以来,最为广泛、最为深刻的国防和军队改革拉开大幕,这场史无前例的军队改革,推进力度之大,触及利益之深,影响范围之广,在人民军队历史上几乎前所未有……

猛虎团内也掀起了巨大波澜。一些传言在涌动,一些同志的思想发生动摇,陈剑锋和王文涛及时召开了干部扩大会议,坚定思想,树立决心,深刻认识军改的伟大意义,正确面对岗位调整安排,谁知道会议一开始,大家就纷纷发言,坦陈心中的忧虑。

副政委说:"军改期间呢,所有的干部调整都停了,团长、政委,你二位受到的影响是最大的。两年了,你们把猛虎团重新带回巅峰,功不可没呀。我听说,要不是军改,二位的师职任命可就下来了。"

王政委说:"军改的力度这么大,体制编制的变化是空前的,部队调整部署也是改革所需,我觉得,还是应该多看看军改的伟大意义,少从个人的角度去理解。"

常胜反驳道:"王政委,我的看法正好跟你相反。军改的意义越伟大,我就越要从个人的角度去考虑问题,这么伟大的军改谁不想参与其中？问题是你能吗？裁军主要裁的就是干部。陈团长,我知道你对合成旅的编制推崇备至,当上陆军合成旅的旅长恐怕是你目前的巅峰目标了。但是,师、团撤销改旅,多出来的副师职都安排不过来,你觉得能让你当合成旅旅长吗？我想听听你的看法。"

陈剑锋依然沉默不语,但看得出来他心里也在翻腾。

政治处主任解围说:"团长着啥急？团长家里那个,说不定啊早就给团长安排好了。"

大家都看看陈剑锋,陈剑锋只好开口:"大家接着说,目标别都在我这里,我的想法会跟大家交流的。"

大家都开始沉默不语,似乎在各想各的心事。

保障处处长忍不住了:"团长、政委,那我们团调整移换的事怎么办？"

副政委说:"军长要到陆军去任职,他能把自己的心头肉割给别的部队？团长,你跟军长认识,说得上话,你就帮着打听打听啊,咱们军在这里驻防了四十年了,绝大部分的干部家属都在当地,有的已经是四世同堂,还有三代人在咱们军里当过兵的。这要移防搬迁,那可真是件大事儿。"

大家的目光又集中到了陈剑锋身上。陈剑锋在思考。

还没等陈剑锋开口,常胜先发言了:"你们就甭费那个劲了,团长能去打听这个事?说好听了叫洁身自好,说不好听就……"

王政委赶紧打断说:"常胜!你这个人,你为什么总是戗着说话?就不能好好发表意见?我要提醒在座的每一位同志,我们学习全军古田政工会议精神的时候,都表过态要无条件听从党指挥,怎么真正考验来临的时候,考虑的都是自己了?政治意识、纪律意识都哪儿去了?这不过就是移防,要是明天去上战场,咱们也得先把家属孩子老人各种关系都安排好了才能上吗?"

陈剑锋轻咳一声:"好,我说两句啊。"

大家都安静下来,注视着陈剑锋。

陈剑锋沉静地说:"我个人理解,从我军建立初期到现在,党对我军的要求有两个主要方面,第一个方面就是要保证党对这支军队的绝对领导,使这支军队始终沿着正确政治方向前进。第二个方面就是强军,永不停顿地加强这支军队的建设发展,使这支军队在敌人面前始终保持强大的震慑和战而胜之的能力。我们的前辈在这两个方面都做得很好。大家觉得,比起革命前辈我们做得怎么样?上次,北漠山与蓝军的交手让我们彻底警醒,我们现在还存在很多这样那样的问题,每当想起这些时,我就觉得,我们做得不够。同志们,改革开放将近四十年了,我们军队的能力与我们所应承担的任务之间出现了明显的差距,国际形势风云变幻,各国都在抢占军事制高点,我们这支军队改革转型的紧迫性前所未有。改革是强军兴军的必由之路,也是决定军队未来的关键一招。我由衷地为能参与哪怕只是目睹这一伟大历程而感到兴奋与荣耀!常副团长,平时咱们在一起研究外军的合成旅,经常一起幻想有朝一日我们也能指挥一支属于自己的陆军合成旅,让强敌在我们的眼前灰飞烟灭!怎么,现在这个梦想正在变成现实,你却要打退堂鼓了?"

常胜眼睛慢慢红了,嘶声说:"我打退堂鼓?要不是级别限制,我都想去争取当合成旅旅长!我在这儿发牢骚不就是觉得自己没机会了吗?"

陈剑锋平静地说:"机会,永远属于准备好的人。我的态度是,绝不放弃一切机会,我就是要争取当上新编制的陆军合成旅的旅长!接下来,组建合成旅和移防行动,都将压茬进行,紧前展开,我就是要带领全猛虎团在严格完成训练大纲的基础上,做好超前准备,等有一天机会到了眼前,我要告诉上级,我,陈剑锋,就是当合成旅旅长的最佳人选,猛虎团是改编成合成旅的最佳部队!如果谁要是不相信,可以啊,来吧,我们可以跟任何人和任何部队进行比拼！这叫什么？这叫当仁不让，舍我其谁！同志们，就算是调我们到大西北，各位同志愿意跟我一起干吗？"

大家整齐而响亮地回答："愿意！"

八

就这样，在以陈剑锋为首的团干部们带领下，猛虎团即使在面临决定每个人人生和命运的重大关头，一点也不松懈，依然保持着紧张严肃的训练状态，斗志昂扬，军歌嘹亮。

这一天终于到来。

肃静的会场里，常胜一声大喝："全体起立！立正！"

所有参会的干部都一起起身，严肃站立，陈剑锋和王文涛走进会场，走到会议桌前，站定，陈剑锋说："稍息。同志们，现在我传达上级的命令，命令我们团三天后出发，移防大西北凌泉，进驻原边防二团营房。为充分利用这次机会，经我团建议、上级批准，将此次移防设置为带敌情背景跨越三千公里远程兵力投送。我们要经历铁路输送，摩托化行军和徒步穿越一百公里的戈壁沙漠。中间还设置了各种实战化的演习科目。团里的投送行军计划今天下午四点下发到各营级单位。各单位根据团里的计划做出本单位实施方案，明天中午十二点前报给团司令部，各单位一定要认真准备，保证投送计划的圆满完成。大家是否明白？"

所有人一起大声道："明白！"

王文涛紧接着补充："下面我提几点要求。第一，此次行动严格保密，不许向无关人员泄露任何消息，包括家属在内。第二，严禁扰民，部队出发时间确定为三天后即21日零时，全团争取在半小时内全部通过市区。第三，家属在当地的，20日晚上晚饭后七点到九点可以回家照看一下，九点之前必须归队。最后，我知道家属都非常敏感，而且有些家属的消息还格外灵通。不管你遇到什么情况，都要劝阻家属来送行，不能把我们的出征搞成哭哭啼啼生离死别的场景，是否明白？"

所有人再次响亮地回答："明白！"

陈剑锋的妻子方洁找他来了。

她走进他的办公室时，陈剑锋正在收拾东西搬家。

办公室里空空荡荡，书柜抽屉都腾空了。墙上原来悬挂的地图等也都不见了。

方洁在屋里随意走动，她拉开抽屉，突然发现抽屉里有一个简易相框还没拿走，那是一张方洁的照片,是在野外踏青时抓拍的,照片上的方洁青春靓丽。方洁拿起来细看,有些感慨,陷入沉思。

陈剑锋回到办公室看见妻子,凝视了一会儿,才叫道:"方洁,你怎么来了?"

方洁白眼看他,冷笑:"首长不接见,我只好来觐见啊。"

陈剑锋苦笑:"这不是忙吗,这么多事呢。不过部队今天晚上有要求,七点到九点是可以回家看看的。"

方洁冷哼一声:"谅你也不敢不辞而别。"

陈剑锋赔笑:"当然啊,怎么可能。"

方洁递过照片问:"你打算把我一个人留在这儿,是吗?"

陈剑锋接过照片,认真地说:"这个我也是随身带的。随身带,明白吗?"

陈剑锋直接把相框放进了挂在挂钩上的挎包。

方洁感叹说:"日子过得真快,那会儿还是个小姑娘呢。"

陈剑锋笑道:"现在你还是青春靓丽,他们都跟我说你一来营房,所到之处官兵都自动行注目礼。"

方洁也笑了:"你就哄我吧。你还不是说走就走,连个招呼也不打?我知道你们要求保密,可我就是知道了。"

陈剑锋表情严肃起来:"你知道不知道是一回事,我说不说是另外一回事。"

方洁瞪他一眼:"怎么总是这么较真。你要事多,我就长话短说了,我上个周末电话里跟你说的事情你没忘吧?"

陈剑锋怔了怔,有点不太肯定:"儿子上学的事吧?这事不是已经解决了吗?"

方洁又瞪他:"少跟我装傻充愣!"

陈剑锋叹口气,坐到沙发扶手上:"方洁,我不是没想过转业跟你和儿子一家三口一起踏踏实实过舒坦的小日子,但是,每当我看到这身军装,每当我听到起床号,每当我听到军歌,每当我想到部队,我就觉得我真是离不开它,这身军装,就像血液一样,融到我的身体里。我说得可能有点自私,但真的是这样。除非是部队真的不需要我了。"

方洁也生起气来:"你为什么总是那么被动呢?你替我,也替小虎考虑考虑。你算过没有?咱们结婚超过十年了,你在家待过几天?陪过几次孩子?这我都没怨过你,可是这一次,你调去大西北,这往后的日子,我一年还能见你几天?剑锋,这次军改正好是一次机会,部队要走三十万人,你为什么就不能做三十万分之一呢?只要你一句话,其他所有的事都由我来处理,好吗?你别急着做决定,我不需要你马上回答我,我希望一会儿回家,你能给我一个让我感动的答复。"

方洁转身就向外走去,留下陈剑锋坐在那里沉思。

晚上,方洁躺在床上心不在焉地看着书,一会拿起手机看时间,想要拨打又放下,最后听到钥匙开门的声音,把书丢到一旁,蒙头睡觉。

陈剑锋轻手轻脚地进来,坐在床边摘下军帽,伸出手又收回,走到门口戴上军帽,出门,轻轻掩上。

方洁一下掀开被子,一看无人,坐起来开始流泪。

陈剑锋回到团部办公楼,指挥这次猛虎团有史以来最浩荡的转移,十一点五十五分,部队已经登车完毕,准备出发。

陈剑锋和王文涛站在台上,一个参谋跑步上台大声道:"团长同志,部队登车完毕,请指示。"

陈剑锋看看腕表正要说话,只听得有人喊"一二一"的口令,抬头一看,王文涛的妻子李芹带着浩浩荡荡七八十人的家属队伍过来了。她们尽量模仿部队的齐步走,虽然不够整齐,但也是井然有序。

王文涛急了:"她们怎么来了?这不胡闹!我去看看!"

家属们已经在办公楼前的道路两旁列队站好了。

王文涛奔过来把李芹拉到一边:"小芹,你干吗呢?我不是说让你拦着家属,不要让她们出来吗?"

李芹坚决地说:"哎哟,这件事你听我的,保证不给你们丢人!"

王文涛生气:"不是丢人,部队有组织纪律,你不知道吗?"

李芹话音未落,更让人惊讶的一幕出现了。

二十多个从七岁到十岁左右的孩子,穿着自制的军装军帽,排着整齐的队伍出现了,领头的就是陈剑锋的儿子小虎!最后面居然还有一个五岁左右的小孩晕晕乎乎揉着眼睛,屁颠颠地跟着。他们默不作声但步伐整齐地走来,走过主席台前,小虎大声叫道:"敬礼!"

台上的陈剑锋也标准回礼。

小虎一边走一边扭头回望父亲,陈剑锋也一直微笑着看着儿子。

参谋问陈剑锋:"团长,要不要让各家的干部劝自己的家属回去?"

陈剑锋摇头:"算了!来都来了,就让他们在这里给部队送行。"

等到家属和孩子们路边站好后,部队的车辆开始缓缓驶出营区。

车上的干部、战士经过家属所在位置都站在车上敬礼。

孩子们在小虎的带领下敬起军礼。

家属们一个个举起了写着大字的纸板,上面写着:猛虎出征,威武雄壮!虎嫂坚强,撑起后方!

车上的干部许多都流下了热泪。

方洁穿着睡衣匆匆赶到,看着车队渐渐远去,流下了眼泪。

没有口号,没有呼喊,只有汽车的马达声回荡在寂静的夜空。

这一刻,是告别也是开始,是终点也是起点,无论移防搬迁还是分流转岗,大家打起背包就出发,这是新时代革命军人面对改革大考,做出的回答。

九

西北凌泉猛虎团会议室,猛虎团召开了党员干部大会。

王文涛做总结发言:"今天的政治工作会议开得很好,各单位针对部队移防大西北产生的各种思想问题做了大量艰苦细致的思想政治工作,稳定了部队的情绪,从工作到训练的干劲和热情都被调动起来了,我代表团领导向大家表示感谢。"

大家鼓掌。王文涛继续说:"下一步我们要开展两个学习活动:一个是要向南苏丹维和牺牲的官兵学习,第二个是要向边防官兵们学习。我们有些同志还在抱怨我们这里的生活条件不如内地,看看那些天天面对生死考验的维和官兵,看看那些驻守在常年缺氧、积雪不化、寸草不生的高原哨所的官兵,我们还有什么值得抱怨的?"

陈剑锋插话:"还真是巧了,我陆军有个老同学,是西藏边防团的团长,昨天我们刚通过电话,叫他说,咱们这里就是天堂般的存在了。"

一个干部插话:"报告首长,只要没有风沙,这地方真是挺可爱的,瓜果甜,星星近,还没有蚊虫。小城市干净漂亮,老百姓朴实热情。"

王文涛笑:"总结得不错,我还以为你们只知道'一年一场风,从春刮到冬',还有'轮台九月风夜吼,一川碎石大如斗,随风满地石乱走'。唉,我觉得这些谚语和唐诗都有夸张的嫌疑,昨天是风和日丽,今天我看天气也不错,也没有风沙……"

王文涛话音未落,一阵风卷着黄沙吹开了一扇没有关好的窗户,大家一下子哄堂大笑,一个干部赶快过去把窗户关好了。

陈剑锋笑道:"这是打脸打得最快的一次。"

大家笑停,陈剑锋继续说:"历史证明,一个强大的国家必须有强大的军队,强大的军队一定是猛将如云!我们的老祖宗都有'黄沙百战穿金甲'的精神,我们现代军人红色的精兵猛将还怕小小的风沙吗?"

干部们集体回答:"不怕!"

王文涛说:"说得好。我们一方面要树立艰苦奋斗、献身强军的精神,同时该解决的实际问题也要给大家解决。政治处已经派人调查清楚了,凌泉市还是有一些合适的工作岗位可以安排。学校这块,凌泉师范附小、附中的教育质量也不错,每年考上985、211大学的也不少。政治处已经就家属小孩随军的事情与地方政府联系了,当地政府非常支持,所以说家属和小孩的事情,大家尽管放心。"

干部们都一起叫好,欢呼鼓掌!

王文涛继续说:"散会以后,凡是家属小孩,愿意随军来凌泉的,到政治处报名。"

大家纷纷嚷道:"报名报名。"

让大家高兴了一会儿,王文涛又说:"还有一个好消息告诉大家。由我们团集体讨论,由团长陈剑锋执笔的两篇关于陆军合成旅组建训练形成战斗力的论文被《国防科学》杂志刊登了,并且重点向全军推荐。"

王文涛举起一本杂志展示,大家又是一阵欢呼。

王文涛关心陈剑锋,来找他聊天,两人走过口号响亮的训练场,王文涛问:"老陈,我那口子家属安排的问题已经解决了,你怎么打算的,方洁来吗?"

陈剑锋苦笑:"我是不想两地分居,可是方洁很难放弃自己的工作。"

王文涛点头:"方洁这样的人才,凌泉市求之不得,来了一定能安排个好工作。"

陈剑锋说:"她肯定不想来,她现在还动员我回内地呢。"

王文涛鼓励道:"不试试怎么知道?趁着现在团里没有什么工作,你让她过来看一眼,怎么了?你叫她,她不来?"

陈剑锋仰头说:"那倒不会,我一叫,她准过来,因为她以为我要跟她商量回内地的事呢。"

王文涛继续鼓励:"在你这儿,就没有解决不了的难题。"

陈剑锋继续苦笑:"行了,别老是给我灌迷魂汤啊!"

虽然了解妻子的个性和她的追求,在王文涛的鼓励下,陈剑锋还是邀请妻子过来看看。

为了迎接妻子的到来,陈剑锋提前把宿舍好好布置了一下,客厅茶几上,餐厅餐桌上摆上了一束束不知名的野花。果盘里的新疆瓜果新鲜诱人。墙上挂着具有民族风情的画作和挂毯，方洁的照片被放大了挂在几个醒目的地方，整个宿舍被布置得温馨舒适，富有艺术气息。

方洁一进门，陈剑锋就得意地向她炫耀："怎么样？够宽敞吧？"

方洁满意地到处看，问："布置得可以啊，是哪个有艺术细胞的干部帮你布置的？你可没这个品位。"

陈剑锋转头不满地说："谁告诉你我没这个品位？士别三日当刮目相看，咱们分开十个三日也有了，你应该对我另眼垂青？"

方洁仔细打量："你啊，就算长出点不一样的细胞来，也一定全部用在军事上了，我还不了解你。搁以前，你就是李云龙那样的人。"

陈剑锋笑："那我还是喜欢指挥一支现代化军队，所有的先进武器都是我们中国自己制造的，不用开战就让敌人心惊胆战！你尝尝，这可全是大西北的特产，尤其这个大枣，说是对女人特别好，尝尝。"

方洁在沙发上坐下了，狐疑地看着他："我怎么总觉得我有点儿上你的当了，看你这架势，没有一点跟我回内地的意思。"

这是一个沉重的话题，不是几句调笑就能够轻易解决的，也是一个绕不过去的问题。

两人僵了一会儿，方洁有些失望地说："什么？你非但不跟我回去，还要打我的主意。行，既然你决心已定，那我就不再强求你了，我跟你待两天，我就回去，家里事挺多的，孩子也没人照顾，我在这儿待着干吗呀？"

陈剑锋抱住她劝道："来都来了，多住两天行不行？这段时间正好是我们新的编制命令还没下来的空窗期，我带你去看看，祖国的大西北特别美，而且很浪漫。"

方洁拂拂头发，冷冷地说："没心情。"

陈剑锋说："那得看跟谁去了。来，过来。"

陈剑锋拉着方洁从沙发上起来。

方洁不满地嘟哝道："我说你这个人，你现在怎么变成这样了。"

十

年假还没休完，上面关于编制的任命就下来了。在猛虎团会议室，陈剑锋看完任命的文件，猛然站起："不行，我还是要去找首长谈谈。"

文件上面，没有政委王文涛的任命。

王文涛急忙追他，边追边说："你别去。我已经反复考虑过了，我真心想留队和你一起干。老陈，你听我说，你看啊，我的年龄，还有任职期限，就算这次不提拔，也已经都到了。师职的位置那么少，多少平级干部都无法安排，能提拔你一个，已经是对猛虎团另眼相待了。现在团里有那么多不想走的干部，我带头不服从决定，你告诉我，其他人的工作还怎么做？"

陈剑锋听了有一点犹豫，但马上就坚决起来："文涛，我知道，但是，这不光是你一个人的事情，我还是要去争取！"

陈剑锋闯进军长办公室，敬礼。

张军长正在批阅文件，扫他一眼，说道："你休假回来了，我正要找你谈话呢。"

陈剑锋焦急地说："军长，能不能先占用您几分钟，跟您反映一点情况。"

张军长表情还是淡淡的："好啊，你先说吧。"

陈剑锋沉声道："军长，关于组建猛虎重装合成旅的干部公示我看了，有两个人的任命我有点不同看法，希望军首长能考虑。"

张军长问："哪两个人？"

陈剑锋朗声道："一个是我们团原政委王文涛同志，他在团里威信很高，猛虎团这几年所取得的成绩是和他的努力分不开的，所以，我请求组织能重新考虑一下。"

张军长又问："还有一个呢？"

陈剑锋答道："还有一个就是我原来的副团长常胜。这是一个不可多得的人才，由他来组织猛虎旅的装备接收、新兵器的技术和战术训练，会使我们形成战斗力的时间大大缩短。"

张军长再问："何以见得？他比跟你们合并的坦克团的干部更强吗？"

陈剑锋掏出一张纸递给军长："我说他行，有偏向原单位干部的嫌疑。这是装甲兵学院战术教研室何主任和99式坦克生产厂总工程师季总的联系方式。我希望军里能向他们打听常胜对新式坦克的了解情况，以及他的技战术水平。"

张军长沉吟一下，说："王文涛是个好同志，可是这次要转业的，还有很多的好同志，所以，这个事就不要再提了。至于常胜，我派人了解一下，等新来的政委到任再做决定。现在，就你担任猛虎旅旅长正式找你谈话。"

陈剑锋肃然："是。"

猛虎团的历史，从这里开始翻开新的篇章。

陈剑锋回去,立刻召开会议。

这是一次特殊的会议,也可能是猛虎团最后一次会议。

猛虎团的营以上干部及他们的随队家属都在座,会议室的桌子上摆满了零食、水果和茶水。

王文涛扫视全场,对陈剑锋说:"老陈,人都到齐了,开始吧,还是你先讲。"

陈剑锋看看大家正准备说话,突然发现少了一个人,问大家常胜怎么还没来,王文涛说常胜请假了,身体不舒服,应该有点情绪。

陈剑锋扫视全场说:"各位,今天呢,我们利用周末时间召集全团营以上干部和随队的家属开一个茶话会。猛虎团这些年来取得的每一点成绩,每一份功劳都是全团官兵努力奋斗换来的,离不开家属默默的奉献和支持。我和王政委代表猛虎团并通过在座的各位向全团官兵和家属表示最诚挚的感谢,并致以崇高的敬意!"

陈剑锋和王文涛起立向大家敬礼,大家也站起来敬礼,家属们鼓掌。

礼毕坐下,陈剑锋说:"我的话,就说到这里,下面有请王政委讲话。"

王文涛有些激动,他平复一下心情才张口:"自从新中国成立以来,我军经历了十一次大裁军和编制体制改革。我自己亲身经历了三次。从我个人的体验来说,每一次裁军和军改虽然部队的员额减少了,但部队的战斗力却在提升。尤其是这次波澜壮阔的军改,改革的力度之大、层次之深为我军历史上所仅见,我军的战斗力必将得到革命性重塑,同时也为我们自己能够参与这次军改感到光荣和自豪。当和剑锋看到我们整编方案的时候,内心的激动是无法形容的,只是没想到,当这个机会降临的时候,我却不得不离开我想要奉献一生的军队……"

李芹、方洁坐在他的对面,表情复杂地看着他,看着他们。

王文涛有些哽咽起来,喝了一口水才接着说:"但是,不管这次军改对我个人意味着什么,我都发自心底地坚决支持这次军改,因为我知道这次军改对我们的军队、对我们的国家意味着什么。我要跟猛虎团所有编余的干部说,裁军涉及三十万人,大部分是干部,如果我们每一个人都跟组织讲条件,四处活动,干扰上级的决定,那么军改是不可能顺利进行的。服从组织决定、顺利离开也是对军改的支持,虽然这是一种极端痛苦的支持!"

陈剑锋带头鼓掌。

大家一起鼓掌。

几个干部站起来表态:"政委,你放心,我们都听你的,服从组织决定,以实际行动支持军改!"

王文涛拍拍他们："谢谢你们支持我的做法！"

王文涛哭了，哭道："男儿有泪不轻弹，只是未到伤心时啊！战友们，我真的舍不得离开你们，舍不得离开猛虎团，舍不得离开我们的军队啊！"

他起身与陈剑锋拥抱，又继续说："我真希望跟你们一起，驾驶着最先进的坦克，征战沙场，保卫祖国的边疆！"

他抹了一把眼泪，看着陈剑锋，正色说："剑锋，我想跟你说两句话。"

王文涛饱含感情地说："我不恭喜你升官提职，我祝贺你有了实现自己强军理想的平台，有了一个组建指挥陆军合成旅的机会，请你珍惜这个机会，为我们的国家、为我们的人民、为我们这些老兵带出一支强悍无敌的合成旅！让我们在每一个出征的场合都能看到胜利的旗帜在飘扬！"

陈剑锋用力地捏拳："我会的，我一定会的，你放心。"

"我相信你！"王文涛点头，转头看向对面，"第二个我要对方洁说。"

方洁似乎早有预料，站起来主动说："王大哥，你想说什么我知道。是，我是不想离开内地，更不想离开我心爱的工作，但是当剑锋带我到了梁团长的哨所时，我看到那些年轻的战士，为了祖国，奉献出自己的青春和生命，那一刻我就在想，我们老百姓能过上安心踏实的日子，不正是因为有你们这样一批军人吗？当国家危难的时候，你们永远冲在第一线，也正是你们的付出，才能换来我们所有人安心踏实的生活。那我们作为军嫂，我们有什么理由在这个时候掉链子呢？人都说嫁鸡随鸡，嫁狗随狗，只要剑锋需要我，我就嫁虎随虎！这才是我最重要的使命。"

陈剑锋起身，敬礼，眼睛红了。

方洁也敬礼，泪中有笑。

所有干部一起起身向家属敬礼，家属们起身，鼓掌。

猛虎团成为历史，新的征途开始。

十一

一个月后，陈剑锋正在作战室看训练大纲。

他佩戴的军衔已经换成了大校，右手边是高高的一摞二三十本的训练大纲，左边也有一摞，只有三四本。

常胜冲进来，满脸的喜悦兴奋，还夹杂着一丝羞愧，他给陈剑锋敬了一个礼："报告旅长,猛虎旅副参谋长常胜向你报到!"

陈剑锋还礼,笑道:"行了行了,还跟我来这一套。来,赶紧坐。你的那个任命我看了,恭喜啊。"

常胜拉过一把椅子坐下,保持下级见上级的恭敬姿势,笔直地坐着,表情真挚地说:"我刚从军里回来,政治工作部的李主任找我谈话了,军长也把我叫去说了几句。旅长,谢谢你为我争取到回猛虎旅的机会。谢谢啊。"

陈剑锋拧开水杯盖子,指他:"谢我?你要谢应该谢你自己,如果没有你对新装备新编制的高度认知,我说什么也没用。"

常胜表情突然变得有点扭捏:"剑锋,有件事,我觉得挺对不起你的,一直憋在我心里边,今天我给你坦白了吧。"

陈剑锋诧异地看着常胜,放下水杯:"什么事,说来我听听。"

常胜鼓足勇气说:"说实话,自打你一进猛虎团,我气就不顺,总觉得我比你强,团长的位置应该是我的。所以工作上总是别着劲,也不配合,时不时还给你找点麻烦。尤其是上次军演失败后,我觉得你是表面替我承担了责任,心里记恨我没听指挥。这段时间我一直在想,军队整编要是你当上了这个旅长,我就彻底没戏了,我特别沮丧……"

陈剑锋制止他再说下去:"老常,行了,过去的事咱就不提了。我还不了解你?只要你一进入工作的状态,就什么都顾不上了。来,我先给你看一下,咱旅的装备配置表。"

陈剑锋拿起一份文件递给常胜,然后在屏幕上显示图片,常胜一看就兴奋起来:"99A坦克!04步战车!弹炮一体防空车!这个厉害啊,还有带SAR雷达的侦察车和无人机!……全部履带化,太令人振奋了。就这个装备,别说冯骏的蓝军旅,就是外军的精锐来了我们照样灭了他!"

陈剑锋故意说:"你先别兴奋,我告诉你,我刚看到这个装备表也特别兴奋。过去盼红了眼的新装备列装了,过去想都不敢想的新技术也如愿以偿了,但是现在,我头都大了,一个脑袋十个大!看看,这是训练大纲,这是以前的,这些是现在的,有原来的十倍之多。而且这些大纲还是我四处淘换来的,装备没到,教材、训练大纲什么都没有。真等装备陆续到了,没人会用,开不动,打不响,我这个旅长怎么办?还不得急死。"

常胜认真地说:"旅长,既然你不跟我计较过去的事,我就用实际行动来说明一切吧。新装备要有新的组训模式,最近这段时间,我也想了很多,要做到人等装备,而不是装备等人,有这么几个办法:一是各单位挑选文化水平高、接受能力强的骨干,分别派往各个武器装备生产厂家,一边帮助工作一边学习相关知识,一直工作到咱们接收装备的时候,这些人直接参加接收装备的学习验收,这些人将会成为我们的技术骨干。二是派人去先行装备了同样武器的兄弟部队学习。三是派人去相关院校学习。"

常胜的意见得到了陈剑锋的同意和支持,雷厉风行,他们立刻制订了一个预训练计划,报旅党委讨论批准后,在全旅实施。

陈剑锋、秦参谋长也天天扎下去,参与训练,考察训练效果。

这天,三位旅首长在部队小靶场观看99A坦克的实弹射击。三辆坦克前方一千米左右竖着三个靶标。三辆坦克后面排着几辆坦克和04步战车。

只听一声令下:"5号车射击。"

5号车开炮了,一声巨响,远方中间的靶标侧面腾起一团爆炸的烟雾。

常胜命令道:"报靶。"

用架设的高倍望远镜观察的报靶员喊道:"5号车脱靶!"

常胜生气地说:"看见没,都两天了,这么近的距离,还是固定目标,都能脱靶。"

常胜拿起对讲机:"6号车射击!"

对讲机里传来声音:"报告,6号车供弹机故障。"

常胜更加生气:"6号车也坏了。"

陈剑锋放下望远镜叫道:"二营长!"

不远处站着的几个营干部中跑过来一个中校:"到!"

陈剑锋命令道:"部队带回。"

二营长不解地问:"打靶结束了还是……"

陈剑锋表情严峻地说:"回去查找问题,解决问题,针对性训练。这样打下去就是浪费炮弹。"

二营长答"是",跑回去指挥坦克发动返回营房。

陈剑锋转头问:"老秦、老常,这个情况你们怎么看?"

秦参谋长说:"一营昨天打靶的情况也好不到哪去。老常,你是专家,你说说看,是咱们这个新装备的质量问题还是我们没有掌握好新装备?"

常胜表情也很严峻:"两方面问题都有。但最主要的还是我们没有完全掌握新装备的使用要求和特点。比如这几天打靶自动供弹机故障频发,就是质量问题。"

陈剑锋问:"你的意思是,自动供弹机的维护、调整检查不够?"

常胜答:"对!仅仅一个供弹机就有二百多项使用前的检查调整。"

秦参谋长说:"一营有一辆车的火炮电路故障,厂家来了几次都没解决问题,这总不是我们的问题吧?"

常胜解释说:"这个事情我了解过,厂家来的都是分系统的技术人员,他不懂那个系统,电路系统的技术总负责人又太忙,现在来不了,不过这个车的车长是个自动化专业毕业的大学生,拿过全国大奖,一直跟着技术人员学习,每天加班加点,熬夜在车上研究,希望他能出点成绩。"

陈剑锋问:"这个车长叫什么名字?"

常胜答:"江之南,中士。"

陈剑锋用力地说:"所以说,这就是人才强军的意义,没有人才,哪来的战斗力。我想调整一下咱们的训练计划,压缩在兵器上的实操训练,组织起以士官三大技师为主,军事主官尽可能参加的骨干培训队,全力强化相关理论技术知识的培训,请厂方和学校的教授来讲课,彻底搞明白武器装备原理结构和使用要求。然后再以这些骨干为核心,进行全员培训,大幅度提高训练的科技含量,争取一年内彻底摆脱现在懵懵懂懂的状态。"

秦参谋长委屈地说:"可是集团军要求我们尽快形成战斗力,虽然没有给明确的时间限制,但三个月后战区陆军就有一次考核,到时候成绩上不去,问题就大了。"

陈剑锋认真地说:"不遵循战斗力生成提高的规律,才是大问题。我身为旅长,就是要对这支部队形成体系战斗力负责。一旦形成战斗力就不应轻易丧失和倒退,如果只是为了应付考核、应付上级,对猛虎旅的长远建设是一种伤害。"

十二

这一天,猛虎旅接到军部通知,团以上干部全体集中到旅部会议室。

门外传来卫兵的口令:"起立,立正!"

所有室内的干部都起立立正。

两个卫兵从两边打开了大门,一个少将带着两个大校和一个上校走了进来。

陈剑锋敬礼,黄副军长回礼:"脱帽,坐下!"

全体干部整齐地脱帽坐下。

黄副军长也脱帽坐下。

所有人都掏出了本子和笔准备记录。

黄副军长眉毛一扬,喝道:"把本子都收起来!我下面的讲话严禁记录,今天我可能会发火,会骂人!"

黄副军长扫视一下全场："集团军决定由我带领工作组进驻猛虎旅。陈剑锋！"

陈剑锋站起,响亮地答应："到！"

黄副军长生气地说："最近一次战区陆军考核,你们的成绩垫底！集团军为此受到了批评。据反映,你们根本把这次考核当儿戏,所有的骨干都没有参加考核,说什么理论学习,搞什么长远建设,你们要搞多长远？敌人会等你吗？这一年里在原地打转,开不动,打不响,玩不转,据说有坦克坏了好几个月都修不好,你们有负集团军的信任！兄弟部队同时装备,没搞你们这一套,这次考核却拿到了较好的成绩！"

黄副军长停顿一下继续说："军里为了纠不正之风,在每个班的门后都贴上了三级纪委的举报电话,在别的单位,这就是震慑,是约束,起到了良好的警示效果。可在你们旅呢？也起了作用,三级纪委都接到了实名举报电话！说你们旅有严重的钱权交易的行为！"

陈剑锋和全体猛虎团的干部都被震惊了！

陈剑锋满脸惊怒地大声道："黄副军长,请告诉我们相关的举报情况,我们一定要做深入的调查,给集团军一个明确的交代！"

黄副军长冷笑："交给你,让你来查,这恐怕不合适吧？"

陈剑锋反应过来,问道："这件事,跟我有关系？"

黄副军长还是冷笑："还不是'有关'那么简单。"

大家一片哗然,纷纷交头接耳："什么事啊？"

黄副军长喝令："安静！"

陈剑锋也蒙了,气血上涌,满脸通红,大声道："我问心无愧！"

黄副军长看着陈剑锋："人家可是实名举报啊,难道人家不怕诬告反坐？"

陈剑锋正要说话,外面一声"报告",卫勤队副队长满面焦急地冲进来立正。

黄副军长有些生气："不是说,不让随便打扰的吗？"

副队长惶然："我有紧急情况要向旅长、政委汇报！"

黄副军长喝道："什么紧急情况？讲！"

副队长说："一营有个战士昨晚昏倒在坦克里了,早上吃饭才发现,初步诊断是脱水低血糖,情况危急,我们队长已经带车送野战医院了。"

陈剑锋急忙问："是不是江之南？"

副队长点头："是,就是他！"

黄副军长笑了："看,你们这个旅是一波未平一波又起,看来,集团军派工作组进驻的决定是及时的,正确的!陈剑锋旅长,邵波政委,你们要好好检讨你们的工作!"

会后,陈剑锋立刻在他的办公室里,接受了联合调查组的讯问。

黄副军长和一个大校坐在沙发上,陈剑锋搬了一把椅子,坐在沙发对面。

一个上尉在陈剑锋的办公桌上做记录。

大校说:"现在,你把王梓鑫保送军校的情况讲一下。注意你讲话的全程都有录音和记录。"

陈剑锋沉思了一会儿缓缓道:"三个月前,北方步校的张副校长给我打电话,说是他的儿子在猛虎旅当战士,希望我能帮忙,让他儿子上军校。但是我们保送战士上军校是有一定标准的,我就核实了一下,他的儿子张小桐不符合这个标准,于是我就回绝了。之后他又来电话,说集团军首长已经同意了,希望下面的工作我来帮着做。我答复说我们保送战士上军校是有规定的,如果达不到这个标准,就是集团军首长找我,我也办不了。后来,他生气地把电话挂了。"

大校问:"你说的这些话都属实吗?"

陈剑锋沉声道:"绝对属实。"

黄副军长在一旁冷哼一声,忍不住道:"这个张桐!"

陈剑锋吃惊地问:"您认识张桐?"

黄副军长生气地说:"岂止是认识,他说的集团军首长就是我,我根本就没答应他。"

大校又问:"据反映,王梓鑫保送上学后曾来你的办公室找过你,进来的时候带着一个包,出来的时候包不见了,这是怎么回事?"

陈剑锋答道:"王梓鑫是来跟我告别的。那个包,是王梓鑫专门买了一些战争题材的影视剧刻成光盘送给我。但是因为工作太忙也顾不上看,到现在,那些光盘还在柜子底下放着呢。"

大校让做记录的上尉小刘打开柜子,拿出一个鼓鼓囊囊的购物袋,递给大校,大校打开一片一片地检视着:《巴顿将军》《太平洋战争》《中途岛之战》《莫斯科保卫战》《高山下的花环》《大决战》《亚历山大大帝》,笑道:"你这古今中外够全的啊。噢?这里还有王梓鑫给你写的一封信。"

大校看了一眼递给黄副军长,黄副军长看了看递给陈剑锋,责怪道:"你够粗心的,幸亏不是行贿的证据。"

陈剑锋拿过来一看,上面只有几行字:谢谢旅长三年来对我的帮助教育!部队改变了我的人生。我一定会好好学习,掌握先进的军事理论和技术。请您等着,等我学成归来,我要成为您麾下最优秀的指挥员,和您一起打败任何敌人。

陈剑锋感动地收起信,大校说:"不好意思,这封信你还得给我,我要和这些光盘一起留作证明材料,等有了结论再还给你。"

陈剑锋说:"至于王梓鑫保送的全部过程,在人力资源科都有详细的记录及原始资料,我还需要配合做一些什么样的调查?"

大校说:"好,我们先去调阅,有什么事再找你。"

正在这时黄副军长的手机响了,黄副军长一接起来就急了:"什么?医院的病号未经许可跑了?是猛虎旅的车给接走的?你确定吗?好,我来查清楚!"

黄副军长转头责问陈剑锋:"陈剑锋!你怎么搞的?是谁派车把医院的病号偷偷接走了?为什么躲着工作组的人?你们有什么要隐瞒的事情?啊?你说啊?"

陈剑锋也是茫然:"我不知道,我还准备接受完讯问去医院看看江之南呢。"

门外传来一阵喧闹。有不少人一起喊着:"江之南,请功!江之南,请功!"

众人一脸迷惑,黄副军长问:"什么情况?"

陈剑锋上前拉开门,只见常胜和一营营长、三连长带着十几个战士簇拥着江之南走了过来。

常胜抢先敬礼报告:"报告黄副军长!战士江之南把坏了四个月的坦克炮修好了,大家要见旅长给他请功!对不起,不知道您在旅长办公室,打扰了,我们现在就走。"

黄副军长笑:"既然来了,就不要走了,我正好要问几个问题。你就是江之南?"

江之南手忙脚乱地答道:"是,我就是江之南。"

黄副军长又问:"我问你,你是怎么得的病?"

江之南答道:"我画了两个月的电路图,终于快画完了,我着急怕老上厕所耽误时间,几天都没好好吃饭喝水,那天晚上我刚把最后一条线路画完,一高兴,眼前一黑就什么都不知道了。"

黄副军长又问:"那你今天为什么从医院逃跑?是谁开车接的你?"

江之南答道:"在医院醒了之后,我就一直在根据电路图分析故障,我觉得我找到毛病在哪了。正好常副参谋长带着厂家的两位师傅来看我,我就和他们讨论了一下,他们认为我分析得有道理,应该能排除故障。我要求回来试试,常副参谋长就把我带回来了。"

常胜插话说:"黄副军长,是我自作主张把他接回来的,但是他一回来,半个小时就把故障排除了,我是想把他送回医院,但是战士们都说要找旅长给他请功,就到这里来了。"

旅里装备的完好率是我负责的,这台车的火炮厂家来修了多次都修不好,我一听江之南能修好,一着急就违反了医院的规定。"

黄副军长惊奇地说:"厂家都修不好的毛病,你江之南怎么就能修好?"

一起进来的厂家的工程师解释说:"首长,我是厂家的技术人员,这是我们的问题,这个毛病很怪,是两个模块同时出现的问题,我们经验不足,一直找不到原因。但是,这个同志真的厉害,所以才能药到病除。"

江之南表情认真地说:"我能修好这台车的火炮,也是旅里的支持。旅里把我列入了技术骨干培训班,请来大学教授给我们讲了许多相关的理论知识,时间上也尽量保证我们的学习时间,我才有时间查阅了大量的资料。是我自己经常整夜不睡才昏倒了,以后我一定注意。"

黄副军长怔了怔,笑道:"大反转啊。怎么问题都成了成绩了?工作组的同志到我的临时办公室来,我们开个小会。"

黄副军长带着工作组的人匆忙离去,显然要对这一刚刚发生的情况进行研究。

常胜也安排人把江之南送回医院,把两位师傅送到招待所去,让其他人归队。

人都走了后,陈剑锋搓搓手,擒拿住常胜,厉声问:"说,是不是你的主意?"

常胜挣扎着:"放开我,疼,真疼。"

陈剑锋丢开他:"我说怎么这么巧,什么事都让你碰上了,还找人过来请功,真有你的!"

常胜也得意地笑了:"我这不是给你解围吗?再说了,今天要不是江之南说,谁知道咱们改变训练方式、加强理论基础知识学习会起到那么大的作用呢?我的旅长同志!"

陈剑锋佯怒:"你还有理了!"

十三

两天后,黄副军长在猛虎旅会议室召开旅主要领导会议。

一上来,黄副军长就通报工作组政工部、纪委的两位同志回军里汇报的调查结果,看着众人问,你们是不是感觉可以松口气了?

陈剑锋坦白地说:"黄副军长同志,您在这儿待着,我们的心一直都是提着的。"

黄副军长笑道:"那就对了,我和卢副参谋长留下来调查的,才是我最关心的问题。"

陈剑锋说:"放心,我们一定全力配合。"

黄副军长看着陈剑锋:"好,我问你一个问题,你必须如实回答我。"

陈剑锋表情严肃地说："是，我保证！"

黄副军长问："从你们接收新装备起算，需要多长时间才能形成战斗力？"

陈剑锋没有任何迟疑，大声答道："报告黄副军长，五年！"

黄副军长吃惊地责问道："我没听错吧？要五年？集团军把一个陆军合成旅交给你们，国家和人民花了那么多的钱，你们就用这个来答复吗？"

陈剑锋面色不变地回答："是的。但是我所指的战斗力不是考核达到标准，也不是对抗演习取得了一两次胜利，而是有能力把一个标准的陆军合成旅的全部作战要素发挥到极致，把我们拉出去敢跟任何一支一流军队对抗并获胜的战斗力！"

黄副军长稳定一下情绪问："既然有这么多训练内容，你们为什么还不抓紧按照大纲培训，反而脱离大纲去搞什么基础理论知识的培训学习呢？"

陈剑锋这次解释得更加详细："一个例子就是江之南。他虽然是大学生，但如果不是统一进行了基础知识的培训，还有他自己利用业余时间学习了相关技术资料，那个电路图就是想破脑袋也画不出来。另外一个例子就是我们都知道，99A和59的火炮瞄准方式完全不同，就在前一段时间的训练过程中，一些优秀的炮手发现有些火炮会产生瞄准基线的轻微漂移。于是就产生了针对漂移采用不同训练方法的争论。最后闹到旅里来，刚好，常副参谋长刚给我们讲过相关的理论知识，因此我判断这不是一个训练问题，而是一个陀螺仪维护调整问题。经过调整，我们消除了零位漂移，也就消除了训练上的争论。由此可见，如果我们不进行基础理论知识学习，就不可能发现真正的问题所在，这也就是我们为什么把骨干抽调出来排除一切干扰，尽快提高他们的理论知识水平的原因。"

黄副军长点头："哦，就好比你们现在是上小学，骨干就是你们提前培养的中学和大学老师。"

陈剑锋笑着说："您这个比喻太贴切了。我们现在就是小学水平，战区陆军是拿大学水平来要求我们，我们肯定是不及格。但是我们有信心，我们力争一年上一个台阶，就单独的考核来说，我们明年及格后年优秀。至于演习对抗，我保证不输给对手。我相信，有一天我们掌握了全要素战斗力的时候，我们一定能够战胜一切对手！"

黄副军长高兴起来："好！看来你们是对的。我们要推动军事训练全方位转型、整体性提升，就要尊重战斗力形成规律。走，咱们看看炮手的训练，让我感受一下有什么不同，我当年也是优秀炮手啊。"

陈剑锋立刻起身："正好我们刚进了模拟训练器，您不用上车就可以体验99A坦克炮手的瞄准射击训练。"

一行人来到模拟训练室,黄副军长当仁不让首先"上阵",操作了一会儿就惊奇地问道:"我这一直跟踪着,怎么发射不了啊? 不是自动模式吗?"

常胜答道:"黄副军长,电脑要求高啊,它认为打了不能命中,所以说无法射击。我可以把限制给您调宽一点,但命中率就降低了。"

黄副军长赶紧说:"别,还是让它对我要求严一点吧。过去我们都是停车打固定目标,要把车停下来,现在是双向运动,没有电脑和陀螺仪真无法想象。"

常胜说:"这就是现代兵器的先进性,只要武器维护好,训练达标,就算是行进中,打运动目标也是百发百中。"

黄副军长放开模拟器问在车顶观战的陈剑锋:"你们有没有达标的车,拉到小靶场去,给我们来一次行进中射击?"

陈剑锋接口道:"当然有。这样,我当车长,秦参谋长当驾驶员,常副参谋长当炮手,让首长检验一下!"

黄副军长喜道:"好! 要是你们几个达标了,我对你们旅的训练就更有信心了!"

陈剑锋响亮地道:"请首长放心。"

猛虎旅三人组上了一辆99A坦克,风驰电掣般卷着烟尘在靶场快速行驶。千米外,一个坦克形状的靶标也在快速移动。

99A炮塔瞄准靶标。

99A开炮了,炮弹穿过靶标爆炸了。

黄副军长和卢副参谋长举着望远镜在看。邵政委和林营长陪着。

黄副军长头上戴着的通话器连着步话机,高兴地叫道:"打得好! 命中了! 好,你们倒车,到低洼路段再打一发!"

99A急速倒车,开到一段起伏不平的地段又对移动目标射击了。

黄副军长再次大叫:"漂亮! 又打中了! 好,测试结束。你们回来吧。"

99A坦克开到附近停下,陈剑锋、秦海生、常胜从车上跳下来。几个战士跑过去接手了坦克。

三个人跑过来了,陈剑锋大声道:"报告黄副军长,猛虎旅0号车组射击完毕。请指示!"

黄副军长还礼:"打得好! 常胜,你的射击技术怎么练的,这么短时间就达到了优秀水平?"

常胜说:"报告,我是笨鸟先飞,99A坦克还没到,我就用其他单位的武器和模拟器开始练习了。真正了不起的是我们旅长,他是从我们装备的99A到了才开始练的,现在水平比起我来也不差!"

黄副军长惊奇地说:"噢?这我倒要看看,陈剑锋你也打一发证明一下?"

常胜笑着补充:"报告首长,不用了,刚才的第二发就是我们旅长用超越射击打的,难度超过我打的那一发!"

黄副军长也笑了:"哈哈,你们这是深藏不露啊。陆军考核你们怎么不出出风头?"

陈剑锋大声说:"秦参谋长的射击水平也不输我们两个,但打仗不能只靠我们三个,现在很多炮手还达不到这个水平,陆军考核看到的是我们部队整体的水准。"

黄副军长连连点头:"好,我就喜欢你们的这种不张扬,但是你们要尽快让部队的整体水平赶上去!"

十四

一晃两年,七百多天,猛虎旅按照计划进行艰苦而科学的训练,战斗力渐渐形成。

这一天,猛虎旅正在战区陆军靶场训练,宽阔的地域上,猛虎旅机步一营的战车展开进攻队形向前突进,坦克和步战车上的火炮在行进间开始射击。

一辆军车上临时搭建的指挥所,陈剑锋、邵波、秦海生、常胜等人都在拿着望远镜观战。座位上还有一个上校和一个中校,他们是集团军作训处周处长和李参谋。

陈剑锋提醒大家:"注意看!黄副军长的1号车准备开火,D122。首发命中!"

周处长赞道:"打得好!我看已经达到了99A坦克的射击距离极限。陈旅长,你们的训练成果真不错。"

陈剑锋拿起步话机下达命令:"一营长,停止进攻,转入防御!"放下步话机对周处长说:"周处长,走,我们去接黄副军长。"

行驶的越野车里,黄副军长满意地说:"去年南方的对抗演习,你们打胜了,今年战区陆军的考核优秀!我这次啊,到驻训地一看,你最后的承诺也基本兑现了。重型旅的战斗力基本形成了。好,干得不错!要继续努力。"

陈剑锋严肃地回答:"是!一定努力!"

黄副军长笑了笑,又说:"明年又是北漠山的对抗演习,你敢不敢去硬碰硬啊?蓝军旅长还是冯骏。"

陈剑锋表情严肃起来:"我正想跟您说这事。我们现在的装备一点儿不比他差,首长,明年就让我们去!就算是对我们猛虎陆军合成旅战斗力形成的检验!"

黄副军长高兴地笑了起来。

陈剑锋又问:"首长,您这是要回去了吗?"

黄副军长答:"我回去参加陆军组织的指挥员考核,练兵先练将,强军先强官,现在别再想当太平官。"

一年的时间很快,对抗演习如期举行,猛虎旅争取到了这一次跟蓝军对抗的机会。

这一次,猛虎旅扮演的红军上下都憋着一股劲,决心在这次对抗中击败蓝军,一雪前耻。

以逸待劳的蓝军,早就做好了应对这次对抗的方案。

冯骏在蓝军指挥部召开蓝军旅军事会议,分析敌情:"这次对抗演习,B集团军猛虎旅,其前身是A集团军猛虎团。猛虎陆军合成旅,武器装备已和五年前不可同日而语。关键是陈剑锋的指挥能力已全面升级了。据说他们的联战联训,早已提速运行,今非昔比啊。"

沈副旅长补充说:"这次对抗的难点在于,对方一个旅级的作战单元,与我方相比弱点和短板很少了。电子对抗手段、战场感知能力、机动性、夜视能力等都不比我们弱,火力方面还强于我方,尤其在射程上。"

冯骏点头:"这次,上级没有给猛虎旅配属陆航部队。"

沈副旅长有些庆幸地说:"要是再配属了有空战能力的武直-10,咱们就更难了。"

冯骏俯身说:"这次演习,不能再想着一个兵种包打天下,联则强,合则胜,谁能把诸军兵种有效联合在一起,谁就能掌握战场的主导权。这次我们双方都可以申请一定数量的空军支援。据我了解,红方申请的是歼击机支援。这说明什么?说明红方认为只要打掉我们的空中优势,他们凭借自己的合成力量就能战胜我们。这次对抗还是我们守,红方攻。红方的火力强大,还配备了先进的弹药,如云爆弹、末敏弹等等,掘壕据守的传统方式就是死路一条。所以我们这一次准备采用要点守备,纵深机动防御的策略……"

北漠山红方集结地指挥所,刚刚到达的红方部队正在展开部署,指挥所里忙碌有序。

陈剑锋首先叫来常胜,布置一个秘密任务:"我有一个关键的任务交给你,因为你是最合适的。"

常胜用力地说:"旅长你说,保证完成任务。"

"你挑选几个顶尖的侦察兵和最好的驾驶员,去这个地域。"

陈剑锋走到电子地图前,示意常胜。

蓝军指挥部里,冯骏指着地图分派任务,最后问:"具体的兵力部署就是这样,大家还有什么意见?"

参谋长问:"右翼的丘陵地带,我们就不设防了吗?"

冯骏答:"装甲车辆根本无法通过那个丘陵地带。过去演习的时候至少有两次红军的装甲部队被困在那里进退不得。而且,就算他们通过了,在他们的前方有这么一块十几平方公里的开阔地,装甲车辆目标大,根本无法躲过我们的监测,另外,如果红方穿越丘陵,他们的目标,一定是距离较近的我方陆航基地,在那里,我们已经部署了一支装甲机动部队。"

参谋长放下了心:"我看没问题。为了保险起见,我们在丘陵地带我方一侧再设置一个地雷封锁区。"

冯骏同意:"好,你安排执行。"

红军指挥部,陈剑锋召开猛虎旅营以上主官作战会议。

陈剑锋首先阐述和分析这次敌我战况:"根据无人机、电子侦察车和侦察兵前出得到的情报综合分析,冯骏这次采取了机动防御的战术。如果他还是实行传统的防御,我们利用火力优势一线平推,就能打败他。这次,我们能看得出来,蓝军的防守计划做得非常周密,但是,我们的旅指挥所已经给他们准备了几味好药,保证让他们吃了上吐下泻。接下来,我来下达第一阶段行动命令:部队两小时以后出发,按照作战科分发的行军计划,18点前抵达各自的进攻出击地域。侦察营长!"

侦察营长响亮地起立答道:"到!"

陈剑锋命令道:"这两小时,就是给你们清理'地鼠'的时间,必须保证将前进道路上的'地鼠',全部清理干净!"

侦察营长答:"是!有了SAR雷达和红外侦测系统,蓝军'地鼠'无所遁形,都被我们标注出来了,只等清理命令。"

陈剑锋又命令防空营长:"部队抵达指定地域后,防空营要确保空中安全。"

防空营长大声应道:"参谋长已经给了我们各分队的位置,现在咱们这个装备,别说集结地域,就是全旅的进攻地域照样保证全空域覆盖,蓝方的飞机别想进来!"

陈剑锋最后命令炮兵营长:"炮兵营抵达指定地域后,立即展开,布置好反炮兵雷达,随时准备反击蓝军的火力袭击。"

炮兵营长响亮回答:"是!"

陈剑锋对参战的指战员说:"我们现在是体系作战,每个战斗单元都要保证自己不要成为木桶上的短板。"

蓝军指挥部里，冯骏刚刚按照预定的方案给各个部队分派完毕，就接到了前线的电话，报告前方的灵猫小组全部失联。同时另据一线部队侦察员报告，红军部队已经占领了出击地域。

冯骏沉着地命令："命令一线部队，再分别派出侦察小组，查明红方部署，并进行火力标定。"

但是这位几乎战无不胜的蓝军指挥官心里，已经蒙上了一层阴影。红军这次来者不善，气势汹汹，一出手就打掉了他向来倚重的一线侦察，相当于打瞎了他的一只眼，他不得不打起了十二分精神应对。

可是他万万没有想到的是，他以为最放心、最熟悉的地形，已经被对手窥伺到了裂缝，这可能成为致命的杀招。

几乎同时，一辆伪装的指挥车里，表面冷静、内心焦急的猛虎旅旅长终于等到了一身泥水，身上还披着伪装网的常胜。

他一接受秘密任务就离开了大部队，连全旅干部军事会议都没参加。

常胜兴奋地说："旅长，我回来了。"

大家赶紧叫他上车，陈剑锋压抑着自己的情绪，平静地问："情况怎么样？"

常胜汇报说："这个丘陵地带，履带式车辆实在太难通过了，还好我们有几个比较优秀的驾驶员，他们探查到了一条可以勉强通行的道路，个别地方实在困难的，让工兵协助一下就行。关键这一次啊，我们有了一个重要的发现，蓝方在通过丘陵地段的一线都布置了地雷，我们需要扫雷车配合。"

陈剑锋咬牙说："太好了。现在可以给你布置任务了。记住，你的任务直接关系到我们这次演习的成败。"

常胜有点激动："旅长，谢谢你信任我！我保证完成任务，绝不会再犯错误！"

陈剑锋沉声说："我给你一个合成营、加强自行加榴炮连、工兵连和电子干扰连，从丘陵地带突进去，务必在天亮以前抵达9号地域。"

常胜不解地问："9号地域？没搞错吧？那里没有重要目标啊？我们应该攻击他们的陆航基地啊。"

陈剑锋指着地图："我建议你，拿圆规尺按加榴炮的射程以9号地域的高地中央做圆心画个圆看看。"

常胜比画了一下，恍然道："我明白了，这是个中心地带，蓝方的核心目标全在射程之内,我用激光照射引导精确弹药一个一个地把蓝军的目标全部消灭。"

陈剑锋笑了:"怎么样?这回体验到先进武器装备的满足感了吧?"

常胜点头:"那是!如果不是装备全履带化,还有先进的夜视器材,根本不可能夜间从这里突进去,就算突进去,也没有这么精准凶猛的火力!"

陈剑锋说:"所以,你第一轮首先覆盖陆航基地和蓝军指挥部、炮兵阵地和通信中心。然后解除无线电静默,实施电子干扰,但是,要保留两个频道和我们联系,以确定第二轮覆盖的目标。如果联系不上,你们就自主确定下一轮的目标。"

常胜说:"明白。在9号地域实施电子干扰的效果如同火力覆盖,距离所有的蓝方部队都不远,可以达到最强且全覆盖的干扰效果!"

陈剑锋兴奋地挥手:"就是要这个效果。火力打击完毕后,你们就向我们进攻方向上的蓝军后方突击,一举打垮他们!"

常胜说:"太棒了!我们这次必胜!"

你一言我一语,两人心有灵犀、配合默契,眼中都闪着喜悦。陈剑锋到底稳重一些,说道:"先别高兴得太早,为了掩护你的行动,我要走两步险棋。我们会坚持到早上五点,你们必须在五点前开始第一轮火力覆盖。等天色大亮,蓝方的部署一览无余,那个时候,就可以把炮弹全部倾泻在他们头上!记住,开始袭击后立即联系导演部,报告被袭击目标的坐标,让导演部迅速判定效果!"

常胜点头:"明白!这么重要的任务交给我,我必须圆满完成!"

兵贵神速。为了配合这一行动,陈剑锋立刻大胆地正面佯攻,而且这一佯攻,一下就投入了两个营。

这两个营突入蓝军预设的纵深阵地后,参谋长兴奋地向冯骏报告:"旅长,红军上当了。有两个营已经陷入我们预设的纵深阵地。"

面对这送到嘴边的肥肉,冯骏这下倒犯了难,陈剑锋怎么会犯这么低级的错误?

他长久地沉思着。

参谋长解释说:"他可不低级,他同时动用部队对我们的几个要点展开进攻,试图撕开口子,一方面营救突入纵深的部队,另一方面威胁我包围部队的侧后方。我们的几个要点都在呼叫增援。"

冯骏还是感到疑惑,问:"他是对自己的合成旅战斗力太有信心了,想要跟我硬刚拼命?"

参谋长也点头:"不管怎么说,他有两个营陷入包围,势在必救,如果这两个营完了,他们这次对抗演习也就完了,无论要什么花招,都无力回天了。"

而此时,常胜带领红方穿插部队的坦克、自行火炮,趁着夜色正在蜿蜒曲折的丘陵间艰难行进。没有一点灯光,一辆辆黑黢黢的坦克隆隆驶过。

蓝军两位主官下了决心,面对猛虎旅突上来的主力,不管如何都必须先应对,能吃就吃,指挥埋伏的部队慢慢合围。

这一下,红方两个营立刻损失惨重,三营马上就快顶不住了,三营长连"向我开炮"都喊出来了,前方的形势非常危急。

消息报告到指挥部,陈剑锋沉着地看看表:三点了。问:"咱们还有多少预备队?"

参谋长答:"还有主力一营和侦察营。一营急于参战。"

陈剑锋点头,下定决心,用力地说:"都投进去!全部!"

参谋长问:"投向哪里?去救三营吗?"

陈剑锋清晰有力地说:"不!一营加侦察营两个连,全部投入态势较好的四营方向,那边蓝军也是强弩之末了。告诉一营就看他们的了,一定要不惜代价,撕开一个口子,这样对三营也能起到围魏救赵的效果。"

而常胜他们已经通过丘陵地带,指挥工兵,加快扫雷速度。

红军的应对立刻传到了蓝军指挥部。

参谋长向冯骏报告:"红军又投入了预备队,没有救垂死挣扎的1号地域的红军三营,而是投向2号地域的红军四营方向,我们前方的部队快顶不住了!是不是把最后的预备队投入战斗,或者把防卫陆航基地的部队调过来?"

冯骏冷静地指示:"命令部队再坚持一下。"

参谋长再次建议:"让陆航出击?"

冯骏摇头否决这一建议:"夜间双方部队交错在一起很难分辨,他们的防空部队也还没有损失。等天亮,等天亮再让陆航配合预备队给他们最后的打击。现在就看谁能坚持住了!"

这时,一位通信员起身报告:"报告旅长,前方丘陵地带,发现红军重装部队,数量不明。"

冯骏镇定地指示:"按照计划,缠住他们。"

冯骏反倒轻松起来:"我说正面陈剑锋手里好像少了点什么,原来在这里。幸好我们没有把预备队全部投进去。我判断应该是一个机步营的部队,想要偷袭我们的陆航。这样,从预备队派两个机步连加一个反坦克导弹连过去,配合陆航基地的防卫部队消灭这支红军。"

红军指挥车上的气氛凝重,参谋长焦急不安地搓手:"这老常怎么还没消息呀?"

陈剑锋抬手看表:"别着急,再等等。"

蓝军指挥部再次接到报告:"报告旅长,红军部队没有攻击陆航基地,去向不明。我们顺着车辙追击,遇到小股部队的顽强阻击。"

参谋长命令:"尽快打垮他们,追上去!"

冯骏踱着步沉思自语:"这支红军要干什么?"

参谋长也不解:"是啊,重点地域的警卫部队也没有发现他们的踪迹,不会是要袭击我们司令部吧?"

冯骏摇头:"很难,从丘陵地带过来有条九曲河阻隔,唯一的桥梁有我们的部队守卫,必要时可以炸桥。"

参谋长担心地说:"这么一支部队钻进来,总不是好事。他们是怎么过来的?"

红军指挥车上,终于接到常胜的报告:"我们已经到达指定位置,请求开火。"

陈剑锋命令:"开火!"

蓝军指挥部。

几个戴着导演袖标的军人进来,立正,大声通知:"蓝军司令部所有人员,导演部宣布,你们被火力覆盖,全部阵亡!"

冯骏和参谋长一下愣住,司令部所有人员都愣住了。

好久,冯骏才苦笑着吐出一个名字:"陈剑锋。"

胜利!

欢呼!

数十辆坦克卷着烟尘以碾压一切的气势对冲过来,两辆领头的坦克同时戛然而止,陈剑锋和常胜分别从两辆坦克中钻出来,走到一起,互相敬礼。

两边的坦克里钻出了更多的人,邵政委、秦参谋长、坦克营长以及其他干部战士都下了坦克欢呼着、跳跃着、拥抱着。

一位战士把一面猛虎旅的大旗递给陈剑锋,陈剑锋利落地爬上坦克顶端用力挥舞着。

陈剑锋大声喊道:"我们胜利了!猛虎旅胜利了!"

大家齐声应着:"猛虎旅胜利!猛虎旅胜利!"

……

一位戴着导演袖标的中将带着几个导演部成员走过来,蓝军旅的冯骏和参谋长也在其中。

陈剑锋一挥手,全场安静下来。

陈剑锋敬礼:"报告总导演,猛虎旅胜利会师,请指示!"

中将铿锵有力地说:"导演部判定,此次对抗军演,猛虎旅取得完全的胜利!祝贺你们!"

欢呼声再起,更加热烈!

冯骏走过来和陈剑锋敬礼,热烈握手。

冯骏认真地说:"剑锋,我们输得口服心服!你们赢得无可挑剔!"

陈剑锋用同样认真的表情说:"谢谢合作。其实,没有一场军事行动是完美无缺的!没有今天最强,只有明天更强的陆军猛虎合成旅!"

强军未有穷期,砺剑永无止境。

陈剑锋知道,战斗力建设永远在路上,淬火成钢的征途才刚刚开始,作为一名优秀的军人,他一直在准备着下一场战争。

尾声

演习获胜之后,陈剑锋又带领猛虎旅出色地完成了与外军的联演任务。作为重点培养的联合作战指挥人才,陈剑锋被选送入国防大学深造。以优异成绩毕业后,陈剑锋调入A战区指挥机关。

"砺剑-2022"联合演习指挥大厅座无虚席。

前方第一排是红方各指挥系统的参谋人员。第二排是红方司令部的指挥员,陈剑锋佩戴大校军衔带着空军、海军、陆军、火箭军、战略支援部队、政治工作部的几个大校就座,他们都戴着红色的袖标。第三排是导演部,由一位海军上将带着一位中将、一位少将和几个大校、中校就座,导演组戴着黄色的袖标。再后方一排是一些辅助人员。工作位后面摆了三排座椅,坐满了观摩人员。坐在第一排的是一些离退休的老将军,几位老军长赫然在列。几块大屏幕上显示着敌我态势图和各部队状态。

导演部的海军上将大声道:"现在我宣布,'砺剑-2022'联合演习开始!"

坐在最前面担任总指挥的陈剑锋下达指令:"向所有参战部队下达作战命令!"

电子屏幕上显示的各军种名称立刻闪烁,进入作战状态。

陈剑锋继续命令:"按预定计划,对敌指挥机构、机场、雷达站、通信节点实施轰炸!"

一声"是",各军种全面展开进攻。

导弹升空,白色的烟痕划过蓝天,战机翱翔,实施对地打击,坦克、火箭车、装甲车、舰艇,纷纷出动……

就在这时,大厅里警报骤然响起。

指挥官报告:"报告,外军舰艇编队正在向我演习区域驶来,有干扰、威胁我演习部队的企图。报告完毕。"

陈剑锋下达指令:"继续监视外军舰艇编队动向。"

指挥官再次报告:"外军舰艇编队持续逼近,对我演习部队构成严重威胁。"

大厅里气氛骤然紧张。

陈剑锋从容地下达指令:"部队继续执行演习计划,启动应急预案,做好战斗准备!用国际通用频道实施警告,不得进入我演习预告区域。"

警告的电波立刻发出:"你已进入演习区域,对我方人员、装备安全造成严重威胁,立即改变航线,否则,视你方具有敌对意图,一切后果由你方承担。"

时间分秒流逝,没有回应。

总导演大声说:"外军舰艇编队,一旦进入预告演习区域,进行三次警告。"

指挥官继续报告:"外军舰艇编队,不顾警告,持续逼近。"

雷达打开,导弹竖起。

指挥官再次报告:"我方已进行第一次警告。"

陈剑锋表情严峻。

我方潜艇驶向目标。

指挥官再次报告:"我方已进行第二次警告。"

陈剑锋身子微微前倾,盯着电子屏幕。

战机从我方舰艇上起飞,编队逼向外军舰艇编队。

指挥官再次报告:"我方已进行第三次警告。"

陈剑锋看着电子屏幕上的显示,外军舰艇编队已经接近红线划定的演习区域边缘。

陈剑锋清晰有力地命令道:"命令所有部队准备战斗。"

我方炮艇炮口上扬,雷达转动,导弹井纷纷打开,战斗机呼啸而至,组成战斗编队。

形势剑拔弩张,一触即发。

陈剑锋的手放到指挥键上,正要行动,指挥员再次报告:"报告,收到外方明码呼叫。"

陈剑锋命令道:"立刻传译!"

指挥官传译道:"尊敬的中国人民解放军指挥官,我舰艇编队不慎进入你方演习预定区域,无意与你方发生冲突,我方正在驶离你方演习区域。完毕。"

陈剑锋再次命令:"报告外军舰艇编队真实动向。"

指挥官大声报告:"确认,外军舰艇编队已脱离接触,驶向其他海域。"

陈剑锋轻轻吐出一口气,微微点头,然后命令:"演习按预定计划,继续进行。"

两栖坦克开始射击,战机在空中实施精准对地打击,坦克冲上滩头,气垫船靠岸,武装的士兵疾速抢滩冲岸。

海军大校报告:"我已登陆,正在向敌纵深展开进攻!"

轰炸机、歼击机表演后,运输机舱门打开,士兵们连续跳下,蓝天中盛开朵朵伞花。

空军大校报告:"我已顺利占领交通要道、机场、车站……"

坦克开路,装甲车跟进,士兵跳下,越过田野,疾速前冲。

陆军大校报告:"陆军登陆部队已经占领全部预定目标!猛虎旅先头部队,已攻占目标地域制高点。"

猛虎旅的战士在山顶摇旗欢呼:"我们胜利了!"

五星红旗迎风飘扬。

全场起立,掌声雷动,经久不息!

陈剑锋转过身大声喝令:"全体都有,立正,总导演同志,已完成登陆任务,全部占领目标地域,请指示!"

上将大声地说:"现在我宣布,演习圆满完成!"

大厅里掌声雷动,所有人满脸激动,这一次,他们圆满地完成了自己的任务。

陈剑锋带领所有参战人员来到一直坐在后面观看的老军人观摩团面前,立定敬礼:"老首长,演习看完了,有何指示?"

老军长激动不已,眼眶微红,说道:"强国必须强军,军强才能国安。十年了,你们艰苦卓绝,勠力奋斗,为党和人民锻造了一支能够打胜仗的现代化军队。看到这些,我感到欣慰、骄傲和自豪。"

陈剑锋大声吼道:"敬礼!"

参战人员整齐地向老首长们敬礼,向老军人观摩团敬礼。

这一幕,不仅仅是新老两代军人的互敬,更是精神的一种延续、一种升华,是意志的传承和伟大精神的一次洗礼,这也是我军强盛的核心。

老首长的话饱含深意,站在新的历史潮头,回望奋斗强军的壮阔历程,我们坚信,奋楫前行的人民军队,一定能够实现建军一百年的奋斗目标,在新征程上书写新的辉煌!

第十一卷
坚　持

　　这个单元写的是新冠疫情下的普通人。我们常说,世间最容易的事是坚持,最难的事也是坚持。我们国家的抗疫理念是人民至上、生命至上,这个理念离不开老百姓的广泛参与和支持。在我们看来,我们每一个老百姓都是抗疫者,都是高度的利他主义者。这个单元写的就是我们自己的故事,歌颂的就是我们每一个平凡而伟大的中国人,我们每一个人其实都是这个故事当中的主角。我们的故事聚焦于一个被突然封控的商厦里,我们希望能够通过这个封闭空间展示疫情下的横截面,反映大时代。我们努力展现疫情下不同阶层、不同境遇的中国人,每个人都在各自的生活轨迹上不懈坚持,写出中国人的乐观、豁达与坚韧,普通却闪耀着光芒。

周　萌、王莹菲

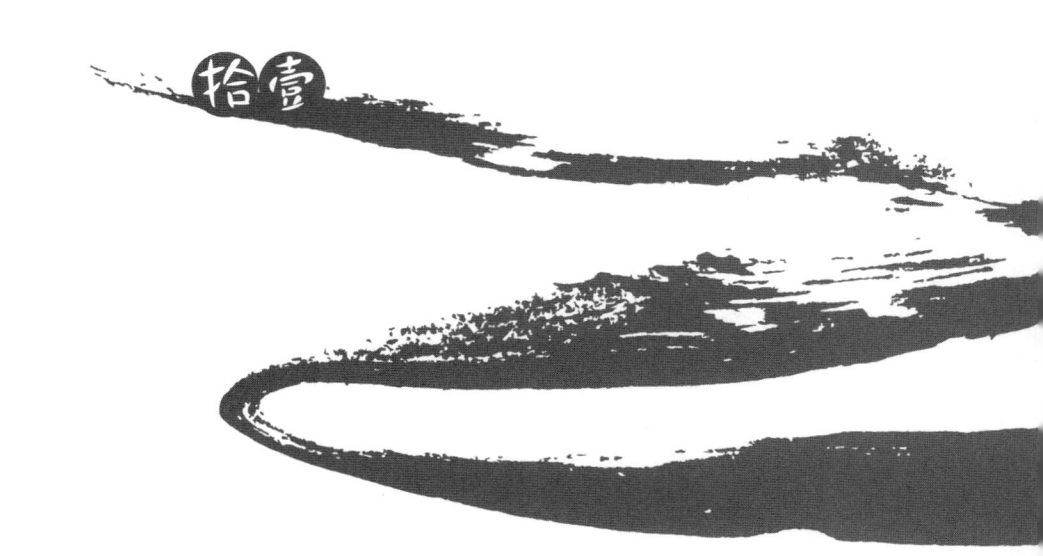

一

谭静从梦中突然醒来。

她从床上坐起,愣了几秒,她知道她回到现实世界了。

一个戴着口罩的护士出现在她面前:"没事吧?"

"没事!"谭静下意识地回答。

其实,她还没来得及回想自己为什么在这里,这是医院的诊疗室。

刚才那个梦做得太深了,太久了,太虚幻了,她一时半会还没能从梦的余味里走出来。

谭静回想刚才那个梦。空中飘着五颜六色的口罩,她像太空人一样悬浮在半空中,把口罩抓下来,塞进自己的嘴里。那些口罩,一到嘴里就变成了虾片,碎屑四散,发出咔嚓咔嚓的响声。

漫天飞舞的口罩让谭静欣喜不已,她咯咯地笑个不停。

三十岁的谭静,骨子里还是一个孩子,但是她已经被别人叫"谭书记"叫了好多年了。

她是星光社区的支部书记。她不喜欢别人叫她"谭书记",有三个原因:一是"书记"这个称呼,显老,一听什么什么书记,总感觉四十岁往上走了好远。毕竟,自己才三十岁,何况还没有结婚。二是"书记"这个称呼,太严肃。严肃得在办公室吃虾片都显得很不正经。要知道,谭静最爱吃的零食就是虾片了。第三个原因,对她而言,"书记"是责任,而不是职务。

梦醒了,虾片没有了,检查报告倒是来了。

检验师拿着检查报告走过来,放在桌子上:"肠内1厘米结节状息肉,比上次检查增大了。"

谭静接过报告,她的手机铃声在这时响起,她不由得看向衣柜。

检验师没有理会衣柜里的手机铃声,继续说:"刚才给你做了活检。"

谭静问道:"是阴性的吧?不对,是良性的吧?"

"等病理结果。初步分析有可能是腺瘤性息肉,不可轻视。"

衣柜里的手机铃声执着地响着。

谭静道:"不好意思,我先看一下手机……"

检验师说:"赶紧接吧,做检查的时候你手机就一直响。"

谭静接起电话:"喂……"

电话那头是社区干事小姜焦急的声音:"谭书记,你在哪儿呢?怎么一直不接电话啊!"

"什么事?说!"

"接到疫情防控指挥部的通知,有个确诊病例上午去了我们社区的星光商厦,现在马上要封控。佟主任给你打了好几次电话你都没接,他发飙了,说五分钟之内你再不出现,就取消你的年假……"

谭静眉头紧蹙,说道:"取消年假?我有年假吗?疫情暴发到现在,三年了,我休过一天吗?"

小姜忙道:"姐,别生气,快到现场来,这儿太乱了,我们坚持不住了。"

谭静穿上外套,一边往外走一边对着手机说:"十五分钟!坚持十五分钟!我马上到……"

检验师看着谭静急匆匆地往外走,朝着谭静的背影喊:"哎,后天,后天到医院拿检验报告!"

谭静一边走一边接电话,同时背对着检验师比画手势,示意自己知道了。

星光社区位于这个城市的东南角。社区户籍人口2354人,总计845户。十年前,地铁8号线竣工,星光社区通了地铁,社区外来人口急剧增加。谭静统计了一下,2020年之前,社区外来人口3500多人。外来人口比本地人口还多。

随着人口大量流入,社区日渐繁荣,社区五街八巷灯火辉煌,车水马龙。而星光商厦就是社区的中心,每天来来往往出入商厦的不下万人,可谓门庭若市。

然而,2020年的新冠疫情让这一切都成了过去。星光商厦,不再星光灿烂。据统计,受新冠疫情影响,星光商厦人流量下降了50%。2022年上半年,先后有四十多家商户撤离,空铺率达到30%。剩下的70%,除了少部分还能保持稳定盈利以外,大部分都在勉强地支撑着。

比如,位于一楼餐饮区的大碗面馆。老板童嘉男,穿着店员制服端着托盘从后厨走出来给仅有的两桌客人送餐。这是大碗面馆迁入星光商厦的第三年。童嘉男在2020年春节前盘下了星光商厦最好的位置,开了这家大碗面馆,在他的计划中,凭借春节的餐饮高峰,一个月内就能收回一半的开业成本,半年内就能实现盈利。正准备大展宏图的时候,人算不如天算,遇到了新冠疫情,春节期间停业。再后来,疫情得到控制,面馆重新开业,但是生意始终不景气。

童嘉男端着牛肉面来到燕姐面前。将一碗牛肉面和一瓶豆奶摆到桌上:"燕姐,面来了,您刚才扫码了吗?"

燕姐:"扫了扫了,你怎么自己忙活开了?那些伙计呢?"

童嘉男说:"伙计们家里有事,请假回家了。"

对于童嘉男来说,说一句谎话是很吃力的事,以至于说出来的时候,自己都不相信。

真实的情况是,昨天几个小工把童嘉男堵在店里,非得让童嘉男结算工资,工资已经拖欠了大半年了。

童嘉男只好到处借钱,分发给大家。大家拿到钱以后一哄而散。空荡荡的店里,只剩下童嘉男和厨子阿福。

阿福没有参加这次"起义",因为童嘉男是阿福的表姐夫,但是这并不表明阿福没有怨言,他也大半年没有拿到工钱了。

要不是看在老婆的分儿上,阿福也会走。

说着,童嘉男给燕姐递上一瓶饮料。

燕姐:"哎,怎么请我喝饮料啊!"

童嘉男笑道:"您天天光顾我面馆,请您喝饮料,是我应该做的。"

燕姐一笑:"好,谢谢了。"

正说着,房叔一手拎着鸟笼子,一手拿着手机迈了进来,扬声器里传出京剧唱腔,八哥发出"恭喜发财"的叫声,八哥名叫"亨利"。

童嘉男边欢迎房叔,边拿出测温枪对着房叔和鸟测温。

童嘉男道:"房叔,您准点儿啊。再帮我扫个健康码,坐坐坐。"

房叔看到燕姐,就冲她走过去。童嘉男赶紧拉住房叔,说道:"特殊时期,请间隔就座！您这边请……"

房叔恍然大悟又带着些许遗憾："好，好……"

说着，房叔隔着一桌在燕姐的对面坐下。

童嘉男："房叔，今天还是老三样？"

房叔伸出三个指头："老三样，牛肉面、拌萝卜皮、花生米。"

房叔和燕姐是星光社区的土著。大碗面馆开业以后就是这里的忠实客户，如果不是遇到打雷下雨，狂风暴雪，每天早上七点半，固定到大碗面馆点一碗热气腾腾的牛肉面。

童嘉男刚刚为燕姐端上面，就走进来了两名壮汉。一个叫施瓦，另一个叫辛格。两人探头探脑地向内张望。

童嘉男感受到一阵不祥的气息。果然，施瓦走到童嘉男面前问道："你们老板童嘉男呢？把你们老板童嘉男叫出来！"

童嘉男故作镇定地说道："他出去办事了！这样，我给他打个电话把他叫回来，您二位先坐一会儿！"

施瓦："打电话吧！"

辛格："我们等着。"

童嘉男说："好，二位这边请。"

说完，童嘉男一转身，进到隐蔽处，快速脱掉店员服，欲从后门离开。

厨子阿福突然出现在他面前："跟你要债的？"

童嘉男："跟你没关系，你别管！"

阿福："那我的工钱呢？什么时候给啊？"

童嘉男："我有点急事先出去一趟，有事回来再说！房叔的面做好了，你给端出去！"

说完，童嘉男头也不回地跑了出去。

阿福端着面来到房叔面前："房叔，您的面做好了，老三样，牛肉面、拌萝卜皮、花生米！"

然后阿福来到施瓦和辛格的面前："你们俩是找童嘉男的？"

施瓦："是啊！"

阿福："他欠你们钱啊？"

辛格："对啊！"

阿福："他也欠我的钱，他刚从后门溜了！"

施瓦和辛格一拍脑门："追他！"

二

一对母子匆匆跑进星光商厦,母亲叫谢薇薇,小男孩叫安迪。谢薇薇本来是要带安迪去参加音乐特长考试,半路上,安迪说他尿急,谢薇薇只好带着安迪跑进商场找洗手间。

母子俩走到电梯间,电梯门刚好打开,走出来几个人。谢薇薇拉着安迪进入电梯。

突然,一个人在谢薇薇身边说:"我跟您说,当您作为一家之主离开的时候,您对家庭所要承担的所有责任,我们的保险会帮您撑起来……"

谢薇薇转身一看,这是一个四十岁上下的中年男人,穿着西装,扎着领带,一副打了鸡血的样子。谢薇薇心想,这人我不认识啊,怎么上来就对我说话呢?

突然,这男人又继续说:"是,是,是,刘哥,这话我给您说了好多遍了!但是理儿是这个理儿啊!……"

原来,这个人是在用无线耳麦通电话,谢薇薇虚惊一场。

这个男人名叫张克,是一个保险推销员。

此时,电话里传来一阵忙音,刘哥挂断了电话。张克有些失望,但他的失望都深深地藏在心里,并没有浮现在脸上。

作为一个保险推销员,他每天要面对太多直接或间接的拒绝。每一次拒绝,他都要面对,都要接受。同时,要在每一次拒绝后重新开始。

每一个保险推销员都是打不死的小强,必须具备强大的抗压抗打击能力。

张克清了清嗓子,准备拨打下一个电话。这时,他突然感到鼻子一酸,忍不住打了一个喷嚏。谢薇薇一下就紧张起来,将儿子拉到身后,远离张克。

谢薇薇:"你就不能憋会儿吗?"

张克:"对不起啊,我能不能拿张纸?"

张克一边说,一边伸手去抽出电梯门边的纸巾,谢薇薇捂着自己的嘴巴和鼻子嫌弃地离张克远远的。

电梯门在二楼打开,谢薇薇赶紧带着安迪从电梯里冲出来。对着电梯里的张克说:"有病!"

张克回答:"我没病,我是鼻炎!"

星光商厦的二楼有一家舞蹈培训机构,年轻漂亮的舞蹈老师珂珂是这个城市最优秀的现代舞者。

在灯光的深处,她演绎着一支她最新创作的现代舞。这个舞蹈难度很大,对于她来说是一个巨大的挑战。

一开始,还有几个学员在她身后试着跟上她的节奏和动作。渐渐地,他们都气喘吁吁地瘫坐在了地上。

然而,珂珂却一遍又一遍地跳着,完全没有停下来的意思。学员们慢慢地发现了其中的不对劲。珂珂脸上没有任何表情,而眼中却含着泪花。显然,今天的她,情绪很不稳定。坚强的外表下面,早已是狂风暴雨般的心情。

胡小轩是珂珂的表弟,也是珂珂最忠实的粉丝,在他眼中,她的表姐是这个城市最美的女人,最棒的舞者。

但是,并不是所有人都这样认为的。比如,珂珂心中那个叫岳向楠的男人。

岳向楠是珂珂在舞蹈学院的同学,大学四年,两人一直是一对默契的搭档。在长年累月的训练中,渐渐地发展成了恋人。

毕业那一年,两人一起去参加了全国的现代舞比赛,以两人的实力和多年来默契的配合,原本可以夺取冠军。然而,在最后的决赛中,珂珂出现了重大失误,导致两人被淘汰。

那天,珂珂哭成了一个泪人,她觉得她亏欠了岳向楠,辜负了岳向楠。因为,在岳向楠的心中,夺得全国比赛的冠军,是他一生的梦想。而珂珂的失误,让他的梦想落空。

随后,珂珂更加努力地训练,希望在下一届比赛中能够和岳向楠东山再起。然而那次失败给珂珂留下了极大的阴影,以至于在后来的训练中,珂珂的失误越来越多。

这是很多舞蹈演员的通病,一次关键比赛中的重大失误可能会造成心理障碍,很多年都无法克服。

终于有一天,岳向楠离开了珂珂,他说他不能忍受这没完没了的失败。舞者一旦过了巅峰期,就再也回不去了。他等不及了,他需要一个新搭档。

珂珂难受极了,她一个人背着行李,离开了和岳向楠朝夕相处的那个训练室。随着那渐行渐远的背影,两人曾经的梦想、曾经的感情、曾经的山盟海誓都化为了泡影。

珂珂回到家乡,回到这个城市,回到伴她长大的星光社区,在星光商厦开了一个舞蹈培训班。

珂珂只想做一个默默无闻的舞蹈老师,用时间治疗曾经的伤痛,然而,她的舞跳得实在太好了,在这个城市的舞蹈界声名鹊起,很多家长带着孩子慕名而来。

大家只知道珂珂是专业舞蹈院校毕业的,但是没人知道,她曾经离全国冠军只有一步之遥。这事,她从来不说,甚至刻意去忘记。

但是,越是刻意想忘记的事情,越是难以忘记。比如,她一直试图忘记却又无法忘记的岳向楠。就在今天,她在新闻中看到了曾经的恋人岳向楠。新闻报道中说,青年舞蹈家岳向楠经过几年的努力,终于和他的新搭档获得了全国冠军,在颁奖现场,岳向楠当众向他的搭档求婚成功,两人的婚事成为热搜,幸福的画面迅速霸屏。

善良的珂珂一次次地告诉自己,应该祝福岳向楠和他的新搭档,这对幸福的舞者,他们才是天生的一对。然而,心中的痛却那么诚实,如一道道锋利的箭一般穿透她的灵魂和肉身。

胡小轩也看到了这个新闻,他知道表姐今天的心情一定很糟糕。他嘀咕着,这新闻够糟心了,居然还来得这么不是时候。今天是表姐的生日,难道这就是老天给表姐的生日礼物,这老天也太恶心了。

胡小轩走到珂珂的面前,珂珂停了下来。

胡小轩说道:"姐,今天你生日,我妈给你准备了蛋糕,晚上咱回家吃饭!"

珂珂拿起旁边的毛巾,擦着汗,一边擦一边回答:"替我谢谢小姨。"

胡小轩:"对了,给你带了我妈做的韭菜萝卜馅的饺子,趁热吃。"

胡小轩边说边要打开,珂珂连忙制止:"别打开,我不饿!"

胡小轩:"那好,我给金然送去!"

珂珂:"去吧!"

胡小轩知道,这个时候的珂珂没有胃口。也许,独处才是疗伤的好办法。

那就让她一个人待一会儿吧,胡小轩提着饺子转身离去。

三

星光商厦的二楼有一家佩奇宠物店。透过橱窗,能看到店内各类猫狗,十分可爱。一个二十岁出头、扎着马尾辫的女孩子站在宠物店门口,她就是胡小轩所说的金然,是佩奇宠物店的老板。

这个时代,宠物被越来越多的家庭和个人所喜爱,宠物在人们的生活中充当着生活伴侣般的特别角色。与此同时,宠物的健康与疫病防治也成为宠物饲养者和社会各界关注的事情。

金然大学毕业后考取了宠物诊疗资格证书,成了一名宠物医生,在星光商厦开了这家佩奇宠物店。在她心中,每一只小动物都是同等的生命体,应该被尊重、被保护、被爱、被救助。

这些年,金然一直从事宠物疾病和人畜共患病的诊断和防治。

然而,新冠疫情的到来,不仅影响了人们的生活,连宠物也受到了牵连。这两年,经济形势不好,很多公司都倒闭,没有倒闭的公司也在大量裁员,人们的生活受到影响,宠物店里的宠物食品、宠物玩具销量也大幅下降。

其实,店里销售额的下降,金然都能够理解。毕竟,人不好过,动物也好不到哪里去。但是金然不能理解的是,带着宠物来看病的人也越来越少。难道宠物不生病了吗?难道宠物生病了也不用看了吗?难道宠物的生命不重要了吗?

金然不能看着那些无辜的小动物在全球疫情以及疫情带来的经济危机中失去被救治的权利。她翻开电话簿,打电话给那些店里的注册会员和老客户。金然一遍又一遍地向他们告知,疫情期间,佩奇宠物店为所有宠物提供的疾病诊疗服务,不收取一分钱的费用。

这消息一传十、十传百地传开了。几乎所有的宠物主人都知道,星光商厦有个佩奇宠物店可以为宠物提供免费诊疗,宠物店的人气也越来越旺。

金然每天从早忙到晚,忙得不亦乐乎。虽然没挣到什么钱,但她感到特别充实和满足。毕竟,看到一个个小生命在自己的治疗和呵护下重新焕发生机,也是一件值得欣慰的事。也许,这就是人生的价值和意义。

此刻的星光商厦好像和往常没有什么区别,但又有一些不一样。

燕姐和房叔安静地吃着早饭,有一句没一句地聊着家长里短。

外卖小哥飞快地穿梭在楼上楼下,除了星光商厦,他还急着要去好几个地方。

珂珂擦掉脸上的汗珠,假装若无其事,她拍拍手,叫学员们站起身和她继续练。

谢薇薇带着安迪急匆匆地从洗手间里出来,他们马上要赶赴考场了。

保险推销员张克还在继续给客户打电话,这两个月,他的业绩很糟糕。

金然一边给店里的宠物喂食,一边像老朋友一样和它们聊着天。

童嘉男飞快地从金然的宠物店前跑过,过了一会儿,施瓦和辛格两个壮汉也从宠物店前跑过,金然完全没有注意。

然而,这一切都被一阵急促的警笛声打破。

两辆警车、两辆救护车、一辆中巴和两辆厢车冲入星光商厦前的停车场。

核酸采样人员快速收拾核酸检测物资,关闭检测窗口。窗口周围围上了一圈临时铁栅栏,防疫人员正在进行消杀。

一个防疫人员拿着扩音器焦急地冲着周围行人大喊:"这里的核酸检测点已经关闭,请所有人不要靠近,尽快远离。这里的核酸检测点已经关闭,请所有人不要靠近,尽快远离。"

行人们被这呼叫声吓得速速远离。几名保安关上了星光商厦的大门,门口一阵骚乱。

顾客甲:"出什么事了?为什么不让我们出去?"

保安:"商厦临时封控。"

顾客乙:"啊?是不是有疫情?"

保安:"我们也不知道,我们也在等通知。"

谢薇薇带着安迪拨开拥挤的人群,走到保安面前,她气冲冲地对保安说:"你们堵在这里干吗啊?我要出去!"

保安:"接到上面的通知,商厦里的所有人都不能出去!"

谢薇薇:"我们刚刚进来上个厕所,怎么一转眼就不能出去了?"

保安:"对不起,这里已经封控了!"

谢薇薇:"封控?封多久啊?"

保安:"等通知!"

谢薇薇正要发作,看见警车里下来几个警察维持商厦周边的秩序,她知道,这次是真的出不去了。但是不出去不行啊,安迪今天要参加音乐特长考试呢!

听说被封控了,不能出去,安迪竟然心里一阵窃喜。其实,他一直都不想参加这个考试。

谢薇薇拉着安迪走向另一个方向。此时张克刚好站在大门口,正在打电话。他觉得门口太吵,便捂着听筒,走到一旁安静点的地方,继续说道:"作为一家之主,万一哪天您遭遇不测,我们保险可以替您承担起养家的责任……"

张克的话没说完,又被挂断了,他已记不得这是今天第几次被挂断电话。他看了看手中的玩具,向电梯走去。

此时商场广播响起:"很抱歉地通知大家,本商厦临时封控,只进不出……"

张克听到广播,抱着玩具下楼。一路上,他看见骑平衡车的物业人员、保安等在各处招呼大家关店门,商厦里的商铺纷纷拉下了卷闸门,商厦里变得异常纷乱喧嚣,顾客们像无头苍蝇一样在商厦里面惊慌失措,窜来窜去。

整个商厦重复响起广播声:"很抱歉地通知大家,本商厦临时封控,只进不出……"

四

星光商厦的外围被防疫工作组团团围了起来。商厦是人员密集区域,一旦出现阳性病例,极其容易引发病毒扩散。疫情防控组必须和病毒赛跑,抢时间。如果不能抑制病毒的扩散,后果不堪设想。

第一批赶到现场的是社区工作者。他们穿着防护服,戴着口罩,组织人员封住了商厦的所有出口,拉起了警戒线。

第二批赶到的是应急工程组。他们把蓝色硬质围挡从面包车上卸下来,架设在门口。

第三批是物资保障组。在星光商厦外的停车场,他们已经支起几顶帐篷,作为临时指挥部。

虽然,该到的人员都到位了,但是整个现场还是一片混乱。毕竟,大家都没有经历过现场封控这事儿,小姜在不停地指挥,但是明显缺乏一些经验,大家各忙各的,谁也顾不上谁。

这时候,一辆小车飞快地驶入停车场,麻利地停靠在两辆汽车中间。从车上下来的正是谭静。不久前,她刚刚从医院的诊疗室苏醒过来,现在的她已经精神抖擞地出现在防疫现场。

谭静穿过忙碌的人群,走到小姜面前,拍了一下小姜的后背。小姜回头一看,大呼:"谭书记,你怎么淋湿了?干吗不让我去接你?"

谭静不是被淋湿了,而是被汗水打湿的。她跑了一路,气喘吁吁地问:"封了几个出入口?"

小姜:"一共十个出入口,我们现在封了三个。"

谭静:"才封三个?"

小姜:"我们一直联系不上物业经理,我们人手也不够!"

谭静:"商厦里有多少人?"

小姜:"不太清楚,保守估计,顾客和商家,加上商厦内部工作人员有200多人!"

谭静搞清楚了基本情况,然后爬上一辆汽车。她站在汽车的顶篷上,手持高音喇叭:

"各组注意了,各组注意了,不要慌,现在听我指挥。社区防控组,八个人,每两人一组,分别在四个出入口蹲守,禁止人员出入。应急工程组集中力量,把后门的围挡打好。后门最容易出漏洞。前门由指挥部看守,先把'禁止通行'和'封控区域'的标识立上。"

谭静对着物资保障组的人说:"物资保障组的注意了,说了多少次了,医疗废弃物的临时收集点不能乱摆放,你们把它放在通风口边上,万一有病毒,风一吹,大家不都得感染?"

这时候物资保障组的小刘提着两个应急照明灯走到谭静面前,谭静叫住小刘:"小刘,为什么只拿了两盏应急灯?每个封控点都要配置四个应急,四个充电应急,两个高光探照灯,这是规定。"

小刘:"我知道是规定,但邹主任那边也要用……"

小姜:"姐,我刚才给你打电话就是想问这个事,但还没说,你就挂了……能赖我吗?还有,姐,你赶紧把这个N95口罩换上啊……"

谭静接过口罩:"你们赶紧忙吧……"

谭静走进帐篷搭建的临时指挥部,里面社区工作者们忙碌地把打印机、电脑等摆放在桌子上,接上电源开始工作。谭静也换上医用防护服,戴上面屏、帽子、口罩、手套和鞋套。此刻的她已经完全进入了工作状态。

谭静:"小刘,商厦里面有没有孕妇和需要透析、化疗的特殊人员?"

小刘:"还没有来得及统计。"

谭静:"马上联系物业,尽快统计!"

小刘:"联系了,可电话一直没人接。"

谭静:"你们和附近商超的负责人建群了吗?"

小刘:"建了。等人数统计出来,我立刻给他们发配送物资的信息。"

谭静:"好,数据统计出来马上告诉我!"

说完,谭静换好防护服,从帐篷走出去。谭静一边往星光商厦的门口走,一边给星光商厦的物业经理秦宇峰打电话。

谭静:"喂……秦宇峰!你总算是接电话了,我是谭静……"

电话那头传来秦宇峰的声音:"谭书记,您好您好,事情我都听说了,但遗憾的是,我正在总部开会,没在办公室。但没关系,我马上找人跟您对接,您放心,一定全力配合咱们社区,做好封控工作。"

谭静:"开会?开什么会?商厦出了这么大事,还有比这更重要的事?你必须,马上,立即,赶紧回来。"

秦宇峰:"现在怎么可能赶回来呢?会议还没结束呢!等会议一结束,我就赶回来。好不好?"

正说着,从星光商厦停车场的出口突然驶出了一辆车,负责秩序维护的社区防疫工作人员立刻围上去,截停了这辆车。

一个工作人员对着车上的驾驶员喊道:"停车!停车!这里封控了,只进不出,谁让你开车出来了?回去!"

这时从谭静手机里也传来这句:"停车!停车!这里封控了……"

谭静转过身,快步朝这辆车走去。

车窗慢慢摇下来,星光商厦的物业经理秦宇峰拿着手机,看着谭静,露出尴尬的笑容。

谭静一脸鄙夷地看着秦宇峰:"秦经理啊!那么远的路你这么快就回来了啊?"

说起谭静和秦宇峰,两人打小就认识,不仅是同班同学,还是一对老冤家。

谭静是班长,而秦宇峰就是班上的调皮蛋。两人一块儿上学的时候,秦宇峰没少被谭静修理,以至于两人现在都工作了,秦宇峰一见谭静还是心里哆嗦。

此刻的谭静和秦宇峰一起走进星光商厦。谭静急匆匆地走在前面,当年做班长的气场一点没减,而秦宇峰弓着腰,小碎步走在后面,像极了当年那个犯了错的"调皮蛋"。

谭静一边走一边问:"物业管理层今天在岗的有多少人?"

秦宇峰:"哎呀,谭书记您是不知道,我们物业公司也在裁人……"

谭静打断秦宇峰的话:"我问你有多少人?"

"算上我,三个半。"

"怎么还有半个?"

秦宇峰摇摇头说:"我是来办离职的。"

谭静突然停下了脚步,回过头,看着秦宇峰:"什么?离职?"

秦宇峰点点头。

秦宇峰这人,有两个要命的缺点:一是不自信。估计是小时候太调皮,被老师、家长和谭静给收拾后留下的后遗症。二是爱面子。这两年,物业公司业务缩减,财务困难,开始大幅度裁员。秦宇峰预感到这次裁员会裁到他头上,担惊受怕了好几天。后来一想,与其等着公司通知,不如自己主动辞职,这样显得有面子。

秦宇峰回答的这个"嗯",虽然没有什么内容,但是谭静已经听出了内容。

谭静毫不留情,一针见血地说:"你是怕公司裁员把你给裁掉了没脸见人,所以自己主动辞职的吧!"

秦宇峰:"你……我……"

秦宇峰结结巴巴,他万万没想到谭静会这么直截了当地说出真相,毫无保留。

秦宇峰这句结结巴巴的"你……我……",完整的句子是:"你怎么知道我就是这样想的,我的想法你怎么会那么清楚?"

谭静继续说:"老同学,这么多年过去了,你还是一点都没变,不自信!爱面子!你记住,做好自己的本职工作,只要工作做好了,公司怎么裁员都不会裁掉你,一个勤勤恳恳认认真真工作的人,是不会被炒鱿鱼的!"

秦宇峰说:"呵呵,你也没变,这么多年,还是一副诲人不倦的样子,开口就是大道理!"

谭静:"离职手续办完了吗?"

秦宇峰:"还没有,等上面签字呢……"

谭静:"那就是还没离职,只要你还没有正式离职,你就还是星光商厦的物业经理,你就得履职尽责。你赶紧清点人数,尤其要注意特殊人群,比如孕妇,老人小孩,身体不适的……"

话还没说完,只听咣当一声,谭静一头撞在玻璃门上,直接摔在了地上。

秦宇峰连忙把谭静扶起来,说道:"谭书记,您没事吧?都怪我,这玻璃门擦得太干净了。"

谭静一天没吃没喝,此刻眼冒金星,虚弱地说道:"有巧克力吗?"

秦宇峰愣了一下:"巧克力?低血糖了是吗?"

秦宇峰掏了半天掏出一盒口香糖:"巧克力没有,有口香糖……"

谭静看着秦宇峰,这个老同学,熟悉又陌生。

熟悉的是,秦宇峰跟自己一样,表面上都是成年人了,但是在很多地方都还是像个小孩子,有些天真,有些单纯,还有些小调皮。

陌生的是,两人在一个城市、一个社区工作,常常打交道,但是很少交心,有几次谭静看见秦宇峰,想跟他聊聊,发现秦宇峰有意回避她,估计是小时候收拾他收拾得太狠了,留下了心理阴影吧。

只是这个世界太坚硬了,容不得他们的天真、单纯和调皮。所以他们都把自己的本性收起来,像大人一样去工作。

五

谭静和秦宇峰来到星光商厦二楼的中庭,发现一楼中庭已经聚集了上百人。这些都是被封控了不能出去的顾客。

刚刚吃完面的燕姐和房叔也在其中,燕姐急着回家做午饭,午饭后,她还得打理她种的花草。她焦急地喊着:"你们到底有没有人出来说句话啊?这样关着我们算怎么回事啊?"

刚刚送完外卖的小哥,也被禁止外出,他着急了:"我还有好几单没送,客人要是投诉我,我可赔不起啊!"

一个大妈说:"我家里还炖着汤呢!"

一个大爷说:"是啊,我孙子在幼儿园等我接他回家呢!"

一个小伙子大叫着:"女朋友今天第一次带我见她父母,我兴奋了好几天,今天到商厦来买点礼物,给未来的老丈人和丈母娘送去,没想到被你们给关在这里,我给你们讲,我的终身大事,要是被你们给耽搁了,我……我跟你们没完!"

大家被这个小伙子满含愤懑的哭诉给逗笑了。只有自己的苦恼才是苦恼,别人的苦恼,不设身处地去感受,那还是别人的苦恼,跟自己没关系。

金然正准备到商厦外面的快递点取狗粮,她来到保安的面前:"保安大哥,我的快递到了,在外面自提柜里,我能出去拿一下吗?"

保安:"不行,上面规定了,一律不准出去!"

金然:"求求你了!"

保安:"求我没用。上面说了,谁都不能出去!"

此刻,胡小轩手里拿着一盒饺子,穿过拥挤的人群,来到金然面前:"你在这儿啊!我到处找你!出什么事了?"

金然:"商厦被封控了。我要去快递点拿狗粮,不让出去。"

胡小轩:"先趁热吃点饺子。"

金然:"狗不能吃饺子。"

胡小轩:"没让狗吃,让你吃。"

金然:"没心情跟你贫,狗没得吃,我也不想吃!"

此时,谭静来到二楼显眼的位置,拿出手中的扩音器,开始对着骚乱的人群说话:"大家静一静,不要慌,听我说……"

楼下的上百号人注意到了二楼站着的这个女人,有人喊道:"你谁啊?!"

谭静镇定地说:"我是咱们这片的社区书记,我叫谭静。刚刚接到市疫情防控指挥部的通知,今天的一管十混一采样里筛出了一个阳性病例,区疾控中心经过流调,确定这个阳性病例今天一早来过星光商厦,所以,现在要对这里封控管理,所有人员只进不出。"

谢薇薇听谭静这么一说,立刻从口袋里拿出两个新的医用口罩,拆开一个套在安迪原有的口罩外面,又给自己戴上一个。

燕姐朝谭静喊道:"我家就住在隔壁小区3号楼2单元,离得这么近,能不能让我回去隔离啊。我保证不出门。我有核酸证明,也都打了疫苗。我给您看。"说完掏出手机,拿出核酸检测结果的界面,向楼上的谭静晃动。

外卖小哥也朝着谭静喊道:"我就是进来送了趟外卖,前后没有三分钟。我们一天两次核酸,绝对没问题。"

谭静再次用扩音器朝人群喊话:"你们不想待在这儿,我知道,你们每个人都有苦衷和理由,我也知道。但人云亦云,放一个等于放一百个。疫情当前,守护好阵地,做一万防万一,没有退路,所有人员只进不出。"

一个街坊大妈对着谭静说:"你反正是一个人,回不回去也无所谓。我们不一样,一大家子人呢,伺候完老的,伺候小的,根本忙不过来。"

谭静听到这话,心里有些难受。三十岁了,没结婚,街坊邻居难免嘀咕。她本不在乎这些闲言碎语,只是大庭广众之下被别人说出自己的私事,她有点尴尬,也有点愤懑,一时语塞。

一旁的秦宇峰注意到了谭静脸上那一丝复杂的表情,他把扩音器从谭静的手中拿过来,对着那个街坊大妈说:"您那么累,就正好趁这个机会好好清闲一下呗!"

这时,人群中传来一个声音,此人四十岁左右,气定神闲,似乎早已对这种局面见怪不怪了。他手捧着一束花,提着生日蛋糕,一副知书达理的样子,江湖人送外号"大明白"。

大明白泰然自若地说:"大家都少说两句。听我说两句,谁还没被封控过啊,别这么大惊小怪。把口罩都戴好,间隔两米。一会儿肯定要组织采样,把身份证都提前拿出来。另外,有没有物业的人,你们这商厦里的通风系统是内循环还是外循环?"

阿福问道:"有啥区别啊?"

"区别大了。如果管道里的压强高于外面的空气,那空气就是流通的,否则就麻烦了,里面压强低,空气出不去,一直在内部打转,万一有阳性,这么多人,不是聚集吗?!"

大家一听,又一阵喧嚣。

秦宇峰连忙站出来,说道:"大家安静一下,听我说两句,我是这商厦的前物业经理,我们商厦已经改进了通风系统,都是与外部交互,通风没有问题,不会出现这位先生说的这种情况。"

大明白:"就是嘛,人家钱经理说得多好啊,人家物业早就把这些隐患都消除了,大家放宽心……"

谭静:"人家不姓钱,姓秦……"

大明白:"人家都把咱顾虑消除了,咱们还担心什么啊?要说着急,我比你们都着急,再不出去我这蛋糕也化了,花也蔫了,我们家里头我二姑姥姥还等着我过生日呢……"

谭静:"这位先生说得好,咱们给他鼓掌……"

人群外围,那几个在舞蹈教室外的中学生此时已经来到了大厅里,他们聚在一起给各自的父母和朋友打电话。

"告诉你一个特别魔幻的消息……我被封控在商场里了……"

"哇,简直太酷了……"

"这不就是游戏里的梗吗,是不是有点羡慕我……"

"在商场里可比在酒店里隔离帅一百倍……"

六

保险推销员张克顺着电梯下来,突然看见玩具店老板。

他正在寻找这个玩具店老板。张克手中的乐高玩具是买给客户的儿子的,但是客户已经拒绝了他,客户不再是他的客户,所以这乐高玩具也用不上了。

张克:"你不是玩具店的老板吗?我刚在你那儿买的乐高!"

老板:"用得挺好的,是吧?"

张克:"不,不是,你给我退了!"

老板:"不能退,不能退!现在都暂停营业了……"

张克:"你听我解释,我这个是送给客户的,现在用不着了,你知道,现在赚钱多不容易……"

老板:"这年头谁容易啊?现在的人都上网买东西了,我的店都要黄了!谁管我啊?"

张克:"保险管你……我是金色保险公司,我叫张克,弓长张,克是帮你克服困难的克,我的工号是9527……"

老板:"我不要,不要保险……"

这时候,张克的手机响了,趁张克接电话,老板趁机溜掉了。

张克接起电话:"您好!我是金色保险公司张克……对,是我,是白女士吗,对!对!我刚才给您打的电话。上次给您推荐的险种考虑得怎么样了,您相信我,有百利而无一害,不管您家,谁有个三灾六难,天灾人祸,我们都可以提供最全面的保障。"

电话那头的白女士说:"我刚生了宝宝,你们有没有少儿重疾险啊?"

这突如其来的希望让张克顿了一下,连忙说道:"有,有,有!我们公司目前已经集齐了市场上最好的少儿重疾险产品,不管您孩子得了什么大病,我们保险都会替您负担医疗费用……"

星光商厦的二楼,童嘉男还在没命地跑,施瓦和辛格在后面追着。整个商厦里都闹哄哄的,谁也没有注意三个在奔跑的男人。

在二楼拐角处,童嘉男猛地站住了脚步,他退回去,看到一个写有"设备间"字样的门。童嘉男灵机一动,伸手拉开设备间的门,躲了进去。

设备间里一团漆黑,童嘉男大口大口地喘着气,等他歇了一会儿,他分明感受到背后有一阵窸窸窣窣的声音。

一回头吓了一大跳,原来这狭小的空间里,已经躲了两个人,正是谢薇薇和安迪。

原来,谢薇薇打算带着安迪在商厦里找个出口偷偷溜出去,不知道怎么的走进了设备间。母子俩正准备出去,却被闯进来的童嘉男吓了一跳。

童嘉男哆哆嗦嗦地拿出测温枪分别给谢薇薇、安迪测温:"36.6摄氏度,体温正常。36.9摄氏度,也正常!"

谢薇薇:"干吗呢?你有病吧!"

童嘉男:"我没病,我是怕你俩有病!"

谢薇薇:"你干吗的?疫情防控组的?"

童嘉男:"我不是,怎么,有疫情?"

安迪:"刚才广播里通知,你没听见吗?"

童嘉男:"啥?"

安迪:"今天上午有一例阳性病例到过星光商厦,所以,这里全部封控了!"

童嘉男:"啊!"

童嘉男心想完了,出不去了。出不去的话,一定会被那两个壮汉给逮住。

此刻的施瓦和辛格也是这样想的。这两人飞快地跑过设备间,没想到童嘉男就藏在里面,跑了半天才发现童嘉男没影了。

辛格:"哥,那小子跑不见了。"

施瓦:"我知道!"

辛格:"商厦好像被封控了,咱们出不去了!"

施瓦:"我知道!"

此时商场广播响起:请所有顾客和工作人员戴好口罩,尽快下楼,听从工作人员安排进行核酸检测。

施瓦说:"既然封控了,那小子也出不去。走,下去找!"说着,两人下楼。

此刻,童嘉男和谢薇薇母子俩还在设备间。

安迪:"你们不打算出去吗?"

谢薇薇:"别急,等外面消停点,咱们就想办法出去。"

安迪:"我说的'出去',不是你那个'出去'。"

童嘉男:"你们,你们也想出去?"

谢薇薇:"我们本来就不在这里,就进来上了个厕所,跟谁也没有接触!"

安迪:"怎么没接触?你和好几个人都说了话!"

谢薇薇:"大人说话,小孩别插嘴。"

谢薇薇突然想到了什么,问童嘉男:"你做核酸没有,有没有打疫苗?"

童嘉男连忙打开手机里的健康码,给谢薇薇看,说道:"姐,您放心,我是这里餐饮店的老板,三针疫苗全打过了。"

谢薇薇看了一眼童嘉男的健康码,然后说:"我们连续测了十几天核酸,三针疫苗也都打了。我们继续待在这里才有可能被传染。"

童嘉男:"对,我同意,咱们不能待在这儿。"

谢薇薇:"你对这儿熟悉吗?"

童嘉男:"太熟悉了……"

小姜带着社区工作者把桌椅搬进了星光商厦,间隔数米摆放好,每张桌上都放着手消、咽拭子、试管架、试管和采样手机。若干进行核酸采样的"大白"坐在桌子旁,准备进行核酸检测。

谭静拿着话筒,说道:"所有人排成四队,前后间隔两米,把身份证都拿出来,没带的报身份证号也行。一会儿要采集的是咽拭子,一人一管,轮到你,再把口罩摘下来。测完后,赶紧把口罩戴上,楼上写字楼的人员回各自办公室,楼下的顾客以及其他人员就先在大厅里休息。所有人务必按照工作人员指引的线路走,防止交叉感染。秦经理,你们物业赶紧组织一下。"

秦宇峰:"别叫我秦经理,我都离职了。"

谭静:"还没离职就还是经理!"

秦宇峰:"什么意思?"

谭静:"在没有得到你公司确认之前,你就是这里的负责人,你必须在这里负责!"

秦宇峰摇摇头,对于谭静的强势,他见怪不怪了,打小就这样。

"行吧。我这个经理就先继续做着!"秦宇峰无可奈何。

谭静:"抓紧干活!"

秦宇峰:"好好。大家快排队吧。"

小姜手里拿着登记本,走在队伍中一边维持秩序一边说:"大家戴好口罩,拿出身份证,保持两米距离。"

大家陆续排队测核酸。从楼上下来的施瓦和辛格也被秦宇峰招呼着排队测核酸。

此刻,张克站在角落里,客户对他推荐的产品感兴趣,这令他很兴奋,他索性把口罩摘下来,露出毫无血色的脸,他语速很快地说:"白女士,您买了这款少儿重疾险后,我们公司还会额外赠送您一个终身保底的账户,非常划算……"

秦宇峰走到张克面前,提醒道:"先生,把口罩戴上,排队做核酸了。保持两米距离。"

张克不在乎眼前发生的一切,他敷衍地戴上口罩,跟着秦宇峰排到队尾。

谭静拿起话筒,说道:"如果所有人的核酸结果和环境采样都是阴性,48小时后解封。"

听闻48小时后解封,那几个中学生欢呼起来,但也有人怨声连连。

燕姐:"48小时?还要住在这儿啊?这地方怎么住啊?"

外卖小哥:"我外卖箱里还有好多外卖没送呢!我赔不起。"

大明白淡定地说:"就两天时间,正好体会体会集体生活,你看看人家年轻人多想得开。他们社区和物业一定会保障我们正常生活的,对不对啊,谭书记?"

谭静:"对,最基本的生活需求你们不用担心,我们都会想办法解决。另外,有送医送药需求的特殊人群,做核酸的时候要主动跟工作人员说一下。"

小姜在队伍外面举起手:"有需求的过来找我登记。"

做完核酸的人陆续去找小姜登记。

金然、珂珂、胡小轩正在排队,金然在前面,胡小轩在两人中间。胡小轩不由自主地看着金然,心情大好地说道:"金然姐,这两天我帮你一起照看狗狗吧?"

金然:"你不是怕狗吗?"

胡小轩:"那我不看狗,我可以看着你啊。"

金然盯着胡小轩说:"你不是正看着吗?"

胡小轩被盯得浑身不自在,喃喃地说道:"我还是看我姐吧。"

胡小轩转身看珂珂,她还沉浸在低落的情绪当中。

胡小轩正要说话,秦宇峰走过来对三人说:"请保持两米距离!"

张克站在核酸队伍中打电话,前面是燕姐和房叔,旁边队伍是玩具店老板。队伍缓步向前,他对48小时封控充耳不闻。他一边跟随队伍缓慢前行,一边对电话那头的白女士说:"这款保险您就放心买,天有不测风云,您有金色保险,9527就永远在您身边。"

白女士:"嗯,你们这款保险产品确实不错。怎么签合同呢?"

张克见白女士答应了,难掩激动,手不住颤抖,说道:"合同就在我手机里,我发您一份就行。"

白女士:"好,那你发我吧。"

张克:"好的,好的,我马上就发您。"

张克兴奋地挂断电话,换了一只手抱着玩具,从手机里调合同文档,一边操作,一边缓步向前。

大明白和阿福测完了核酸。

阿福咽了口唾沫,说道:"每次测核酸,捅的位置都不一样,也不知道管不管用?"

大明白:"咽拭子主要是化验人体咽后壁的痰液,看看有没有致病微生物的病毒。只要在咽后壁部位采集就没问题。"

阿福:"原来是这样。"

大明白:"估计以后更方便了,食品药品监督管理局已经授权了通过呼吸进行新冠检测的设备。以后只要往试纸上一吹气,立刻就能分析出有没有新冠病毒。这使用的是气相色谱——质谱技术,大大提高效率。"

阿福一脸钦佩地看着大明白,问道:"您懂得真多,看您这气质,您是大学教授吧?"

大明白笑着摆摆手,说道:"不是不是。"

阿福:"那肯定也是副教授?"

大明白笑了笑,没有接话。

张克在手机里找到了合同,准备发给白女士,可不知为什么,手机不断跳出"该操作无法执行"的对话框。此刻,他收到白女士发来的信息:"合同发了吗?"

张克焦急地回复:"马上。"

张克很着急,手更抖了,他不断操作,却一次次地出现错误的对话框。张克心情万般焦急,这是这个月的第一单,对于他来说非常重要。他不时地看向外面,他的车停在外面,车上有他的电脑,电脑里有合同文本。如果手机不能操作,他就只能通过电脑操作了。

张克给白女士发了一个微信语音:"白女士,我手机出现了一点问题,我电脑里也有合同。我马上去车里取了电脑给您发。"

此刻,房叔和燕姐刚做完核酸,房叔把身份证塞回钱包的时候不小心弄掉了,他连忙弯腰去捡。

张克心急如焚地做完核酸,赶紧向商厦外跑去,经过房叔身边,手里的玩具擦过房叔头顶,把房叔的假发套带到地上,张克一脚踩上去,假发套粘到鞋上,张克全然没有注意到这一切,直奔门口而去,张克快步经过燕姐,假发套从鞋上掉了下来。

头顶露出地中海的房叔手忙脚乱,周围人一片哗然。

燕姐:"哎,那个卖保险的!"

张克完全没听到,头也不回。

房叔捡起身份证放进钱包,愣在原地无所适从:"这下我是光着腚拉磨,转圈丢人了。"

燕姐捡起假发套走过去递给房叔,房叔有些腼腆地接过,心疼地整理起来。

燕姐:"我回去给你洗洗。"

房叔:"不用,吹一吹就行。"

谭静见张克走过来,上前问道:"你要去哪儿?"

张克无视谭静继续往前走,谭静走过去,拦住他的去路:"哎,这位先生,你要干什么?"

张克浑浑噩噩地说:"我要出去。"

谭静:"这里封控了,不能出去!"

张克不理会,看到门口的保安,转头跑开,谭静赶紧追赶,小姜看到后把登记本递给同事,紧随其后。

燕姐趁乱离开了大厅,房叔提起鸟笼子追上。

张克跑到侧门,侧门被链条锁锁着,张克放下玩具,奋力推开玻璃门,链条锁松动,漏出宽宽的一条缝隙。

张克试图钻出去,谭静和小姜追了上来。

谭静一把拉住他,说道:"你不能出去。"

张克:"我要去车里取电脑,我就去一下,马上就回来。"

谭静:"不行,已经封控了,所有人都不能出去!"

张克:"我车就停在马路对面,我取了就回来。"

谭静:"不是我不让你去,这是规定,你理解一下好不好?"

张克的身体已经有一半将要钻出去,结果卡在了中间,进退两难,谭静和小姜两人试图拉回,奈何被卡得太死,张克身体根本动不了。

小姜:"你闹什么!违反防疫政策是要受到治安处罚的。"

张克:"少吓唬人!我就是去拿我的电脑。这单我必须签下来,否则这个季度我就完不成业绩,我就会失业,我不能没有工作!你们理解不了!你们谁也理解不了……"

张克的声音有些哽咽。

谭静看了一下门缝,弯下腰从低处小心翼翼地钻了出去,用力把张克推了进来,张克疲惫地坐到地上。

谭静钻回来的过程中,被门上的铁丝挂住防护服,用力一扯,防护服被割开了一条大缝。

七

在星光商厦二楼一条偏僻的走廊里,谢薇薇母子跟着童嘉男小心翼翼地往前走。

谢薇薇问童嘉男:"你真的知道出去的路吗?"

童嘉男:"放心吧,我对这儿很熟。咱们现在可是一条绳上的蚂蚱,一条贼船上的人,你可别出去揭发我啊!"

安迪:"我可不是蚂蚱,也不是贼。"

谢薇薇:"不是做贼,你说话注意点,我们现在可是正大光明的,别把我儿子带坏了。"

童嘉男:"你可得摆正自己的位置啊,现在是你求着我。"

谢薇薇:"别废话了,赶紧找路吧!"

这时，童嘉男手机又响了起来，来电显示是一个陌生号码。童嘉男接起电话："喂……哪位？哦，是胡哥啊，哥，我怎么敢不接您电话啊，刚才确实没听见……快了快了，您再容我几天……哎呀，我从您那里拿菜都这么多年了，您还信不过我吗？……好的好的，一定。"

童嘉男挂断了电话，长舒一口气。这时，他听到一阵咳嗽声，童嘉男闻声看去，来人正是燕姐和房叔。

童嘉男："燕姐、房叔，你们这是……"

燕姐："大厅里都快打起来了。说是要关我们48小时，全是阴性才能放出去，这地方怎么住两天啊？小童，你对这里熟，你有什么办法吗？"

童嘉男："现在各个门肯定都封了。我记得通往A座的连廊那边有几扇窗户，应该能翻出去。"

燕姐："翻窗户？"

谢薇薇："什么馊主意啊，翻窗户出去，我们成什么了。"

童嘉男："只要能出去不就行了，否则在这关两天更难受。"

燕姐："对。我们家就在隔壁，走几步就到了，要关也得关家里。我不能在这儿待了，我咽喉炎犯了，得赶紧回去吃药去。"

燕姐气喘吁吁，时不时咳嗽气喘，这令谢薇薇不安。她本能地将儿子拉开远离燕姐。几个人小心地走着，而这一切都被头顶的监控探头记录下来了。

刚刚把发疯的张克拉回来，谭静一个人待在大厅的角落平复情绪，她的防护服已经破烂不堪。秦宇峰、金然等人不明所以地围过来。

小姜关切地说："谭书记，赶紧出去消消毒吧，暴露时间太长，会有感染的风险。"

谭静："还来得及吗？"

小姜："那就更别耽误了。"

谭静看着周遭，说道："算了，我不出去了，反正就48小时，我在这儿陪着大伙熬，有什么问题也能及时处理。联络协调的那些工作，只要有手机，也耽误不了。"

这时，小刘从指挥部走进来："谭姐，封控的人数基本统计出来了，一共是351人。"

谭静脱下防护服，摘掉面屏，对着小刘说："现在要加上我，一共是352人。"

小姜吃惊道："姐，你……"

谭静抬起手，意思是不用说了。这意味着谭静在接下来的四十八小时，要顶着被感染的风险，和其他三百多人一起被封控。她之所以决定这样做，也就是要告诉所有被封控的人,只要有一点点被传染的可能,就要接受被封控的现实。这是规矩,对每个人都是平等的,她谭书记也不例外。她将和大家一起在接下来的四十八小时里同甘共苦。

小刘继续汇报:"各商超的负责人都做了分工,像睡袋、洗漱用品这些东西,都会陆续运过来。"

谭静:"好。天黑前必须送到。"

此时秦宇峰避开众人,接了一个电话:"是的是的,刚封控。啊?被封在我们这儿了吗?噢噢,好的没问题,我一定照顾到。好嘞,放心啊,先这样。"

秦宇峰放下电话,走到谭静面前,见她脱掉了防护服,说道:"谭书记,您这是要跟大家同甘共苦啊?"

谭静:"秦经理,我是跟你们'同流合污',顺便监督你们物业的工作。"

秦宇峰:"可不可以别叫我秦经理,我都快离职了。"

谭静:"好的,快离职的秦经理。"

秦宇峰无奈摇头:"随便你吧。对了,刚才监控室的人给我打电话,说看到几个人正往连廊那边走,可能想跑。"

谭静皱起眉头,说道:"带我去看看。"

于是,谭静、秦宇峰穿过人群,来到监控室,他们站在监控画面前,童嘉男、谢薇薇母子等人的身影不时出现在监控画面中。

谭静:"你们物业有广播吧?把利害关系跟他们讲清楚……"

秦宇峰点点头,组织语言,对着话筒说道:"各位顾客及写字楼、商铺的各位同仁,大家下午好。应政府的防疫要求,星光商厦A座、B座、C座已经全部封闭管理。由此给您带来的不便,我们深表歉意。我们知道现在很艰难,我们也感受到了您的沮丧和不安。在封控的这段时间里,我们物业和社区会一直在您身边,为您提供无微不至的帮助。"

秦宇峰清了清嗓子,继续说道:"当然,我们也有责任提醒个别存有侥幸心理的人员,配合防疫是每个公民的义务。你们就算越过了物理围栏,那还会有电子围栏、法律围栏以及道德围栏,请大家三思。希望我们能相互携手,共渡难关。"

童嘉男等人停下脚步,静静地听完广播。谢薇薇掏出手机,直接把手机关机。

燕姐打起了退堂鼓,说道:"小童,要不咱们回去吧,这样逃跑是不对的。"

谢薇薇理直气壮地说:"我们不是逃跑,我们本来就不应该待在这儿,这儿才是最危险的。本来没病,最后感染了算谁的?"

随后,谢薇薇转头看向燕姐:"对了,你打疫苗了吗?"

燕姐摇头。

谢薇薇:"你今天做核酸了吗?"

燕姐:"我正打算吃完面出去做呢!"

谢薇薇:"没打疫苗,没做核酸,还一直咳嗽,你确定你是安全的吗?"

燕姐无力辩驳。

童嘉男打着圆场:"放心吧!燕姐昨天做了核酸,这个我证明。不过燕姐,等出去之后还是把疫苗都打上吧。"

童嘉男继续带头往前走,谢薇薇将安迪拉到自己身后。

八

童嘉男几人走在走廊里,远远地看见了几扇窗户。童嘉男试图打开窗户,但那扇窗年久失修,完全锈了。他们浑然不知,在他们的头顶上方,又有一个监控探头。

监控室里,谭静将童嘉男等人的行为尽收眼底。

谭静:"够累了,还要分出人手找你们。"

然后谭静转头对秦宇峰说:"你在这儿盯着。两个保安大哥跟着我去。"

说完谭静带着两名保安走出监控室。

此时,童嘉男费了好大力气,把窗户打开了一条不大的缝隙,童嘉男试着往外钻,谢薇薇用力在后面推着。安迪咽了咽口水,一直盯着燕姐手里那瓶童嘉男赠送的饮料,燕姐注意到安迪的表情,趁谢薇薇不注意,悄悄递给安迪。

安迪接过豆奶迅速塞进口袋,两人相视一笑,不约而同做出"嘘"的手势。

童嘉男累得够呛,喊着:"停,停,让我喘口气,一会儿再试试。"

谢薇薇也累得气喘吁吁。燕姐看着安迪可爱的表情,这孩子,看着那么机灵,燕姐心生欢喜。这时候远处传来脚步声。

童嘉男:"好像有人来了。"

话音未落,只见走廊尽头出现了几个身影,正是谭静和两名保安。

童嘉男大吃一惊:"我去!"

童嘉男率先朝楼梯间跑去,燕姐、房叔、谢薇薇母子紧随其后。

童嘉男跑在最前面,谢薇薇母子跟在身后,燕姐由于年龄偏大,和他们拉开了一段距离。

童嘉男跑进二楼的佩奇宠物店隔壁的安全出口。谢薇薇母子也跟着跑了进去。谢薇薇跟着跑了几步，突然想起什么，又回到安全出口，踮起脚，将出口玻璃门的门栓插上。

安迪："你怎么把门锁上，爷爷奶奶还没进来呢。"

谢薇薇："那个奶奶没有做核酸，也没有打疫苗，万一有问题怎么办？"

此时，燕姐跑到了宠物店隔壁的安全出口。她看到谢薇薇正蹲下身，插地上的门栓。

燕姐使劲敲门，叫道："把门打开！"

这时，谭静和两名保安已经追了过来。燕姐远远地看见谭静，越发着急，喊道："开门啊！你这人怎么这样？"

谢薇薇没吭声，准备拉着安迪就走，转头看到安迪正在喝着一瓶豆奶，谢薇薇问："哪儿来的豆奶？"

安迪没有回答。谢薇薇想起刚才燕姐手中一直拿着一瓶豆奶，明白了安迪正在喝的这瓶豆奶是燕姐给的，气不打一处来，猛地伸手把安迪手中的豆奶打到地上，豆奶溅了一地。

安迪："你干什么？"

谢薇薇："你怎么能喝陌生人给的东西？她没打疫苗，没做核酸，你没看到她一直咳嗽啊，万一她就是那个阳性病例怎么办？"

安迪被吓到，谢薇薇强势拉着安迪离开。

正在这时候，刚刚跑到走廊尽头的童嘉男又迎面而来。

谢薇薇："怎么又回来了？"

童嘉男："那边封着呢，得换一条路。"

童嘉男没见到燕姐，问道："燕姐和房叔呢？"

安迪："我妈妈把她锁在外边了。"

童嘉男："为啥呢？"

谢薇薇："那个老太婆，既没做核酸，又没打疫苗，还不停地咳嗽，万一她就是阳性病例怎么办？还有那个老头，提着个鸟笼，跑也跑不动，跟着我们，也是麻烦！"

童嘉男想了想，舒一口气说："行吧。"

谢薇薇："赶紧走吧。"

在二楼的舞蹈训练室里，珂珂开着音乐，反复练着腿部磕地的高难度动作，膝盖已经变得青一块紫一块，胡小轩心疼地远远看着。他知道，岳向楠获得全国冠军，并向搭档求婚的消息，深深地刺激了珂珂。她和岳向楠，曾经走得那么近，一起携手奔向共同的梦想。而现在,两人在事业和爱情上都分道扬镳了。珂珂觉得自己就是一个失败者,彻彻底底的失败者。舞蹈训练室里,珂珂依然在反复跳着,她的体力已经严重透支,显得疲惫不堪。

突然,音乐停了。珂珂瘫倒在地上。对于一个舞者来说,舞蹈是生命,音乐就像是空气。音乐停了,舞蹈就停了;舞蹈停了,舞者就休克了。胡小轩走了进来,他抱着一只小猫。

胡小轩:"姐,来,撸撸猫。"

珂珂摇摇头,胡小轩举着猫在珂珂面前晃了几下,珂珂毫无反应,胡小轩无奈离开。

过了一会儿,胡小轩又抱着一只小狗进来:"姐,逗逗狗?"

胡小轩举着狗爪子挠了一下珂珂,珂珂依然不说话,依旧面无表情。

胡小轩只好又抱着狗离开。珂珂失落地躺在地上,半闭着眼睛对着门口。

突然,一只羊驼迎着灯光走进舞蹈室,珂珂吓了一跳,坐起来盯着羊驼,擦了一下眼泪,伸手试图抚摸羊驼,脸上愁容逐渐散开。紧接着另一只羊驼也进来,把珂珂夹在中间,和珂珂互动。珂珂扑哧一下笑了出来,甚是开心。

金然和胡小轩蹲在门口,看着珂珂开心地和两只羊驼玩耍,完全没有了之前的歇斯底里,两人也终于松了一口气。

胡小轩:"还是你有办法!"

金然:"动物真的是人类最好的朋友。有的时候,不只是我们在帮助它们,它们也在帮助我们。"

胡小轩盯着金然,眼神中有种复杂的情感。

被谭静硬拉回来的保险推销员张克此刻十分焦虑。他来回踱步,一会儿看手机时间,一会儿望向大厅的门口。白女士正在等着他把合同传过去,和白女士的这单合同,对他来说实在太重要了。他已经连续两个季度没有完成业绩了,如果能够签下和白女士的合同,他就能勉强完成本季度的业绩,不至于被公司炒掉。

这时,他看到小姜从外面走进来,他立刻朝小姜快步走过去。然而,他并没有在小姜手里看到自己的电脑包。

张克:"我的电脑呢?"

小姜:"你的车是停在路边吗?我没找到。"

张克:"你把车钥匙给我,我自己去找。"

小姜:"大哥,你就不能体谅体谅吗?我们也很不容易,这么多人的吃喝拉撒我们都得管,你们回不了家,我们也一样。"

张克:"谁容易呀,你们回不去还有工作,我出不去连工作都丢了。"

小姜:"我们的工作无穷无尽,一个人当十个人用,你以为这种滋味好受吗?"

张克:"是,谁也不容易,互相理解一下呗!"

小姜:"所以你要理解,这是封控区,只进不出,车钥匙你先拿着,现在事儿太多,等晚一点,我再帮你去找找。"

张克失望地接过钥匙。

此时,秦宇峰和几个保安也乘坐电梯来到四楼。这里有一家正在装修的门店。十分钟前,秦宇峰接到电话说四楼还有巨大的声响。他才想起,在四楼的一家门店里,还有十几个农民工在施工。

秦宇峰进入施工的门店,电钻声、电锯声、锤子声混合在一起,一片杂乱。整个空间尘土飞扬,几个农民工各自忙碌。有的在墙上打眼,有的站在脚手架上粉刷,有的拿着铁锹铲沙土,有的在台子上锯木板,等等。

秦宇峰大喊:"停一下!"

没有人听到秦宇峰的声音,秦宇峰走过去拔掉电源插头,所有机器瞬间停了下来。

秦宇峰说:"大厦被封控了,大家放下手里的活儿,出去做核酸!"

农民工老马:"俺们都有核酸证明,着急赶工嘞!"

秦宇峰:"商厦已经被封控了,发现了一个阳性病例!"

十几个农民工面面相觑,茫然地看着秦宇峰……

九

秦宇峰带着一众农民工来到做核酸的中庭。农民工们个个灰头土脸,衣服很脏,白色的口罩已经变成灰色。人们看到农民工,纷纷让出一条路。

大厅里,谭静和社区工作者正在给大家分发睡袋和洗漱用品。谭静看见秦宇峰带着十多个农民工走过来,便上前询问:"怎么回事?"

秦宇峰:"他们是在这里做门店装修的工人,我刚刚才在四楼发现他们。"

谭静:"那赶紧安排他们做核酸检测,做完之后领取物资。"

秦宇峰:"好的!"

秦宇峰转身招呼农民工去做核酸检测。农民工们先后拥向核酸检测点。

此刻,保险推销员张克沿着走廊快步走动,一边走,一边打电话:"白女士,我马上就找到我的车了,找到车我拿到电脑了,就把合同给你发过去……马上,你马上就能看到……"

这时候,张克看到童嘉男和谢薇薇母子,行色匆匆拐进一个过道,张克挂了电话悄悄跟了上去。

童嘉男指着窗口对谢薇薇说:"看到了吗?那里有楼梯直通外面。"

谢薇薇伸头一看,食堂的后厨有楼梯直通到地面,且那里暂时还没有被蓝色硬质围挡拦起来。

谢薇薇:"太好了,我们这就下去!"

童嘉男回头吓了一跳,看到张克抱着玩具出现在门口。

童嘉男:"你是谁?干吗跟着我们?"

张克:"你们是不是要出去,带上我吧!"

谢薇薇认出张克就是电梯里打喷嚏的保险推销员,连忙说:"不行不行,他有病!"

张克:"我没病!"

谢薇薇:"你在电梯里又是咳嗽又是打喷嚏,你是不是阳性病例啊?"

童嘉男立马警觉,掏出测温枪过去给张克测温:"36.8摄氏度,他没病啊!"

谢薇薇:"奇奇怪怪的,那你做核酸了吗?"

张克掏出核酸证明:"我做了,你看!三次疫苗都打了。"

谢薇薇又说:"不行,你口罩太脏了!"

张克:"我口罩在外面呢!我要有干净口罩我就换了!"

谢薇薇从兜里掏出一个口罩:"拿去,换个新的!"

张克换上新口罩,谢薇薇又掏出一个:"不行,你还是戴两个比较保险。"

张克有些不愿意,他觉得自己被嫌弃了。

谢薇薇看出了张克的不愿意,态度变得更加强硬:"你戴不戴?不戴就别跟我们走!"

张克:"好好好,我戴!"

童嘉男带着三人来到一扇门前,然后对三人说:"这是最后的希望了。"

咔嚓,门被打开了,童嘉男高兴地说:"看看,天无绝人之路吧!"

童嘉男带着三人走向最后的玻璃门,这道门一开,就能到达商厦外面。

走近一看,这玻璃门被锁上了。眼看着到最后一步了,还是没法出去。

突然,几声狗叫声把他们吓了一跳。

谢薇薇："哪来的狗？"

安迪听见狗叫一脸兴奋："我出去看看行吗？"

谢薇薇："不行！"

童嘉男、谢薇薇母子听到脚步声迅速躲了起来。只有张克还在无所畏惧地研究怎么开锁。

谭静、小姜、秦宇峰等人赶过来，看到胖迪冲着一扇门不停地叫。它见到谭静等人后摇着尾巴，小姜上前将胖迪抱在怀里。

谭静："这里是什么地方？"

秦宇峰："是我们物业的小食堂。"

谭静走上前，试图打开门，却发现门上了锁："把门打开。"

秦宇峰纳闷道："关上了吗？这门平时不上锁啊！"

谭静晃了一下门，露出一条缝隙，谭静往里看了一下，里面空空如也，谭静明白了里面的情况，于是她故意大声说："钥匙在哪儿？"

说着，谭静踩了秦宇峰一脚，秦宇峰大喊："在厨房那儿！"

谭静："一起去找！"

说完谭静转身就走，秦宇峰等人也云里雾里地跟着谭静离开。

童嘉男听到脚步声走远，悄悄走到门口，通过门缝往外看了一下没人，开始有些心虚。

童嘉男："要实在不行，就算了吧……"

谢薇薇："如果被抓到会怎么样，会不会被送到派出所啊？"

安迪不满地说："我早就给你们说过不要跑。"

童嘉男："嘘，安静点！"

张克还在撬窗户，他一边撬一边低声喊："过来帮忙啊！你们几个！"

童嘉男再次向外确认了一下没人，他嘀咕了一句："那就豁出去了！"

说完，童嘉男跑过去开始和张克一起剧烈摇晃门窗。

正在这个时候，谭静从扩音器里发出声音："开门，我看见你们了，再不出来我们就报警了！"

张克依旧执着："报警？报警我也得出去！"

安迪挣脱开谢薇薇，跑到门口把门打开。

门被打开的那一刻，屋内外两拨人面面相觑。

谭静带着这队人经过走廊，张克、童嘉男、谢薇薇低着头尴尬地跟在后面，只有安迪若无其事。整个逃跑的过程中，他只是一个被裹挟的孩子。

几人被送到大厅核酸检测点做核酸检测，张克不满了，他说："我刚才不是做了吗，怎么还做呀？"

谭静："因为你跟他们接触了，加入了逃跑的队伍，他们都没有做，你说重新做核酸还能少得了你吗？"

谢薇薇："我们可是每天都做的，今天是做了核酸才出门的。"

谭静："这里是阳性环境，按照规定必须得做！"

童嘉男："做吧做吧，咱们听从安排做了得了。"

四个人排队依次开始做核酸。

谭静："就为了你们这几个人，医务人员一直坐在这儿等了半天，东西都不能收。"

安迪："阿姨，对不起。"

谢薇薇拉着安迪的手，说道："别说话！排队做核酸的时候要憋气，忘了吗？"

四人依次做完了核酸，回过头同时盯着谭静。

谭静："看我干什么？"

张克："你是不是也得做？"

谭静也掏出身份证过去做了核酸，童嘉男有点幸灾乐祸。

正在他幸灾乐祸的时候，施瓦和辛格发现了他。

施瓦跑过来一把抓住童嘉男的衣领："你小子终于出来了！"

辛格："够贼的啊，再跑一个我看看？"

童嘉男："大哥，有话好好说，别动手。"

施瓦："你借刘总的那钱什么时候还？"

童嘉男赔着笑脸，说道："这不是封控了吗？"

辛格："要不是因为你，我哥俩能被封在这？"

施瓦："别废话，手机转账，现在就转。"

童嘉男："两位大哥，跟你们说实话吧，我现在手头真没那么多钱。等咱们解封了，我想想办法，一定把钱还上，你看行吗？"

话音刚落，只听见谭静在远处冲着他们喊："不要聚集，拉开距离！"

施瓦看着谭静一脸严肃地看着他，知道这个女人不好惹，只好松开手："你小子别想耍心眼，我们盯着你呢。"

童嘉男:"放心放心,我跑不了。"

做完核酸,谭静把这伙人叫到面前开始训话:"我说两句,咱们做人不能这么自私,这个病毒很狡猾,你们年轻力壮也许抵抗力强,但是老人和孩子呢?那些有基础病的人呢?那些医疗资源跟不上的地区呢?所以,咱们也得替他人多想想!"

金然从黑暗中走到灯光下,出现在珂珂面前。

此刻,金然静静地看着珂珂,她没有说话,而是在等珂珂说话。她知道,对现在的珂珂而言,谁的安慰都没有用,只有自己给自己找一个出口。这么些年,她和珂珂情同姐妹,无话不谈。最理解珂珂的,只有她。

过了好一会儿,珂珂说话了:"当年我因为那个失误,而错失了全国冠军。我因为无法突破心理障碍,导致岳向楠离开我。我知道我输了,但是我没有认输。我回到这个城市,一直在不断地努力,我希望能够找回曾经的自我,获得新生,以全新状态出现在岳向楠面前,大声地告诉他'我回来了'。然而,今天,岳向楠和他的新搭档获得了全国冠军,他们的表演非常精彩,他的新搭档那么年轻漂亮,舞也比我跳得好,他们是天生一对。他赢了事业,也赢了爱情。我只能认输。人生最痛苦的,不是'输',而是'认输'。"

金然问:"这就认输了?你才二十八岁。你只是错过了岳向楠,并没有错过爱情,你只是错失了全国冠军,并没有错失自己的事业。你的人生还有很多可能,为什么要认输呢?"

珂珂无奈道:"对于一个舞者来说,二十八岁已经过了最黄金的年龄。我想,我是不可能再回到全国性的舞台上了。"

金然鼓励道:"珂珂,你向往的那个舞台,只是一个小舞台,人生的舞台才是大舞台。想想这十年,你付出的一切,哪一滴汗水是白费的?没有!十八岁,你以优异的专业成绩考入舞蹈院校,二十二岁获得双人现代舞全国亚军,二十四岁创办自己的舞蹈教学工作室,二十六岁就成为这个城市最负盛名的舞蹈老师,今年,你二十八岁,你还那么年轻,那么漂亮,你的表演才刚刚开始。为什么要认输呢?"

珂珂抬起头,她眼中饱含着泪光。从金然的话中,她感受到了一种温暖和力量,这是一种在人和人之间相互传递的温暖和力量。金然伸出手,紧紧握住珂珂的手。这朋友之间的情谊,更加深切。

十

星光商厦的一楼大厅,谭静在给社区和商厦的工作人员交代工作。

谭静:"今天晚上轮流值班,大家随时可能会有各种问题需要解决。"

小姜:"放心,谭书记,我已经把值班表做好了。"

这时候,金然穿过人群,走到正在忙碌的谭静面前,说道:"我店里的狗憋了一天了,得拉着出去遛一遛,您看能帮忙解决一下吗?"

谭静:"这么大的一个商厦还不够遛狗吗?"

金然:"不是,它们都习惯了在外面排便,不出去很有可能会憋坏的。而且还有一只狗快要生了,它现在有产前焦虑,得带它去它熟悉的地方转一转,要不然我担心有危险。"

谭静想了想说:"拴好狗绳我安排人帮你遛。"

金然:"好的。谢谢谭书记。"

过了一会儿,传来起起伏伏的犬吠声。只见金然牵着宠物店里大小不一、高矮参差的各类狗狗穿过大厅。

那些穿校服的中学生立刻围上去,又是拍照,又是趁机撸狗,好不热闹。

快到门口时,金然把手里的许多狗绳交给小姜,小姜准备带狗狗们到外面广场上遛一遛。

就在这时,一只调皮的狗突然挣脱束缚,撒开腿,跑了起来。

金然连忙追赶:"胖迪,胖迪……"

胖迪似乎要和金然玩一会儿,辗转腾挪,故意不让金然抓到自己。

大厅里的气氛立刻被胖迪调动起来。只见,它一跃跳到了正在做俯卧撑的施瓦身上,又从盛装舞步般的、滔滔不绝的大明白身边跑过,然后歪着头,看房叔对着玻璃把假发套戴好,最后穿过欢呼雀跃的中学生,爬上滚梯,上到二层。

金然追到扶梯口,站住脚步。谭静从她身边快步走过,追了上去。小姜等社区工作者跟在后面。

谭静动作利落地一脚踩住了狗绳,准备弯腰捡起绳子的时候,狗狗用力挣脱,谭静脚下一滑摔倒在了地上。

小姜、金然等人连忙赶来扶起谭静,替谭静拍打衣服。

小姜:"没事儿吧姐?"

金然:"对不起,谭书记,给您添麻烦了。"

秦宇峰赶过来有点幸灾乐祸:"不好意思,谭书记,都怪我们地面擦得太干净了。"

谭静没有接话,继续追,小姜把剩下的狗绳交给金然。

小姜:"你先看一下,我回来再给你遛。"

金然:"好的,好的。"

紧接着,小姜和秦宇峰快步上楼。

晚上十点,被封控的人们进入了睡觉时间。

大明白整理着睡袋,井井有条。阿福看在眼里,说道:"哎哟,您弄得还挺温馨的。"

大明白:"现在这条件越来越好了,一人一个睡袋,可比过去强多了。"

阿福:"您过去被封控过吗?"

大明白:"封过好几次呢。后来我一分析,我就是隔离体质。"

阿福笑着说:"怪不得您一直气定神闲呢。您看看那几个人,据说是想跑,给劝回来了。"

大明白:"这几位啊,没脑子,我这么着急,我都乖乖地在这儿躺着,有什么着急的事,非得往外跑。外面有那么多保障人员,能跑得出去吗?你就是跑出去了,现在大数据这么发达,到哪儿都能找到。"

阿福点点头说:"有道理。"

大明白:"可不是,这都是要负法律责任的,要真是跑出去了,就是拒不配合封控管理,万一再造成病毒传播了,那直接构成妨害传染病防治罪,得不偿失。"

阿福:"您真厉害,啥都懂!"

大明白笑了笑:"没啥懂不懂的,平时多读读书、看看报就都知道了。"

阿福:"您贵姓呀?"

大明白:"免贵姓明,单字一个博。"

阿福:"明博? 我能不能叫你大明白?"

大明白:"你怎么知道我的外号?"

阿福笑了笑:"大明白老师,我以后有什么不明白的就向你请教! 你别嫌烦!"

大明白:"随时,绝对不烦!"

张克独自在一个角落焦急地打电话:"实在不好意思,白女士,跟您解释一下,我被封控在星光商厦了,车停在外面,我拿不到电脑。您放心,我就是用手机一个字一个字给你打出来,今晚也要把合同发给您,您一定放心……"

张克挂了电话,谭静走过来。张克没好气地问:"又有什么事啊,谭书记?"

谭静:"先前你让小姜去拿你车上的电脑?"

张克:"是的,可他没找到我的车。"

谭静:"拿电脑干吗?"

张克:"一个客户,我要马上把合同传给她。这个月,我好不容易才签下这一单,如果不能尽快把合同传给她,万一黄了怎么办?"

谭静:"你车牌号是多少?到底停在什么地方了?"

张克:"海C BF368,就停在那路边。"

谭静:"把车钥匙给我,我马上派人给你找找。"

张克感激地掏出车钥匙递给谭静:"谢谢啊!"

这夜,大家都睡在大厅里。

胡小轩悄悄地拿出了饺子饭盒,慢慢打开,拿出筷子用湿纸巾仔细擦着。

阿福和大明白坐在自己的睡袋上,眼巴巴地看着胡小轩。

阿福:"饺子倒是好饺子,要是能就点醋就好了。"

话音刚落,胡小轩从包里拿出一袋醋。

这时,金然拉着珂珂走过来坐下,一把抢过饺子和珂珂分享。

胡小轩:"唉……唉……你们不是不吃吗?"

金然和珂珂完全无视胡小轩,尤其珂珂,为了掩饰悲伤狼吞虎咽。两人三下五除二把饺子消灭完,珂珂把饭盒直接扔给胡小轩,两人拉着手回到各自的睡袋。

胡小轩抱着空饭盒,手里拿着一袋醋、两瓣蒜,看着姐姐和金然的背影,怅然若失。胡小轩把手里的醋一饮而尽,咬了一口蒜,然后自言自语:"要是能配个饺子就好了。"

阿福看了眼大明白:"大明白老师,其实我做面可好吃了,等封控结束之后,你来我店里,我请你吃面。"

大明白:"行行行,你就别画饼了,当务之急是先睡着,要不然会越来越饿。"

阿福:"大明白老师,我好饿啊,要不你这蛋糕……"

大明白:"唉,你别打我这蛋糕的主意,今天一天,明天一天,咱们就出去了,这蛋糕我还得给我二姑姥姥留着呢……睡觉!"

大明白旁边躺着施瓦和辛格,两人的呼噜声此起彼伏。童嘉男在两人中间,翻来覆去睡不着,双手捂着耳朵。

十一

大厅里,几乎所有人都已进入梦乡,唯有张克是个例外。

张克收到了微信视频,是妻子发来的。

妻子焦急地问张克:"老公,你那边怎么样,是不是很艰苦啊?"

张克装出一副非常放松的样子:"嗨,一点不艰苦,吃得好,住得暖,而且我今天还签成一单。"

妻子放心了:"那就好,儿子们想你了。"

张克:"我也想他们。是不是都睡了,快让我看一眼,一天不见,可想死我了。"

妻子:"已经睡着了。"

张克:"睡了也让我看看!"

妻子把手机镜头对准了两个儿子。

张克:"哎呀,这俩小子真好看!"

张克看着熟睡的儿子,眼中散发出慈爱的光芒。妻儿,是他这一生中最爱的人。他能够承受那么多的苦,那么多的痛,那么多的屈辱,不都是为了他们吗?

当张克结束了和妻子的视频通话后,谭静来到张克的面前,把电脑包放到张克面前。

张克不敢相信,问道:"这是……我的电脑?"

谭静:"你的车停在路边,被拖到了交警队,我们联系了警察,给你拿回来了。"

张克感激地看着谭静,谭静继续说:"这是你的车钥匙。"

张克:"谢,谢谢……"

谭静:"赶紧跟客户联系,把合同签了吧。但别搞得太晚,两个孩子的爹,身体更重要。"

张克:"我知道。谭书记,对不起啊,因为我,你的防护服还坏了,害得你要跟我们一起隔离。"

谭静摆摆手,说道:"互相体谅,互相理解吧。刚才听见你跟家人通话,挺幸福的。"

张克:"你孩子多大了?"

谭静:"没孩子。"

张克:"你老公呢?"

谭静:"没老公。"

张克:"一个人挺好的,一个人吃饱了全家不饿!你看我这……"

谭静:"我羡慕你!谁不想有个家,有了家才有奔头。"

张克:"理儿是这么个理儿,但是,苦起来真够苦的,但是乐起来,也挺乐的,不知道是苦是乐,反正还挺带劲的。"

说完,两个人都笑起来了,这笑声中有各自的无奈。

张克:"你跟那老板说,我刚买的,他不给我退,我一出去就到市场监管局告他去!"

谭静:"哎呀,谁都不容易啊……"

张克看到旁边的玩具感慨:"谭书记,我真的羡慕你啊!"

谭静:"咱俩就别互相羡慕了,早点睡吧!"

张克:"好的!"

说完,谭静背着手离开。

张克冲着谭静的背影说:"谢谢啊,谭书记!"

星光商厦外,疫情防控工作还在紧锣密鼓地推进,各种保障人员和车辆在日夜守候。

蓝色的硬质围挡旁,值守的工作者都穿着厚厚的白色防护服。疫情这几年,大家都叫他们"大白"。

医疗废弃物的临时收集点,有"大白"正在清运垃圾。

门把手、电梯按键、楼梯扶手等频繁接触的重要点位,"大白"正在进行消毒。

不远处的临时指挥部里,依然灯火通明……

小刘坐在电脑前,正在制作孕产妇、透析、化疗、独居老人等台账。

小姜在汇总健康监测的信息,制成表格。

另外几名社区工作者正在贴明日核酸采样管的标签,手法极为娴熟,显然是日复一日都要做的工作。

小姜把一个黑色的包递给站在门里面的谭静:"姐,里面没什么事吧?"

谭静:"没啥事,都挺好的。"

小姜:"嗯,早点休息。"

谭静:"让大伙别熬太晚,自己身体撑不住,怎么保障服务别人?"

小姜:"明白。姐,你也早点休息。"

谭静回到自己的床铺前,坐在地上,看着大家。

今天,她太累了。即将到来的明天也许还会有更多的挑战,但是现在,她必须坚信所有的苦难都会过去,黎明终将到来。

封控的第一晚,在各种鸡飞狗跳中结束了,此时没有人会想到,他们的"好日子"还在后头……

清晨,大家已经从睡梦中醒来。

秦宇峰和物业人员正在帮大家分发早餐,一盒牛奶和一个面包。

谢薇薇对秦宇峰抱怨道:"你们这个睡袋也太糟糕了吧?多少钱买的?跟睡地上没区别。我们家孩子还这么小,很影响长身体的。"

秦宇峰:"姐,睡袋都这样。再扛一晚,明天大家就都解放了。"

燕姐在一旁插嘴道:"钱经理,这睡袋的间隔是不是要再拉开一点啊,现在应该不到两米吧?"

房叔:"对的,对的,还是燕姐发现得及时。"

秦宇峰:"叔,大家距离都可以,只有你俩距离不够两米,你离旁边的人都五米了。"

房叔冲着燕姐一笑,收拾自己的睡袋,金然在一旁帮忙。

金然:"安迪,昨天睡得好吗?"

安迪:"比在家舒服,像露营一样。"

谢薇薇:"瞎说什么呢!这怎么会比家里舒服呢?"

安迪:"我说的是实话。"

眼看母子俩又争执起来,房叔连忙缓和气氛。房叔把早餐放在地上,席地而坐,对安迪说:"安迪,我们一起吃露营野餐怎么样?"

安迪开心地说:"好啊!好啊!"

可谢薇薇拉着安迪不让去。

这时,谭静、小姜等工作人员来到众人的面前。谭静拿着扩音器对大家说道:"大家早上好!有件事我必须第一时间通知大家,在昨天的环境采样中,我们所在的这个B座,发现了阳性样本……"

此话一出,所有人都怔住了。

谭静:"所以,我们星光商厦B座的封控,现将原地隔离由四十八小时延长至'7+7'天。因为目前隔离酒店资源紧张,何时转移大家到酒店,要等待下一步通知。"

谢薇薇赶紧翻手机看日历,表情错愕。

童嘉男:"'7+7',还得熬十四天。"

施瓦对童嘉男说:"好啊,这下看你往哪儿跑。"

谭静:"对,一个也不能少。包括我在内,所有人接下来是否在这里隔离或者转运要听从进一步指示。"

穿校服的中学生们立刻欢呼雀跃起来。一个少年欢呼道:"啊,我昨天许的愿应验了!这也太酷了吧!"

房叔微微地笑着:"十四天,挺好,挺好!"

燕姐也笑了,但是阿福很沮丧。

阿福:"两天不洗澡,不洗头还能忍,十四天,你让我们怎么忍啊?而且这睡袋怎么睡十四天啊?"

大明白:"十四天?我这蛋糕都馊了,要不还是给这几个孩子吃了得了,他们长身体呢!"说着,大明白把蛋糕给了那几个中学生。

大明白又说:"还有这花,本来准备送给我二姑姥姥的,过十四天,都蔫了,要不送给你得了……"

说着,大明白把花递给了谭静,谭静笑着接过花:"我成了你二姑姥姥了!"

谭静继续拿着扩音器对大家说:"大家的心情我都能理解,有问题就想办法解决,有困难就一起克服。"

这时,大明白的一句话令众人都冷静了下来:"我们是不是该先把阳性区域弄清楚啊?"

谭静:"是大厅东边的区域。"

众人纷纷朝大厅东边看了一眼。

谭静:"我们会马上安排再消杀,而且要马上分组,大家尽可能做好自我防护。"

谢薇薇:"怕什么来什么,全都让我说中了,在这儿待着才是最危险的!过来把口罩戴好!"

新冠环境检测阳性,证明所处的环境中有新冠病毒存在。大多数人对于新冠病毒普遍易感染,但是我们国家大力推行接种新冠病毒疫苗,很多人都提高了对新冠病毒的免疫力,被感染的风险大大降低。但还是不能掉以轻心,因为新冠病毒传染性依旧很强,此刻,谭静正在和大家紧急商讨着应对环境阳性的方案。

谭静:"既然环境里检出了阳性样本,那我们就必须有应对的办法,不能再让大伙待在这个大厅里了。商铺里的采样结果出来了吗?"

小姜:"出来了,都是阴性。"

谭静:"那好。现在是158个人,一组15人左右,都搬进这些商铺里。"

小姜:"那测核酸的时候怎么办?"

谭静:"到各个商铺里去采样。但上厕所是个问题,只能我们辛苦一点了,每隔一小时就消杀一次。"

小姜:"好!"

说完,大家分头行动。

十二

大明白和童嘉男从厕所里走出来,遇到秦宇峰,连忙说道:"正好,你来了,这下水道堵住了。你赶紧派人来通一下。"

秦宇峰:"哎呀,就那几个保洁人员,全部在楼上收垃圾呢,一时半会下不来。"

大明白:"那你去!"

秦宇峰:"我去不了!我跟你一样,都是被封控在这里的!"

大明白:"你不是物业经理吗?"

秦宇峰:"我不是物业经理,我是前物业经理!"

大明白:"我知道你姓钱,不管你姓什么,你都是物业经理。"

秦宇峰:"我不姓钱,我姓秦!这事儿不归我管!"

这时候,谭静走了过来:"怎么了,怎么了?"

大明白:"谭书记,你给评评理,他这个物业经理,下水道堵了,他不管……"

谭静对着秦宇峰说:"你不管,谁管啊?"

秦宇峰:"这不是我的事啊!"

谭静:"不是你的事,是谁的事啊?"

秦宇峰:"有的事情我可以帮你做,但不是所有事情我都帮你做吧!"

大明白生气地说:"你自己不做,还让人家一个女同志去做……"

谭静连忙阻止大明白:"明老师,你别生气……"

说着,谭静转身对秦宇峰说:"封控在这里,有些事,你不做就得我做,我去男厕所,你觉得合适吗?"

这话把秦宇峰给问住了。

他无奈地说:"不合适,别说了,我去!"

秦宇峰挽着袖子,踮着脚走进厕所。看到下水道翻起的污物,他皱紧眉头。

他屏住呼吸,走过去,拿起撅子,侧过头,通了一下。看到更多污物翻涌出来,他忍不住干呕了几下。

这时,谭静走进了厕所:"秦经理,我来帮你了!"

秦宇峰带着哭腔说:"没你们这么欺负人的。"

谭静:"谁欺负你了?"

秦宇峰:"你摸着良心说,这么多人被关在这儿,你就不愧疚吗?"

谭静:"你这是什么意思?"

秦宇峰:"这里为什么会突然封控,你不清楚吗?你们社区没跟任何人打招呼,就把日常的核酸采样点设在了我们前面的小广场上,每天那么多人过来做核酸,这不就是一个定时炸弹吗?商户们天天找我投诉,我为了这事,跟你沟通过多少次,可就是说不通。现在好了,这颗炸弹今天炸了。这个阳性病例要不是过来做检测,他会进来溜达吗?他要没进来溜达,我们星光商厦也就不会被封控,我也就不用在这打扫厕所了,我好歹也是一个物业经理,我图什么呀……"

秦宇峰越说越委屈,说着说着竟抹起了眼泪。

谭静伸手拿过秦宇峰手中的撅子,一边帮秦宇峰通厕所一边安慰他:"好了好了,别哭别哭,我来帮你吧!"

谭静拿过撅子,又说道:"但话得说清楚,我可不是心里有愧。核酸采样点都是区疾控中心建议的,不是乱来的。"

秦宇峰还在抽泣着,说道:"疫情三年了,我们这儿的出租率越来越低,那么多商铺都在转让、退租,我们物业又是裁员,又是降薪,现在又封控了,真是太难了,太难了……"

谭静给秦宇峰取了一节手纸,递给他:"一个大男人,别哭了,我知道你难,我也难,国家更难,一边要防疫,一边要保障大家的生活,这本身就是一道难题,这道难题全世界只有我们在做,我们为什么还要坚持?因为,人命比天大。"

说完,谭静一脚蹬向水龙头,厕所被疏通了。

谭静:"通了!"

秦宇峰沉默良久:"我觉得你说得有道理!"

谭静:"你也通了!"

两人来到水龙头前洗手。

谭静:"一个大男人哭啊,我真是开眼界了!"

秦宇峰:"我也没有被人当着那么多人说过!"

谭静:"我不信。你妈没说过你?"

秦宇峰:"我也没干过那么脏的活!"

谭静:"你们家又脏又累的活都是你老婆干?"

秦宇峰:"我还没结婚呢!"

谭静:"我的妈呀,现在大龄未婚青年可真多啊!"

秦宇峰:"你也一个人啊?"

谭静:"我这脾气谁受得了啊!"

秦宇峰:"也是……"

夜,慢慢地变得宁静,谭静和秦宇峰在二楼大厅聊了起来,两人渐渐谈到了小时候。

秦宇峰:"我怎么觉得你现在跟小时候比一点变化都没有!"

谭静:"小时候?我都记不得我小时候什么样了!"

秦宇峰:"你当时是咱班的班长,说话做事都一本正经。当时我们就在背地里叫你'谭书记',嘿,没想到,你还真成了谭书记!"

谭静:"那个一本正经的样子,还不都是因为你们这群'坏小子'!"

秦宇峰:"因为我们?"

谭静:"是啊!老师让我做班长,管好这个班,我就得有个班长的样子。自己首先得以身作则,然后对你们这些调皮捣蛋的一律按规矩收拾。呵呵,其实,我何尝不想能够像你们一样,淘气一点、任性一点、自由散漫一点。有时候我甚至想,如果老师不让我做班长就好了,我就跟你们一块儿玩!"

秦宇峰:"所以,你现在当了'谭书记'也得装模作样的!"

谭静:"胡说!那可不是装模作样。跟小时候做班长不一样,我们都长大了,成了这个社会中的一员。特别是我,成了一名党员。党的宗旨是为人民服务。我在入党的时候宣过誓的,我要对自己的承诺负责。群众信任我,把我推选为社区党支部书记,我要对社区的老百姓负责。如果我不较真,谁会较真呢?如果我不严谨,谁会严谨呢?如果我不担当,谁来担当呢?"

秦宇峰:"那也别把自己压抑着。"

谭静:"别说我了,说你自己吧,同是天涯沦落人,谁比谁也强不到哪儿去,等封控结束了,我请你吃饭、看电影,给你介绍对象!"

秦宇峰:"你先管管你自己吧!"

谭静:"我可以毛遂自荐!"

秦宇峰一惊:"啊!"

谭静哈哈大笑:"我脸皮太厚了……"

秦宇峰:"没没没,是我配不上你……"

这一通看似玩笑的话,让两个人的关系突然起了涟漪,在尴尬中突然没了话说。

好在,此时金然、胡小轩、珂珂过来打破了尴尬的沉默。

金然:"谭书记,我们都吃过饭了,你们吃了吗?"

谭静:"我吃过了!"

秦宇峰:"我不吃了!"

金然:"我们三个来,是想正式申请当志愿者。"

谭静转头对秦宇峰说:"秦经理,你的兵来了……"

谭静再一次站在众人面前,喊道:"静一静,大家听我说,为了避免交叉感染,大家自由组合,分十个组,每组14或15人。根据工作人员的引导,搬到商铺里。"

众人闻言互相看了看。人群中的童嘉男举起手,喊道:"想住大碗面馆的,到我这里排队,我是一组。燕姐、房叔,来吧。"

阿福:"对啊,大家来我们这边吧。"

有不少人响应,施瓦和辛格也凑过去童嘉男那边。

辛格:"童嘉男,你在哪儿我们就在哪儿!"

施瓦:"对,别想跑,我们就住你那大碗面馆里!"

童嘉男:"来呗,你俩不在我都不习惯了。"

这时,大明白正在想自己该去哪儿。阿福招呼着:"大明白老师,您要不要也住过来。"

大明白见阿福这人挺热情,于是就答应了。

张克紧跟着大明白排进了这一组。

谭静见状,说道:"张克,他们组人满了,你自己带一个组吧,你这人挺实在的,希望你能带好这个组!"

张克:"既然谭书记这么看得起我,那我就单独一组吧。"

于是张克站在队伍的最前面,外卖小哥等人陆续排在他的身后。

农民工老马带着弟兄们单独组成一组。

这时候安迪对谢薇薇说:"我想去金然姐姐那一组。"

安迪一跑,谢薇薇赶紧拉着安迪的手,走了过去。母子俩和金然、珂珂、胡小轩、中学生们组成一组在宠物店里。

金然对谭静说:"谭书记,现在分了组,大家领饭、打水、扔垃圾这些事情就不方便了,我可以当志愿者,为大家服务。"

谭静:"那你店里的宠物谁来照顾?"

胡小轩:"我们这么多人呢,轮流照顾。"

谭静:"还有谁愿意当志愿者?"

中学生们陆续举起手来,说道:"我们愿意!"

珂珂也举起手说:"我愿意!"

十三

童嘉男带着他的那组人搬进了大碗面馆里。

谭静带着医护人员来到大碗面馆的门口,医护人员逐一询问每个人的身体状况。

谭静招呼大家:"大家注意了,都测一下体温。如果有干咳、乏力、咽喉痛、嗅觉减退的症状,或者有其他不适的症状,要立即向医护人员反映。"

大明白依旧气定神闲,他打量着周遭,对童嘉男说:"小伙子,你这面馆不错。今晚你让后厨开开火,给大家做点,该多少钱就多少钱,既让你在封控期间有生意,还能让大伙也不用饿肚子,多好。"

童嘉男:"好啊,阿福,快去看看库房还有多少食材,晚上给大家做点吃的……"

阿福站在原地不为所动。

童嘉男:"去啊,愣着干吗呀?"

阿福:"我那事儿怎么解决啊?"

童嘉男:"那事儿以后再说,先干活去!"

燕姐在一旁插话了:"怎么了,出什么问题了?"

阿福:"没什么大事,也就欠我半年工资了。"

燕姐:"是吗,小童?"

童嘉男点点头。

燕姐:"亏我还这么信任你啊!没想到你竟然是这种人!我在你这儿都快充了五千了。我们这些住在周围的老顾客,当初为了照顾你的生意,都买了储值卡,加起来有小十万吧。这钱哪儿去了,你是不是想赖账?!是吧,房叔,你也投了好多钱。"

房叔:"我当时是跟着你投一下,没事,我不着急用钱。小童啊,你也别着急。阿福快去做面,都别着急啊。"

燕姐白了房叔一眼。

童嘉男:"燕姐,我坑谁也不能坑您二位啊。"

燕姐:"你的话我不信,你现在就把储值卡里的钱退给我们。"

阿福:"拖欠我的工资,你赶紧拿来!"

那施瓦和辛格也趁机凑了过来,说道:"你欠别人多少钱我不管,你得把我们老板的钱先还了!"

燕姐大吃一惊,说道:"你还借钱了?!怪不得这大眉毛二眉毛一直跟着你!"

施瓦和辛格急了,对燕姐说:"你说谁大眉毛二眉毛,咱俩有名有姓的!"

童嘉男:"疫情一直没完没了啊。我是真扛不住了,才让大家办的储值卡,充一千送二百,来店消费还能再打折。虽然挣得少了点,但我能提前拿到钱,能给供货商结货款,交房租了。可是这笔钱只够三个月,以后怎么办呢?索性赌一把。"

燕姐:"赌,你拿我们的钱去赌博啊!"

童嘉男:"哎呀,不是这意思,燕姐!我就是打个比方!欠他俩的钱,是我朋友拽着我,我拿这钱去投资了一个酒吧,我就寻思这波疫情过去了,去酒吧的人还不得报复性消费,谁知道又踩坑里了。"

燕姐:"朋友?你这朋友可靠吗?他住哪儿啊?他身份证号有吗?"

童嘉男:"我全都知道,我那朋友老范是我发小,从小一块儿长大的。"

施瓦:"这年头,骗的就是这些发小,哥们,朋友!"

大明白:"唉,对,你说这么多话,就这话在理!"

童嘉男:"我哥们他不是这种人。现在最麻烦的是疫情它不过去,梦想全是瞎想。"

大明白:"小伙子,我算听明白了,这可不行,这时间长了,你就失去了解决问题的能力。"

童嘉男:"大老师……"

阿福:"这是明教授……"

童嘉男:"大明教授!"

大明白:"叫什么都行!我觉得,任何时候都有人能赚到钱,就看你能不能抓住这机会。旅游行业惨不惨?那些人不也在另谋出路,开了文旅带货的先河吗?就说你这面馆吧,现在外带的人越来越多了,你就不能考虑考虑把这桌椅板凳都搬出去,缩小面积降低成本啊。而且你可以做预制菜啊!"

童嘉男:"预制菜?"

大明白:"预制菜,其实就是半成品。写清楚先做什么,后做什么,大伙带回去,照着一加工就行了。既安全又健康,你想过没有?"

施瓦:"对对对,这是个好主意!"

童嘉男:"对啊,我怎么没想到呢?"

阿福:"这主意是好主意,那我不就下岗了吗?"

大明白:"那我不管,遇到困难,不能从外界找原因,古人说的话,你忘啦?怨天者无志,怨人者穷!"

施瓦一把抓住大明白的手,激动得说话都磕磕巴巴:"漂亮!牛!"

辛格:"你瞎掺和啥呀,你听懂了吗?"

辛格一把打开施瓦的手,自己伸手握住大明白的手:"大教授,我听懂了。我觉得,您说得特别特别好,要不您给我俩也指点指点呗。"

大明白:"愿意听,咱这边聊……"

一群人簇拥着大明白到另一边聊起来了。童嘉男呆呆地留在原地,房叔的亨利对着童嘉男说:"恭喜发财,恭喜发财!"

童嘉男无奈又好笑,对着亨利说:"我怎么发财啊?"

可亨利不管那些,只管冲着童嘉男说:"恭喜发财,恭喜发财……"

众人一脸钦佩地围在大明白身边。

施瓦和辛格可怜地望着大明白,希望大明白能给自己指点迷津。

施瓦:"大教授,我就想请问一下,这个疫情什么时候结束啊?"

大明白:"你这个问题问得好,但我可以明确地告诉你,我也不知道!"

大伙一阵失落。

大明白:"但我可以明确地告诉你,每个阶段的防疫政策都是国家经过深思熟虑做出来的,为什么说是深思熟虑呢?你想,一边是经济建设,一边是老百姓的生命安全,这两边少了谁都不行!你以为那些躺平的国家就真的想躺平啊?那是不得不躺平,早没辙了。明白了吗?"

大伙儿一阵点头。

另一头,想了很久的童嘉男拿起手机,给老范发了一个语音:"老范,刚才有高人指点我,预制菜,大有可为!"

大明白滔滔不绝,童嘉男却心不在焉,他一直在不断地看手机,哥们老范没有回他微信。

童嘉男坐不住了，他站起身，想要走出去。

施瓦突然站起喊道："童嘉男，你去哪儿？"

童嘉男："上厕所！"

辛格："不许去！"

童嘉男："放心吧，咱们都被关在这儿，我还能跑到哪儿去？"

施瓦："让辛格陪你去。"

辛格："你也得去！"

童嘉男走出大碗面馆，施瓦和辛格紧随其后。

童嘉男走进厕所，立刻拨通了老范的电话，可直到挂断，老范都没有接听。童嘉男又打了一遍，还是没人接。

童嘉男在厕所里来回踱步，他思索片刻，给老范发语音："老范，你什么意思啊？打电话不接，发微信不回，你不会是要彻底消失吧？"

童嘉男越想越不安，又发语音道："我告诉你啊，那笔钱我必须拿回来。你别觉得我被封在商场里就没办法，把我逼急了，我出去就朝你脸上打喷嚏！"

童嘉男愤怒地放下电话，平复着心绪。

十四

"大白"们在星光商厦一楼大厅里消杀。金然、珂珂拿着黑色垃圾袋走到每一个组的门口，问道："有没有人需要打水？有要扔的垃圾吗？"

谭静和小姜等社区工作者将一箱箱午饭搬进来，秦宇峰带着几个保安过来帮忙。

秦宇峰一边走一边打电话："放心房总，我正要去解决，应该没问题的。您父亲今晚就可以回去。"

秦宇峰挂了电话对保安说："你们几个，快把东西接过来。"

谭静看了一眼秦宇峰，打趣说："哟！秦经理积极性挺高，继续努力啊！"

秦宇峰带着笑意，走到谭静面前，和她一起搬箱子，一边搬一边说："姐，昨天我有些失态，说了很多不着边际的话，这大厦封控再怎么样也不能怪到您头上。你们社区工作者已经够不容易了，人家不都说，医院是救死扶伤的阵地，社区是事关防控大局的阵地。"

谭静笑道："有什么事你就直说吧，兜这么大圈子。"

秦宇峰："我确实有个想法想和您商量一下。您看，房叔这么大年纪，又有糖尿病又有高血压，而且这次他还没有带药，咱们就算全力保障，条件也是有限的，现在封控时间又延长到十四天了，万一老人家身体出点什么问题，谁担得起这责任。所以，我在想有没有可能让房叔回去居家隔离啊？"

谭静："他有糖尿病？"

秦宇峰："是啊！"

谭静："有病历吗？"

秦宇峰："有，他给我看过。"

谭静："如果真是这样，那得认真对待，我跟上面请示一下！"

秦宇峰："这新闻上不是说了吗？疫情期间我们得对老年人做好关爱服务工作嘛。"

谭静："文件精神领悟得挺好啊！"

秦宇峰："你昨天不是教育我吗，这不是想帮你排忧解难嘛！"

谭静纠正道："不是帮我，是帮大伙！"

秦宇峰："对对对，帮大伙！"

谭静："这才像个男人！"

秦宇峰刚走，谢薇薇从远处走了过来。

谢薇薇："谭书记，我有个情况想和你说一下。"

谭静："你说。"

谢薇薇："我们能不能提前出去？"

谭静："为什么？"

谢薇薇："我们家安迪要参加音乐特长升学考试，孩子练了这么久就是为了这次考试，还有三天就截止了，这要是赶不上，我们又得等一年。"

谭静："只剩三天时间？"

谢薇薇："对啊！"

谭静："这么大的事，你现在才来找我，我肯定没办法啊！"

谢薇薇："我也不知道会被继续封控在这儿啊。要不，你看这样行不行，我不出去，孩子出去行不行，就去考试一下。"

谭静："安迪妈妈，我真的做不到，希望你能理解配合。"

谢薇薇："你派个人跟着他出去考试行不行？绝对不乱跑。"

谭静无奈地摇了摇头。

谢薇薇:"怎么一点都不通情理呢,我都说得这么明白了,你希望我理解配合,那谁能理解我的处境啊。"

谢薇薇的呵斥,引来大家的围观。

谢薇薇继续说:"同样都是女人,也都是妈妈,谁还没个孩子?"

这话说痛了谭静,谭静本想说,我没有当妈,也没有孩子,但是话到嘴边又咽下了。

谢薇薇看出了谭静表情中的复杂,意识到可能谭静还没有孩子,继续说:"那你没结婚吗?"

谭静看着谢薇薇摇摇头。

谢薇薇:"怪不得,你这点人情世故都不懂!"

眼看两人陷入僵局,秦宇峰赶紧上前拉住谢薇薇:"别生气,别生气!吃饭去,咱们吃饭去……"

谢薇薇被秦宇峰拉走,谭静看着谢薇薇的背影,陷入了深深的沉默中。

谭静缓缓转过身,从人群中离去。她的背影和她一样孤独。

午饭过后,张克来到二楼,看见谭静睡在大厅的长椅上。张克走上前去,坐在谭静身边。谭静并没有睡着,她听见动静,爬起来,发现是张克。

谭静:"合同签了?"

张克开心地说:"签了!签了!"

谭静:"工作保住了?"

张克:"保住了!保住了!"

谭静:"你找我?"

张克:"今天早上我看见有些被封控的人缠着你,反映说睡袋睡觉不舒服!"

谭静:"对,他们要我们社区提供睡垫。可我们社区没有这个预算!"

张克:"是这样的,我们公司去年有个活动,买保险送充气垫,刚好剩了一批,我可以免费拿过来给大伙用。"

谭静:"免费?"

张克:"免费的!"

谭静:"不用搭上你的保险?"

张克:"不用不用,绝对不用!我向你保证,绝对免费!"

谭静没想到张克会伸出援手,感激地说:"那谢谢你了!先拿来救急吧!"

张克:"我已经联系了公司,他们正在准备运送过来。"

说着张克一阵小跑离开了,谭静看着张克的背影,笑了起来,他觉得这个人挺有意思的。

傍晚时分。小姜等人穿着"大白",站在星光商厦的门口。不多时,运送充气垫的厢式货车停在了出入口。厢式货车的门打开,小姜等人将充气垫从车上卸下来,搬进商厦内。

充气垫搬运完毕,四个"大白"组织分发。童嘉男、金然、珂珂、胡小轩、外卖小哥、老马、谢薇薇、安迪一众人等围在周边准备领气垫。张克拿着喇叭站在充气垫前讲话:"大家好,趁着大家都在,我做个自我介绍,我叫张克,张是弓长张,克是帮大家克服困难的克,我来自金色保险公司,我的工号是9527,我真心希望大家能从我们的保险产品中受益。"

听完这句话大家以为又是推销,纷纷准备离开。

张克:"大家别走,听我说……"

谭静及时赶来,从张克手中夺过喇叭:"大家等一下,这个床垫是免费分给大家用的,不用花钱,更不用买保险。但是天下没有免费的午餐,大家就听他唠叨几句,压根就不想买,就左耳朵进,右耳朵出,受累一下。这是张先生给大家从公司争取到的,免费的,大家放心领。"

张克:"对,对,对,免费的免费的。"

听完谭静的话,大家的警惕放松下来。

谭静:"大家有序排队,站成两排,由我们工作人员负责给大家分发,每人一个。"

所有人按照谭静的指挥站成两排,依次领取。

张克:"大家也可以顺便了解一下我们的保险业务,如果您遭遇不测,我们的保险将替您支撑起您的家庭,帮您完成您应尽的责任和义务,天有不测风云,您有金色保险……"

所有人只顾着领取气垫,没人顾上听张克的话。很快摞得高高的充气垫被分完了。房叔、燕姐等一些中老年人匆匆赶来,可是,已经没有气垫了。气垫只有八十个,近一半的人没有领到气垫。

燕姐:"谭书记,气垫还有吗?"

谭静:"刚发完了。对不起,刚才人太多了,我没注意到你们没在,别着急,我们再想办法解决。"

所有人几乎同时看向张克,张克说:"谭书记,我们公司这点存货我全给弄来了,一件没留。"

金然、珂珂、胡小轩、谢薇薇、老马等人听到后转身回来。

金然直接把垫子放回原处。

金然："我的可以让出来,我在店里睡得挺舒服的。"

珂珂："我的也可以让出来,我平时累了都在舞蹈室睡地板。"

胡小轩："我本身就是个气垫,其实也用不着。"

老马："俺也不用,睡袋就够用了,我们睡软的不习惯,这些也让出来吧。"

说着,老马身后的农民工都纷纷退回了气垫。

中学生们也纷纷让出自己的气垫。

安迪把气垫放回原处,对张克说："叔叔,我也可以不睡气垫。"

经过一番推让,老年人都拿到了气垫。

谭静："谢谢大家,谢谢大家的高风亮节!在困难的时候,我们就是要发挥互助友爱的精神,共渡难关!"

张克带头鼓起掌来大喊："共渡难关!"

大伙齐喊："共渡难关!"

张克随后跟了一句："金色保险!"

十五

谭静带着扩音器,穿过商场的大厅,大厅里烟火气浓郁,大明白和三个中老年人在打太极。

谭静来到童嘉男的身边,童嘉男被施瓦和辛格架在中间。谭静对童嘉男说："你跟我过来!"

施瓦和辛格立即夹起童嘉男,谭静对施瓦和辛格说："别跟着,放心,跑不了!"

施瓦和辛格相互看了一眼,觉得谭静可靠,于是放开了手。谭静带着童嘉男走到一边。

谭静："你是不是欠了燕姐他们很多钱?"

童嘉男点了点头。

谭静："还不上了?"

童嘉男："能还上。等我把钱拿回来,我马上就还。"

谭静:"那就好。这些街坊邻居我是最了解的,嘴上不饶人,但心都不坏。2020年那次封控,小区里的所有人员必须立刻回家,足不出户。一个姓刘的老奶奶,人是回去了,但从超市买回来的东西落在了小区里。当时刚封控,多少事情等着我处理,可人家不管,让我立刻把小拉车给送上去。让送就送呗,没想到人家一检查,说少了一瓶酱油,偏说是我拿的。更可气的是,他们还在业主群里发,说我喝了她一瓶酱油。我真的是无语,后来干脆就不解释了!"

童嘉男:"那酱油呢?你不会真喝了吧!多咸啊!"

谭静瞪着童嘉男一脸不满地说:"我没喝!"

谭静:"我跟你说这么多,就是要告诉你,一瓶酱油都有它的出处,更何况他们辛苦挣来的钱呢?他们得多信任你,才会把自己的钱存在你那儿!"

童嘉男点点头:"我明白了,谢谢谭书记!"

两人回头一看,施瓦和辛格正在不远处一直盯着。童嘉男很自觉地走回去,走到两人中间。

这一晚,这个城市雷雨交加。

童嘉男从施瓦和辛格两人中间醒来,他看了看手机,老范那边还是没有任何消息。他开始有点担心,老范真的是那种坑发小的人吗?

商场外,雷声越来越大,闪电越来越密,瓢泼大雨倾盆而下。在这狂风暴雨的深夜里,临时搭建的指挥部帐篷在风雨中飘摇。小姜和小刘等社区工作者正在从指挥部向商场内搬运物资。小姜艰难地推着车,他看向远处的商场门口大喊着:"你们几个快点!帮帮忙。"

守在商场大门口的秦宇峰也穿着防护服和"大白"们纷纷快步走向小姜,帮小姜一起推车。

金然正在看着手机,突然,胡小轩出现在金然后面。

胡小轩:"你跟谁发微信,想谁呢?"

金然:"我爸!"

胡小轩:"咱爸呀?"

金然一脸嫌弃:"是我爸!"

胡小轩:"我都两天没见我爸了。"

金然:"两天?!我两年没看到过我爸了。"

胡小轩:"啊,叔叔是干什么工作的?"

金然:"我爸是一个守边人。"

胡小轩:"外防输入?"

金然点了点头:"外防输入。我爸和他的老伙计们昼夜倒班守边境线,到今天已经守了704天了……"

胡小轩:"了不起,咱爸是个大英雄啊!"

金然:"嗯,我爸就是个大英雄。"

金然说起父亲一脸骄傲。

此时,风雨中,小刘拖着小车往商场内艰难地走着,车上全是提供给被封控人员的物资。小车装得太满,小刘走得很艰难。突然,一个趔趄,小刘摔倒在地上,防护服也被划破了,小刘的推车向坡下滑去。

正在这危急时刻,一个"大白"飞快地从商场里跑出来,一把拉住推车。小刘从地上爬起来,对这个"大白"说:"我衣服划破了,我得去换件衣服,你帮我把它推到商场里去。"

"大白"点点头。

"大白"接过小刘的车,一步一步向商场走去。他走得很慢,但是每一步都很坚定,直到进入商厦。

胡小轩和金然赶紧上前来帮忙推车,车停下来,胡小轩和金然抬头一看,这个"大白"居然是童嘉男。

金然:"你不是那个大碗面馆的老板吗?"

这时候,谭静出现在了童嘉男面前。

童嘉男:"谭书记,你放心吧,我不出去了。虽然我有很重要的事,但是大家都在做着同一件事儿,一件很重要的事,我就不给大家添乱了。"

谭静:"酱油呢?"

童嘉男:"喝了……"

第二天,谭静收到房叔居家隔离的批复。他打电话给小姜安排房叔居家隔离。

谭静:"喂,小姜,房叔的居家隔离批下来了,你安排人到房叔家安门磁,动静不要太大,收拾一下。你懂的……"

话音刚落,小姜突然出现在她的面前。

谭静惊奇地说:"唉,你怎么过来了……"

小姜拿出一杯咖啡:"给你送咖啡……"

谭静高兴地说:"哎呀,你真是客气,但是,注意防护,注意防护,注意防护……重要的事说三遍……"

谭静和秦宇峰来到商场大厅,房叔正和燕姐玩游戏。

谭静:"房叔,我们帮您把东西收拾一下……"

房叔:"你们要把我送去哪儿?"

秦宇峰:"不是跟您说过了吗?您可以回家隔离。"

房叔:"为什么要让我回家啊?"

谭静:"您有高血压和糖尿病,很多药物没带。回家之后足不出户,我们会有人照顾您的生活,您什么都不用担心。"

房叔:"不用了,谭书记,我在这里特别好,比在家里还好,这么多朋友陪着我玩儿。"

秦宇峰:"不行的,房叔。年纪大了住在这里不方便。"

房叔:"不用不用,回家才不方便。"

燕姐:"房叔,回去吧,跟经理和书记回去吧!我没事,您放心!"

谭静:"别恋恋不舍了!"

说着,秦宇峰把房叔拉走了。秦宇峰一边走一边对房叔说:"接您的车我已经安排好了,房总是我的贵人,有很多事儿,还仰仗房总帮忙。您回去,帮我美言几句!"

房叔叹口气:"唉,他是个大忙人,连我都见不着他!我这个当爸爸的都忘记我儿子长什么样了!"

秦宇峰:"没事儿,您见着的时候,提一嘴就行!"

两人一边说一边往商场外走去,这时候,谭静从后面赶来。

谭静:"等一下……"

谭静气喘吁吁地来到两人面前。

谭静:"房叔还不能走,不能出去。"

秦宇峰:"怎么了?"

谭静:"先扶房叔回去吧,走不了了。"

秦宇峰:"为什么?出什么事了?"

谭静:"有人打电话反映,说房叔能吃能喝,完全能自理,凭什么让他回家隔离?"

说着,谭静拉住房叔说:"走吧,房叔……"

秦宇峰赶紧拦住:"不行,房叔,您有糖尿病和高血压,您得回去,您跟我走……"

房叔挣脱秦宇峰,躲到谭静身后说:"我在这儿挺好的,比在家里好,谭书记,你带我回去吧!"

说着,房叔一溜烟,就跑不见了。

谭静跟在后面一边跑一边喊:"房叔,慢点,慢点……"

秦宇峰一跺脚:"谁打的电话呀?"

他拨通房总的电话:"唉,房总,出了点小情况……"

而房叔第一时间跑到大伙中间,大喊:"我回来啦……"

张克利用大伙儿被隔离的时机,开始推销起他的保险——隔离意外险。大碗面馆里,他组织了一场保险推广讲座。

张克:"我到咱这组来,就是怕大家寂寞,给大家解解闷。大家来到这里,什么都不能做,但是我们不能浪费时间,浪费自己的生命,我们应该互相学习,互相鼓励,互相帮助……"

张克来到大明白身边,他觉得大明白是他的潜在客户。

张克:"明教授,我听说你是个隔离体质,你要不要考虑一下我们这个隔离意外险啊……"

大明白:"你别咒我行吗?"

张克:"哪能啊……"

大明白叫住正在搞卫生的童嘉男:"小童……"

童嘉男走过来:"明老师,您叫我?"

大明白:"看见了吧,人家张克都开始卖隔离险了,还记得我给你说过什么吗?什么时候都能挣到钱,就看你能不能把握机会。"

张克:"明教授,咱加个微信,您考虑考虑……"

大明白掏出手机:"哟,不巧,手机没电了……"

张克:"没事,你告诉我电话……"

童嘉男打断张克说:"张克,要不你帮我琢磨琢磨,弄一个卫生如果搞不干净会导致突发意外公共事件疫情暴发险怎么样?"

张克听明白了,这是大明白和童嘉男合伙在调侃他,他有些尴尬,连忙说:"好好好,搞卫生这事,我也参加参加,正好活动活动……"

说着,张克离开了大碗面馆。大明白开始给大家讲起了课:"关于张老师这个隔离险的问题,有一部分人是赞同的,但我还是保留我的观点……"

大伙儿围在大明白身边津津有味地听着,这时候童嘉男的手机响了,是老范打来的。

老范终于打电话来了。

老范在电话里说:"我是真没脸接你电话。你那笔钱赔了三分之一,我想了很多办法,但死活补不回来了。我跟我老婆已经商量好了,我们出钱补给你,你开面馆不容易,不能再让你雪上加霜了。"

童嘉男听后,笑了笑,回复道:"老范,你够拼的,没少跪搓衣板吧?没关系,不用你们补,我欠的钱,我自己还……"

"我都转了八圈了,你在哪儿呢?"谭静在商场里骑着平衡车,到处寻找秦宇峰。

突然,秦宇峰出现在她面前:"谭书记!"

谭静:"找我啥事啊?"

秦宇峰掏出一盒巧克力:"刚才我在办公室找到一盒去年过节时买的巧克力!"

谭静接过巧克力:"快过期了吧?"

秦宇峰:"没有!"

谭静看了看秦宇峰,觉得秦宇峰今天有些异常:"再不送我就送不出去了吧?"

秦宇峰:"不是,你上次撞在玻璃门上,找我要巧克力,那时候我没有,这是我……"

秦宇峰没说下去,他知道,他应该说实话了。

谭静:"说啊!是什么?"

秦宇峰大喊:"特意给你买的……"

说完,秦宇峰一溜烟,跑不见了。

谭静把巧克力放在自己胸口上,看着秦宇峰跌跌撞撞逃跑的背影,笑了起来。这么多年第一次有人向她表白。

十六

此时的大碗面馆里,阿福在给大家上养生课,燕姐、施瓦、辛格、胡小轩、金然等人都在认真听着,大明白在一旁不时指正。

阿福:"今天,由我阿福来给大家讲一堂养生课。到底人能活多长时间?能不能活到一百岁?在我看来,可能再过两代人,我们的寿命可以达到一百岁。"

大明白:"我打断你一下,是接近一百岁!"

阿福:"对,接近一百岁。要知道,哺乳动物的寿命是生长期的5到8倍……"

大明白:"我还得拦着你,是5到7倍!"

阿福:"对,5到7倍,如果人的生长期是20年,那我们的极限应该是100到140岁。"

大明白:"唉,这回对了!给我这大弟子鼓鼓掌!"

大家开始鼓掌。童嘉男走到阿福面前:"不好好做面条,活多久都没有用。"

阿福不乐意地说:"我那工钱什么时候给我啊,我还不如跟着大老师学养生呢……"

大明白:"继续……"

阿福:"所以大家要多来我们面馆吃面,这精粮做的面条啊……"

大明白:"唉,这跟养生有什么关系……"

正当大家准备听阿福继续解释的时候,谭静突然出现了。

谭静对大家说:"区疾控中心刚刚来电话,核酸检测发现了一个阳性病例!"

说完,谭静目光停留在了金然身上。

金然轻松的表情一下凝固了,她突然意识到了什么:"阳性病例?我……我感染了?"

谭静:"是的!"

一转眼,四个"大白"带着金然往商场外走去。走到半路上,金然突然不走了。

金然:"我为什么会感染?为什么是我?你们是不是搞错了,我每天都做核酸,我是阴性的。"

"大白"小姜说:"我知道,这事谁都不愿意发生在自己身上,别担心,你在这儿特别危险,先跟我们走!"

说完金然流泪,蹲坐在地上:"我哪儿都不去,我很好,我没有咳嗽也没有发烧,你们能不能别带我走,我可以再做一次核酸。"

小姜看着金然,他也坐了下来:"你想待一会儿?我陪你吧,我站了一天了,坐下来真舒服啊。这衣服很不方便,每天穿着它,运物资,打扫卫生,我都不敢喝水。一喝水就想上厕所,一上厕所就浪费一套防护服。晚上回去呢,我的手我的脚都被汗水泡发了。也不光是我,大家都这样。我们每个人都在和这场疫情做斗争,每一个人都做出了自己的牺牲和贡献。因为我们不这样做,一旦有人感染就会问,为什么医院没有床位,为什么医生不救我,不救我的家人。所以,我们只有坚持,也只有坚持才能胜利。"

金然哭着问:"那我们要去哪儿?"

小姜:"转运,隔离。等待医生的进一步诊断。"

金然:"走吧!"

金然一走,商场里的人开始为她的宠物店里的宠物争论起来了。

老马:"我不同意,小姑娘开个店也不容易,干啥给人家都弄走。再说了,我疫苗都没打呢,我都不怕,你怕啥……"

农民工甲:"打了疫苗也不是绝对安全的啊!"

老马:"反了你们了,还想不想跟着我干活了,听我的。"

外卖小哥:"你们不用担心,没准儿马上我们也被运走了,就不会跟宠物在一块儿了。"

农民工乙:"不行,我要给谭书记打电话反映这个事。我干完这个活儿还要回家,我不能被感染。"

双方激烈争执。

此时另一间房子里,几个中学生、舞蹈学员们和青年男女也在喋喋不休。

中学生甲:"这些宠物留在这里太危险了。"

中学生乙:"宠物也不出去跟你们接触,为什么要被运走啊?"

中学生丙:"对啊,宠物运走了谁来照顾啊,万一死了算谁的?"

珂珂:"我不同意运走!"

胡小轩:"我也不同意!"

中学生丁:"那怎么办?"

中学生甲:"我们举手表决吧!"

大家齐声说:"好主意!"

结果一表决,双方人数均等。

珂珂拿出手机给谭书记打电话:"谭书记,我听说宠物要被运走啊,千万不能啊,宠物已经单独隔离了,是安全的,万一被运走,他们就得不到好的照顾,您一定想想办法。"

谭静:"好的,我知道了,没有说要运走。"

谭静刚挂,电话再次响了起来。

电话那头传来各种声音:

"谭书记,那个宠物转走,你要为我们的安全考虑呀。"

"为什么要运走,我不同意!"

"你有什么权力不同意!万一有人被感染了你负得起责任吗!谭书记,你也负不起这个责任吧!"

"谭书记,不能运走啊,猫狗也是生命,能保证运走之后他们会得到好的照顾吗?!不能吧,既然不能就不能运走。"

"都什么时候了,你还管宠物能不能被照顾!"

所有人都对着话筒跟谭静嘶喊,谭静疲惫不堪地举着电话,充满无奈。

第二天一大早,谭静就来到了金然的佩奇宠物店,帮金然照顾着那些狗宝宝。她一边喂食喂水,一边对宠物说着话:"丢丢,吃一口吧,马上要生小丢丢了,总不吃东西,哪有力气啊……"

　　丢丢破天荒地吃了一口。谭静连忙拿出手机,拍了下来。

　　谭静:"我得赶紧拍下来,发给小金看看。"

　　谭静把照片发给金然。然后走到肾上有肿瘤的那只柴犬前,抚摸道:"詹姆斯,我知道你很难受,睡吧,睡着就好了。"

　　谭静给那对萨摩耶父子喂狗粮,说道:"听说你们两个很娇气,必须吃特定的狗粮,否则会过敏。哼,比我吃得都好。你不许欺负你儿子啊,要有点当爹的样子,知道吧……"

　　谭静又走到那只年迈的多丽跟前,说道:"听说,你都一百多岁喽,需要照顾。不丢人,总有一天,我们都会成为需要照顾的人……"

　　金然给谭静回微信:"谭书记,丢丢可能要生了。"

　　谭静回复道:"放心吧,我们会照顾好她的。"

　　小姜急匆匆地走进来:"姐,刚接到主任电话,所有人,都要转运……"

　　此时,张克正在翻看妻儿的照片,突然收到谭静的微信语音。

　　谭静:"张克,把你那个乐高转给我吧,我现在就把钱给你。"

　　张克语音回复谭静:"你又没孩子,你要它干吗呀?"

　　谭静:"谁说只有孩子才能玩乐高?实话告诉你,我是乐高的骨灰级玩家。要分开了,留个纪念吧!"

　　张克看了看身边的乐高,自言自语:"那么大一个人,还玩这个。"

　　这时候,谭静的语音又过来了:"我问过玩具店老板了,2198,我转给你啊!"

　　张克语音回复:"既然你是骨灰级玩家,我送给你。"

　　这时,小姜走过来:"谭书记,转运车到了……"

　　谭静说:"好,通知大家吧!"

　　于是,星光商厦内广播声响起:"请大伙把东西都收拾好,转运的大巴车已经到了。老人、小孩优先上车,有基础病的也先走。我现在念一下转运的名单,1号车,葛鑫、郝尧、房永斌……"

　　小姜正在念广播稿的时候,谭静的手机响起,谭静接起电话:"喂,佟主任,怎么了,好,我马上通知大家……"

　　谭静挂掉电话,在星光商厦空荡荡的大厅里奔跑着,一口气跑到广播室,他夺过小姜的麦克风,喘着气说:"重要通知,重要通知,刚刚得到消息,小金之前的核酸检测结果有误,她是'假阳性',后续又检测了两次,都是阴性。也就是说,虚惊一场,大家不用被转运走了!所以我们所有人仍然留在星光商厦。"

听到这一消息,星光商厦里的所有人都起身鼓掌欢呼。

谭静也情不自禁地鼓起掌来。没有阳性,就是对她工作的最大肯定。

十七

第二天,谢薇薇给安迪的老师打电话。

谢薇薇:"土土老师,安迪的考试明天肯定赶不上!还有别的办法吗?"

老师:"要是实在不行的话,可以安排线上考试,找个环境安静的地方,给孩子录制一段视频。"

谢薇薇:"那也行,不过我这里环境太差了,可以缓几天吗?"

老师:"这可不行,线上考试和线下考试是同步的。"

谢薇薇:"我可以让社区出封控证明。这边真的没有办法录制视频。"

老师:"安迪妈妈,换时间肯定不行,这是全国统一的音乐等级考试,不可能为了某一个孩子更改时间往后延迟的。实在不行的话,就让安迪明年再考吧!"

谢薇薇:"那怎么行啊!"

老师:"我也没办法啊!"

谢薇薇:"好吧,土土老师,要不然我再想想办法。"

走廊的尽头,谢薇薇拉着谭静:"谭书记,我想跟您谈谈。"

谭静:"你说!"

谢薇薇:"昨天的事,我给您道个歉,确实不应该,给您添堵了。"

谭静:"没关系,在社区工作,不被理解,是经常的,只要你现在能理解,能支持就好了。我也理解你,你也是为了孩子!"

谢薇薇:"对啊,我也是为了孩子。对了,说到我儿子安迪,我正好想请求一下您!"

谭静:"你说吧,只要我们能帮得上的,一定尽力。"

谢薇薇:"考试中心刚刚联系我,说疫情期间,考试规则发生了变化。"

谭静:"什么变化?"

谢薇薇:"可以线上考试!"

谭静:"也就是说,安迪不用去现场了?"

谢薇薇:"对啊!"

谭静:"那不是好事吗?"

谢薇薇:"但是需要自己准备考场!"

谭静:"我知道了,到时候我帮你们找一个安静点的地方,我也会跟大家打声招呼,在孩子考试期间尽量小点声,让他能安心考试。"

谢薇薇:"光是安静可能还不行。"

谭静:"你还有什么要求?"

谢薇薇:"要一个地方,做成舞台,有灯光,有烟雾,有钢琴!"

谭静:"这要求也太过了吧!"

谢薇薇:"现在考级都很卷,专业水平是一方面,还有一部分是印象分,很多家长请化妆师、造型师,甚至还有打光的,据说都是专业人士。"

谭静:"我们这里毕竟条件有限。"

谢薇薇:"我看这商场里有婚纱店,那边还有照相馆,他们也封控在这里,不能帮帮吗?"

谭静:"这要看商家,我可没权力动用!"

谢薇薇:"谭书记,您一定要帮我这个忙,花多少钱我都愿意。"

谭静:"这不是钱的事。这样吧,我帮你去问问!"

谢薇薇握着谭静的手:"您一定要帮帮我,麻烦您了!"

谭静:"没事,孩子马上就要考试了,弦别绷得太紧!"

谢薇薇:"那谢谢您了!"

谭静和秦宇峰骑着平衡车在商场里转悠着。

一转眼,谭静和秦宇峰出现在了大厅,谭静在大厅里四处打量,秦宇峰陪在一旁。

谭静:"服装倒是没问题,婚纱店的老板已经同意了,灯光也没问题,照相馆的老板也愿意,现在就是舞台的问题!"

秦宇峰:"要舞台,要灯光,要烟雾,要伴舞……现在孩子考个试就那么卷吗?"

谭静:"人家都说了,钱不是问题!"

秦宇峰:"这不是钱的事。就拿疫情来说,不管你是谁,有钱还是没钱,都一样,谁也不能搞特殊,你说是不是?"

谭静:"这不是搞特殊的问题,这是为人民服务的问题,谁叫我是社区书记,谁叫我是党员！再说看在孩子前途的分上，也该帮她这忙！"

秦宇峰："你要是当妈，一定是个好妈！"

谭静瞪了秦宇峰一眼。

秦宇峰："谢薇薇当着那么多人的面都把你说成这样了，你还替她张罗！"

谭静："我这人，睡一觉，不好的事就全忘了！时间紧迫，你赶紧给我找一个安静的、没有人打扰的、适合演奏的地方。"

秦宇峰自言自语："安静的、没有人打扰的、适合演奏的地方……哪有这地方啊？"

谭静："必须有！"

秦宇峰："真的没有……"

两人一边说一边走，来到了一个水池边，水池中间有一个大平台，谭静从平衡车上下来，走到大平台上，念着："安静的、没有人打扰的、适合演奏的地方……安静的、没有人打扰的、适合演奏的地方……"

秦宇峰也注意到这个水池中央的大平台，突然发现这个地方就是他们一直要找的那个演奏场地。

谭静突然唱起了徽剧："祖籍陕西韩城县，杏花村中有家园，姐弟姻缘生了变，堂上滴血蒙屈冤……"

谭静一边唱，一边跳，秦宇峰的所有注意力被谭静这一出表演给吸引了，没想到，当年那个严肃死板的班长，居然还能唱徽剧。

唱完，谭静从台上跳下来，用一口陕西话说："就是此地了！"

天刚亮，震耳欲聋的电钻声突兀地响了起来，众人被吵醒，大厅顿时热闹起来。

谢薇薇："怎么回事，谁在施工？"

安迪："这声音好像是洗手间出来的……"

有人朝洗手间走过去。这时，老马等农民工从洗手间里走出来，手里拿着工具，他看到大家都被吵醒了，愧疚道："对不起啊，吵到你们了。"

谢薇薇："你怎么回事，有这么早施工的吗？我们家安迪今天要线上考试，我想让他多睡一会儿，你们添什么乱啊？！"

老马被谢薇薇的咄咄逼人吓得有些结巴，说道："我，我们给男女厕所各安了一个淋浴头，上下水都接好了，打开龙头，就能洗，水流还挺大的……那个，这么早就干活是因为，要是有早起想洗澡的，这会儿就可以洗了……"

老马结结巴巴地说完，所有人沉寂了几秒钟，之后在中学生们的"哇"的惊呼声中，彻底沸腾。众人纷纷朝厕所拥来，准备排队洗澡。

　　老马等人看着这一幕，憨憨地笑，继续说道："我们一会儿再给大伙拉几根晾衣绳。"

　　燕姐、房叔齐声夸赞："老马，你们太棒了。"

　　老马："我们乡下人闲不住。"

　　安迪的音乐考试录像即将开始。平台俨然被布置成一个小剧院，上面的灯光照下来，显得耀眼而隆重。乐器修理行的工作人员事先搬来了钢琴，准备为安迪伴奏。

　　安迪穿着婚纱店老板提供的演出服，手拿长笛，站在舞台上，显得有些胆怯。谢薇薇调整着手机拍摄的角度："安迪，你往前站一点，不要站得那么靠后。"

　　安迪怯生生地往前走了一步，谢薇薇眉头微蹙："再往前一点！"

　　安迪又走了半步，依然离舞台中央很远。谢薇薇有些急了，她索性直接走过去，拉住安迪的手，要把他领到舞台中间来。

　　谢薇薇："你怎么搞的？在这里站好！"

　　谢薇薇又回到了镜头前，调整着。

　　这时，谭静的声音从广播里传出来："大伙注意了，安迪的考试马上就要开始，请大家保持安静，手机调成静音，感谢大家的配合。"

　　谢薇薇已经找好了角度："安迪，听到谭书记说的了吧，为了能让你安心考试，大家都在配合，所以啊，你一定要好好表现。"

　　安迪："妈妈，我……我不想考了。"

　　谢薇薇愣住："你说什么？"

　　安迪："我不想考了！"

　　谢薇薇提高音量："为什么？"

　　安迪不吭声，一溜烟跑走了。

　　谢薇薇赶紧去追，一边追一边喊："安迪，安迪……"

　　安迪跑出来，刚好撞见了走过来的谭静。

　　谭静："安迪，你上哪儿去？马上要考试了。"

　　安迪不吭声，头也不回地跑走。

　　这时候，谢薇薇追出来。

　　谭静："怎么回事啊？"

　　谢薇薇急得语无伦次："他突然说他不想考了。大家为了他，做了这么多工作，他怎么能这样？"

谢薇薇急得哭了出来。

谭静："可能是孩子的压力太大了。我来想办法。"

谭静拿出手机,给珂珂打电话："珂珂,你听我说……"

此时,逃走的安迪躲在角落里,他把脑袋埋在手臂中。珂珂缓缓地走过来,坐在安迪的身边。

安迪："珂珂姐,你要劝我回去考试吗?"

珂珂摇摇头："我是来找你帮忙的。"

安迪："帮什么忙?"

珂珂："我啊,刚刚排了一段舞蹈,需要你的伴奏,这次不是考试,是伴奏……"

安迪："当然愿意。"

大厅里,当人们发现安迪迟迟不能登台的时候,一股焦虑的情绪在人群中蔓延。这时候,珂珂拉着安迪的手重新走回到舞台上。

谢薇薇松了口气,谭静松了口气,所有人都松了口气。

钢琴声随之响起,安迪开始吹起悠扬的长笛,珂珂妙曼的舞姿在音乐的环绕和灯光的照射中,焕发光芒。

经历了爱情和事业的蹉跎之后,珂珂没有被击倒,她反而更加热爱生活,更加坚强。她决定以二十八岁的"高龄"向全国现代舞最高奖项发起冲击,因为,她不服输。

而安迪,也在珂珂的舞姿中获得了信心和力量。曾经的他,胆怯,懦弱。他原本不喜欢长笛,但是在母亲谢薇薇的强势干涉下,极不情愿地练习长笛。考试越是临近,他越是抵触。然而今天,珂珂的请求让他改变了看法。

学习长笛,不是安迪自愿的,但是,当安迪觉得自己被需要的时候,他忽然发现了自己的价值,并心甘情愿地去付出。

就这样,两个矛盾无比的人,在同一个舞台,找到了各自的新起点,悠扬的笛声穿透光幕,环绕在星光商厦的大厅里,妙曼的舞姿在烟雾的缭绕中如歌如泣。

平日里吵闹的大厅此刻变得十分安静,大家都配合着不走动,不大声说话。所有人都受到了感染,脸上的表情变得舒缓、平和……谭静脸上也浮起微笑。

演出完毕,全场响起了雷鸣般的掌声,安迪、珂珂的脸上绽放出笑容。这是他们的新生。谢薇薇流下眼泪,她感激地对众人说："由衷感谢大家为安迪所做的一切。人与人之间可以变得这样美好,这是我从来都没有想过的,我过去总是把自己包裹起来,这对安迪的成长也带来了不好的影响。安迪,妈妈平时对你太严格了。其实你一直都很努力,妈妈都看在眼里。所以，不管考试结果如何，你已经尽力了，就没有遗憾，因为你在妈妈眼里永远都是最棒的。"

说完，谢薇薇紧紧地搂住安迪。

尾声

几天后，阳光照亮了星光商厦，今天的星光商厦格外热闹，因为这是封控的最后一天。

小姜、小刘为大家的早餐做各种准备，牛奶、面包、水果等一应俱全。中学生们主动担当起了志愿者的工作，一起打扫卫生，在门口收垃圾。快递小哥成了帮大家分取一日三餐的志愿者，为大家分发食物。施瓦和辛格带着老年人在大厅里跳健身操。珂珂、胡小轩一起照顾金然宠物店里留下的狗狗。社区工作者在星光商厦对面的安全区域开辟了专用的快递点、外卖点，想吃什么都可以点。几个"大白"如往常一样，为大家做最后一轮核酸采样。

星光商厦，呈现出一幅与世隔绝但又生机勃勃的独立生态。

就这样，不知不觉，来到了最后一个夜晚。

大家支起一个长桌，上面摆放着火锅，众人围坐。这火锅的食材和佐料都是家属们送来的，还有美酒和饮料，各种水果小吃。

谭静站起来跟大家说话："今晚是最后一晚，过了今晚，大家就解除封控了，各自回去了。我们来自四面八方，素不相识，但是因为一个偶然的机会聚在了一起，也算是一种缘分，难得今天有丰富的晚餐和美酒，我想大家心里一定有很多话想说吧！"

众人纷纷说："是啊！"

谭静："那就这样吧，我们每个人都说说自己的心里话吧！谁先开始呢？"

珂珂："我先来吧！十年前，我从学校毕业，参加了当年的全国现代舞的比赛，因为一个失误，我和全国冠军失之交臂，我也失去了我的搭档，他是我的男朋友。因为这个失误，我失去了再一次站上赛场的勇气，也失去了去爱的信心。疫情，让我们被封控在这里，在这个封闭的空间，我突然开始思考我的过去，我的现在，我的未来。我终于明白，人的一生总有挫折，但是，我们不能被这些失败和挫折打倒，要站起来，继续向前。就像这场疫情，不管在这疫情中遭受怎样的挫折，但是我们还是义无反顾地站起来，为自己摁下重启键！"

"说得好!"大家一起鼓掌,为这个即将再次站上赛场的舞者喝彩。

童嘉男:"我也说两句!我就是那个在疫情中遇到困难的小商家,自从我家的大碗面馆搬到星光商厦,遇到疫情,就一直在硬撑着。我欠了不少钱,有时候,觉得自己快撑不下去了。这段时间,我们大家在一起,我突然发现,其实,疫情这三年,谁都不容易,但是每个人都在坚持。我觉得,我们就是不能趴下,大家一起坚持,把这最难熬的日子熬过去,就是胜利。"

众人高呼:"对,熬过去!"

童嘉男:"在这里,我有一个好消息告诉大家,这几天,我的预制面已经研制成功了,明天,我就准备批量生产,这样的话,大家不用出门也能品尝我家的大碗面了!"

众人喊着:"太好了,太好了!"

张克:"我从来不相信生活会有惊喜,也不相信生命会有奇迹。但是这次,我相信了。之前的我,总是想着怎么把保险推销给顾客,希望他们掏出钱,购买我的产品。而这次我终于明白,其实我和我的客户不是相对的,而是相向的。我和我的客户是一起的,共同分享彼此的感受和认知、经验和教训,只有和我们的客户站在一起,我们才会有同样的价值取向。感谢大家对我这个保险推销员的信任和理解,遇到你们是我的惊喜,也是我的奇迹!"

众人:"你也是我们的惊喜和奇迹!"

谢薇薇:"我想跟大家说的是,对不起!特别是跟谭书记说一声,对不起!很多时候,我都只是站在自己的角度去思考,站在自己的利益上去抉择,所以,给社区防疫工作增添了麻烦。但是,你们没有因此疏远我,而是积极帮助我,付出很多心血来支持我,让我的儿子安迪顺利通过了考试,我非常感动。和大家在一起的这些日子,我明白了很多,特别是明白了如何和这个世界和睦相处。真心感谢大家对我的包容!"

众人:"大明白!你那么能说,你也说两句吧!"

大明白:"我说什么呢?我说说我自己吧!一个月前,我还是一个网络游戏公司的高管,负责游戏的设计,年薪一百万,但是疫情来了,公司经营困难了,开始裁员了,我就是那个被裁掉的倒霉蛋!"

众人沉默了。

大明白:"我为什么被裁掉呢?因为我是公司里年薪最高的,裁掉我会为公司节省开支,从另一方面讲,裁掉我这样的老人,可以引进更多的年轻人,让这个公司保持创造力和活力。我并不难过,我觉得一个公司应该有更新换代的勇气,一个国家也必须有新陈代谢的体系,如果一个人不学习、不进步、不接受新事物和新理念,就会被淘汰。"

阿福:"哎呀,像你这样有知识有文化的人都失业了。"

大明白:"不要这样想,我并不难过,虽然我失业了,但是这对于我来说恰好是一个新的开始。我可以换一种方式去生活,做了这么久的网络游戏,我突然对网络不感兴趣了,你们猜,我现在最想从事什么职业?"

谭静:"什么职业?"

大明白:"我想做出租车司机,这样,我就能够从网络的虚幻中走进现实的世界,每天和不同的人打交道,和他们聊聊天,听听他们的故事,这不失为一种新生活!"

秦宇峰:"你真是很棒,我害怕失业,甚至为了不被裁员,我刻意讨好我的上司——房总。我替他办事,试图把房叔送出去。我对不起大家。"

房叔:"我这个儿子,太不像话了,回去后,我好好收拾他!"

秦宇峰:"别,房叔,你儿子虽然陪伴你的时间少,但是毕竟他还是惦记你,希望你好。不然,他不会想办法让你回家隔离,倒是我真的很不好意思。虽然现在对于自己的前途很迷茫,但是我还是会继续走下去。"

谭静:"只要你认识到自己的问题,就不失为一个好同志,我看你这几天表现挺不错,你愿不愿到我们社区来工作?"

秦宇峰:"可以吗?"

谭静:"社区正在对外公招,只要你愿意,就报名!"

秦宇峰:"太好了!"

这时候,胡小轩突然喊起来:"各位,金然打视频电话过来了,给大家问好!"

金然在视频里向大家招手:"你们大家都好吗?"

谭静:"我们好着呢,你的小动物也都很好,你就放心吧。"

童嘉男:"金然,你现在在哪呢?"

金然:"我现在在酒店里隔离了。"

张克:"金然,你要不要找我买一份隔离险啊?"

众人大笑。

谭静:"金然,加油坚持到底一定胜利……"

大家也跟着齐声喊道:"坚持到底就是胜利!"金然感动得热泪盈眶。这一晚,人们在热烈的气氛中,在皎洁的月光下,度过了一个愉快的夜晚。

一个月后。

城市像往常一样飞速运转,星光社区依旧在这个城市的东南,焕发勃勃生机,星光商厦矗立在那里,仿佛一个月前什么都没发生过。

地铁到站,人们鱼贯而出,奔向各自要去的地方。外卖小哥骑着电瓶车奔波在热闹的街道和拥挤的人群中,今天一切顺利,他们的脸上也露出愉快的笑容。

星光商厦的四楼,老马带着农民工拉开一家店铺的卷闸门,张罗着准备装修工作。又有一家新店要开了。最近,星光商厦多家商铺准备开张。疫情肆虐后的星光商厦,开始呈现涅槃重生的态势。

童嘉男的预制面正式上市了,除了门店销售生意火爆以外,网上直播带货也是风生水起,帮童嘉男带货的,是一个名叫"蹦跶兄弟"的组合。仔细一看,那不就是施瓦和辛格吗?

一辆出租车停在了星光商厦外面,谢薇薇带着安迪打开车门,钻进出租车。在车里,安迪问:"以后我们每个星期都来吗?"

谢薇薇:"当然了,做公益不是图一时兴起,要做就一直做下去。我们都是社会的一分子,尽可能地为这个社会多做一点力所能及的事,这个世界就会越来越好!"

安迪:"好的,妈妈!"

这时候,驾驶员回过头来问道:"两位,到哪里啊?"

谢薇薇和安迪一看,大喊起来:"大!明!白!"

没想到,大明白还真如他所期待的一样,做了一个出租车司机,也许这就是他真正想要的生活。他的副驾驶座前贴着一句话:"这世上只有一种英雄主义,就是当你看清生活的真相之后,依然热爱生活。"

出租车驶离星光商厦,星光商厦的户外电视屏幕上突然显示出正在播报的新闻。一个记者对着镜头开始播报:"各位观众,现在我们是在第十届'荷花杯'中国现代舞锦标赛的现场,刚才锦标赛预赛已经全部结束,有十六名选手进入了最后的决赛。这里面,年龄最大的是来自海河市星光社区的珂珂小姐,她是时隔八年再一次登上比赛的舞台。此次预赛,她以最高的分数进入了决赛圈。她是这次比赛冠军的有力争夺者。在接下来的决赛中,她会有什么样的表现呢?让我们拭目以待!"

此刻,在星光社区的一处院落里,谭静正在和同事们为外来人员核酸检测。最近,星光社区又来了许多外来人口。进城务工人员渐渐返回这个城市,星光社区正在恢复生机。这是值得高兴的事,同时也给谭静带来了很多工作量。

房叔和燕姐也来了,谭静连忙上去说:"房叔、燕姐,你们也来了?"

房叔:"是啊!"

燕姐:"那么年轻,多穿点花的,好看的!"

谭静不好意思地把话题扯到一边:"房叔、燕姐,走这边,我们给六十岁以上的检测者设有专区。"

谭静把房叔和燕姐引导到专区后,小刘走过来对谭静说:"谭书记,社区表彰大会让我们推选一个代表!"

谭静:"你代表了吧!"

小刘:"我行吗?"

谭静斩钉截铁地说:"就你了!"

在谭静的心中,疫情防控,每一个社区工作者都付出了巨大的努力,做出了卓越的贡献,随便哪个人,都可代表团队。

卷尾致辞

如何书写过去的十年，是电视剧创作者迎来的时代课题。2021年秋天，国家广电总局命题张榜，华策影视荣幸揭榜答题，立足十年辉煌成就，聚焦十年里的"我们"，精心选题、匠心制作，创作电视剧《我们这十年》，献礼党的二十大。从最初数百个选题，经内部百余轮调整，到最终十一个单元，我们完成了一次前所未有的创作与挑战。在这一过程中，总局鼎力支持、悉心指导，先后召开三十多次研讨会，为项目保驾护航。集团上下一心，群策群力，云集国内一流的导演、编剧和演员，组建了四千余人的剧组，迎来一次半世纪影视人的大会师、大决战！主创团队走进部队，深入农村，实地采风，匠心摄制；全剧拍摄地从江南水乡到西北大漠，涉及全国十多个省市；单元故事从文化自信到科技自强、从乡村振兴到海外共建、从扫黑除恶到从严治党、从民族团结到人类命运共同体，涉及人民生活的里里外外，社会的方方面面。无数个"我"凝聚成"我们"，共同书写与时代同频共振的故事。

傅斌星